Les racines du passé

VIRGINIA C. ANDREWS

Fleurs captives	
Fleurs captives	*J'ai lu* 1165/4
Pétales au vent	*J'ai lu* 1237/4
Bouquet d'épines	*J'ai lu* 1350/4
Les racines du passé	*J'ai lu* 1818/5
Le jardin des ombres	*J'ai lu* 2526/4
La saga de Heaven	
Les enfants des collines	*J'ai lu* 2727/5
L'ange de la nuit	*J'ai lu* 2870/5
Cœurs maudits	*J'ai lu* 2971/5
Un visage du paradis	*J'ai lu* 3119/5
Le labyrinthe des songes	*J'ai lu* 3234/6
Ma douce Audrina	*J'ai lu* 1578/4
Aurore	*J'ai lu* 3464/5
Les secrets de l'aube	*J'ai lu* 3580/6
L'enfant du crépuscule	*J'ai lu* 3723/6
Les démons de la nuit	*J'ai lu* 3772/6
Avant l'aurore	*J'ai lu* 3899/5
Ruby	*J'ai lu* 4253/6
Perle	*J'ai lu* 4332/5 *(déc. 96)*
D'or et de lumière	

Virginia C. Andrews

Fleurs captives

Les racines du passé

Traduit de l'américain
par Gérard Lebec

Éditions J'ai lu

Titre original :

SEEDS OF YESTERDAY

LIVRE I

Foxworth Hall

Voilà qu'avec l'été de mes cinquante-deux ans, des cinquante-quatre de Chris, les promesses de fortune jadis faites par notre mère lorsque nous avions douze et quatorze ans se réalisaient enfin.

Tous deux immobiles, nous tenions notre regard fixé sur cette énorme et monumentale demeure que jamais je ne me serais attendue à revoir et, bien que ce ne fût pas l'exacte réplique du Foxworth Hall d'origine, j'étais parcourue d'un frisson intérieur. Avions-nous payé le prix, Chris et moi, pour en arriver là et être les maîtres temporaires de cette cyclopéenne bâtisse qu'il n'aurait jamais fallu relever de ses ruines fumantes ? Jadis, j'avais un temps cru que nous vivrions dans cette demeure comme prince et princesse et que, tel le roi Midas mais avec un plus grand contrôle sur ce don, nous verrions les objets se changer en or sous nos doigts.

J'avais cessé de croire aux contes de fées.

Avec autant de précision que si c'était arrivé la veille, je me remémorais cette fraîche nuit d'été où, pour la première fois, dans la magie d'un clair de lune et d'un ciel de velours noir semé d'étoiles, nous étions parvenus en vue de ce lieu dont nous n'espérions que du bien. Et nous y avions trouvé le pire.

Nous étions si jeunes à l'époque, Chris et moi. Innocents et crédules, nous nous en remettions à notre mère, alors qu'avec notre frère et notre sœur, jumeaux de cinq ans, elle nous guidait par cette nuit ténébreuse et passablement effrayante vers cette monstrueuse maison nommée Foxworth Hall. Nous étions alors persuadés que les verte et jaune couleurs de la richesse et du bonheur teinteraient notre avenir.

Quelle aveugle foi était la nôtre de nous coller ainsi à ses talons !

Séquestrés dans cette obscure et lugubre chambre de l'étage avec, pour seul terrain de jeu, ce grenier envahi de poussière et de moisissure, nous nous étions nourris de notre foi en la promesse faite par notre mère, celle qu'un jour Foxworth Hall et toutes ses fabuleuses richesses seraient nôtres. Mais en dépit de toute promesse, un grand-père cruel et sans cœur... ou plutôt doté d'un cœur dur et tenace qui, en se refusant à cesser de battre, empêchait de vivre quatre jeunes cœurs remplis d'espoir... Et nous avions attendu, attendu, jusqu'à ce que trois longues, très longues années se fussent écoulées et que maman n'eût toujours pas été en mesure de tenir sa promesse.

C'était même sa mort à elle qu'il nous avait fallu attendre — sa mort et la lecture de ses dernières volontés — pour voir Foxworth Hall passer entre nos mains. Elle avait légué la demeure à Bart, son petit-fils préféré, l'enfant que j'avais eu de son second mari, mais, jusqu'aux vingt-cinq ans de ce dernier, Chris en était l'administrateur légal.

Avant de venir s'installer en Californie pour nous retrouver, notre mère avait ordonné la reconstruction de Foxworth Hall mais le nouveau manoir n'avait été achevé qu'après sa mort.

Quinze années durant, il était resté vide sous la surveillance de concierges que coiffait une équipe d'hommes de loi régulièrement amenés à écrire à Chris ou à lui téléphoner à l'autre bout du pays pour discuter des problèmes qui se présentaient. Une demeure en attente, languissant peut-être après le jour où Bart se déciderait à venir l'habiter, comme nous avions toujours pensé qu'il finirait par le faire. Cette maison, il nous l'offrait à présent pour un temps et nous devions la considérer comme nôtre jusqu'à ce qu'il vienne prendre le relais.

« Tout appât dissimule un piège », me chuchotait le fond suspicieux de mon être. Et ce piège, je le sentais prêt à se refermer sur nous. N'avions-nous parcouru, Chris et moi, ce long chemin que pour retourner à notre point de départ ?

« Non, non, ne cessais-je de me répéter, c'est ta méfiance, ton éternelle tendance à douter de tout qui reprend le dessus. » Nous avions l'or, mais pas la souillure... il le fallait ! Oui, il fallait bien qu'un jour se concrétisât une récompense amplement méritée. Nous avions atteint le bout de la nuit, notre jour s'était enfin levé et la chaude lumière qui nous baignait était celle des rêves devenus réalité.

Mais le fait d'être devant cette maison avec la perspective d'y vivre ramena soudain dans ma bouche un goût amer et familier. Toute ma joie s'évanouit. Le cauchemar que je vivais n'était pas de ceux que l'on dissipe en ouvrant les yeux.

M'arrachant à cette impression, je souris à Chris et mes doigts se crispèrent sur les siens. Puis mon regard retourna se fixer sur ce nouveau Foxworth Hall surgi des cendres de l'ancien à seule fin de se dresser contre nous et, encore une fois, de nous confondre par sa majesté, sa formidable ampleur, son aura d'implacable maléfice, ses myriades de fenêtres avec des volets noirs telles de lourdes paupières voilant des yeux de pierre sombre. Tant par sa hauteur que par son étendue — sa surface au sol devait en effet se mesurer par centaines de mètres carrés —, cet édifice dominait le paysage. Plus vaste que bien des hôtels, il épousait, avec ses deux ailes flanquant le corps de bâtiment principal, la forme d'une croix gigantesque aux branches tournées vers les quatre points cardinaux.

Tout entier construit de brique rose, il était coiffé d'un toit d'ardoises dont la noirceur répondait à celle des volets. Quatre colonnes, aussi blanches qu'impressionnantes, soutenaient un porche gracieux et, au-dessus des noires portes d'entrée à double battant, flamboyait un vitrail. De larges écussons de cuivre jaune décoraient ces portes, les rendant moins austères et dotant même d'une certaine élégance ce qui aurait pu être d'une banalité proche de la laideur.

J'aurais puisé dans cette vision un certain réconfort si, à cet instant, le soleil n'avait fui derrière un sombre nuage. Levant les yeux au ciel, je le vis tourner à l'orage et se faire le messager, le héraut de la pluie et du vent. Une houle parcourut les arbres de la forêt qui nous cernait, provoquant un grand envol d'oiseaux effarouchés. En un court laps de temps, l'impeccable tapis des vertes pelouses se vit jonché de feuilles et de brindilles et, dans leurs parterres géométriques, les fleurs furent implacablement couchées vers le sol.

« Redis-le-moi, pensai-je alors, tremblante. Redis-le-moi, Christopher chéri. Redis-moi que tout ira bien. Dis-le-moi tant que je n'ai pas encore l'absolue certitude que le soleil ait disparu et que l'orage soit imminent. »

A son tour, il jeta un œil vers le ciel. Il percevait mon angoisse grandissante, ma réticence à vivre cette situation en dépit de ce que j'avais promis à Bart, le cadet de mes fils. Sept ans auparavant, les psychiatres nous avaient fait part du succès de leur cure ; Bart, tout à fait guéri, pourrait désormais mener une existence normale sans être en permanence suivi par des médecins.

Chris entoura mes épaules d'un bras réconfortant et ses lèvres s'inclinèrent vers ma joue pour l'effleurer.

— Tout ira bien maintenant, tout ira bien pour nous. J'en ai la certitude. Nous ne sommes plus ces poupées de Dresde séquestrées dans une chambre de l'étage et dépendantes en tout de leurs aînés. Nous avons atteint l'âge adulte et nous sommes maîtres de notre existence. De plus, jusqu'à ce que Bart soit en âge d'hériter, nous sommes toi et moi les propriétaires de cette demeure. Toi et moi, le Dr Christopher Sheffield et son épouse, du comté de Marin en Californie. Tout le monde ignore que nous sommes frère et sœur et personne n'ira jamais soupçonner en nous d'authentiques descendants des Foxworth. Tous nos ennuis sont du passé, Cathy, et c'est notre chance que nous tenons là car, dans cette maison, nous allons pouvoir déjouer la malédiction dont nous et nos enfants — Bart en particulier — avons été victimes. Nous ne serons pas, tel Malcolm, des tyrans à la poigne de fer et aux volontés inflexibles, mais nous instituerons le règne de l'amour, de la compassion et de la compréhension.

Comme je sentais Chris m'entourer de son bras et me tenir serrée contre lui, je retrouvai assez de force en moi pour lever les yeux vers la demeure et la voir sous un jour nouveau. Elle était belle. Pour l'amour de Bart, nous allions y demeurer jusqu'à son vingt-cinquième anniversaire puis, accompagnés de Cindy, nous prendrions, Chris et moi, l'avion pour Hawaii où nous avions toujours rêvé de finir notre existence à proximité de l'Océan et des plages de sable blanc. Oui, ainsi étaient censées se dérouler les choses. Ainsi devaient-elles se dérouler. Souriante, je me suis tournée vers Chris.

— Tu as raison. Cette maison ne me fait pas peur. Ni celle-là ni une autre.

Il eut un petit rire et son bras descendit jusqu'à ma taille pour me pousser en avant.

Juste après la fin de ses études secondaires, mon fils aîné Jory s'était envolé vers New York afin d'y rejoindre sa grand-mère, Mme Marisha. Là, dans le corps de ballet que dirigeait cette dernière, il avait bien vite retenu l'attention des critiques, ce qui lui avait permis de décrocher des premiers rôles. Melodie, son amour d'enfance, avait à son tour pris l'avion pour le retrouver sur la côte Est.

A l'âge de vingt ans, mon Jory avait épousé Melodie qui était d'un an sa cadette. Tous deux avaient travaillé dur et lutté pour atteindre les sommets. Ils étaient à présent le couple de danseurs le plus célèbre du pays, un duo d'une coordination parfaite comme si leurs deux consciences n'en faisaient qu'une, comme si d'un regard ils pouvaient se faire signe. Cinq années durant, ils avaient connu triomphe sur triomphe, chaque représentation suscitant l'enthousiasme délirant de la critique et du public, chaque retransmission télévisée grossissant leur audience au-delà de ce qu'ils auraient pu espérer du contact direct avec les spectateurs.

Il y avait à présent deux ans que Mme Marisha s'était éteinte au cours de son sommeil, disparition dont nous pouvions nous consoler en pensant qu'elle avait atteint l'âge de quatre-vingt-sept ans et qu'elle avait continué jusqu'au dernier jour à pratiquer son art.

Aux alentours de sa dix-septième année, mon second fils, Bart, dont la scolarité avait toujours été des plus médiocres, était devenu presque par magie l'élément le plus brillant de son école. A cette époque, Jory avait déjà gagné New York et peut-être était-ce son absence qui avait incité Bart à sortir de sa coquille pour s'intéresser aux études. Titulaire depuis deux jours d'une licence en droit de Harvard, il avait même été choisi comme porte-parole de sa promotion.

Chris et moi, nous avions rejoint Melodie et Jory à Boston où, dans le vaste auditorium de la faculté de droit, nous avions assisté à la remise des diplômes. Je ne déplorais qu'une absence, celle de Cindy, notre fille adoptive, qui était restée chez sa meilleure amie en Caroline du Sud. Aux peines que j'avais éprouvées en voyant Bart s'obstiner à jalouser une fille qui faisait de son mieux pour conquérir son estime, alors que lui, de son côté, ne faisait pas le moindre effort en ce sens, s'ajoutaient à présent de nouvelles souffrances, car je constatais que Cindy était incapable d'oublier son inimitié pour Bart, ne serait-ce que pour fêter avec lui son succès.

— Non, avait-elle hurlé dans le téléphone. Je me fiche pas mal qu'il m'ait envoyé une invitation ! C'est un m'as-tu-vu, voilà tout. Et quand bien même ferait-il suivre son nom d'une bonne douzaine de titres ronflants, je continuerai à ne pas l'admirer, à ne pas l'aimer, non, pas après tout ce qu'il m'a fait subir. Explique mes motifs à Jory et à Melodie pour qu'ils ne soient pas fâchés de mon absence, mais à Bart, ne te donne pas la peine d'expliquer quoi que ce soit. Il sait très bien pourquoi je ne viens pas.

Assise entre Chris et Jory, j'observais émerveillée ce fils qui, chez nous, s'était montré si peu communicatif, timide, enclin même à s'enfermer dans une humeur morose, et qui avait cependant trouvé le moyen de prendre la tête de sa classe et d'être désigné pour prononcer le discours inaugural. De ses phrases dénuées de passion naissait un charme fascinant. Je me tournai vers Chris qui me parut sur le point d'éclater tant il était bouffi d'orgueil.

— Quand même, me dit-il avec un large sourire. Qui aurait cru ça ? N'es-tu pas fière de ton fils, Cathy ? Moi, en tout cas, je le suis.

Evidemment, j'étais extrêmement fière de voir mon fils sur cette estrade, mais je savais néanmoins que ce Bart n'était pas celui que nous connaissions chez nous. Peut-être était-il vraiment sorti d'affaire à présent, parfaitement normal ainsi que l'avaient affirmé les médecins.

Mais selon moi, bien des détails montraient que, chez lui, le changement n'avait pas été aussi radical que le pensaient les psychiatres. Juste avant notre départ, il m'avait dit :

— Lorsque je viendrai m'installer chez moi, mère, je tiens à t'y trouver. (Pas la moindre allusion au fait que Chris pût également y être.) Ta présence là-bas est d'une extrême importance à mes yeux. (Il avait toujours dû se forcer pour prononcer le nom de Chris.) Nous inviterons Jory et son épouse... Cindy aussi, bien sûr, avait-il ajouté en faisant la grimace.

Je n'arrivais pas à comprendre comment l'on pouvait détester une fille aussi mignonne, aussi douce que notre adorable fille adoptive. Eût-elle été la chair de ma chair, eût-elle été du sang de mon Christopher Doll, je n'aurais pas eu plus d'amour pour elle. En un sens, depuis qu'elle était arrivée parmi nous à l'âge de deux ans, elle était notre enfant, le seul dont nous pouvions réellement dire qu'il était à nous deux.

Cindy avait à présent seize ans et elle était de loin plus désirable que je ne l'avais été au même âge. J'avais enduré des privations qui lui avaient été épargnées. Ses vitamines, elle les avait puisées dans le grand air et dans la clarté du soleil, choses qui avaient été refusées aux quatre jeunes captifs d'antan. Une nourriture saine et de l'exercice... Elle avait connu le meilleur comme nous avions connu le pire.

A cet instant, Chris me demanda si j'avais l'intention de passer la journée dehors et s'il allait falloir attendre d'être pris sous l'averse pour que nous nous décidions à entrer.

Puis il me tira vers la maison, m'insufflant cette confiance en soi qui faisait sa force.

A pas très lents, tandis que le fracas du tonnerre commençait à dériver vers nous, sous un ciel bas et tourmenté que zébraient de terrifiants éclairs, nous nous approchâmes de la monumentale entrée de Foxworth Hall.

Je notai alors certains détails qui m'avaient échappé précédemment. Entre les colonnes du porche, trois nuances de céramique rouge formaient au sol une inextricable mosaïque dont le flamboiement solaire du motif faisait pendant au vitrail qui surplombait les portes. De nouveau, mon regard se leva vers celui-ci et je me sentis transportée de joie. La demeure primitive n'avait pas comporté de tels éléments de décor. Peut-être Chris avait-il été dans le vrai lorsqu'il m'avait prédit que cette nouvelle maison serait aussi différente de l'ancienne qu'un flocon de neige l'est en réalité d'un autre.

Mais mon angoisse resurgit aussitôt car, en fin de compte, qui peut voir la différence entre deux flocons de neige ?

— Cesse de chercher systématiquement ce qui pourrait gâcher le plaisir du jour, Catherine. Je vois cela sur ton visage, dans tes yeux. Tu as ma parole d'honneur que nous quitterons cette maison dès que Bart aura fêté son anniversaire et que nous prendrons le premier vol pour Hawaii. Et une fois que nous y serons, si un ouragan se lève et qu'un raz de marée balaie notre demeure, ce sera toi qui l'auras provoqué en t'y attendant.

Il avait réussi à me faire rire.

— Tu oublies le volcan, lui dis-je entre deux gloussements. Il pourrait très bien déverser sur nous des torrents de lave.

Il sourit et m'administra plaisamment une tape sur les fesses.

— Arrête, je t'en prie. Le 10 août nous trouvera certes dans notre avion mais, à cent contre un, je tiens le pari que tu t'y feras un sang d'encre au sujet de Jory et que tu te demanderas ce que Bart peut bien faire tout seul dans cette grande maison.

Ce fut alors que me revint en mémoire quelque chose que, jusqu'à cet instant, j'avais oublié. A l'intérieur de Foxworth Hall nous attendait la surprise promise par Bart. Quelle expression étrange il avait eue lorsqu'il m'en avait fait part !

— Mère, tu n'en croiras pas tes yeux lorsque tu verras... (Il s'était interrompu et avait esquissé un sourire gêné.) J'y ai passé chaque été, rien que pour superviser les travaux et vérifier si la demeure n'était pas laissée à l'abandon. Aux décorateurs, j'ai donné la consigne de tout restaurer dans l'état d'origine, sauf en ce qui concerne mon bureau que je veux moderne et pourvu de tout le matériel électronique dont j'ai besoin. Mais... si tu le désires, tu pourras toujours effectuer quelques modifications afin de rendre cet intérieur plus douillet.

Douillet ? Comment une telle demeure pourrait-elle jamais être douillette ? Je savais ce que c'était que d'y vivre, de s'y sentir ensevelie, piégée pour l'éternité. Frissonnante, j'entendais les pas sourds de Chris se mêler au cliquetis de mes hauts talons alors que nous nous rapprochions des noires portes décorées d'emblèmes héraldiques. Je me demandais si Bart avait réellement pris la peine de remonter la généalogie des Foxworth pour trouver ces titres de noblesse et ces armoiries qui, apparemment, comblaient en lui un profond besoin. Si chaque vantail des doubles portes s'ornait en son centre d'un lourd marteau de cuivre, l'intervalle qui les séparait comportait un bouton pratiquement indécelable qui déclenchait une sonnerie quelque part à l'intérieur.

— Je suis sûr que cette maison est truffée de gadgets ultra-modernes qui jurent avec l'authentique tradition des vieilles demeures virginiennes, murmura Chris.

Tout à parier qu'il ne se trompait pas.

Bart était certes amoureux du passé mais il était encore plus entiché de l'avenir. Pas un seul gadget électronique ne pouvait apparaître sur le marché sans qu'il n'en fît l'acquisition.

Chris plongea la main dans sa poche et en extirpa la clé que Bart lui avait remise juste avant notre départ de Boston. A l'instant où il l'insérait dans le trou de la serrure, il se tourna vers moi pour me sourire et, avant qu'il n'eût pu faire un premier tour de clé, la porte s'ouvrit sans bruit.

Surprise, je fis un pas en arrière.

Chris me ramena vers le seuil et, poliment, s'adressa au vieil homme qui, d'un geste, nous invitait à entrer.

— Soyez les bienvenus, dit ce dernier d'une voix faible mais grinçante tout en nous enveloppant du regard. Votre fils m'a téléphoné pour me dire de vous attendre. Je suis, pour ainsi dire, le majordome.

Mon regard s'était rivé sur ce maigre vieillard si voûté qu'il donnait l'impression de gravir une pente alors même qu'il se tenait en terrain plat. Ses cheveux n'étaient ni gris ni blonds, mais comme décolorés par le temps. Il avait les joues creuses et ses yeux bleus, profondément enfoncés dans leurs orbites, étaient perpétuellement larmoyants comme sous l'effet d'incommensurables souffrances endurées au cours de longues, très longues années. Et quelque chose en lui... quelque chose m'était familier.

Je sentais dans mes jambes comme un poids qui les empêchait de se mouvoir. Puis une violente bourrasque retroussa ma blanche robe estivale, dévoilant mes cuisses à l'instant même où je hasardais un pied dans le grand hall de ce phénix de pierre nommé Foxworth Hall.

Chris me lâcha la main et m'entoura les épaules de son bras. Puis, sur le mode aimable qui lui était coutumier, il nous présenta :

— Je suis le docteur Sheffield et voici mon épouse. A qui avons-nous l'honneur ?

Le vieil homme racorni parut hésiter à tendre sa main droite pour serrer la ferme main tannée de Chris. Ses lèvres minces arboraient un sourire cynique, reflet inversé du haussement de l'un de ses sourcils broussailleux.

— C'est un grand plaisir pour moi de faire votre connaissance, docteur Sheffield.

Je ne pouvais détacher mon regard de ce vieillard voûté aux yeux d'un bleu passé. Quelque chose dans son sourire, dans sa chevelure clairsemée que traversaient de larges veines d'argent, dans ses yeux que voilaient de longs cils étonnamment sombres... Papa !

Car notre père aurait pu avoir cette apparence s'il avait eu le temps de vivre aussi vieux que l'homme qui se tenait devant nous... et s'il lui avait fallu endurer tous les tourments qui peuvent s'abattre sur un être humain.

Mon papa, mon merveilleux père, le soleil de mon enfance. Combien de prières avais-je faites pour qu'il me fût un jour donné de le revoir !

Chris étreignit cette main desséchée que le vieil homme lui tendait et ce fut alors seulement que ce dernier consentit à nous révéler qui il était.

— Cet oncle qui n'était jamais reparu et dont on pensait qu'il s'était perdu dans les Alpes suisses, il y a cinquante-sept ans de cela.

Joël Foxworth

Chris trouva bien vite les mots justes pour faire oublier l'expression bouleversée qui, manifestement, était apparue sur nos deux visages.

— Vos paroles ont fortement surpris ma femme, expliqua-t-il poliment. Vous comprenez, son nom de jeune fille est Foxworth... et, jusqu'à ce jour, elle avait toujours cru ne plus avoir de famille du côté de sa mère.

Toute une série de rictus voltigèrent, telles des ombres, sur le visage de l'« oncle Joël » qui, cependant, finit par accrocher à ses traits la pieuse et innocente expression d'une sublime pureté intérieure.

— Je comprends, dit-il, de cette voix chuchotante qui évoquait le déplaisant bruissement de feuilles mortes balayées par le vent.

Mais, dans les profondeurs céruléennes de son regard larmoyant, flottaient toujours des ombres, ténébreuses, imprécises. Et pourtant, j'étais consciente de ce que m'en aurait dit Chris : que mon imagination recommençait à s'en donner à cœur joie.

Nulle ombre, nulle ombre, nulle ombre... si ce n'étaient celles que je créais de toutes pièces.

Dans l'espoir de surmonter les soupçons que je nourrissais à l'endroit de ce vieillard qui prétendait être l'un des deux grands frères défunts de ma mère, je reportai mon attention sur ce vaste hall qui, bien souvent, avait servi de salle de bal. Je perçus un crescendo dans la violence du vent tandis que le fracas du tonnerre se faisait de plus en plus proche. A présent, l'orage était presque à l'aplomb de nos têtes.

Un soupir m'échappa, dédié à ce jour où la gamine de douze ans que j'avais été contemplait la pluie qui se déchaînait au-dehors, tout en n'aspirant qu'à descendre dans cette salle de bal pour y danser avec l'homme qui était le second mari de ma mère et qui, plus tard, allait être le père de mon plus jeune fils, Bart.

Et un autre soupir pour ce que j'avais été alors, une enfant confiante, emplie de l'espoir que le monde fût un lieu de splendeur et de bonté.

Ce hall qui, à l'époque, m'avait tant impressionnée aurait dû souffrir de la comparaison avec tout ce que j'avais vu depuis que Chris et moi, non contents d'avoir parcouru toute l'Europe, avions poussé jusqu'au Moyen-Orient, jusqu'en Egypte et jusqu'en Inde. Je le trouvais pourtant deux fois plus superbe et intimidant qu'il ne m'était apparu du temps de mes douze ans.

N'était-il pas malheureux de ne pouvoir se débarrasser d'une telle sensation d'écrasement ! Malgré moi, c'était avec une admiration teintée de terreur que je contemplais ce décor tandis qu'une étrange douleur s'immisçait dans mon cœur, l'obligeant à battre plus fort et forçant dans mes artères un torrent de sang brûlant. Mon regard embrassa les trois lustres de cristal et d'or dont les sept rangs de vraies chandelles s'inscrivaient dans un cercle de presque cinq mètres de diamètre. Combien de rangs ces lustres avaient-ils comptés jadis ? Cinq ? Trois ? J'en avais perdu le souvenir. Puis mes yeux se posèrent sur les vastes miroirs qui, dans leur cadre doré, reflétaient l'élégant assortiment de sièges Louis XIV où ceux qui ne prenaient pas part au bal pouvaient s'installer pour converser ou pour observer les danseurs.

Rien de tout cela n'aurait dû se produire car les choses ne sont jamais dignes de ce qu'elles sont restées dans notre mémoire. Pourquoi le nouveau Foxworth Hall me faisait-il une impression plus forte encore que la demeure primitive ?

Ce fut alors que je vis autre chose... quelque chose que je ne me serais jamais attendue à voir.

Ce double escalier qui s'incurvait de part et d'autre du vaste damier rouge et blanc que dessinait le sol dallé de marbre. N'étaient-ce pas les mêmes marches ? Polies de neuf, certes, mais les mêmes. N'avais-je pourtant point vu le feu ravager Foxworth Hall jusqu'à n'en laisser qu'un tas de braises ? Mais les huit cheminées n'avaient pas brûlé, pas plus que ce double escalier monumental. Le complexe travail d'ébénisterie qu'avait été la rampe en bois de rose avait péri dans l'incendie mais sa réplique exacte l'avait remplacée. Je ravalai ma salive pour faire passer la boule que j'avais en travers de la gorge. J'aurais voulu que cette maison fût neuve, entièrement neuve... et qu'il ne restât rien de l'ancienne.

A la façon dont Joël m'observait, je compris que mon visage était de loin plus révélateur que celui de Chris. Lorsque nos regards se croisèrent, il détourna vivement le sien puis nous fit signe de le suivre. Il nous fit visiter le rez-de-chaussée et j'observai un mutisme total, laissant Chris poser toutes les questions. Enfin, nous nous installâmes dans l'un des salons et Joël entreprit de nous conter son histoire.

Auparavant, il avait fait halte dans l'immense cuisine pour nous y préparer une collation. Refusant l'aide de Chris, il s'était chargé du plateau avec la théière, les tasses et une série de petits sandwiches raffinés. Je n'avais pas trop d'appétit mais, comme il fallait s'y attendre, Chris mourait de faim. En un rien de temps, il eut englouti une demi-douzaine de ces amuse-gueule et il tendait la main pour en prendre un septième lorsque Joël lui servit sa seconde tasse de thé. Pour ma part, je m'étais contentée d'un seul canapé et j'avais à peine pris deux gorgées de ce thé que je trouvais brûlant et particulièrement fort. J'étais suspendue aux lèvres du vieillard, anticipant sur l'histoire qu'il allait nous raconter.

Sa voix, presque inaudible et passablement éraillée, donnait l'impression qu'il avait pris un coup de froid et qu'il lui était difficile de parler, mais j'eus vite fait d'oublier ce que ce timbre pouvait avoir de désagréable lorsqu'il se mit à narrer tous ces détails que j'avais toujours voulu connaître sur nos grands-parents et sur l'enfance de notre mère. En peu de temps, il devint clair qu'il vouait à son père une haine intense et je me sentis alors un peu mieux disposée à son égard.

— Vous appeliez votre père par son prénom ?

C'était la première fois que je lui posais une question depuis le début de son récit et j'avais formulé celle-ci à mi-voix comme si je craignais que l'esprit de Malcolm ne rodât toujours dans cette demeure et ne m'entendît.

Je vis les lèvres minces de Joël se tordre pour esquisser une parodie de sourire.

— Bien sûr. Avec mon frère Mel — qui était de quatre ans mon aîné — nous l'appelions toujours ainsi, mais jamais en sa présence, nous n'avions pas cette audace. Donner le nom de père à un homme que nous ne considérions pas comme tel nous aurait paru absurde et, pareillement, le désigner sous le terme affectif de papa qui, outre son ridicule, impliquait une relation de tendresse proprement inexistante et dont, de toute manière, nous n'aurions pas voulue. Néanmoins, lorsque nous y étions acculés, nous lui disions « père » mais, surtout, nous faisions notre possible pour n'être jamais en sa présence. Dès que l'on nous annonçait son retour, nous nous empressions de disparaître. Il menait en effet le plus gros de ses affaires de son bureau en ville mais il en avait un autre à demeure où il était constamment au travail derrière une table monumentale qui, pour nous, faisait fonction de barrière. Même lorsqu'il était chez nous, il s'arrangeait pour rester lointain, inaccessible. L'oisiveté lui était inconnue et on le voyait toujours bondir pour aller prendre dans son antre des communications téléphoniques à longue distance de sorte que nous ne savions rien des transactions qu'il opérait. Il était même rare de le voir parler avec notre mère, ce dont elle ne paraissait pas se soucier. De temps à autre, pourtant, il prenait notre petite sœur sur ses genoux et, en ces moments-là, nous l'observions en cachette, le cœur saisi d'étranges désirs.

» Plus tard, à maintes reprises, nous nous sommes demandé pourquoi nous étions si jaloux de Corinne alors qu'elle était souvent punie tout aussi sévèrement que nous. La différence, c'est qu'il était toujours désolé de la punir. Chaque fois qu'il l'humiliait, qu'il la battait ou qu'il l'enfermait dans le grenier — ce qui était son châtiment préféré — il lui offrait ensuite un bijou de valeur, une poupée coûteuse ou quelque autre jouet de riche. Elle avait tout ce qu'une petite fille peut désirer, mais faisait-elle la moindre bêtise qu'il lui confisquait ce à quoi elle était le plus attachée pour en faire don à la paroisse dont il était le bienfaiteur. Elle pouvait alors pleurer et tenter de regagner son affection, il se montrait avec elle aussi distant qu'il pouvait être attentionné en d'autres moments.

» Lorsqu'à notre tour, Mel et moi, nous nous efforçâmes d'obtenir des compensations similaires, notre père nous tourna le dos en nous disant de nous comporter en hommes et non en bébés. Nous avions alors la certitude que votre mère savait comment le manœuvrer pour obtenir ce qu'elle voulait. Nous autres, nous étions incapables d'employer la douceur ; nous ne savions ni ruser ni jouer les saintes nitouches.

J'imaginai ma mère gamine courant d'une pièce à l'autre de cette superbe mais sinistre demeure et s'y accoutumant à vivre dans un tel luxe que, par la suite, lorsqu'elle avait épousé notre père dont le salaire était fort modeste, elle avait continué à ne pas penser au prix des choses qu'elle s'achetait.

— Corinne et notre mère ne s'aimaient pas, poursuivait Joël. A mesure que nous grandissions, nous comprenions que notre mère était jalouse de la beauté de sa propre fille, jalouse des nombreux charmes qui permettaient à Corinne d'entortiller les hommes à son gré. Car votre mère était d'une exceptionnelle beauté. Nous-mêmes qui étions ses frères, nous sentions le pouvoir qu'elle saurait un jour en retirer. (Joël posa ses pâles mains décharnées bien à plat sur ses cuisses. Bien que noueuses, elles conservaient un reste d'élégance dû peut-être aux gracieux mouvements des doigts, seulement peut-être à leur pâleur extrême.) Qu'il vous suffise de promener autour de vous un regard sur cette splendeur, sur cette majesté, pour vous figurer les tourments d'une famille entière s'efforçant d'échapper à ces chaînes dont Malcolm nous avait chargés. Notre mère elle-même, bien qu'elle disposât d'une fortune personnelle léguée par ses parents, lui était soumise en tout.

» Mel parvint à se soustraire au travail bancaire qu'il avait en horreur et auquel Malcolm l'avait astreint, le jour où il enfourcha sa moto pour gagner les montagnes et vivre dans la cabane de rondins que lui et moi avions construite. C'était là que nous invitions nos petites amies et que, défiant l'autorité de notre père, nous faisions systématiquement tout ce que nous savions encourir sa réprobation.

» Par un terrible jour d'été, Mel tomba dans un précipice. Il avait vingt et un ans ; j'en avais dix-sept. La disparition de mon frère me laissa si seul, si vide, que je me crus moi-même à demi mort. Après l'enterrement, mon père vint me trouver pour me dire que j'allais devoir prendre la relève de mon frère et travailler dans l'une de ses banques afin de m'initier au monde de la finance. Il aurait aussi bien pu m'ordonner de me couper les mains et les pieds. Le soir même, je quittai la maison.

Autour de nous, l'énorme demeure paraissait aux aguets, calme, trop calme. La tempête au-dehors semblait également retenir son souffle bien qu'il me fût possible d'entrevoir par les fenêtres un ciel de plomb qui se faisait de plus en plus turgescent. Je fis un léger mouvement pour me rapprocher de Chris. En face de nous, installé dans une bergère, Joël restait silencieux, comme plongé dans la mélancolie de ses souvenirs.

— Et où êtes-vous allé ? lui demanda Chris. (Il reposa sa

tasse, se renversa sur le sofa et croisa les jambes. Puis sa main chercha la mienne.) Ça n'a pas dû être facile pour un gosse de dix-sept ans livré à lui-même.

Brutalement ramené dans le présent, Joël parut étonné de se retrouver dans cette demeure haïe de son enfance.

— Certes, cela n'eut rien de simple. En dehors de la musique, pour laquelle j'étais assez doué, je ne savais rien faire de mes dix doigts. Je réussis néanmoins à payer mon passage pour la France en m'engageant comme matelot sur un cargo. Pour la première fois de ma vie, je me suis retrouvé avec des mains calleuses. Une fois là-bas, je pus gagner quelques francs par semaine en travaillant dans un night-club. Mais bientôt, lassé d'une telle vie, je partis pour la Suisse avec l'intention de voir du pays et bien décidé à ne jamais retourner chez nous. J'y trouvai cette fois du travail comme pianiste dans une petite auberge non loin de la frontière italienne et, bien vite, je pris plaisir à faire du ski. Un jour, de bons amis me convièrent à une sortie assez risquée. Il s'agissait d'effectuer une descente depuis un sommet passablement haut. J'avais alors dix-neuf ans. Trop occupés à rire et à s'interpeller, mes quatre compagnons devant moi ne remarquèrent pas que je quittais la piste et me précipitais droit dans une profonde crevasse. En tombant, je m'étais cassé la jambe et je restai un jour et demi dans un état semi-comateux. Puis, entendant mes faibles appels au secours, deux moines qui voyageaient à dos de mulet se débrouillèrent pour me sortir de là. Je n'ai pas gardé souvenir de la manière dont ils s'y prirent car j'étais fort affaibli par la faim et pratiquement inconscient tant je souffrais. Lorsque je revins à moi, j'étais dans leur ermitage et des visages affables me souriaient. Ce monastère était situé sur le versant italien des Alpes et j'ignorais la langue du pays mais, tandis que ma jambe se remettait, ils m'enseignèrent le latin dont ils usaient entre eux. Ils mirent aussi à profit mon mince talent artistique pour les aider dans leurs travaux : peinture de fresques et enluminures de manuscrits. De temps à autre, je tenais l'orgue à leurs offices. Lorsque je fus de nouveau sur pied, je m'aperçus que j'avais fini par aimer cette vie tranquille, les travaux qu'ils me donnaient à faire, les hymnes qu'il me fallait jouer à l'aube ou au crépuscule et la muette routine de ces jours consacrés à la prière, au labeur et à l'oubli de soi. Je résolus donc de rester et devins membre de cette communauté. Entre les murs de ce monastère de montagne, j'ai finalement trouvé la paix.

Son récit terminé, il garda un moment les yeux fixés sur Chris, puis ce regard, aussi brûlant qu'il était pâle, se posa sur moi.

Surprise de me sentir ainsi sondée, je réprimai un mouvement de recul, m'efforçant de ne pas laisser paraître la répulsion qu'il m'inspirait. Je n'arrivais pas à l'aimer en dépit de cette vague ressemblance avec un père que j'avais adoré. Et, à coup sûr, je n'avais pas la moindre raison de le détester. Sans doute s'agissait-il d'une projection de mon angoisse, de ma crainte qu'il ne sût qu'en réalité Chris était mon frère et non mon mari. Bart lui avait-il raconté notre histoire ? Avait-il remarqué combien Chris ressemblait aux Foxworth ? Je n'aurais su dire. Il me souriait, usant de son charme vieillissant pour gagner ma sympathie. D'ores et déjà, il avait eu la sagesse de comprendre que ce n'était pas Chris qu'il aurait à convaincre...

— Pourquoi êtes-vous revenu ? s'enquit ce dernier.

Joël tenta un nouveau sourire.

— Un jour, un journaliste américain vint à l'ermitage afin d'écrire un article sur la condition de moine à l'époque moderne. Comme j'étais le seul à parler anglais, la communauté fit de moi son porte-parole. Au détour de la conversation, je lui demandai s'il avait entendu parler des Foxworth de Virginie. Il me répondit par l'affirmative car, du fait de son immense fortune, Malcolm avait été étroitement mêlé à la vie politique du pays. J'appris ainsi sa mort et celle de ma mère. Après le départ du journaliste, je ne pus m'empêcher de repenser à cette maison et à ma sœur. Les années peuvent aisément se fondre l'une dans l'autre lorsque les jours ne diffèrent en rien de ceux qui les précèdent et que l'on n'a pas constamment un calendrier sous les yeux. Toujours fut-il qu'un jour, en définitive, je résolus de retourner chez moi et de renouer des liens avec ma sœur.

Le journaliste n'avait fait nulle mention de son mariage et ce ne fut qu'après mon installation dans un motel du village voisin, il y a près d'un an, que j'appris comment le manoir primitif avait été la proie des flammes par une nuit de Noël. Je sus aussi par la même occasion que ma sœur avait fait un séjour dans une institution psychiatrique et que l'incommensurable fortune des Foxworth était désormais sienne. Mais il me fallut attendre l'été suivant, et la venue de Bart, pour apprendre le reste... comment ma sœur était morte et comment il en avait hérité.

Il baissa modestement les yeux puis reprit :

— Bart est un jeune homme remarquable. Sa compagnie me procure un plaisir extrême. Avant son arrivée, je montais fréquemment ici faire un brin de causette avec le concierge. C'est lui qui m'a parlé de Bart et des nombreuses visites qu'il avait coutume de faire pour mettre au point les choses avec les entrepreneurs et les décorateurs. Par lui également, j'ai su que votre fils avait exprimé le désir que la nouvelle demeure soit l'exacte réplique de l'ancienne. Je me suis donc arrangé pour être là lors de son passage et nous nous sommes rencontrés. Je lui ai révélé qui j'étais et il a paru enchanté de me connaître... et voilà toute l'histoire.

Vraiment ? Le regard que je posais sur lui se fit insistant. En revenant, ne s'était-il pas dit qu'il avait droit à sa part d'héritage ? Pouvait-il faire opposition au testament de ma mère et détourner à son profit quelque chose de la fortune du vieux Malcolm ? En ce cas, comment expliquer que Bart n'eût pas été fâché de le savoir vivant ?

Je me gardai bien d'exprimer la moindre de ces pensées, me contentant de rester assise cependant que Joël s'enfonçait dans un long silence morose. Chris se leva.

— Nous avons eu une journée fort remplie, Joël, et mon épouse doit être fatiguée. Pourriez-vous nous montrer nos appartements afin que nous puissions faire un brin de toilette et nous reposer ?

Joël bondit aussitôt de son fauteuil et se confondit en excuses pour un aussi piètre accueil. Puis il nous précéda jusqu'à l'escalier.

— J'aurai grand plaisir à revoir Bart. Il a eu la générosité de me proposer une chambre dans cette maison mais ces pièces sont trop chargées du souvenir de mes parents. Aussi ai-je élu domicile au-dessus du garage, à proximité des communs.

A cet instant précis, le téléphone sonna. Joël décrocha et me tendit le combiné.

— C'est votre fils aîné qui appelle de New York, fit-il de sa voix sèche et grinçante. Si vous désirez lui parler tous les deux, il y a un autre appareil dans le premier salon.

Chris se précipita pour aller décrocher l'autre téléphone pendant que je répondais à Jory. Le ton joyeux de mon fils dissipa quelque peu l'accablement sous lequel je succombais déjà.

— Maman, papa, je me suis débrouillé pour annuler certains engagements et nous sommes libres, Mel et moi, de vous rejoindre. Des vacances nous feront d'ailleurs le plus grand bien et puis nous aimerions jeter un coup d'œil à cette maison dont on nous a tant parlé. Est-elle vraiment identique à l'ancienne ?

Oh, que oui ! Trop même ! Mais qu'importe, j'étais si heureuse d'apprendre la venue de Jory et de Melodie. Lorsque Cindy et Bart seraient là, eux aussi, nous formerions de nouveau une famille au grand complet, tous vivant sous le même toit... un bonheur que je n'avais pas goûté depuis longtemps.

— Non, reprit Jory, s'empressant de répondre à la question que je lui posais, ça ne me dérange pas du tout d'arrêter les représentations pour un temps. Je suis crevé. Je sens la fatigue jusqu'au fond des os. Nous avons vraiment besoin de repos... et puis, nous avons quelque chose à vous annoncer.

Il n'en dit pas plus.

Chris et moi, nous raccrochâmes. Joël qui, par discrétion, s'était effacé dans une pièce voisine, réapparut. A pas malaisés, il contourna l'imposante console sur laquelle un bouquet de fleurs sèches avait été placé dans un grand vase de marbre tout en nous parlant de la suite que Bart avait prévu de mettre à ma disposition. Ce faisant, il me jeta un bref coup d'œil puis son regard se déplaça vers Chris lorsqu'il ajouta :

— A votre disposition aussi, bien sûr, docteur Sheffield.

Les yeux larmoyants de Joël revinrent alors brusquement se poser sur moi pour étudier mon expression et j'eus le sentiment qu'il trouvait quelque chose qui n'était pas pour lui déplaire.

Je m'accrochai au bras de Chris et fis courageusement face à ces marches qui allaient nous mener, nous ramener à ce second étage où tout avait pris naissance... Cet amour coupable et merveilleux que nous avions découvert, Chris et moi, dans la pénombre d'un grenier poussiéreux et délabré, dans cet obscur lieu jonché de vieux meubles et d'objets au rebut, entre les fleurs de papier qui garnissaient les murs et les promesses brisées qui gisaient à nos pieds.

Souvenirs

A mi-hauteur de l'escalier, je m'arrêtai pour jeter un dernier regard sur le rez-de-chaussée, à la recherche d'un détail qui m'aurait jusqu'alors échappé. Tandis que Joël racontait son histoire, je n'avais cessé d'examiner ce qu'auparavant je n'avais vu que par deux fois et dont mes yeux ne s'étaient pas rassasiés. De la pièce où nous nous étions installés j'avais pu contempler le hall avec ses innombrables miroirs et son élégant mobilier de style disposé par petits groupes dans la vaine tentative de créer des recoins intimes. Mes yeux s'étaient posés sur ce sol de marbre, luisant comme du verre à force d'avoir été poli et repoli, et je m'étais sentie prise de l'incoercible désir de danser, de danser, de pirouetter jusqu'à m'écrouler, terrassée par le vertige...

Me voyant traînasser, Chris perdit patience et me tira jusqu'au palier du second étage dominé par sa vaste rotonde. Là encore, je ne pus m'empêcher de plonger mon regard vers la salle de bal.

— Cathy, me murmura-t-il non sans quelque contrariété, te voilà encore perdue dans tes souvenirs. N'est-il pas temps pour nous d'oublier le passé et d'aller de l'avant ? Viens. Je sais que tu tombes de fatigue.

Les souvenirs... ils dévalaient à présent vers moi, tel un torrent dévastateur. Cory, Carrie, Bartholomew Winslow... Je les sentais tous autour de moi, je percevais leurs voix chuchotantes. Mon regard se porta de nouveau sur Joël, sur celui qui nous avait prévenus qu'il ne désirait pas que nous l'appelions « oncle Joël » car il réservait l'usage de ce titre à mes enfants.

Physiquement, il ne devait pas être très différent de Malcolm, si ce n'était ses yeux plus doux, moins perçants que ceux du portrait grandeur nature accroché dans la salle des trophées. Je me dis alors que tous les yeux bleus n'étaient pas nécessairement le reflet d'une âme cruelle et insensible. N'étais-je d'ailleurs pas mieux placée que quiconque pour le savoir ?

Sans m'en cacher, j'examinai le visage du vieillard, y découvrant les vestiges du jeune homme qu'il avait été jadis. Sans doute avait-il eu des cheveux de lin et des traits d'une étroite ressemblance avec ceux de mon père... et du fils de mon père. Je m'en sentis plus détendue et trouvai la force de m'avancer vers lui pour le prendre dans mes bras.

— Soyez le bienvenu, Joël.

J'eus l'impression d'étreindre un corps glacé, cassant, et ce fut à peine si mes lèvres purent effleurer sa joue desséchée car il se rétracta comme s'il craignait d'être contaminé à mon contact, ou peut-être, simplement, parce qu'il avait peur des femmes. Moi-même, j'eus un mouvement de recul, regrettant soudain d'avoir voulu me montrer chaleureuse. Le contact physique est une chose que nul Foxworth n'est censé pratiquer en dehors du mariage. Désespérément, mes yeux cherchèrent ceux de Chris. Du calme, me répondirent-ils. Tout ira bien.

— Mon épouse est particulièrement lasse, rappela Chris avec douceur. Nous avons eu, ces derniers temps, un programme fort chargé. La cérémonie de remise du diplôme de notre cadet, puis soirée sur soirée, et enfin ce voyage...

Joël se décida tout de même à rompre ce lourd silence qu'il laissait planer dans le demi-jour de la rotonde en nous informant de ce que Bart avait l'intention d'engager des domestiques. Notre fils avait déjà pris contact avec une agence de placement mais c'était à nous qu'il incombait d'examiner les candidatures. Joël avait marmonné cela d'une voix si indistincte que je n'avais pu en saisir la moitié, d'autant qu'une foule d'autres pensées me tourbillonnaient dans la tête. Je venais de fixer mon regard sur l'aile nord et sur la porte de cette chambre isolée où nous avions été séquestrés. Avait-elle toujours le même aspect ? Bart avait-il ordonné qu'on y installât deux grands lits et reconstitué ce capharnaüm de vieux meubles sombres et massifs ? Je priais le ciel qu'il s'en fût abstenu.

Soudain, de la bouche de Joël, jaillirent des mots auxquels je n'étais pas préparée.

— Vous ressemblez beaucoup à votre mère, Catherine.

Je lui répondis par un regard fixe, outrée de ce qu'il avait dû considérer comme un compliment.

Il restait là, figé sur place, comme s'il attendait quelque ordre silencieux. Son regard se déplaça vers Chris puis revint sur moi et il hocha la tête avant de nous tourner le dos et de continuer à nous guider vers notre chambre. Le soleil qui avait brillé d'un tel éclat lors de notre arrivée n'était plus qu'un vague souvenir maintenant que la pluie commençait à s'abattre sur le toit d'ardoises avec le crépitement sec et régulier d'un tir de mitrailleuse. Au-dessus de nos têtes, le tonnerre explosait ou grondait, et des éclairs déchiraient le ciel, me précipitant toutes les deux ou trois secondes dans les bras de Chris où je me faisais toute petite devant pareille manifestation de la colère divine.

Des ruisselets couraient sur les vitres et toute cette eau acheminée depuis le toit irait grossir un torrent qui, bientôt, submergerait les jardins, noyant toute vie, toute beauté. J'exhalai un soupir, malheureuse que j'étais d'avoir remis les pieds dans cette demeure où j'avais de nouveau l'impression d'être si petite, si terriblement vulnérable.

— Oui, oui, marmonna Joël comme s'il se parlait à lui-même. Exactement comme Corinne.

Une fois de plus, son regard me sonda puis, inclinant la tête, il s'absorba dans une méditation si longue que cinq minutes durent s'écouler. Cinq minutes ou cinq secondes.

— Nous avons encore nos bagages à défaire, dit Chris avec plus de fermeté. Ma femme est épuisée. Elle a besoin d'un bon bain suivi d'une bonne sieste. Les voyages lui font toujours cet effet. (Je me demandai pourquoi il se donnait la peine de fournir des explications.)

Instantanément, Joël s'arracha au monde intérieur dans lequel il s'était plongé. Peut-être était-il normal pour un moine d'incliner ainsi la tête et de se perdre dans une silencieuse prière. Je n'aurais su dire puisque je ne connaissais rien des monastères et du genre de vie que mènent les moines.

A pas lents et traînants, il nous précéda le long d'un couloir interminable, puis, à mon grand désespoir, je le vis obliquer vers l'aile sud, celle où jadis notre mère avait vécu dans de somptueux appartements. Mon plus grand désir n'avait-il pas été de dormir dans son fabuleux lit cygne, de m'asseoir devant son immense coiffeuse et de me plonger dans sa baignoire de marbre noir, reflétée par des miroirs sur les quatre murs et sur le plafond ?

Joël s'immobilisa devant les doubles portes que précédaient deux larges marches en demi-lune tapissées de moquette. Avec lenteur, il esquissa un curieux sourire et se contenta de dire :

— L'aile de votre mère.

Saisie d'un frisson devant ces portes par trop familières, je tournai vers Chris un regard désespéré. Dehors, la pluie s'était calmée ; on n'en percevait plus qu'un staccato régulier. Joël ouvrit l'un des battants, franchit le seuil, et Chris en profita pour me murmurer à l'oreille :

— Pour lui, nous sommes mari et femme, Cathy... c'est tout ce qu'il sait sur nous.

Et ce fut les larmes aux yeux que je pénétrai dans cette chambre... pour y découvrir ce que je croyais avoir été la proie des flammes. Le lit ! Ce lit cygne aux fantastiques draperies roses retenues à l'extrémité de chaque aile par des plumes incurvées pareilles à des doigts. Cette même courbure du col, ce même œil rougi de sommeil, encore entrouvert cependant pour veiller sur les occupants du lit.

Je le fixai sans y croire. Dormir dans ce lit ? Ce lit où ma mère avait été tenue dans les bras de Bartholomew Winslow, son second mari ? L'homme que je lui avais volé pour en faire le père de mon fils Bart ? L'homme qui hantait toujours mes rêves et dont le souvenir me remplissait de culpabilité ? Non ! Je ne pourrais jamais dormir dans ce lit ! Jamais !

Certes, en un temps, je n'avais rêvé que de m'y étendre auprès de Bartholomew Winslow. Quelle enfant j'avais été, quelle gourde ! Croire que les biens matériels puissent réellement apporter le bonheur ! Croire que je n'aurais jamais d'autre désir que celui de m'accaparer cet homme.

— Ce lit n'est-il pas une merveille ? fit derrière moi Joël. Bart n'a pas ménagé ses efforts pour trouver des artisans capables de sculpter cette tête de lit en forme de cygne. A ce qu'il m'a dit, tout le monde le prenait pour un fou. Mais il a fini par dénicher quelques vieux ébénistes qui ont été ravis de faire œuvre tout à la fois créative et financièrement gratifiante. Il semble que Bart leur ait décrit en détail la position de la tête, qu'il leur ait dit de sertir un rubis pour figurer l'œil ensommeillé, qu'il ait insisté sur la nécessité des plumes en forme de doigts pour retenir correctement les draperies. Oh, le raffut qu'il a fait lorsqu'ils ont raté la première ébauche ! Et l'autre petit lit cygne au pied du premier. Ça aussi il y tenait. Pour vous, Catherine, pour vous.

— Joël, fit Chris d'une voix dure, que vous a dit Bart au juste ?

Puis il vint se placer près de moi et m'entoura les épaules de son bras, me protégeant contre Joël, me protégeant contre tout. Avec lui, j'aurais accepté de vivre dans une chaumière, sous la tente ou dans une caverne. Il me donnait sa force.

Devant l'attitude protectrice de Chris, le sourire du vieil homme se fit imprécis mais sardonique.

— Bart m'a tout confié sur sa famille. Voyez-vous, il a

toujours éprouvé le besoin de parler à un homme d'un certain âge.

Il marqua une pause significative, jetant un bref regard sur Chris qui n'avait pu manquer de saisir l'allusion et qui, en dépit de son contrôle, ne put s'empêcher de tressaillir. Satisfait de l'effet qu'il avait produit, Joël poursuivit :

— Bart m'a raconté comment sa mère avait été séquestrée avec ses deux frères et sa sœur pendant plus de trois ans. Il m'a dit aussi qu'elle avait réussi à s'enfuir avec sa sœur, Carrie, la survivante des jumeaux, qu'elles avaient gagné la Caroline du Sud et que vous, Catherine, aviez mis des années et des années pour trouver l'époux qui vous convenait le mieux... et que c'est la raison pour laquelle vous êtes à présent mariée à votre... cher Dr Christopher Sheffield.

Il y avait là trop d'insinuations, trop d'omissions étranges... Assez en tout cas pour m'en sentir brutalement glacée jusqu'aux os.

Joël finit par quitter la chambre et referma doucement la porte derrière lui. Chris put alors me rassurer comme il était indispensable qu'il le fît si je devais passer ne fût-ce qu'une nuit dans ces lieux. Il m'embrassa, me tint serrée dans ses bras, me caressa le dos, les cheveux, m'apaisa tant et si bien que je pus me retourner et juger de ce que Bart avait fait pour rendre ces pièces aussi luxueuses que par le passé.

— Ce n'est qu'un lit, me dit Chris avec autant de douceur dans la voix que de chaleur et de compréhension dans le regard, une simple réplique de l'original. Notre mère n'y a jamais dormi, chérie. Souviens-toi, Bart a lu tes écrits. Ce que tu vois là n'existe que parce que tu lui as donné les moyens de le reconstituer. Tu as décrit ce lit cygne avec un tel luxe de détails qu'il a dû croire que tu souhaitais avoir une chambre en tout point semblable à celle de notre père. Inconsciemment, peut-être est-ce encore ton désir, et il l'a senti. Dis-toi seulement qu'il a voulu te faire plaisir, qu'il s'est donné du mal, qu'il a dépensé des sommes folles pour redonner à cette chambre son aspect d'antan.

Je secouai la tête en silence, niant obstinément avoir jamais convoité ce que possédait ma mère. Il ne me crut pas.

— Tu ne pensais qu'à ça, Catherine ! Tout ce qu'elle avait, tu le voulais ! Je le sais ! Tes enfants le savent ! Alors, ne va pas blâmer l'un d'entre nous pour avoir su interpréter tes désirs même voilés sous de malins subterfuges.

J'aurais aimé le haïr de si bien me connaître mais je ne pus que me pendre à son cou et enfouir mon visage contre sa poitrine tandis que, tremblante, j'essayais de cacher la vérité, y compris à moi-même.

— Ne sois pas dur avec moi, Chris, sanglotai-je. C'est un tel choc pour moi de trouver ces appartements pratiquement inchangés depuis l'époque où nous y venions, toi et moi, dérobés à notre mère... et à son mari...

Il me serra très fort contre lui et je lui demandai :

— Que penses-tu vraiment de Joël ?

Il s'accorda un temps de réflexion avant de répondre :

— Je l'aime bien, Cathy. Il me paraît sincère et je crois qu'il est heureux que nous acceptions qu'il demeure ici.

— Tu lui as dit qu'il pouvait rester ? murmurai-je.

— Bien sûr, pourquoi pas ? Ne devons-nous pas quitter les lieux sitôt que Bart aura fêté son vingt-cinquième anniversaire et « sera rentré en possession de ses biens » ? Pense donc un peu à la merveilleuse occasion que nous avons d'en apprendre un peu plus sur les Foxworth. Joël peut nous donner d'autres détails sur notre mère lorsqu'elle était jeune et sur ce qu'était l'existence au sein de cette famille, et il se peut qu'alors nous puissions comprendre pourquoi elle nous a trahis et pourquoi le grand-père désirait notre mort. Il doit y avoir eu dans le passé quelque horrible vérité cachée pour que Malcolm ait pu devenir pervers au point de fouler aux pieds l'instinct naturel qui dictait à notre mère de ne pas laisser mourir ses enfants.

A mon sens, Joël nous en avait assez dit dans le petit salon. Je ne désirais pas en savoir plus. Malcolm Foxworth avait été l'un de ces êtres humains étranges qui naissent dépourvus de conscience, incapables d'éprouver le moindre remords pour les actes mauvais qu'ils commettent. Nul besoin de chercher des motifs à ce comportement qui resterait à jamais incompréhensible.

Chris prit un regard suppliant, prêtant ainsi le flanc à mon mépris.

— J'aimerais mieux connaître la jeunesse de notre mère, Cathy, afin de pouvoir comprendre la façon dont elle a agi par la suite. Elle nous a infligé une blessure si profonde qu'à mon sens, il nous sera impossible, à toi comme à moi, de nous en remettre avant d'avoir compris. Je lui ai pardonné mais je ne puis oublier... Je veux comprendre ce qui s'est passé afin de pouvoir t'aider à lui pardonner...

— Qu'est-ce que ça changerait ? lui rétorquai-je, sarcastique. Il est trop tard pour chercher à comprendre ou à excuser notre mère. Et puis je ne tiens pas à trouver une explication à sa conduite car je serais alors obligée de lui pardonner.

Il laissa retomber les bras le long de son corps et s'éloigna.

— Je vais aller chercher les bagages. Prends donc un bain. Lorsque tu en sortiras, j'aurai tout rangé. (Il s'arrêta sur le seuil et, sans se retourner, ajouta :) Fais un effort, Cathy. Saisis cette chance qui t'est offerte de faire la paix avec Bart. Son cas n'est pas désespéré. Tu l'as entendu faire son discours lors de la remise des diplômes et tu as pu constater que ce jeune homme était un orateur remarquable. Celui que nous avons connu timide et introverti a fini par devenir un leader. Il nous faut considérer comme une bénédiction que Bart soit enfin sorti de sa coquille.

— Oui, lui répondis-je, baissant la tête en toute humilité, je ferai mon possible. Et pardonne-moi si, une fois de plus, je me suis laissée emporter par ma nature volontaire.

Il se tourna pour me sourire et sortit de la pièce.

Dans la salle de bains de « Madame », que jouxtait un vaste dressing, je me déshabillai avec lenteur pendant que la baignoire se remplissait. Tout autour de moi, dans leur cadre doré, les miroirs me renvoyaient l'image de ma nudité. J'étais fière de ma silhouette, toujours aussi svelte et ferme, et de mes seins qui ne s'affaissaient pas. Une fois nue, je levai les bras pour ôter les épingles maintenant ma coiffure. Comme en une réminiscence, j'imaginai ma mère accomplissant les mêmes gestes, ses pensées tournées vers cet homme plus jeune qu'elle et qui était son second mari. S'était-elle demandé où il était lors de ces nuits qu'il passait auprès de moi ? Avait-elle su précisément qui était la maîtresse de Bart avant cette soirée de Noël où j'avais fait mes révélations ? Oh, que je souhaitais qu'elle l'ait su !

Suivit et passa un dîner sans événement notable.

Deux heures plus tard, j'étais étendue dans ce lit cygne auquel j'avais consacré tant de rêves éveillés et je regardais Chris se déshabiller. Fidèle à ses engagements, il avait déballé nos affaires, suspendu mes vêtements comme les siens sur des cintres et rangé notre linge de corps dans la commode. Il me paraissait fatigué, peut-être même morose.

— Joël m'a dit que des domestiques devaient se présenter demain. J'espère que tu seras d'attaque.

— Mais je pensais que Bart se réservait de faire son choix.

— Non, c'est à toi qu'il laisse ce soin.

— Ah bon.

Chris disposa son costume sur le valet de cuivre et, de nouveau, je me surpris à penser que ce valet ressemblait à s'y méprendre à celui dont le père de Bart se servait lorsqu'il demeurait ici... ou plutôt dans cet autre Foxworth Hall. Obsédée, j'étais obsédée. Nu comme un ver, Chris se dirigea vers la salle de bains de « Monsieur ».

— Le temps de prendre une douche et j'arrive. Attends-moi pour t'endormir.

Etendue dans la pénombre, je fixai le décor de cette chambre avec l'étrange impression de ne plus être dans ma peau, d'être dans la peau de ma mère puis de ne plus y être puis d'y revenir et de sentir au-dessus de ma tête la présence de quatre enfants séquestrés dans une chambre fermée à clé. J'étais gagnée par cette panique et cette culpabilité qui, à coup sûr, avait été les siennes tandis qu'au rez-de-chaussée, son horrible vieillard de père s'obstinait à vivre, lui qui la terrifiait même lorsqu'il ne pouvait la voir. Engeance maudite, progéniture du diable... Ces mots, j'avais l'impression de les entendre incessamment répétés par une voix chuchotante. Je fermai les yeux pour tenter de supprimer ce délire. Je n'entendis plus de voix, je n'entendis plus résonner cette musique de ballet. Je ne sentis plus cette puissante odeur de moisissure venue du grenier. J'avais cinquante-deux ans, pas douze, ni treize, ni quatorze, ni quinze.

Toutes ces vieilles senteurs s'étaient dissipées. Je ne percevais plus que celles des peintures récentes, du bois neuf, du papier peint et des tissus muraux fraîchement posés. Une moquette neuve, de nouveaux tapis, des meubles neufs. Non pas le vrai Foxworth mais une simple imitation. Cependant, pourquoi Joël était-il revenu, si la vie monastique avait pour lui tant de charme ? Accoutumé qu'il était à l'austérité du monastère, il ne pouvait certainement désirer tout cet argent. Mais sa présence devait être motivée par quelque chose de plus sérieux que la simple envie de voir ce qui restait de sa famille. Lorsque les gens du village lui avaient appris que notre mère était morte, pourquoi n'était-il pas reparti ? Pourquoi avoir guetté l'occasion de rencontrer Bart ? Et qu'avait-il trouvé en lui pour qu'il ait décidé de rester ? Même cette façon de laisser Bart user de lui comme majordome jusqu'à ce que nous en ayons trouvé un vrai... Puis, avec un soupir, je me dis qu'il était absurde de chercher midi à quatorze heures lorsqu'une telle fortune était en jeu. L'argent, de toute évidence, était une raison suffisante pour faire tout et n'importe quoi.

La fatigue pesait sur mes paupières mais je luttai contre le sommeil. J'avais encore besoin de réfléchir à la journée de demain, à cet oncle surgi de nulle part. N'avions-nous finalement obtenu ce que maman nous avait promis que pour l'abandonner aux mains de Joël ? Et, s'il ne tentait pas de faire annuler le testament, si nous parvenions à garder ce que nous avions, n'aurions-nous pas à en payer le prix ?

Le lendemain matin, ce fut avec la sensation d'avoir enfin obtenu notre dû et de contrôler notre destin que Chris et moi nous descendîmes le grand escalier par la volée de droite. Il me prit la main et la serra très fort, devinant à mon expression que cette demeure avait cessé de m'intimider.

Dans la cuisine, nous trouvâmes Joël occupé à préparer le petit déjeuner. Il portait un long tablier blanc et s'était calé sur le sommet du crâne une haute toque de chef cuisinier. Je fus frappée par le ridicule de cette coiffure sur un vieillard aussi décharné. « Seuls les gros devraient avoir le droit d'officier derrière les fourneaux », me dis-je en dépit de la gratitude que j'éprouvais à le voir assumer une corvée que, pour ma part, je n'avais jamais fort appréciée.

— J'espère que vous aimez les œufs pochés à l'aurore, dit-il sans même lever les yeux vers nous.

A ma grande surprise, ses œufs furent une pure merveille et Chris en reprit deux fois. Puis Joël nous montra des pièces qui attendaient encore d'être aménagées et me dit avec un sourire en coin :

— Bart m'a parlé de votre préférence pour les salons intimes et confortablement meublés. Il voudrait que, dans votre style inimitable, vous fassiez de ces pièces vides des lieux douillets.

Se moquait-il ? Ne savait-il pas pertinemment que nous étions seulement de passage, Chris et moi ? Je pris alors conscience que, peut-être, Bart n'avait jamais osé me dire lui-même qu'il voulait que je l'aide à décorer cette maison.

Lorsque je demandai à Chris si Joël pouvait faire annuler le testament de notre mère et reprendre cet argent sur lequel Bart fondait toute l'estime qu'il avait pour lui-même, il secoua la tête et m'avoua mal connaître les tenants et aboutissants du labyrinthe légal ouvert par la résurrection d'un héritier « décédé ».

Bart ne pourrait-il pas donner à Joël de quoi lui assurer le peu d'années qui lui restent à vivre ? dis-je en me creusant la tête pour me remémorer les termes exacts du testament de notre mère.

Il n'y était bien sûr pas fait mention de ses frères aînés puisqu'elle les croyait morts.

Lorsque je resurgis de mes pensées, Joël était de nouveau dans la cuisine, ayant trouvé ce qu'il était parti chercher dans le garde-manger. Il répondait à une question que venait de lui poser Chris et que je n'avais pas entendue.

— Bien sûr, la maison n'est pas tout à fait la même car, de nos jours, on ne se sert plus de chevilles mais de clous. En fait, je ne m'y sens pas vraiment chez moi et c'est pourquoi je vais rester dans mon logement au-dessus du garage.

— Je vous ai déjà dit qu'il ne fallait pas, fit Chris en fronçant les sourcils. J'estime qu'il n'est tout bonnement pas correct de laisser un membre de la famille vivre dans ce dénuement.

Nous avions visité le vaste garage ainsi que les chambres réservées aux domestiques qui le surmontaient. On ne pouvait parler à leur propos de dénuement. Elles n'étaient simplement pas très grandes.

« Laisse-le faire ce qu'il veut ! » aurais-je voulu crier, mais je ne fis rien.

Avant même que je ne me sois rendu compte de ce qui se passait, Chris avait installé Joël au second étage dans l'aile ouest. Bizarrement, malgré le regret que Joël vécût sous le même toit que nous, je poussai un soupir. Mais tout se passerait bien quand même. Dès que notre curiosité serait satisfaite et que Bart aurait fêté son anniversaire, nous partirions avec Cindy pour Hawaii.

Vers 2 heures de l'après-midi, nous nous installâmes, Chris et moi, dans la bibliothèque pour examiner la candidature d'un couple qui se présentait avec d'excellentes références. Je ne trouvais rien à leur reprocher sinon quelque chose de furtif dans le regard. Cette façon qu'ils avaient de nous observer avec insistance commençait à me mettre mal à l'aise.

— Désolé, leur dit Chris sur le vu du petit signe négatif que je lui adressai, nous avons déjà arrêté notre choix sur un autre couple.

L'homme et son épouse se levèrent pour prendre congé mais, sur le pas de la porte, la femme se retourna et fit peser sur moi un long regard lourd d'insinuations.

— J'habite le village, Mrs Sheffield, dit-elle sur un ton glacial. Nous n'y sommes que depuis cinq ans mais nous avons déjà ouï dire pas mal de choses sur les Foxworth.

Ce qu'elle venait de dire me fit baisser les yeux.

— Je n'en doute pas, madame, lui rétorqua sèchement Chris.

La femme eut un reniflement de mépris et sortit en claquant la porte.

Le suivant qui se présenta fut un homme de haute taille, d'allure aristocratique, et dont le maintien, tout autant que la tenue impeccable jusque dans les moindres détails, avait quelque chose de militaire. Il fit son entrée d'un pas résolu et attendit poliment pour s'asseoir que Chris l'en eût prié.

— Je me nomme Trevor Mainstream Majors, dit-il dans ce style incisif spécifiquement britannique. Je suis né à Liverpool voilà maintenant cinquante-neuf ans. Je me suis marié à Londres à l'âge de vingt-six ans, mon épouse est décédée depuis trois ans et j'ai deux fils qui vivent en Caroline du Nord... je me présente donc avec l'espoir de travailler en Virginie et d'être ainsi en mesure de rendre visite à mes fils lors de mes jours de congé.

— Où avez-vous été employé après avoir quitté les Johnston ? lui demanda Chris qui venait de parcourir son curriculum vitae. Vous paraissez avoir d'excellentes références jusqu'à l'année dernière.

Trevor Majors modifia la position de ses longues jambes et rajusta son nœud de cravate avant de répondre :

— J'ai servi chez les Millerson qui, jusqu'à il y a environ six mois, habitaient la Colline.

Silence. J'avais souvent entendu ma mère faire mention des Millerson. Mon cœur se mit à battre plus vite.

— Combien de temps êtes-vous resté chez les Millerson ? demanda Chris sans se départir de son ton affable, bien qu'il eût remarqué l'anxiété qui se peignait sur mon visage.

— Pas très longtemps, monsieur. Ils avaient leurs cinq enfants auxquels venait s'ajouter un continuel défilé de neveux et de nièces, sans parler des amis dont les visites se prolongeaient en séjours. J'étais leur seul domestique et j'avais à faire la cuisine, le ménage, la lessive ; je servais de chauffeur et — ce qui pour un Anglais est source d'orgueil et de joie — je m'occupais du jardin. Mais rien que de conduire les enfants à l'école, de les en ramener, de les trimballer à leur cours de danse, au stade ou au ciné, je passais tant de temps sur les routes que je n'avais pratiquement aucune chance de pouvoir préparer un repas décent. Un jour, Mr Millerson s'est plaint de ce que je n'avais ni tondu la pelouse ni sarclé le jardin et de ce qu'en l'espace de deux semaines, il n'avait pas une seule fois bien mangé chez lui. Il s'était mis à crier parce que je lui servais son dîner en retard. Mais là, monsieur, c'était un comble... avec Madame qui m'avait fait passer la journée derrière le volant. Il m'avait fallu l'attendre devant je ne sais combien de magasins, ramasser les enfants à la sortie du cinéma... et ensuite j'aurais dû m'arranger pour servir le dîner à l'heure. J'ai dit à Mr Millerson que je n'étais pas un robot capable de tout faire à la fois... et je lui ai rendu mon tablier. Il était si furieux qu'il m'a menacé de ne pas me faire de certificat. Mais si vous pouvez attendre quelques jours, je pense qu'il se calmera et comprendra que, confronté à des circonstances difficiles, j'ai fait de mon mieux.

Je poussai un soupir et regardai Chris en lui adressant un petit signe. Cet homme était parfait. Chris ne prit même pas la peine de se tourner vers moi.

— Je pense que vous ferez l'affaire, monsieur Majors, dit-il. Nous vous engageons pour une période d'essai d'un mois et si, à l'issue de celle-ci, vous ne nous avez pas donné satisfaction, nous nous en tiendrons là. (Il daigna enfin regarder dans ma direction.) Enfin, si mon épouse est d'accord...

Je me levai sans rien dire et fis un signe de tête affirmatif. Nous avions besoin de domestiques. Je n'avais pas l'intention de passer mes vacances à dépoussiérer cette énorme maison.

— Monsieur, madame, si vous le désirez, vous pouvez m'appeler Trevor. Ce sera pour moi un honneur et un plaisir de servir dans cette demeure grandiose. (Il avait bondi de son siège à l'instant où je m'étais levée et, lorsque Chris à son tour quitta son fauteuil, ils se serrèrent la main.) Certes, un plaisir, ajouta-t-il en nous adressant à tous deux un large sourire.

En l'espace de trois jours, nous engageâmes trois autres domestiques. Ce ne fut pas une tâche trop ardue, compte tenu des gages mirobolants que leur offrait Bart.

Cinq jours s'étaient déjà écoulés depuis notre arrivée et, ce soir-là, nous étions sortis Chris et moi sur le balcon pour regarder le cercle des montagnes et lever nos yeux vers cette même vieille lune qui, jadis, nous observait lorsque nous montions nous étendre sur le toit de l'ancien Foxworth Hall. Ce gigantesque œil unique de Dieu auquel j'avais cru lorsque j'avais quinze ans. J'avais connu en d'autres lieux des lunes romantiques, de beaux paysages baignés dans une clarté qui dissipait mes peurs et mes remords. Ici, je sentais dans la lune un inquisiteur inflexible prêt à nous condamner sans relâche.

— N'est-ce pas une nuit splendide ? me demanda Chris, le bras passé autour de ma taille. J'aime ce balcon que Bart a fait ajouter à notre suite. Il ne fait pas de rupture avec la façade puisqu'il est situé à l'extrémité d'une aile, et regarde un peu la vue qu'il nous donne sur les montagnes.

Ces sommets voilés de bleu par la brume m'étaient toujours apparus comme le mur hérissé de tessons de notre prison. Même à présent, je voyais encore dans leurs courbes adoucies une barrière entre moi et la liberté. *Mon Dieu, si vous existez là-haut, donnez-moi la force d'affronter les semaines qui vont suivre.*

Le lendemain vers midi, nous nous tenions Chris et moi sur le perron en compagnie de Joël et nous regardions une longue Jaguar rouge surbaissée qui grimpait à grande vitesse la route en lacet menant à Foxworth Hall.

Bart conduisait toujours à tombeau ouvert comme s'il défiait la mort de venir le prendre. Rien qu'à voir la manière dont il négociait ces virages en épingle à cheveux, je me sentais défaillir.

— Dieu sait qu'il devrait se montrer plus raisonnable, grogna Chris. Il est toujours à deux doigts de l'accident... mais regarde un peu la façon dont il roule. On dirait vraiment qu'il a prise sur l'immortalité.

— Pour certains, c'est le cas, fit Joël, énigmatique.

Je lui jetai un regard perplexe puis mes yeux retournèrent suivre la progression de ce bolide rouge qui avait coûté une petite fortune. Chaque année, Bart s'achetait une nouvelle voiture — dont la couleur toutefois ne changeait jamais — et il avait ainsi fait l'essai des plus luxueux modèles. Mais celui-ci était de loin son préféré, nous avait-il appris dans sa courte lettre.

Dans un crissement de pneus qui répandit une odeur de caoutchouc brûlé et souilla de deux longues raies noires la perfection de l'allée, la Jaguar s'immobilisa. Bart nous fit un grand signe, ôta ses lunettes de soleil, secoua la tête pour remettre un peu d'ordre dans ses boucles brunes puis, négligeant d'emprunter la portière, bondit hors de la décapotable et retira ses gants pour les jeter avec désinvolture sur le siège. Il se précipita ensuite au sommet des marches et me souleva dans ses bras puissants pour me planter sur les joues une avalanche de baisers. Sidérée par la chaleur qu'il mettait dans ces retrouvailles, je m'empressai de lui répondre, mais à peine mes lèvres eurent-elles effleuré sa joue qu'il me redéposa sur le sol et me repoussa comme s'il s'était brusquement lassé de moi.

Il était là en plein soleil, un mètre quatre-vingt-dix, des yeux marron foncé brillants d'intelligence et de dynamisme, de larges épaules et un corps musclé qui s'amincissait vers des hanches étroites et de longues jambes fuselées. Je le trouvais si beau dans son complet de sport blanc !

— Tu es superbe, mère. Tout bonnement superbe. (Ses yeux sombres me détaillèrent de la tête aux pieds). Et merci d'avoir mis cette robe rouge... c'est ma couleur préférée.

— Merci, Bart, lui dis-je en prenant la main de Chris. C'est justement pour toi que je me suis habillée ainsi.

J'espérais maintenant l'entendre dire un mot gentil à Chris. J'espérais... j'attendais... mais il fit comme si Chris n'était pas là et se tourna vers Joël.

— Bonjour, oncle Joël. Ma mère n'est-elle pas aussi belle que je vous l'avais promis ?

Je sentis la main de Chris étreindre la mienne si fort que j'en eus mal. Bart, comme d'habitude, avait trouvé le moyen d'insulter le seul père qu'il ait jamais connu.

— Oui, Bart, ta mère est vraiment très belle, répondit Joël dans le murmure éraillé qui lui servait de voix. En fait, elle est exactement comme j'imagine que ma sœur Corinne a dû être à son âge.

— Bart, pourquoi ne dis-tu pas bonjour à ton... (J'aurais voulu dire *père* mais je savais que Bart aurait eu l'impolitesse de se récrier contre l'emploi d'un tel terme. Aussi dis-je *Chris*.)

Tournant vers Chris ce sombre regard où brillait parfois une lueur sauvage, Bart mâchonna un vague bonjour.

— Toi non plus, tu ne vieillis pas, lui dit-il sur le ton du reproche.

— J'en suis désolé, Bart, répondit Chris d'une voix neutre, mais le temps finira bien par accomplir son œuvre.

— Espérons-le.

Je l'aurais giflé.

Il nous tourna le dos. Son regard courut sur les pelouses, sur la maison, sur les luxuriants parterres de fleurs et sur les bosquets fournis puis il remonta les allées du parc, s'arrêtant au passage sur les bassins, sur les statues, sur les fontaines. Sur ses lèvres apparut le fier sourire du propriétaire.

— Magnifique, c'est vraiment magnifique. Exactement ce que j'espérais. J'ai parcouru le monde et je n'y ai rien vu de comparable à Foxworth Hall. (Ses yeux se rivèrent brusquement aux miens.) Je sais ce que tu penses, mère. J'ai bien conscience que cette maison n'est pas encore la plus belle du monde mais, un jour, elle le sera. J'ai l'intention de faire construire de nouvelles ailes et la célébrité de cette demeure finira par éclipser celle de tous les palais d'Europe. Je vais consacrer toute mon énergie à faire de Foxworth Hall un monument historique.

— Sur qui veux-tu faire impression ? Le monde moderne rejette les grandes demeures, rejette les grandes fortunes et il ne respecte en rien ceux qui les obtiennent par voie d'héritage.

Quelle mouche venait de piquer Chris ? Lui qui était le tact personnifié. Je vis le visage de Bart s'empourprer sous le hâle.

— J'ai bien l'intention d'accroître ma fortune par mes propres moyens ! rugit Bart qui marcha droit sur Chris.

Et je vis cet homme que je considérais comme mon époux plonger dans les yeux de mon fils un regard de défi.

— C'est exactement ce que j'ai fait pour toi, lui dit-il.

A ma grande surprise, Bart parut enchanté.

— Tu veux dire qu'en tant qu'administrateur de mes biens tu as accru ma part d'héritage.

— Oui, et ça n'a pas été très difficile, répondit Chris avec laconisme. L'argent appelle l'argent et les placements que j'ai effectués pour ton compte se sont révélés joliment rentables.

— Dix contre un que j'aurais fait mieux.

Chris eut un sourire ironique.

— J'aurais pu prédire que tu me remercierais ainsi.

Mon regard allait de l'un à l'autre et je me sentais également navrée pour les deux. En homme mûr, Chris savait ce qu'il était, qui il était, et il y puisait une tranquille assurance, tandis que Bart se cherchait encore et luttait pour trouver sa place dans l'univers.

Mon fils, mon fils, quand apprendras-tu l'humilité, la gratitude ? Combien de soirs n'avais-je pas vu Chris penché sur des graphiques et tentant de déterminer quel serait le meilleur investissement tout en sachant que, tôt ou tard, Bart l'accuserait d'avoir manqué de pertinence dans ses choix !

— Tu auras bientôt l'occasion de faire tes preuves, lui dit Chris avant de se tourner vers moi. Allons faire un tour, Cathy. Si nous descendions jusqu'au lac ?

— Un instant, nous cria Bart, de toute évidence furieux de nous voir partir alors qu'il venait à peine d'arriver. (J'étais déchirée entre le désir de m'éclipser en compagnie de Chris et l'envie de faire plaisir à mon fils.) Où est Cindy ?

— Elle sera bientôt là, lui répondis-je. Pour l'instant, elle est chez une amie. Mais peut-être cela t'intéressera-t-il de savoir que Jory va venir ici passer des vacances avec Melodie.

Bart se contenta de me regarder fixement, consterné peut-être par ce que je lui apprenais. Puis une étrange excitation parut remplacer toute autre émotion sur son beau visage bronzé.

— Bart, repris-je, résistant à Chris qui s'efforçait de m'éloigner au plus vite d'une source d'ennuis manifeste. Cette maison est vraiment très belle. Et toutes les modifications que tu y as apportées sont des réussites.

De nouveau, la surprise se peignit sur son visage.

— Comment ? Tu veux dire qu'elle n'est pas tout à fait la même ? Je pensais pourtant...

— Non, Bart. Le balcon sur lequel donnent nos appartements n'existait pas dans le temps.

Bart fit volte-face pour hurler à son grand-oncle :

— C'est vous qui m'avez dit qu'il y était !

Un sourire sardonique aux lèvres, Joël s'avança vers lui.

— Bart, mon fils, je ne t'ai pas menti. Je ne mens jamais. Le Foxworth Hall primitif comportait un tel balcon. C'était la mère de mon père qui l'avait fait poser. Grâce à lui, elle pouvait recevoir son amant à l'insu des domestiques. Plus tard, elle put ainsi s'enfuir avec ce même amant sans éveiller son époux qui, chaque fois, fermait à double tour la porte de leur chambre et gardait la clé sur lui. En prenant possession du domaine, Malcolm fit arracher ce balcon... mais je dois dire que sa présence ajoute un certain charme à cette partie de la maison.

Satisfait, Bart se tourna de nouveau vers Chris et vers moi.

— Tu vois, mère, tu ne connais rien de cette demeure. Le véritable expert, c'est l'oncle Joël. Il m'a tout décrit en détail, le mobilier, les tableaux, et, au bout du compte, j'aurai une réplique de l'original, mais en mieux.

Bart n'avait pas changé. Il était toujours obsédé par cette volonté d'être une copie conforme de Malcolm Foxworth, non tant dans l'apparence physique que dans le caractère et dans la détermination de devenir l'homme le plus riche du monde quoi qu'il dût faire pour mériter ce titre.

Mon fils cadet

Presque aussitôt après son arrivée, Bart commença de mettre sur pied des projets concernant la fête qu'il allait donner pour son anniversaire. Apparemment — j'en étais tout à la fois surprise et ravie — il s'était fait beaucoup d'amis en Virginie durant ces étés qu'il y avait passés. A l'époque, je m'étais sentie blessée qu'il ne consacrât que quelques jours de ses vacances à venir nous voir en Californie mais je constatais à présent qu'il en avait profité pour faire la connaissance de gens dont nous n'avions jamais entendu parler et qu'il se proposait d'inviter à sa fête.

Cela faisait à peine une semaine que nous étions à Foxworth Hall et, déjà, la monotonie de ces jours où il n'y avait rien d'autre à faire que manger, dormir, lire, regarder la télé et se promener dans le parc ou dans les bois commençait à me taper sur les nerfs au point d'avoir envie d'y échapper le plus tôt possible. Le silence de ces régions montagneuses me broyait dans son maléfice d'isolement et de désespoir. C'était ce silence que je ne pouvais supporter. Je voulais entendre des voix, plein de voix, entendre sonner le téléphone, voir débarquer des gens à l'improviste, et personne ne venait jamais. Il y avait bien sûr les membres de la bonne société locale qui avaient fort bien connu les Foxworth mais c'était précisément ceux-là que Chris et moi devions éviter. Quant à nos vieux amis de New York et de Californie, j'aurais bien voulu les inviter à l'anniversaire de Bart mais je n'osais le faire sans son approbation. Je traînais donc mon ennui de pièce en pièce, y associant de temps à autre Chris. Lui et moi, nous allions aussi nous promener dans le parc ou flâner dans les bois, tantôt silencieux, tantôt volubiles.

Chris, lui, s'était remis à l'aquarelle et disposait d'un passe-temps qui m'était refusé puisqu'il n'était plus question pour moi de reprendre la danse. Quotidiennement néanmoins, je continuais à faire mes exercices d'échauffement pour conserver à mon corps souplesse et minceur. Joël, d'ailleurs, me surprit une fois en train de faire mes mouvements, vêtue d'un collant rouge, dans le petit salon attenant à notre chambre. Je l'entendis hoqueter sur le seuil et me retournai pour le voir fixer sur moi des yeux ronds comme si j'étais nue.

— Qu'est-ce qui se passe ? lui demandai-je. Est-il arrivé quelque catastrophe ?

Il projeta vers moi ses longues mains pâles, paumes largement ouvertes en un geste de refus, et il me toisa d'un air méprisant.

— N'êtes-vous pas un peu vieille pour tenter de jouer les séductrices ?

— La notion même d'exercice vous serait-elle inconnue, Joël ? lui dis-je avec une pointe d'impatience dans la voix. Vous n'avez d'ailleurs pas la moindre raison de pénétrer dans cette aile. Restez donc à l'écart de nos appartements et vos yeux ne risqueront pas d'être scandalisés.

— Vous osez vous montrer irrespectueuse envers une personne plus âgée, plus sage que vous, fit-il, cinglant.

— Si je vous ai manqué de respect, je vous prie de m'en excuser mais vous m'avez offensée par vos paroles et par votre attitude. Si nous voulons que, durant notre séjour, la paix règne dans cette demeure, mieux vaut que nous nous cantonnions chacun dans notre aile. Cette maison est assez grande pour que nous puissions y jouir de notre intimité sans avoir besoin de fermer les portes.

Il se raidit, me tourna le dos puis s'éloigna mais j'avais pu surprendre dans son regard une flamme indignée. Je me précipitai jusqu'à la porte, me demandant, si, après tout, je ne m'étais pas trompée, s'il n'était pas simplement un pauvre vieillard incapable de s'en tenir à ses propres affaires. Néanmoins, je ne courus pas derrière lui pour lui faire des excuses. J'ôtai mon collant, enfilai un short et un chemisier puis, toute joyeuse à la pensée de voir bientôt Jory et sa femme, j'allai retrouver Chris. En passant devant le bureau de Bart, je marquai un temps d'arrêt et je l'entendis parler à l'organisateur dont il avait requis les services d'un minimum de deux cents invités. *Oh, Bart, te rends-tu compte qu'ils ne viendront pas tous ? Et, si aucun ne manque à l'appel, que Dieu nous vienne en aide !*

Tandis que je restais plantée devant le seuil, je l'entendis citer les noms de plusieurs de ses invités. Ils n'étaient pas tous du pays. Un certain nombre étaient des notabilités qu'il avait rencontrées en Europe au cours de ses voyages. Durant sa période estudiantine, Bart s'était montré infatigable dans ses efforts pour voir le monde et connaître des gens en place, que l'origine de leur pouvoir fût politique, intellectuelle ou financière. Pour moi, cette quête inlassable était due à son incapacité d'être heureux en restant au même endroit. Il était de ces hommes qui aspirent toujours aux vertes prairies plus lointaines.

— Ils viendront tous, disait-il à son interlocuteur. Lorsqu'ils auront mon invitation sous les yeux, ils n'auront pas l'idée de refuser.

Puis il raccrocha et fit pivoter son fauteuil pour me faire face.

— Alors, mère, on écoute aux portes ?

— C'est un travers que j'ai dû t'emprunter, mon chéri. (Je le vis marquer le coup.) Bart, pourquoi ne pas simplement fêter ton anniversaire en famille ? Ou limiter les invitations à nos amis les plus chers ? Les gens des alentours n'ont nulle envie d'y assister. Si j'en crois ce que disait ma mère, ils ont toujours détesté les Foxworth qui possédaient trop alors qu'eux-mêmes avaient trop peu. Les Foxworth allaient et venaient à leur guise tandis que ceux du village étaient collés à la terre. Quant aux notables du coin, s'il te plaît, ne les fais pas venir à ta fête même si Joël t'a dit qu'ils étaient ses amis et, de ce fait, les tiens et les nôtres.

— Craindrais-tu de voir vos péchés étalés au grand jour, mère ? me demanda-t-il, impitoyable.

Tout accoutumée que j'étais à ce genre de réflexion de sa part, je ne pus m'empêcher de me faire intérieurement toute petite. Etait-ce si terrible que Chris et moi vivions comme mari et femme ? Les journaux n'étaient-ils pas remplis de crimes pires que les nôtres ?

— Allez, mère, ne fais pas cette tête. Soyons heureux

pour changer. (Une expression intense apparut sur son visage bronzé comme si rien de ce que j'aurais pu dire ne pouvait entamer sa joie.) S'il te plaît, mère, passionne-toi un peu pour mon entreprise. Je suis en train de passer mes ordres pour avoir ce qu'il y a de mieux. Dès que la nouvelle se répandra, et elle se répandra car j'ai choisi le meilleur organisateur de Virginie qui est homme à soigner sa publicité, personne ne pourra résister au désir d'assister à ma fête. Les gens sauront que j'ai fait venir des artistes de New York et d'Hollywood, et surtout, tout le monde se bousculera pour voir danser Jory et Melodie.

Je fus submergée de surprise et de joie.

— Tu le leur as demandé ?

— Non, mais imagines-tu un refus de la part de mon propre frère et de ma propre belle-sœur ? Vois-tu, mère, je compte donner cette réception dans le jardin, au clair de lune. Les pelouses seront tout illuminées par des sphères dorées et les fontaines, dont je vais accroître le nombre, seront équipées de spots dont les diverses nuances joueront sur les ondulations de l'eau. Il y aura du champagne français par caisses entières et toute la gamme d'alcools auxquels tu puisses songer. Le buffet sera bien sûr garni des mets les plus délicats. Je vais faire placer les tables au sein d'un décor fantastique et chacune d'elles aura une nappe d'une couleur différente. Nous allons travailler par contrastes de couleurs, d'autant que ces tables seront littéralement jonchées de fleurs. Je vais montrer au monde ce dont un Foxworth est capable.

Et il s'emballait, s'emballait.

Lorsque après avoir quitté le bureau de Bart, je retrouvai Chris en train de parler avec un jardinier, je me sentis heureuse et rassurée. Peut-être cet été allait-il être celui où mon fils cadet finirait tout de même par se trouver.

Tout se passerait conformément aux prédictions de Chris : Bart n'hériterait pas seulement d'une immense fortune mais d'une base sur laquelle asseoir son amour-propre et se constituer une personnalité... restait à souhaiter que ce fût la bonne.

Deux jours plus tard, j'étais de nouveau dans son bureau, confortablement calée dans l'un de ses profonds et luxueux fauteuils de cuir et toute à la surprise de constater combien son installation avait été rapide. De toute évidence, ce mobilier, choisi depuis longtemps, avait vu sa livraison retardée jusqu'au jour où mon fils avait été présent pour dire où chaque chose se plaçait. Derrière la bibliothèque qui lui servait de bureau, la petite chambre où notre détesté grand-père avait vécu jusqu'à sa mort avait été convertie en salle des archives par l'adjonction de placards à dossiers tandis que la pièce où avait dormi l'infirmière du grand-père devenait un second bureau destiné à la secrétaire de Bart, s'il en dénichait jamais une qui correspondît à ses exigences. Dans la première pièce, un bureau courbe immensément long était surmonté d'un ordinateur dont les deux imprimantes tapaient des séries de lettres différentes dans le temps même où Bart et moi conversions. D'épais couvercles en plexiglas étouffaient le crépitement de ces machines.

Avec fierté, il me montra comment on pouvait rester en contact avec le monde sans quitter son fauteuil rien qu'en appuyant sur des touches et en introduisant un programme dont le nom de code était « La Source ». Ce fut alors que j'appris qu'un été il avait suivi deux mois de stage pour s'initier à la programmation.

— Ainsi, mère, je puis passer mes ordres de vente et d'achat, profiter de conseils techniques et avoir accès à des données simplement par l'usage de cet ordinateur. Je compte occuper mon temps de cette manière jusqu'à ce que j'ouvre un cabinet.

Il resta un moment pensif, dubitatif même. Je continuais à penser qu'il n'aurait pas fait Harvard si son père ne l'y avait pas précédé. Devenir avocat ne l'intéressait pas vraiment. Ce qu'il voulait, c'était faire de l'argent, et puis encore plus d'argent.

— N'es-tu pas assez riche, Bart ? Qu'y a-t-il que tu ne puisses acheter ?

Quelque chose comme une douce nostalgie enfantine visita ses yeux sombres.

— Le respect, mère. A la différence de toi ou de Jory, je

suis dépourvu de tout talent. Je suis incapable de danser, incapable de dessiner correctement une fleur et, à plus forte raison une forme humaine. (Il faisait indirectement référence à Chris et à son passe-temps d'aquarelliste.) Lorsque je visite un musée, je reste perplexe devant tous ces gens béats d'admiration. Je ne vois rien d'extraordinaire dans *la Joconde*. Pour moi, ce n'est que le portrait d'une femme plutôt quelconque, au visage inexpressif, et qui ne devait certainement pas faire se retourner les hommes dans la rue. Je n'apprécie pas la musique classique, aucun style de musique en fait... pourtant, m'a-t-on dit, je ne chante pas trop faux. C'est qu'il m'arrivait de chanter étant gosse. Quel gamin empoté j'ai dû faire, n'est-ce pas ? Je dois vous avoir fait rire un bon million de fois. (Il eut un sourire suppliant.) Dépourvu de toute sensibilité artistique, je me rabats sur le genre de dessins que je puis comprendre, ceux qui représentent des dollars et des *cents*. Et dans les musées, les seules choses qui suscitent mon admiration sont les bijoux. (Là, je vis pétiller son regard.) L'éclat des diamants, des rubis, des émeraudes... voilà ce que je sais apprécier. L'or, l'or qui s'entasse... ça, je puis le comprendre. La beauté, je la vois dans l'or, dans l'argent, dans le cuivre et dans le pétrole. Sais-tu que je me suis rendu à Washington rien que pour voir frapper les pièces d'or ? J'ai puisé dans ce spectacle une sorte d'ivresse, comme si tout cet or devait un jour être à moi.

L'admiration que j'avais pu ressentir pour lui se dissipa et des flots de pitié m'envahirent.

— Mais les femmes, Bart ? L'amour ? Les amis ? Les enfants ? N'espères-tu pas tomber un jour amoureux et te marier ?

Un moment, il posa sur moi un regard vide tandis que ses ongles carrés tambourinaient sur le plateau du bureau. Puis il se leva, s'approcha des portes-fenêtres et fixa les yeux sur le parc et, par-delà, sur les montagnes voilées d'une brume bleuâtre.

— J'ai eu des expériences sexuelles, mère. Je ne m'attendais pas à y prendre du plaisir mais ce fut pourtant le cas. J'en ai retiré l'impression que mon corps trahissait ma volonté. En revanche, je n'ai jamais été amoureux et j'imagine mal que l'on puisse se consacrer à une seule femme alors qu'il en est tant de désirables et de parfaitement consentantes. Je croise une belle fille et, lorsque je me retourne pour la regarder, c'est pour m'apercevoir qu'elle-même s'est retournée pour me regarder. C'est tellement simple de les amener dans mon lit. Rien n'est moins stimulant. (Il s'interrompit et tourna la tête vers moi.) Je me sers des femmes, mère, et j'ai parfois honte de moi. Je les prends puis je les jette et je fais même semblant de ne pas les connaître lorsque je les revois. Elles finissent toutes par me haïr. (Il posa sur mon visage ébahi un regard tout à la fois provocateur et attentif puis il me demanda sur un ton enjoué :) Est-ce un choc pour toi ? Ou suis-je exactement le genre de salaud que tu as toujours craint de me voir devenir ?

Je ravalai ma salive, espérant trouver cette fois les mots justes. Il semblait bien que, par le passé, je ne les eusse jamais trouvés. Je doutais d'ailleurs que quiconque pût par des paroles détourner Bart de ce qu'il était, et de ce qu'il voulait être... en admettant qu'il le sût.

— Je crains surtout que tu ne sois qu'un produit de ton temps, commençai-je d'une voix douce dénuée de toute nuance récriminatrice. J'ai presque pitié de cette génération qui passe à côté des plus beaux aspects de l'amour. Quel charme peux-tu trouver dans ce genre de conquête ? Que donnes-tu à ces femmes avec lesquelles tu couches ? Ne sais-tu pas qu'il faut du temps pour construire une relation d'amour, une relation durable ? Ça ne se fait pas en l'espace d'une nuit. Dans ces rapports sans lendemain, tu n'acquiers pas le sens des responsabilités. Tu contemples la beauté d'un corps, tu éprouves du désir mais ce n'est pas de l'amour.

Je lisais dans son regard fiévreux un intérêt si net que cela m'encouragea à poursuivre, surtout lorsqu'il me demanda :

— Comment définis-tu l'amour ?

C'était un piège qu'il me tendait car il savait que mes propres amours avaient été marquées par le destin. Je lui répondis néanmoins, espérant le sauver de toutes ces erreurs qu'il était certain de commettre.

— Je ne pourrais définir l'amour, Bart, et je doute que quiconque en soit capable. Il grandit de jour en jour au contact de cette autre personne qui comprend tes besoins comme tu comprends les siens. Au début, c'est un vague trouble qui effleure ton cœur et te rend vulnérable à toute beauté. Car cette beauté, tu la découvres même là où, auparavant, tu ne voyais que laideur. Tu te sens rayonner d'un bonheur dont tu ne connais pourtant pas la cause. Tu apprécies ce qui auparavant te laissait indifférent. Ton regard croise celui de la personne que tu aimes et tu y vois le reflet de tes propres sensations, de tes propres espoirs, de tes propres désirs. Le simple fait d'être auprès d'elle te rend heureux. Sans même qu'il existe un contact physique entre vous, tu te sens réchauffé par la seule présence de cet être à tes côtés. Puis un jour, ce contact physique apparaît. Tu prends sa main peut-être, et cela te semble merveilleusement doux. Point n'est besoin d'une caresse intime pour que tu te sentes bouleversé. Tu n'en retires pas le désir de pousser plus loin les choses... tu te laisses simplement porter petit à petit vers l'objet de ton amour. Votre vie, vous la partagez par des mots avant que ce soit par un acte engageant votre corps tout entier. C'est alors que te vient sérieusement la pensée de faire l'amour avec cette personne. Tu te mets à en rêver la nuit et, cependant, tu continues d'attendre, d'attendre le bon moment. Tu veux que cet amour demeure, qu'il ne finisse jamais. Alors, c'est avec lenteur, avec une infinie lenteur que tu t'achemines vers l'ultime expérience de ta vie. Jour après jour, minute après minute, seconde après seconde, tu anticipes les réactions de cette personne, sachant bien qu'elle ne te décevra pas, qu'elle te sera fidèle... même si tu es loin. Paix, joie et confiance s'installent dans ton cœur lorsque tu éprouves un amour authentique. Etre amoureux, c'est comme donner de la lumière dans une pièce obscure. Tout devient soudain brillant, visible. Tu n'es plus seul parce qu'elle t'aime et parce que tu l'aimes.

M'interrompant pour reprendre mon souffle, je vis que

son attention ne se relâchait pas et y puisai la force de continuer.

— C'est cela que je veux pour toi, Bart. Plus que les milliards de tonnes d'or de par le monde, plus que les joyaux qui dorment dans des coffres, je veux te voir trouver une fille merveilleuse à aimer. Oublie l'argent, tu en as en suffisance. Ouvre un peu les yeux, regarde autour de toi, découvre les joies de l'existence et renonce à cette incessante quête de l'argent.

— Ainsi, commença-t-il sur un ton rêveur, telle est la manière dont les femmes voient l'amour et la sexualité. Je m'étais toujours posé la question. Car je suis sûr qu'il ne s'agit pas là d'une conception masculine... pourtant, ce que tu viens de dire ne manque pas d'intérêt. (Il se tourna de nouveau vers la fenêtre avant de poursuivre :) En vérité, à part toujours plus d'argent, je ne sais pas au juste ce que j'attends de la vie. On m'a dit que je ferais un excellent avocat parce que je sais mener habilement une discussion. Mais je ne veux pas plaider au criminel comme mon père car il me faudrait trop souvent défendre ceux dont la culpabilité ne ferait pour moi aucun doute. Et ça, je m'en sens incapable. Quant à être avocat d'affaires, je crois que je trouverais cela assommant. J'avais bien pensé me lancer dans la politique car, en dehors de la finance, c'est le secteur qui me passionne le plus, mais avec mes maudits antécédents psychiatriques... comment aurais-je la moindre chance de faire carrière ? (Il revint vers moi et prit mes mains dans les siennes.) J'ai réellement apprécié ce que tu m'as dit. Parle-moi encore de l'amour, dis-m'en plus sur les tiens, dis-moi quel est l'homme que tu as le plus aimé. Etait-ce Julian, ton premier mari ? Ou ce merveilleux docteur nommé Paul ? Je crois que, moi aussi, je l'aurais aimé si j'avais pu m'en souvenir. Il t'a épousée pour me donner son nom, c'est bien ça ? Je souhaiterais pouvoir retrouver ses traits dans ma mémoire comme peut le faire Jory mais je n'y arrive pas. Jory se souvient très bien de lui. Il se rappelle même mon père. (Je sentis monter son exaltation lorsqu'il se pencha pour river son regard dans le mien.) Dis-moi que c'est mon père que tu as le plus aimé. Dis-moi que nul autre n'a jamais eu de réelle emprise sur ton cœur. Ne me dis pas que tu t'es servie de lui pour te venger de ta mère ! Ne me dis pas que son amour t'a servi de prétexte pour échapper à l'amour de ton propre frère !

J'étais dans l'incapacité d'articuler un mot.

Il m'étudia de son regard morose et ténébreux.

— N'as-tu pas encore pris conscience que toi et ton frère vous vous êtes toujours débrouillés pour m'empoisonner l'existence avec vos relations incestueuses ? J'ai espéré qu'un jour tu te détournerais de lui... ça n'est jamais arrivé. Alors j'ai compris que vous étiez entichés l'un de l'autre et que, peut-être, votre amour coupable ne vous donnait du plaisir que parce qu'ainsi vous alliez contre la volonté de Dieu.

Encore une fois, j'étais tombée dans le panneau ! Il ne m'avait parlé avec douceur que pour mieux m'attirer dans son piège.

— Oui, Bart, j'ai aimé ton père, as-tu jamais pu en douter ? Je reconnais que j'ai d'abord couru derrière mon beau-père pour me venger de ce que ma mère nous avait fait subir mais après, lorsqu'il eut cédé à mes avances, j'ai compris que je l'aimais, qu'il m'aimait, et nous nous sommes sentis l'un comme l'autre pris au piège par cet amour, car il lui était impossible de m'épouser. Il m'aimait... mais il aimait aussi ma mère, quoique d'un amour différent. Il se sentait déchiré entre nous deux. J'ai décidé de mettre fin à cette indécision en tombant enceinte. Même alors, il ne put se résoudre à faire un choix. Ce ne fut que par cette nuit de Noël où il ajouta foi à mon histoire d'enfants séquestrés par sa propre épouse qu'il prit parti contre elle et déclara vouloir m'épouser. Et il m'aurait épousée, lui que j'avais toujours cru à jamais enchaîné à ma mère par l'argent.

Je me levai pour partir. Bart ne dit pas un mot qui pût me laisser soupçonner la nature de ses pensées. Sur le seuil, je me retournai. Il était reparti s'asseoir derrière son bureau. Il avait les coudes posés sur le buvard et se tenait la tête à deux mains.

— Penses-tu qu'un jour quelqu'un pourra m'aimer pour moi-même et non pour mon argent, mère ?

Je sentis mon cœur bondir dans ma poitrine.

— Oui, Bart. Mais ne compte pas trouver dans la région une fille qui ne sache pas que tu es immensément riche. Pourquoi n'irais-tu pas t'établir dans le Nord-Est ou sur la côte Ouest. Là au moins, celles que tu rencontreras ne pourront pas deviner que tu as de la fortune, surtout si tu travailles comme simple avocat...

Il leva les yeux.

— J'ai déjà obtenu mon changement de nom, mère.

La terreur me submergea.

— Et quel est ton nom de famille, à présent ? lui demandai-je, ce dont j'aurais presque pu m'abstenir.

— Foxworth, me répondit-il, confirmant mes craintes. Après tout, je ne pouvais être un Winslow puisque mon père n'était pas ton mari. Et il eût été malhonnête de garder Sheffield. Paul n'était pas mon père, pas plus que ne l'est ton frère, Dieu merci.

J'étais glacée d'effroi. Ce n'était qu'un premier pas... mon fils allait-il vraiment se transformer en un nouveau Malcolm ?

— J'aurais préféré que tu choisisses Winslow, Bart. Cela aurait fait plaisir à ton défunt père.

— Je sais, fit-il d'une voix sèche. Aussi y ai-je sérieusement réfléchi. Mais en prenant ce nom, je renonçais à mon droit légitime de porter celui de Foxworth. C'est un beau nom, mère, un nom respecté de tous, hormis de ce ramassis de paysans dont l'opinion, de toute façon, ne compte guère. J'estime que Foxworth Hall m'appartient vraiment et je n'en sens peser sur moi nulle malédiction, nulle culpabilité. (De la joie brilla dans son regard.) Vois-tu, mère — et oncle Joël ne me contredirait pas —, tout le monde ne me déteste pas, tout le monde ne pense pas que je sois inférieur à Jory. (Il s'interrompit pour observer ma réaction. Je me contrôlai pour ne rien laisser paraître. Il eut l'air déçu.) Laisse-moi maintenant, mère, j'ai une longue journée de travail devant moi.

Au risque de l'irriter, je pris pourtant le temps de lui dire :

— Pendant ces heures que tu passes cloîtré dans ton

bureau, Bart, je veux que tu gardes à l'esprit que ta famille t'aime et que tous nous ne voulons que ton bien. Si en accroissant ta fortune tu dois te sentir mieux dans ta peau, alors va, deviens l'homme le plus riche du monde. Tout ce que nous souhaitons, c'est que tu sois heureux. Trouve ta juste place, celle qui te convient à toi, c'est là le plus important.

J'avais refermé derrière moi la porte du bureau et je m'acheminais vers l'escalier lorsque je faillis me heurter à Joël. Son regard larmoyant se nuança fugitivement d'une lueur fautive. Je devinai qu'il avait entendu la conversation que nous venions d'avoir Bart et moi. Mais n'avais-je pas fait la même chose l'autre jour par inadvertance ?

— Excusez-moi, Joël, je ne vous avais pas vu dans l'ombre.

— Je n'avais pas l'intention d'écouter aux portes, me dit-il avec un étrange regard. Qui cherche partout le mal ne risque pas d'être déçu.

Et il s'éloigna, furtif comme une petite souris amaigrie de n'avoir que trop rarement sa ration de zizanie à se mettre sous la dent. Pourtant, il venait encore une fois de me faire sentir coupable, honteuse. Ces soupçons, ces damnés soupçons que je nourrissais toujours à l'égard de quiconque se nommait Foxworth.

Non que je n'eusse de bonnes raisons d'en concevoir !

Mon fils aîné

Six jours avant la fête, Jory et Melodie arrivèrent par avion et, bien que notre dernière séparation ne remontât pas au-delà de dix jours, Chris et moi les accueillîmes à l'aéroport local avec ce type d'enthousiasme que l'on a coutume de réserver à ceux que l'on n'a pas vus depuis des années. Tout de suite, je vis Jory très déçu que Bart ne se fût pas déplacé pour leur souhaiter la bienvenue dans sa nouvelle et fabuleuse demeure.

— C'est qu'il est fort occupé dans le parc. Il nous a chargés de vous présenter ses excuses. (En fait, il n'en était rien.)

Tous deux me regardèrent comme s'ils n'étaient pas convaincus et je m'empressai de décrire avec un luxe de détails la façon dont Bart supervisait des hordes d'ouvriers venus faire de nos pelouses un paradis ou quelque chose de fort approchant.

Jory sourit du caractère ostentatoire qu'allait prendre cette fête. Il préférait les sauteries plus intimes où tout le monde se connaît. Avec assez d'humour, il fit remarquer :

— Rien de nouveau sous le soleil. Bart est toujours trop occupé quand il s'agit de moi et de ma femme.

Je contemplais ce visage si proche de celui de l'adolescent qui avait été mon partenaire à la scène comme à la ville, Julian. Ce premier époux dont le souvenir ne cessait de me torturer, distillant dans mon âme une culpabilité que je m'efforçais d'atténuer en donnant au fils tout l'amour que j'avais refusé au père.

— Chaque fois que je te vois, ta ressemblance avec ton père est encore plus frappante.

Nous nous étions installés sur la banquette arrière de la voiture tandis que Melodie s'était assise à côté de Chris avec qui elle échangeait quelques mots de temps à autre. Jory éclata de rire, m'entoura les épaules de son bras et pencha son beau visage vers ma joue que des lèvres chaudes effleurèrent.

— Maman... tu me répètes chaque fois la même chose. Quand vais-je donc parvenir au zénith de cette ressemblance avec mon père ?

J'éclatai de rire à mon tour, me renversai sur le dossier pour mieux croiser les jambes et posai mon regard sur la beauté du paysage. Ce moutonnement des collines, ces montagnes brumeuses dont les sommets se perdaient dans les nuages. Si proches du ciel, ne pouvais-je m'empêcher de penser. Je dus faire un effort pour ramener mon attention sur Jory qui avait tant de qualités dont Julian avait été dépourvu, que Julian n'aurait jamais pu avoir. Par bien des points, la personnalité de Jory évoquait plutôt celle de

Chris, ce qui ne faisait que renforcer ma culpabilité à l'égard de Julian, car les choses auraient pu se passer différemment entre nous s'il n'y avait pas eu Chris.

A vingt-neuf ans, Jory était un merveilleux échantillon de beauté masculine avec ses longues jambes musclées et ses fesses rondes et fermes qui forçaient le regard de toutes les femmes lorsqu'il dansait en collant. La lumière jouait dans les boucles souples de son épaisse chevelure aile-de-corbeau. Ses lèvres exceptionnellement rouges avaient un modelé sensuel et l'arête parfaitement rectiligne de son nez se flanquait de narines qui se dilataient parfois sous l'effet de la colère ou de la passion. Car il était bouillant de nature bien qu'il eût appris depuis longtemps à se contrôler, et principalement sous la nécessité de supporter Bart. Jory rayonnait d'une beauté intérieure, d'une joie de vivre qui en faisait bien autre chose qu'un simple joli garçon. Il était doté de cette énergie qui va de pair avec une certaine élévation spirituelle et ressemblait à Chris par son optimisme chaleureux, sa certitude de voir tous les événements de son existence se produire pour le mieux.

Jory acceptait son succès avec une grâce, une touchante humilité radicalement différente de l'arrogance que Julian manifestait même lorsqu'il avait mal dansé.

Jusqu'à présent, Melodie n'avait pratiquement pas ouvert la bouche comme si elle ruminait des tonnes de secrets qu'elle brûlait de répandre, attendant néanmoins pour ce faire d'être au centre de la conversation. Nous nous entendions fort bien, ma bru et moi. Pour l'heure, je ne comptais plus le nombre de fois où elle s'était retournée sur son siège pour me lancer un joyeux sourire.

— Arrête de nous mettre sur des charbons ardents, lui dis-je. Quelle est cette bonne nouvelle que vous avez à nous apprendre ?

De nouveau, avec un battement de cils à l'adresse de Jory, elle pinça la bouche, donnant à son visage l'apparence d'une bourse pleine à craquer.

— Cindy est-elle déjà là ? s'enquit-elle.

Devant ma réponse négative, elle tourna son regard vers le pare-brise et Jory m'adressa un clin d'œil.

— Nous allons donc devoir entretenir un peu plus longtemps le suspense afin que tous puissent jouir au même titre du plein effet de surprise. Pour l'instant, d'ailleurs, papa est si absorbé dans cette tâche qu'il s'est fixée de nous amener à bon port qu'il ne saurait donner à notre secret l'appréciation que celui-ci mérite.

Au bout d'une heure de trajet, nous nous engageâmes sur notre route privée dont les lacets bordés de profonds précipices obligèrent Chris à consacrer encore plus d'attention à la conduite.

Une fois que nous fûmes à Foxworth Hall et que je leur eus fait visiter le rez-de-chaussée qui, à lui seul, suscita chez eux un concert de « oh » et de « ah », Melodie se précipita dans mes bras et pencha la tête pour venir l'enfouir au creux de mon épaule. Elle me dominait en effet d'une bonne dizaine de centimètres.

— Vas-y, chérie, l'encouragea Chris avec douceur.

Elle me relâcha aussitôt et, au sourire de fierté qu'elle tourna vers lui Jory répondit par un sourire confiant. Puis le contenu de la bourse pleine à craquer se déversa.

— Cathy, j'aurais voulu attendre l'arrivée de Cindy pour pouvoir vous l'annoncer à tous ensemble mais je suis si heureuse que je ne puis plus y tenir. Je suis enceinte ! Tu ne peux pas savoir l'état dans lequel ça me met... J'ai toujours voulu ce bébé, dès la première année de notre mariage. Il a maintenant un peu plus de deux mois et nous l'attendons pour le début janvier.

Sidérée, je ne pus détacher mon regard de Melodie que pour le tourner vers Jory qui, plus d'une fois, m'avait fait part de son désir de ne pas songer à fonder une famille avant d'avoir tenu le haut de la scène pendant dix ans. Pourtant, c'était un Jory souriant que mes yeux découvraient, un Jory qui paraissait aussi fier que n'importe quel homme l'eût été dans les mêmes circonstances, comme s'il prenait fort bien l'arrivée de cet enfant hors programme.

C'en était assez pour que ma joie ne connût plus d'obstacle.

— Oh, Melodie, Jory, je suis si contente pour vous ! Un bébé ! Je vais être grand-mère !

Puis une pensée me doucha : « Avais-je envie d'être grand-mère ? »

Chris, pour sa part, assenait à Jory de grandes claques dans le dos comme si celui-ci était le premier homme à avoir jamais engrossé sa femme. Puis il embrassa Melodie et lui posa des questions sur ce qu'elle ressentait, s'inquiétant de savoir — en médecin qu'il était — si elle avait des nausées au réveil.

Et précisément parce qu'il était attentif à certaines choses que je n'avais pas vues, je portai sur elle un nouveau regard. Elle avait les yeux cernés et me semblait beaucoup trop mince pour une femme enceinte. De toute manière, rien n'aurait jamais su altérer son type classique de beauté blonde. Ses gestes étaient empreints d'une grâce royale, quand bien même elle se contentait comme à présent de prendre un magazine et de le feuilleter de bout en bout sans même s'arrêter sur une page.

— Quelque chose ne va pas, Melodie ? lui demandai-je, déconcertée par son attitude.

— Non, tout va bien, me répondit-elle avec une raideur que rien ne semblait justifier et qui me fit comprendre que, bien au contraire, tout allait mal.

Mon regard croisa celui de Jory qui me fit un petit signe pour me prévenir qu'il m'expliquerait plus tard ce qui tracassait sa femme.

Durant tout le trajet depuis l'aéroport, je n'avais cessé d'appréhender la rencontre entre Bart et son frère aîné, craignant qu'elle ne fût l'occasion d'une scène déplorable qui eût mal auguré des journées à venir. Je m'approchai d'une fenêtre et vis Bart jouer contre lui-même sur le court de squash avec la même rage de vaincre que s'il avait eu un adversaire à battre à plate couture. J'ouvris la fenêtre pour l'appeler.

— Bart ! Ton frère et sa femme sont là.

— J'arrive tout de suite ! me cria-t-il sans cesser de jouer.

— Où sont ces fameux ouvriers ? me demanda Jory en voyant le parc désert à l'exception de Bart.

Je lui expliquai qu'ils avaient presque tous quitté le travail à quatre heures afin d'éviter les embouteillages.

Bart finit par jeter sa raquette et s'achemina sans se presser vers la maison, un large sourire aux lèvres. Nous sortîmes tous sur une terrasse latérale dallée de grès aux nuances diverses et meublée d'un charmant salon de jardin dont on avait disposé les éléments sous des parasols multicolores dans un cadre de plantes vertes. Melodie parut prendre son souffle et se redresser tout en se rapprochant de Jory. Et cette fois, ce n'était pas pour obtenir sa protection. Bart pressa le pas et finit même par courir. Jory s'élança à sa rencontre. Mon cœur faillit n'y pas résister... enfin, ils étaient redevenus des frères ! Comme du temps de leur prime enfance. Ils s'administraient à présent de grandes tapes dans le dos, s'ébouriffaient mutuellement les cheveux, et je vis Bart prendre la main de Jory pour la pomper énergiquement tout en repartant dans une nouvelle série de claques sur l'épaule, coutume spécifiquement masculine qu'il avait l'air d'apprécier. Puis il se tourna vers Melodie.

Et là, je vis mourir son enthousiasme.

— Bonjour, Melodie, se contenta-t-il de dire avant de retourner à Jory pour le féliciter de leur succès sur scène et de l'admiration qu'ils suscitaient.

— Je suis fier de vous, ajouta-t-il avec un étrange sourire.

— Nous avons une nouvelle à t'apprendre, frérot. Tu as devant toi les époux les plus heureux du monde car, en janvier prochain, ils seront papa et maman.

Le regard de Bart revint se poser sur Melodie qui détourna la tête pour ne pas le croiser. Elle se tenait à présent de profil devant le soleil et sa chevelure de miel se parait de rouge aux racines tandis que l'extrémité des mèches se fondait en un brouillard doré, donnant ainsi l'impression qu'elle portait une auréole. D'autres détails accentuaient cette ressemblance avec un ange radieux prêt à prendre son essor : la grâce de son long cou, l'arête fine de son petit nez, la moue délicate de ses lèvres rosées ; toute cette beauté céleste, éthérée, qui en faisait l'une des ballerines les plus adulées du public américain.

— La grossesse vous embellit, Melodie, lui dit Bart sans prêter attention à ce que Jory lui expliquait de son projet de faire annuler un an de réservations afin d'être en mesure d'assister son épouse tant avant qu'après la naissance de l'enfant.

Bart leva soudain les yeux vers la porte-fenêtre d'où Joël observait en silence notre réunion de famille. Je lui en voulus d'abord d'être là puis, honteuse, je lui fis signe de venir à l'instant même où Bart lui criait :

— Venez, que je puisse vous présenter à mon frère et à sa femme.

Avec lenteur, Joël s'avança vers nous dans le chuchotement de ses pas sur les dalles. Lorsque Bart eut fait les présentations, il salua gravement Jory et Melodie mais s'abstint de leur donner sa main à serrer.

— On m'a dit que vous étiez danseur, dit-il à Jory.

— Oui... j'ai travaillé toute ma vie à mériter ce nom.

Joël lui tourna le dos et s'éloigna sans s'adresser aux autres.

— Qui est au juste cet étrange vieillard ? me demanda Jory. Ne nous as-tu pas dit que tes deux oncles maternels étaient morts accidentellement dans leur prime jeunesse ?

Je haussai les épaules et laissai à Bart le soin de tout lui expliquer.

En un rien de temps, nous installâmes Jory et sa femme dans de somptueux appartements dont les draperies de velours bordeaux, les lambris de bois sombre et la moquette pourpre ressortissaient à un goût excessivement masculin. Melodie promena un regard sur ce décor, fronça le nez puis déclara dans un effort manifeste :

— C'est très bien... oui, vraiment... c'est riche.

Jory éclata de rire.

— Voyons, chérie, nous ne pouvons pas nous attendre à trouver partout des murs blancs et de la moquette bleue. Moi, j'aime cette pièce, Bart. Elle évoque un peu ta chambre pour moi... c'est un style qui a de la classe.

Mais Bart n'écoutait pas Jory. Il avait toujours les yeux rivés sur Melodie qui, de sa démarche aérienne, allait d'un meuble à l'autre, faisant courir ses longs doigts fins sur le poli de leur surface. Puis elle jeta un œil sur le salon attenant et pénétra dans la magnifique salle de bains où trônait une baignoire d'étain à l'ancienne dans son coffre de noyer. En la découvrant, elle partit d'un rire joyeux.

— Oh, je vais adorer ça ! Venez voir comme elle est profonde... on peut avoir de l'eau jusqu'au menton si l'on en a envie.

— C'est si spectaculaire, une blonde dans un cadre sombre, fit Bart sans presque se rendre compte qu'il venait de parler à voix haute.

Personne ne dit mot, pas même Jory qui lui jeta cependant un regard noir.

Cette salle de bains comportait également une cabine de douche et l'on pouvait remarquer, faisant pendant à la baignoire, une adorable coiffeuse en noyer surmontée d'un miroir en triptyque encadré d'or dans lequel celle qui prenait place sur le tabouret garni de velours rouge pouvait se voir sous tous les angles.

Le dîner fut servi tôt et nous nous installâmes ensuite sur une terrasse pour jouir du crépuscule. Joël ne se joignit pas à nous et je lui en fus reconnaissante. Bart ne se montra pas très bavard et ne parut pouvoir détacher son regard de Melodie dont la robe d'été bleue soulignait chaque courbe délicate de ses cuisses, de ses hanches, de sa taille et de son buste. J'éprouvais une sensation déprimante à le voir ainsi la détailler avec le désir clairement inscrit dans ses yeux sombres.

Au petit déjeuner, sur la table que nous avions sortie sur la terrasse prolongeant la salle à manger, il y avait un bouquet de marguerites jaunes. Nous avions retrouvé l'espoir maintenant. Nous pouvions voir du jaune sans crainte d'être à jamais privés de la lumière du soleil.

Chris riait d'une anecdote amusante dont Jory venait de se faire l'écho et qui n'avait arraché qu'un vague sourire à

Bart. Ce dernier continuait de fixer Melodie qui chipotait dans son assiette sans le moindre appétit.

— Tôt ou tard, je rejette ce que je mange, nous expliqua-t-elle avec un petit air gêné. Ce n'est pas la nourriture... c'est moi. Je suis censée manger lentement sans penser à ce qui pourrait arriver... mais justement, je ne puis penser qu'à ça.

Dans l'ombre d'un palmier d'appartement géant qui jaillissait d'un énorme pot de terre cuite placé juste derrière l'épaule de Melodie, Joël avait aussi les yeux fixés sur elle et semblait étudier son profil. Puis je vis son regard se déplacer vers Jory.

— Joël, lui dis-je, venez vous joindre à nous pour le petit déjeuner.

Il s'approcha comme à contrecœur, à pas mesurés, prudents, les mains croisées sur la poitrine et comme dissimulées dans les vastes manches d'une invisible bure. Il évoquait un juge qui nous eût été envoyé pour statuer sur notre admission au paradis. D'une voix frêle, il souhaita courtoisement le bonjour à Jory et à Melodie puis répondit par des hochements de tête aux questions qu'ils lui posèrent sur le genre de vie que menaient les moines.

— Je ne pourrais supporter une existence sans femmes, sans musique et sans un échantillonnage de gens différents autour de moi, dit Jory. J'ai besoin d'obtenir telle chose d'une personne, telle autre chose d'une autre. Il me faut des centaines d'amis pour me rendre heureux. Déjà, tous nos camarades du corps de ballet commencent à me manquer.

— Il faut de tout pour faire un monde, dit Joël. Le Seigneur donne et le Seigneur reprend.

Puis il s'éloigna, tête baissée, comme s'il priait en égrenant son rosaire.

— Le Seigneur doit avoir su ce qu'il faisait lorsqu'il nous a créés avec de telles différences, l'entendis-je murmurer.

Jory pivota sur sa chaise pour suivre Joël des yeux.

— Ainsi, c'est notre grand-oncle, celui que tu croyais mort dans un accident de ski. Dis, maman, ce serait drôle si l'autre frère réapparaissait à son tour.

Bart se leva d'un bond, le visage rouge de colère.

— Arrête de dire des bêtises ! Le fils aîné de Malcolm est mort dans un accident de moto. On a retrouvé son corps au fond d'un précipice et on l'a inhumé dans la concession familiale sur laquelle je me suis plusieurs fois rendu. Quant à l'oncle Joël, si j'en crois ses dires, son père avait lancé des détectives à sa recherche et c'est l'une des raisons pour lesquelles il est resté caché dans ce monastère avant de s'habituer à ce mode de vie et de finir par redouter le monde extérieur. (Il me lança un bref regard comme pour me prendre à témoin de ce que nous aussi nous avions fini par craindre le monde extérieur tant nous étions accoutumés à notre séquestration.) L'oncle Joël dit que lorsque l'on est isolé pendant de longues périodes, on commence à voir les gens tels qu'ils sont réellement, comme si l'éloignement vous donnait une meilleure perspective.

Chris et moi, nous échangeâmes un regard. Oui, nous savions ce que c'était que l'isolement. Chris se leva et proposa à Jory de lui faire faire le tour du propriétaire.

— Bart a le projet de se monter une écurie afin d'organiser des chasses au renard comme du temps de Malcolm. Il se peut donc qu'un jour nous ayons l'occasion de pratiquer ici ce genre de sport qu'est la chasse à courre.

— Un sport ? persifla Melodie en se levant avec grâce pour se précipiter derrière Jory. Une meute de chiens affamés qui traquent un inoffensif et adorable petit renard, je n'appelle pas ça du sport mais de la barbarie !

— Voilà le problème avec ces danseurs... ils sont trop sensibles pour affronter le monde réel, rétorqua Bart avant de s'éloigner d'un pas fier dans la direction opposée.

Plus tard, dans l'après-midi, je trouvai Chris dans le hall en train de regarder Jory travailler devant les miroirs en se servant du dossier d'une chaise comme barre. Les deux hommes étaient unis par ce type de relation que j'aurais tant aimé voir se développer un jour entre Chris et Bart. Celle d'un père et d'un fils qui s'estimaient et se respectaient mutuellement. J'en croisai les bras de satisfaction.

J'étais si heureuse de voir toute ma famille réunie... ou du moins le serait-elle lorsque Cindy serait là. Et ce bébé qui allait être encore un nouveau ciment entre nous...

Jory, qui avait terminé ses exercices d'échauffement, s'était mis à danser sur la musique de *l'Oiseau de feu*, pirouettant si vite qu'il en devenait un vertigineux brouillard, exécutant des cabrioles, bondissant dans l'air pour se recevoir ensuite avec la légèreté d'une plume, si bien qu'il était impossible d'entendre son pied toucher le sol. A chacun des jetés qu'il enchaînait à présent, on voyait rouler ses muscles et l'écart de ses jambes était tel qu'en étendant les bras, il pouvait toucher ses orteils du bout des doigts. J'étais tout excitée de le voir danser, sachant qu'il se surpassait quand nous étions ses spectateurs.

— Regarde un peu ces jetés, me dit Chris lorsqu'il prit conscience de ma présence. Chaque bond l'amène à près de quatre mètres de son point de départ. Je n'en puis croire mes yeux.

— Trois mètres, rectifia Jory qui, tel un cyclone, passa près de nous et couvrit en quelques instants l'immense étendue du hall.

Puis, à bout de souffle, il se laissa choir sur une natte qu'il avait apportée afin de pouvoir se reposer sans risquer d'abîmer de sa sueur la fragile et coûteuse tapisserie des sièges.

— Maudit soit ce sol de marbre, il est si dur que si je tombe... fit-il d'une voix pantelante en se redressant sur les coudes.

— Et cet écart que font ses jambes lorsqu'il saute ! C'est presque inconcevable qu'il soit si souple à son âge.

— Enfin, papa, je n'ai que vingt-neuf ans, pas trente-neuf ! protesta Jory qui supportait mal l'idée de vieillir et de voir les projecteurs se braquer sur un danseur plus jeune. J'estime encore avoir onze années devant moi si ce n'est plus avant d'amorcer mon déclin.

Je savais précisément ce qu'il avait en tête alors qu'il était étendu là sur cette natte, portrait craché de Julian, au point que je me sentais revenue trente ans en arrière. Aux approches de la quarantaine, les muscles des danseurs commençaient à durcir et ne tardaient pas à devenir si noueux que leur plastique, en un temps si superbe, perdait tout attrait pour les balletomanes. Les vieux devaient faire place aux jeunes... peur qui était celle de tous les professionnels de la danse, hommes ou femmes, bien que les ballerines, avec la couche de graisse qu'elles avaient sous l'épiderme, puissent espérer tenir un peu plus longtemps. Je m'assis en tailleur sur la natte aux côtés de Jory.

— Jory, tu tiendras plus longtemps que la plupart des premiers danseurs, cesse donc de te faire du souci. Il te reste encore à parcourir un long chemin jalonné de succès avant d'atteindre tes quarante ans, et peut-être en auras-tu cinquante lorsque tu quitteras la scène.

— Ouais, c'est vrai, dit-il en nouant ses mains derrière sa tête bouclée, les yeux fixés dans les hauteurs du plafond. Etre le quatorzième d'une lignée de danseurs, c'est un chiffre qui doit porter chance, n'est-ce pas ?

Combien de fois l'avais-je entendu dire qu'il ne pourrait vivre sans danser ? Combien de fois depuis que, sur cette route, j'avais guidé les pas d'un petit garçon de deux ans.

Melodie parut glisser jusqu'au bas des marches, tout en beauté au sortir du bain qu'elle venait de prendre, pareille à quelque délicate fleur printanière dans son collant bleu.

— Jory, le docteur a dit que je pouvais continuer à travailler mes pas d'école, mais sans forcer, et j'aimerais danser le plus longtemps possible afin de ne pas perdre la forme... alors, danse avec moi, mon amour. Dansons, dansons et dansons encore.

Instantanément, Jory fut debout sur les pointes et pirouetta jusqu'au pied de l'escalier où il s'agenouilla dans la position du prince qui voit paraître la princesse de ses rêves. Puis il la cueillit par la taille et l'emporta dans une nouvelle série de pirouettes avant de la reposer avec adresse et grâce comme si elle n'avait pas pesé plus lourd qu'une plume. Et ils recommencèrent à tourbillonner dans la pièce, dansant l'un pour l'autre comme nous avions dansé en un temps, Julian et moi, dans le pur délice d'être jeunes, vivants et doués. Debout près de Chris, j'avais les larmes aux yeux en les regardant faire.

Devinant où m'emportaient mes pensées, Chris passa son bras autour de mes épaules et m'attira contre lui.

— Ils sont beaux, tous les deux, n'est-ce pas ? Faits l'un pour l'autre, dirais-je même. Si je plisse les yeux pour les voir comme en un brouillard, j'ai l'impression de te voir danser avec Julian... à la différence que tu étais plus belle, Catherine, beaucoup plus belle...

Derrière nous, j'entendis Bart renifler de mépris.

Je me retournai pour découvrir que Joël avait suivi Bart comme un toutou et qu'il se tenait derrière lui, tête baissée, les mains toujours fourrées dans les manches de son invisible bure.

— Le Seigneur donne et le Seigneur reprend, marmonna-t-il de nouveau.

Pourquoi diable ne cessait-il de répéter cela ?

Mal à l'aise, je ramenai les yeux sur Bart et découvris que le regard admiratif de ce dernier était toujours rivé sur Melodie qui, en position d'arabesque, attendait que Jory vînt l'enlever dans ses bras. Je n'aimais pas la flamme envieuse que je surprenais dans les yeux sombres de Bart, ce désir qui grandissait d'heure en heure. Le monde était plein de femmes célibataires... Qu'avait-il besoin de jeter son dévolu sur Melodie, la femme de son frère ?

Lorsque leur danse fut achevée, Bart applaudit à tout rompre cependant qu'ils restaient tous deux transfigurés, les yeux dans les yeux, oublieux du monde alentour.

— Il vous faudra danser ainsi lors de ma réception ! N'est-ce pas, Jory ? Ne me dis pas que vous allez me refuser ça !

A contrecœur, Jory se tourna vers Bart et lui sourit.

— En ce qui me concerne, je n'y vois pas d'inconvénient, mais pas Melodie. Notre médecin lui a permis de faire quelques exercices du type de ceux que nous venons de pratiquer mais certes pas de se lancer dans les exténuantes répétitions qu'exige un spectacle de ballet. Tu ne voudrais pas qu'il lui arrive du mal, j'en ai la certitude.

— Mais je voudrais aussi la voir danser pour mon anniversaire ! se récria Bart. (Il tourna vers Melodie un sourire charmeur.) Rien que pour cette fois... Et vous êtes encore très mince, personne ne pourra remarquer votre état.

Visiblement indécise, Melodie garda les yeux fixés sur Bart.

— Je ne crois pas que je devrais, fit-elle sans grande conviction. Je voudrais que notre bébé naisse en bonne santé. Je ne peux pas risquer de le perdre.

Bart se lança dans un discours destiné à la persuader et il y serait sans doute parvenu si Jory ne s'était empressé de clore le débat.

— Ecoute, Bart, j'ai dit à notre imprésario que le docteur avait interdit à Mel de monter sur scène et si elle le fait, et qu'il l'apprenne, il pourra engager contre nous des poursuites. Par ailleurs, elle se sent très fatiguée. Tu ne peux pas comparer ce dont tu viens d'être témoin avec un travail sérieux. Un ballet professionnel demande des heures et des heures d'exercices, de pratique, de répétitions. N'insiste pas, je t'en prie. Lorsque Cindy sera là, je pourrai la prendre comme partenaire.

— Non ! grogna Bart dont le visage buté avait perdu son air charmeur. Elle est incapable de danser comme Melodie.

Certes, elle en était incapable... ce n'était pas une professionnelle. Pourtant, elle ne se débrouillait pas trop mal lorsqu'elle le voulait. Elle avait juste deux ans lorsque Jory et moi avions commencé à la former.

Un mètre environ derrière Bart, telle une ombre décharnée, Joël sortit les mains de ses invisibles manches et les joignit sous son menton baissé. Il fermait les yeux, comme absorbé de nouveau dans ses prières. Qu'il était agaçant de l'avoir sans cesse dans nos pattes !

Délibérément, je détournai de lui mes pensées pour les reporter sur Cindy. J'avais hâte de la revoir, hâte d'entendre son inépuisable babillage où il n'était question que de boums, de rendez-vous, de garçons dont elle avait fait la connaissance. Toutes sortes de sujets qui me ramenaient à ma jeunesse et à ce vain désir qu'alors j'avais eu de faire de telles expériences.

Dans les reflets roses du couchant, je retournai aux abords du hall et me fondis dans l'ombre d'une arche pour regarder Jory danser avec Melodie. Elle était de nouveau en collant, mais violet cette fois, et elle avait noué sous ses seins menus mais fermes un ruban de satin de même couleur. Elle me donnait l'impression d'être une princesse qui dansait avec son amoureux et cette passion que je sentais entre eux éveillait de puissantes nostalgies dans mes reins. Retrouver cette jeunesse qui était la leur... avoir l'occasion de tout recommencer... et de tout faire mieux...

Je pris soudain conscience de la présence de Bart dans un renfoncement voisin. Il les espionnait ou — ne soyons pas mauvaise langue — il les observait en cachette tout comme moi. Et c'était lui qui prétendait ne pas aimer la danse, ne pas savoir apprécier la belle musique. Il était négligemment adossé, bras croisés, au chambranle d'une porte, mais le regard brûlant avec lequel il suivait les évolutions de Melodie n'avait rien de négligent et reflétait ce même désir que j'y voyais depuis hier. Je sentis bondir mon cœur. Bart ne pourrait donc jamais cesser de convoiter ce qui était à Jory !

La musique s'enfla. Oubliant qu'ils pouvaient être vus tant ils étaient pris par la danse, Jory et Melodie perdirent de plus en plus toute distance avec cette passion qu'ils mimaient jusqu'au moment où Melodie se précipita dans les bras que lui ouvrait son époux. Leurs lèvres se joignirent interminablement. Leurs mains s'égarèrent à la recherche des points intimes et sensibles. Tout autant que Bart, j'étais incapable de détacher mes yeux de cette conclusion inattendue de leur danse amoureuse. Ils semblaient vouloir se dévorer l'un l'autre de leurs baisers. Puis, dans la flamme de leur désir, ils se laissèrent choir sur le sol et roulèrent sur la natte. Alors même que je gagnais discrètement l'endroit où se trouvait Bart, je pus entendre leur respiration se faire plus haletante.

— Viens, Bart, ça ne se fait pas de rester quand le spectacle est terminé.

Il sursauta comme si je l'avais brûlé en lui posant la main sur le bras. L'ardent désir que je lisais dans son regard me faisait mal et peur à la fois.

— Ce sont mes hôtes, quand même. Ils pourraient se

contrôler, fit-il sans cesser de dévorer des yeux le couple enlacé.

Je dus le bousculer pour le faire entrer dans le salon de musique dont je pris soin de refermer la porte sans bruit. Cette pièce ne me plaisait guère car Bart l'avait fait décorer dans son goût par trop masculin. Il y trônait un piano à queue dont personne ne jouait jamais bien que j'eusse une ou deux fois surpris Joël faisant courir ses doigts sur le clavier puis les retirant aussitôt comme si les touches d'ivoire venaient de faire vibrer les cordes du péché. Mais ce piano exerçait sur lui une telle attirance qu'il était fréquent de le voir fixer son regard sur l'instrument tandis que ses mains pianotaient dans le vide.

Bart marcha droit sur un placard qu'il ouvrit, révélant un bar dans lequel il prit une carafe de cristal. Il se servit un scotch bien serré, sans eau ni glaçon, l'engloutit d'un trait puis leva sur moi un regard coupable.

— Neuf ans de mariage... et ils ne se sont toujours pas lassés l'un de l'autre. Qu'avez-vous donc, Chris et toi, dont Jory ait hérité alors que j'en suis resté dépourvu ?

Je baissai la tête pour dissimuler la rougeur qui me montait aux joues.

— J'ignorais que tu buvais en suisse.

— Il y a pas mal de choses que tu ignores de moi, très chère mère. (Je n'eus pas besoin de lever la tête pour savoir qu'il se servait un deuxième scotch. Le glouglou de la carafe était assez révélateur.) Malcolm lui-même s'octroyait un verre de temps à autre.

Ma curiosité en fut piquée.

— Tu penses donc toujours à Malcolm ?

Il se laissa tomber dans un fauteuil et croisa les jambes, un talon coincé contre le genou opposé. Involontairement, je détournai les yeux, repensant à son ancienne et déplorable habitude de poser ses pieds n'importe où et de souiller systématiquement de ses bottes boueuses des fauteuils qui ne demandaient qu'à rester neufs, ou de provoquer la mort prématurée des dessus-de-lit. Puis mon regard revint se poser sur ses chaussures. Comment s'était-il débrouillé pour en garder la semelle propre comme s'il n'avait jamais marché sur autre chose que du velours ?

J'étais forcée de constater qu'en avançant vers l'âge adulte mon fils cadet avait perdu ses manières de petit souillon.

— Pourquoi regardes-tu mes chaussures, mère ?

— Elles sont très belles.

— Ah, tu trouves ? (Il leur jeta un coup d'œil indifférent.) Elles m'ont coûté six cents dollars et j'en ai lâché cent de plus pour faire traiter les semelles contre l'usure et la poussière. C'est « in », tu sais. « Faites le tour du monde avec des semelles impeccables. »

Je fronçai les sourcils. Quel message psychologique fallait-il y voir ?

— Mais le dessus sera usé avant la semelle, fis-je remarquer.

— Et alors ?

Je ne pouvais qu'être d'accord. L'argent ne signifiait plus grand-chose pour nous maintenant. Nous en avions plus que nous ne pourrions jamais en dépenser.

— Lorsque le dessus sera usé, précisa-t-il, je les jetterai et j'en achèterai une autre paire.

— En ce cas, à quoi bon faire traiter les semelles ?

— J'aime que les choses gardent l'éclat du neuf jusqu'à ce que je sois décidé à les mettre au rebut... Je crois que je ne pourrai plus supporter la vue de Melodie quand elle commencera de ressembler aux vaches d'un élevage reproducteur...

— Moi, je serai contente le jour où son bébé se verra car tu cesseras peut-être d'avoir constamment les yeux fixés sur elle.

Il alluma une cigarette et soutint tranquillement mon regard.

— Je te parie que je pourrais la soulever à Jory sans la moindre difficulté.

— Comment as-tu l'audace de dire une pareille chose ? hurlai-je, hors de moi.

— Elle ne me regarde jamais, tu as dû le remarquer. Je pense qu'elle se refuse à voir qu'à présent je suis plus beau que Jory, plus grand, plus intelligent et cent fois plus riche.

Ni lui ni moi ne baissions les yeux. Je ravalai nerveusement ma salive et débarrassai ma robe d'une invisible poussière.

— Cindy arrive demain.

Il battit des paupières et ses doigts se crispèrent sur les bras du fauteuil. A cela se limitèrent ses réactions.

— Je désapprouve le comportement de cette fille, finit-il cependant par dire.

— J'espère que tu ne vas pas te montrer désagréable avec elle lorsqu'elle sera là. Tu ne te souviens donc pas comme elle te suivait partout, comme elle t'adorait ? Car elle t'aimait avant que tu ne l'aies braquée contre toi. Et elle t'aimerait encore si tu cessais de la harceler si impitoyablement. Bart... n'éprouves-tu pas des remords pour toutes ces méchancetés que tu as dites ou faites à ta sœur ?

— Ce n'est pas ma sœur.

— Si, Bart. C'est ta sœur.

— Mon Dieu, mère, jamais je n'ai considéré Cindy comme ma sœur. C'est une enfant adoptée et elle n'est pas vraiment des nôtres. J'ai lu quelques-unes de ces lettres qu'elle t'écrit. Ne peux-tu y voir clairement ce qu'elle est ? A moins que tu ne te contentes de lire ce qu'elle te raconte sans chercher à savoir ce qu'il y a derrière. Comment une fille aussi sollicitée pourrait-elle ne pas céder ?

— Mais qu'est-ce qui ne va pas chez toi, Bart ? lui hurlai-je. Tu ne veux pas reconnaître Chris comme ton père, ni Cindy comme ta sœur, ni Jory comme ton frère. N'as-tu donc besoin de te reposer sur personne sauf toi-même... et cet odieux vieillard qui te suit à la trace ?

— Je t'ai, mère, du moins en partie, dit-il. (Et ses yeux se plissèrent jusqu'à n'être plus que deux sinistres fentes.) Et j'ai mon oncle Joël qui est un homme fort intéressant et qui, en ce moment même, prie pour nous tous, pour le salut de notre âme.

Pareille réponse acheva de me sortir de mes gonds.

— Tu es un crétin si tu préfères ce vieux sournois au seul père que tu aies jamais connu ! As-tu oublié tout ce que Chris a fait pour toi ? Et ce qu'il continue à faire ?

Bart se pencha vers moi et son regard farouche me transperça.

— Oui, mais sans Chris, j'aurais joui d'une existence heureuse. Aurais-tu épousé mon vrai père que j'aurais pu être ce fils parfait que tu voudrais voir en moi ! Un fils encore plus parfait que Jory, et de loin ! Peut-être suis-je comme toi, mère ? Peut-être ai-je, avant tout autre besoin, celui de me venger ?

— Pourquoi éprouverais-tu le besoin de te venger ? (Il y avait de la surprise dans ma voix mais aussi une nuance de désespoir.) Personne ne t'a jamais fait ce que l'on m'a fait.

Il se pencha plus avant et je sentis sa tension croître.

— Tu crois ça parce que tu as veillé à ce que je ne manque de rien, j'ai eu des habits pour me vêtir, des aliments pour me nourrir et un toit pour m'abriter ; tu t'es persuadée que c'était suffisant, mais ça ne l'était pas. Je savais que tu gardais le meilleur de ton amour pour Jory. Ensuite, Cindy est venue et tu as trouvé en toi un second meilleur à lui donner. Tu n'as rien gardé pour moi sinon de la pitié... *et je te hais pour t'être apitoyée sur moi.*

Je suffoquai presque sous l'effet d'une nausée soudaine et je fus bien contente d'avoir un fauteuil sous moi.

— Bart, commençai-je en luttant contre les larmes ou contre toute autre réaction émotionnelle qu'il eût infailliblement taxée de faiblesse. En un temps, peut-être, j'ai pu avoir pitié de ta gaucherie, de ton manque d'assurance, et j'étais surtout désolée de te voir te blesser si souvent. Mais comment pourrais-tu m'inspirer de la pitié, maintenant ? Tu es beau, intelligent, et, quand tu t'en donnes la peine, tu peux te montrer plein de charme. Pour quelle raison veux-tu que j'aie pitié de toi ?

— C'est bien ce qui me tracasse, me répondit-il d'une voix presque inaudible. A cause de toi, je me regarde dans la glace en me demandant comment tu me vois. J'en suis arrivé à la conclusion que tu ne m'aimais pas. Tu n'as pas confiance en moi, tu ne me crois pas. Tiens, pour l'instant, je puis voir dans ton regard que tu ne me crois pas complètement normal. (Brusquement, ses yeux qu'il n'avait cessé de tenir à demi fermés s'ouvrirent en grand et il plongea dans les miens un regard pénétrant. Puis il éclata d'un rire bref et cruel.) C'est là, très chère mère, cette hantise, cette vieille peur. Je lis dans tes pensées, crois-moi. Tu es persuadée qu'un de ces jours je vais vous trahir, toi et ton frère, alors que j'ai eu mille fois l'occasion de le faire et que je m'en suis abstenu, gardant pour moi le secret de votre péché.

» Pourquoi ne pas être honnête et m'avouer tout de suite que tu n'as jamais aimé le second mari de ta mère. Qu'en vérité, tu en as fait l'instrument de ta vengeance. Tu lui as couru après, tu l'as eu, tu m'as conçu et il est mort. Fidèle au genre de femme que tu étais, tu t'es immédiatement précipitée en Caroline du Sud chez ce pauvre médecin qui, sans le moindre doute, te faisait confiance et t'aimait au-delà de toute raison. S'est-il rendu compte que tu ne l'épousais que pour donner un nom au bâtard que tu portais ? A-t-il su que tu te servais de lui pour échapper à Chris ? Tu peux voir combien j'ai réfléchi aux motifs de tes actes. Et je viens maintenant d'en arriver à une autre conclusion : tu retrouves beaucoup de Chris en Jory... et c'est pour ça que tu l'aimes ! Lorsque tu me regardes, en revanche, tu vois Malcolm. Par mes traits, par mon apparence physique, j'ai beau ressembler à mon vrai père, tu ne veux pas en tenir compte et tu cherches dans mes yeux ce que tu veux y trouver. Et dans ces yeux, tu crois voir l'âme de Malcolm. Allons, dis-moi que je suis dans l'erreur ! Ose me dire que ce n'est pas la stricte vérité !

J'ouvris la bouche pour nier en bloc ce que je venais d'entendre mais rien n'en sortit.

La panique se déclencha en moi. J'aurais voulu me précipiter vers lui, prendre sa tête et la serrer contre ma poitrine comme je l'avais si souvent fait pour consoler Jory, mais je ne pouvais faire le moindre pas dans sa direction. J'avais réellement peur de lui. Tel qu'il était maintenant, farouche, glacial et cruel, il m'inspirait une terreur qui transformait mon amour en dégoût.

Il était là qui attendait que je lui réponde, que je m'inscrive en faux contre ses accusations, mais, en fin de compte, j'adoptai la pire des attitudes... je m'enfuis de la pièce.

Et j'allai me jeter sur mon lit pour y fondre en larmes. Il n'avait dit que la stricte vérité ! Jamais je n'avais su que Bart lisait en moi comme dans un livre. J'étais à présent terrifiée qu'il pût un jour détruire non seulement mon existence et celle de Chris, mais aussi celle de Cindy, de Jory et de Melodie.

Cindy

Le lendemain vers onze heures, Cindy arriva en taxi et pénétra dans cette demeure, telle une fraîche et revigorante brise de printemps. Elle se précipita dans mes bras, empestant quelque lourd parfum exotique à mon sens bien trop sophistiqué pour une jeune fille de son âge, opinion que je savais néanmoins préférable de garder pour moi.

— Oh, maman, s'écria-t-elle en me couvrant de baisers, c'est si bon de te revoir !

Un tel débordement d'affection me laissa littéralement pantoise. Je m'empressai cependant d'y répondre mais, alors même que nous nous embrassions, elle se débrouilla pour dévorer des yeux les vastes pièces et leur élégant mobilier. Puis elle me prit par la main et m'entraîna de salon en salon, s'exclamant sur la beauté de cet aménagement si raffiné, si riche.

— Où est papa ? me demanda-t-elle, et je lui expliquai que Chris était parti à Charlottesville pour y échanger notre voiture de louage contre un modèle plus luxueux.

— Il pensait être de retour avant ton arrivée, chérie, mais il a dû être retardé. Patiente un peu et, dans deux ou trois secondes, il va pousser la porte et t'ouvrir les bras.

Satisfaite, elle s'exclama de nouveau :

— Oh ! la la ! maman, quelle maison ! Tu ne m'avais pas dit qu'elle serait comme cela. A t'entendre, je croyais que le nouveau Foxworth Hall serait aussi laid et terrifiant que l'ancien.

Pour moi, il émanerait toujours de Foxworth Hall la même aura de laideur et de terreur mais j'étais cependant aux anges de voir Cindy tout excitée. Elle était plus grande que moi, avec des jeunes seins bien formés et une taille si mince qu'elle mettait en relief la courbe pleine des hanches, le ventre plat et les fesses rebondies qui remplissaient si délicieusement l'arrière de son jean. En regardant à la dérobée sa silhouette, je ne pouvais m'empêcher de la comparer à quelque fleur en bouton, si tendre, si frêle en apparence, et cependant d'une exceptionnelle résistance.

Dans son épaisse et lourde chevelure d'or qu'elle portait longue et coiffée avec naturel, le vent s'engouffra lorsque nous sortîmes, après qu'elle se fut changée, afin d'aller voir Bart et Jory s'affronter sur l'un des courts de tennis qui avaient été aménagés dans le parc.

— Mince, tes fils sont vraiment superbes, me souffla-t-elle en les apercevant avec leur corps bronzé aux muscles tendus par l'effort. Jamais je n'aurais cru qu'en grandissant Bart deviendrait aussi beau que Jory, lui qui était une si vilaine petite brute.

Je lui jetai un regard surpris. Je me souvenais d'un Bart trop maigre, avec des jambes couvertes de croûtes et de cicatrices et une tignasse noire perpétuellement en bataille, mais certes pas d'un gosse vilain à voir... juste d'un gosse qui faisait de vilaines choses. Je repensai à l'adoration qu'en un temps Cindy avait eue pour lui et ce fut comme si le couteau se retournait dans la plaie ; je pris conscience à quel point Bart avait vu juste hier au soir. Je lui avais effectivement préféré Cindy. J'avais toujours pensé qu'elle était parfaite et incapable de commettre une mauvaise action... et je continuais de le penser.

— Tâche d'être gentille et attentionnée avec Bart, lui dis-je à voix basse, car je venais d'apercevoir Joël qui s'avançait dans notre direction.

— Qui est ce drôle de vieillard ? me demanda Cindy tout en fixant avec sans-gêne Joël au moment où il se baissait, non sans raideur, pour arracher des mauvaises herbes. Ne me dis pas que Bart l'a pris comme jardinier car, un de ces jours, ce bonhomme-là restera coincé le nez au ras de ses pâquerettes.

Avant que j'aie pu répondre, Joël était devant nous, souriant aussi largement que le lui permettait son dentier.

— Je suppose que vous êtes Cindy, la jeune fille dont Bart me parle sans cesse, dit-il avec ce charme qui lui restait, tout en prenant à contrecœur la main que Cindy lui tendait pour la porter à ses lèvres torses.

Je la devinais mourant d'envie de retirer sa main, mais elle supporta sans frémir le contact des lèvres de Joël. Le soleil jouant dans la chevelure presque blanche de ce dernier — chevelure que veinait encore l'or des Foxworth — la faisait paraître terriblement clairsemée. Je pris soudain conscience que je n'avais pas encore parlé de lui à Cindy et me hâtai de faire les présentations. Elle parut fascinée d'apprendre qui il était.

— Vraiment, vous avez connu cet horrible vieillard de grand-père Malcolm ? Vous êtes réellement son fils ? Alors, vous devez être sacrément vieux...

— Cindy, un peu de tact, je t'en prie.

— Pardonnez-moi, oncle Joël. Lorsque j'entendais papa et maman raconter leur jeunesse, tout ça me paraissait remonter à des millions d'années. (Elle eut un rire charmant puis sourit à Joël.) Vous savez, par certains côtés, vous ressemblez beaucoup à mon papa. Quand il sera vraiment vieux, je suis sûre qu'il aura tout à fait votre aspect.

Le regard de Joël se tourna vers Chris dont la nouvelle voiture, une superbe Cadillac bleue, venait de s'immobiliser sur l'allée. Il en sortait à présent les bras chargés de paquets. Il s'agissait de cadeaux commandés pour l'anniversaire de Bart et que je lui avais demandé de passer prendre. Connaissant les exigences de mon fils, mon choix s'était arrêté sur ce qu'il y avait de mieux. De Chris, il allait recevoir un attaché-case du cuir le plus fin, muni d'une serrure à combinaison et, de moi, une paire de boutons de manchettes en or dix-huit carats sertis de brillants qui dessinaient ses initiales, ainsi qu'un porte-cigarettes assorti — or pour le boîtier, diamants pour le monogramme, le métal et la gemme pour lesquels il avait le plus grand respect. Son père avait eu un porte-cigarettes identique que lui avait offert ma mère.

Chris posa les paquets sur une chaise de jardin et ouvrit grands les bras. Cindy s'y jeta et lui couvrit le visage d'une averse de petits baisers dont il resta un semis de marques rouges.

— Oh, papa, je suis sûre que cet été sera le plus beau de ma vie ! (Sa voix se fit implorante.) Ne pourrait-on pas rester ici jusqu'à la rentrée des classes ? Comme ça, je saurai ce que l'on ressent lorsqu'on vit dans un palais avec une enfilade de pièces somptueuses et des salles de bains fantastiques. Je sais déjà la chambre que je veux, celle qui fait très fille, avec tout ce rose, ce blanc, cet or. Il sait que j'adore le rose, que je suis folle du rose, et j'adore déjà cette maison, j'en suis folle ! Oui, folle, folle, folle !

Une ombre passa dans le regard de Chris qui lâcha Cindy.

— Nous en reparlerons, Cindy. Comme tu le sais, nous ne sommes là, ta mère et moi, que pour fêter avec Bart son vingt-cinquième anniversaire.

Mes yeux se portèrent vers le court de tennis où Bart venait de faire un smash d'une telle violence que c'était merveille que la balle n'eût pas éclaté. Tel un éclair blanc, Jory dut bondir pour la prendre à revers et ce fut alors Bart qui courut tout aussi vite pour la renvoyer en volée avec tout autant d'adresse et de force. Ils étaient tous deux en sueur, le visage rouge, tant à cause de leur effort que de l'ardeur du soleil.

— Jory, Bart ! appelai-je. Cindy est là. Venez lui dire bonjour.

Immédiatement, Jory se tourna pour nous sourire et il ne vit pas la balle revenir sur lui. Bart hurla de joie. Il se mit à sauter en tous sens et jeta sa coûteuse raquette en criant :

— J'ai gagné !

— Tu es vainqueur par forfait de l'adversaire, dit Jory en lâchant également sa raquette. (Il courut vers nous, le visage tout sourire, et se retourna pour crier à Bart :) Ça ne compte pas !

— Comment, ça ne compte pas ! rugit Bart. Qu'est-ce qu'on en a à foutre que Cindy soit là ou non ? Tu t'es juste servi de ce prétexte pour abandonner avant que mon score ne soit plus élevé que le tien.

— Prends-le comme tu veux, répondit Jory qui, l'instant suivant, avait soulevé Cindy dans ses bras et la faisait tournoyer, révélant sous l'envol de la jupette bleue une minuscule culotte assortie à liséré de dentelle.

Cela m'amusa de voir que Cindy n'avait pas perdu cette habitude de se vêtir de pied en cap d'une seule et même couleur.

Jusqu'alors à demi cachée derrière une haie, Melodie se leva du banc de marbre sur lequel elle s'était assise pour suivre la partie de tennis. Et ses lèvres se crispèrent lorsqu'elle fut témoin des retrouvailles démonstratives de Cindy et de Jory.

— Telle mère, telle fille, grommela Bart dans mon dos.

Cindy s'approcha de lui avec une retenue telle que l'on eut peine à reconnaître la jeune fille qui, quelques minutes auparavant, s'était jetée au cou de Jory.

— Bonjour, Bart. Tu m'as l'air en pleine forme.

Bart la regarda comme s'il la voyait pour la première fois. En fait, leur dernière rencontre remontait à deux ans et, à l'époque, Cindy se coiffait encore avec une queue-de-cheval ou des nattes et portait un appareil dentaire. A présent, elle avait une dentition parfaitement régulière d'une étincelante blancheur et sa chevelure était une cascade d'or en fusion. Tant par sa silhouette que par la perfection de son teint, elle n'avait rien à envier aux filles qui posaient pour les magazines et je me rendis compte qu'elle n'avait malheureusement que trop conscience de l'effet qu'elle produisait dans sa petite robe de tennis bleu et blanc.

Les yeux sombres de Bart se posèrent d'abord sur ses jeunes seins qui, libres de tout soutien-gorge, ballottaient au gré de ses mouvements et laissaient deviner leurs pointes, puis ils mesurèrent la taille et se fixèrent un long moment au niveau des hanches. Ils reprirent ensuite leur lente descente le long des très jolies jambes jusqu'aux petits pieds chaussés de sandales blanches qui laissaient dépasser des orteils vernis d'un rouge qui imitait celui des lèvres et des ongles.

Elle était mignonne à couper le souffle dans la douce et fraîche innocence de cette vaine recherche d'un effet sophistiqué. L'espace d'un instant, je me refusai à croire que ce long regard qu'elle posait sur Bart voulût bien dire ce que, de toute évidence, il y lut.

— Tu n'es pas mon type, fit-il, méprisant, avant de se détourner pour couver Melodie d'un regard qui en disait long. (Puis ses yeux revinrent sur Cindy.) Tu peux t'acheter les vêtements les plus chers, ma pauvre fille, tu resteras toujours mal nippée. Il te manque la classe.

Je fus profondément blessée de l'entendre bafouer délibérément le juvénile amour-propre de Cindy dont l'expression radieuse s'effaça. Telle une tendre fleur privée de l'admiration de la pluie pour nourrir sa confiance en elle-même, je la vis se flétrir et se tourner vers Chris qui la prit dans ses bras.

— Fais-lui des excuses, Bart, rugit Chris.

Je me fis toute petite, certaine de voir Bart s'y refuser. De fait, un pli méprisant apparut sur ses lèvres qu'il ouvrit, se préparant à couvrir Chris d'insultes comme il l'avait fait tant de fois mais, à cet instant, ses yeux tombèrent sur Melodie qui le regardait avec un étrange détachement.

— Je ne lui ferai des excuses, dit-il, que lorsqu'elle apprendra à se vêtir et à se comporter comme une dame.

— Non, répéta Chris. Tout de suite !

— Tu n'as pas d'ordres à me donner, Christopher, fit Bart en posant sur Chris un regard lourd de sous-entendus. Tu es dans une position fort vulnérable. Tu n'es ni un Sheffield ni un Foxworth... ou, du moins, ne peux-tu révéler que tu en es un. Alors, en quoi ton opinion a-t-elle de l'importance ? Le monde est plein de médecins... et nombre d'entre eux sont plus jeunes et plus savants que toi.

Chris se redressa.

— Mon ignorance en médecine t'a sauvé la vie plus d'une fois, Bart. Et la vie de beaucoup d'autres. Peut-être te décideras-tu un jour à l'admettre. Tu ne m'as jamais remercié de tout ce que j'ai pu faire pour toi. C'est ce merci que j'attends.

Bart pâlit, non tant de ce que Chris venait de lui dire que de sentir sur lui le regard de Melodie.

— Merci, oncle Chris, fit-il, sarcastique.

Quelle ironie railleuse, quelle insincérité manifeste il y avait eues dans sa voix ! J'observais ces deux hommes qui se défiaient en silence et je vis Chris tressaillir de l'insistance que Bart avait mise sur le mot « oncle ». Puis, sans raison particulière, je jetai un regard sur Joël.

Il s'était rapproché pour venir se mettre juste derrière Melodie et, sur ses traits, je ne pouvais voir que le plus anodin, le plus aimable des sourires. Mais, dans ses yeux larmoyants, se tapissait une ombre. Je m'avançai jusqu'à la droite de Chris tandis que Jory faisait de même pour venir se placer à sa gauche.

J'ouvrais déjà la bouche pour énumérer tous les motifs que Bart avait de remercier Chris lorsque soudain, sans prêter plus d'attention à Cindy, mon fils cadet s'avança vers Melodie.

— Vous ai-je dit le thème que j'ai choisi pour cette fête ? Le ballet que je voudrais vous voir danser avec Jory ? Ça va faire sensation.

— Je ne danserai pas pour votre anniversaire, lui dit-elle sur un ton glacial avec, au fond de ses yeux bleus, le plus évident mépris. Je pense que Jory s'est montré assez clair : je ferai tout pour mettre au monde un enfant vigoureux... et cela n'inclut pas, manifestement, danser pour votre plaisir et celui de gens que je ne connais même pas.

Puis elle s'éloigna, suivie par Jory et, bientôt, par nous tous.

Comme à chaque fois qu'elle avait eu à essuyer les rebuffades de Bart, Cindy s'en était bien vite remise et ne tarissait pas de considérations joyeuses sur ce bébé dont elle allait être la tante.

— C'est super ! Je ne sais pas comment je vais pouvoir attendre janvier. Sûr que ce sera un beau bébé avec des parents comme Jory et Melodie et des grands-parents comme toi et papa.

La délicieuse présence de Cindy mettait un peu de baume sur la blessure que m'avait infligée l'odieux comportement de Bart. Je la serrai très fort contre moi et, lorsque je la lâchai, elle courut se vautrer sur l'ottomane de mon salon pour me raconter sa vie en détail. Fascinée, j'écoutai cette fille qui était la mienne narrer ces petites joies et ces petites peines dont Carrie et moi avions été cruellement privées.

Tous les jours, nous nous levions tôt, Chris et moi, pour jouir de la beauté de ces matins de montagne où, dans la fraîcheur de l'air, flottait le parfum des roses et de mille autres fleurs. Des cardinaux sillonnaient le ciel, telles des flammes écarlates, cependant que des couples de geais volaient dans les sous-bois et que des martinets fouillaient l'herbe à la recherche d'insectes. J'avais été surprise de voir dans le parc des dizaines d'abris destinés aux roitelets, aux mésanges et à toute autre espèce de passereaux. On pouvait aussi remarquer le grand nombre de fontaines et de pièces d'eau aménagées dans les rocailles où les oiseaux descendaient fugitivement se plonger. Nous prenions toujours nos repas dehors, nous déplaçant de terrasse en terrasse pour jouir de panoramas différents, profitant au maximum de ce qui nous avait été refusé lorsque nous étions plus jeunes et que, sans doute, nous aurions alors apprécié cent fois plus que maintenant. Triste, qu'il était triste de repenser à nos petits jumeaux et à leurs pleurs lorsqu'ils demandaient à sortir, à sortir courir dehors, et que, pour seul terrain de jeu, nous ne pouvions que leur proposer le jardin du grenier, un jardin de papier et de carton. Et cet immense parc qui était là, inutilisé, désert, alors que nos deux petits frère et sœur de cinq ans auraient été au septième ciel de connaître ne serait-ce qu'une infime part de ce dont nous jouissons quotidiennement aujourd'hui.

Cindy préférait faire la grasse matinée, tout comme Jory, mais surtout comme Melodie qui se plaignait continuellement de sa fatigue et de ses nausées. Pas plus tard que sept heures et demie, ouvriers et jardiniers débarquaient, suivis de près par les organisateurs de la fête et par les décorateurs venus achever l'aménagement des pièces qui avait été laissé en suspens ; mais nous attendions encore la visite de bienvenue d'un voisin. Le téléphone ne cessait de sonner dans le bureau de Bart mais les autres lignes restaient pratiquement muettes. Nous vivions sur le toit du monde, ou du moins en avions-nous l'impression, sans autre compagnie que nous-mêmes, et si, par bien des côtés, ce n'était pas désagréable, par d'autres, c'était un peu effrayant.

Au loin, nous pouvions vaguement distinguer dans la brume les clochers de deux églises et, par les nuits où ne soufflait pas le vent, nous les entendions faiblement égrener les heures. A l'une de ces églises, je savais que Malcolm avait fait de nombreux dons de son vivant et que près d'un kilomètre plus loin se trouvait le cimetière où il reposait au côté de notre grand-mère sous la garde d'anges de pierre que notre mère avait fait ériger au-dessus de la concession.

J'occupais mes journées à jouer au tennis avec Chris ou avec Jory, parfois avec Bart, et c'était alors qu'il semblait le plus apprécier ma compagnie.

— Tu me surprends, mère, me criait-il par-dessus le filet en me renvoyant la balle avec une telle violence que j'avais la conviction de la voir sous peu crever ma raquette.

Une fois, alors que j'avais réussi à courir assez vite pour rattraper une de ces maudites balles, mon genou avait recommencé à me faire mal et j'avais été forcée d'abandonner la partie. Bart s'était alors plaint que je me servais de ce prétexte pour ne pas jouer avec lui.

— Tu t'arranges toujours pour trouver un motif de ne pas rester avec moi, me cria-t-il. Ton genou ne te fait pas mal... sinon, tu boiterais.

Et, de fait, ce fut en boitant que je parvins en haut des marches du grand escalier, mais Bart n'était pas dans les alentours pour le constater. Je me fis couler un bain très chaud et y restai près d'une heure pour ne plus sentir la douleur. Puis Chris vint me dire que, comme d'habitude, je faisais tout de travers.

Qu'on en blâmât le doigt du destin ou notre naissance sous de mauvaises étoiles, je n'en accusais pas moins ma mère.

En dépit de nos terribles pressentiments quant à l'avenir, je ne pouvais m'empêcher de me sentir heureuse comme je ne l'avais pas été depuis quelque temps rien qu'à voir toute cette agitation dans le parc se transformer peu à peu en quelque chose qui semblait directement issu du décor extérieur d'un film. Je poussai un cri de surprise en comprenant quel genre de spectacle Bart voulait monter.

Il s'agissait d'une scène biblique !

— *Samson et Dalila*, précisa-t-il d'une voix morne lorsque je le lui demandai. (Son enthousiasme s'était refroidi depuis que Melodie s'obstinait dans son refus.) J'ai souvent entendu Jory exprimer le désir de pouvoir monter ses propres ballets. Et ce rôle de Samson n'est-il pas celui qu'il préfère ?

Melodie lui tourna le dos sans répondre et se dirigea vers la maison, blême de colère.

Encore une fois, j'aurais dû m'en douter. Quel autre thème illustrait mieux les fantasmes de Bart ?

Cindy se pendit au cou de Jory.

— Dis, Jory, laisse-moi danser le rôle de Dalila. J'en suis capable. Je sais que j'en suis capable.

— Je ne veux pas que tu gâches tout par ton amateurisme.

Sans lui prêter attention, Cindy continua à s'accrocher à Jory avec un air suppliant.

— S'il te plaît, Jory, s'il te plaît. J'aimerais tant tenir le rôle. J'ai suivi mes cours de danse jusqu'au bout. Je ne serai ni raide ni gauche et tu ne risqueras pas de faire des fautes à cause de moi. Et puis, d'ici là, tu pourras m'aider à perfectionner mon minutage. Je suis prête à répéter, matin, midi, soir.

— Mais nous n'aurons pas le temps de répéter, se plaignit Jory en décochant à Bart un regard furieux. Le spectacle est dans deux jours. Mon Dieu, Bart, pourquoi ne m'en as-tu pas parlé avant ? Tu t'imagines peut-être que je vais pouvoir me souvenir de tous les passages difficiles simplement parce que c'est moi qui ai composé la chorégraphie de ce ballet ? Un rôle pareil nécessite des semaines et des semaines de répétition et tu te permets d'attendre le dernier moment. Pourquoi ?

— Cindy ment, dit Bart dont le regard s'attardait sur la porte par laquelle Melodie avait disparu. Elle était si feignante à l'époque qu'elle n'a même pas eu le courage de continuer à suivre ses cours de danse. Pourquoi les aurait-elle repris lorsque mère n'était plus là pour la forcer ?

— C'est pas vrai ! Je les ai repris ! s'écria Cindy.

Bien avant d'avoir atteint ses six ans, elle adorait déjà les jolis tutus, les petits chaussons de satin, les resplendissantes tiares de scène serties de faux joyaux, et toute cette magie du spectacle avait instillé en elle un tel sens du beau et du merveilleux que j'avais eu la certitude qu'elle n'abandonnerait jamais la danse. Mais Bart l'avait trop souvent tournée en ridicule alors qu'elle travaillait ses pas d'école et elle s'était laissé persuader qu'elle n'arriverait jamais à rien. Elle avait environ douze ans lorsqu'il lui avait ainsi volé cette joie qu'elle puisait auparavant dans le ballet. Depuis, elle n'avait pas remis les pieds dans un cours de danse et j'étais donc fort surprise d'apprendre qu'au lieu de renoncer vraiment, elle s'était contentée de pratiquer en cachette de Bart.

Elle tourna vers moi un regard suppliant, comme s'il en allait de sa vie.

— C'est vrai, je ne mens pas. Une fois que je me suis retrouvée dans cette institution privée où Bart n'était plus constamment là pour se moquer de moi, j'ai recommencé à travailler et j'ai suivi des cours de danse jusqu'en dernière année. Je ne me débrouille donc pas trop mal.

— Parfait, dit Jory, apparemment convaincu. (Il foudroya de nouveau Bart du regard.) Nous pouvons donc consacrer le peu de temps qui nous reste aux répétitions. Mais de ta part, Bart, j'estime que c'était de l'inconscience d'avoir cru qu'un tel spectacle pouvait se monter au débotté. Je ne pense pas avoir moi-même de trop grandes difficultés, car je connais bien le rôle... mais toi, Cindy, tu n'as même jamais vu ce ballet.

Très impoliment, Bart lui coupa la parole pour lui demander :

— Et tu as les lentilles ? Tu sais, les lentilles opaques ? Tu y vois quand même à travers ? J'ai été vous voir à New York, il y a environ un an. J'étais dans les premiers rangs et j'ai pourtant eu l'impression que tu étais vraiment aveugle.

Surpris d'une telle question dans la bouche de Bart, Jory fronça les sourcils et considéra son frère avec un grand sérieux.

— Oui, je les ai, dit-il en détachant ses mots. Je les emporte toujours avec moi car je ne peux aller nulle part sans que quelqu'un me demande de danser le rôle de Samson. Mais je ne savais pas que tu appréciais tant les ballets.

Bart se mit à rire et assena une grande claque dans le dos de Jory comme s'il n'y avait jamais eu le moindre désaccord entre eux. Sous la violence du choc, Jory chancela.

— La plupart des ballets sont d'un ennui mortel mais celui-ci a quelque chose qui correspond vraiment à moi. J'ai une grande admiration pour l'authentique héros que fut Samson. Et toi, mon frère, tu es extraordinaire lorsque tu incarnes ce rôle. Tu as même l'air d'avoir sa force. En fait, je crois que c'est le seul ballet qui m'ait jamais enthousiasmé.

Je n'écoutais plus Bart, toute mon attention étant retenue par Joël. Une agitation quasi spasmodique venait de s'emparer de ses muscles faciaux et l'expression de ses lèvres minces aurait pu être un rire aussi bien qu'une grimace ; je n'aurais su dire. Et, soudain, je n'eus plus qu'une seule pensée en tête : je ne voulais pas voir Jory et Cindy interpréter ce ballet qui comportait des scènes d'une violence insoutenable.

Toute la nuit, je me creusai la cervelle pour trouver un moyen de faire renoncer Bart à l'idée de présenter un tel spectacle.

Lorsqu'il était petit, il n'avait jamais été facile de lui faire abandonner quoi que ce fût.

Allait-il en être autrement maintenant qu'il était grand ? Je n'en savais rien, mais j'étais résolue à tenter l'impossible.

Le lendemain matin, je me levai aux aurores pour intercepter Bart avant qu'il ne montât dans sa voiture. Il ne cessa de manifester son impatience en m'écoutant et refusa de modifier le thème retenu pour la fête.

— Je ne peux plus rien changer maintenant, quand bien même je le voudrais. J'ai déjà commandé les costumes et ils sont pratiquement prêts comme le sont les décors. Si j'annule tout, il sera trop tard pour mettre sur pied un autre ballet. D'ailleurs, Jory m'a donné son accord ; pourquoi veux-tu changer ?

Comment pouvais-je lui dire qu'une petite voix en moi m'avertissait de tout faire pour que ce ballet ne soit pas représenté si près de l'endroit où nous avions été séquestrés... avec Malcolm et son épouse qui n'étaient pas enterrés assez loin pour que la musique ne risquât pas de parvenir à leurs oreilles mortes.

Joël et Cindy répétèrent jour et nuit, prenant manifestement plaisir à travailler ensemble, et Jory constata que Cindy ne se débrouillait pas mal du tout. Bien sûr, son exhibition ne pourrait être aussi éblouissante que celle de Melodie mais elle promettait néanmoins d'être plus que convenable. Et puis, elle était si belle avec ses cheveux relevés en chignon dans la classique coiffure des ballerines.

L'aube du vingt-cinquième anniversaire de Bart se leva, claire et radieuse, annonciatrice de l'une de ces très belles journées d'été sans pluie ni nuages. Tôt levés, nous étions sortis, Chris et moi, faire un tour dans le parc avant le petit déjeuner, et le parfum de rose qui flottait dans l'air nous paraissait également de bon augure.

Car si Bart avait toujours voulu que nous organisions des fêtes pour les anniversaires, il s'était chaque fois ingénié à chercher noise aux invités qui, pour la plupart, étaient repartis plus tôt que prévu et généralement fâchés. « Cette fois, ce sera différent, me dis-je, Bart n'est plus un gosse. » Et, juste à cet instant, Chris fit tout haut la même remarque, comme s'il existait entre nous un lien télépathique.

— Les hommes de loi vont-ils nous redonner lecture du testament après la fête ? lui demandai-je.

Il secoua la tête. Il souriait et avait l'air heureux.

— Non, chérie, nous serons tous trop fatigués. Bart m'a dit que la lecture officielle du testament avait été reportée à demain. (Une ombre passa sur ses traits.) Je n'arrive pas à me rappeler s'il comporte quelque détail susceptible de lui gâcher son anniversaire. Tu peux, toi ?

Non, j'en étais incapable. Lors de l'ouverture du testament, j'étais exténuée, en pleurs, et je n'avais pratiquement pas écouté, me souciant peu, à vrai dire, de savoir si l'un d'entre nous hériterait de cette fortune des Foxworth que je considérais comme maudite.

— C'est qu'il y a quelque chose, reprit Chris, que les avoués de Bart se refusent à me dire, Cathy... la façon dont ils me parlent de cette succession semble suggérer qu'à l'époque certains détails m'ont échappé, sur lesquels je ne puis obtenir maintenant de précisions car Bart leur a demandé de me tenir à l'écart de ces problèmes juridiques. Ils le regardent comme s'il leur faisait peur ou qu'il les intimidait. Ça m'étonne vraiment de voir des gens d'un certain âge et qui ont des années d'expérience derrière eux se plier à ses désirs et m'envoyer bouler. Ça m'étonne et ça m'ennuie. Et je me pose alors cette question : qu'est-ce que j'en ai à faire ? Bientôt nous allons partir, nous aurons notre propre maison et Bart se chargera de gérer lui-même sa fortune...

Je lui nouai les bras autour de la taille, furieuse que Bart se montrât si ingrat envers cet homme qui, tant d'années durant, avait assumé à sa place la responsabilité de gérer cette immense fortune et s'en était tiré avec brio en dépit d'un sacerdoce médical qui absorbait pourtant tout son temps.

— A combien de millions de dollars se monte cet héritage ? demandai-je. Vingt, cinquante, plus ? Un milliard, deux milliards, trois milliards... plus encore ?

Il éclata de rire.

— Oh, Catherine, tu ne grandiras donc jamais ? Il faut toujours que tu exagères. A vrai dire, il est difficile d'évaluer avec précision ce patrimoine dans la mesure où il se répartit sur un si grand nombre de secteurs d'investissement. Quoi qu'il en soit, je ne pense pas que Bart soit mécontent de l'estimation grossière que lui communiqueront ses avoués... il y aura là plus qu'assez pour une douzaine de jeunes loups aux dents longues.

Dans le hall, nous nous arrêtâmes un moment pour regarder Jory répéter avec Cindy. Ils étaient entourés par d'autres danseurs qui devaient participer au ballet mais qui, pour l'heure, n'avaient rien d'autre à faire que d'apprécier le travail des deux premiers rôles ou de promener des regards ébahis sur ce qu'ils pouvaient apercevoir de cette fabuleuse demeure. Cindy dansait vraiment bien et j'étais littéralement sidérée qu'elle ait pu reprendre ses cours de danse et les mener à leur terme sans m'en souffler mot. Elle devait y avoir consacré l'argent que je lui donnais pour s'acheter des robes, des produits de beauté ou toutes ces choses triviales dont elle avait un constant besoin.

Une danseuse d'un certain âge s'approcha de moi et me dit en souriant qu'elle se souvenait de m'avoir vue danser à New York.

— Votre fils est vraiment tout le portrait de son père, poursuivit-elle en se retournant vers Jory qui, d'entrechats en cabrioles, se dépensait tant que je me demandais comment il lui resterait assez d'énergie pour le spectacle de ce soir. Peut-être n'est-ce pas une chose à dire, mais je le trouve dix fois meilleur danseur. Je n'avais que douze ans lorsque je vous ai vue danser avec Julian Marquet *la Belle au bois dormant*, mais ce fut la révélation qui orienta ma vie vers l'art du ballet. Merci de nous avoir donné un extraordinaire danseur en la personne de Jory Marquet.

Ce qu'elle venait de me dire me comblait de joie. Mon mariage avec Julian n'avait pas été un échec total puisque Jory en avait été le fruit. Il ne me restait plus qu'à croire que le fils de Bartholomew Winslow finirait un jour par m'emplir d'une fierté comparable à celle que j'éprouvais à présent.

La répétition terminée, Cindy vint me retrouver. Elle était à bout de souffle.

— Dis, maman, comment j'étais ?

Tout en elle implorait mon approbation.

— Tu étais superbe, Cindy, vraiment superbe. Maintenant, si tu peux ne pas oublier de te laisser guider par la musique... d'obéir à sa cadence, ta prestation de ce soir sera tout à fait remarquable pour une débutante.

— C'est encore le professeur qui parle, n'est-ce pas, maman ? dit-elle en faisant la grimace. Je soupçonne que je ne suis pas aussi bonne que tu voudrais me le laisser croire mais je t'assure que ce soir je vais me donner à fond et que, si j'échoue, ce ne sera pas faute d'avoir essayé.

Tandis que Jory tentait d'échapper à ses admirateurs, Melodie ne bougeait pas de l'ottomane où elle était assise auprès de Bart. Ils ne se parlaient pas et rien dans leur attitude ne semblait même suggérer des rapports amicaux. Cependant, j'éprouvais un indéfinissable malaise à les voir assis côte à côte dans ce canapé si intime par sa taille et par sa forme. Je saisis la main de Chris et l'entraînai vers eux.

— Bon anniversaire, Bart, fis-je avec entrain.

Il leva les yeux et nous adressa le plus franc des sourires.

— Ne vous avais-je pas dit qu'il ferait un temps superbe aujourd'hui ?

— C'est exact, tu nous l'avais dit.

— Pouvons-nous passer à table, maintenant ? (Il se leva et offrit sa main à Melodie qui affecta de ne rien voir et se leva sans son aide.) Je meurs de faim ! reprit Bart sans trop se formaliser de cette nouvelle rebuffade. Ces amuse-gueule à l'européenne me laissent toujours un horrible creux dans l'estomac.

Aujourd'hui, nous formions à table une assemblée particulièrement joyeuse, tous sauf Joël qui, comme à son habitude, avait pris place devant sa petite table ronde installée sur la terrasse. Il nous trouvait trop bruyants et trop gros mangeurs, ce qu'il estimait être une insulte à ses goûts monastiques, lesquels impliquaient une attitude grave envers les aliments et de longues actions de grâces précédant et suivant chaque repas. Bart qui, en temps ordinaire, supportait déjà mal Joël lorsque ce dernier se montrait d'une piété excessive manifesta cette fois son impatience.

— Oncle Joël, pourquoi rester tout seul dans votre coin ? Allez, venez vous joindre au cercle de famille et souhaitez-moi un bon anniversaire.

— Le Seigneur flétrit les ostentatoires manifestations de la richesse et de la vanité humaine. Je réprouve cette fête que tu donnes. Tu aurais pu montrer ta gratitude envers Celui à qui tu dois la vie de meilleure manière, en apportant ta contribution à des œuvres charitables, par exemple.

— Et que m'auraient apporté ces œuvres charitables ? Non, mon oncle, je considère ce jour comme celui de ma gloire, et même si ce cher vieux Malcolm doit se retourner dans sa tombe, je tiens à en profiter pleinement.

J'étais folle de joie et je me penchai vers Bart pour l'embrasser.

— J'aime à te voir ainsi, Bart. Tu as raison ; c'est ton jour à toi... et quand tu verras ce que nous t'offrons, tu en resteras bouche bée.

— Espérons-le, dit-il, tout sourire. Je vois qu'il y a de gros paquets, là-bas, sur la table. Je les ouvrirai dès que les invités seront là, comme ça nous pourrons tout de suite passer à la suite des réjouissances.

Juste en face de moi, je vis Jory plonger dans les yeux de Melodie un regard empreint de sollicitude.

— Ça va, mon amour, tu te sens bien ?

— Oui, fit-elle à mi-voix, si ce n'est que j'aurais aimé danser le rôle de Dalila. Ça va me faire tout drôle de te voir avec une autre partenaire.

— Après la naissance du bébé, nous redanserons ensemble, lui promit-il avant de déposer un baiser sur ses lèvres.

Et, lorsqu'il se leva de table pour aller reprendre les répétitions, elle posa sur lui un regard de pure dévotion.

Ce fut alors que, sur le visage de Bart, toute gaieté mourut.

Des coursiers ne cessaient de se présenter à la porte avec des cadeaux pour Bart de la part de condisciples de Harvard qui s'excusaient ainsi de ne pouvoir honorer son invitation. Bart allait et venait, presque au pas de course, vérifiant si tout était en place et réceptionnant les bouquets de fleurs qui étaient livrés par cartons de douze. Les traiteurs avaient investi la cuisine et, lorsque vers midi je voulus y préparer une collation de mon cru, j'eus l'impression d'être une intruse. Puis Bart me prit par le bras et m'entraîna au travers des pièces qui croulaient sous les fleurs.

— Crois-tu que mes amis seront impressionnés ? s'inquiéta-t-il. Tu sais, je crois qu'à l'université j'en ai un peu rajouté. Ils s'attendent à quelque chose d'incomparable, presque à un palais.

Je jetai un nouveau regard autour de moi. Il émane toujours des demeures décorées pour une fête une impression de beauté particulière et Foxworth Hall ne faisait pas exception. Aux reflets brillants des cuivres et de l'argenterie, à l'éclat du cristal, toutes ces fleurs dans leur éphémère splendeur venaient ajouter une note de grâce et de chaleur humaine... oh, oui, cette demeure pouvait sans conteste rivaliser avec des palais.

— Cesse de t'angoisser, mon grand. Ta maison est d'une beauté époustouflante et tes décorateurs ont vraiment soigné leur travail. Je ne doute pas une seconde qu'elle fera impression sur tes amis. Et, grâce aux concierges qui l'ont entretenu pendant des années, le parc n'a rien à envier à la demeure elle-même.

Il ne m'écoutait plus et fixait sans vraiment le voir un point situé derrière moi. Un vague pli soucieux lui barrait le front.

— Tu sais, mère, commença-t-il d'une voix sourde, je vais me retrouver ici comme une âme en peine lorsque toi et ton frère vous serez partis, lorsqu'il n'y aura plus Jory et Melodie. Heureusement que j'aurai mon oncle Joël qui doit rester ici jusqu'à sa mort.

J'étais navrée de l'entendre parler ainsi. Il n'avait même pas mentionné Cindy qui, manifestement, ne lui manquait jamais.

— Tu aimes donc tant Joël, Bart ? Ce matin, pourtant, tu avais plutôt l'air agacé par ses mœurs érémitiques.

Des ombres passèrent dans son regard déjà ténébreux en temps ordinaire, et son beau visage prit une expression grave.

— Mon oncle m'aide à me trouver, mère, et si j'ai parfois du mal à le supporter, c'est que je suis moi-même plein d'incertitudes sur mon avenir. Il ne peut rien contre des habitudes qui se sont formées sur tant d'années au contact de ces moines dont la règle est le silence, un silence qu'ils ne rompent que pour prier à voix haute ou lors des offices chantés. Il m'a donné des aperçus de cette existence et je l'ai jugée profondément triste et solitaire, mais il affirme cependant y avoir trouvé la sérénité, la foi en Dieu et la vie éternelle.

Mes bras que je lui avais noués autour de la taille se détachèrent. Se serait-il tourné vers Chris qu'il eût déjà trouvé ce qu'il cherchait... l'apaisement, la sécurité ainsi que cette foi qui avait soutenu Chris tout au long de sa vie. Bart devenait aveugle lorsqu'il s'agissait de voir le bien chez cet homme qui n'avait pas ménagé ses efforts pour en faire son fils.

Mais les relations que j'entretenais avec mon frère le condamnaient irrémédiablement aux yeux de Bart.

Le désespoir au cœur, je le quittai pour monter à l'étage rejoindre Chris qui, du haut du balcon de notre chambre, regardait les ouvriers s'activer dans la cour. Il garda le silence et je vins me placer près de lui sous les chauds rayons du soleil d'après-midi, priant le ciel que cette maison pût enfin nous apporter autre chose que du malheur.

Puis nous nous accordâmes, Chris et moi, deux heures de sieste avant de rejoindre les autres pour un dîner léger et tous nous remontâmes dans nos chambres respectives nous habiller pour la fête. Je retournai sur ce balcon qui nous donnait tant de plaisir à Chris et à moi-même. J'y vis, déployée sous mon regard, toute la féerie de cet anniversaire. Le jour à son déclin répandait dans les cieux les nuances soutenues de ses pourpres et de ses roses veinés d'orange et de magenta sur lesquelles se détachait, telles de noires larmes, le vol d'oiseaux ensommeillés retournant vers le nid. On entendait les cardinaux émettre leur petit cri si différent d'un pépiement ou d'un gazouillis, plutôt semblable au bip-bip métallique des machines électroniques. Lorsque Chris, au sortir de la douche, vint me rejoindre, nous restâmes silencieux, n'éprouvant nul besoin de parler. Tendrement enlacés, nous gardâmes un long moment les yeux fixés sur le parc avant de nous détourner de ce spectacle et de rentrer.

Bart, le fruit de ma vengeance, atteignait un tournant de sa vie. Il me fallait m'accrocher à l'espoir que cette fête serait une réussite et qu'il en tirerait ce dont il avait tant besoin, l'assurance d'avoir des amis et de compter pour les gens. Il me fallait aussi repousser mes peurs et me répéter sans cesse que tout cela lui était dû... tout comme cela nous était dû.

Peut-être Bart trouverait-il largement de quoi le satisfaire, demain, lors de la lecture officielle du testament. Peut-être, seulement peut-être... Je souhaitais tant que tout se passât au mieux pour Bart. Je souhaitais tant que le destin vînt réparer ce qu'il avait jadis brisé.

Derrière moi, Chris pénétra dans le dressing, enfila le pantalon de son smoking, y enfouit les pans de sa chemise et noua une première fois son nœud papillon. Puis il me demanda de le refaire.

— Arrange-toi pour que les deux côtés soient égaux.

Je fus heureuse de lui rendre ce service. Ensuite, il brossa ses beaux cheveux blonds qui n'étaient guère plus foncés que du temps de ses quarante ans. Chaque décennie supplémentaire assombrissait pourtant les siens comme les miens tout autant qu'elle y mêlait des fils d'argent. J'aurais pu aisément me faire une teinture mais Chris ne voulait pas. Les cheveux blonds, disait-il, étaient trop liés au regard que je portais sur moi-même. D'ailleurs, mon visage n'avait rien perdu de sa grâce et il acquérait ainsi cette beauté supérieure de la maturité.

Dans le miroir de la coiffeuse, le reflet de Chris se rapprocha et parut planer au-dessus de mes épaules. Ses mains, si familières, à présent, s'introduisirent dans mon corsage et moulèrent mes seins, puis ses lèvres se pressèrent contre ma nuque.

— Je t'aime. Dieu sait ce que je deviendrais si je ne t'avais plus.

Pourquoi ne cessait-il de me répéter cela ? Comme s'il s'attendait à me voir un jour le quitter ou mourir avant lui.

— C'est toi qui me survivras, chéri. Tu es nécessaire à la société, moi non.

— Peut-être, mais tu es ce qui me fait vivre, fit-il d'une voix si rauque qu'elle en était presque inaudible. Sans toi, je ne saurais tout simplement pas comment m'y prendre pour rester en vie... tandis que si je venais à disparaître, tu te remarierais sûrement.

Et, dans ses yeux bleus, je vis comme une attente anxieuse.

— J'ai eu trois maris et un amant ; j'estime que, pour une seule femme, c'est nettement suffisant. Aurais-je la malchance de te voir partir le premier que je m'assiérais jour après jour devant ma fenêtre pour regarder le paysage et me remémorer ce que c'était que de vivre auprès de toi. (La douceur revint dans son regard qui se riva au mien tandis que je poursuivais :) Tu rayonnes d'une telle beauté, Chris. Tes fils eux-mêmes en sont jaloux.

— Je te remercie, mais puis-je te dire d'abord que je trouve en toi dix fois plus de beauté que tu n'en peux trouver en moi et qu'ensuite, ce sont tes fils, et non les miens, et qu'ils ont de ce fait un excellent motif de m'envier.

— Chris, tu sais très bien que Jory t'aime. Et Bart, un jour, finira par s'apercevoir qu'il t'aime aussi.

— Un jour, tu verras... se mit-il à fredonner.

— Non, c'est lui qui verra. Bart est son propre maître à présent et, avec une telle fortune entre ses mains et non plus entre les tiennes, il va se sentir plus détendu, il va se découvrir lui-même et, du même coup, il va se rendre compte que tu es le meilleur père qu'il eût jamais pu souhaiter.

Un sourire méditatif apparut sur ses lèvres, un petit sourire triste.

— Pour parler franc, chérie, je serai rudement content lorsque Bart aura son argent et que je n'aurai plus rien à voir dans l'histoire. Car ce n'est pas une mince corvée que de gérer pareille fortune et j'aurais pu m'assurer les services d'un professionnel pour le faire à ma place. Mais en tant qu'administrateur, je crois avoir voulu prouver à Bart que je pouvais être autre chose qu'un simple médecin puisque cela n'a jamais paru lui suffire.

Que pouvais-je lui répondre ? Que rien de ce qu'il ferait ne pourrait vraisemblablement modifier le sentiment de Bart à son égard. Il était mon frère, et cette seule chose à laquelle il ne pouvait rien changer faisait que Bart ne l'accepterait jamais comme père.

— A quoi penses-tu, mon amour ? Ce doit être bien laid pour que ton front se plisse ainsi.

— A rien, lui répondis-je avant de me lever.

La soie blanche de mon drapé à la grecque bruissait sensuellement sur ma peau nue. J'avais relevé ma chevelure en couronne sur le sommet du crâne, n'en laissant échapper qu'une longue et unique mèche bouclée qui venait rouler sur mon épaule. Hormis mes alliances, je ne portais d'autre bijou qu'un clip serti de diamants qui maintenait ma coiffure en place.

Au centre de cette chambre que nous partagions, nous nous enlaçâmes, Chris et moi, nous raccrochant à la seule sécurité que nous eussions jamais connue et qui eût résisté au temps : nous deux. Autour de nous, le calme régnait dans cette demeure et nous aurions pu être seuls et perdus dans l'éternité.

— Allez, dis-moi tout, fit Chris après que de longues minutes se furent écoulées. Lorsqu'une chose te pèse sur le cœur, je m'en aperçois toujours.

— Je voudrais simplement que tout se passe différemment entre Bart et toi, répondis-je, ne voulant surtout pas gâcher la soirée.

— Ma relation avec Jory et Cindy compense largement l'antagonisme de Bart. Et puis, ce qui est plus important, je suis intimement convaincu que Bart ne me hait pas. Il est des moments où je le sens sur le point de faire un pas vers moi, mais il y a cette honte, cette connaissance qu'il a de nos relations exactes, qui l'enchaînent et le retiennent. Il aspire à être guidé, mais il n'ose en faire la demande. Il veut un père, un vrai père, les psychiatres nous l'ont toujours dit. Son regard se pose sur moi, mais hélas je ne puis faire l'affaire... alors il regarde ailleurs. D'abord ce fut Malcolm, son arrière-grand-père, depuis longtemps dans la tombe. Puis il y eut John Amos, et John aussi l'a trahi. Maintenant, il se tourne vers Joël, mais avec le terrible pressentiment que celui-ci non plus n'est pas parfait. Oui, je puis t'affirmer qu'il lui arrive de douter de son grand-oncle. Et, parce que ce réflexe existe encore chez lui, son cas n'est pas désespéré, Cathy. Nous avons encore le temps de faire se combler ce fossé entre Bart et nous... parce qu'il est vivant, et que nous le sommes encore nous aussi.

— Oui, je sais, je sais ! Tant qu'il y a de la vie, il y a de l'espoir. Vas-y, dis-le, redis-le. Et si tu le redis assez souvent, le jour viendra peut-être où Bart te dira : « Oui, je t'aime. Oui, tu as toujours fait de ton mieux. Oui, tu es le père que, toute ma vie, je n'ai jamais cessé de chercher. » Ce serait merveilleux, non ?

Il enfouit son visage dans mes cheveux.

— Ne sois pas si amère, Cathy. Ce jour viendra. Aussi vrai que toi et moi nous nous aimons, aussi vrai que nous aimons nos trois enfants, ce jour viendra.

J'étais prête à faire n'importe quoi pour préparer la venue de ce jour où Bart dirait à son père qu'il l'aimait. J'étais prête à vivre éternellement non seulement pour voir Bart accepter Chris et lui dire qu'il l'aimait, qu'il l'admirait, qu'il le remerciait, mais aussi pour le voir redevenir un vrai frère pour Jory... et un frère pour Cindy.

Quelques minutes plus tard, nous étions sous la rotonde et nous nous préparions à descendre rejoindre Jory et Melodie que nous apercevions au bas des marches. Melodie était vêtue d'une simple robe noire retenue aux épaules par un laçage noir et ne portait pour tout bijou qu'un rang de perles fines.

Entendant le cliquetis des hauts talons de mes sandalettes sur le marbre des marches, Bart se découvrit à mon regard dans son smoking où l'on devinait la griffe d'un grand faiseur. J'en eus le souffle coupé car j'aurais pu le prendre pour son père tel que celui-ci m'était apparu la première fois.

Ce léger duvet que nous avions remarqué au-dessus de sa lèvre sept jours auparavant s'était transformé en une fine moustache qui lui allait à ravir. Et il avait l'air heureux, ce qui le rendait encore plus beau. Ses yeux sombres se remplirent d'admiration lorsqu'il les posa sur ma robe, sur ma coiffure, et lorsque ses narines se dilatèrent pour humer mon parfum.

— Mère, s'exclama-t-il, tu es éblouissante ! Cette adorable robe blanche, ne me dis pas que tu ne l'as pas achetée tout spécialement pour l'occasion.

J'éclatai de rire et en convins. Je ne pouvais tout de même pas ressortir mes vieilles nippes pour une fête pareille.

Nous avions tous en réserve pour chacun des compliments du même ordre, sauf Bart qui s'abstint d'en faire à Chris et alla même jusqu'à ne pas lui adresser la parole quoiqu'il lui jetât de fréquents regards en coin comme si l'attitude indéfectiblement aimable de Chris le prenait au dépourvu. Melodie, Jory, Chris et moi, avec Bart et Joël légèrement en retrait, nous formions un cercle autour du pilastre et nous nous efforcions tous, à l'exception de Joël, de placer en même temps ce que nous avions à dire quand...

— Papa, maman ! cria Cindy avant de dévaler jusqu'au bas des marches en retroussant la jupe de sa longue robe rouge feu pour ne pas trébucher.

Je me retournai et fixai sur elle des yeux incrédules.

D'où avait-elle pu sortir cette provocante robe écarlate en tout point semblable à ce que portent les filles qui font le trottoir pour exhiber leurs charmes ? J'étais malade de terreur à l'idée de l'inévitable réaction de Bart et j'eus l'impression de me vider de toute ma gaieté antérieure ; je la sentis s'écouler au travers de mes sandalettes pour aller se perdre dans le sol. La chose qu'elle portait lui collait à la peau comme une couche de peinture rouge. Le décolleté plongeait jusqu'à la ceinture et, de toute évidence, elle ne portait rien en dessous. Le bout de ses seins pointait avec insolence et il lui fallait constamment jouer des épaules pour les tenir enfermés. Coupé dans le biais, le satin de cette robe la moulait... oh, pour la mouler, il la moulait ! Pas un pli, pas un renflement ne trahissait la moindre once de graisse sur ce jeune corps superbe qu'elle tenait manifestement à montrer.

— Cindy, lui soufflai-je à l'oreille, retourne dans ta chambre et mets cette robe bleue que tu m'avais promis de porter. Tu as seize ans et non pas trente.

— Oh, maman, ne joue pas les rabat-joie. Les temps ont changé. Ça se fait d'être nue, maman. C'est dans le coup ! Et, comparée à certaines que j'aurais pu choisir, cette robe est un modèle de décence, de pruderie à la limite.

Un simple coup d'œil sur Bart suffit à me montrer qu'il ne considérait pas la robe de Cindy comme un modèle de décence. Pour l'instant, il paraissait encore frappé de stupeur et se contentait de fixer des yeux exorbités au milieu d'un visage empourpré sur les trémoussements de Cindy à qui l'étroitesse de sa jupe interdisait presque de marcher.

Puis le regard de Bart se tourna vers nous et revint ensuite sur Cindy. Sa fureur le frappait de mutisme et je disposais de quelques instants pour trouver un moyen de le calmer.

— Allez, Cindy, cours vite te changer.

Cindy continua de fixer Bart, le mettant manifestement au défi de faire quelque chose. Elle semblait prendre plaisir à sa réaction, se repaître de ses yeux qui lui sortaient de la tête et de cette bouche ouverte sur un cri muet de surprise et d'indignation. Puis elle se mit à caracoler sous son nez, telle une pouliche en chaleur, ondulant des hanches de la manière la plus provocante. Joël vint alors se placer au côté de Bart et la toisa longuement. Ses yeux larmoyants qui n'exprimaient plus que froideur et mépris se levèrent ensuite à la rencontre des miens. « Regardez, semblaient-ils dire. Contemplez le résultat de votre éducation. »

— Cindy, tu as entendu ta mère ? rugit Chris. Dépêche-toi de faire ce qu'elle t'a dit ! Et tout de suite !

Marquant le coup, Cindy se figea sur place et rougit,

mais elle soutint avec défi le regard de Chris et ne fit pas mine de remonter.

— Je t'en prie, Cindy, ajoutai-je. Obéis à ton père. Cette autre robe est très jolie et parfaitement appropriée à la circonstance. Celle que tu as sur toi est tout simplement vulgaire.

— Je suis assez grande pour choisir ce que j'ai envie de porter, fit-elle d'une voix tremblante et sans bouger d'un pas. Bart aime le rouge, alors j'ai mis du rouge !

Melodie fixa un moment Cindy puis, lançant un regard impuissant, tenta de sourire. Jory, lui, avait l'air de s'amuser, comme si tout cela n'était qu'un jeu.

Cindy, qui n'avait pas repris sa burlesque exhibition et semblait même commencer à se sentir vaguement penaude, tourna vers lui un regard plein d'espoir.

— Tu ressembles à un dieu, Jory... et toi, Melodie, à une déesse.

Manifestement, Jory ne savait quoi répondre, ni où poser son regard. Il le détourna d'abord, puis le ramena sur Cindy. Une rougeur s'éleva du plastron plissé de sa chemise et se répandit sur son visage.

— Et toi, tu ressembles... à Marilyn Monroe...

Bart avait à présent le visage si rouge que l'on s'attendait presque à en voir sortir de la fumée. Soudain, il explosa :

— Tu retournes immédiatement dans ta chambre et tu enfiles quelque chose de décent ! Tu entends, immédiatement ! Et file avant que tu ne reçoives ce que tu mérites ! Personne ne se baladera chez moi vêtue comme une pute !

— Va te faire voir, eh, pauvre type !

— Qu'est-ce que tu viens de dire ? hurla-t-il.

— J'ai dit : « Va te faire voir, eh, pauvre type ! » et je n'ai pas la moindre intention de changer de robe !

Je la voyais trembler. Mais, pour une fois, Bart avait raison.

— Enfin, Cindy, lui dis-je, tu sais très bien que cette robe n'est pas convenable et que l'on peut être légitimement choqué de te la voir porter. Alors, ne nous fais pas plus attendre et monte te changer. Ne crois-tu pas en avoir assez fait comme ça ? Tu as vraiment l'air d'une poule, et je suis certaine que tu t'en rends compte. D'habitude, pourtant, tu as très bon goût. Qu'est-ce qui t'a pris de choisir une robe pareille ?

— Arrête, maman, gémit-elle. Tu me donnes l'impression d'avoir fait quelque chose de mal !

Bart fit un pas vers elle, les traits tordus par une expression menaçante, mais Melodie bondit pour s'interposer, ses minces bras blancs largement écartés, puis elle se tourna vers Bart.

— Ne voyez-vous pas qu'elle ne cherche qu'à vous faire enrager ? Gardez votre sang-froid, sinon vous allez lui donner satisfaction.

Puis elle dit à Cindy sur un ton calme et néanmoins ferme :

— Maintenant que tu as obtenu ce que tu souhaitais, pourquoi ne remontes-tu pas enfiler cette jolie robe bleue que tu avais commencé à mettre ?

Sans prêter attention à Chris ou à moi, Bart tendit la main vers Cindy pour lui saisir le bras mais, tout entravée qu'elle était par l'étroitesse de sa robe, elle lui échappa et se retourna ensuite pour le taquiner sur sa lenteur. Je l'aurais giflée. Soudain, je l'entendis dire d'une voix suave :

— Bart, mon chéri, j'étais convaincue que tu m'aimerais dans cette robe... puisque, de toute façon, tu me considères comme un être vulgaire, comme une fille de rien, je n'ai fait que répondre à ton attente et jouer le rôle que tu as écrit pour moi.

Cette fois, il se montra plus vif, et sa main s'abattit sur la joue de Cindy qui, sous la violence du choc, bascula en arrière et se retrouva brutalement assise sur la deuxième marche de l'escalier. J'entendis craquer la couture dans le dos de sa robe. Je me précipitai pour l'aider à se relever. Elle avait les larmes aux yeux.

Sitôt debout, Cindy monta les marches à reculons, luttant pour conserver sa dignité.

— Tu es un pauvre type, Bart. Un pervers qui n'a pas la moindre idée de ce qu'est le monde réel. Je parie que tu es toujours vierge... ou bien pédé !

Puis elle s'empressa de gagner le haut des marches en

voyant la rage paroxystique suscitée par cette dernière pointe sur le visage de Bart. Je voulus empêcher Bart de la poursuivre, mais il fut plus rapide.

Il me bouscula sans ménagement si bien qu'à mon tour je tombai. Poussant des cris d'enfant martyr, Cindy disparut dans le couloir de l'étage avec Bart pratiquement sur ses talons.

Bien que sa voix fût étouffée par la distance, je l'entendis hurler :

— Comment as-tu l'audace de te comporter ainsi à mon égard ? Quand je pense que je t'ai soutenue chaque fois que l'on venait me raconter certaines choses sur ton compte. Je croyais qu'il s'agissait de mensonges mais tu viens de me fournir la preuve du contraire. Dès que cette fête sera terminée, je ne veux plus te voir reparaître devant moi.

— Parce que tu t'imagines que j'ai envie de te revoir ! hurla-t-elle. Je te déteste, Bart ! Je te déteste !

J'entendis ses cris, puis seuls des sanglots me parvinrent... Je voulus monter et repoussai Chris qui tentait de m'en empêcher, mais à peine eus-je gravi cinq marches que je vis reparaître Bart, un sourire satisfait sur son visage dont la beauté, pour l'heure, était nettement démoniaque. En me croisant, il chuchota :

— Je n'ai fait que lui donner ce qu'elle aurait dû recevoir de toi depuis longtemps : une fessée magistrale. Si elle arrive à s'asseoir avant la semaine prochaine, c'est qu'elle a un cul d'acier.

Je me retournai à temps pour voir Joël tressaillir d'avoir entendu ce mot.

Sans se soucier pour une fois de Joël et après avoir accroché sur ses traits le sourire de l'hôte idéal, Bart nous aligna face à l'entrée pour recevoir ses invités qui ne se firent pas attendre. Je fus surprise de le voir nous présenter à des gens dont j'ignorais jusqu'alors qu'ils faisaient partie de ses connaissances, et ce fut avec le même étonnement que je constatai l'aisance de ses manières, la classe avec laquelle il prenait en main chaque nouvel arrivant et lui faisait sentir qu'il était le bienvenu. En accord avec ses prévisions, ses condisciples étaient venus en masse, comme pour contrôler la véracité de ses dires. Cindy n'eût-elle pas mis cette horrible robe que Bart, en cet instant, m'eût comblée d'une fierté sans mélange mais, en l'occurrence, j'étais simplement déconcertée de voir à quel point il savait plier son apparence au but qu'il poursuivait.

Pour l'heure, il avait entrepris d'être le point de mire de la soirée. Il y parvenait, mieux même que Jory qui, avec sagesse, avait décidé de rester à l'arrière-plan pour laisser briller son frère. Melodie ne quittait pas son mari d'une semelle, s'accrochant à sa main, à son bras, le visage d'une extrême pâleur et de la tristesse dans le regard. J'étais si absorbée par le comportement charmeur de Bart que je sursautai en me sentant tirée par le bras. C'était Cindy qui avait revêtu la petite robe bleue que je lui avais choisie. Elle était redevenue cette jeune fille dont-les-seize-printemps-n'ont-jamais-connu-le-baiser-d'un-garçon.

— Vraiment, Cindy, cette fois, tu la méritais, ta fessée.

— Que le diable l'emporte ! Je m'en vais lui montrer, moi ! Je vais danser dix fois mieux que Melodie ne l'aurait fait ! Et, en dépit de cette robe insipide que tu m'as choisie, je vais tourner la tête de tous les hommes ici présents.

— Tu ne penses pas vraiment ce que tu dis, Cindy ?

Elle se radoucit et se jeta dans mes bras.

— Non, maman, je ne le pense pas vraiment.

Lorsque Bart vit Cindy près de moi, il promena sur sa robe un regard sarcastique puis s'avança vers nous.

Cindy se redressa.

— Ecoute-moi bien, Cindy, lui dit-il. Lorsque le moment sera venu, tu iras enfiler ton costume de scène et tu oublieras tout ce qui a pu se passer entre nous. Je tiens à ce que tu danses ton rôle à la perfection... d'accord ?

Et, affectueusement, il lui pinça la joue. Si affectueusement que cette même joue garda la marque rouge de ses ongles. Avec un petit cri, Cindy lui planta son talon dans le tibia. Bart beugla, puis la gifla.

— Arrête, Bart ! sifflai-je entre mes dents. N'est-ce pas toi qui as commencé ? Ça suffit pour ce soir !

Chris le prit par le bras et l'entraîna loin de Cindy.

— Je commence à en avoir plus qu'assez de ces idioties,

dit-il, furieux, lui qui se mettait si rarement en colère. Tu as invité à cette soirée quelques-unes des plus importantes personnalités de Virginie... alors, montre-leur que tu sais te tenir.

Avec grossièreté, Bart dégagea son bras, foudroya Chris du regard et s'éloigna sans faire le moindre commentaire. Je souris à Chris et m'acheminai à ses côtés vers le parc. Jory et Melodie prirent Cindy sous leur aile et se chargèrent de la présenter à des jeunes gens qui étaient venus avec leurs parents. Bon nombre des invités n'avaient en effet connu Bart que par l'intermédiaire de Jory et de Melodie dont les amis et les admirateurs ne se comptaient plus.

J'avais toutes les raisons de ne pas désespérer de la soirée.

Samson et Dalila

Un peu partout dans le parc, des sphères dorées illuminaient une nuit déjà fort claire par la présence de la lune dans les hauteurs d'un ciel dégagé de tout nuage et rempli d'étoiles. Sur la pelouse, plusieurs dizaines de tables avaient été mises bout à bout pour former un immense fer à cheval où les mets les plus divers nous étaient proposés dans des plats d'argent. Une fontaine jaillissante projetait dans l'air des gerbes de champagne de France qui étaient recueillies dans des bassins adjacents équipés de petites cannelles. Au sommet du fer à cheval, sur la table centrale, se dressait une énorme sculpture de glace représentant Foxworth Hall.

Autour de ce vaste buffet garni de tout ce qu'il est possible de se procurer contre de l'argent, se trouvaient des tables individuelles plus petites, rondes ou carrées, couvertes d'une superposition de nappes aux couleurs contrastées : vert sur rose, turquoise sur violet, jaune sur orange, ou autres combinaisons produisant un effet semblable. La stabilité de ces nappes était garantie contre les coups de vent éventuels par de lourdes guirlandes de fleurs disposées sur leur circonférence.

Bien qu'au début de la soirée Bart nous eût présentés, Chris et moi, à ses invités, la plupart semblaient avoir adopté pour principe de ne pas nous adresser la parole.

— Comment cela se fait-il ? me demanda Chris qui venait de faire la même constatation que moi.

— Ceux d'un certain âge ne parlent pas non plus à Bart, lui fis-je remarquer. Vois-tu, Chris, j'ai l'impression qu'ils sont simplement venus boire, manger, prendre du bon temps, et qu'ils se fichent pas mal de Bart et de nous tous. Ils sont là pour se régaler aux frais de la princesse, voilà tout.

— Je n'irai pas jusqu'à dire cela, me répondit Chris. On se bouscule presque pour parler à Jory et à Melodie. J'en vois même certains qui parlent à Joël. Au fait, ne le trouves-tu pas d'une rare élégance, ce soir ? Un véritable homme du monde, n'est-ce pas ?

La faculté qu'avait Chris de découvrir chez tout le monde quelque chose d'admirable ne cesserait jamais de m'étonner.

En fait, par sa façon solennelle de se mouvoir d'un groupe à l'autre, Joël m'évoquait un ordonnateur de pompes funèbres. A la différence de tous, il ne se promenait pas un verre à la main et ne s'approchait jamais de ce buffet pantagruélique auprès duquel je me trouvais moi-même, grignotant un cracker tartiné de foie gras et cherchant des yeux Cindy. Je la vis enfin au centre d'un groupe de cinq jeunes gens, très « belle du bal ». Sa petite robe bleue ne l'empêchait pas d'être extrêmement séduisante, surtout depuis qu'elle en avait laissé tomber une des bretelles pour dévoiler la moitié supérieure de ses seins.

— Elle ressemble à ce que tu étais, me dit Chris qui, lui aussi, avait les yeux fixés sur Cindy. Mais il y avait chez toi un je-ne-sais-quoi de plus éthéré, comme si tu n'avais pas vraiment les deux pieds sur terre, comme si tu ne pouvais jamais cesser de croire aux miracles. (Il s'interrompit et posa sur moi l'un de ces regards qui faisaient que mon amour pour lui vivait et se régénérait toujours.) Oui, mon amour, et les miracles peuvent se produire, même dans cette demeure.

Tout ce qu'il y avait de femmes et de maris dans l'assemblée semblait tenter de se placer auprès d'un membre du sexe opposé à l'exclusion de son partenaire légitime. Seuls Chris et moi paraissions soudés l'un à l'autre. Jory avait disparu et Melodie s'était retrouvée seule avec Bart. Il était en train de lui dire quelque chose qui faisait passer dans ses yeux une flamme de colère. Elle voulut s'éloigner de lui mais il la rattrapa par le bras et la ramena brutalement en arrière. Puis elle ne réussit à lui échapper que pour se voir de nouveau reprise et maintenue, cette fois, dans ses bras. Ils se mirent à danser et je vis Melodie qui luttait pour conserver entre eux une certaine distance.

Je m'apprêtais à intervenir lorsque Chris me retint.

— Melodie est assez grande pour se débrouiller seule. Tu ne ferais que t'attirer les foudres de Bart.

Avec un soupir, je me résignai à rester spectatrice du petit conflit qui opposait Bart à la femme de son frère et, à ma grande surprise, je constatai la victoire de mon fils car elle finit par se détendre et même, me sembla-t-il, par prendre un certain plaisir à danser avec lui. Puis, lorsque la musique cessa, il la guida de groupe en groupe, comme si elle était son épouse et non celle de Jory.

Tandis que j'avais les yeux fixés sur eux, une très belle femme s'était avancée vers nous. Elle sourit d'abord à Chris, puis à moi.

— N'êtes-vous pas la fille de Corinne Foxworth, celle qui vint ici même un soir de Noël et...

Je coupai court à l'évocation de ses souvenirs.

— Veuillez m'excuser, lui dis-je, mais j'ai deux ou trois petits problèmes à régler.

Puis je m'éloignai au plus vite, entraînant Chris au passage.

— Mais, Mrs Sheffield... insista la femme en courant derrière nous.

Une sonnerie de trompettes me dispensa de répondre. Elle annonçait le début du spectacle et tous les invités de Bart allèrent s'installer devant la scène après avoir garni leur assiette et rempli leur verre. Bart et Melodie vinrent nous rejoindre tandis que Jory et Cindy se mettaient en collant pour faire quelques exercices d'échauffement avant d'aller revêtir leur costume de scène.

Et les amuseurs professionnels eurent tôt fait de me faire rire aux larmes comme tout le monde.

Quelle superbe fête ! Je ne cessais de couler des regards émerveillés vers Chris ou vers Bart et Melodie qui avaient pris place à nos côtés. Cette splendide nuit d'été... et ces montagnes autour de nous qui m'évoquaient si fort un cercle enchanté délimitant une contrée de rêve que j'étais de nouveau surprise de pouvoir les considérer autrement que sous l'aspect d'un insurmontable obstacle à notre liberté. J'étais heureuse de voir Melodie rire et, surtout, de constater que, pour une fois, Bart prenait la vie du bon côté. Il rapprocha sa chaise de la mienne.

— Me diras-tu que cet anniversaire est une réussite, mère ?

— Oh, oui, Bart, oui. Ce que tu as mis sur pied surpasse toutes mes espérances. Cette fête est extraordinaire et ce cadre nocturne d'une époustouflante beauté, avec la lune et les étoiles au-dessus de nos têtes et toutes ces lumières colorées que tu as fait placer dans le parc. Quand va commencer le ballet ?

Il sourit et, affectueusement, me passa le bras autour des épaules. Sa voix se fit tendre et compréhensive pour me dire :

— Pour toi, rien ne peut égaler la danse, n'est-ce pas ? Mais tu ne seras pas déçue. Tu vas pouvoir constater que mon *Samson et Dalila* supporte avantageusement la comparaison avec les versions montées à New York ou à Londres.

Jusqu'alors, Jory n'avait pas donné plus de trois représentations de ce ballet mais, chaque fois, il lui avait valu un tel délire d'acclamations qu'il n'était pas étonnant que Bart fût fasciné par ce rôle. Nous vîmes les musiciens reprendre leur place dans la fosse d'orchestre, déplier de nouvelles partitions et commencer à accorder leurs instruments.

A quelques pas de nous, Joël s'obstinait à rester debout, les traits crispés dans une expression haineuse et réprobatrice qui, vraisemblablement, reflétait fidèlement ce que pouvait ressentir le fantôme de son père devant cet extravagant gaspillage de bel et bon argent.

— Bart, tu as vingt-cinq ans aujourd'hui. Alors, bon anniversaire ! Je garde en mémoire une image très nette du moment où l'infirmière t'a posé entre mes bras. L'accouchement avait été particulièrement difficile et les médecins en étaient venus à me dire que j'allais devoir choisir entre ta vie et la mienne. C'était la tienne que j'avais choisie. En fin de compte, tout se passa au mieux et je connus la bénédiction de mettre au monde un deuxième fils... le portrait même de son père. Tu pleurais, tes petits poings crispés boxaient dans le vide, tes pieds ne cessaient de repousser la couverture, mais à la minute même où je t'ai serré contre mon cœur et que tu as senti la chaleur de mon corps, tu t'es arrêté de crier. Tes paupières, obstinément fermées jusqu'alors, se sont entrouvertes, et tu as paru me voir avant de t'endormir.

— Tu as certainement dû penser que Jory avait été un bébé plus joli que moi, dit Bart qui, en dépit de ce sarcasme, conservait une grande tendresse dans les yeux comme s'il aimait à m'entendre parler de lui bébé.

Melodie me regardait avec une expression étrange et j'aurais souhaité qu'elle ne fût pas si près de nous.

— Tu as toujours eu ta propre beauté, Bart, ta propre personnalité... dès le départ. Tu voulais tout le temps rester dans mes bras, de jour comme de nuit. Si je te posais dans ton berceau, tu pleurais pour ne t'arrêter que lorsque je te reprenais.

— En d'autres termes, j'étais un vrai fléau.

— Je n'ai jamais eu cette pensée, Bart. Je t'ai aimé du jour même où je t'ai conçu. Et plus encore quand tu souriais. Tu as toujours eu un sourire si frêle, comme s'il te faisait mal aux lèvres.

Un moment, j'eus l'impression d'avoir fait vibrer chez lui une corde sensible. Sa main se tendit vers la mienne et je la pris. Mais, au même instant, retentirent les premiers accords de l'ouverture de *Samson et Dalila*. Cet intermède de tendresse entre une mère et son fils cadet se perdit dans la rumeur expectative qui parcourut la foule des invités lorsqu'ils consultèrent leur programme et y découvrirent que Jory Janus Marquet allait interpréter son plus fameux rôle et que sa sœur, Cynthia Sheffield, allait être sa partenaire dans celui de Dalila. Bon nombre de regards curieux se tournèrent alors vers Melodie, tant on se demandait pourquoi ce n'était pas elle qui incarnait Dalila.

Comme à chaque début de ballet, je pris mon essor loin du monde réel et, dérivant sur un nuage où je n'étais plus sensible qu'au pathétique et à la beauté, je pénétrai dans un autre univers.

Le rideau se leva sur l'intérieur chamarré de soieries d'une tente contrastant avec la toile de fond qui représentait une nuit étoilée dans le désert. Des chameaux empaillés complétaient le décor ainsi que des palmiers qui se balançaient au gré d'une brise légère. Cindy était déjà sur scène, vêtue de voiles diaphanes qui révélaient chaque détail de sa mince silhouette aux formes pourtant pleines. Elle portait une perruque noire astucieusement maintenue par des bandelettes serties de joyaux. Tournée vers un Samson toujours invisible en coulisse, elle ébaucha les premiers pas d'une ondulante danse de séduction. Et, lorsque Jory parut enfin, tous les invités se levèrent pour lui adresser une longue et retentissante ovation.

Il attendit la fin des applaudissements pour commencer à danser. Pour tout costume, il n'avait qu'une peau de lion formant pagne autour de ses hanches et s'amincissant en bretelle sur sa large poitrine musclée. L'huile dont il s'était enduit le corps rehaussait le hâle de son teint et sa longue chevelure noire était parfaitement raide. On voyait rouler ses muscles sous la peau tandis qu'il virevoltait de pirouette en jeté, reprenant les pas de Dalila mais en leur donnant plus d'ampleur, plus de fougue, comme s'il raillait sa féminine et langoureuse mollesse en y opposant l'éclatante démonstration de sa force virile. La puissance avec laquelle il incarnait Samson me fit passer un frisson dans le dos. Il correspondait tant au personnage et savait si bien le traduire dans la danse qu'un second frisson me parcourut, non de froid mais de pur émoi esthétique devant l'extraordinaire beauté de mon fils qui évoluait sur cette scène comme si Dieu l'avait doté d'une grâce et d'un génie surhumains.

Puis ce qui devait arriver arriva ; l'ensorcelante danse finit par triompher de la mâle résistance et Samson succomba sous le charme d'une Dalila qui dénoua ses boucles noires et, avec une infinie lenteur, commença à se dévêtir... elle ôta voile après voile, les laissant choir aux pieds de Samson qui la saisit et la renversa sur une molle couche de fourrures empilées... puis la scène s'obscurcit juste avant que le rideau ne tombât.

La chute de ce dernier déclencha un tonnerre d'applaudissements et je remarquai sur le pâle visage de Melodie une expression caractéristique... une expression d'envie. En cet instant, elle devait amèrement regretter de n'avoir pu jouer le rôle.

— Vous auriez été une Dalila cent fois meilleure, lui murmura Bart dont les lèvres effleurèrent la boucle de cheveux qui venait mourir au-dessus de la perle dont s'ornait l'oreille de la jeune femme. Cindy ne peut vraiment pas soutenir la comparaison...

— Vous êtes injuste à son égard, lui rétorqua Melodie. Compte tenu du peu de temps qui lui a été laissé pour répéter, sa prestation est en tout point remarquable. Jory lui-même était surpris qu'elle fût si bonne. (Melodie se pencha vers moi.) Vous savez, Cathy, je suis sûre que Cindy a passé des heures et des heures à travailler ses pas d'école, sinon elle ne pourrait pas danser aussi bien.

Le premier acte du ballet s'étant déroulé sans incident, je me sentais plus détendue, aussi m'abandonnai-je au bras que Chris avait passé autour de moi.

— J'éprouve une telle fierté, Chris. Bart a une allure folle. Jory est un danseur exceptionnel. Et je suis sidérée de voir les progrès qu'a faits Cindy !

— Jory a la danse dans le sang, me répondit Chris. Eût-il grandi dans un monastère qu'il n'en serait pas moins devenu danseur étoile. En revanche, j'ai le net souvenir d'une petite fille rebelle qui ne supportait pas d'avoir mal après ses exercices.

Nous éclatâmes de ce rire caractéristique des vieux couples, un rire si riche en résonances intimes qu'il nous permettait d'en dire plus long que bien des discours.

Et le rideau se leva sur le deuxième acte.

Cependant que Samson continuait de dormir sur cette couche qui avait été le champ clos de leurs amours, Dalila, subrepticement, la quittait, jetait sur elle un vêtement de soie légère et se glissait sans bruit jusqu'au rabat de la tente qu'elle ouvrait pour admettre à l'intérieur six hommes portant lames et boucliers. D'ores et déjà, elle avait coupé la longue et noire chevelure de Samson et elle l'exhibait, triomphante, pour redonner courage à la soldatesque apeurée.

Réveillé en sursaut, Samson bondissait du lit en un jeté prodigieusement haut puis tentait de soulever son épée. De sa longue chevelure, seules restaient de courtes mèches en bataille et son épée, maintenant, lui paraissait trop lourde. Un cri muet s'échappa de ses lèvres lorsqu'il prit conscience d'avoir perdu sa force. Son désespoir, il le mimait alors en exécutant de rageuses pirouettes par lesquelles il exprimait sa frustration et en se frappant brutalement le front de ses poings pour se punir d'avoir eu foi en l'amour et en Dalila. Puis il s'effondra à terre et s'y tordit de douleur en jetant de noirs regards sur Dalila qui le tourmentait de son rire sauvage. Soudain, il se rua vers elle mais les six hommes eurent tôt fait de le maîtriser et de le jeter à terre. Ils le chargèrent alors de chaînes et de cordes en dépit de ses efforts acharnés pour se libérer.

Et, durant tout ce temps, hors de scène, le plus célèbre ténor du Metropolitan Opera chantait l'amoureuse complainte où Samson demande à Dalila pourquoi elle l'a trahi. J'en avais les larmes qui roulaient sur mes joues de voir mon fils roué de coups puis fouetté avant d'être relevé de force tandis que les soldats, sous le regard de Dalila, entamaient la danse du supplice.

Savoir qu'il ne s'agissait que d'un simulacre ne m'empêcha pas de me réfugier dans les bras de Chris lorsque le tisonnier chauffé à blanc fut approché avec une infinie lenteur des yeux exorbités de Samson. A cet instant, l'éclairage se modifia. La scène entière disparut dans les ténèbres, hormis ce fer brûlant et son sinistre reflet sur le corps presque nu de Samson. Puis le deuxième acte s'acheva sur un terrible hurlement de douleur.

Encore une fois le rideau tomba. Encore une fois ce furent des applaudissements à tout rompre accompagnés de chaleureux bravos.

Entre chaque acte, les gens bavardaient ou se levaient pour aller au buffet remplir leur assiette et leur verre, mais je restais figée sur ma chaise, pratiquement paralysée par une terreur que je ne pouvais m'expliquer.

A côté de Bart, Melodie paraissait aussi tendue que moi. Elle avait fermé les yeux et elle attendait.

Le troisième acte allait commencer.

Bart déplaça sa chaise pour se rapprocher de Melodie.

— Ce ballet me fait horreur, fit-elle à mi-voix. Sa violence me terrifie. Le sang me paraît si réel, trop réel, et rien que de poser les yeux sur ces plaies, je me sens défaillir. Je suis plutôt faite pour les contes de fées, je pense.

— Tout ira bien, lui répondit Bart sur un ton réconfortant, et il lui passa le bras autour des épaules.

Melodie se leva aussitôt et refusa de se rasseoir.

Le rideau rouge se leva. Le décor représentait le temple païen avec ses monumentales colonnes de carton-pâte qui montaient vers le ciel. Au centre de la scène, du haut de son piédestal que précédait une volée de marches et que flanquaient les deux piliers les plus massifs, la grotesque et vulgaire idole plongeait droit sur l'assistance le cruel regard de ses yeux démoniaques.

L'orchestre attaqua la reprise du thème d'ouverture qui marquait le début du troisième et dernier acte.

Les danseurs figurant la foule qui devait assister au supplice de Samson devant les prêtres du temple pénétrèrent sur scène. Tour à tour, chacun ou chacune exécuta son enchaînement de figures en solo avant de prendre sa place définitive. Puis des nains parurent, traînant Samson au bout de lourdes chaînes. Exténué, hagard, son sang ruisselant d'innombrables blessures dues au maquillage mais d'un stupéfiant réalisme, il s'avança, tel l'aveugle qu'il était, d'une démarche chancelante cependant que les nains s'ingéniaient à le fourvoyer vers des obstacles sur lesquels il trébuchait, tombait et ne se relevait au prix d'efforts poignants que pour retomber un peu plus loin, victime d'un croc-en-jambe. Anxieuse, je me penchai sur ma chaise et Chris me posa la main sur l'épaule pour tenter de me rassurer.

Jory pouvait-il vraiment y voir au travers de ces lentilles pratiquement opaques qui lui donnaient réellement l'air d'être frappé de cécité ? Pourquoi Bart n'avait-il pu se satisfaire comme accessoire de scène d'un simple bandeau ? Mais Jory lui-même avait soutenu Bart sur ce point : l'effet des lentilles était nettement plus spectaculaire.

L'assistance entière était tenue en haleine.

Bart tourna son regard vers Melodie tandis que Joël, centimètre par centimètre, se rapprochait de nous comme s'il voulait adopter une position qui lui permît d'examiner notre visage.

C'était à peine si Samson pouvait marcher avec ses puissantes chevilles entravées par les chaînes auxquelles était en outre relié un énorme boulet de fausse fonte. Gambadant et pirouettant autour de lui, une douzaine de nains ne cessaient de porter à ses cuisses musclées des coups de leur épée minuscule ou de leur petite lance. (Ces nains étaient en réalité des enfants et la déformation des membres ne provenait que de leur costume.) Jory souleva ses fausses chaînes, bandant ses muscles pour donner l'impression qu'elles étaient assez lourdes pour qu'il succombât sous leur poids. Des fers semblables entravaient ses poignets.

Tandis qu'il décrivait ainsi des cercles aveugles sur le parvis du temple, la musique s'enfla en un crescendo déchirant. A droite de la scène, isolée dans le pinceau bleu d'un projecteur braqué verticalement sur elle, la plus célèbre soprano du Metropolitan entonna le grand air de Dalila.

Mon cœur, au doux son de ta voix...

Avec ses yeux morts et le sang qui suintait des balafres laissées par le fouet, Jory esquissa les premiers pas d'une lente et envoûtante danse par laquelle il traduisait les tourments de Samson, la perte de sa croyance en l'amour et sa foi restaurée en la toute-puissance de Dieu, usant de ses chaînes comme d'un prolongement de ses figures chorégraphiques. Jamais il ne m'avait été donné d'assister à un spectacle aussi bouleversant.

L'ordalie d'un Samson aveugle et exténué par la souffrance tendant ses bras à la recherche d'une Dalila qui virevoltait autour de lui, s'esquivant au dernier moment, me déchirait le cœur comme si tout cela n'était pas un ballet mais la stricte réalité. Réalité dont les invités de Bart semblaient également être convaincus puisque tous en oubliaient de manger, de boire ou de chuchoter des commentaires à l'oreille de leur voisin.

Dalila portait à présent un costume de scène vert encore plus suggestif que le précédent. Les joyaux dont elle était couverte étincelaient comme de vrais diamants, comme de vraies émeraudes et, lorsque je pris mes jumelles de théâtre pour en avoir le cœur net, je vis ma perplexité remplacée par la consternation car il s'agissait effectivement de bijoux appartenant à la succession Foxworth et dont les feux entrecroisés donnaient l'illusion de vêtir Dalila plus qu'elle ne l'était en réalité. Dire que, deux ou trois heures auparavant, Bart avait fait un tel scandale à propos d'une robe qui était loin de révéler à ce point la nudité de Cindy.

Dalila virevolta d'une extrémité à l'autre du parvis et se dissimula derrière une colonne de faux marbre. Les mains tendues de Samson implorèrent son aide alors même que la voix du ténor montait dans les aigus pour crier sa douleur d'avoir été trahi. Jetant un bref coup d'œil sur Bart, je le surpris, tendu sur l'extrême rebord de sa chaise, suivant le déroulement du drame avec une telle intensité dans le regard que rien au monde ne paraissait avoir pour lui plus d'importance que ce récit d'amour, de haine et de torture interprété par un frère et une sœur.

De nouveau, je sentis revenir mes appréhensions. Une lourde menace semblait planer dans l'atmosphère.

Plus haut, toujours plus haut, grimpa l'incomparable voix de la cantatrice, et Samson commença de vaciller à l'aveuglette vers son but... les colonnes jumelles qui soutenaient le temple païen et qu'il avait l'intention de renverser.

Au-dessus de lui, l'obscène et gigantesque idole grimaçait un horrible sourire.

Et ce chant d'amour portant l'horreur et la souffrance à son comble...

Alors que Samson achevait de se hisser péniblement au sommet des marches du temple, Dalila, saisie d'un apparent remords à la vue de son amant si cruellement traité, se tordit de douleur. Des gardes s'avancèrent alors pour s'emparer d'elle et pour lui faire, sans nul doute, subir le même sort qu'au héros, mais elle rampa jusqu'aux pieds de Samson, se plaquant au sol pour éviter les chaînes. Puis elle lui saisit la cheville et leva des yeux suppliants vers son visage aveugle. Un bref instant, on put croire qu'il allait lui faire connaître la morsure de ses fers mais il parut hésiter, son regard mort descendit se poser sur elle, ses mains entravées, tendrement, caressèrent la longue et noire chevelure de la traîtresse et suivirent sur ses lèvres les mots qu'elle paraissait proférer mais qui restaient inaudibles.

Avec un sens précis de l'intensité dramatique et de l'expression de cette foi que Samson retrouvait dans son amour et dans son Dieu, Jory leva les bras, gonfla ses biceps et brisa ses chaînes.

La passion qu'il venait de mettre dans ce jeu de scène arracha presque un cri au public.

On le vit alors tournoyer sur lui-même, fouettant l'air de ses chaînes rompues, s'efforçant par ses moulinets aveugles d'atteindre ses bourreaux. Dalila bondit, évitant l'airain meurtrier qui faucha deux gardes et un nain, puis, des sauts retirés successifs par lesquels elle esquivait les chaînes, elle fit une danse palpitante au point de tenir les invités de Bart sous le charme et de leur faire observer le plus profond silence pendant qu'insensiblement elle menait les pas aveugles de son amant vers l'endroit précis où ceux-ci avaient besoin d'être conduits : entre les deux piliers massifs sur lesquels le temple était établi. Et, conjointement à ces manœuvres d'esquive, elle accablait Samson de muets sarcasmes alors même que le chant de la soprano proclamait son indéfectible amour pour le héros, provocations purement visuelles qui n'avaient d'autre but que de tromper les prêtres et la foule assoiffée de sang, tous avides de voir périr Samson.

Il n'était plus personne à présent qui ne fût penché en avant de sa chaise pour ne rien perdre de la grâce et de la beauté de l'un des plus célèbres parmi les grands premiers danseurs de sa génération.

Et Jory, après avoir donné une stupéfiante démonstration de la frénétique puissance, de la hauteur et de la portée de ses jetés, posa enfin l'une de ses mains sur le faux marbre d'une première colonne, puis, ralentissant son geste pour lui donner une ampleur plus spectaculaire, posa l'autre main sur la seconde.

Agenouillée sur le sol, Dalila lui baisait les pieds puis relevait la tête pour se gausser de lui et le tourmenter par des paroles qu'elle aurait aimé ne pas avoir à dire. Mais elle n'agissait ainsi, il le savait maintenant, que pour abuser les idolâtres. Elle lui vouait un amour sincère et ne l'avait trahi que par dépit amoureux et par appât du gain. Offrant l'impressionnant spectacle de son corps aux muscles bandés, Samson entreprit alors d'ébranler l'énorme masse du temple en repoussant de ses mains nues les colonnes maîtresses. Dans le même temps, par la voix du ténor, il conjura Dieu de lui prêter assistance pour renverser à terre la divinité blasphématoire.

Et, de nouveau, la voix de la soprano monta, tendre séductrice s'efforçant de persuader Samson qu'il ne pouvait tenter l'impossible.

Mais les dernières notes de ces prières entremêlées moururent lorsque, sous l'effort déployé, la sueur perla sur son visage et ruissela sur son corps déjà zébré de rouge par le fouet, le dotant de luisances sinistres. Et ses yeux morts se mirent à briller d'un éclat blanc.

Dalila poussa un grand cri.

Le final.

Dans un mouvement empreint d'une puissance terrifiante, Jory leva de nouveau les mains puis les posa sur le « marbre » des colonnes qu'il repoussa dans un ultime et gigantesque effort. Avec une boule d'angoisse au fond de la gorge, je vis les deux colonnes de carton-pâte commencer à ployer. Dieu avait restauré Samson dans sa force primitive et le temple allait s'effondrer ; tous allaient périr sous les décombres !

Dans les coulisses, un habile et périlleux empilement de cartons lestés d'objets hétéroclites et sonores fut renversé au même instant avec, pour résultat, un vacarme à vous glacer les sangs. De grandes feuilles de métal furent agitées afin de simuler le roulement du tonnerre comme si Dieu apportait sa contribution personnelle à l'assouvissement de cette vengeance. Bizarrement, alors que l'éclairage de la scène virait au rouge et que les cris enregistrés commençaient à retentir, Cindy devait me dire plus tard qu'elle avait cru sentir une masse pesante lui frôler l'épaule.

Juste avant la chute du rideau, je vis Jory tomber sous l'impact d'un énorme bloc de décor qui venait de lui heurter la tête et le dos.

Il gisait face contre terre et du sang jaillissait de ses blessures ! Avec horreur, je m'aperçus que le sable ne s'était pas écoulé comme prévu des colonnes disloquées ; je bondis de ma chaise et me mis à hurler. Immédiatement, Chris se leva et courut vers la scène.

Mes genoux se dérobèrent sous moi et je m'écroulai dans l'herbe sans cesser d'avoir la terrible vision de mon fils à plat ventre sur scène avec un tambour de colonne sur le bas de son dos.

Puis un deuxième pilier vint s'écraser sur ses jambes.

Le rideau s'était baissé, donnant le signal d'un tonnerre d'applaudissements. Je tentai de me relever mais mes jambes refusaient de me porter. Quelqu'un me prit le coude et me souleva en partie. Je lui lançai un regard et vis que c'était Bart. Je fus bientôt sur la scène à contempler le corps brisé de mon fils aîné.

Je ne pouvais y croire. Non, pas mon Jory, pas mon danseur. Pas le petit garçon de trois ans qui me disait :

« — Je danse, là, maman ? »

« — Oui, Jory, tu danses. »

« — Et dis, maman, c'est bien quand je danse ? »

« — Non, Jory... c'est merveilleux ! »

Pas mon Jory qui excellait dans tout ce qui touchait au

corps, au cœur ou à la beauté. Non, pas mon Jory... pas le fils que j'avais eu de Julian.

— Jory, Jory, m'écriai-je en tombant à genoux à ses côtés. (Au travers de mes larmes, je distinguais Cindy qui pleurait aussi. Il aurait déjà dû se relever... et il était toujours couché... plein de sang. Ce sang « de théâtre » que je sentais poisseux, encore chaud, et qui avait l'odeur du vrai sang.) Jory... ce n'est pas vrai... tu n'es pas blessé... Jory ?...

Rien. Le silence. L'immobilité.

A la limite de mon champ de vision, comme dans une longue-vue que j'aurais prise par le mauvais sens, je vis Melodie qui se précipitait vers nous, le visage si pâle que, par contraste, sa robe noire et le reste de sa silhouette paraissaient plus sombre que la nuit.

— Il est blessé. Il est vraiment blessé.

Qui venait de dire ça ? Moi ?

— Non ! Il ne faut pas le bouger. Appelez une ambulance.

— Quelqu'un s'en est occupé... son père, je crois.

— Jory, Jory, ce n'est pas possible... tu ne peux pas être blessé, gémissait Melodie tout en courant vers la scène tandis que Bart s'efforçait en vain de la retenir. (Ce ne fut qu'en voyant le sang qu'elle se mit à crier.) Jory, ne meurs pas, je t'en prie, ne meurs pas ! ne cessa-t-elle alors de sangloter.

Je comprenais ce qui se passait en elle. Juste après la chute du rideau, tous les danseurs « morts » en scène se relevaient d'un bond... et Jory ne se relevait pas.

Des cris jaillissaient de partout. L'odeur du sang était omniprésente. Et je m'aperçus que j'avais les yeux fixés sur Bart. Bart qui avait tenu à voir Jory interpréter ce ballet pour sa soirée d'anniversaire. Et rien que ce ballet. Pourquoi, Bart, pourquoi ? Se pouvait-il qu'il eût préparé cet accident des semaines à l'avance ?

Mais comment aurait-il procédé ? Ramassant une poignée de sable, je constatai qu'il était humide et tournai vers Bart un regard noir. Mais il n'en put rien voir ; il regardait fixement le corps de Jory, ce corps étendu à terre, trempé de sueur, poisseux de sang, souillé de sable. Bart n'avait toujours d'yeux que pour son frère lorsque deux infirmiers vinrent transporter Jory sur un brancard qu'ils placèrent à l'arrière de leur ambulance.

Sans attendre Chris que je ne voyais toujours pas revenir, je me frayai un chemin jusqu'à l'ambulance et demandai au jeune médecin qui prenait le pouls de Jory :

— Pensez-vous qu'il y ait un espoir ?

— Oui, me répondit-il avec un sourire. Il s'en tirera. Il est jeune et solide. Mais, sans trop m'avancer, je puis dire qu'il n'est pas près de reprendre la danse.

Et Jory qui avait bien répété dix millions de fois au bas mot qu'il serait incapable de vivre sans danser !

Quand la fête est finie

Je me tassai à l'arrière de l'ambulance et, bientôt rejointe par Chris, nous nous accroupîmes au chevet de Jory, toujours sans connaissance et sanglé sur sa civière. De vilaines ecchymoses lui déformaient tout un côté du visage et il perdait son sang par une infinité de petites plaies. Incapable déjà de supporter sans désespoir la vue de ces blessures relativement bénignes, je l'étais à plus forte raison de me concentrer sur les horribles marques que j'avais aperçues dans son dos...

Je fermai les yeux puis les rouvris en détournant la tête pour observer à flanc de montagne les brillantes lumières de Foxworth Hall, telle une colonie de vers luisants. Je devais apprendre plus tard par Cindy que les invités, épouvantés par le drame, n'avaient d'abord su quelle conduite adopter, mais que Bart s'était empressé de leur annoncer que les blessures de Jory n'avaient rien de grave et qu'il serait sur pied d'ici quelques jours.

Assise à l'avant entre le chauffeur et l'un des infirmiers, Melodie se retournait de temps à autre pour demander si Jory avait repris conscience.

— Il ne va pas mourir, Chris ? s'inquiéta-t-elle d'une voix blanchie par l'angoisse.

— Bien sûr que non, répondit Chris qui déployait une activité fébrile au-dessus du corps de Jory, souillant irrémédiablement de sang son smoking neuf. Il ne saigne plus ; c'est déjà ça. (Et il se retourna vers l'interne pour réclamer d'autres pansements.)

Le hurlement de la sirène me déchirait les nerfs, me donnait l'impression que, bientôt, nous serions tous morts. Comment avais-je pu m'abuser moi-même au point de croire que Foxworth Hall pourrait jamais nous apporter autre chose que des souffrances ? Je fermai les yeux et me mis à prier, répétant à satiété les mêmes phrases dans ma tête : « Mon Dieu, faites que Jory ne meure pas. Je vous en prie, ne le reprenez pas. Il est trop jeune. Il n'a pas encore eu le temps de vivre. Et l'enfant qui va naître a tant besoin d'un père. » Et ce ne fut qu'au bout d'un certain nombre de kilomètres que je me souvins d'avoir formulé presque les mêmes prières pour Julian... et Julian était mort.

Entre-temps, Melodie avait sombré dans l'hystérie. L'interne s'apprêtait à la calmer par une piqûre lorsque je l'arrêtai :

— Non ! Elle est enceinte et ça ne serait pas bon pour l'enfant. (Puis je me penchai vers Melodie.) Tu vas cesser de crier ! fis-je entre mes dents serrées. Ça n'aide personne, pas plus Jory, que ton bébé.

Elle hurla de plus belle et se retourna pour me marteler le bras de ses petits poings durs.

— Nous n'aurions jamais dû venir... Je lui avais dit que c'était une erreur... de venir dans cette maison... la pire erreur que nous ayons jamais commise... et maintenant, il est en train de payer, payer, payer...

Elle continua de répéter ce mot jusqu'à ce que sa voix s'en étranglât. Jory ouvrit alors les yeux et nous sourit.

— Salut ! fit-il d'une voix faible. On dirait que Samson s'en est sorti.

Des larmes de soulagement roulèrent sur mes joues. Chris sourit et continua de bassiner avec quelque solution antiseptique les entailles que Jory avait sur le visage et sur le crâne.

— Tu vas t'en remettre, fils. Tu vas t'en remettre. Accroche-toi bien cette idée dans la tête.

Jory ferma les yeux puis murmura d'une voix toujours aussi faible :

— Le spectacle était réussi ?

— Cathy, suggéra Chris sur un ton des plus calmes, dis-lui simplement ce que tu penses.

— C'était proprement incroyable, mon chéri, lui dis-je avant de déposer un baiser sur son front livide encore barbouillé de fard.

— Dis bien à Melodie de ne pas s'inquiéter, fit-il dans un souffle comme s'il l'avait entendue pleurer.

Puis le sédatif que Chris venait de lui injecter dans le bras fit son effet et il glissa dans le sommeil.

Chris et moi, nous arpentions maintenant de long en large la salle d'attente du bloc opératoire et Melodie, effondrée dans un fauteuil, n'était plus qu'une chiffe anéantie par la peur, l'œil hagard, le regard fixe.

— Comme son père... comme son père, ne cessait-elle de répéter comme pour graver cette idée dans la tête.

Et dans la mienne du même coup, car moi aussi j'étais à deux doigts de hurler de douleur à la pensée que Jory pût mourir. Plus pour éviter une nouvelle crise que pour tout autre motif, je la pris dans mes bras, enfouis son visage entre mes seins et lui redonnai par des paroles maternelles une confiance que j'étais moi-même à cent lieues d'éprouver. De nouveau, les griffes impitoyables des Foxworth s'étaient refermées sur nous. Comment avais-je pu me sentir si joyeuse au début de cette journée ? Où était alors passée ma fameuse intuition ? En entrant en possession de ses biens, Bart avait ravi à Jory ses biens les plus chers : sa santé de fer et l'usage qu'il faisait de son corps agile et vigoureux.

Plusieurs heures plus tard, cinq chirurgiens en blouse verte sortirent mon fils aîné de la salle d'opération. Un drap lui couvrait le corps jusqu'au menton mais je vis que son bronzage estival avait disparu, lui laissant cette pâleur de teint que son père, lui, avait toujours voulu conserver, hiver comme été. Ses boucles noires me donnaient l'impression d'être mouillées et il avait de larges hématomes sous les yeux.

— Tout s'est bien passé, n'est-ce pas ? demanda Melodie en s'élançant à la poursuite du chariot qui atteignait déjà l'ascenseur. Il va se remettre, n'est-ce pas ? Et il sera comme avant ?

Le désespoir la faisait parler fort et sur un ton suraigu.

Pas un des chirurgiens n'ouvrit la bouche.

Dans la chambre, ils se servirent du drap de dessous pour transférer Jory du chariot dans son lit puis ils nous prièrent de sortir tous, à l'exception de Chris. Dans le couloir, je repris Melodie dans mes bras et j'attendis, j'attendis.

Melodie et moi, nous ne rentrâmes pas à Foxworth Hall avant l'aube car je n'aurais pu m'accorder la moindre détente avant d'avoir eu la certitude que l'état de Jory n'empirait pas. Chris était resté là-bas et il devait à présent dormir dans une petite chambre réservée à l'interne de service.

J'aurais bien voulu rester moi aussi mais Melodie n'avait cessé de manifester un comportement toujours plus hystérique, ne supportant ni le sommeil de Jory, ni l'odeur médicamenteuse qui flottait dans les couloirs de la clinique, ni les infirmières qui faisaient de continuelles allées et venues dans la chambre avec des plateaux couverts d'appareils et de flacons, ni surtout les médecins qui se refusaient à lui répondre — ou à me répondre — autrement que de manière fort vague.

Ce fut un taxi qui nous ramena à Foxworth Hall dont une lumière avait brûlé toute la nuit à proximité de la porte d'entrée. Le soleil commençait à peine à se montrer au-dessus de l'horizon, teintant le ciel de roses nuances. Des oisillons s'éveillaient et, défroissant leurs jeunes ailes, tentaient avec plus ou moins de bonheur de prendre leur essor cependant que leurs parents chantaient ou pépiaient leurs droits territoriaux avant de partir à tire-d'aile en quête de leur quotidienne provende. Si je n'avais été là pour la soutenir, Melodie n'aurait sans doute pu venir à bout des quelques marches qui précédaient le porche car elle avait à ce point perdu prise sur le réel qu'elle chancelait et paraissait soûle.

Puis, mon bras passé autour de sa taille, je l'aidai à gravir avec lenteur le grand escalier, chaque marche me ramenant à la pensée du bébé qu'elle portait et aux conséquences que cette horrible nuit pourrait avoir sur lui ou sur elle. Dans la chambre qu'elle partageait avec Jory, elle ne put réussir à se dévêtir, tant ses mains tremblaient. Je lui prêtai assistance puis lui enfilai une chemise de nuit, la bordai dans son lit et fermai la lumière.

— Si tu veux, je peux rester, lui dis-je en voyant sa petite mine défaite et le regard désespéré qu'elle me lançait.

Oui, elle voulait me voir rester. Elle voulait encore parler de Jory et de ces horribles médecins qui ne voulaient rien nous dire.

— Mais pourquoi font-ils ça ? gémissait-elle.

Pouvais-je lui répondre que la médecine a coutume de s'abriter derrière le silence lorsqu'elle n'est pas sûre de son fait ? Je trouvai donc l'échappatoire de lui expliquer que l'état de Jory ne pouvait être grave puisqu'on ne lui avait pas demandé de rester.

Elle finit par se laisser dériver dans un demi-sommeil agité au cours duquel je la voyais se tourner et se retourner, appeler Jory, se réveiller en sursaut pour fondre en pleurs. Son angoisse faisait peine à voir, peine à entendre, et j'en arrivais à me sentir aussi vidée qu'elle.

Une heure plus tard, à mon grand soulagement, elle sombra dans un profond sommeil, comme si quelque chose en elle savait qu'il lui fallait recourir à ce mode d'évasion.

Je pus moi-même m'accorder quelques minutes de sommeil avant que Cindy ne fît irruption dans ma chambre et ne se perchât sur mon lit, attendant avec impatience mon réveil. Le simple affaissement du matelas sous le poids de son corps suffit à me faire ouvrir les yeux. Je vis alors son visage et lui ouvris les bras. Elle s'y précipita en criant :

— Ce n'est pas grave, hein, maman ? Il va guérir ?

— Ton père est là-bas, chérie, avec lui. Jory a été opéré d'urgence et il est à présent dans une chambre particulière où il dort d'un sommeil récupérateur. Lorsqu'il se réveillera, Chris sera là. J'y serai moi aussi, le temps d'avaler un petit déjeuner et de redescendre en ville avec la voiture. Je compte sur toi pour rester ici et t'occuper de Melodie...

J'avais d'ores et déjà résolu de ne pas retourner à l'hôpital avec Melodie, hystérique comme elle l'était.

Mais, dans un premier temps, il me fallut affronter les protestations de Cindy qui voulait venir avec moi et voir Jory. J'insistai sur la nécessité de sa présence à Foxworth Hall.

— Tu comprends, trésor, Melodie est sa femme et elle vit très mal cette situation. Dans l'état où elle se trouve, mieux vaut qu'elle ne remette pas les pieds dans cette clinique avant que nous ne sachions la vérité sur Jory. Je n'ai jamais vu quelqu'un avoir une réaction aussi excessive par rapport aux hôpitaux. Elle a l'air de les mettre dans le même sac que les cimetières. Je veux donc que tu restes avec elle, que tu lui parles de n'importe quoi susceptible de la calmer, que tu t'occupes d'elle et que tu veilles à ce qu'elle s'alimente correctement... Tâche de lui apporter cette paix qu'elle recherche et dont elle a un besoin désespéré... et je te téléphone dès qu'il y a du nouveau.

Lorsque, moins d'un quart d'heure plus tard, passant jeter un coup d'œil dans la chambre de Melodie, je la vis profondément endormie, je sus que j'avais pris la bonne décision.

— Surtout, explique-lui bien pourquoi je n'ai pas attendu son réveil, Cindy. Sinon, elle risquera de croire que je cherche à prendre sa place...

Je conduisis très vite pour redescendre jusqu'à l'hôpital.

Chris étant médecin, j'avais passé une bonne partie de mon existence en aller et retour entre notre domicile et des hôpitaux, que ce fût pour l'y déposer, pour l'y reprendre, pour rendre visite à des amis ou pour faire la connaissance de quelques malades qui lui étaient particulièrement sympathiques. La clinique où nous avions fait conduire Jory était la meilleure de la région, avec ses larges couloirs où l'on pouvait manœuvrer sans difficulté les chariots et ses grandes baies vitrées encadrées de plantes vertes. Sans regarder à la dépense, on l'avait équipée du dernier cri en matière d'appareils de radiodiagnostic mais la chambre où Jory s'obstinait toujours à ne pas se réveiller était minuscule, incroyablement minuscule, comme l'étaient d'ailleurs toutes les autres chambres. L'unique fenêtre étant coincée dans un renfoncement, il était pratiquement impossible de voir au-dehors et, lorsque j'y parvins quand même, je m'aperçus qu'elle donnait sur la voie d'accès au parking de l'hôpital et, plus loin, sur une autre aile.

Chris dormait toujours mais une infirmière me dit qu'il s'était levé cinq fois pendant la nuit pour aller voir Jory.

— C'est vraiment un père dévoué, Mrs Sheffield.

Tournant le dos à l'infirmière, je posai mon regard sur Jory dont une bonne partie du corps disparaissait sous un plâtre dans lequel une fenêtre avait été réservée de sorte que le champ opératoire restât visible et pût être, le cas échéant, l'objet de soins. Je ne pouvais m'empêcher de fixer ses jambes en me demandant pourquoi nul mouvement ne les animait — ni flexion ni torsion ni rien — alors que le plâtre les laissait libres.

Un bras glissa soudain autour de ma taille cependant que des lèvres chaudes m'effleuraient la nuque.

— Ne t'avais-je pas donné l'ordre d'attendre mon coup de téléphone avant de revenir ?

Le soulagement fut immédiat. Chris était là.

— Chris, pouvais-je rester plus longtemps loin d'ici ? J'ai besoin de savoir ce qu'il en est, sinon je continuerai à ne pas pouvoir dormir. Dis-moi la vérité maintenant que Melodie n'est plus là pour hurler et tourner de l'œil.

Il soupira et baissa la tête. Alors seulement, à le voir dans son smoking fripé, maculé de sang, je m'aperçus à quel point il avait l'air exténué.

— Ce ne sont pas de bonnes nouvelles, Cathy. Mais je

préférerais ne pas entrer dans les détails avant d'en avoir reparlé avec les médecins et chirurgiens.

— Ah non ! Avec moi, ça ne prend pas ! Je veux savoir ! Je ne suis pas l'un de tes malades pour placer les docteurs sur des piédestaux et ne pas oser leur poser de questions. Jory a-t-il le dos cassé ? La moelle épinière est-elle touchée ? Remarchera-t-il ? Pourquoi ne bouge-t-il pas les jambes ?

Chris me poussa d'abord dans le couloir car Jory pouvait fort bien s'être réveillé sans avoir pour autant jugé nécessaire d'ouvrir les yeux. Il referma doucement la porte derrière lui et m'emmena dans un petit réduit réservé aux seuls médecins. Il me fit asseoir et resta debout, ce qui était en soi une manière de me faire prendre conscience de la gravité de ce que j'étais sur le point d'entendre. Alors seulement il parla.

— Jory a la colonne vertébrale cassée, Cathy. Tu as deviné juste. Il s'agit d'une fracture de la dernière lombaire et nous pouvons nous estimer heureux qu'elle ne soit pas située plus haut. Il gardera le plein usage de ses bras et finira par retrouver le contrôle de ses sphincters quoique, pour l'heure, les centres nerveux dont ils dépendent soient, pour ainsi dire, en état de choc, d'où la nécessité de recourir aux sondes en attendant que Jory récupère la simple sensation d'avoir envie d'aller aux toilettes.

Il s'interrompit mais je n'allais pas le laisser s'en tirer si facilement.

— Et la moelle épinière ? Ne me dis pas qu'elle a été broyée.

— Non, pas broyée mais touchée, m'avoua-t-il avec réticence. La lésion est assez sérieuse pour qu'il en reste paralysé.

Je me figeai. Oh non ! Pas Jory ! Et, sans plus de contrôle sur moi-même que Melodie, je poussai un grand cri.

— Il ne marchera plus jamais ? murmurai-je, me sentant devenir très pâle, très faible et légèrement prise de vertige.

Lorsque je rouvris les yeux, Chris était agenouillé près de moi et tenait mes mains serrées dans les siennes.

— Courage... il est vivant, et c'est ce qui compte. Dis-toi bien qu'il ne va pas mourir... mais qu'il ne marchera plus jamais.

A pic, encore une fois je coulais à pic, je me noyais, me noyais dans cette même vieille et familière piscine du désespoir sans bornes. Et ce petit poisson, toujours le même, ce scintillant petit poisson à tête de cygne, venait me grignoter la tête, m'arracher mon âme par infimes lambeaux.

— Et cela veut-il dire qu'il ne pourra plus jamais danser... plus jamais marcher... plus jamais danser... oh, Chris, que va-t-il devenir sans ça ?

Il me prit dans ses bras et baissa la tête jusqu'à plonger son visage dans mes cheveux. Je les sentis remuer au souffle de mots qui me parvenaient comme au travers d'un voile.

— Il continuera de vivre, mon amour. N'est-ce pas ce que nous faisons tous lorsque la tragédie fait irruption dans notre vie ? Nous la prenons à bras-le-corps et nous nous efforçons de faire contre mauvaise fortune bon cœur en tirant le meilleur parti de ce qu'elle nous laisse. Nous tirons un trait sur tout ce que nous possédions hier pour nous concentrer sur ce que nous avons aujourd'hui. Lorsque nous serons capables d'apprendre à Jory comment accepter ce qui lui est arrivé, notre fils nous reviendra... infirme certes, mais vivant, intelligent, et pas le moins du monde diminué. (J'étais secouée de sanglots. Ses mains se promenèrent sur mon dos, ses lèvres descendirent effleurer mes paupières, mes lèvres, trouvèrent les chemins de mon apaisement.) Nous devons être forts pour lui, mon amour. Pleure maintenant toutes les larmes de ton corps car tu ne pourras plus pleurer quand il ouvrira les yeux et qu'il te verra. Tu ne pourras pas lui manifester de la pitié. Tu ne pourras pas te montrer trop compatissante. Lorsqu'il va se réveiller, il va te regarder dans les yeux et il va lire tes pensées. Quelles que soient les craintes ou la pitié qui paraîtront sur ton visage, dis-toi bien qu'elles vont avoir un effet déterminant sur sa façon de voir et de sentir son handicap. Il va être anéanti, nous en sommes tous deux conscients. Il va vouloir mourir. Il va penser à son père et à la manière dont Julian a esquivé le problème, et cela aussi nous ne devons pas le perdre de vue. Nous allons devoir parler à Cindy et à Bart et leur expliquer le rôle qu'ils auront à jouer dans le rétablissement de Jory. Nous allons avoir à nous serrer les coudes, à faire de cette famille un bloc inaltérable si nous voulons le voir triompher de cette épreuve, car cela va être dur, Cathy, très dur.

Je hochai la tête et tentai de m'opposer à la montée des larmes. J'avais l'impression d'être à l'intérieur de Jory et je savais que j'allais être déchirée par chacune des tortures qui l'attendaient.

Sans cesser de m'apporter le réconfort de ses bras, Chris poursuivit :

— Jory s'est construit toute sa vie autour de la danse, et plus jamais il ne dansera. Non, cesse de me regarder avec cet espoir dans les yeux. Plus jamais ! Certes, il n'est pas impossible qu'un jour il trouve en lui la force de se lever et de se traîner sur des béquilles... mais plus jamais il ne pourra marcher normalement. C'est un fait que tu dois accepter, Cathy.

» Il nous faut le convaincre que son handicap n'a strictement aucune importance, qu'il est toujours le même individu qu'auparavant. Et plus que tout, il est essentiel de nous convaincre nous-mêmes qu'il est toujours un homme à part entière, un homme avec les mêmes droits, les mêmes devoirs... car le comportement de bien des familles change lorsqu'un de leurs membres est frappé d'une infirmité. Soit on devient trop prévenant à son égard, soit on se met à le traiter en étranger, comme si le fait d'être infirme changeait la personne que l'on a l'habitude d'aimer et de connaître. Il nous faut garder un juste milieu pour aider Jory à trouver la force de traverser cette épreuve.

Je n'entendais presque rien de ce qu'il disait.

Infirme ! Mon fils Jory était un infirme. Un paraplégique. Je secouai la tête, me refusant à croire que le destin serait assez cruel pour le laisser rester ainsi. C'étaient à présent des torrents de larmes que je déversais sur le plastron plus taché qu'amidonné de la chemise de Chris. Comment Jory pourrait-il avoir envie de vivre lorsqu'il s'apercevrait qu'il allait devoir passer le restant de ses jours confiné dans un fauteuil roulant ?

Cruel destin

Le soleil était déjà au plus haut de sa course dans le ciel et Jory n'avait toujours pas rouvert les yeux. Chris décida que nous avions tous deux besoin de nous octroyer un bon repas, ce qui, par définition, excluait l'insipide tambouille de l'hôpital.

— Essaye donc de faire un petit somme pendant mon absence et cramponne-toi à cette maîtrise de toi dont, jusqu'à présent, tu as fait preuve. S'il se réveille, tâche de ne pas céder à la panique. Garde ton sang-froid et souris. Il y a peu de chances pour qu'il ait tout de suite l'esprit très clair. Je serai de retour au plus vite...

Jamais je n'aurais pu dormir ; j'étais trop occupée à envisager les différentes manières de m'y prendre lorsque Jory serait éveillé depuis assez longtemps pour se mettre à me poser des questions. D'ailleurs, à peine Chris eut-il refermé la porte derrière lui que je vis Jory bouger puis se tourner vers moi et esquisser un faible sourire.

— Tu es restée toute la nuit à mon chevet ? Deux nuits peut-être ? Quand ai-je eu cet accident ?

— Hier soir, lui répondis-je d'une voix éraillée à laquelle j'espérais qu'il n'accorderait pas trop d'attention. Tu as pratiquement fait le tour du cadran.

— Tu m'as l'air exténuée. (Qu'il était touchant de le voir plus soucieux de ma santé que de la sienne !) Pourquoi n'es tu pas rentrée dormir à Foxworth Hall ? Je me sens très bien. Tu sais, ce n'est pas la première fois que je tombe et, comme d'habitude, tu me verras tournoyer d'ici quelques jours d'un bout à l'autre de la maison. Où est ma femme ?

Pourquoi ne remarquait-il pas ce plâtre qui faisait une

énorme bosse au niveau de son torse ? Je vis alors, au flottement de son regard, que les sédatifs qui lui avaient été administrés pour calmer la douleur n'avaient pas complètement cessé de faire effet. C'était une bonne chose... si seulement il pouvait ne pas se mettre à poser ces questions auxquelles je voulais que ce fût Chris qui répondît.

Ses yeux se fermèrent sous le poids des paupières et il se mit à somnoler. Mais, dix minutes plus tard, il se réveilla et posa les premières questions :

— Dis, maman, je me sens tout drôle. C'est la première fois que j'ai une impression pareille... et on ne peut pas dire qu'elle soit agréable. Pourquoi ce plâtre ? Est-ce que je me suis cassé quelque chose ?

— Les colonnes en carton-pâte, lui expliquai-je presque en balbutiant. Elles te sont tombées dessus. Tu as été assommé. Drôle de final pour un ballet... un peu trop réaliste.

— Du même coup, aurais-je fait tomber la maison... ou le ciel ? blagua-t-il. (Et je vis briller une lueur amusée dans ses yeux maintenant grands ouverts. Le sédatif sur lequel j'avais fondé mes espoirs avait cessé de faire effet.) Cindy a été fantastique, n'est-ce pas ? Tu sais, chaque fois que je la revois, elle est encore plus belle. Et c'est vraiment une bonne danseuse. Elle est comme toi, maman, elle s'améliore en vieillissant.

Je m'étais assise sur mes mains pour les empêcher de se tordre d'appréhension, geste qui avait si souvent trahi ma mère. Je souris, puis me levai pour aller remplir un verre d'eau.

— Ordre du docteur. Tu dois boire beaucoup.

Je lui soutins la tête et il but son verre à petites gorgées. Qu'il était étrange de le voir ainsi, lui qui jamais de sa vie ne s'était alité, lui dont les rhumes ne duraient que l'espace de quelques jours et qui, pas une seule fois n'avait manqué l'école ou son cours de danse sauf la fois où il était allé voir Bart lorsque l'un des innombrables accidents — d'ordinaire sans conséquence — de celui-ci avait réclamé son hospitalisation. Jory s'était tordu la cheville plutôt cent fois qu'une, il s'était déchiré des ligaments, il était tombé, il s'était relevé, mais jamais rien de sérieux ne lui était arrivé jusqu'à présent. Tous les danseurs devaient inévitablement consacrer quelques jours de leur existence à soigner des petits bobos, ou de plus gros parfois, mais une colonne vertébrale rompue, une moelle épinière grièvement touchée, tels étaient les plus terrifiants cauchemars qui pouvaient hanter les nuits d'un danseur.

Encore une fois, il dériva dans un demi-sommeil mais il ne lui fallut pas longtemps pour rouvrir les yeux et poser de nouvelles questions sur son état. Assise en porte à faux sur le rebord de son lit, je débitais n'importe quelle absurdité dictée par la panique tout en priant le Ciel de hâter le retour de Chris, lorsqu'une jolie infirmière pénétra dans la chambre avec un plateau ; le repas de midi de Jory, un repas entièrement liquide. Accueillant avec soulagement cette diversion, je m'empressai de me débattre avec la languette du berlingot de lait puis avec le couvercle du yaourt et versai le jus d'orange dans un verre. Je lui plaçai ensuite une serviette en papier sous le menton et commençai de lui donner le yaourt aux fraises à la petite cuillère. Dès la première bouchée, il fut pris de haut-le-cœur et fit la grimace. Alors, il repoussa mes mains, prétextant qu'il pouvait manger seul, mais je voyais bien qu'il n'avait pas d'appétit.

Lorsque l'infirmière eut remporté le plateau, je me berçai un court instant de l'espoir qu'il allait se rendormir mais ce fut un regard parfaitement lucide qu'il posa sur moi.

— Maintenant, vas-tu me dire pourquoi je me sens si faible ? Pourquoi je ne puis manger ? Pourquoi je ne puis remuer les jambes ?

— Ton père est parti nous chercher des casse-croûte pour lui et moi ; ce n'est pas le genre d'alimentation qui te convient, je sais, mais ça aura toujours plus de goût que ce que nous aurions pu trouver à la cafétéria du rez-de-chaussée. Il te dira lui-même ce que tu as car il a l'habitude d'employer tous ces termes médicaux dont j'ignore même le sens.

— Justement, maman, je me fiche pas mal de ces termes médicaux que je ne comprendrai pas non plus. Ce que je veux, c'est t'entendre m'expliquer avec des mots de tous les jours pourquoi je ne puis ni sentir ni mouvoir mes jambes.

Le bleu profond de ses yeux de saphir se riva sur moi.

— Maman, je ne suis pas un lâche. Je suis capable d'entendre ce que tu as à me dire, quoi que ce soit. Alors, vas-y, accouche ! Car sinon, je vais penser que je me suis rompu l'échine, que j'ai les jambes paralysées et que je ne pourrai plus jamais marcher.

Mon cœur se mit à cogner à grands coups et je baissai la tête. Il m'avait lancé cela par plaisanterie, comme une liste d'éventualités parfaitement impossibles... et c'était en détail l'exposé de la stricte vérité.

Dans son regard, je vis qu'il perdait patience en m'entendant balbutier à la recherche des mots les plus appropriés, mots, qui d'ailleurs, ne lui en auraient pas moins brisé le cœur. Et, à cet instant précis, Chris poussa la porte, les bras chargés d'un grand sac en papier contenant des cheeseburgers et autres provisions de bouche.

— Ça alors ! dit-il d'un ton enjoué en tournant vers Jory un large sourire. Regardez-moi ce coquin qui n'a cessé de roupiller que pour se mettre à bavasser. (Il sortit un burger du sac et me le tendit.) Désolé, Jory, rapport à ton opération, tu ne dois pas prendre de nourriture solide avant quelques jours. Cathy, mange donc le tien pendant qu'il est encore chaud.

Cet ordre donné, il s'assit à son tour et entreprit de sortir son propre cheeseburger. Je vis alors qu'il s'en était pris deux, et des doubles. Il mordit avec ardeur dans le premier puis sa main replongea dans le sac à la recherche des sodas.

— Pas trouvé ton truc aux citrons verts, Cathy. C'est du Pepsi.

— C'est frais ? Tu as des glaçons ? Parfait, cela me convient.

Jory nous regarda manger entre les fentes de ses paupières étrécies. Pour ne pas éveiller ses soupçons, je me forçai à en avaler le plus possible. Chris abattit en la matière un travail admirable : ses deux énormes burgers plus une barquette géante de frites. Heureusement qu'il était là car je calai à la moitié du mien et ne touchai pas aux pommes de terre huileuses. Puis Chris roula en boule sa serviette en papier et la jeta dans la poubelle où le reste de nos rebuts la rejoignit.

Entre-temps, les paupières de Jory, prises à leur propre piège, étaient devenues si lourdes qu'il lui fallait faire de gros efforts pour ne pas les fermer.

— Papa... Vas-tu enfin me donner des explications ?

— Oui, tout ce que tu voudras savoir.

Chris quitta sa chaise, alla s'asseoir sur le lit de Jory et posa ses larges mains sur le plâtre. Jory cligna des yeux pour repousser le sommeil.

— Papa, je ne sens plus rien à partir de la taille. Pendant que vous mangiez, toi et maman, j'ai essayé d'agiter les orteils et je n'y suis pas parvenu. Si je me suis cassé le dos et si c'est la raison pour laquelle on m'a mis dans ce plâtre, je veux le savoir. Je veux savoir toute la vérité.

— J'ai bien l'intention de te dire toute la vérité, lui assura Chris.

— Est-ce que j'ai la colonne vertébrale cassée ?

— Oui.

— Suis-je paralysé des jambes ?

— Oui.

Jory marqua le coup en clignant des paupières, prit un air abasourdi et rassembla son énergie pour une ultime question :

— Pourrai-je de nouveau danser ?

— Non.

Jory ferma les yeux, serra les lèvres et resta parfaitement immobile.

J'avançai d'un pas pour me pencher sur lui et relever d'un geste tendre les boucles noires tombées sur son front.

— Mon chéri, je sais que tu es anéanti. Ce ne fut pas une tâche facile pour ton père de te dire la vérité mais il fallait que tu la saches. Tu n'es pas tout seul. Nous sommes tous concernés. Nous sommes là pour veiller à ce que tu t'en sortes, pour faire tout ce qu'il sera possible de faire. Il faut que tu t'adaptes. Avec le temps, ton corps va guérir et tu seras libéré de la douleur ; puis tu finiras par accepter ce contre quoi on ne peut rien. Nous t'aimons. Melodie t'aime. Et, en janvier prochain, tu vas être père. Tu as atteint le sommet dans la carrière de ton choix et tu y es resté pendant cinq ans... c'est plus que n'en font bien des gens dans une vie entière.

L'espace d'un instant, ses yeux s'ouvrirent et plongèrent dans les miens. Dans les siens, je vis des flots d'amertume, de la colère, de la frustration et une fureur telle que j'en détournai le regard. Tout en lui n'était plus que cette rage féroce qu'il ressentait à l'idée d'avoir été spolié de son bien avant d'en avoir eu assez.

Lorsque mon regard revint sur lui, il avait fermé les yeux. Chris avait les doigts sur son pouls.

— Jory, je sais que tu ne dors pas. Je vais t'administrer une autre dose de sédatif afin que tu puisses vraiment trouver le sommeil, et lorsque tu t'éveilleras, il te faudra réfléchir à l'importance que tu revêts pour un si grand nombre de personnes. Tu ne vas pas te mettre à t'apitoyer sur toi-même ni prendre un veule plaisir à te vautrer dans l'amertume. Aujourd'hui même, dans la rue, il existe des tas de gens qui n'ont jamais connu ce qui constitue déjà pour toi des souvenirs. Ils n'ont pas sillonné le monde en entendant sur leur passage le tonnerre des applaudissements et des bravos ! Ils n'ont jamais vécu ces extases qui ont été les tiennes et que tu pourras revivre dans d'autres formes d'expression artistique. Pour toi, le monde ne s'est pas arrêté, mon fils, tu as simplement trébuché. La route du succès t'est toujours ouverte, et elle est toujours aussi large ; la seule différence est que, pour la parcourir, il te faudra rouler et non plus courir ou danser. Mais tu connaîtras de nouveau la réussite car il est dans ta nature de triompher. Tu vas simplement te consacrer à un autre art, embrasser une autre carrière, et, au sein de ta famille, tu trouveras le bonheur. En quoi consiste donc la vie lorsqu'on la ramène à l'essentiel ? Nous voulons que quelqu'un nous aime, qu'il ait besoin de nous, qu'il partage notre vie... et tout cela, tu l'as toujours.

Mon fils n'ouvrit pas les yeux, il ne répondit rien. Il se

contenta de rester immobile comme si la mort l'avait déjà repris.

Au fond de moi, je poussais des cris déchirants, car Julian avait eu la même réaction, la même ! Jory nous excluait, il s'enfermait dans cette étroite cage de son esprit, dans son refus de vivre sans marcher et sans danser.

Sans dire un mot, Chris prépara une seringue hypodermique dont il enfonça l'aiguille dans le bras de Jory puis, d'une pression régulière du pouce, il lui injecta la drogue.

— Dors, mon fils. Lorsque tu te réveilleras, ta femme sera là. Pour son bien, il faudra que tu te montres courageux.

Je crus voir Jory hausser les épaules.

Nous ne partîmes pas avant qu'il fût profondément endormi et que l'infirmière eût reçu de nous la consigne de ne le laisser seul sous aucun prétexte. Puis nous rentrâmes à Foxworth Hall où Chris put enfin prendre une douche, se raser, faire un petit somme et se changer avant de s'apprêter à repartir pour la clinique. Cette fois, nous comptions emmener Melodie.

La terreur s'inscrivit dans ses yeux bleus lorsque, avec les plus grands ménagements possible, Chris lui annonça l'état de Jory. Elle poussa un petit cri et crispa les mains sur son ventre.

— Vous voulez dire... il ne dansera plus jamais ? Il ne marchera plus ? fit-elle en un murmure comme si sa voix la trahissait. Vous devez pouvoir faire quelque chose pour lui.

Chris lui retira aussitôt cet espoir.

— Non, Melodie. Lorsque la moelle épinière est atteinte, les jambes ne reçoivent plus les messages du cerveau. Lorsque Jory veut bouger les jambes, l'ordre donné par le cerveau n'est pas transmis. Tu vas devoir accepter ton mari tel qu'il est maintenant et faire tout ce que tu pourras pour l'aider à surmonter ce qui est certainement le plus grand traumatisme moral qu'il ait jamais eu à subir.

Elle se dressa d'un bond et se mit à gémir pitoyablement :

— Mais il ne sera plus le même ! Vous venez de me dire qu'il refusait de parler... Je ne vais tout de même pas aller là-bas et faire comme si cela n'avait pas d'importance alors que ça en a ! Mais qu'est-ce qu'il va devenir ? Qu'est-ce que je vais devenir, moi ? Qu'allons-nous faire s'il ne peut ni marcher ni danser ? Aura-t-il encore envie de vivre ? Et quel genre de père fera-t-il, s'il lui faut passer le restant de ses jours dans un fauteuil roulant ?

Chris se leva et sa voix se fit particulièrement ferme.

— Melodie, tu n'as pas le loisir de céder à la panique et de dire n'importe quoi sous le coup de l'hystérie. Tu dois te montrer forte et non faible. Je comprends que tu souffres, toi aussi, mais, devant Jory, tu dois être souriante, radieuse, pour lui donner l'assurance qu'il n'a pas perdu la femme qu'il aime. Vous ne vous êtes pas mariés que pour le meilleur, mais aussi pour le pire. Maintenant, tu vas prendre un bain, t'habiller, te maquiller, arranger ta coiffure, puis tu vas venir avec nous à la clinique et là, tu le prendras dans tes bras du mieux que tu pourras, tu l'embrasseras et tu lui donneras toutes les raisons de croire qu'il a encore devant lui un avenir qui vaut la peine d'être vécu.

— Mais ce n'est pas vrai ! hurla-t-elle. Ce n'est pas vrai !

Puis elle craqua et fondit en larmes.

— Ce n'est pas ce que j'ai voulu dire... je l'aime, croyez-moi... mais ne m'obligez pas à le voir alors qu'il est comme ça, couché dans son lit, les yeux fermés, sans rien dire. Je ne pourrais pas le supporter. Je ne veux pas y aller tant qu'il n'aura pas accepté son sort et retrouvé la force de me sourire ; peut-être pourrai-je alors faire face à ce qu'il est devenu... peut-être...

Je la détestais pour cette lamentable exhibition d'hystérie égoïste, pour cette manière de lâcher Jory au moment même où il avait le plus besoin d'elle. Je m'approchai de Chris et nouai mon bras au sien.

— Melodie, as-tu vraiment le front de croire une seule seconde que tu sois la première épouse et future mère qui voit brusquement le monde entier s'écrouler sur elle ? Et bien non ! J'étais enceinte de Jory lorsque son père a eu ce fatal accident d'auto. Estime-toi donc heureuse que Jory soit vivant.

Elle s'effondra dans un fauteuil, s'y avachit, la tête entre les mains, et pleura un long moment. Lorsque ses yeux retournèrent se poser sur nous, ils étaient encore plus sombres et désespérés qu'avant.

— Peut-être préférerait-il être mort... y avez-vous pensé ?

Comme si j'avais pu ne pas y penser ! C'était même ce qui me torturait, la pensée que Jory pût mettre fin à ses jours comme Julian. Mais je ne le permettrais pas ! Non, il n'y aurait pas de deuxième fois !

— Bon, reste ici pour chialer, lui dis-je avec une dureté qui dépassait mes intentions. Mais je ne vais pas laisser mon fils se battre seul contre le destin. Je vais rester avec lui jour et nuit pour veiller à ce qu'il ne succombe pas au désespoir. Mais je veux que tu te mettes une chose dans la tête, Melodie : tu portes son enfant et cela fait de toi la personne la plus importante qui soit dans sa vie... et dans la mienne, de ce fait. Il a besoin de toi, du soutien que tu peux lui apporter. Pardonne-moi si je te semble dure mais c'est à lui qu'il me faut penser en premier... alors, pourquoi ne fais-tu pas pareil ?

Elle me fixa d'abord sans répondre, son joli visage décomposé, ses joues striées de larmes.

— Dites-lui que je viendrai bientôt... chuchota-t-elle enfin d'une voix rauque. Oui, dites-lui cela.

Nous le lui dîmes.

Ses paupières restèrent obstinément closes, ses lèvres comme collées. De nets indices nous montraient qu'il ne dormait pas, qu'il ne faisait que se claquemurer en lui-même.

Comme il refusait de manger, Jory fut alimenté au goutte-à-goutte. Les jours d'été se succédèrent, longues journées fort remplies, et dans l'ensemble, fort tristes. Certaines heures m'apportaient des petits plaisirs lorsque j'étais avec Chris et avec Cindy, mais bien peu me donnaient de l'espoir.

Si seulement, si seulement... cette expression me prenait la tête au réveil pour ne la lâcher qu'à l'heure où je sombrais dans le sommeil. Si seulement je pouvais recommencer ma vie de zéro, peut-être parviendrais-je à sauver Jory, Chris, Cindy, Melodie, moi-même... et pourquoi pas Bart. Si seulement !

Si seulement il n'avait pas dansé ce rôle...

Je fis tout ce qu'il était possible de tenter pour arracher Jory de cette terrible et solitaire prison dans laquelle il s'était muré. Chris et Cindy s'y essayèrent aussi, sans plus de succès. Pour la première fois, mon Jory restait hors d'atteinte. Pour la première fois, j'étais impuissante à soulager sa peine.

Il avait perdu ce qui lui était le plus cher au monde, l'usage de ces jambes grâce auxquelles il dansait. Et bientôt, inéluctablement, toute la souple et puissante prestance de son merveilleux corps de danseur disparaîtrait aussi. Malgré moi, mon regard ne cessait de revenir sur ces belles jambes solidement charpentées qui gisaient immobiles sous le drap, immobiles et — mon Dieu, quelle horreur ! — terriblement inutiles.

Ma grand-mère avait-elle eu raison de dire que nous étions maudits, nés pour l'échec et la souffrance ? Nous avait-elle programmés pour qu'un malheur vînt toujours à point nommé nous dérober le fruit de nos succès ?

Pouvions-nous considérer notre vie comme une réussite, Chris et moi, lorsque l'un de nos fils gisait comme mort et que l'autre se refusait à réitérer l'unique visite qu'il lui avait faite ?

Sans dépasser le seuil, Bart avait fixé les yeux sur Jory dont les paupières restaient baissées et ses deux bras bien rectilignes de part et d'autre du corps immobile.

— Oh, mon Dieu ! avait-il murmuré avant de s'enfuir de la chambre minuscule.

Jamais, depuis, je n'avais réussi à le convaincre d'y retourner.

— A quoi bon, mère, puisqu'il ne sait même pas si je suis là ou non ? Et puis, je ne peux pas supporter de le voir ainsi. Je suis désolé, vraiment désolé... c'est plus fort que moi.

Je le regardai en me demandant si, à force de vouloir

l'aider, lui, je n'avais pas fini par risquer la vie de mon bien-aimé Jory.

Ce fut alors que je commençai à me dire que je n'allais pas continuer de vivre avec la pensée que plus jamais Jory ne marcherait, que plus jamais il ne danserait. Ce n'était qu'un horrible cauchemar dont nous finirions par nous éveiller, retrouvant Jory entier, tel que nous l'avions toujours connu.

J'expliquai à Chris comment je comptais convaincre Jory qu'il pouvait remarcher et qu'il remarcherait même s'il ne pouvait plus danser.

— Cathy, tu risques de lui donner de faux espoirs, m'avertit-il en prenant un air horriblement malheureux. Pour l'instant, tout ce que tu peux faire, c'est de l'aider à accepter l'irrémédiable. Donne-lui ton énergie. Aide-le... mais ne l'entraîne pas dans des impasses qui ne lui apporteront que des déceptions. Je sais que cela promet d'être difficile. C'est l'enfer pour moi, tout autant que pour toi. Mais garde à l'esprit que notre enfer n'est rien en comparaison du sien. Nous pouvons certes compatir, nous sentir atrocement désolés de ce qui lui arrive, mais nous ne serons jamais dans sa peau. La hantise de ces jambes dont il a perdu l'usage, ce n'est pas nous qui l'éprouvons. Il est tout seul avec ce bourreau. Tout seul face à une douleur dont ni toi ni moi ne pouvons même mesurer l'ampleur. Et la seule chose que nous puissions faire, c'est d'être là lorsqu'il décidera de sortir de cette coquille où il s'est réfugié. Etre là pour lui redonner cette confiance dont il a besoin pour vivre... car il faut bien que quelqu'un soit là pour le faire si cette satanée Melodie s'y refuse !

Presque aussi horrible, sinon plus que l'infirmité de Jory, était le fait de voir sa propre épouse le fuir maintenant comme un lépreux. Tant Chris que moi, nous ne cessions de batailler avec elle pour qu'elle nous accompagnât à la clinique. Quand bien même ce ne serait que pour dire « bonjour, je t'aime », elle devait absolument venir.

— Que voulez-vous que je lui dise qu'il ne sache déjà par vous ? hurla-t-elle à l'issue de l'une de ces discussions. Il ne tient pas à ce que je le voie dans cet état, je le sais. Je le connais mieux que vous, quand même ! S'il avait voulu que je vienne, il l'aurait dit nettement. Et puis, d'ailleurs, j'ai peur d'y aller, peur de fondre en larmes et de me mettre à dire le contraire de ce qu'il faudrait. Et, quand bien même je garderais le silence, il n'aurait qu'à ouvrir les yeux pour voir sur mon visage des choses qui le feraient se sentir encore plus mal, et je ne veux pas être responsable de ce qui pourrait alors arriver. Ce n'est pas la peine d'insister ! Attendez donc qu'il réclame ma visite... alors, je trouverai peut-être en moi ce courage dont j'ai besoin...

Et elle s'empressa de disparaître comme si Chris et moi étions porteurs de quelque peste susceptible de contaminer le rêve dans lequel elle se complaisait, cette illusion de croire que le cauchemar allait déboucher sur un *happy end*.

Debout dans le couloir sur lequel donnaient nos chambres, Bart suivit Melodie d'un regard énamouré qui se fit noir lorsqu'il revint se poser sur moi.

— Tu ne peux donc pas la laisser tranquille ? Moi-même, lorsque j'ai été le voir, je suis rentré bouleversé. Dans son état, il est normal qu'elle ait besoin de sécurité, même si elle ne doit la trouver qu'en songe. Elle dort beaucoup, d'ailleurs. Pendant que vous êtes avec lui, elle ne cesse de pleurer, elle marche comme une somnambule, avec les yeux dans le vague. C'est à peine si elle mange ; je dois batailler pendant des heures pour lui faire avaler quelque chose. Elle me regarde avec de grands yeux et se comporte avec moi comme une enfant. Il m'arrive même de la faire manger à la cuillère et de lui tenir son verre. Melodie est en état de choc, mère... et toi, tu ne penses qu'à ton cher Jory sans te préoccuper de ce qu'elle devient.

Prise de remords, j'allai la trouver dans sa chambre et la pris dans mes bras.

— Allez, c'est fini. Je comprends maintenant. Bart m'a expliqué que tu n'as pas encore repris le dessus... mais, je t'en prie, Melodie, essaye d'y arriver ! Même s'il n'ouvre pas les yeux, même s'il ne parle pas, il est conscient de ce qui se passe autour de lui. Il sait bien qui vient et qui ne vient pas.

Elle avait posé la tête sur mon épaule.

— J'essaie, Cathy... je fais ce que je peux. Laissez-moi seulement le temps.

Le lendemain matin, Cindy entra sans frapper dans notre chambre et je vis Chris tiquer. J'allais la réprimander pour cette incorrection lorsque je vis la pâleur de son visage et son expression effarée.

— Maman... papa, j'ai quelque chose à vous dire mais je ne sais pas si je dois... ou si ça a vraiment de l'importance...

Je fus distraite de ses paroles par la tenue dans laquelle elle se présentait. Elle ne portait qu'un bikini blanc si petit qu'il aurait presque pu se passer d'être là. Elle avait manifestement l'intention d'inaugurer la piscine que les ouvriers venaient de terminer. Ce n'était pas le tragique accident de Jory qui allait changer quelque chose au train de vie de Bart.

— Primo, Cindy, j'aimerais que tu réserves ce genre de tenue aux abords immédiats de la piscine. Secundo, celle que tu as précisément sur toi est beaucoup trop sommaire.

Elle parut tout à la fois surprise, honteuse et vexée que son maillot de bain suscitât ma critique. Elle lui accorda un bref coup d'œil et haussa les épaules avec l'air de ne pas voir ce qui justifiait ma remarque.

— Seigneur, maman ! J'ai des amies qui portent des strings... tu devrais voir ça si tu considères ce que j'ai sur moi comme impudique. Certaines de mes amies, aussi, ne portent rien du tout...

Et ses grands yeux bleus étudièrent avec soin les miens.

Chris lui lança une serviette dont elle se drapa.

— Maman, il faut que je te dise, je n'aime pas cette image que tu me renvoies parfois de moi, comme si j'étais vicieuse. Avec Bart, c'est tout le temps l'impression que j'ai... Là, je venais simplement vous dire quelque chose dont j'ai entendu Bart parler.

— Allez, Cindy, continue, fit Chris avec une pointe d'impatience dans la voix.

— Bart était au téléphone et il avait laissé sa porte entrouverte. Il parlait avec quelqu'un d'une compagnie d'assurances. (Elle s'interrompit, s'assit sur notre lit défait et baissa la tête avant de se remettre à parler. Sa douce et soyeuse chevelure dissimulait son expression.) Bart, apparemment, a pris une assurance « spéciale fêtes et réceptions » pour le cas où il arriverait quelque chose à l'un de ses invités.

— Je n'y vois rien d'anormal, dit Chris. Pour les risques courants, la maison est couverte par les garanties de base d'un contrat habitation, mais avec deux cents invités ce soir-là, il lui a bien fallu demander une extension de la responsabilité civile.

Cindy releva brusquement la tête. Elle posa un long regard sur son père puis sur moi. Un soupir s'échappa de ses lèvres.

— Bon, tout va bien alors. Mais j'ai simplement pensé que peut-être... peut-être...

— Peut-être quoi ?

— Tu te rappelles, maman, tu as ramassé une poignée du sable qui s'est échappé des colonnes lorsqu'elles se sont brisées. Ce sable aurait dû être sec... et il ne l'était pas. Quelqu'un l'avait mouillé... ce qui l'avait rendu plus lourd. Au lieu de s'écouler au premier choc comme prévu, il est resté agglutiné dans les tambours de carton-pâte qui sont tombés sur Jory comme des blocs de béton. Sinon, il n'aurait pas été si gravement blessé.

— Pour l'assurance, j'étais au courant, fit Chris d'une voix morne en évitant délibérément mon regard. Mais pas pour cette histoire de sable mouillé.

Ni Chris ni moi ne pouvions trouver des mots pour défendre Bart. Pourtant, pourtant, comment imaginer qu'il eût pu vouloir blesser Jory... ou le tuer ? Nous avions le devoir de faire confiance à Bart, de lui accorder le bénéfice du doute.

Arpentant de long en large notre chambre, le front plissé de rides profondes, Chris nous expliqua que l'un des machinistes pouvait avoir mouillé le sable afin d'accroître la stabilité des colonnes. Il n'était pas besoin de supposer qu'il l'avait fait sur les instructions de Bart.

Ce matin-là, néanmoins, nous avions tous trois des mines austères en descendant le grand escalier pour aller rejoindre Bart et Melodie sur la terrasse où nous prenions le petit déjeuner. Avec les montagnes dans le lointain, les forêts qui nous en séparaient et, au premier plan, le parc luxuriant de fleurs épanouies, le cadre était extraordinairement romantique. Le soleil filtrait au travers de la dentelle des arbres fruitiers et se glissait sous le parasol rayé de vives couleurs qui était censé abriter de ses rayons les occupants de la grande table de fer forgé laquée de blanc.

Melodie, à ma grande surprise, avait le sourire aux lèvres tandis que son regard errait sur les lignes sculpturales du visage de Bart.

— Bart, vos parents ne comprennent pas pourquoi je ne puis me prendre par la main pour aller voir Jory à l'hôpital. Je vois bien la façon dont votre mère me regarde. Je la déçois, et je me déçois d'ailleurs moi-même. Je suis lâche devant la maladie. Je l'ai toujours été. Mais je sens ce qui se passe en de tels moments. Je sais que Jory est là sur son lit, les yeux fixés au plafond quand ils ne sont pas fermés, refusant de parler. Je sais ce qu'il pense. Il n'a pas seulement perdu l'usage de ses jambes mais tous les objectifs qu'il s'était fixés. Il pense à son père et à la façon dont celui-ci est mort. Il est en train de se retirer du monde, de se transformer en une chose insignifiante que nous n'aurons pas lieu de regretter le jour où, comme son père, il décidera de se donner la mort.

Bart lui jeta un bref regard désapprobateur.

— Melodie, vous ne connaissez pas mon frère. Jory ne se suicidera jamais. Il se peut qu'il se sente totalement perdu pour l'heure, mais il reprendra le dessus.

— Comment le pourrait-il ? gémit-elle. Il a perdu ce qui était le plus important dans sa vie. Notre mariage n'était pas seulement fondé sur l'amour que nous éprouvions l'un pour l'autre mais sur le fait que nous partagions la même carrière. Chaque jour, je commence par me répéter que je puis aller le voir, lui sourire et lui donner ce dont il a besoin, puis il arrive un moment où les idées se brouillent dans ma tête et je me demande ce que je vais pouvoir lui dire. Je n'ai pas l'aisance de votre mère avec les mots. Ni le sourire et l'optimisme de son père...

— Chris n'est pas son père, laissa tomber Bart.

— Pour Jory, Chris est son père. Du moins, celui qui a le plus d'importance à ses yeux. Il aime Chris, Bart, il le respecte, il l'admire et il lui pardonne ce que vous appelez ses péchés. (Nous étions tous trois restés en retrait, espérant en apprendre un peu plus long sur ce qui motivait son comportement, mais nous l'entendîmes passer immédiatement à la conclusion :) J'ai honte de le dire, mais je ne puis me résoudre à y aller et à le voir dans l'état où il est.

— Alors, que comptez-vous faire ? lui demanda Bart avec cynisme.

Le regard rivé dans celui de Melodie, il se mit à siroter son café. Eût-il légèrement détourné la tête qu'il nous eût tous trois surpris en train de les observer, de les écouter et d'aller de découverte en découverte.

— Mais je ne sais pas ! lui répondit-elle dans un gémissement d'angoisse. Je commence à sentir en moi deux personnes contradictoires ! Le matin, je me réveille avec horreur en sachant que Jory ne sera plus jamais pour moi un vrai mari. Si ça ne vous dérange pas, je vais m'installer de l'autre côté du couloir dans une chambre qui ne sera pas chargée du douloureux souvenir des moments de bonheur que nous avons partagés. Votre mère ne se rend pas compte à quel point je suis aussi perdue que lui... et j'ai ce bébé ! (Elle fondit alors en sanglots et baissa la tête pour l'enfouir entre ses bras qu'elle avait croisés sur la table.) Il faut qu'il y ait quelqu'un pour penser à moi, pour m'aider... quelqu'un...

— Je vais vous aider, lui dit Bart avec douceur en lui posant la main sur l'épaule. (Puis celle restée libre repoussa le café pour caresser le flot d'or répandu sur la table.) Tout ce dont vous aurez besoin, ne serait-ce que d'une épaule pour pleurer, je serai là pour vous l'offrir, à n'importe quel moment.

Eussé-je entendu Bart exprimer auparavant une telle compassion pour quelqu'un d'autre que Melodie, mon cœur eût bondi de joie. Mais en l'occurrence, il sombrait dans la détresse. Jory avait besoin de sa femme, pas Bart !

Je m'avançai en pleine lumière et pris place à la table du

petit déjeuner. Bart retira vivement les mains de sur Melodie et me regarda comme si je venais de l'interrompre dans une occupation de la plus haute importance. Puis Chris et Cindy se joignirent à nous. Un silence s'installa qu'il me fallut rompre.

— Melodie, je veux avoir une longue conversation avec toi dès que nous aurons fini de déjeuner. Cette fois, tu ne vas pas te défiler ou faire la sourde ou me faire perdre mes mots en me regardant avec tes grands yeux.

— Mère ! rugit Bart. Ne peux-tu un instant prendre en considération son point de vue ? Il se peut qu'un jour Jory parvienne à se traîner sur des béquilles, et encore à l'unique condition d'être engoncé dans un lourd corset médical... peux-tu imaginer le spectacle ? Moi, j'en suis incapable. Je crois même que je n'ai pas la moindre envie de voir Jory comme ça.

Melodie poussa un cri perçant et bondit de sa chaise. Bart en fit autant et lui ouvrit des bras protecteurs.

— Ne pleurez pas, Melodie, lui dit-il sur un ton très tendre, empreint de la plus dévouée des sollicitudes.

Melodie proféra un nouveau cri de détresse et quitta en courant la terrasse. Chris, Cindy et moi l'accompagnâmes du regard sans bouger de notre chaise. Dès qu'elle eut disparu, nos yeux se reportèrent sur Bart qui s'était rassis et finissait son petit déjeuner comme si nous n'étions pas là.

— Bart, lui dit Chris, profitant de ce que Joël ne s'était pas encore joint à nous. Que sais-tu sur ce sable humide dont étaient remplies les colonnes de carton-pâte ?

— Je ne comprends pas, répondit Bart d'une voix rêveuse, les yeux fixés sur la porte par laquelle avait disparu Melodie.

— Je vais donc m'expliquer plus clairement, reprit Chris. Nous sommes d'accord sur le fait que ce sable devait être sec afin de pouvoir s'échapper des colonnes et que la chute de celles-ci ne blessât personne. Donc, qui a mouillé ce sable ?

Bart plissa les yeux et répondit avec aigreur :

— Alors maintenant, on m'accuse d'avoir provoqué

l'accident de Jory... et d'avoir délibérément gâché ce qui était jusque-là le plus beau jour de ma vie. Rien n'a donc changé depuis l'époque de mes neuf ou dix ans ? Tout est toujours ma faute. Lorsque Clover est mort, vous m'avez tout de suite accusé l'un comme l'autre de lui avoir noué ce fil de fer autour du cou, et pas un seul instant vous ne m'avez accordé le bénéfice du doute. Puis, lorsqu'on a tué Pomme, encore une fois vous avez pensé que c'était moi, alors que vous saviez très bien à quel point j'aimais Clover et Pomme. Jamais je n'ai tué un animal. Et même plus tard, lorsque vous avez découvert que le coupable était John Amos, vous vous êtes arrangés pour me mettre dans mes petits souliers avant de consentir à me faire des excuses. Alors maintenant, faites-m'en tout de suite, car je veux bien être damné si j'endosse une minute de plus la responsabilité de ce qui est arrivé à Jory !

Si fort était mon désir de le croire que les larmes m'en vinrent aux yeux.

— Mais qui donc a pu mouiller ce sable ? demandai-je en me penchant pour lui prendre la main. Il a bien fallu que ce soit quelqu'un.

— Bon nombre d'ouvriers me détestaient cordialement parce que j'étais tout le temps sur leur dos... mais je ne vois vraiment pas pourquoi ils s'en seraient pris à Jory. Ils savaient bien que ce n'était pas moi qui devais monter sur scène.

Je n'aurais su dire pourquoi, mais je le croyais sincère. Il ne savait rien sur cette histoire de sable humide et, lorsque je croisai le regard de Chris, je vis qu'il était convaincu lui aussi. Mais il était trop tard, en posant cette question, nous nous étions aliéné Bart... une fois de plus.

Il était retombé dans le silence et finissait son repas, l'air morose. Non loin dans le parc, je vis Joël dissimulé dans l'ombre d'un bosquet, comme s'il avait écouté notre conversation tout en faisant semblant d'admirer les fleurs.

— Pardonne-nous si nous t'avons blessé, Bart. Mais, je t'en prie, fais ton possible pour découvrir qui a versé de l'eau sur le sable car, sans cet acte criminel, Jory aurait encore l'usage de ses jambes.

Avec sagesse, Cindy observait depuis le début un parfait mutisme.

Bart s'apprêtait à répondre lorsque Trevor sortit de la maison pour nous servir notre petit déjeuner. J'avalai le mien avec un lance-pierres puis me levai de table. J'avais à rappeler Melodie à son sens des responsabilités.

— Chris, Cindy, je vous prie de m'excuser. Prenez votre temps pour finir de manger, je vous rejoins plus tard.

Joël se glissa hors de l'ombre du bosquet et vint s'asseoir à côté de Bart. J'avais presque atteint la maison lorsque, jetant un coup d'œil par-dessus mon épaule, je vis Joël penché vers Bart, lui murmurant quelque chose à l'oreille.

J'en avais gros sur le cœur tout en remontant le couloir qui me conduisait à la chambre de Melodie.

A plat ventre sur ce lit qui avait été le théâtre de leurs amours, Melodie pleurait. Je m'assis près d'elle et cherchai les termes adéquats... mais existaient-ils ?

— Il est toujours vivant, Melodie, c'est ça qui compte, non ? Il est toujours avec nous. Avec toi. Tu peux tendre la main vers lui et le toucher, tu peux lui parler, tu peux lui dire toutes ces choses que j'aurais tant souhaité pouvoir dire à son père. Va donc à la clinique. Chaque jour qu'il passe sans te voir est un jour de gagné pour la mort. Si tu persistes à ne pas y aller, si tu te contentes de rester ici à t'apitoyer sur ton sort, tu passeras ta vie entière à le regretter. Jory est encore vivant pour entendre le son de ta voix, Melodie. Ne l'abandonne pas. C'est maintenant qu'il a besoin de toi, plus que jamais.

Forcenée, hystérique, elle se retourna pour me marteler de ses petits poings durs et je dus la prendre par les poignets pour éviter qu'elle ne me fît mal.

— Mais je suis incapable de le regarder en face, Cathy. Depuis le début, je sais qu'il est là bas, immobile sur son lit, enfermé dans le silence et dans sa solitude, hors de toute atteinte. Il ne répond pas lorsque vous lui parlez, alors pourquoi me répondrait-il à moi ? Si je l'embrasse et qu'il n'ait aucune réaction, je vais me sentir à l'agonie. D'ailleurs, vous ne le connaissez pas vraiment, du moins pas comme moi je le connais. Vous êtes sa mère et non sa femme. Vous n'avez pas conscience de l'importance que revêt pour lui sa vie sexuelle. A présent, il n'en aura plus. Vous n'avez pas idée de ce que cela va changer pour lui. Sans parler de cette carrière à laquelle il doit renoncer parce qu'il a perdu l'usage de ses jambes. Il aurait tant voulu se montrer digne de son père, de son vrai père. Et vous vous mentez à vous-même en prétendant qu'il est vivant. Il ne l'est pas. Il vous a déjà quittée, Cathy. Comme il m'a quittée. Il lui faut vraiment mourir. Et il est déjà mort en dépit des apparences.

Ce discours dans lequel elle avait mis tant de passion m'avait déchiré le cœur. Peut-être parce qu'il n'était que trop vrai.

Dans mon for intérieur, je cédai à la panique et compris que Jory pouvait très bien se résoudre à faire comme Julian et trouver un moyen de mettre fin à ses jours. Je tentai de me rassurer en me disant que Jory ressemblait plus à Chris qu'à son père et qu'il finirait par surmonter son handicap et par tirer le meilleur parti de ce qui lui restait.

Assise auprès d'elle sur le lit, je contemplais ma bru en me disant qu'au fond je ne la connaissais pas. Que je ne connaissais rien de cette fille que j'avais vue tant et plus depuis qu'elle avait onze ans. Je n'avais connu d'elle qu'une façade, celle de la gracieuse et jolie jeune fille qui m'avait toujours paru béate d'admiration devant Jory.

— Au juste, quelle femme es-tu, Melodie ? Quel genre de femme en fait ?

— En tout cas, pas le vôtre ! me rétorqua-t-elle en hurlant presque. Je ne suis pas comme vous bâtie à toute épreuve. J'ai été une enfant gâtée, comme l'est votre chère petite Cindy. J'étais fille unique et l'on m'a toujours tout cédé. Toute petite, je me suis aperçue que la vie n'était pas aussi rose que dans les contes de fées. Et ça ne m'a pas du tout plu. Aussi, dès que j'en ai eu l'âge, je suis allée me réfugier dans le monde de la danse. Je me suis dit que je ne pourrais trouver le bonheur que dans cet univers de rêve. Lorsque j'ai rencontré Jory, il m'est apparu comme le Prince Charmant que j'attendais. Mais les princes charmants n'ont jamais les reins brisés, Cathy. Jamais ce ne sont des infirmes que l'on doit promener dans des fauteuils roulants. Comment puis-je continuer de vivre avec Jory si je ne vois plus en lui le prince de mes rêves ? Dites-moi comment, Cathy ? Dites-moi comment je puis me bander les yeux et fermer mes sens au réel de sorte que je n'éprouve aucune répulsion lorsqu'il posera ses mains sur moi.

Je me levai.

Et mon regard se posa sur ces yeux rougis, sur ce visage qui, à force de pleurs, avait fini par devenir bouffi. Toute l'admiration que j'avais pu avoir pour elle s'écroula. Une lavette, voilà ce qu'elle était. Quelle imbécile j'avais été de croire que Jory n'était pas un être de chair comme tout homme !

— Suppose que tu sois à sa place, Melodie, voudrais-tu que Jory t'abandonne ?

Elle me regarda droit dans les yeux.

— Oui, c'est ce que je voudrais.

Je la laissai en pleurs sur son lit.

Chris m'attendait au bas des escaliers.

— J'ai pensé que si tu y allais ce matin, je pourrais lui rendre visite cet après-midi et Melodie ce soir avec Cindy. Je suis persuadé que tu l'as convaincue d'y aller.

— Oui, elle ira, mais pas aujourd'hui, lui répondis-je en évitant son regard. Elle voudrait attendre qu'il ait ouvert les yeux et qu'il parle... donc, il faut absolument que je trouve le moyen de l'atteindre et d'obtenir de lui une réaction.

— Si quelqu'un peut y parvenir, c'est bien toi, me murmura Chris, ses lèvres noyées dans ma chevelure.

— Bonjour, mon trésor, fis-je sur un ton enjoué en pénétrant dans cette minuscule chambre d'hôpital où mon fils gisait toujours couché sur le dos.

Il ne tourna pas la tête dans ma direction et continua de fixer le plafond. Je déposai un baiser sur son front puis commençai à disposer dans un vase les fleurs que j'avais achetées en venant.

— Sans doute seras-tu content d'apprendre que Melodie ne souffre plus de nausées matinales. Mais elle est toujours fatiguée en permanence. Moi aussi, j'étais tout le temps fatiguée lorsque j'étais enceinte de toi. (Je me mordis la langue car j'avais précisément perdu Julian peu après m'être rendu compte que je portais son enfant.) Quel drôle d'été quand même, tu ne trouves pas, Jory ? Je mentirais si je te disais que j'ai de l'estime pour Joël. Il a l'air de beaucoup aimer Bart mais il ne cesse de faire des remarques désagréables à Cindy. Rien de ce qu'elle fait ne trouve grâce à ses yeux, pas plus qu'aux yeux de Bart. Peut-être serait-ce une bonne idée de l'envoyer en camp de vacances jusqu'à la rentrée des classes. Tu trouves qu'elle se conduit mal, toi ?

Pas de réponse.

Je pris sur moi pour ne pas soupirer, ne pas lui jeter un regard d'impatience. J'approchai une chaise de son lit et pris sa main flasque dans la mienne. J'avais l'impression de tenir un poisson mort.

— Tu sais, Jory, l'avertis-je, si tu t'obstines à refuser toute nourriture, on va te planter de plus en plus de tuyaux dans les veines pour te maintenir en vie. Et, s'il le faut, nous irons jusqu'à te brancher sur toutes les machines de l'hôpital en attendant que tu cesses de jouer les têtes de mule.

Pas un frémissement de paupières, pas un mot.

— Très bien, Jory. Jusqu'à maintenant, j'ai fait preuve de patience... mais ça commence à bien faire ! (Le ton de ma voix se fit plus dur.) Je t'aime trop pour supporter de te voir couché sur ce lit d'hôpital sans autre volonté apparente que celle de mourir. Plus rien n'a donc pour toi la moindre importance ?

» D'accord, tu es infirme et il te faudra rester dans un fauteuil roulant jusqu'au jour où tu parviendras à te hisser sur des béquilles, si une telle ambition n'est pas définitivement au-dessus de tes forces. D'accord, tu es accablé par ce qui t'arrive et tu te demandes comment tu pourras jamais surmonter ce malheur et continuer de vivre. Pourtant d'autres l'ont fait, et certains qui étaient dans une situation pire que la tienne. Mais tu te dis que ce que les autres ont fait ne compte pas puisqu'il s'agit de ton corps et de ta vie...

et peut-être n'as-tu pas tort. Les autres n'ont pas d'importance si tu tiens à voir les choses sous un jour égoïste.

» Tu vas me dire que, pour toi, l'avenir ne tient plus rien en réserve et je te répondrai que c'est ce que j'ai d'abord pensé, moi aussi. Mais j'ai horreur de te voir là, immobile sur ce lit, silencieux. Cela me brise le cœur, cela brise le cœur de ton père et Cindy ne sait pratiquement plus ce qu'elle fait tant elle a de chagrin. Bart est si bouleversé qu'il ne peut se résoudre à revenir te voir. Et que crois-tu qu'il en est de Melodie ? Elle est enceinte de toi, Jory, et toutes ses journées, elle les passe à pleurer. A force de nous entendre parler de ton absence de réactions, de ton incapacité à te résigner à ce qui est, elle commence à ne plus être la même, et ce n'est pas un changement vers le mieux. Nous sommes désolés, Jory, atrocement désolés que tu aies perdu l'usage de tes jambes, mais la seule chose que nous puissions faire, c'est de nous accrocher au bonheur de te savoir encore en vie. Reviens-nous, Jory. Nous avons besoin de te sentir parmi nous. Nous ne voulons pas rester sur la touche et assister, impuissants, à ton suicide. Nous t'aimons. Nous nous fichons pas mal que tu ne puisses plus marcher ni danser, nous te voulons simplement vivant, nous voulons seulement pouvoir te voir, pouvoir te parler. Parle-nous, Jory. Dis-nous quelque chose, n'importe quoi. Parle à Melodie lorsqu'elle viendra. Aie donc une réaction lorsqu'elle se penchera pour t'embrasser... tu la perdras, sinon, et tu perdras ton enfant. Elle t'aime, tu le sais, mais quelle femme peut continuer d'aimer lorsque l'objet de son amour se détourne d'elle et la rejette ? Si elle ne vient pas, c'est qu'elle ne peut faire face au rejet qu'implique ton attitude.

Durant ce long discours passionné, je n'avais cessé de fixer son visage, espérant y surprendre quelque légère modification dans l'expression. Je fus récompensée par le frémissement d'un muscle à la commissure de ses lèvres serrées. Je poursuivis :

— Les parents de Melodie nous ont téléphoné pour nous proposer de la reprendre chez eux jusqu'à la naissance du bébé. Veux-tu que Melodie s'en aille en pensant qu'elle ne peut plus rien pour toi ? Jory, je t'en prie, je t'en supplie, ne nous fais pas ça ! Ne te fais pas ça à toi-même ! Il te reste encore tant à donner au monde. Tu n'es pas seulement un danseur, comprends-le bien. Un talent particulier n'est qu'une branche d'un arbre à la ramure fournie. Tu n'as jamais songé à jeter un coup d'œil aux autres branches ? Qui peut savoir ce que tu es susceptible d'y découvrir ? Rappelle-toi, moi aussi j'avais fondé ma vie sur la danse et lorsque j'ai dû y renoncer, je me suis trouvée désemparée. J'entendais la musique sur laquelle vous dansiez, toi et Melodie, dans notre salon et je me raidissais, tentant de fermer les oreilles à ce déferlement de notes qui donnait à mes jambes l'envie de danser. Je sentais mon âme prendre son essor... et je me retrouvais par terre, effondrée, en pleurs. Puis je me suis mise à écrire et j'ai cessé d'être obnubilée par la danse. Toi aussi, Jory, tu te découvriras une passion pour remplacer la danse. J'en ai la certitude.

Pour la première fois depuis l'instant où il avait appris qu'il ne pourrait plus jamais ni marcher ni danser, Jory tourna la tête. Ce simple mouvement, presque imperceptible, me combla de bonheur.

Son regard croisa fugitivement le mien et je le vis brillant de larmes contenues. Puis, d'une voix enrouée, il me demanda :

— Mel pense vraiment retourner chez ses parents ?

En moi, l'espoir lutta désespérément pour survivre. Je ne savais rien des intentions de Melodie, je ne savais même pas si un revirement dans l'attitude de Jory pourrait les modifier. Il me fallait pourtant répondre à sa question... et donner la bonne réponse, moi qui en des circonstances similaires n'avais que trop souvent manqué de pertinence. J'avais échoué avec Carrie, échoué avec Julian. « Mon Dieu, faites que je n'échoue pas avec Jory. »

— Elle ne t'abandonnera jamais si tu reviens vers elle. Elle a besoin de toi, elle veut te garder. En te détournant de nous, tu lui as donné la preuve que tu te détournerais pareillement d'elle. Ton silence prolongé, ton refus de manger, tout cela était si parlant, si propre à terrifier Melodie. Elle n'est pas comme moi. Elle ne se regimbe pas, ne pousse pas de hauts cris. Elle se contente de pleurer tout le temps. Elle ne mange presque rien... alors qu'elle... est enceinte, Jory. Enceinte de toi. Repense à ce que tu as éprouvé en apprenant comment était mort ton père et songe aux inévitables conséquences qui en résulteraient pour ton enfant si tu décidais de faire pareil. Réfléchis-y longtemps, réfléchis-y bien avant de replonger dans cette idée que tu t'es mise en tête. Repense à toi-même, repense au déchirement que ce fut pour toi de ne pas avoir ton vrai père. Jory, ne sois pas comme lui, ne laisse pas un orphelin derrière toi. Ne nous détruis pas en te détruisant !

— Mais, maman ! Qu'est-ce que je vais devenir ? Je ne veux pas rester coincé dans un fauteuil roulant pour le restant de mes jours ! Ça me rend fou, maman, fou de rage, au point d'avoir envie de taper sur tout le monde. Qu'ai-je donc fait pour mériter un tel châtiment ? J'ai été un bon fils, un mari fidèle... mais je ne peux même plus me conduire en mari. Il n'y a plus rien, là, en bas. Je n'ai plus la moindre sensation en dessous de la ceinture. Je préférerais mille fois être mort !

Je baissai la tête jusqu'à presser ma joue sur sa main molle.

— D'accord, c'est peut-être ce que tu préfères, Jory. Alors, vas-y, affame-toi à en mourir, préserve-toi de ce fauteuil roulant dans lequel tu refuses de t'asseoir... et surtout ne pense plus à nous. Ne te préoccupe pas de la souffrance que tu vas installer dans notre vie par ton départ. Ne tiens pas compte de tous ceux que nous avons déjà perdus, Chris et moi. Nous pouvons nous y faire, tant nous avons pris l'habitude de voir disparaître les êtres qui nous sont les plus chers. Dis-toi que nous t'ajouterons à cette liste déjà longue des morts dont nous nous sentons coupables... car nous nous sentirons coupables. Nous n'aurons de cesse de chercher jusqu'à ce que nous ayons trouvé cette chose que nous n'avons pas bien faite et nous la monterons en épingle, nous l'observerons par le petit bout de la lorgnette, nous la ferons grossir et elle finira par obscurcir le soleil, par occulter nos joies, et nous emporterons dans la tombe le blâme d'avoir une fois de plus laissé s'éteindre une vie.

— Maman, arrête, je ne peux pas supporter de t'entendre parler comme ça.

— Et moi, je ne peux pas supporter ce que tu nous fais, Jory ! Ça ne te ressemble pas de songer à te rendre. Bats-toi. Résiste. Rends coup pour coup. Dis-toi que ce combat va te rendre meilleur, plus fort, car tu auras triomphé d'une adversité sans commune mesure avec ce que les gens peuvent imaginer.

— Je ne sais pas si j'ai vraiment envie de me battre. Depuis ce jour où je me suis réveillé sur ce lit d'hôpital, je n'ai cessé de penser à ce que je pourrais faire. Ne me dis pas que je puis me dispenser de faire quoi que ce soit parce que vous êtes riches et que, moi non plus, je ne manque pas d'argent. Sans but, la vie n'est rien ; tu le sais aussi bien que moi.

— Mais ton enfant... n'est-ce pas un but ? Et rendre Melodie heureuse, un autre but ? Reste, Jory, reste avec nous... je ne pourrai jamais supporter de perdre encore...

Et je fondis en larmes.

Moi qui, en venant, m'étais promis de me montrer forte et de ne pas pleurer, ce fut sans oser regarder Jory en face et dans des sanglots convulsifs que j'enchaînai :

— Après la mort de ton père, j'ai centré toute mon existence sur le bébé que je portais. A l'origine, ce fut peut-être un remède à ma mauvaise conscience mais, lorsqu'en cette nuit de la Saint-Valentin tu vins au monde et que l'infirmière te posa sur mon ventre et que je te vis, j'ai presque senti mon cœur se rompre de fierté. Tu avais l'air si vigoureux, il y avait un tel éclat dans tes yeux bleus ! Tu as crispé ta petite main autour de mon doigt et tu n'as plus voulu le lâcher. Paul était présent, et Chris aussi. Ils t'ont tout de suite adoré. Tu étais un bébé si gai, si facile à vivre ! Je crois que nous t'avons tous gâté ; tu n'as jamais eu à pleurer pour obtenir ce que tu voulais. Maintenant, je sais que, de toute manière, tu n'aurais jamais pu devenir un enfant gâté. Tu possèdes une énergie intérieure qui te permet de venir à bout de n'importe quel handicap. Je suis certaine que tu ne regretteras pas de t'être accroché à la vie pour voir grandir ton enfant. Non, tu ne le regretteras pas.

Ce discours, quasi incohérent tant il avait été entrecoupé de sanglots, parut avoir ému Jory. La main que je n'avais pas lâchée se libéra et vint essuyer mes larmes d'un revers de manche.

— Tu as des idées sur ce que je pourrais faire du fond de mon fauteuil roulant ? me demanda-t-il d'une petite voix moqueuse.

— Oui, Jory, des tas d'idées. La journée ne serait pas assez longue pour en dresser la liste. Tu peux apprendre à jouer du piano, faire des études artistiques, te mettre à écrire. Tu peux aussi devenir maître de ballet. Pour ce métier, tu sais, il n'est pas indispensable de se pavaner d'un bout à l'autre de la salle, un vocabulaire étendu et un gosier à toute épreuve suffisent largement. Ou bien, tu peux choisir une activité plus prosaïque, devenir expert-comptable, aborder le droit et même finir par faire la pige à Bart. En fait, il existe très peu de choses que tu ne puisses faire. Tu dois comprendre que nous sommes tous handicapés d'une façon ou d'une autre. Bart, par exemple, est affligé d'un handicap invisible autrement plus insurmontable que tous ceux que tu pourrais avoir. Pense un peu aux problèmes dans lesquels il se débattait alors que tu dansais, que tu jouissais pleinement de la vie. A cette époque, il lui fallait subir les torturantes investigations des psychiatres sur son moi profond. (A présent, je voyais une lueur dans son regard, celle d'un vague espoir qui n'aspirait plus qu'à trouver son port d'attache.) Et pense à cette piscine que Bart a fait creuser devant la maison. Les médecins ont estimé qu'avec la force que tu as dans les bras, tu n'aurais pas besoin de beaucoup de séances de rééducation pour être à même de reprendre la natation.

— Et toi, maman, que voudrais-tu me voir faire ?

Il m'avait posé cette question avec une infinie douceur et son regard s'était fait très tendre tandis que sa main remontait de mon visage à mes cheveux.

— Vivre, Jory. Je ne t'en demande pas plus.

Dans ses yeux, ce flot de larmes qui se refusaient à couler était à présent manifeste.

— Et que comptez-vous faire, toi, papa et Cindy ?

N'aviez-vous pas l'intention de vous installer à Hawaii ?

Cela faisait des semaines que je n'avais pas pensé à Hawaii. Sans le voir, je fixai le mur de cette chambre d'hôpital. Comment aurions-nous pu songer à partir maintenant que Jory était infirme et Melodie dans un tel désarroi ? Nous ne pouvions plus partir.

Foxworth Hall nous tenait de nouveau dans son piège.

LIVRE II

Epouse à son corps défendant

A notre grand regret, du fait que nous passions le plus clair de notre temps au chevet de Jory, nous en étions venus à négliger Cindy qui voyait croître son ennui et sa nervosité à force de rester dans cette maison hostile, perpétuellement confrontée à Joël qui ne lui manifestait que réprobation, à Bart qui ne lui manifestait que mépris et à Melodie qui n'avait rien à manifester à personne.

— Maman, venait-elle se plaindre à moi, je ne m'amuse pas du tout. C'est un été mortel, le pire que j'aie jamais passé. Je suis désolée que Jory soit à l'hôpital, qu'il ne puisse plus jamais ni marcher ni danser et je suis prête à faire tout ce que je peux pour lui mais qu'est-ce que je deviens, moi, dans tout ça ? Dans cette clinique on n'admet pas plus de deux personnes par visite et vous êtes presque toujours avec lui, toi et papa. Je dois avouer que, la plupart du temps, quand je vais le voir, je ne sais ni quoi dire ni quelle contenance prendre. Mais ici non plus je ne sais que faire de ma peau. Cette maison est tellement isolée du reste du monde que l'on s'y croirait sur la Lune... c'est la barbe, vraiment la barbe. Et vous m'avez dit de ne pas descendre au village, de n'accepter d'invitation de personne avant que vous ne sachiez de qui elle vient. Vous m'avez également dit de ne pas me baigner dans la piscine lorsque Bart et Joël sont dans les parages. Vous m'avez dit de ne pas faire tant de choses que je préfère te poser directement la question : qu'est-ce que je peux faire ?

— Explique-moi ce que tu veux faire, lui répondis-je, pleine de compréhension à son égard.

Elle avait seize ans et s'était attendue à passer de merveilleuses vacances. A présent, cette demeure qu'elle avait tant admirée dans les premiers temps se révélait être, par certains côtés, une prison aussi contraignante pour elle que l'ancienne l'avait été pour nous.

Elle s'assit en tailleur à mes pieds.

— Je ne voudrais pas blesser la sensibilité de Jory en m'en allant mais je sens que je deviens folle ici. Melodie s'enferme à double tour dans sa chambre et elle y reste tout le temps sans jamais vouloir me laisser entrer. Joël me glace avec ses yeux de vieille fouine et Bart fait tout bonnement semblant de ne pas me voir. Aujourd'hui, j'ai reçu une lettre de mon amie Barry Boswell et elle me dit qu'elle va dans ce camp de vacances superchouette qui se trouve à quelques kilomètres à peine au nord de Boston. Il y a un lac juste à côté où l'on peut se baigner et faire de la voile. Tous les samedis, ils organisent un bal. Et en plus, il y a tout un choix d'ateliers où l'on peut apprendre à faire des tas de choses. Tu sais comme j'apprécie la compagnie des filles de mon âge, et je crois que ce genre de camp me convient tout à fait. Tu n'as qu'à prendre des renseignements et tu verras qu'il jouit d'une bonne réputation, alors, je t'en prie, maman, laisse-moi y aller avant que je devienne zinzin.

Moi qui avais tant rêvé de cet été de retrouvailles-tous-ensemble-sous-un-même-toit, je la voyais maintenant qui voulait nous quitter alors que, presque jamais, je n'avais pu lui consacrer un moment. Mais je ne la comprenais que trop.

— Ce soir, j'en parlerai à ton père, lui promis-je. Tu sais que nous voulons ton bonheur, Cindy. Excuse-nous de t'avoir tant négligée en nous occupant de Jory, et parlons donc un peu de toi. Qu'en est-il des garçons dont tu as fait la connaissance lors de la soirée de Bart, Cindy ? Où en sont tes relations avec eux ?

— Comment veux-tu qu'il y en ait eu puisque Bart et Joël cachent les clés du garage ? Car, permission ou non, crois bien que je me serais empressée de prendre une voiture pour foncer les retrouver. Que veux-tu, je ne cesse de penser aux garçons. Je languis après leur compagnie, après les rendez-vous, après les bals. Oui, je devine ce que tu penses, car Joël est toujours en train de marmonner dans mon dos que je suis une fille sans vertu... il se trompe, je fais justement des efforts terribles pour m'accrocher à ma vertu... des efforts terribles. Mais je me demande tout de même combien de temps je vais encore pouvoir rester vierge. Je me dis parfois que je vais faire comme dans le temps et tenir jusqu'au mariage, mais comme je n'ai pas l'intention de me marier avant la trentaine... Tu sais, lorsque je sors avec un garçon qui me plaît vraiment et qu'il commence à se montrer plus insistant, je n'ai plus qu'une envie : céder. J'aime ces sensations qui montent en moi et me font battre le cœur plus vite. Tout mon corps appelle la réalisation de ce qu'il pressent. Dis, maman, comment se fait-il que je ne puisse trouver en moi cette énergie que tu possèdes ? Comment puis-je découvrir ce que je suis vraiment ? Tu me dis tout le temps que je suis prise dans un monde qui ne sait pas exactement ce qu'il veut. Alors si le monde n'en sait rien, comment saurais-je, moi ? Je voudrais être conforme à cette image que tu projettes sur moi, celle d'une douce et pure jeune fille, mais, dans le même temps, j'aspire à être désirable. Les deux se contredisent. Je veux que papa et toi continuiez à m'aimer, alors j'essaye de rester la petite fille bien sage que vous avez toujours connue... mais je n'ai plus cette innocence, maman, je veux que tous les beaux garçons soient amoureux de moi et, un jour, je ne serai plus capable de leur résister.

Son expression embarrassée me fit sourire, les regards furtifs qu'elle me lançait pour voir si j'étais choquée, de crainte aussi qu'elle n'ait gâché par ses aveux toutes ses chances d'échapper à cette maison. Je nouai mes bras autour d'elle.

— Continue de t'accrocher à ta vertu, Cindy. Tu es trop belle et tu as trop de qualités pour te donner au premier venu. Il faut avoir une haute idée de sa propre valeur pour inspirer l'estime aux autres.

— Mais maman... si je dis toujours non, les garçons finiront par se lasser de me faire la cour.

— Bon nombre d'entre eux ne s'attendent pas à te voir céder, Cindy, et c'est précisément ces garçons-là dont tu veux être aimée. Ceux qui, sous un prétexte ou un autre, te demandent de coucher avec eux sont, plus que vraisemblablement, les mêmes qui s'empresseraient de te plaquer sitôt qu'ils seraient arrivés à leurs fins. Il y a dans la nature des hommes quelque chose qui les pousse à vouloir conquérir toutes les femmes et, plus particulièrement, celles qui ont ta beauté. Garde d'ailleurs à l'esprit qu'ils parlent entre eux et vont même, lorsque leur amour n'est pas réel, jusqu'à se raconter leurs prouesses intimes.

— Maman, tu me donnes vraiment l'impression que c'est un piège d'être une femme ! Je ne veux pas être piégée, moi, c'est eux que je veux prendre au piège. Mais je dois avouer que je ne suis pas très bonne pour résister. Bart m'a tellement bourrée d'incertitudes sur moi-même que je n'aspire qu'à me laisser convaincre du contraire par les garçons. Mais, à dater de ce jour, chaque fois qu'un abruti me renversera sur la banquette arrière en proclamant qu'il va tomber malade si je ne réponds pas à l'ardeur de son amour, je ne me laisserai pas émouvoir. Je penserai à toi et à papa puis je lui flanquerai une bonne tarte... ou peut-être même mon genou là où ça fait le plus mal.

Elle me fit rire comme je n'avais pas ri depuis des semaines.

— Parfait, chérie, je ne doute pas qu'en dernière extrémité tu sauras toujours comment t'y prendre. Dis-m'en un peu plus sur ce camp de vacances, que je puisse fournir à ton père tous les détails.

— Comment ? Tu veux dire que je ne dois pas y renoncer ?

— Bien sûr que non. Je suis certaine que Chris sera d'accord pour que tu coupes net avec l'atmosphère de tragédie qui plane dans cette maison.

De fait, Chris donna son accord, estimant comme moi qu'une jeune fille de seize ans devait profiter de ses vacances pour s'amuser. A peine eut-elle appris la bonne nouvelle que Cindy voulut tout de suite aller à la clinique tout raconter à Jory.

— Parce que je m'en vais, ne va surtout pas croire que je me fiche de ce qui t'arrive, mais je crevais tellement d'ennui, Jory ! Je vais t'écrire souvent et t'envoyer des petits cadeaux. (Puis elle l'embrassa, lui couvrit le visage de baisers et ses larmes se déposèrent, telles des perles, sur les joues rasées de frais de mon fils.) Rien ne saura jamais faire que tu ne sois pas ce que tu es, Jory... tu garderas toujours ce je-ne-sais-quoi de merveilleux qui te rend si spécial et qui n'a rien à voir avec tes jambes. Si tu n'étais pas mon frère, je te voudrais pour moi seule.

— Je n'en doute pas, lui répondit-il avec une évidente ironie. Mais je te remercie quand même.

Chris et moi, nous laissâmes Jory aux bons soins de son infirmière le temps de conduire Cindy à l'aéroport. Là, après que nous l'eûmes couverte de baisers pour lui dire au revoir, Chris lui tendit son argent de poche. Elle fut ravie de l'importance de la somme et cela donna lieu à une nouvelle tournée de baisers avant qu'elle ne s'éloignât à reculons en agitant le bras et en nous criant :

— Promis, je vous écrirai de vraies lettres, pas simplement des cartes et je vous enverrai des dessins. Merci pour tout, et n'oubliez pas de m'écrire souvent et de me dire comment ça se passe ici. En un sens, vivre à Foxworth Hall c'était comme d'être captivée par quelque sombre et mystérieux roman dont il était tout de même trop effrayant d'être également un personnage.

Sur le trajet qui nous ramenait à l'hôpital, Chris me parla de ses projets. Il était à présent exclu de partir pour Hawaii en abandonnant Jory aux mains fort peu charitables de Bart et de Joël, sans parler de Melodie qui, incapable déjà de prendre soin d'elle-même, n'aurait à plus forte raison pu se charger d'un époux engoncé dans son plâtre, même avec l'assistance d'un garde-malade. Leurs états respectifs interdisaient également, du moins pour quelques mois, le long voyage en avion vers Hawaii.

— Je ne sais vraiment pas ce que je pourrai faire de ma peau lorsque Jory sera rentré à Foxworth Hall. Il n'aura pas besoin de moi vingt-quatre heures sur vingt-quatre et je vais me retrouver dans une situation comparable à celle de Cindy. Je ne suis pas un vieillard, Cathy. J'ai besoin de me sentir utile. (Je me tournai vers lui et, sans cesser de surveiller la circulation, il reprit :) La médecine a toujours joué un rôle des plus importants dans ma vie. Je ne veux pas dire par là que j'aie l'intention de rompre cette promesse que je t'ai faite de toujours consacrer plus de temps à toi et à ma famille qu'à ma profession. Cependant, je te demande de considérer par exemple ce que représente pour Jory l'impossibilité de poursuivre sa carrière...

Je me rapprochai de lui pour poser la tête sur son épaule et, d'une voix étranglée, je lui dis de continuer, l'encourageant à m'exposer les choses telles qu'il les sentait.

— ... mais n'oublie pas qu'un médecin de quartier doit avoir une réputation sans tache et qu'un jour, il se peut que l'on se mette à murmurer des choses en ce qui nous concerne.

Il hocha la tête et me dit qu'il y avait déjà pensé. Cette fois, il allait se tourner vers la recherche. Il n'aurait pas affaire à une clientèle susceptible de reconnaître en lui un Foxworth. Il avait d'ores et déjà amplement considéré la question. A moins de pouvoir apporter sa contribution dans quelque domaine, il finirait par perdre cette identité qui lui était indispensable. J'accrochai sur mes lèvres un joyeux sourire tout en me sentant le cœur gros car ce rêve d'aller s'installer à Hawaii avait été notre rêve à tous deux.

Et ce fut tendrement enlacés qu'une fois de plus nous franchîmes les portes de cette monstrueuse demeure aux mâchoires béantes.

Melodie s'étant cloîtrée dans sa chambre, nous ne trouvâmes que Joël, agenouillé dans sa petite pièce sans meubles, priant à la maigre lueur d'une chandelle.

— Où est Bart ? lui demanda Chris en promenant un regard circulaire, manifestement sidéré que l'on pût volontairement rester des heures et des heures dans un endroit si lugubre.

Joël fronça les sourcils puis esquissa un vague sourire

comme s'il venait de se rappeler qu'il lui fallait paraître aimable.

— Il est allé dans quelque bar, boire, comme il dit, à en rouler sous la table.

Je n'avais jamais connu à mon fils de telles habitudes. Devais-je attribuer leur apparition au remords d'avoir monté ce spectacle qui avait coûté à Jory ses jambes et sa carrière ? Ou à celui d'avoir fait fuir Cindy ? Bart pouvait-il même éprouver du remords ? Je n'en savais rien. Et j'étais également déconcertée de voir Joël arpenter la pièce, l'air terriblement fâché alors qu'il trouvait rarement à redire au comportement de Bart. Lorsque nous sortîmes de chez lui, il nous suivit comme il avait coutume de suivre mon cadet.

— Bart devrait se montrer plus raisonnable, maugréa-t-il. Je l'ai certes mis en garde contre de telles rencontres mais les bars sont pleins de prostituées et de filles de mauvaise vie.

— Dites-moi, Joël, lui demandai-je, intriguée par cette redondance. Quelle est la différence entre une fille de mauvaise vie et une prostituée ?

Il tourna vers moi ses yeux larmoyants puis, comme si la lumière l'aveuglait, les abrita de sa main noueuse.

— Vous moquez-vous, ma nièce ? La Bible mentionne ces deux termes ; il doit donc exister une différence.

— Peut-être une fille de mauvaise vie est-elle pire qu'une prostituée ? A moins que ce ne soit le contraire ? Est-ce là ce que vous voulez dire ? (La fixité de son regard disait assez que mes questions stupides le mettaient à la torture.) On parle aussi de putains, Joël, et, de nos jours, il est fréquemment question de tapineuses, de call-girls, de professionnelles... doit-on les situer entre les prostituées et les filles de mauvaise vie ? Ou est-ce au fond la même chose ?

Ses yeux rivés sur moi brillaient à présent du regard exalté d'un martyr.

— Vous ne m'aimez pas, Catherine. Pourquoi ne m'aimez-vous pas ? Que vous ai-je fait pour mériter votre défiance ? Si je n'avais pas le devoir de protéger Bart de ce qu'il y a de pire en lui, je quitterais cette demeure sur-le-champ en raison de votre attitude, quoique je sois plus un Foxworth que vous. (Son expression changea soudain et ses lèvres prirent un pli étrange.) Non, je retire ce que j'ai dit. C'est vous qui êtes deux fois le Foxworth que je suis.

Comme je le haïssais de me remettre cela en tête ! Et cependant, il s'était encore une fois arrangé pour que je me sente coupable, comme si j'avais délibérément ignoré le sens des messages silencieux qu'il m'avait délivrés par son regard. Je m'abstins de me défendre ou de protester contre le bien-fondé de l'allusion et Chris ne fit rien pour prévenir une situation à laquelle il sentait déjà que nous aurions tôt ou tard à faire face.

— Je ne sais pourquoi je me défie de vous, Joël, lui dis-je sur ce ton particulièrement aimable dont j'usais ordinairement avec lui. Peut-être est-ce le fait que vous ayez trop souvent le nom de votre père à la bouche qui me fait douter que vous soyez le moins du monde meilleur ou différent.

Sans autre réponse qu'un regard navré qui, je suppose, était feint, il nous tourna le dos et s'éloigna de sa démarche glissante, les mains de nouveau enfouies dans les manches de son invisible bure.

Ce soir-là, lorsque Melodie insista une fois de plus pour prendre son repas seule dans sa chambre, je pris ma décision. Quand bien même elle s'y refuserait, quand bien même j'aurais à me battre avec elle, j'allais l'emmener voir Jory à l'hôpital.

Je fis irruption dans sa chambre et la trouvai devant son dîner pratiquement intact, vêtue de cette même robe élimée qu'elle portait depuis des semaines. Sans dire un mot, j'écartai le plateau et sortis du placard sa plus adorable tenue d'été que je jetai sur le lit.

— Maintenant, Melodie, douche, shampooing, puis tu t'habilles... et on va voir Jory ce soir, que tu le veuilles ou non.

Elle se leva d'un bond et, avec des gestes hystériques, s'écria qu'elle ne pouvait pas encore y aller, qu'elle n'était pas prête et que je ne pouvais pas l'obliger à faire ce qu'elle n'avait pas envie de faire. Je n'en tins aucun compte et, criant encore plus fort, lui rétorquai qu'elle ne serait sans doute jamais prête et que, de toute façon, elle pouvait invoquer n'importe quel prétexte, elle irait quand même.

— Il n'est pas question que je bouge d'ici ! hurla-t-elle en reculant devant moi, très pâle.

Puis elle se mit à sangloter et me supplia de lui accorder un peu plus de temps pour se faire à l'idée que Jory était infirme. Je lui répondis qu'elle avait largement eu le temps. Tout le monde s'était fait à cette idée, moi, Chris, Cindy... en outre, elle pouvait toujours faire semblant ; n'était-elle pas une professionnelle censée avoir l'habitude de jouer un rôle ?

Il me fallut littéralement traîner Melodie jusqu'à la douche et l'y maintenir lorsqu'elle prétendit vouloir prendre un bain. Je savais très bien ce que donnait Melodie dans une baignoire. Elle y aurait macéré jusqu'à en avoir la peau toute plissée et nous ne serions jamais arrivées à la clinique avant la fin des heures de visite. J'attendis donc devant la douche en lui disant de se dépêcher. Elle en sortit, enveloppée dans une serviette, toujours en sanglots, et avec des yeux qui imploraient grâce.

— Cesse de chialer ! lui ordonnai-je en l'asseyant sur le tabouret de la coiffeuse. Je vais te passer les cheveux au séchoir pendant que tu te maquilles... et tâche de faire du bon boulot en me cachant ces poches rouges que tu as sous les yeux car rien ne saurait échapper à Jory. Tu vas devoir le convaincre que ton amour pour lui est resté inchangé.

Inlassablement, je lui parlai pour la persuader qu'elle trouverait les mots justes, les expressions à prendre, tout en continuant de sécher sa belle chevelure de miel dotée d'un lustre superbe, d'une blondeur autrement plus riche que la mienne. Pas de reflets roux dans mes cheveux de lin, ni cette texture épaisse et fournie.

Une fois que je l'eus habillée, je projetai sur elle un soupçon du parfum que préférait Jory, cependant qu'elle restait figée comme si la suite du programme lui était inconnue. Puis, je la poussai vers la porte.

— Allez, Melodie, on y va maintenant. Ce ne sera pas si terrible. Il t'aime et tu lui manques. Une fois que tu seras là-bas, tu sauras d'instinct ce qu'il faut dire ou faire. J'en ai la certitude parce que tu l'aimes.

Très pâle sous le maquillage, elle me fixa de ses grands yeux tristes comme si elle avait des doutes qu'elle préférait ne pas réveiller.

Entre-temps, Bart était rentré de ce bar où l'on avait accepté de lui servir assez de verres pour qu'il en eût les jambes flageolantes et les yeux qui refusaient obstinément d'être en face des trous. Il s'écroula dans un fauteuil et, dans l'ombre derrière lui, se matérialisa Joël, aussi voûté qu'un palmier à l'agonie.

— Vous allez où ? s'enquit Bart d'une voix pâteuse alors que je poussais Melodie dans le couloir qui menait directement au garage avec l'espoir qu'il ne nous verrait pas.

— A l'hôpital, lui répondis-je sans m'arrêter. D'ailleurs, j'estime qu'il est grand temps que tu refasses une visite à ton frère, Bart. Pas ce soir mais dès demain. Et achète-lui quelque chose qui le distraie... ça le rend fou de passer ses journées sans rien avoir à faire.

— Melodie, vous n'êtes pas obligée d'y aller si vous n'avez pas envie, dit-il en se remettant péniblement debout. Ne vous laissez pas bousculer par mon dragon de mère.

Tremblante, elle se retourna pour l'implorer d'un muet regard. Sans ménagement, je la poussai jusqu'au garage et la fis monter de force dans la voiture.

Bart apparut, chancelant, dans le pinceau des phares et cria à Melodie qu'il la sauverait... puis il perdit son frêle équilibre et bascula. J'enfonçai le bouton qui commandait l'ouverture de l'une des portes de ce vaste garage et fis marche arrière pour en sortir.

Tout au long du trajet vers Charlottesville et alors même que je me garais sur le parking de la clinique, Melodie ne cessa de trembler, de sangloter et de tenter de me convaincre qu'elle allait faire plus de mal que de bien à Jory. Et moi, dans le même temps, j'essayais de lui redonner confiance et de la persuader qu'elle allait très bien maîtriser la situation.

— Tu vas pénétrer dans cette chambre avec le sourire, Melodie. Retrouve cette noblesse de port, cette allure de princesse que nous t'avons toujours connues. Et, lorsque tu seras à son chevet, penche-toi vers lui et embrasse-le.

Elle hocha la tête en se mordant les lèvres comme une enfant terrorisée.

Je lui fourrai dans les bras les roses que j'avais achetées, ainsi que divers petits cadeaux joliment emballés auxquels j'avais joint celui qu'elle avait eu l'intention d'offrir à Jory à l'issue de la tragique soirée d'anniversaire.

— Bon, maintenant tu lui dis que si tu n'es pas venue avant, c'est que tu ne te sentais pas bien, que tu étais toujours à moitié endormie ou nauséeuse. Tu peux même, si ça te chante, lui déballer tous tes petits soucis, mais pas la moindre allusion au fait que tu n'éprouves plus envers lui les sentiments d'une épouse.

Tel un robot, elle hocha la tête avec raideur en pressant le pas pour rester à ma hauteur.

Au moment même où nous quittions l'ascenseur sur le palier du sixième étage, Chris déboucha du couloir. Une expression radieuse apparut sur son visage lorsqu'il vit Melodie près de moi.

— C'est fantastique, Melodie, lui dit-il en la serrant un instant dans ses bras avant de se tourner vers moi. Je suis sorti tout à l'heure acheter à dîner pour Jory et du même coup pour moi. Il a bu tout son lait mais n'a mangé que deux bouchées de la tourte. Pourtant, d'habitude, il adore la tourte. Melodie, si tu pouvais t'arranger pour lui en faire avaler un peu plus. Il perd rapidement du poids et cela m'inquiète.

Toujours frappée de mutisme, elle hocha la tête, fixant de ses grands yeux vides la porte 606 comme si c'était l'antichambre de la chaise électrique. Chris lui donna une petite tape affectueuse dans le dos, m'embrassa et s'éloigna à grands pas.

— Je vais aller parler un peu avec les médecins puis je vous rejoindrai et nous rentrerons ensemble. Je te suivrai avec la voiture.

Il m'était parfaitement impossible de me sentir rassurée tandis que je poussais Melodie vers la porte close de la chambre de Jory qui était obsédé par la nécessité qu'elle fût fermée en permanence afin que nul ne pût voir un ex-premier danseur gisant impuissant sur son lit. Je frappai d'abord un coup puis deux autres plus brefs, notre signal, et dit :

— Jory, c'est moi, ta mère.

— Entre, maman, répondit-il avec plus de chaleur dans la voix qu'à l'accoutumée. Papa m'a dit que tu allais te montrer d'une minute à l'autre. J'espère que tu m'as apporté un bon livre. J'ai fini...

Il s'interrompit brutalement, le regard rivé sur Melodie que je venais de pousser devant moi dans la chambre.

Comme j'avais au préalable téléphoné à Chris pour lui parler de mon projet, celui-ci avait aidé Jory à s'extirper de l'informe tenue fournie par la clinique pour revêtir un pyjama de soie bleue. Il s'était rasé de près et, pour la première fois depuis l'accident, avait fait monter le coiffeur pour faire rectifier la coupe à l'emporte-pièce de Samson. Depuis cette horrible nuit, je ne lui avais jamais vu aussi bonne mine.

Il esquissa un sourire et je vis s'embraser dans ses yeux la joie de la revoir.

Elle resta plantée là où je l'avais poussée, incapable de faire un pas de plus vers le lit et le sourire de Jory se figea, la flamme d'espoir diminua dans ce regard qui cherchait celui de son épouse. Elle s'obstina à ne pas le regarder en face et, bien vite, le sourire s'évanouit... la flamme d'espoir vacilla un bref instant avant de s'éteindre. Ce furent des yeux morts qui retournèrent se fixer sur le mur de la chambre.

Immédiatement, j'avançai vers le lit en poussant Melodie devant moi avant de faire un pas de côté pour voir l'expression qu'arborait son visage. Elle resta encore une fois enracinée au plancher, les bras chargés de roses rouges et de cadeaux, parcourue de frissons comme un tremble par grand vent. Je lui décochai un coup de coude et murmurai entre mes dents :

— Dis quelque chose.

— Bonsoir, Jory, fit-elle d'une petite voix chevrotante, le désespoir dans les yeux. (Je lui donnai une nouvelle bourrade pour la faire avancer vers le lit.) Je t'ai apporté des roses...

Le visage de mon fils resta tourné vers le mur.

Encore une fois, mon coude s'enfonça dans les côtes de son épouse et je me dis que je devrais peut-être les laisser seuls. Mais j'avais bien trop peur qu'elle n'en profitât pour tourner les talons et s'enfuir à toutes jambes.

— Je suis désolée de ne pas t'avoir rendu visite avant, reprit-elle en avançant centimètre par centimètre vers le lit. J'ai aussi apporté des cadeaux... des choses dont ta mère m'a dit que tu avais besoin.

Il se retourna brusquement vers elle, des éclairs de rage dans son regard bleu nuit.

— Et c'est aussi ma mère qui t'a forcée à venir, hein ? Alors, maintenant, quel motif as-tu de rester ? N'as-tu pas livré tes roses et tes cadeaux ? Alors, fous le camp !

Melodie lâcha brusquement les roses et les cadeaux qui s'éparpillèrent sur le lit et sur le plancher. Puis elle se mit à pleurer en s'efforçant de saisir la main de Jory, une main qu'il s'était empressé d'enfouir sous lui.

— Je t'aime, Jory... je suis désolée, sincèrement désolée...

— Je ne doute pas une seule seconde que tu sois désolée ! hurla-t-il. Sincèrement désolée, comme tu dis, d'avoir vu s'effondrer d'un bloc le féerique édifice du romanesque et de te retrouver coincée avec un infirme pour mari ! Mais tu n'es pas coincée, Melodie ! Dès demain tu peux faire tes valises et remplir un formulaire de demande en divorce !

Tout en reculant vers la porte, je me sentais envahie de pitié pour lui... et pour elle. Je m'éclipsai en douceur mais laissai la porte juste assez entrouverte pour continuer de voir et d'entendre ce qui se passait. J'avais tellement peur que Melodie ne profitât de l'occasion pour partir ou qu'elle ne commît un impair qui tuerait en lui le désir de vivre. Je restai donc prête à intervenir.

Une par une, Melodie ramassa les roses puis elle prit le vase et, après en avoir jeté le contenu de fleurs fanées dans la poubelle, alla changer l'eau dans le petit cabinet de toilette attenant à la chambre. Elle revint ensuite arranger les roses en bouquet, soigneusement, avec une infinie lenteur, comme si elle y voyait un répit aux souffrances qu'elle lui infligeait. Lorsqu'elle eut terminé, elle revint vers le lit et ramassa les trois cadeaux.

— Tu ne veux pas les ouvrir ? lui demanda-t-elle d'une voix presque inaudible.

— Je n'ai besoin de rien, se contenta-t-il de répondre, de nouveau tourné vers le mur, si bien qu'elle ne voyait de lui que ses boucles brunes au-dessus de la veste de pyjama.

— Pourtant, reprit-elle, puisant quelque part en elle le courage de le faire, je crois que ce qu'ils contiennent te plaira. Je t'ai souvent entendu dire que tu voulais...

— Tout ce que j'ai jamais voulu, c'est de pouvoir danser jusqu'à l'âge de quarante ans. Maintenant qu'il n'en est plus question, je n'ai plus besoin d'une épouse ni d'une partenaire de ballet. Je n'ai plus besoin ni envie de rien.

Elle posa les paquets sur le lit et resta debout à tordre ses fines mains blanches cependant que de silencieuses larmes commençaient à rouler sur ses joues.

— Je t'aime, Jory, dit-elle d'une voix étranglée. Je voudrais tant agir comme il faut mais je n'ai ni le courage de ta mère ni celui de ton père et c'est pour cette raison que je n'étais pas encore venue te voir. Ta mère aurait voulu que je te dise que j'étais malade et que je ne pouvais me permettre de sortir, mais ce n'est pas vrai, j'aurais pu venir. Je ne suis restée là-bas que pour pleurer et me bercer de l'espoir que je viendrais un jour lorsque j'aurais fini par trouver en moi la force de sourire. Mais j'ai honte de ma faiblesse, honte de n'avoir rien fait pour toi lorsque tu avais le plus besoin de moi... d'autant que plus je retardais le moment de venir, plus cela s'avérait difficile. Je craignais que tu ne veuilles pas me parler, que tu ne veuilles pas me regarder, et je me suis montrée idiote de m'attirer ainsi ta haine. Je ne veux pas le divorce, Jory. Je suis toujours ta femme. Chris m'a emmenée chez un gynécologue, hier, et notre bébé a une croissance normale.

Elle s'interrompit et approcha une main hésitante de son bras. Je vis Jory s'agiter dans son lit comme si cette main le brûlait mais il ne retira pas son bras... ce fut la main de Melodie qui, soudain, se rejeta brusquement en arrière.

De mon poste d'observation dans le couloir, je distinguais assez du visage de Jory pour savoir qu'il pleurait tout en faisant de son mieux pour que sa femme ne s'en aperçût pas. Et des larmes me montèrent aux yeux tandis que je me sentais de plus en plus mauvaise conscience à les espionner ainsi. Pourtant, je ne pouvais me résoudre à m'éloigner de cette porte alors que, jadis, je ne m'étais éloignée du chevet de Julian que pour le retrouver mort le lendemain. Tel père, tel fils, tel père, tel fils, roulaient les sinistres tambours de la peur dans ma tête.

De nouveau, elle avança la main vers Jory, pour lui toucher les cheveux cette fois.

— Ne te détourne pas de moi, Jory. Regarde-moi. Montre-moi que tu ne m'en veux pas de ne pas avoir été là quand tu en avais le plus besoin. Crie-moi dessus, frappe-moi, mais ne fais pas comme si je n'existais plus pour toi. Je me sens nouée de partout ; je ne puis plus dormir la nuit, j'ai l'impression que j'aurais dû faire quelque chose pour t'empêcher de danser ce ballet. Je l'ai toujours détesté mais je ne voulais pas te le dire parce que tu en avais signé la chorégraphie. (Elle essuya ses larmes puis se laissa tomber à genoux près du lit et posa la tête sur la main de Jory qu'elle avait fini par saisir.) Nous pouvons encore nous construire une vie tous les deux, reprit-elle à voix si basse que ce fut à peine si elle parvint à mes oreilles. Tu me diras ce qu'il faut faire. Où tu iras, j'irai... dis-moi seulement que tu veux me voir rester.

Peut-être parce qu'il se savait assuré de ne pas voir le visage de Melodie dont il sentait la joue mouillée de larmes contre sa main, Jory tourna la tête et posa sur son épouse un regard tragique et torturé. Puis il s'éclaircit la gorge.

— Je ne veux pas te voir rester si cette vie commune doit être un fardeau pour toi. Tu peux toujours retourner à New York et devenir la partenaire d'autres danseurs. Ce n'est pas parce que je suis infirme que tu dois l'être aussi. Tu as ta carrière à suivre et tu dois recueillir le fruit de ces longues années de travail acharné. Va, Mel, et avec ma bénédiction... Je n'ai plus besoin de toi, maintenant.

Mon cœur en pleura des larmes de sang, tant je le savais convaincu du contraire.

Elle leva vers lui son visage au maquillage dévasté par les pleurs.

— Comment pourrais-je vivre seule, Jory ? Je veux rester. Je ferai de mon mieux pour être une bonne épouse.

Puis elle s'interrompit et je me dis que son minutage était déplorable, atrocement déplorable. Elle lui donnait le temps de penser qu'il n'avait nul besoin d'une épouse, simplement d'un garde-malade et d'une mère de remplacement pour son enfant.

Je fermai les yeux et me mis à prier. « Mon Dieu, faites qu'elle trouve les mots justes ! » Pourquoi ne lui disait-elle pas que, sans lui, la danse n'aurait plus le moindre sens et que seul comptait pour elle le bonheur de Jory. « Melodie, Melodie, persuade-le du peu d'importance de son handicap, dis-lui quelque chose qui lui fasse comprendre que ce que tu aimes en lui c'est l'homme qu'il ne saura jamais cesser d'être ! » Mais elle ne dit rien de pareil.

Elle ne fit qu'ouvrir les paquets et lui montra les cadeaux tandis qu'il la regardait avec des yeux de plus en plus tristes.

Il la remercia du best-seller qu'elle lui avait apporté (c'était en fait moi qui l'avais choisi) et du nécessaire à barbe de voyage avec ses trois sortes de rasoirs — sabre, électrique et mécanique —, son blaireau monté sur argent massif et son petit miroir circulaire dont la ventouse de fixation était garantie pour tout support. Le nécessaire comprenait également un adorable coffret d'argent pour le savon, l'eau de Cologne et l'after-shave. Elle ouvrit enfin le troisième paquet, révélant une boîte d'aquarelles grand modèle. Dès que Jory serait rentré à Foxworth Hall, Chris lui apprendrait cette technique de peinture qui, depuis des années, constituait son passe-temps. Jory fixa longtemps sur ce dernier cadeau un regard néanmoins dénué de toute lueur d'intérêt puis il détourna les yeux.

— Tu as bon goût, Mel.

Elle baissa la tête en une sorte d'acquiescement.

— Y a-t-il autre chose dont tu aies besoin ?

— Non. Juste que tu me laisses. J'ai sommeil. Cela me fait plaisir de te revoir, mais je me sens très fatigué.

Elle rebroussa chemin vers la porte, hésitante cependant. Mon cœur versait des larmes de sang. Comment cet amour passionné qu'ils avaient vécu jusqu'à l'accident avait-il été si vite emporté dans cette débâcle morale qui était à présent leur lot ?

Je choisis ce moment pour rentrer dans la chambre.

— J'espère ne pas être une intruse mais je crois que Jory est un peu fatigué, Melodie. (Et je tournai alternativement vers chacun le plus enjoué des sourires.) Toi, mon fils, attends donc de voir ce que nous avons préparé pour ton retour. Il se peut que la peinture ne t'intéresse pas pour l'instant mais je suis sûre qu'il n'en sera pas de même sous peu. De toute manière, d'autres trésors t'attendent à la maison. Je sais que tu ne vas pas y tenir mais je m'obstinerai à ne rien dévoiler à l'avance. Tout cela est censé constituer une énorme surprise pour fêter ton retour. (Je me précipitai pour l'embrasser, ce qui n'était guère facile avec le plâtre. Je lui couvris les joues de baisers, lui ébouriffai les cheveux et serrai ses doigts dans ma main.) Ne t'inquiète pas, mon chéri, tout ira bien, lui chuchotai-je à l'oreille. Elle finira par s'y faire, tout comme toi. Elle essaye déjà, et si elle ne dit pas tout à fait ce que tu voudrais entendre, c'est qu'elle est encore sous le choc.

— Bien sûr, maman, bien sûr, me répondit-il avec un petit sourire ironique. Elle m'aime toujours autant que lorsque je pouvais marcher et danser. Rien n'a changé. Rien d'essentiel.

Melodie attendait déjà dans le couloir, aussi n'entendit-elle pas les derniers mots de Jory. Tout au long du trajet qui nous ramenait à Foxworth Hall, elle ne cessa de répéter :

— Oh, mon Dieu, mon Dieu... oh, mon Dieu !... qu'allons-nous faire ?

— Ce que tu as fait aujourd'hui était déjà très bien, Melodie, très bien. Et, la prochaine fois, tu feras encore mieux.

Une semaine s'écoula et Melodie fit effectivement mieux lors de sa seconde visite et encore mieux lors de la troisième. Sachant à présent qu'elle n'avait rien à gagner à se montrer rebelle, elle m'obéissait lorsque je lui disais d'y aller.

Un jour que j'étais occupée à me passer les cils au mascara devant la longue glace de ma coiffeuse, je vis soudain s'y refléter un Chris à la mine particulièrement réjouie.

— J'ai une grande nouvelle à t'annoncer. La semaine dernière, j'ai été à l'université voir les gens du département de Médecine et je leur ai posé ma candidature pour travailler dans leur groupe de recherches sur le cancer. En examinant mon dossier, ils se sont bien sûr aperçus que je n'avais fait de la biochimie qu'en amateur à mes moments perdus. Néanmoins, je ne sais pourquoi, certaines de mes réponses ont paru leur plaire et ils m'ont demandé de me joindre à eux. Cathy, je suis fou de joie d'avoir enfin quelque chose à faire. Bart est d'accord pour que nous restions ici autant que nous le voudrons, ou jusqu'à ce qu'il se marie. J'ai parlé avec Jory et il veut rester près de nous. Son appartement de New York est si petit. Ici, il disposera de larges couloirs et de grandes pièces qui seront très pratiques pour son fauteuil roulant. Pour l'instant, il ne veut pas en entendre parler mais il changera d'avis quand il n'aura plus son plâtre.

L'enthousiasme de Chris était contagieux. Je voulais le voir heureux, avec quelque chose qui le sorte des problèmes posés par Jory. Je me levai pour gagner la penderie mais il me ramena sur ses genoux pour peaufiner son histoire. Une partie de ce qu'il dit me passa largement au-dessus de la tête car il avait tendance à glisser dans le jargon médical qui pour moi était toujours de l'hébreu.

— Seras-tu heureux, Chris ? C'est important pour toi que tu fasses ce que tu veux de ta vie. Le bonheur de Jory est important lui aussi, mais je ne voudrais pas que nous restions dans cette maison si Bart doit continuer à être aussi désagréable avec toi. Parlons franc... es-tu prêt à supporter

Bart rien que pour que Jory dispose d'un endroit parfait où habiter ?

— Catherine, mon amour, je ne peux qu'y être heureux aussi longtemps que tu y seras. Bart, je l'ai supporté pendant tant d'années, je peux bien continuer aussi longtemps que ce sera nécessaire. Quant à Jory, je sais bien grâce à qui il verra le bout de cette période traumatisante. Je puis certes être de quelque secours, mais son rayon de soleil, c'est toi, tes bavardages sur tout, tes manières primesautières, tes brassées de cadeaux et cette façon que tu as de lui certifier que tout va s'arranger avec Melodie. Tout ce que tu dis est parole d'évangile pour lui.

— Mais tu ne vas pas cesser de faire des allées et venues et il n'aura pratiquement pas l'occasion de te voir.

— Hé là, cesse de faire cette tête. Je rentrerai chaque soir et je tâcherai d'être le plus souvent ici avant la nuit.

Et il m'expliqua qu'il n'avait pas besoin d'être au labo avant dix heures, ce qui nous laisserait largement le temps de profiter du petit déjeuner ensemble. Il n'y aurait pas ces appels de nuit pour des urgences, nos week-ends seraient à nous et nous aurions un mois de congés payés, quoique l'argent n'eût pas grande importance pour nous. Et nous irions à des congrès où je pourrais rencontrer des gens avec des idées nouvelles sur les choses, le genre que je préférais.

Sans cesse, il chanta les louanges de ce qu'il allait entreprendre, finissant par me faire accepter ce qu'il paraissait vouloir très fort. Cette nuit-là, dans les bras de Chris, je me rongeai néanmoins les sangs en souhaitant que nous ne soyons jamais venus dans cette maison qui recelait tant d'horribles souvenirs et avait été la cause de tant de malheurs.

Vers minuit, renonçant à trouver le sommeil, j'allai m'installer dans le petit salon attenant à notre chambre et repris le tricot qui était censé se terminer en petit bonnet de mohair blanc. Je me pris presque pour ma mère tant je tricotai avec fureur au point de ne jamais pouvoir déposer mes aiguilles. Comme elle, je ne pouvais jamais laisser quelque chose avant de l'avoir fini.

J'entendis gratter à la porte puis Melodie me demanda si elle pouvait entrer. Ravie d'avoir sa visite, je répondis :

— Evidemment, entre. Je suis contente que tu aies vu la lumière sous ma porte. J'étais justement en train de penser à Jory et à toi tout en tricotant, et tu sais comme je suis, jamais fichue de m'arrêter une fois que j'ai démarré quelque chose !

Elle vint s'asseoir près de moi sur l'ottomane et le flottement que je sentis en elle me mit illico la puce à l'oreille. Elle jeta un œil sur mon tricot puis regarda ailleurs :

— J'ai besoin de parler à quelqu'un, Cathy, à quelqu'un de bon conseil, comme vous.

On aurait dit une petite fille et elle me donnait soudain l'impression d'être encore plus jeune que Cindy. Je déposai mon ouvrage pour la prendre dans mes bras.

— Pleure, Melodie, ne te gêne pas. Tu as largement de quoi pleurer. Je me suis montrée dure avec toi, j'en ai conscience.

Elle posa la tête sur mon épaule et se mit à sangloter sans retenue.

— Aidez-moi, Cathy. Je vous en prie, aidez-moi. Je ne sais plus quoi faire. Je ne cesse de penser à Jory et à l'horreur de ce qu'il endure. Lorsque je me regarde, je m'aperçois combien je suis dépassée par la situation. Je vous ai détestée de me forcer à lui rendre visite mais, maintenant, je suis contente que vous l'ayez fait. Aujourd'hui, j'y suis allée seule et il a souri comme si cela prouvait quelque chose pour lui. Je sais que je me suis montrée puérile et d'une faiblesse inexcusable mais je n'en continue pas moins à me forcer chaque fois que je dois rentrer dans sa chambre. J'ai horreur de le voir couché sur ce lit, incapable de remuer plus que sa tête et ses bras. Je l'embrasse, je lui prends la main, mais dès que je commence à parler d'autre chose que de la pluie et du beau temps, il se tourne vers le mur et refuse de me répondre. Oh, Cathy... vous avez beau penser qu'il est en train de se faire à son infirmité, je continue de croire qu'il ne pense qu'à mourir... et c'est ma faute, c'est ma faute !

J'en ouvris grand les yeux de surprise.

— Ta faute ? Comment serait-ce ta faute ? C'était un accident, tu n'as rien à te reprocher.

— Vous ne pouvez pas comprendre ! C'est si terrible que j'en suis hantée par le remords. Nous n'aurions pas dû être ici, dans cette demeure maudite ! Jory ne voulait pas que nous ayons de bébé pendant plusieurs années encore. Avant de nous marier, il m'avait fait promettre que nous ne songerions pas à fonder une famille si nous n'avions pas tenu le haut de la scène pendant au moins dix ans... et j'ai délibérément manqué à ma parole en arrêtant de prendre la pilule. Je voulais un premier enfant avant d'avoir trente ans. J'ai tenu le raisonnement qu'une fois le bébé conçu, il n'irait pas me demander d'avorter. Mais lorsque je lui ai annoncé que j'étais enceinte, il est entré dans une rage noire et il a exigé que j'avorte.

— Oh, non...

J'étais secouée de m'apercevoir que je ne connaissais pas aussi bien Jory que je l'aurais cru.

— N'allez pas le blâmer ; c'était moi la fautive. La danse était son univers, reprit-elle sur le même débit précipité mais d'une voix pantelante comme si elle venait de passer des semaines à courir la montagne. Je n'aurais jamais dû faire ce que j'ai fait. Je lui ai dit que j'avais simplement oublié de la prendre. Pourtant, dès le premier jour de notre mariage, j'avais su que la danse venait en premier et que, pour lui, je n'occupais que la seconde place. Il ne m'a jamais menti, ne m'a jamais laissé croire autre chose, et pourtant il m'aimait. Alors, c'est parce que j'étais enceinte qu'il a fait annuler notre tournée, que nous sommes venus ici... et regardez, Cathy, regardez ce qui est arrivé ! C'est injuste, injuste ! En ce jour précis, nous devrions être à Londres s'il n'y avait eu ce bébé. Il serait sur scène, en train de saluer sous un déluge d'applaudissements et de fleurs, ce pourquoi il est né. Je l'ai berné... et c'est ce qui a entraîné son accident. Qu'est-ce qu'il va devenir maintenant ? Comment puis-je lui rendre ce que je lui ai volé ?

Elle tremblait de tous ses membres entre mes bras. Que pouvais-je lui dire ? Je me mordis la lèvre ; j'étais au désespoir pour elle, au désespoir pour Jory. Nous étions si semblables en un sens, car moi aussi j'avais causé la mort de Julian en l'abandonnant en Espagne... et le reste avait suivi. Le mal n'avait pas été délibéré... j'avais simplement fait ce qui me paraissait juste, tout comme Melodie.

Qui a jamais compté les fleurs qu'il tue en arrachant les mauvaises herbes ? Je secouai la tête et m'extirpai des abîmes d'hier pour retourner à l'instant présent.

— Melodie, Jory est aussi épouvanté que toi devant l'avenir, plus même, et avec raison. Tu n'as rien à te reprocher. Maintenant que ce bébé est en route, il en est visiblement heureux. Bien des hommes poussent des hauts cris quand leur femme exprime le désir d'avoir un enfant, mais lorsqu'ils voient ce qu'ils ont aidé à créer, ils s'inclinent de gaieté de cœur. Maintenant, il est comme toi, il passe son temps à se demander ce que votre mariage va devenir à présent qu'il ne peut plus danser. C'est lui, l'infirme, ne l'oublie pas. C'est lui qui va devoir faire face à la vie de tous les jours en sachant qu'il ne pourra plus s'asseoir dans un fauteuil normal ou se lever quand il en aura envie, qu'il ne pourra plus faire de promenade sous la pluie ou courir dans les prés, qu'il ne pourra même plus aller aux toilettes comme tout le monde.

» Et tous ces petits détails de la vie quotidienne qui allaient de soi vont se mettre à lui poser des difficultés quasi insurmontables. Pense donc à ce qu'il était. C'est un coup terrible pour son orgueil. Maintenant, écoute-moi bien. Cet après-midi, quand j'étais avec lui, il m'a dit qu'il allait faire un gros effort pour remonter la pente et retrouver le moral. Et je sais qu'il y arrivera. S'il consent à faire cet effort, c'est en grande part grâce à l'aide que tu lui apportes en venant le voir et en restant auprès de lui. Car, chaque fois, tu lui donnes la preuve que tu l'aimes encore.

Pourquoi s'arrachait-elle à mes bras, détournait-elle son visage ? Je la vis essuyer nerveusement ses larmes puis se moucher et tenter de retrouver la maîtrise d'elle-même.

— Je ne sais pourquoi, mais je n'arrête pas de faire des cauchemars épouvantables. Je me réveille avec la certitude qu'un événement plus terrible encore va se produire. Cette maison a quelque chose de bizarre, quelque chose d'étrange et d'effrayant. Lorsque tout le monde est parti, que Bart est dans son bureau et Joël en prière dans cette vilaine pièce nue où il passe les trois quarts de son temps, je reste couchée sur mon lit et j'ai l'impression d'entendre la maison chuchoter. C'est comme si elle m'appelait. J'entends le vent, et c'est comme s'il voulait me dire quelque chose. J'entends le plancher craquer devant ma porte et je me précipite pour l'ouvrir... mais il n'y a personne, il n'y a jamais personne. Je mets cela sur le compte de l'imagination mais, comme c'est parfois le cas pour vous, m'avez-vous dit, j'entends si souvent des choses qui ne sont pas réelles. Suis-je en train de devenir folle, Cathy ?

— Oh, Melodie, murmurai-je en essayant de la reprendre dans mes bras, mais elle m'échappa en glissant à l'autre bout du canapé.

— Cathy, pourquoi cette maison est-elle différente ?

— Différente de quoi ? fis-je, mal à l'aise.

— De toutes les autres maisons. (Elle jeta un regard craintif vers la porte donnant sur le couloir.) Ne sentez-vous pas, n'entendez-vous pas cette maison respirer comme une chose vivante ? (Mes yeux s'élargirent sous le coup d'un frisson qui dépouilla mon charmant petit salon de toute intimité, de tout confort. Le souffle régulier de Chris me parvint faiblement de la chambre. Melodie, d'ordinaire si peu diserte, reprit son discours précipité :) Cette maison se sert des gens qui l'habitent pour vivre à jamais. Elle est comme un vampire, elle nous suce la vie. Je voudrais qu'elle n'ait jamais été restaurée. Ce n'est pas une maison neuve. Elle est là depuis des siècles. Seuls les papiers peints, les peintures et les meubles sont neufs, mais ces escaliers dans le hall que je n'ai jamais pu monter ou descendre sans y croiser des fantômes...

Je sentais la paralysie me gagner.

Ce qu'elle disait n'était que trop vrai. J'entendais cette maison respirer ! Je tentai de me secouer pour retourner au réel.

— Ecoute, Melodie, Bart était encore tout petit lorsque ma mère a fait entreprendre la reconstruction de Foxworth Hall. Avant sa mort, le gros œuvre était achevé mais il restait encore des choses à faire à l'intérieur. A la lecture du testament, lorsque nous avons appris qu'elle laissait la maison à Bart en désignant Chris comme administrateur, nous avons estimé que ce serait du gaspillage de ne pas la finir. Chris et notre avoué ont donc pris contact avec les architectes et les entrepreneurs pour qu'il ne restât plus qu'à la meubler. Pour cela, il fallut attendre en fait que Bart profitât de ses vacances scolaires pour diriger les décorateurs dans le style d'antan. Mais je crois que tu as raison. Moi aussi je voudrais que cette maison n'ait jamais été relevée de ses cendres...

— Il se peut que votre mère ait su que Bart avait besoin de cette maison pour asseoir sa confiance en lui. Elle est si imposante. Vous avez dû remarquer à quel point il a changé. Il n'a plus rien du petit garçon qui se cachait dans l'ombre ou se tapissait derrière les arbres. Il est le maître ici. Il se comporte comme un baron sur ses domaines. Ou plutôt, devrais-je dire, comme le roi des Montagnes car il est si riche, si immensément riche... (« Non, pas encore... pas encore », pensai-je, néanmoins troublée par ce qu'elle venait de me dire dans un chuchotement frêle. Je ne voulais pas voir Bart abuser de son pouvoir comme un seigneur médiéval. Elle poursuivit :) Bart est heureux, Cathy, extraordinairement heureux. Bien sûr, il est désolé de ce qui est arrivé à Jory mais, en outre, lorsqu'il a téléphoné à ses hommes de loi pour leur demander pourquoi ils reportaient toujours à plus tard la lecture du testament de sa grand-mère, ils lui ont répondu que toutes les personnes mentionnées dans celui-ci devaient être présentes. Ils attendent donc que Jory soit rentré de la clinique. La lecture aura lieu dans le bureau de Bart.

— Comment se fait-il que tu en saches tant sur les affaires de Bart ? lui demandai-je sèchement, soudain remplie de soupçons concernant les longs moments qu'elle passait seule dans cette maison avec mon fils cadet... et avec ce vieillard qui restait la plupart du temps dans cette minuscule pièce nue dont il se servait comme chapelle. (Joël aurait eu grand plaisir à voir Jory mort si Bart avait dû en retirer une quelconque satisfaction. A ses yeux, un danseur n'était pas meilleur que le pire des pécheurs, avec sa façon de s'offrir aux regards des femmes et de gambader sur une scène vêtu d'un simple pagne.) Etes-vous donc souvent ensemble ?

Elle se leva tout de suite.

— Je me sens fatiguée, Cathy. Je vous en ai assez dit pour que vous me croyiez folle. Toutes les futures mères font-elles de tels rêves ? En faisiez-vous ? Je crains aussi que mon bébé ne soit pas normal avec tout ce mauvais sang que je me suis fait pour Jory.

Je la rassurai comme je pouvais en dépit du malaise que j'éprouvais moi-même et, plus tard dans la nuit, alors que je m'étais recouchée près de Chris, je me mis à faire des bonds dans le lit au gré des cauchemars dans lesquels je ne cessais d'entrer et sortir, si bien que Chris finit par se réveiller et me supplia de le laisser dormir. Je le pris par la taille et me plaquai contre son dos, m'accrochant à lui comme à cette planche de salut qu'il avait toujours été pour moi et qui m'avait empêchée de sombrer dans les eaux cruelles de Foxworth Hall.

Le retour du fils infirme

Finalement, les décorateurs dont j'avais requis les services pour refaire les appartements de Jory avaient achevé leur travail. Maintenant, tout était prêt pour que Jory pût jouir d'un cadre agréable, confortable et pratique. Avec Melodie à mes côtés, je vérifiai si tout avait été fait pour rendre ces pièces claires et gaies.

— Jory aime les couleurs vives et la lumière, à la différence de certains qui préfèrent les intérieurs sombres parce que ça fait plus riche, m'expliquait Melodie avec une étrange hantise dans le regard.

Evidemment, je savais qu'elle faisait allusion à Bart et je posai sur elle un œil perplexe en me demandant une fois de plus combien de temps ils passaient ensemble, de quoi ils parlaient et si Bart avait déjà fait des tentatives. J'étais certaine que le désir que je lisais dans les yeux de mon fils devait un jour ou l'autre l'amener à passer à l'action. Et quel meilleur moment que celui où Jory n'était pas là et où Melodie était en proie au manque ? Puis, ma vanne de sécurité se ferma... Melodie n'avait que mépris pour Bart. Elle pouvait certes éprouver le besoin de lui parler, mais c'était tout.

— Dis-moi ce que je puis encore faire pour t'aider, lui demandai-je, désireuse qu'elle s'impliquât le plus possible et se sentît ainsi utile. Je fus récompensée par un sourire qui, pour la première fois depuis longtemps, reflétait de la joie.

— Vous pouvez m'aider à faire le lit avec ces draps neufs, me répondit-elle.

Puis elle en déchira l'enveloppe de plastique et le geste fit tressauter ses seins déjà lourds. Son jean, en revanche, ne montrait encore qu'une légère rondeur.

Je me faisais autant de souci pour elle que pour Jory. Une future mère aurait eu besoin de manger plus, de boire du lait, de prendre des vitamines, et puis, il y avait cette manière dont elle était sortie presque du jour au lendemain de sa dépression. Je la voyais à présent complètement faite au triste sort de Jory. C'était certes ce que j'avais voulu mais je trouvais cela trop rapide et je craignais fort que ce ne fût illusoire.

Survint alors l'explication de cette sécurité retrouvée.

— Cathy, Jory va se rétablir et il dansera de nouveau. J'en ai rêvé la nuit dernière et mes rêves se réalisent toujours.

Je savais maintenant qu'elle allait faire comme moi dans les débuts : se convaincre de la guérison possible de Jory. Et c'était sur de telles illusions qu'elle allait fonder sa vie... et celle de Jory du même coup. J'allais lui répéter ce que Chris m'avait dit lorsque je reconnus dans le couloir le pas martelé de Bart. Il s'inscrivit dans l'encadrement de la porte et promena un regard furieux sur les sombres lambris maintenant peints en blanc pour faire ressortir les marines accrochées au mur. Il était aisé de voir qu'il n'appréciait pas le changement.

— C'est fait pour plaire à Jory, lui dis-je avant qu'il ne pût élever la moindre objection, tandis que Melodie restait muette à le regarder avec de grands yeux comme un gosse pris les doigts dans la confiture. Je sais que tu veux le bonheur de ton frère et personne n'aime plus que lui la mer avec son ressac, ses plages et ses mouettes. Alors, dans cette chambre, nous avons voulu mettre un peu d'écume et de sable de sorte qu'il ait le sentiment que les choses importantes dans sa vie continuent d'exister. Le ciel, la terre et la mer entre les deux. Il ne va rien lui manquer, Bart, il va avoir tout ce qu'il lui faut pour pouvoir continuer à vivre et à être heureux, et je pense que tu es content d'y avoir ta part.

Il avait les yeux fixés sur Melodie et ne m'écoutait qu'à moitié. Il ne semblait pouvoir les détacher de ses seins plus gros que pour étudier la courbe que le bébé donnait à son ventre.

— Melodie, vous auriez pu venir m'en parler avant de faire quoi que ce soit, c'est quand même moi qui paie la note.

J'avais l'impression de ne pas être là.

— Que non, lui répondit Melodie. Jory et moi, nous avons de l'argent... Nous pouvons payer ces transformations que nous avons entreprises... et nous ne pensions pas que vous y verriez d'objection, car vous sembliez soucieux du bonheur de Jory.

— Il ne sera pas nécessaire de me dédommager, dit Bart sur un ton étonnamment enjoué. Le jour du retour de Jory, mes avoués seront ici dans l'après-midi même et ils redonneront lecture du testament. Je connaîtrai alors l'étendue exacte de ma fortune. Je commence à en avoir sacrément marre que ce moment soit continuellement reporté.

— Bart, lui dis-je en venant m'interposer entre lui et Melodie, tu sais très bien pourquoi ils n'ont pas encore procédé à cette relecture du testament. Ils attendent que Jory soit là.

Il me contourna pour aller délibérément verrouiller son

regard sur les grands yeux tristes de la jeune femme. Et ce fut à elle qu'il s'adressa, et à elle seule.

— C'est à vous de me dire ce dont vous avez besoin, je vous le fais livrer sur l'heure. Et vous pouvez rester ici autant de temps qu'il vous plaira, Jory et vous.

Je les observais qui se regardaient dans le blanc des yeux par-dessus cinq ou six mètres de moquette en velours gris-bleu et Bart accentua soudain la pression des siens avant de dire sur un ton empreint d'une triomphante douceur :

— Ne vous faites pas trop de souci, Melodie. Pour Jory et pour vous, cette demeure est un toit définitif si vous en exprimez le désir. Je me fiche pas mal de ce que vous faites de ces pièces, l'important c'est que Jory s'y sente bien.

S'agissait-il de paroles de circonstance destinées à me satisfaire ou l'expression d'un plan conçu pour la séduire ? Pourquoi Melodie rougissait-elle en baissant les yeux sur ses chaussures ?

J'entendais de nouveau résonner dans ma mémoire comme des cloches lointaines ce que nous avait raconté Cindy. L'assurance prise pour les invités... Ce sable humide qui aurait dû être sec. Ce sable qui, au lieu de s'écouler des colonnes de carton-pâte, en avait fait des blocs de béton.

Voltigèrent aussi dans mes pensées des souvenirs de Bart lorsqu'il avait sept, huit, neuf ou dix ans...

J'voudrais bien avoir d'aussi belles jambes que Jory. J'voudrais bien pouvoir courir et danser comme Jory. Quand j'serai grand, j'dépasserai Jory en taille et j'serai plus fort que lui. Un jour. Un jour quand j'serai grand.

Tous ces vœux que marmonnait constamment Bart lorsqu'il était gosse, j'avais fini par ne plus y faire attention. Mais, plus tard, lorsqu'il était justement devenu plus grand...

Qui m'aimera jamais comme Melodie aime Jory ? Personne.

Je secouai la tête pour chasser ces indésirables réminiscences à propos d'un petit garçon dont la grande ambition avait été d'égaler la stature de son grand frère mille fois plus doué que lui. Mais pourquoi posait-il sur Melodie un tel regard de connivence ? Elle croisa ce regard et s'empressa de détourner la tête puis rougit de nouveau et fit prendre à ses mains la position classique adoptée par les danseurs pour détourner l'attention de l'acteur principal : leurs pieds. Sur scène, Melodie était sur scène, elle jouait un rôle.

Bart sortit de la pièce d'une démarche assurée, une démarche qu'il n'avait jamais eue enfant. Je me sentais navrée qu'il eût attendu de ne plus être dans l'ombre de Jory pour maîtriser la coordination de ses mouvements. Me libérant de cette pensée par un soupir, je décidai de retourner au présent et à tout ce que nous avions fait pour que la convalescence de Jory se déroulât dans les meilleures conditions.

Une télévision en couleurs à grand écran dominait le pied du lit et elle était équipée d'une télécommande qui permettrait à Jory de changer de chaîne et de l'arrêter à son gré. L'électricien avait également installé un système grâce auquel il pourrait ouvrir ou fermer les rideaux depuis son lit. A portée de main se trouvait une chaîne stéréo et une bibliothèque occupait la tête de ce lit qui, lui-même, n'avait rien d'ordinaire. Le sommier se redressait si Jory voulait s'asseoir et il pouvait en fait prendre presque toutes les positions. Melodie et moi, avec l'aide de Chris, nous nous étions vraiment creusé la cervelle pour rassembler dans cette chambre toutes les commodités modernes grâce auxquelles un handicapé peut pratiquement se passer d'assistance. A présent, tout ce que nous avions à faire, c'était de veiller à ce qu'il restât constamment occupé par des activités d'un intérêt réel qui emploieraient son énergie et stimuleraient ses talents innés.

Longtemps auparavant, j'avais lu des livres de psychologie dans l'espoir illusoire d'aider Bart à surmonter ses problèmes. A présent, c'était Jory qu'il me fallait aider, lui dont la personnalité de pur-sang ne s'épanouissait que dans la compétition et dans l'effort. Il ne pouvait supporter l'ennui et n'aurait jamais accepté de rester couché sans rien faire. Déjà, sur le seul mur aveugle, on avait installé une barre, promesse qu'un jour il pourrait se lever quand bien même ce serait en portant un corset dorsal connecté à des attelles. L'image de mon gracieux fils chancelant ainsi comme un cheval sous le harnais m'arracha un douloureux soupir et, sur mes joues, roulèrent des larmes que je m'empressai de réprimer de peur que Melodie ne les vît.

Celle-ci, se sentant fatiguée, me quitta bientôt pour aller s'allonger et j'achevai de préparer la chambre avant de courir jeter un dernier coup d'œil sur les rampes grâce auxquelles Jory aurait accès au parc et aux terrasses. Nul effort n'avait été épargné pour lui éviter de rester confiné dans sa chambre. On avait même installé un ascenseur dans le réduit qui, jadis, faisait fonction d'office lors des réceptions.

Vint enfin ce jour merveilleux où Jory fut autorisé à quitter la clinique et à rentrer chez lui. Il avait toujours le dos emprisonné dans un plâtre mais il mangeait et buvait normalement, avait repris ses couleurs et même un peu du poids perdu. La pitié me déchira le cœur lorsque, pour gagner l'ascenseur, il passa, étendu sur son chariot, devant ces marches qu'il grimpait encore quatre à quatre quelques semaines auparavant. Je le vis tourner la tête pour les contempler comme s'il eût accepté de vendre son âme au diable pour les emprunter de nouveau.

Mais ce fut avec un large sourire et des étincelles de joie dans les yeux qu'il promena son regard sur ses appartements refaits à neuf.

— Superbe ! C'est vraiment du beau travail ! Bleu et blanc, mon harmonie préférée. Vous m'avez rendu le bord de mer... j'ai presque l'impression d'en sentir les embruns, d'en entendre les mouettes. C'est merveilleux, merveilleux ce que l'on peut faire avec un coup de peinture, des tableaux, des plantes vertes et un peu de goût.

Son épouse se tenait au pied du lit étroit dont il aurait à se servir tant que le plâtre n'aurait pas été retiré, mais elle se donnait un mal énorme pour ne pas croiser son regard.

— Merci d'apprécier notre travail, Jory. Ta mère, Chris et moi, nous avons fait notre possible pour te faire plaisir.

Ses yeux bleus se firent plus sombres lorsqu'il la regarda,

sentant en elle quelque chose que je pouvais moi aussi ressentir. Puis il se tourna vers les fenêtres, je vis ses belles lèvres ourlées prendre un pli mince et il se renferma dans sa coquille.

Immédiatement, je m'avançai pour lui tendre la grande boîte que je tenais en réserve pour ce genre d'épisode inconfortable.

— Jory, voilà pour toi une occupation intelligente tant que tu seras bloqué au lit. Je ne tiens nullement à te voir les yeux toujours collés à la télé.

Apparemment soulagé de ne pas devoir ennuyer sa femme avec des paroles qu'elle ne désirait pas entendre, il fit le gamin en secouant la boîte en tous sens.

— C'est quoi ? Un éléphant gonflable ? Une planche de surf insubmersible ? suggéra-t-il en ne s'adressant qu'à moi.

Je lui passai la main dans les cheveux et me penchai pour l'embrasser en lui disant de se dépêcher d'ouvrir le paquet. Je mourais d'envie de l'entendre dire ce qu'il pensait de ce cadeau qui avait fait un si long chemin pour venir de Nouvelle-Angleterre.

Il fit glisser les rubans et sortit la longue boîte de son emballage de papier argenté. Il fixait à présent les yeux sur ce qui ressemblait à des petites boîtes d'allumettes extralongues qu'auraient accompagnés de minuscules flacons de peinture, des bouteilles de colle, des rouleaux de fin cordage et des pièces de toile soigneusement pliées.

— Un clipper en kit, s'exclama-t-il avec un émerveillement teinté d'effroi. Mais, maman, la notice de montage fait au moins dix pages. Je vais user les plus belles années de ma vie pour venir à bout d'un truc aussi compliqué. Et pour quel résultat, si j'y arrive ?

— Pour quel résultat ? Mon fils, lorsque tu auras fini, tu pourras léguer à ton fils ou à ta fille une pièce de collection d'une valeur inestimable. (J'avais dit cela sans rire et même avec une certaine fierté, tant j'étais sûre qu'il n'aurait pas le moindre mal à suivre ces instructions à vrai dire fort complexes.) Tu as la main sûre, l'œil exercé à saisir les détails, tu sais lire un texte, et tu as une telle volonté. Par ailleurs, regarde un peu ce manteau de cheminée qui n'attend qu'un voilier collé en plein milieu.

Il éclata de rire et, déjà fatigué, laissa retomber la tête sur l'oreiller. Il ferma les yeux.

— D'accord. Tu m'as convaincu, je vais essayer... mais, tu sais, ma seule expérience du modélisme remonte à l'époque où j'étais gosse.

Ça, je m'en souvenais. Ses modèles réduits d'avions étaient tous accrochés au plafond de sa chambre, ce qui avait le don de faire enrager Bart qui, à l'époque, était incapable de coller correctement quoi que ce fût.

— Maman, je suis fatigué. Laisse-moi une chance de faire un petit somme avant que les avoués ne viennent lire ce testament. En fin de compte, je ne sais pas si voir Bart « entrer en possession de ses biens » me passionne tant que cela.

Et ce fut à cet instant que Bart entra dans la chambre. Jory sentit immédiatement sa présence et rouvrit les yeux. Leurs deux regards qui, par-delà la différence de couleur, étaient frères dans leur nuance sombre, se rivèrent l'un à l'autre. Un silence s'installa, si pesant que je pris conscience de mes propres battements de cœur. Le tic-tac de la pendule se fit presque assourdissant, comme la respiration de Melodie à mes côtés. Dehors, j'entendis gazouiller des oiseaux avant de reporter mon attention sur Melodie qui, rien que pour faire quelque chose, avait entrepris d'arranger des fleurs dans un vase.

Interminable dura ce choc de deux volontés par l'entremise de regards qui se croisaient comme on croise le fer alors que, normalement, Bart aurait dû s'empresser de souhaiter la bienvenue à ce frère auquel il n'avait pas rendu visite plus d'une fois à la clinique.

Mais, alors que j'ouvrais la bouche pour rappeler Bart à ses devoirs et faire cesser l'affrontement, je vis Jory sourire et, sans pour autant baisser les yeux, prendre l'initiative de dire à Bart :

— Content de te revoir, mon frère. Je sais à quel point tu hais les hôpitaux, aussi te suis-je doublement reconnaissant d'être venu m'y voir. Mais tout de même, depuis que je suis ici, chez toi, il doit être plus simple de me dire bonjour. Je me félicite de n'avoir pas gâché ta soirée d'anniversaire avec mon accident. J'ai su par Cindy qu'après une brève accalmie due à ma chute, les rires avaient repris de plus belle.

Bart ne bougeait toujours pas, ne disait toujours rien. Melodie disposa une dernière rose dans le vase puis leva la tête. Quelques mèches blondes qui avaient échappé à l'étroite contrainte de son chignon de danseuse la dotaient d'une spontanéité charmante et de la frêle grâce des statuettes antiques. Il flottait autour d'elle une aura de lassitude comme si elle avait fait acte de reddition devant les vicissitudes de la vie. Mon imagination me joua-t-elle un tour ou Melodie adressa-t-elle vraiment à Bart un muet avertissement... que celui-ci comprit ? Je le vis soudain sourire, même si c'était avec raideur.

— Moi aussi, je suis content de te revoir, Jory. Sois le bienvenu. (Il franchit en quelques enjambées l'espace qui les séparait et plaqua sa main dans celle de Jory.) Si je peux faire quelque chose pour toi, n'hésite pas à m'en parler.

Puis il quitta la pièce et je le suivis d'un regard perplexe.

A 4 heures précises, ce même après-midi, peu après que Jory se fut réveillé puis que Bart et Chris l'y eurent transporté sur le chariot, trois avoués investirent le bureau de Bart. Nous-mêmes y étions déjà installés dans les superbes fauteuils de cuir taupe. Jory, lui, était resté allongé sur le chariot ; je le voyais, parfaitement immobile et silencieux, et ses yeux las, presque fermés, montraient assez le peu d'intérêt qu'il prenait à cette cérémonie légale. Cindy, dont la présence était requise par le simple fait qu'elle fût citée dans le testament, était rentrée par avion de son camp de vacances et elle était à présent juchée sur le bras de mon fauteuil. Prenant d'évidence ladite cérémonie à la rigolade, elle ne cessait de balancer la jambe et s'attirait les regards noirs de Joël qui devait considérer le perpétuel mouvement de cette chaussure à haut talon bleue comme un obsédant rappel de l'attention vers les superbes jambes galbées de sa propriétaire. Nous devions donner l'impression d'assister à une veillée funèbre lorsque, dans un froissement de dossiers compulsés, les hommes de loi chaussèrent leurs lunettes et se mirent à chuchoter entre eux, répandant un malaise parmi nous.

Bart était particulièrement nerveux. A son exaltation s'ajoutait l'inquiétude née des regards furtifs que les avoués ne cessaient de lui lancer. Le plus vieux des trois, agissant comme porte-parole, relut avec des égards pour chaque mot la majeure partie des volontés de ma mère. Tout cela, nous l'avions déjà entendu.

— ... lorsque mon petit-fils, Bartholomew Winslow Scott Sheffield, lequel pourra faire valoir ses droits sur le nom de Foxworth, atteindra l'âge de vingt-cinq ans, lut cet homme qui devait aller sur ses soixante-dix ans et portait ses lunettes très bas sur le nez, il lui sera versé une annuité de cinq cent mille dollars jusqu'à l'âge de trente-cinq ans. Audit âge, l'intégralité des biens constituant l'actif à ce jour du legs ci-après nommé succession Corinne Foxworth Winslow sera reversée à mon petit-fils, Bartholomew Winslow Scott Sheffield Foxworth. Mon fils aîné, Christopher Garland Sheffield Foxworth conservera sa position d'administrateur jusqu'au susdit temps. Auquel cas où l'administrateur susnommé viendrait à décéder avant le temps où mon petit-fils Bartholomew Winslow Scott Sheffield Foxworth aurait atteint l'âge de trente-cinq ans, ma fille, Catherine Sheffield Foxworth serait désignée comme administrateur jusqu'au trente-cinquième anniversaire de mon susnommé petit-fils.

Et cela continuait ainsi sur des pages et des pages mais je n'en entendis pas plus long. J'étais clouée dans mon fauteuil et je lançai un regard désespéré à Chris dont les traits reflétaient la stupeur. Puis mes yeux se posèrent sur Bart.

Il était très pâle et son visage était un changeant kaléidoscope d'expressions. Cireux, livide, il passa les longs doigts de sa large main dans l'impeccable ordonnance de sa coupe et retrouva sa tignasse en bataille d'antan. Puis il se tourna vers Joël pour lui lancer un muet appel au secours auquel le vieillard répondit par un haussement d'épaules et un rictus qui, manifestement, signifiait : « Je te l'avais bien dit. »

Ensuite, il se tourna vers Cindy pour la foudroyer du regard comme si, par le sortilège de sa présence, elle venait de modifier les dernières volontés de sa grand-mère. Puis ses yeux glissèrent vers Jory à moitié endormi sur son chariot et qui paraissait se désintéresser de tout, à part de Melodie dont le pâle visage dévasté par le chagrin semblait vaciller comme la flamme d'une chandelle sous le puissant vent de déception qu'elle voyait souffler sur le visage de Bart.

Celui-ci s'empressa de porter ailleurs le fer brûlant de son regard dès qu'il la vit incliner la tête vers la poitrine de Jory. Presque sans bruit, elle s'était mise à pleurer.

Une éternité parut s'écouler avant que le doyen des avoués ne refermât l'épais cahier du testament pour le ranger dans un dossier bleu qu'il posa sur le bureau de Bart. Puis il se leva et resta bras croisés, attendant les questions de mon cadet.

— Nom de Dieu ! Qu'est-ce que ça veut dire ? beugla Bart qui bondit de son fauteuil et alla prendre le testament sur le bureau pour le compulser d'un œil expert. (Puis il le jeta.) Que le diable l'emporte ! Elle m'avait tout promis, tout ! Et maintenant, voilà qu'il me faut encore attendre dix ans... Comment se fait-il que cette partie du testament n'ait pas été lue la première fois ? J'étais là. Je n'avais que dix ans mais je me souviens très bien qu'il était stipulé dans ses dernières volontés que j'entrerais en possession de mes biens à l'âge de vingt-cinq ans. J'ai vingt-cinq ans et un mois. Où est ce qu'on m'a promis ?

Chris se leva, très calme.

— Bart, tu as cinq cent mille dollars par an, ce n'est pas négligeable. Et tu as entendu comme moi que tous tes frais d'entretien et les dépenses afférentes à cette maison seront prélevés sur le capital restant en administration légale ! Tous tes impôts seront payés à l'avance. Et cinq cent mille dollars d'argent de poche par an pendant dix ans, c'est plus que n'en peuvent gagner dans une vie entière quatre-vingt-dix-neuf pour cent des gens. Je ne sais même pas quel train de vie tu pourras mener si tu veux dépenser tout cela puisque tous tes frais sont pris en charge ? Par ailleurs, ces dix ans seront vite passés. Alors, tu pourras enfin faire ce que tu veux de ta fortune.

— Combien reste-t-il ? rugit Bart avec une telle flamme rapace dans le regard que ses pupilles évoquaient les braises. Sur une période de dix ans, cinq millions de dollars m'auront été versés, d'accord, mais combien y aura-t-il en plus ? Dix millions ? Vingt ? Cinquante ? Un milliard ? Combien ?

— En fait, je n'en sais rien, lui répondit Chris, toujours aussi calme, alors que les avoués ne semblaient plus pouvoir détacher les yeux du visage apoplectique de Bart. Mais en toute honnêteté, je puis dire que le jour où tu entreras enfin en pleine possession de tes biens, tu seras sans nul doute l'un des hommes les plus riches au monde.

— Oui, hurla Bart, mais jusque-là, c'est toi qui l'es ! Toi ! Toi, le pire des pécheurs ! Ce n'est pas juste, vraiment pas juste ! On s'est fichu de moi ! On m'a berné !

Il nous foudroya tous du regard avant de sortir de son bureau en claquant la porte. Mais aussitôt, nous vîmes sa tête reparaître.

— Tu vas le regretter, Chris ! Oui, tu vas regretter de lui avoir suggéré ce codicille et d'avoir donné des instructions aux avoués pour ne pas le lire à haute voix la première fois. C'est ta faute si je ne suis pas entré en possession de ce qui m'était dû !

Comme d'habitude, c'était la faute de Chris... ou la mienne.

Amour fraternel

Avec Jory à l'hôpital, nous n'avions pratiquement pas vu passer ce mois d'août atrocement chaud que, déjà, septembre arrivait avec ses nuits plus fraîches et l'amorce trop prématurée des splendeurs colorées de l'automne. Chris et moi ratissions déjà les feuilles mortes après le passage des jardiniers en pestant contre le laisser-aller que nous constations dans leur travail. A vrai dire, les feuilles n'arrêtaient pas de tomber et, de toute façon, nous aimions tous deux ce genre d'activité.

Nous précipitions ces feuilles en tas dans les ravines du jardin ravagé puis nous y jetions une allumette et restions assis dans l'herbe à regarder les claires flammes s'élancer vers le ciel et à sentir leur douce chaleur sur notre visage et sur nos mains. Au fond de ces gorges, le feu nécessitait si peu de surveillance que nous pouvions à loisir nous attacher à sa seule beauté ou nous tourner souvent l'un vers l'autre pour voir son éclat dans nos yeux et dans les merveilleux reflets rouges qu'il donnait à notre peau. En de tels moments, Chris avait une amoureuse façon de me regarder, de me caresser la joue du dos de la main, de m'effleurer les cheveux du bout des doigts, de m'embrasser dans le cou et de me faire éprouver de mille autres manières la profondeur de ses sentiments pour moi. Et, dans la claire lumière de ces feux de feuilles, nous posions l'un sur l'autre un regard neuf, un regard plus mûr, n'en découvrant pas moins de nouvelles merveilles dans ce qui avait toujours été pour nous un océan de bonheur.

Et, derrière nous, perpétuellement claquemurée dans la chambre de cette horrible demeure, Melodie voyait son bébé la faire grossir de plus en plus.

Le mois d'octobre déferla sur nous dans une étourdissante symphonie de fauves qui me laissa littéralement pantelante et me remplit de cette terreur sacrée que seules peuvent inspirer les œuvres de la nature. C'étaient ces mêmes arbres dont nous n'avions jadis aperçu que les cimes depuis notre salle de classe du grenier. Je n'avais qu'à lever les yeux vers ces lucarnes, là-haut, sur le toit. Je pouvais presque nous voir tous les quatre, les joues collées derrière les vitres, les deux petits jumeaux de cinq ans avec leurs grands yeux de hibou à force de dépérir, et nous tous, si blêmes, si creusés, affamés de ce ciel, de ce soleil, de cette liberté dont nous jouissions à présent normalement comme d'un dû.

Des fantômes là-haut, nos fantômes.

Grise est la couleur de nos jours, pensais-je à cette époque. Grise était devenue celle des jours de Jory maintenant qu'il ne pouvait plus se permettre d'aller admirer la beauté de l'automne dans les montagnes, qu'il ne pouvait plus battre les sous-bois, ne pouvait plus danser sur l'herbe jaunie, plus se pencher pour humer le parfum des fleurs, plus courir avec Melodie.

Les courts de tennis restaient vides en permanence maintenant que Bart les avait désertés faute d'adversaire. Chris aurait bien aimé passer un samedi ou un dimanche à jouer avec Bart mais Bart faisait toujours semblant de ne pas voir Chris.

La grande piscine qui avait fait les délices de Cindy était à présent vidée de son eau et dormait à l'abri de toute impureté sous sa couverture en plexiglas. Les volets avaient été fermés sur les pièces que nous n'occupions pas et toutes les autres fenêtres avaient vu leurs carreaux nettoyés avant la pose des survitrages. Le tas de bois ne cessait de grossir derrière le garage à mesure que nous en faisions rentrer par camions entiers, tout comme le charbon qui allait alimenter notre chaudière si le mazout ou l'électricité venait à manquer. Nous avions beau disposer d'un générateur auxiliaire qui nous fournirait assez de courant pour éclairer nos pièces et assurer le fonctionnement de notre électroménager, j'appréhendais cet hiver comme je n'en avais appréhendé aucun depuis ceux que nous avions passés dans le grenier.

Nous y avions crevé de froid dans ce grenier. Maintenant, nous allions avoir l'occasion de vivre cette existence dont jouissait notre mère au milieu de ses parents et amis, auprès de cet amant qu'elle s'était trouvé, pendant que ses quatre indésirables enfants grelottaient, le ventre vide, le désespoir dans l'âme au-dessus de sa tête.

Les dimanches matin étaient les plus beaux. Nous profitions pleinement de ce temps que nous pouvions passer ensemble, Chris et moi. Nous prenions notre petit déjeuner dans la chambre de Jory, de sorte qu'il ne se sentît pas trop coupé de sa famille et, trop rarement hélas, j'arrivais à persuader Bart et Melodie de se joindre à nous.

— Allez, vas-y, m'encourageait Jory lorsqu'il me voyait regarder trop souvent par la fenêtre, va te promener. N'allez pas croire que je vais vous en vouloir de vous servir de vos jambes parce que je n'ai plus l'usage des miennes. Je ne suis pas à ce point puéril ou égoïste.

Un matin, nous nous levâmes de si bonne heure que le sol disparaissait encore sous un voile de gelée blanche n'épargnant que les potirons qui mûrissaient sous les tiges coupées du maïs dont les paysans du coin tiraient leur maigre subsistance. Cette gelée donnait une étrange douceur au paysage ; il semblait comme saupoudré d'un sucre glace qui ne tarderait pas à fondre dès que le soleil aurait pris de la hauteur.

Au cours de notre promenade, ce jour-là, nous nous arrêtâmes pour regarder passer dans le ciel des oies sauvages venues du Canada, annonce de ce que, cette année, l'hiver serait en avance. Et nous perçûmes l'écho lointain de leur cri mélancolique alors qu'elles s'enfonçaient dans les brumes du matin, toujours plus loin vers le sud, vers la Caroline du Sud où nous-mêmes avions jadis fui juste avant la cruelle morsure de l'hiver.

Vers la mi-octobre, l'orthopédiste vint retirer le plâtre de Jory. Il l'entama d'abord sur la moitié de son épaisseur à la cisaille électrique puis termina délicatement son découpage à la cisaille à main. Jory nous dit qu'il se sentait désormais comme une tortue sans sa coquille. Son torse puissant avait littéralement fondu à l'intérieur du plâtre.

— Quelques semaines d'exercice et il n'y paraîtra plus, l'encouragea Chris. De toute manière, tu vas avoir besoin de développer les muscles de tes membres supérieurs, pectoraux et dorsaux compris, aussi n'hésite pas à te servir du trapèze au-dessus de ton lit. J'envisage d'ailleurs de faire installer des barres parallèles dans ton salon de sorte que tu finisses par t'exercer en position debout. Ne crois pas que la vie soit terminée pour toi, que tous les défis que tu as à lui lancer soient du passé, que plus rien n'ait d'importance, car tu as encore des kilomètres et des kilomètres à faire avant d'en avoir fini avec elle, ne l'oublie jamais.

— Ouais, fit tristement Jory sans détourner son regard vide de cette porte que Melodie franchissait si rarement. Des kilomètres et des kilomètres à parcourir avant d'avoir une chance de retrouver un corps en bon état. Tu sais, Chris, mieux vaut que je commence à croire en la métempsycose.

Les journées qui, en un rien de temps, s'étaient faites fraîches devinrent d'un froid mordant, cependant que les gelées étendaient leur empire sur toutes les nuits. Les oiseaux migrateurs avaient cessé de traverser le ciel à présent qu'un vent presque permanent fouettait la cime des arbres, hurlait en se lovant autour de la demeure et s'insinuait jusque dans nos chambres. La lune était redevenue ce drakkar filant plein nœud, se jouant des hautes vagues d'une mer de nuages déchaînée, inondant notre lit de sa lumière et régénérant notre penchant naturel au romantisme. Un amour sain, frais, pur, qui nous illuminait l'âme et nous donnait la conviction de ne pas être des pécheurs de la pire espèce. Non, impossible, lorsque notre amour triomphait de la durée alors que tant d'autres mouraient au bout de quelques mois, de quelques années. Qui blessions-nous par notre amour ? Personne, en fait. Bart ne faisait que se faire du mal à lui-même, pensions-nous en toute logique.

Et cependant, pourquoi ces cauchemars me hantaient-ils en prétendant le contraire ? J'avais fini par devenir experte dans l'art de combattre les pensées troublantes au moyen des détails les plus triviaux de mon existence, mais mon arme préférée restait la contemplation de la stupéfiante beauté de la nature. D'elle, j'attendais la guérison de mes plaies, de celles de Jory... et peut-être, finalement, de celles de Bart.

Avec l'acuité de regard d'un paysan, j'en observais les signes pour en donner à Jory un compte rendu fidèle. Les lapins qui, subitement, devenaient plus gras. Les écureuils qui semblaient s'activer dans le ramassage des noisettes. Les chenilles laineuses qui s'acheminaient, centimètre par centimètre, vers leur retraite, quelle qu'elle fût.

Bientôt, je ressortis tous les vêtements d'hiver que j'avais eu l'intention de donner à des œuvres charitables, ces gros pull-overs et ces jupes de tweed que jamais je n'aurais eu l'occasion de porter à Hawaii. Courant septembre, Cindy avait repris l'avion pour la Caroline du Sud où elle avait encore une dernière année à passer dans cette institution privée secondaire qu'elle « adorait carrément ». Ses lettres pleuvaient telles de chaudes averses qui se seraient trompées de saison, constantes demandes de nouveaux mandats, pour effectuer tel ou tel achat.

Toujours affluaient les juvéniles et prolixes écrits de notre fille à qui manquait toujours tout en dépit des cadeaux dont nous la bombardions. Ses petits amis se comptaient par douzaines, chaque lettre nous révélant l'existence du dernier en date. Elle avait besoin d'acheter des tenues décontractées pour ce garçon qui adorait la chasse et la pêche, besoin d'un habit de soirée pour celui qui était féru d'opéras et de concerts, besoin pour elle-même de jeans et de tricots douillets, de sous-vêtements raffinés et de nuisettes inabordables, car il lui était tout simplement impossible de dormir dans quelque chose de bon marché.

Ces lettres ne faisaient que mettre en relief tout ce dont j'avais manqué lorsque j'avais seize ans. Je me remémorais Clairmont et toute cette époque où mon domicile avait été la maison du Dr Paul, avec Henny qui m'enseignait la cuisine, non par les mots mais par l'exemple. Je me souvenais avoir acheté l'un de ces livres qui vous apprennent à conserver l'affection de votre mari par la magie des petits plats. Quelle gamine j'avais fait ! Je poussai un soupir. Toutes proportions gardées, peut-être mon adolescence avait-elle été aussi heureuse que celle de Cindy — après que nous eûmes fui l'horreur de Foxworth Hall. Avant de poser la lettre de notre fille, je l'approchai de mon visage pour humer le parfum qui émanait de son papier rose puis je reportai mon attention sur le présent et sur tous les problèmes de ce Foxworth Hall nouvelle mouture dont le grenier n'était plus décoré de fleurs en papier.

Après des jours et des jours d'observation attentive du

comportement de Bart en présence de Melodie, je fus convaincue qu'ils se voyaient beaucoup, alors que, pour sa part, Jory ne voyait pratiquement jamais sa femme. Je tentais de me persuader que Melodie réconfortait simplement Bart après la déception qu'il avait éprouvée en n'héritant pas de la fortune entière... mais, bien qu'il m'en coûtât, je pressentais là bien autre chose que de la pitié.

Tel un toutou fidèle qui ne connaît que son maître, Joël suivait Bart partout, hormis dans ces deux lieux sacro-saints pour mon cadet : son bureau et sa chambre. Mais l'essentiel de son temps, il le passait en prière. Dans cette pièce minuscule qui lui servait de chapelle, il priait avant chaque repas. Il priait aussi avant de se mettre au lit et priait dans ses errances au travers de la demeure, assortissant de citations bibliques appropriées les pieux grommellements que suscitait chez lui telle rencontre ou tel spectacle.

Quant à Chris, il était aux anges et vivait, à l'entendre, les plus belles années de son existence :

— J'aime vraiment mon nouveau boulot. Les gens avec qui je travaille sont agréables, pleins d'humour, ils ont un inépuisable répertoire d'histoires à raconter et savent ôter toute monotonie à ce qui n'est souvent qu'une fastidieuse routine. Car chaque jour, en arrivant au labo, nous enfilons notre blouse blanche et passons en revue les cultures qui sont en cours, espérant toujours le miracle et faisant contre mauvaise fortune bon cœur lorsque celui-ci n'est pas au rendez-vous.

Bart n'était ni bien ni mal avec Jory, tout au plus le voyait-on passer la tête en coup de vent dans l'entrebâillement de la porte et dire quelques mots avant de se précipiter vers des occupations autrement plus importantes que de perdre son temps avec un frère infirme. Je me demandais d'ailleurs ce qu'il pouvait bien faire, à part étudier les marchés financiers et lancer à ses courtiers des ordres de vente ou d'achat. Je le soupçonnais de risquer le plus gros de ses cinq cent mille dollars à seule fin de nous prouver qu'il était plus malin que Chris et même plus habile que le plus rusé des Foxworth, feu Malcolm.

Un matin de la fin octobre, à peine la voiture de Chris eut-elle disparu au tournant de l'allée, je me reprécipitai à l'étage pour voir si Jory ne manquait de rien, le garde-malade engagé par Chris n'allant sans doute pas tarder à partir.

Bien qu'il m'arrivât souvent de surprendre son regard fixé, au travers des fenêtres, sur les splendeurs de l'automne, mon fils ne se plaignait pas trop de sa claustration.

— C'en est fini de l'été, me dit-il platement ce jour-là tandis que, dehors, le vent jouait avec les feuilles aux chaudes couleurs. Et avec lui, s'en sont allées mes jambes.

— L'automne t'apportera de nouvelles sources de joie, Jory. Et l'hiver te verra papa. Que tu veuilles ou non le croire, la vie te réserve beaucoup d'heureuses surprises. Tu sais, je suis de l'avis de Chris, le meilleur de ton existence est encore à venir. Bon, maintenant voyons ce que nous pouvons trouver pour remplacer ces jambes. A présent que tu arrives à t'asseoir seul, je ne vois plus de raison pour ne pas se servir de ce fauteuil roulant que ton père a ramené. Jory, s'il te plaît, ça me fait mal de te voir tout le temps allongé sur ce lit. Essaie ce fauteuil, ce n'est peut-être pas aussi atroce que tu le penses. (Il prit un air buté pour secouer la tête. Je n'y pris pas garde et poursuivis :) Nous pourrions sortir ainsi et même aller nous promener dans les bois sitôt que Bart aura fait dégager les allées des branches qui pourraient être une gêne pour le fauteuil. Mais, en attendant, tu pourrais toujours profiter du soleil sur la terrasse et reprendre un peu de couleurs. Bientôt, il va faire trop froid pour sortir. Dès que tu seras disposé, je ne demande qu'à te pousser dans le parc ou dans les bois.

A ce fauteuil que nous avions placé de sorte qu'il ne pût éviter de le voir, il jeta un regard mauvais.

— Sûr que ce truc est fichu de se renverser.

— Nous t'achèterons donc l'un de ces fauteuils électriques si lourds et si bien équilibrés qu'ils ne peuvent se renverser.

— Non, maman, je ne crois pas que je pourrai. J'ai toujours aimé l'automne pour sa mélancolie, mais celui-ci me paraît d'une tristesse désespérée. J'ai l'impression d'avoir perdu tout ce qui avait une réelle importance. Je me sens comme une boussole affolée dont l'aiguille tournoie sans jamais pouvoir se fixer. Rien n'a plus la moindre valeur à mes yeux. J'ai été dupé par le destin et je lui en veux. Je hais ces journées que je passe, mais les nuits sont pires encore. Je cherche à me raccrocher à l'été, à cette époque où je n'avais pas encore tout perdu, et chaque feuille qui tombe est une larme amère que je verse en moi, et le vent qui siffle dans la nuit traduit tout haut mes cris d'angoisse, et les oiseaux qui migrent vers le sud ne cessent de me répéter que j'ai connu l'été de ma vie, qu'il s'est enfui et que jamais plus, jamais plus je n'éprouverai de sensation heureuse, ou même de sensation tout court. Je ne suis plus rien, maman, plus rien du tout.

Il me brisait le cœur.

Mais il lui fallut attendre de se tourner vers moi pour s'apercevoir du mal qu'il me faisait. Je le vis rougir de honte et il détourna la tête d'un air coupable avant de reprendre :

— Pardonne-moi, maman, mais tu es la seule personne à qui je puisse parler ainsi. Papa est merveilleux mais, avec lui, je dois me comporter en homme. A présent que j'ai déversé ce que j'avais sur le cœur, ça me ronge un peu moins. Encore une fois, pardonne-moi de te l'avoir fait supporter.

— Ce n'est rien. Je te demande au contraire de toujours me dire ce que tu ressens. Ainsi, je saurai comment t'aider. Ne suis-je pas là pour ça ? Les parents ne sont-ils pas faits pour ça ? Ne va d'ailleurs pas croire que ton père ne puisse te comprendre. Tu peux lui parler comme tu me parles à moi. Dis ce que tu as besoin de dire et ne garde rien pour toi. Tu peux nous demander n'importe quoi dans la limite du raisonnable, tu peux être sûr que Chris et moi ferons notre possible pour te le donner... mais ne nous demande quand même pas la lune.

Il hocha silencieusement la tête puis se força à sourire.

— D'accord. Il se peut qu'après tout je sois un jour capable de supporter l'idée d'être dans un fauteuil roulant.

Etalés devant lui sur le plateau amovible de la table de malade, les innombrables éléments du clipper attendaient d'être intégrés dans ce fastidieux montage qu'il avait amorcé. Il était rare qu'il branchât la chaîne, comme si la grande musique était devenue pour ses oreilles une abomination depuis qu'il ne pouvait plus danser. Il délaissait totalement la télévision, y voyant une perte de temps et préférant lire lorsqu'il ne travaillait pas sur le modèle réduit. Pour l'heure, il venait d'utiliser des brucelles pour tenir une pièce minuscule pendant qu'il appliquait la colle. Tenant la coque à bout de bras et plissant les yeux pour juger de l'effet, il me demanda sur un ton des plus anodins :

— Où est ma femme ? Il est rare qu'elle vienne me voir avant cinq heures. Que peut-elle faire tout le restant de la journée ?

La question paraissait d'autant plus normale que le garde-malade venait de rentrer dans la chambre pour annoncer qu'il reviendrait seulement dans la soirée. En son absence, Melodie et moi étions censées veiller au confort de Jory et, surtout, à ce qu'il ne s'ennuyât pas trop, ce qui, de loin, était la tâche la plus ardue, car lui qui avait été habitué à se dépenser physiquement devait à présent se contenter d'activités mentales, le montage du clipper étant ce qui se rapprochait le plus de son ancien mode de vie.

J'avais toujours tenu pour certain que Melodie venait le voir et faisait ce qu'elle pouvait.

En fait, il était rare que je visse Melodie. La maison était assez grande pour que l'on pût aisément éviter ceux que l'on n'avait pas envie de voir. Ces derniers temps, elle prenait non seulement son petit déjeuner mais aussi son repas de midi dans cette chambre où elle s'était installée, de l'autre côté du couloir, en face des appartements de Jory.

Le soir même, lorsque Chris revint avec un fauteuil roulant électrique exécuté sur mesure et disposant de tous les perfectionnements possibles, le garde-malade entreprit immédiatement d'apprendre à Jory comment il devait basculer hors du lit en ayant au préalable coincé le fauteuil avec son bras.

Cela faisait à présent plus de trois mois et demi que Jory

vivait son calvaire d'infirme. Pour lui, ces mois équivalaient à des années. Il avait été forcé de se transformer en un autre type d'être humain, un type qui, je le constatais, n'avait rien pour lui plaire.

Un autre jour s'écoula sans que Melodie lui rendît visite et, de nouveau, Jory me demanda où était sa femme et voulut savoir ce qu'elle faisait de ses journées.

— Maman, tu as entendu ma question ? Je te prie de me dire ce que fabrique ma femme. (Sa voix d'ordinaire si douce avait des accents presque blessants.) Tout ce que je sais, c'est qu'elle ne perd pas son temps à rester à mes côtés. (Je vis une profonde amertume dans ce regard bleu nuit qu'il dardait sur moi.) J'aimerais que tu ailles tout de suite voir Melodie et que tu lui dises de venir... et maintenant ! Pas plus tard quand elle en aura envie... car elle ne semble jamais en éprouver l'envie !

— Je vais te la ramener, lui dis-je avec une profonde détermination. Sans nul doute est-elle dans sa chambre en train d'écouter de la musique de ballet.

Je m'apprêtais donc à quitter Jory, le laissant à son travail de modélisme, lorsque, par la fenêtre, je vis le vent soulever des feuilles et les précipiter en tourbillons vers la maison. Ces feuilles d'or, de roux et d'écarlate que mon fils refusait de voir, lui qui en un temps avait été sensible à la musique des couleurs.

« Regarde, Jory, regarde-la tout de suite, cette beauté que, peut-être, tu ne verras plus jamais. Ne te détourne pas d'elle. Saisis cet instant qui passe comme tu l'as toujours fait. »

Et moi ? L'avais-je saisi, jadis, cet instant ? L'avais-je saisi ?

Et, tandis que je restais là, les yeux fixés sur lui, tentant de le ramener à sa vraie nature, le ciel s'assombrit soudain et tout ce fauve envol de feuilles perdit sa légèreté, saisi qu'il fut dans la froide violence d'une pluie battante qui le plaqua contre les vitres. « C'était papa qui faisait toutes les corvées lorsque nous vivions à Gladstone. Et maman ne cessait de se plaindre de ce que les survitrages lui donnaient deux fois plus de travail... »

— Maman, je veux voir ma femme, tout de suite !

Sans raison précise, je n'étais plus très chaude pour partir en quête de Melodie. Par ce temps d'orage, la pénombre était telle qu'à 10 heures du matin Jory fut obligé d'allumer sa lampe de chevet.

— Ça ne te dirait pas que je démarre un bon feu de bois ?

— Ce qui me dirait, c'est de voir ma femme. Dois-je te le répéter cent fois ? Lorsqu'elle sera là, elle pourra s'occuper d'allumer un feu.

Cette fois, je partis pour de bon, me rendant compte que ma présence ne faisait que porter à son comble son agacement puisqu'il ne voulait qu'elle... le seul être au monde qui pût vraiment le ramener à lui-même.

Melodie n'était pas dans sa chambre, contrairement à mon attente.

Les couloirs que je longeais ressemblaient à s'y méprendre à ces autres couloirs de ma jeunesse. Ces portes closes devant lesquelles je passais n'étaient-elles pas ces mêmes portes dont, furtive, j'avais poussé les lourds battants de chêne du temps de mes quatorze ou quinze ans ? Dans mon dos, ne pouvais-je sentir l'omniprésence de Malcolm et la méchanceté de l'hostile grand-mère ?

J'obliquai vers l'aile ouest, l'aile de Bart.

J'avançais presque par automatisme, plus menée par mes pieds que par mon esprit qui restait vide. L'intuition avait gouverné l'essentiel de ma vie passée, probablement gouvernerait-elle aussi mon avenir. Pourquoi m'étais-je engagée dans cette direction ? Pourquoi n'avais-je pas été chercher Melodie ailleurs ? Quel instinct me guidait vers les appartements de mon fils cadet, ce saint des saints où il m'avait plusieurs fois dit de ne jamais mettre les pieds.

Je fis halte devant les larges portes à deux battants luxueusement capitonnées de cuir noir et munies de boutons plaqués à l'or fin portant son monogramme personnel ainsi que les armes de sa famille, et j'appelai à mi-voix :

— Bart ? Tu es là ?

Je ne perçus nulle réponse mais, de toute manière, outre l'ostentatoire capiton, ces portes étaient constituées de solides plaques de chêne superposées. Des portes à l'épreuve des bruits et qui, à l'instar des épaisses cloisons, savaient conserver leurs secrets... pas étonnant que nous eussions été, jadis, si aisément dissimulés. Je tournai le bouton, m'attendant à trouver ces portes fermées à clé. Elles ne l'étaient pas.

Ce fut presque avec la sensation d'être une voleuse que je pénétrai dans le salon impeccablement rangé de mon fils. Pas une revue, pas un livre ne traînait. Dans un même souci de netteté, il avait accroché aux murs ses raquettes de tennis et ses cannes à pêche tandis qu'un sac de golf occupait une encoignure et qu'un placard entrouvert laissait voir un cyclorameur. Lorsque mon regard se posa sur les photos de ses vedettes sportives préférées, je me dis une fois de plus que Bart ne garnissait son mur de ces portraits de footballeurs et de batteurs de base-ball qu'à seule fin d'avoir quelque chose en commun avec les autres jeunes gens de son âge. A mon sens, il eût été plus honnête de sa part de leur substituer les traits austères de ceux qui se bâtissaient des fortunes sur le marché boursier ou qui tenaient les rênes économiques et politiques de la planète.

La décoration de ces pièces jouait sur un contraste de noir et de blanc ponctué de rouge. C'était certes spectaculaire, mais passablement froid. Je m'installai sur le long canapé de cuir blanc qui devait friser les trois mètres cinquante, les pieds posés sur les motifs rouges du tapis et le dos calé par les coussins de velours et de satin noir. Dans un coin, je pouvais voir un bar superbe dont les carafes de cristal et les séries de verres à pied accrochaient la lumière et, à proximité, un petit réfrigérateur surmonté d'un mini-four.

Dans leur cadre doré, les photos se détachaient sur un fond noir ou rouge qui, lui-même, tranchait sur la moire de soie blanche dont étaient tendus trois des murs. Le quatrième, capitonné de cuir noir, était en fait une fausse cloison. L'un des boutons de cuir masquait la serrure d'un grand coffre-fort où Bart rangeait ses titres, ne se servant de celui du bureau que pour des documents de moindre importance. J'étais au courant de son existence pour avoir bénéficié d'une démonstration de son ouverture l'unique fois où il m'avait fait visiter ses appartements, tout fier de me montrer l'ingéniosité du camouflage.

Mon regard se déplaça vers la porte de sa chambre. Une belle porte à deux battants, capitonnée de cuir noir elle aussi, et qui donnait accès à une chambre luxueuse, décorée dans le même style que le salon. Je crus percevoir du bruit derrière ces portes. Le roulement assourdi d'un rire d'homme et, plus assourdi encore, le trille d'un rire de femme. J'avais dû me tromper... comment Bart aurait-il réussi à faire rire Melodie, alors que nous étions tous incapables de lui arracher ne fût-ce qu'un sourire ?

Mon imagination s'emballa et se mit à me décrire par le détail ce qu'ils devaient être en train de faire. J'étais malade à la pensée de Jory qui, plein d'espoir, attendait dans sa chambre cette épouse qui ne venait jamais le voir. Malade à l'idée que Bart pût commettre un tel acte envers son propre frère, envers cet homme pour lequel, un temps, il avait éprouvé des sentiments d'amour et d'estime... un temps ridiculement bref.

Juste à cet instant, la porte s'ouvrit et Bart apparut, nu comme un ver. Gênée de le voir ainsi, terrifiée à la pensée qu'il pût m'apercevoir, je me fis toute petite sur le canapé. Jamais il ne m'aurait pardonné cette intrusion dans son domaine.

Du fait de l'orage, la pénombre était telle qu'il passa devant moi sans me remarquer et, d'un pas vif, gagna le bar où, avec les gestes précis d'un expert, il concocta quelque breuvage en prélevant sur le contenu d'un bon nombre de carafes. Puis il découpa un citron en tranches, sortit deux verres à cocktail qu'il remplit à moitié, posa le tout sur un plateau d'argent et repartit vers sa chambre dont il referma la porte du pied derrière lui.

Des cocktails ? Si tôt dans la matinée ? Qu'en aurait pensé Joël ?

Je me redressai sur le canapé puis repris mon souffle.

Le tonnerre grondait, la pluie martelait les vitres et, à peine espacés de quelques secondes, des éclairs déchiraient le ciel, éclaboussant la pièce de leur lumière blafarde.

Je gagnai un coin du salon moins exposé où je me fondis dans l'ombre d'une grande plante verte. Et j'attendis.

Une éternité me parut s'écouler avant que la porte ne se rouvrît... et Jory, là-bas, qui attendait dans l'anxiété, dans la rage peut-être, de voir paraître sa femme. Deux verres, deux. Elle était là, elle ne pouvait qu'être là.

Et, dans la pénombre, ce fut bien Melodie que je vis sortir de la chambre de Bart, vêtue d'un peignoir dont la finesse révélait assez qu'elle ne portait rien en dessous. Un éclair l'embrasa soudain de sa lumière bleue, soulignant la bosse que formait ce bébé attendu pour janvier.

« Oh, Melodie, comment peux-tu faire une telle chose à Jory ? »

— Reviens, la rappela Bart d'une voix ronronnante et satisfaite. Il pleut dehors et ce feu de bois dans la chambre est si agréable... d'ailleurs, tu n'as rien de spécial à faire...

— Si, il faut que je prenne un bain, que je m'habille et que j'aille voir Jory, lui répondit-elle en hésitant sur le seuil et en gardant tourné vers Bart un regard plein de désir. J'aurais voulu rester... vraiment, mais Jory a tout de même besoin que je sois là de temps en temps.

— Est-ce qu'il peut t'apporter ce que tu viens juste de recevoir de moi ?

— Je t'en prie, Bart, il a besoin de moi. Tu ne sais pas ce que c'est que d'être indispensable.

— Non, tu as raison, je ne sais pas. Seuls les faibles ont besoin des autres.

— Tu n'as jamais été amoureux, Bart, lui rétorqua-t-elle d'une voix rauque, tu ne peux donc pas comprendre. Tu me prends, tu uses de moi, tu me dis que je suis extraordinaire, mais tu ne m'aimes pas, je ne te suis pas vraiment nécessaire. Quelqu'un d'autre pourrait tout autant faire l'affaire. C'est pourtant bon de se savoir irremplaçable, de savoir qu'un être vous veut à l'exclusion de tout autre.

— Alors, vas-y. (De là où j'étais, il me restait invisible mais son ton s'était fait glacial.) Bien sûr que je n'ai pas besoin de toi. Je n'ai besoin de personne. Et j'ignore si ce que j'éprouve pour toi est de l'amour ou simplement du désir. Ce que je sais, c'est que tu es très belle, même enceinte, et que ton corps me donne du plaisir pour l'instant. Quant à savoir ce qu'il en sera demain...

Je ne la voyais que de profil mais l'expression blessée de son visage me crevait les yeux. Elle gémit pitoyablement :

— Alors, pourquoi veux-tu que je vienne chaque jour, chaque nuit ? Pourquoi n'arrêtes-tu pas de me suivre des yeux ? Je suis sûre que tu as besoin de moi, Bart, que tu m'aimes. Tu as simplement honte de l'admettre. Je t'en prie, ne te montre pas cruel. Ça me fait mal. Tu as profité de ma faiblesse et de mes peurs pour me séduire lorsque Jory était encore à la clinique. Tu m'as prise en un moment où j'avais besoin de lui et je me suis laissé faire parce que tu m'as dit que c'était de toi que j'avais besoin ! Tu savais que j'étais terrifiée à l'idée que Jory pût mourir... et tu savais que j'avais besoin de quelqu'un.

— Ne suis-je donc que ça pour toi ? rugit-il. Un besoin ? Je croyais pourtant que tu m'aimais, que tu m'aimais réellement !

— Mais je t'aime, je t'aime !

— Non, ce n'est pas vrai ! Me parlerais-tu constamment de lui si tu m'aimais ? Alors, va le voir ! Va donc voir ce qu'il peut encore t'apporter maintenant !

Elle sortit, et dans les plis tourbillonnants de son vêtement diaphane, elle évoquait un fantôme à la recherche frénétique de sa vie révolue.

La porte claqua derrière elle.

Je me relevai non sans raideur et avec cette lancinante douleur au genou qui se réveillait chaque fois que le temps était humide. Ce fut d'ailleurs en boitant légèrement que je m'approchai de la porte fermée de la chambre de Bart. Sans marquer le moindre temps d'hésitation, je l'ouvris en grand et, avant même qu'il n'eût le loisir de protester, j'étais à l'intérieur et j'avais déjà basculé l'interrupteur, répandant un flot de lumière inquisitrice dans cette pièce jusqu'alors intimement éclairée par les seuls reflets du feu de bois.

Instantanément, il se redressa dans son immense lit.

— Mère ! Qu'est-ce que tu fiches dans ma chambre ? Sors tout de suite ! Tout de suite !

Au lieu de lui obéir, je couvris en moins d'une seconde le vaste espace qui séparait la porte de son lit.

— Et toi, qu'est-ce que tu fiches à coucher avec la femme de ton frère ? La femme de ton malheureux infirme de frère ?

— Fous-moi le camp d'ici ! rugit-il en ramenant pudiquement les draps sur le bas de son corps. Comment oses-tu m'espionner ?

— Baisse d'un ton, Bart Foxworth ! Je suis ta mère et tu n'as pas encore trente-cinq ans pour que tu puisses m'ordonner de quitter cette maison. Je partirai quand cela me conviendra et ce moment n'est pas encore arrivé. Tu me dois tant, Bart !

— Je te dois quelque chose, mère ? fit-il, sarcastique et amer. Peux-tu me dire ce que je te dois ? Peut-être faut-il que je te remercie pour mon père, à la mort duquel tu as largement participé ? Ou encore pour l'enfant délaissé que j'étais, pour mon manque de confiance en moi ? Dois-je te dire merci de m'avoir placé sur un terrain si instable qu'à présent je suis incapable de me sentir normal, incapable d'inspirer l'amour ? (Sa voix se brisa et il baissa la tête.) Et ne reste pas plantée devant moi avec ce regard accusateur dans tes maudits yeux bleus de Foxworth. Tu n'as pas besoin d'en rajouter pour que je me sente coupable. Je suis né avec ce poids sur mes épaules. Lorsque j'ai pris Melodie, elle était continuellement en larmes et elle avait besoin de quelqu'un pour la soutenir, pour lui rendre sa confiance en elle et pour lui donner de l'amour. Et, pour la première fois de ma vie, j'ai trouvé en elle ce type d'amour dont je n'avais cessé d'entendre parler dans les conversations des gens et dans les livres, l'amour d'une femme qui voue son existence à un seul homme. Te rends-tu compte à quel point ces femmes sont rares ? Melodie est la première qu'il m'ait été donné de rencontrer. Avec elle, je me sens humain, je puis me détendre, ôter ma cuirasse car elle ne cherche pas à me blesser. Elle m'aime, maman. De ma vie, je pense n'avoir jamais éprouvé un tel bonheur.

— Et tu veux me faire croire cela, alors que je viens de surprendre entre vous des paroles plutôt vives ?

Je vis des larmes perler au coin de ses yeux et il se laissa retomber sur le lit pour me tourner le dos sans se soucier du drap qui glissait dangereusement bas.

— C'est que je suis sur la défensive, et elle aussi. Elle estime trahir Jory en m'aimant, et je ne suis pas loin d'éprouver la même chose. De temps à autre, nous arrivons à oublier ce sentiment de honte et de culpabilité... alors, c'est merveilleux. Lorsque Jory était à la clinique et que toi et Chris vous n'étiez jamais là, je n'ai pas eu à déployer le grand jeu du séducteur. Elle est tombée dans mes bras presque sans résistance, heureuse qu'elle était de trouver quelqu'un qui se souciait assez d'elle pour comprendre ce qu'elle ressentait. C'est cette maudite impression de faute qui crée des différends entre nous. S'il n'y avait pas Jory en travers du chemin, elle se précipiterait dans mes bras et elle serait ma femme.

— Bart ! Tu n'as pas le droit de lui voler sa femme. Il a besoin d'elle comme jamais auparavant ce ne fut le cas ! C'est mal d'avoir profité de son désespoir et de son esseulement pour triompher de sa résistance. Renonce à elle. Cesse de la prendre dans ton lit. Sois loyal envers Jory comme il l'a toujours été envers toi. Chaque fois que tu as eu des problèmes, Jory t'a soutenu... tâche de t'en souvenir.

Il se retourna et remonta pudiquement le drap avant de lever vers moi des yeux au fond desquels je vis que quelque chose s'était brisé, rendant à mon fils cet air pathétique et vulnérable qu'il avait eu dans son enfance. Je retrouvais ce gosse blessé qui n'arrivait pas à s'aimer lui-même. Et ce fut d'une voix rauque qu'il me dit :

— Oui, j'aime Melodie. Je l'aime assez pour vouloir l'épouser. Je l'aime de tout mon cœur, de tout mon corps, de la moindre parcelle de moi-même. Elle m'a comme éveillé d'un profond sommeil. Vois-tu, elle est mon premier amour. Jamais de ma vie je n'ai été touché ou ému par une femme comme je le suis par Melodie. Elle s'est glissée dans mon cœur et, maintenant, je ne puis l'en déloger. Elle s'introduit furtivement dans ma chambre, toute fraîche et parfumée au sortir de son bain, vêtue du ruissellement doré de sa chevelure défaite tout autant que de déshabillés raffinés, et elle se tient là, devant mon lit, avec des yeux suppliants, et je sens mon cœur qui se met à battre de plus en plus vite, de plus en plus fort. Et lorsque je rêve, c'est d'elle que je rêve. Elle est devenue l'élément le plus merveilleux de ma vie.

» Ne comprends-tu pas pourquoi je ne puis renoncer à elle ? C'est elle qui a éveillé ce brûlant désir d'amour, et d'amour physique, qui était en moi sans que j'en eusse jamais soupçonné l'existence. Je considérais le sexe comme un péché, si bien qu'il ne m'était jamais arrivé de quitter les bras d'une femme sans me sentir souillé, d'une souillure autrement plus tenace que celle que je croyais lui laisser. Lorsque je faisais l'amour avec une autre femme, j'en retirais toujours un sentiment de culpabilité comme s'il y avait quelque chose de démoniaque dans l'étreinte de deux corps nus... à présent, je sais qu'il n'en est rien. Elle m'a fait comprendre la beauté qui rayonne de l'amour sous tous ses aspects et, maintenant, je ne vois vraiment pas comment je pourrais supporter de vivre sans elle. Cet amour d'amant, Jory ne peut plus le lui donner. Laisse-moi devenir ce véritable époux dont elle a besoin et auquel elle aspire. Aide-moi donc à lui rendre une vie normale et à m'en construire une pour moi-même... sinon... je ne sais pas... non, je ne sais vraiment pas ce qui peut arriver...

Et son regard implora ma compréhension.

Oh, entendre de sa bouche un tel aveu alors que je n'avais jamais cessé de regretter qu'il se confiât si peu et être dans l'impossibilité d'y répondre ! Que pouvais-je faire ? J'aimais Jory ; j'aimais Bart. Je restai donc à me tordre les mains et la conscience, torturée par le remords car, en un sens, je me sentais responsable. J'avais toujours négligé Bart en faveur de Jory, puis de Cindy...

Et maintenant, j'avais à en payer le prix... et Jory aussi.

Bart se remit à parler, d'une voix plus sourde encore et plus brisée, renforçant mon impression d'avoir affaire au petit garçon vulnérable qui me dissimulait ses rares instants de joie pour ne pas les exposer à des désillusions mortelles.

— Pour une fois, mère, considère un peu les choses de mon point de vue. Je ne suis ni mauvais ni pervers, ni même la brute pour laquelle tu me fais parfois passer à mes propres yeux. Je ne suis qu'un homme qui ne s'est jamais senti bien dans sa peau. Aide-moi, mère. Aide Melodie à retrouver ce mari qui lui manque, maintenant que Jory n'en est plus vraiment un.

Le frénétique roulement de tambour de la pluie sur les vitres semblait reprendre en écho les battements de mon cœur. Le vent hurlait et sifflait autour de la demeure cependant que les pensées se bousculaient à l'intérieur de mon crâne. Je ne pouvais tout de même pas couper Melodie en deux pour donner à chacun sa part ! Il me fallait m'en tenir à ce que j'estimais être juste et ne pas en démordre. L'amour que Bart portait à Melodie n'était pas une bonne chose. C'était Jory qui avait le plus grand besoin d'elle.

Et pourtant, je ne disais rien, je ne faisais rien, je restais clouée sur la moquette... terrassée par ce besoin désespéré d'amour que je découvrais chez mon cadet. Tant de fois par le passé j'avais cru voir en lui l'instrument du mal alors qu'il s'était immanquablement révélé innocent. Ma propre culpabilité d'avoir mis cet enfant au monde m'avait-elle jeté un sort en me dotant d'yeux aveugles au bien qui se trouvait en Bart ?

— En es-tu certain, Bart ? Aimes-tu réellement Melodie ou ne la désires-tu que parce qu'elle est la femme de Jory ?

Ses yeux sombres se rivèrent aux miens et j'y vis une sincérité que je ne leur avais jamais connue, toujours mêlée à cette suppliante demande d'être compris.

— Au début, je n'ai désiré Melodie que parce qu'elle était l'épouse de Jory, je dois le reconnaître en toute honnêteté. Je voulais lui prendre ce à quoi il tenait le plus comme il m'avait jadis empêché d'accéder à ce que je voulais pardessus tout... toi ! (Ce fut avec une horrible sensation de rétraction intérieure que je l'entendis poursuivre :) Mais à mesure que je la voyais rejeter mes avances, je me suis mis à la respecter, à la considérer comme une femme différente de toutes ces autres qu'il est si facile d'avoir. Plus elle me repoussait, plus je sentais grandir en moi la flamme du désir ; il me fallait l'avoir ou j'en mourrais. Oui, je l'aime ! Elle m'a rendu vulnérable... et je ne sais plus comment je pourrais faire pour vivre sans elle !

— Oh, Bart... commençai-je en me laissant tomber à genoux au pied de son lit. Quel malheur que ce ne soit pas une autre... n'importe quelle autre, mais pas Melodie. Je suis contente que tu aies fait l'expérience de l'amour... et que tu saches que ce n'est ni sale ni coupable. Pourquoi Dieu aurait-il créé des hommes et des femmes si ce qu'ils font ensemble devait être un péché ? Il a voulu qu'il en soit ainsi. Par l'amour, nous nous recréons nous-mêmes. Cependant, Bart, tu dois me promettre de ne plus chercher à la voir seule. Il vous faudra patienter jusqu'à la naissance du bébé avant de prendre la moindre décision, Melodie et toi.

Je vis ses yeux s'emplir d'espoir et de gratitude.

— Alors, tu vas m'aider ? (Il y déferlait également une incrédulité totale.) Jamais je n'aurais pensé que tu...

— Patience, d'abord, patience. Tu vas attendre que Melodie ait eu son bébé puis tu iras la voir et vous irez rendre visite à Jory. Tu lui diras en face les sentiments que tu éprouves à l'égard de sa femme. Tu ne dois pas lui voler Melodie sans qu'il ait son mot à dire.

— Mais tout ce qu'il pourra dire ne pourra rien changer, mère. Il a perdu d'avance. Il ne peut pas danser. Il ne peut même pas marcher. Il est incapable de toute activité physique.

Plusieurs secondes s'écoulèrent avant que ne se fît jour en moi la façon dont j'allais m'y prendre pour sortir de l'impasse.

— Mais est-ce vraiment toi qu'elle aime ? J'étais dans le salon et je l'ai entendue te répondre. Il m'a semblé qu'elle était déchirée entre l'amour qu'elle porte à Jory et le besoin qu'elle a de toi. Ne tire donc pas avantage du passage à vide de Melodie et de l'incapacité dans laquelle est Jory de réagir. Tu dois laisser à ton frère le temps de surmonter son handicap car il n'est pas juste de lui voler sa femme alors qu'il est sans défense. Et tu dois lui laisser à elle le temps de s'adapter à l'infirmité de son mari. Si, après cela, c'est toujours toi qu'elle veut, alors prends-la, car il n'est pas nécessaire qu'elle le fasse souffrir plus longtemps. Mais que vas-tu faire du bébé ? As-tu l'intention de prendre à Jory son enfant comme tu lui prends sa femme ? Ton projet est-il de ne rien lui laisser ?

Un éclair de suspicion apparut dans les yeux de Bart qui renversa brusquement la tête et se mit à fixer le plafond.

— Je ne sais pas encore pour l'enfant. Je n'ai pas considéré la question jusque-là. En fait, je m'efforce de ne pas penser à ce bébé... et ne t'avise pas de courir tout raconter à Chris ou à Jory. Pour une fois, laisse-moi une chance de me débrouiller seul avec ma vie.

— Bart...

— Maintenant, je t'en prie, laisse-moi. J'ai besoin d'être seul pour penser. Je suis fatigué. Tu sais, mère, avec tes exigences et tes jugements péremptoires, n'importe quel homme est vite au bout du rouleau. Tout ce que je te demande, cette fois, c'est de me donner honnêtement ma chance de prouver que je suis ni aussi mauvais que tu le penses ni aussi dingue que je me suis cru en un temps.

Il ne me redemanda pas de ne rien dire à Jory ou à Chris comme s'il avait l'assurance que je ne le ferais pas. Je me relevai, lui tournai le dos et sortis de sa chambre.

Alors que je rentrais dans la mienne, j'eus vaguement l'idée de passer interroger Melodie, mais j'étais trop énervée pour songer à le faire sans crier. Elle était déjà suffisamment désemparée comme cela ; et je devais penser à la santé de l'enfant.

Seule dans mes appartements, je m'installai devant la cheminée où un feu s'obstinait à ne pas prendre et je réfléchis à ce que j'allais faire. Les besoins de Jory m'apparaissaient prioritaires. En trois mois de temps, j'avais vu fondre ses belles jambes musclées qui, à présent, évoquaient celles de Bart dans son enfance. Des jambes courtes et grêles, couvertes d'égratignures, de plaies et de bleus, et qui enduraient chute sur chute, fracture sur fracture. Ainsi Bart se punissait-il d'être né et de ne pouvoir élever sa vie au niveau des critères fixés par Jory. Cette pensée me donna la force de m'extirper de chez moi pour retourner voir ce dernier.

Je fis halte sur le seuil de sa chambre et, le visage nettoyé de toute trace de larmes, les yeux débarrassés de leur rougeur par l'application d'une vessie à glace, je souris à mon aîné :

— Melodie fait la sieste mais elle viendra te voir avant le dîner. A propos, je pense que ce serait bien que vous preniez tous les deux votre repas en amoureux au coin du feu. Avec cette tourmente qui fait rage dehors, ce n'en sera que plus douillet. Je vais demander à Trevor et à Henry d'apporter une réserve de bûches ainsi qu'une table. J'ai composé un menu rassemblant tout ce que tu aimes. Maintenant, que puis-je faire pour t'aider à te mettre sur ton trente-et-un ?

Il exprima son indifférence en la matière par un haussement d'épaules. Pourtant, avant l'accident, il avait adoré s'habiller et jamais il ne serait sorti de sa chambre sans avoir étudié sa mise dans les moindres détails.

— Quelle importance, maman ? Qu'est-ce que ça changera, maintenant ? Je vois que tu n'as pas réussi à me la ramener et, si elle fait simplement la sieste, je trouve que tu as mis un sacré bout de temps à revenir me l'annoncer.

— Le téléphone a sonné... et, tu sais, Jory, il m'arrive tout de même d'avoir deux ou trois choses à faire de temps en temps. Bon, alors quel costume veux-tu mettre ?

— Un pyjama et une robe de chambre, ça ira, fit-il, l'air ailleurs.

— Ecoute-moi bien, Jory. Ce soir, tu vas inaugurer ce fauteuil roulant électrique et porter l'un des costumes de ton père, puisque tu n'as avec toi que des vêtements d'été.

Il y trouva tout de suite à redire mais je m'empressai de le contrer. J'avais déjà donné des ordres pour faire venir toute sa garde-robe de son appartement new-yorkais. Melodie, quant à elle, avait demandé qu'on laissât ses affaires où elles étaient et cela m'avait fait intérieurement bouillir de colère bien que je n'en eusse soufflé mot.

— Quand tu te sens beau, tu te sens bien, et la bataille est à moitié gagnée. Tu as tort de ne plus te préoccuper de ton apparence. Nous allons y remédier car je vais te raser de ma propre main, quand bien même aurais-tu décidé de te laisser pousser la barbe. Tu es trop beau pour te cacher derrière une forêt de poils. Tu as la plus belle bouche que l'on puisse imaginer et un superbe menton volontaire. La barbe devrait être réservée aux hommes affligés d'un menton fuyant.

Il finit par se plier à mes exigences et accepta, non sans un sourire d'ironie amère, de redevenir ce qu'il avait été.

— Il y a quelque chose d'anormal, maman. Je trouve que tu es beaucoup trop aux petits soins pour moi... mais je ne te poserai pas de questions. Après tout, je suis bien content que l'on s'occupe de moi.

Sur ces entrefaites, Chris rentra de Charlottesville et, immédiatement, nous proposa son aide. Ce fut donc lui qui débarrassa le beau visage de Jory du poil qui le rongeait, usant pour ce faire du rasoir sabre car, disait-il, en matière d'esthétique masculine, l'invention de cet instrument avait fait franchir à l'humanité son pas décisif.

Je m'assis sur le lit et observai Chris qui achevait de faire disparaître toute trace de mousse sur les joues de Jory puis qui les aspergeait d'after-shave et d'eau de Cologne. La patience d'ange de mon aîné faisait plaisir à voir mais je ne pouvais m'empêcher de m'inquiéter de ce que Bart était en train de faire et de la façon dont j'allais aborder Melodie pour lui dire que j'étais au courant de ses relations avec mon cadet.

Jory avait déjà repris assez de force dans les bras pour être en mesure de basculer son corps du lit au fauteuil et, Chris et moi, nous restâmes en retrait sans lui proposer notre aide, sachant bien qu'il lui fallait se débrouiller seul. Il parut tout à la fois fier et vexé d'y arriver si facilement du premier coup mais une fois qu'il fut dans le fauteuil, il ne put dissimuler plus longtemps qu'en fin de compte il s'y sentait bien.

— Pas mal, fit-il en se regardant dans la glace que je lui tendais.

Puis il démarra et fit un tour d'essai dans la pièce. Après avoir virevolté, il s'arrêta et nous sourit.

— C'est mieux que le lit. Vous devez m'avoir trouvé stupide d'être aussi têtu... Maintenant, je vais avoir à cœur d'achever cette maquette avant Noël, et si l'on continue à me dorloter ainsi, je crois que je vais m'en sortir.

— En avons-nous jamais douté ? fit joyeusement Chris.

— Maintenant, Jory, tiens-toi bien... je vais aller chercher Melodie. (J'étais ravie de retrouver ce pétillement de gaieté dans son regard et de le savoir tout excité à l'idée de pouvoir se déplacer, même si c'était sur des roues et non sur des jambes.) A cette heure, elle doit s'être habillée pour descendre dîner. Comme tu sais, le Bart que nous avons connu perpétuellement débraillé s'est transformé en chaud partisan des élégances mondaines.

— Dis-lui de se dépêcher, me cria Jory alors que j'étais déjà sur le seuil. (Là encore, je retrouvai mon fils d'avant l'accident.) Je crève de faim. Et la vue de ce feu me fait aussi crever de désir pour elle.

Et ce fut dans la tourmente d'impulsions contradictoires que je m'acheminai vers la chambre de Melodie car, pour triompher de son inévitable résistance, j'allais devoir utiliser ce que je savais... et, lorsque j'aurais terminé, ce serait peut-être comme si je venais de la jeter dans les bras de Bart. Mais c'était un risque à courir.

Un frère gagnerait.

L'autre perdrait.

Alors que je voulais les voir tous deux vainqueurs.

La trahison de Melodie

Je frappai d'abord quelques petits coups secs. Derrière la porte, j'entendais faiblement la musique du *Lac des cygnes* et je me dis qu'elle devait avoir mis le son très fort car sinon, au travers d'une telle épaisseur de chêne, je n'aurais rien pu entendre. Je frappai donc plus fort. Elle ne répondit toujours pas et, cette fois, j'ouvris, entrai, et refermai silencieusement la porte derrière moi. Le plus grand désordre régnait dans la chambre ; des vêtements traînaient n'importe où sur le plancher et le plateau de la coiffeuse disparaissait presque sous un étalage de produits de beauté.

— Melodie, où es-tu ?

La salle de bains aussi était vide. Bon sang ! Elle était partie voir Bart. En un clin d'œil, je fus de nouveau dans le couloir à courir vers l'aile de Bart. Arrivée devant sa porte, je la martelai à coups redoublés.

— Bart, Melodie... vous ne pouvez pas faire ça à Jory !

Ils n'étaient pas là.

Je me précipitai au bas des marches et gagnai la salle à manger dans le faible espoir qu'ils se fussent attablés sans nous attendre. J'y trouvai Trevor occupé à dresser le couvert pour deux personnes, mesurant de l'œil la distance entre chaque assiette et le rebord de la table avec autant de précision que s'il s'était servi d'un double décimètre.

— Trevor, avez-vous vu mon fils cadet ?

— Certes, madame, me répondit-il avec son exquise politesse britannique tout en commençant à disposer l'argenterie. Mr Foxworth et Mrs Marquet sont sortis dîner au restaurant. Mr Foxworth m'a demandé de vous dire qu'ils seraient de retour... bientôt.

— Qu'a-t-il dit au juste, Trevor ?

— Mr Foxworth n'était que très légèrement éméché, madame. Pas vraiment ivre. Vous n'avez donc pas à craindre un accident dû à la pluie. J'ai la certitude qu'il saura rester maître de sa voiture, et il n'arrivera rien à Mrs Marquet. C'est une nuit superbe pour faire un tour en auto lorsqu'on aime la pluie.

Je repris ma course folle vers le garage, espérant y arriver à temps pour les retenir. Trop tard ! Et mes appréhensions se précisèrent car Bart avait emmené Melodie dans son terrifiant petit bolide, la Jaguar rouge.

Ce fut à pas de tortue que je remontai les marches. Dans la chambre, je ne trouvai que Jory, tout émoustillé du champagne qu'il avait commencé de déguster en attendant. Chris était parti se changer pour le dîner.

— Où est ma femme ? demanda Jory, installé derrière cette table que Trevor et Henry avaient montée et où ils avaient placé un bouquet de fleurs fraîchement cueillies dans notre serre.

De ces fleurs, ainsi que du champagne maintenu à bonne température dans un seau à glace d'argent, émanait une atmosphère de fête intime que venait renforcer le feu de bois qui brûlait dans la cheminée, dissipant l'humidité de cette soirée d'orage. Avec ses jambes cachées sous la table et son fauteuil difficilement reconnaissable pour ce qu'il était, Jory donnait vraiment l'impression d'être redevenu comme avant.

Allais-je encore inventer un mensonge ?

Tout l'éclat de son regard mourut et il me dit d'une voix dénuée d'expression :

— Elle ne vient pas, c'est ça ? De toute façon, elle ne met plus jamais les pieds ici... du moins, plus dans cette chambre. Elle reste sur le pas de la porte et me parle de loin. (Sa voix s'érailla, puis se brisa tout à fait, et il se mit à pleurer.) Je fais des efforts, maman, je fais vraiment de réels efforts pour accepter tout ça sans amertume. Mais quand je vois ce qui se passe entre moi et ma femme, le supplice se fait intolérable. Je sais ce qu'elle pense, même si elle ne dit rien. Je ne suis plus un homme au plein sens du terme et elle ne voit pas comment elle pourrait s'en arranger.

Je m'agenouillai près de lui et le pris dans mes bras.

— Elle apprendra, Jory, elle apprendra. Nous sommes tous obligés d'apprendre à nous arranger de ce que nous ne pouvons modifier. Laisse-lui le temps, c'est tout. Attends la naissance du bébé. Elle changera ensuite. Je te promets qu'elle changera. Tu lui auras donné ton enfant. Pour mettre la joie au cœur, rien n'égale un bébé bien à soi que l'on prend dans ses bras. Imagines-tu comme il est doux, comme il est passionnant de disposer d'une infime parcelle de l'humanité dont le modelage, la forme future, ne dépendent que de toi ? Je te le dis, Jory, prends patience et tu verras Melodie changer.

Ses larmes avaient cessé mais l'angoisse demeurait au fond de son regard.

— Je ne sais pas si je suis capable d'attendre. (Sa voix n'était plus qu'un chuchotement rauque.) Quand il y a du monde autour de moi, je souris et je fais comme si j'étais content, mais je n'arrête pas de penser à mettre un terme à tout ça et à libérer Melodie de ses obligations. Ce ne serait pas honnête de ma part d'attendre qu'elle reste auprès de moi. Ce soir, je vais lui dire qu'elle peut partir si elle veut, ou qu'elle peut attendre la naissance du bébé puis me quitter et demander le divorce. Je ne m'y opposerai pas.

— Non, Jory ! explosai-je. Ne dis rien qui puisse risquer de la bouleverser plus... laisse-lui simplement le temps. Laisse-la s'adapter. Le bébé lui donnera la force de s'adapter.

— Mais, maman, je ne sais vraiment plus si moi j'aurai la force de vivre jusqu'au bout. Je ne cesse de penser au suicide. Je repense à mon père et je me dis que je voudrais avoir le courage de faire ce qu'il a fait.

— Non, mon chéri. Tiens bon. Tu ne seras jamais seul.

Chris et moi, nous nous fîmes servir notre dîner dans sa chambre afin de lui tenir compagnie. Tout le temps que dura le repas, ce fut à peine s'il ouvrit la bouche pour parler.

Au moment de se mettre au lit, je pris discrètement soin de cacher tous les rasoirs et autres objets avec lesquels il aurait pu attenter à sa vie. Puis je m'installai pour dormir sur le divan de sa chambre de crainte qu'il ne commît l'irréparable à seule fin que Melodie ne se sentît pas coupable en le quittant. Cette nuit-là, ses gémissements percèrent la carapace de mes rêves.

— Mel... j'ai les jambes qui me font mal ! hurla-t-il soudain dans son sommeil.

Je me levai pour lui apporter mon réconfort et, lorsqu'il se réveilla, il posa sur moi un regard désorienté.

— Toutes les nuits, j'ai d'atroces douleurs dans le dos et dans les jambes, m'expliqua-t-il d'une voix tout engourdie en réponse à mes questions. Je ne tiens pas à ce qu'on me plaigne pour ces douleurs fantômes mais j'aimerais seulement pouvoir profiter de mes nuits.

Car ces mêmes jambes qu'il ne sentait pas durant le jour devenaient chaque nuit la source d'un incessant supplice et, dans le bas de son dos, c'était comme si quelqu'un n'arrêtait pas de lui porter des coups de poignard.

— Pourquoi dois-je souffrir de sentir ces jambes la nuit alors que je souffre déjà de ne pas les sentir le jour ? s'écria-t-il avec la sueur qui ruisselait sur son visage et qui collait à sa poitrine la veste de son pyjama. Je voudrais tant avoir le cran de mon père... voilà qui résoudrait tous nos problèmes !

Non, non, non. Je le serrai dans mes bras et lui couvris le visage de baisers en lui promettant de tout faire, de faire n'importe quoi pour qu'il continuât de s'accrocher à la vie.

— Ça ira mieux, Jory, tout finira par aller mieux ! Tiens le coup. Ne laisse pas tout tomber, ne baisse pas les bras devant le plus grand défi que tu aies eu à relever de ta vie. Nous sommes tous là pour te soutenir, moi, Chris et bientôt Melodie nous rejoindra et se comportera de nouveau comme ta femme.

Il me fixa d'un regard morne comme si j'agitais en vain mon miroir aux alouettes.

— Retourne dans ta chambre, maman. Tu me donnes encore plus l'impression d'être un gosse en restant dormir ici. Je te promets de ne rien faire qui puisse te faire pleurer.

— D'accord, mon chéri, mais n'hésite pas à sonner pour nous prévenir, moi ou ton père, si tu as besoin de quelque chose. Ne dérange pas Melodie qui risquerait de trébucher dans le noir et de tomber, maintenant qu'elle commence à ne plus très bien tenir sur ses jambes. Moi, je peux me lever, j'ai toujours eu le sommeil léger et je me rendors facilement. Tu m'écoutes, Jory ?

— Oui, bien sûr que je t'écoute, me répondit-il avec son regard toujours aussi vide et lointain. S'il y a une chose pour laquelle je suis bon, maintenant, c'est pour écouter.

— Et puis, tu sais, tu ne vas pas tarder à commencer les séances de rééducation.

— La rééducation, maman ? (Il avait maintenant les

yeux battus, tout embués d'ombres et de sommeil.) Tu veux dire ce corset auquel je suis destiné ? Ah, oui, je me réjouis d'avance de porter ce truc ! Et les attelles... dommage, quand même ! Je ne vais pas sentir leur délicieuse présence autour de mes jambes ! Et je passe sous silence le harnais qui va me donner l'impression d'être un cheval. Enfin, il me suffira de penser que cela m'empêche de tomber... (Il s'interrompit, se couvrit un instant le visage des mains puis rejeta la tête en arrière et soupira.) Seigneur, donnez-moi la force de supporter cette épreuve... M'avez-vous puni pour le trop grand orgueil que je tirais de mes jambes et de mon corps ? En ce cas, vous avez eu la main lourde en voulant me faire courber la tête.

Il ôta les mains de son visage et je vis les larmes qui brillaient dans ses yeux et qui roulaient sur ses joues.

— Désolé, maman, s'excusa-t-il, ce n'est pas très viril de s'apitoyer sur soi-même, n'est-ce pas ? On ne peut pas rester fort et courageux tout le temps. On a ses moments de faiblesse comme tout le monde. Allez, retourne dans ta chambre. Je ne vais pas rajouter ma part aux chagrins que vous avez déjà subis, toi et papa. Je boirai cette coupe jusqu'à la lie. Bonne nuit. Et dis bonne nuit à Melodie pour moi lorsque tu la verras.

Je courus pleurer dans les bras de Chris, provoquant de sa part un déluge de questions auxquelles je me refusai à répondre. Frustré à juste titre, il s'écarta de moi, furieux.

— Ne me prends pas pour un imbécile, Catherine. Tu me caches quelque chose en voulant m'épargner un fardeau supplémentaire mais c'est précisément de ne pas savoir ce qui se passe qui est le plus lourd des fardeaux !

Il attendit un moment puis, voyant que ma réponse ne venait pas, il se rendormit. Il avait la détestable habitude de pouvoir sombrer dans le sommeil au moment même où j'en étais incapable. J'aurais voulu qu'il se réveillât, je me serais même fait violence pour répondre à ses questions, mais il continua de dormir tout en se tournant vers moi dans son sommeil pour m'enlacer et enfouir son visage dans mes cheveux.

Cette nuit-là, je me relevai toutes les heures pour vérifier si Bart avait ramené Melodie et pour passer du même coup dans la chambre de Jory. Chaque fois, je le trouvais étendu sur son lit, les yeux grands ouverts, attendant apparemment Melodie comme moi.

— Tes douleurs fantômes se sont-elles calmées ?

— Oui, retourne te coucher. Je me sens très bien.

Dans le couloir qui longeait les appartements de Bart, je croisai Joël qui rougit en me voyant dans mon déshabillé de dentelle.

— Eh bien, Joël, je croyais que vous aviez changé d'avis et que, plutôt que sous ce toit, vous préfériez habiter dans cette petite cellule au-dessus du garage...

— J'avais effectivement changé d'avis, Catherine, et j'y étais retourné, mais Bart m'a donné l'ordre de revenir dans la demeure en prétendant qu'un Foxworth ne devait pas être traité comme un domestique. (Dans son regard, je voyais nettement un reproche pour n'avoir pas élevé la moindre objection lorsqu'il nous avait avoué apprécier davantage le réduit au-dessus du garage que la jolie chambre que lui proposait Bart dans l'aile de la maison qu'il s'était réservée.) Vous ne savez pas ce que c'est que d'être vieux, ma nièce. Je souffre d'insomnies depuis déjà plusieurs années. Constamment, je fais des cauchemars accompagnés de douleurs sourdes qui m'empêchent de trouver ce sommeil auquel j'aspire. Alors, je me lève pour tenter de m'épuiser et je me mets à errer dans cette demeure...

Errer ? Tu parles ! Espionner, voilà à quoi il occupait ses nuits ! Et soudain, alors que je posais sur lui un regard plus attentif, je me sentis toute honteuse. Là, dans la pénombre du couloir, il m'apparaissait si frêle, si maladif, si maigre. N'étais-je pas injuste envers Joël ? Mon aversion pour lui ne venait-elle pas simplement de ce qu'il était le fils de Malcolm et de sa détestable habitude de marmonner continuellement des citations de la Bible, me ramenant ainsi à cette époque où notre grand-mère nous obligeait à lui réciter chaque jour un verset du Saint Livre.

— Bonne nuit, Joël, lui dis-je sur un ton plus aimable que d'habitude.

Il resta pourtant planté là, comme s'il cherchait à me

gagner à sa cause, et je repensai à Bart qui m'avait si souvent fait souffrir par des paroles haineuses du temps de son enfance et auquel je n'avais presque plus rien à reprocher depuis qu'il avait grandi. Lui aussi, maintenant, lisait la Bible, tirant argument de ce qu'il y trouvait pour débattre sur n'importe quel problème. Joël avait-il éveillé ce que j'avais toujours considéré comme latent chez mon fils ? Mon regard se fixa sur le vieillard qui me parut nerveux, comme s'il avait peur de moi.

— Pourquoi êtes-vous comme cela ? lui demandai-je brusquement.

— Comme quoi, Catherine ?

— Comme si vous aviez peur de moi.

Il eut un piètre et pitoyable sourire.

— C'est que vous êtes une femme effrayante, Catherine. En dépit de la douceur que votre blondeur suggère, vous me semblez parfois aussi dure que pouvait l'être ma mère.

J'étais sidérée qu'il pût penser ça. Il m'était impossible de concevoir la moindre ressemblance entre moi et cette horrible vieille.

— Vous me rappelez également votre mère, chuchota-t-il de cette voix frêle perpétuellement menacée par l'extinction tout en resserrant autour de sa silhouette décharnée les plis de sa robe de chambre élimée. Vous paraissez trop jeune pour avoir la cinquantaine. Mon père avait coutume de dire que les mauvais s'arrangent toujours pour conserver la jeunesse et la santé plus longtemps que ceux qui ont leur place toute prête au paradis.

— Si votre père est au paradis, Joël, alors c'est avec plaisir que je prendrai le chemin opposé.

Au regard qu'il me jeta, je compris que ma mécréance ne suscitait chez lui que pitié. Puis il s'éloigna.

De retour au côté de Chris, j'eus la joie de le voir s'éveiller assez longtemps pour qu'il me fût possible de lui raconter l'entretien que j'avais eu avec Joël. Dans la pénombre de notre chambre, je le vis me jeter un regard noir.

— Catherine, comme c'est impoli de ta part de parler ainsi à un homme de cet âge. Tu ne penses tout de même pas pouvoir le chasser d'ici ? En un sens, il a plus de droits que nous sur cette demeure et, en outre, même si nous en avons la jouissance, elle fait légalement partie de l'héritage de Bart.

— Tu ne te rends donc pas compte, lui dis-je au comble de la fureur, que Bart est en train de plaquer sur Joël cette image paternelle qu'il n'a cessé de rechercher toute sa vie ?

Tout de suite, je me rendis compte que je l'avais blessé car il me tourna aussitôt le dos.

— Bonne nuit, Catherine. Peut-être devrais-tu rester au lit et t'occuper de tes propres affaires, histoire de faire une exception. Joël est un pauvre vieillard esseulé qui est bien content d'avoir trouvé un champion comme Bart et un toit sous lequel il puisse passer le restant de ses jours. Arrête de voir Malcolm dans tous les gens qui ont atteint un certain âge car, pour finir, si Dieu me prête vie, moi aussi je serai un vieillard.

— Si tu dois ressembler à Joël et agir comme lui, mieux vaut que tu meures jeune !

Oh, comment avais-je pu dire une chose pareille à l'homme que j'aimais ? Il roula jusqu'à l'autre bout du lit et s'abstint de toute réaction lorsque je lui effleurai le bras.

— Chris, pardonne-moi. Ce n'est pas ce que je voulais dire.

Je continuai à lui caresser le bras puis ma main glissa sous sa veste de pyjama.

— Ne te fatigue pas, Catherine. Je ne me sens pas du tout d'humeur... Tâche plutôt de te souvenir que qui sème le vent récolte la tempête.

Etouffé par la distance, j'entendis le bruit d'une porte qui se fermait. A ma montre, les aiguilles fluorescentes indiquaient 3 h 30. Je passai une robe de chambre et gagnai les appartements de Melodie où je m'assis pour l'attendre. A 4 heures, elle vint à bout du long trajet qui l'avait menée du garage à sa chambre. Bart et elle avaient-ils marqué de nombreux temps d'arrêt pour s'embrasser ? Avaient-ils murmuré des mots d'amour qu'il leur avait été impossible de remettre au lendemain ? Toujours fut-il que les premières lueurs de l'aube commencèrent à franger la crête des montagnes alors que j'étais toujours à faire les cent pas dans sa chambre au comble de l'impatience. J'entendis finalement ses pas mal assurés devant la porte et je la vis paraître, tenant d'une main ses escarpins argentés et de l'autre sa pochette en lamé.

Elle était enceinte de six mois mais dans son ample robe noire, son état n'était pratiquement pas décelable. Elle sursauta lorsqu'elle me vit jaillir du fauteuil et recula d'un pas.

— Eh bien, Melodie, fis-je avec cynisme. Quelle élégance !

— Cathy, comment va Jory ?

— Tu t'en soucies ? Première nouvelle !

— Pourquoi me parlez-vous sur ce ton ? Pourquoi m'en voulez-vous ? Qu'est-ce que j'ai fait ?

— Comme si tu ne le savais pas ! (Dans ma colère, j'en oubliais toutes les résolutions que j'avais prises d'agir avec tact.) Tu t'esquives par une nuit pluvieuse en compagnie de ton beau-frère et tu rentres à des heures indues avec des suçons dans le cou, la figure barbouillée de rouge à lèvres et les cheveux défaits, et tu as le front de me dire : « Qu'est-ce... que... j'ai... fait ? » Pourquoi ne me dis-tu pas justement ce que tu as fait ?

Elle fixa sur moi de grands yeux incrédules où, à la honte et à la culpabilité, se mêlait une vague lueur d'espoir.

— Je vous ai toujours considérée comme ma mère, Cathy. Je vous en supplie, ne me repoussez pas maintenant... maintenant que j'ai plus que jamais besoin d'une mère.

— Un instant, je suis d'abord et avant tout la mère de Jory. Et je suis également la mère de Bart. En trompant Jory, c'est moi que tu trompes.

— Je vous en prie, Cathy, ne vous détournez pas de moi. Si vous ne me comprenez pas, personne ne pourra le faire ! J'aime Jory, je l'ai toujours aimé...

— Et c'est pourquoi tu couches avec Bart, n'est-ce pas ? Quelle extraordinaire preuve d'amour ! l'interrompis-je d'une voix sèche et glaciale.

Elle enfouit son visage entre mes seins et ses bras se nouèrent autour de ma taille comme autour d'une bouée.

— Cathy, Cathy, je vous demande simplement d'écouter d'abord ma version des faits. (Elle leva vers moi un visage déjà ruisselant de larmes, de larmes noires à cause du mascara, et elle n'en avait l'air que plus pitoyable.) J'appartiens à l'univers de la danse, Cathy, et vous savez très bien ce que cela signifie. Nous autres, ballerines et danseurs, nous absorbons la musique dans notre corps et dans notre âme et nous la rendons visible pour ceux qui nous regardent. Et cette faculté, il nous faut la payer, la payer au prix fort. Et ce prix, Cathy, vous le connaissez. Dans la danse, nous offrons notre âme à nu au public, à sa vue, à ses critiques parfois, et lorsque s'achève le ballet, nous entendons retentir les applaudissements, nous recevons une pluie de roses ; autant de fois que le rideau se relève pour un rappel, nous saluons la salle et nos oreilles s'imprègnent de bravos, puis nous retournons en coulisse et là, nous ôtons notre maquillage, nous revêtons nos habits de tous les jours et nous reprenons conscience que le meilleur de nous-même n'est pas réel, qu'il n'a d'existence que par la magie du spectacle. Les ailes qui nous emportent dans l'univers du rêve sont si puissantes que personne n'est mieux placé que nous pour se rendre compte à quel point le monde réel est insensible, cruel, brutal... et pour en souffrir.

Elle marqua un temps d'arrêt pour trouver en elle la force de poursuivre alors que je restais devant elle, frappée par la finesse de son observation. Je savais reconnaître la vérité lorsque je l'entendais... Et qui mieux que moi aurait su ce qu'était la danse ?

— Le public n'a pas clairement conscience de ce qui nous fait vivre. Il ne comprend pas que nous sommes portés par la musique, soutenus par la musique, rendus plus grands que nature par les décors, les applaudissements, l'adulation qu'il nous témoigne, et ce dont il n'a pas même idée, c'est que nous sommes nourris d'amour physique. A la minute même où nous nous retrouvions seuls, Jory et moi, nous tombions passionnément dans les bras l'un de l'autre ; alors seulement, dans l'exutoire de l'amour, nous pouvions nous décharger de ce trop-plein de musique et trouver enfin le sommeil. A présent, je n'ai plus d'exutoire. Ni lui d'ailleurs. Mais il n'écoute plus de musique alors que, moi, je suis incapable de fermer la stéréo.

— Mais tu as un amant, lui fis-je remarquer sans grande conviction, tant je comprenais chaque mot de ce qu'elle me disait. En un temps, je n'avais été, moi aussi, portée sur les brillantes ailes de la musique que pour être ensuite précipitée, désemparée, dans le malaise et dans le désespoir parce que je n'avais personne pour m'aimer, personne pour hisser la réalité au niveau de cet univers fictif que je chérissais par-dessus tout.

— Ecoutez-moi, Cathy, je vous en prie. Laissez-moi une chance de m'expliquer. Vous savez quel ennui mortel règne dans cette demeure où personne ne vient jamais nous rendre visite et où les rares coups de téléphone sont immanquablement pour Bart. Vous, Chris et Cindy, vous étiez constamment à la clinique avec Jory alors que moi, dans ma lâcheté, je me terrais ici, terrifiée de ce qui était arrivé à Jory, terrifiée qu'il pût lire cette terreur dans mon regard. Alors, j'ai tenté de lire, j'ai cherché un dérivatif à mes idées noires dans le tricot, tout comme vous, mais je n'y suis pas parvenue. J'ai renoncé à toute occupation et je me suis mise à attendre les coups de téléphone. Mais personne ne m'a jamais appelée de New York. J'ai essayé de faire des promenades, de désherber le jardin. J'ai été pleurer dans les bois, mes yeux se levaient parfois vers le ciel, y voyaient voler des papillons, et mes larmes redoublaient.

» Un certain temps après que nous avons su que Jory ne pourrait plus jamais marcher ni danser, Bart est venu dans ma chambre un soir. Il a refermé la porte derrière lui et s'est contenté d'abord de rester là, debout, à me regarder. Moi, j'étais couchée sur le lit, en pleurs comme d'habitude. J'avais mis de la musique de ballet afin de tenter de recréer l'atmosphère de cette chambre du temps où Jory était là et, devant cette porte, c'était Bart qui me regardait avec l'éclat magnétique de ses yeux sombres. Il est resté ainsi, les yeux fixés sur moi, jusqu'au moment où je me suis arrêtée de pleurer ; alors il s'est approché, il a essuyé les larmes sur mon visage. Lorsque je me suis redressée, son regard s'est fait très doux, et je suis restée un long moment assise sur ce lit, fixant Bart à mon tour. Je ne l'avais jamais vu avec une telle douceur dans les yeux, une telle tendresse, une telle compassion. Il a tendu la main, a effleuré ma joue, ma chevelure, mes lèvres. Des frissons se sont mis à me parcourir le dos. Son autre main est venue rejoindre la première, il m'a pris la tête, il a plongé son regard dans le mien et, lentement, avec une infinie douceur, son visage s'est incliné vers moi et ses lèvres ont touché les miennes. Je n'aurais jamais cru qu'il pût agir avec une telle gentillesse. Je m'étais toujours dit qu'il devait prendre les femmes par la violence. Eût-il montré de la rudesse, aurais-je senti dans ses caresses la seule satisfaction de son désir, que je l'aurais sans nul doute repoussé. Mais sa douceur fut ma perte. Il me rappelait Jory.

Oh, je ne voulais pas en entendre plus. Il fallait absolument que je l'arrête avant d'être prise de sympathie et de pitié pour elle et pour Bart.

— Je ne tiens pas à en entendre plus, Melodie, fis-je d'une voix cinglante en détournant la tête pour ne pas voir sur son cou ces rouges marques d'amour qui auraient pu ne pas échapper à l'œil de Jory si elle était allée le voir. Donc, maintenant que tu es indispensable à Jory, tu t'apprêtes à le quitter pour Bart ! Quelle merveilleuse épouse tu fais, Melodie ! (Ses sanglots redoublèrent et elle se couvrit le visage de ses mains.) J'ai un souvenir précis de votre mariage, lorsque, debout devant l'autel, vous vous êtes juré fidélité pour le meilleur et pour le pire... et toi, au premier pire qui se présente, tu t'empresses de prendre un amant.

Tandis qu'elle reniflait en cherchant désespérément de nouveaux mots pour me convaincre, je repensai à l'isolement total de cette maison perchée à flanc de montagne. Et nous y laissions Melodie, assurés que son état dépressif l'empêcherait de prendre la voiture pour aller faire des bêtises ailleurs. Jamais nous n'aurions cru qu'elle pourrait les faire avec Bart, ces bêtises, jamais nous n'aurions soupçonné qu'elle pourrait se tourner vers lui... lui qu'elle semblait considérer comme le plus odieux des hommes.

Sans cesser de pleurer et de renifler, Melodie s'était mise à tortiller le bout de sa bretelle cependant qu'une lueur sournoise se faisait jour dans ses yeux délavés.

— Comment osez-vous me condamner, Cathy, vous qui avez fait bien pire ?

Piquée au vif, je me levai pour partir mais je sentis dans mes jambes le même poids que j'avais sur le cœur. Elle avait raison. Je n'étais pas meilleure. Moi aussi, j'avais échoué — plus d'une fois, même — à conduire ma vie comme il aurait fallu.

— Vas-tu au moins faire l'effort d'oublier Bart et de convaincre Jory que tu l'aimes encore ?

— J'ai toujours autant d'amour pour Jory, Cathy. Mais, cela va vous paraître étrange, j'aime aussi Bart, quoique ce soit d'une manière qui n'a rien à voir avec ce que j'éprouve pour Jory. Jory était mon amour d'enfance, le meilleur ami que j'avais, tandis que son petit frère m'était franchement antipathique. Mais Bart a changé, Cathy, il a vraiment changé. S'il haïssait vraiment les femmes comme il en donne l'impression, il ne pourrait jamais faire l'amour comme il le fait...

Mes lèvres se crispèrent. J'étais là, debout sur le seuil de sa porte ouverte, et je la condamnais comme en un temps ma grand-mère m'avait condamnée du seul regard inexorable de ses yeux d'acier qui me disaient que j'appartenais à la pire espèce de pécheurs qui fût en ce bas monde.

— Ne partez pas avant que je n'aie pu me faire comprendre ! s'écria-t-elle en jetant vers moi des bras suppliants.

La pensée de Joël qui pouvait traîner dans les parages me fit refermer la porte à laquelle je restai adossée.

— D'accord, je reste, mais ça ne changera rien.

— Bart m'aime, Cathy. Il m'aime vraiment. Lorsqu'il me le dit, je ne peux pas faire autrement que de le croire. Il veut que je divorce, et il dit qu'après il m'épousera. (Lourde de larmes, sa voix se réduisit à un murmure éraillé.) Sincèrement, je ne sais pas si je serai capable de finir mes jours auprès d'un mari confiné dans un fauteuil roulant.

Dans un nouveau déferlement de sanglots, elle s'effondra et, d'agenouillée qu'elle était, elle ne fut plus qu'une masse informe et recroquevillée sur le sol.

— Je n'ai pas votre force, Cathy. Je ne puis apporter à Jory ce soutien dont il a tant besoin maintenant. Je ne sais quoi dire ou quoi faire pour l'aider. Je voudrais voir réapparaître d'un coup de baguette magique le Jory que j'ai toujours connu, car celui-là est un étranger. Et qui plus est, un étranger que je n'ai pas envie de connaître... et j'ai honte, j'ai tellement honte ! Tout ce que je voudrais, maintenant, c'est disparaître.

Pour lui répondre, ma voix se fit tranchante comme un rasoir :

— Tu ne vas pas te défiler comme ça devant tes responsabilités, Melodie. Je suis là pour veiller à ce que tu honores les vœux que tu as prononcés lors de ton mariage. D'abord, tu vas chasser Bart de ta vie. Tu ne vas plus jamais lui permettre de te toucher. Tu diras non chaque fois qu'il te fera la moindre avance. Je vais de nouveau avoir une petite explication avec lui. Oui, je croyais lui avoir déjà fait comprendre ce qu'il lui restait à faire mais il me semble que je vais devoir me montrer plus ferme. Et s'il le faut, j'irai voir Chris et je lui raconterai ce qui se passe. Comme tu sais, Chris est très patient, c'est un homme compréhensif doté d'une grande maîtrise de soi, mais je suis certaine qu'il prendra fort mal ce que tu fais avec Bart.

— Je vous en prie. J'aime Chris comme un père ! Je veux qu'il continue à me respecter !

— Alors, cesse de voir Bart ! Pense à ton enfant, toute ta vie doit être axée sur lui. Et, au stade où tu en es de ta grossesse, tu ne devrais plus avoir de rapports sexuels ; c'est parfois risqué.

Ses grands yeux se fermèrent, barrant la route aux larmes. Puis elle hocha la tête et promit de ne plus jamais faire l'amour avec Bart. Alors même qu'elle prononçait ce vœu, je ne la crus pas, comme je n'avais pas cru Bart la veille.

Le matin se leva et je n'avais pas fermé l'œil de la nuit. Epuisée, incapable d'échafauder le moindre programme pour la journée, je m'arrachai au lit et accrochai sur mon visage un sourire d'emprunt avant d'aller frapper à la porte de Jory et de m'annoncer. Il me dit d'entrer. Il me paraissait plus heureux qu'hier comme si les pensées qu'il avait ruminées toute la nuit avaient fini par calmer ses angoisses.

— Je suis content que Melodie ait quelqu'un comme toi sur qui se reposer, me dit-il tandis que je l'aidais à se retourner.

Chris, le garde-malade et moi avions établi un roulement pour, en l'absence du kinésithérapeute, masser quotidiennement ses jambes et leur imprimer quelques mouvements de base afin de préserver les muscles de l'atrophie. Grâce à cette pratique, ses jambes avaient fini par retrouver un peu de leur galbe initial.

Pour moi, c'était un grand pas en avant. L'espoir... dans cette demeure sur laquelle planait l'ombre du malheur, nous nous étions toujours accrochés à l'espoir qui, pour nous, avait la chaude couleur jaune de ce soleil qu'à l'époque il nous avait été si rarement donné de contempler.

— Ce matin, je m'attendais à voir Melodie, me dit Jory avec un rien de regret dans la voix. Car, hier soir en allant se coucher, elle n'a pas daigné s'arrêter pour me dire bonne nuit.

Les jours passaient. Melodie faisait de fréquentes disparitions, tout comme Bart. Ma confiance en elle avait fini par se réduire en poussière. Il m'était devenu impossible de la regarder dans les yeux et de lui sourire. J'avais cessé de vouloir parler à Bart et je me reportais sur Jory seul pour avoir de la compagnie. Ensemble, nous regardions la télé. Ensemble, nous jouions à toutes sortes de jeux de société quand nous n'assemblions pas des puzzles en faisant stupidement la course pour être le premier à voir les pièces manquantes. Dans l'après-midi, nous dégustions du vin et, vers neuf heures, nous commencions à succomber au sommeil. Et, au travers de chacune de ces activités, nous claironnions que tout était pour le mieux dans le meilleur des mondes possibles.

Le fait de passer le plus clair de son temps au lit le rendait paradoxalement fatigué en permanence.

— C'est le manque d'exercice, me dit-il en se hissant grâce au trapèze fixé à l'aplomb de sa tête de lit. Au moins, je peux garder mes biceps... où m'as-tu dit qu'était Melodie ?

Je posai le chausson que je venais de finir et repris ma pelote pour commencer le deuxième. Lorsque nous n'étions pas absorbés dans un jeu, je tricotais ou je regardais la télé. Et lorsque je n'étais pas avec Jory, je dactylographiais dans ma chambre le journal que je tenais des événements de notre vie. Mon dernier livre, me disais-je. Qu'aurais-je de plus à raconter ? Que pourrait-il nous arriver d'autre ?

— Dis, maman ! Est-ce que tu m'écoutes des fois ? Je t'ai demandé si tu savais où était Melodie, et ce qu'elle faisait.

— Elle est dans la cuisine, Jory, m'empressai-je de lui répondre. Elle te prépare justement tes petits plats préférés.

Le soulagement éclaira son visage.

— Je m'inquiète au sujet de ma femme, maman. Elle vient ici de temps à autre et elle fait quelques petites choses pour moi mais le cœur ne semble pas y être. (Une ombre passa dans son regard mais disparut bien vite lorsqu'il vit l'œil inquisiteur que je posais sur lui.) C'est à toi que je suis obligé de dire tout ce que je voudrais lui dire à elle. Ça me fait mal de la voir peu à peu se détacher de moi. Je voudrais lui parler et lui faire comprendre que je suis toujours le même homme à l'intérieur mais je ne pense pas qu'elle veuille le savoir. Bien au contraire, je crois qu'elle s'accroche à l'idée que mon infirmité m'a rendu différent à seule fin de pouvoir plus aisément rompre les liens qui nous attachaient l'un à l'autre. Elle ne me parle jamais de l'avenir et ne s'est même pas préoccupée du nom que nous allions donner à notre enfant. C'est moi seul qui ai cherché dans les livres des prénoms qui conviendraient pour notre fils ou pour notre fille. Tu as attiré mon attention sur le fait qu'elle est enceinte, avec tout ce que cela suppose comme effets secondaires. Aussi, je me suis renseigné sur le sujet... ne serait-ce que pour compenser le peu d'intérêt que j'y portais jadis...

Il continuait de me parler, s'efforçant avant tout de se convaincre lui-même que la grossesse seule était responsable des changements qu'il constatait chez sa femme.

Je m'éclaircis la gorge et profitai de cette occasion unique.

— Jory, j'ai sérieusement réfléchi à ce qu'une fois m'a dit l'un des médecins de la clinique. Il estimait que ton rétablissement serait plus rapide si, au lieu de faire venir un kiné à demeure, tu pouvais profiter de leur salle de rééducation. Toi et Melodie, vous pourriez donc louer un petit appartement à proximité de la clinique et Melodie te conduirait tous les jours à la rééducation. L'hiver approche, Jory, et tu ne sais pas ce que sont les hivers dans cette partie montagneuse de la Virginie. Il y fait un froid glacial. Le vent ne cesse de souffler et les chutes de neige sont fréquentes. Il arrive souvent que les routes soient bloquées. Bien sûr, l'Etat fait passer le chasse-neige sur les autoroutes et sur les voies à grande circulation mais il ne se donne pas la peine de le faire pour les routes de moindre importance desservant les particuliers. Ainsi, toutes celles qui mènent d'ici au village restent parfois bloquées plusieurs jours d'affilée. Tu dois comprendre que, ces jours-là, ton garde-malade ne pourra pas venir, et il en sera de même du kinésithérapeute alors que tu as besoin d'exercices quotidiens. Si tu habitais près de l'hôpital, le problème ne se poserait pas.

— Dois-je comprendre que tu veux te débarrasser de moi ?

— Bien sûr que non. Mais tu n'iras pas me contredire si je prétends que tu n'aimes pas trop cette maison ?

Ses yeux se fixèrent sur les fenêtres au travers desquelles on voyait la pluie tomber à verse, entraînant dans les entrailles de la terre les dernières feuilles mortes et les roses à la floraison tardive. Quant aux oiseaux de l'été, ils s'étaient tous enfuis.

Un vent rageur tournait autour de la demeure, s'insinuait par la moindre crevasse, sifflait et hululait dans les couloirs de la copie conforme comme il l'avait fait dans ceux de l'original.

— J'aime ce que toi et Mel avez fait de ces pièces, me dit-il sans cesser de regarder au-dehors. Vous m'avez offert un havre sûr contre le monde extérieur au moment même où j'aspire à ne pas être confronté à ceux qui, auparavant, n'avaient qu'admiration pour ma souplesse et ma grâce. Je ne veux pas être séparé de toi ni de papa et j'estime que, dans cette maison, nous sommes devenus plus proches les uns des autres que nous ne l'avons jamais été.

» Et si les routes doivent être bloquées pour mon garde-malade et pour mon kinésithérapeute, elles le seront aussi pour toi et pour papa. Ne va pas me mettre à la porte au moment où, plus que jamais, j'ai envie de rester. J'ai besoin de toi. J'ai besoin de papa. J'ai même besoin de cette occasion qui m'est donnée de me rapprocher de mon frère. Je pense beaucoup à Bart ces derniers temps. Il vient parfois s'asseoir à mon chevet et nous parlons. J'ai l'impression que nous finissons par redevenir bons amis comme nous l'étions lorsqu'il avait neuf ans, juste avant que ta mère ne vînt s'installer dans cette grande maison voisine de la nôtre...

Je me sentais mal à l'aise en pensant au double visage de Bart qui venait converser amicalement avec son frère pendant que, dans son dos, il séduisait sa femme.

— Si c'est vraiment ce que tu préfères, Jory, reste ici. Mais réfléchis tout de même à ma proposition. Nous pouvons également nous installer en ville, Chris et moi, et faire en sorte que tu jouisses là-bas du même confort qu'à Foxworth Hall.

— Peut-être, mais il est trop tard pour que tu me donnes un autre frère, maman. N'est-ce pas ? Alors, avant ma mort ou la sienne, je veux que le seul frère que j'ai sache que je me soucie de ce qui lui arrive. Je veux le voir heureux. Je lui souhaite de découvrir le bonheur de la vie à deux, telle cette vie que je partage avec Mel. Un jour, il finira par comprendre qu'on n'achète pas tout avec de l'argent, et certainement pas l'amour. Pas l'amour qui nous unit, Mel et moi. (Il parut s'absorber dans ses pensées tandis qu'intérieurement je pleurais sur lui et sur son « amour » ; soudain, je vis ses joues prendre une rougeur qui n'était pas le simple reflet du pull écarlate qu'il portait pour compenser son teint cireux.) Qui nous unissait, devrais-je dire. Il ne reste plus grand-chose de notre vie à deux, je suis navré de devoir l'admettre. Et ce n'est pas la faute de Melodie.

Une semaine plus tard, alors que j'étais seule dans ma chambre en train de noircir frénétiquement les pages de mon journal, je reconnus dans le couloir les pas précipités de Chris qui fit brusquement irruption à mes côtés.

— Cathy, commença-t-il, tout excité, en se débarrassant de son pardessus pour le jeter sur une chaise, j'ai une extraordinaire nouvelle à t'apprendre ! Tu sais, cette expérience dont je t'avais parlé ? Eh bien, ça y est, on tient le bon bout ! (Il m'arracha à mon bureau, me poussa dans un fauteuil devant le feu ronflant et se mit à m'expliquer par le détail ce à quoi leur équipe de chercheurs voulait aboutir.) Cela signifie qu'avec l'hiver qui vient, je vais devoir rester absent de la maison cinq nuits par semaine. Sinon, comme les routes ne sont jamais dégagées avant midi, cela me laisserait trop peu de temps au labo. Mais ne sois pas triste. Je serai tout de même là pendant les week-ends. Cela dit, si tu n'es pas d'accord, dis-le-moi franchement. Mes devoirs envers toi et envers ma famille sont prioritaires.

L'intérêt qu'il prenait à ses recherches était si manifeste que je ne pouvais me permettre de refroidir son enthousiasme avec mes craintes. Il nous avait tant donné, à moi, à Jory et à Bart, sans en avoir été vraiment remercié. Spontanément, mes bras se nouèrent autour de son cou. J'examinai son cher visage si familier pour y découvrir, autour des yeux toujours aussi bleus, de fines rides que je n'y avais jamais remarquées auparavant. Dans ses cheveux, mes doigts sentirent le contraste de texture entre l'or et l'argent. Je vis aussi que ses sourcils commençaient à grisonner.

— Si cela doit te rendre malheureuse, reprit-il, je puis toujours démissionner de ce poste et me consacrer entièrement à ma famille. Mais je ne te cache pas que je serais très heureux si tu me donnais ma chance de poursuivre ce que j'ai entrepris. Lorsqu'en Californie j'ai renoncé à exercer, je me suis dit que jamais je ne retrouverais quelque chose qui me passionnerait autant. Eh bien, je me trompais. Cet étrange parcours était peut-être voulu par le destin... Mais si c'est indispensable, sache bien que je suis capable de renoncer définitivement à la médecine pour rester avec ma famille.

Renoncer à la médecine ! A ce sacerdoce auquel il avait consacré la majeure partie de sa vie ! A ce qui lui donnait le sentiment d'être utile et faisait à ses yeux le prix de son existence ! En ce tournant crucial de la cinquantaine où il se sentait vulnérable, l'obliger par pur égoïsme à rester cloîtré dans cette demeure sans rien avoir à faire qui contribuât au bien de l'humanité eût été lui signifier son arrêt de mort.

— Cathy, reprit-il, interrompant le cours de mes pensées. (Il ramassa son pardessus et le renfila.) Tu te sens bien ? Pourquoi as-tu l'air si bizarre ? Si triste ? Je serai de retour tous les vendredis soir et je ne repartirai que le lundi matin. Explique donc à Jory ce que je viens de te dire. Non, après tout, je vais m'arrêter en repartant et lui expliquer moi-même.

— Si tu désires poursuivre tes recherches, tu dois le faire. Mais tu vas me manquer. Je ne sais vraiment pas comment je vais faire pour dormir sans toi. Vois-tu, j'ai parlé à Jory et il ne veut pas aller s'installer à Charlottesville. Je crois qu'il a fini par s'attacher à ses appartements ici. Il a pratiquement fini le montage du voilier. Ce serait effectivement dommage de le priver du confort dont il jouit à Foxworth Hall. En outre, Noël approche et Cindy va être ici de Thanksgiving jusqu'au nouvel an. Chris, promets-moi de faire ton possible pour revenir tous les vendredis.

Jory a besoin de ton énergie autant que de la mienne, à présent que Melodie le lâche complètement.

Zut, j'en avais trop dit. Les yeux de Chris venaient de s'étrécir.

— Il se passe quelque chose que tu ne me dis pas.

Il retira son manteau et, cette fois, le suspendit avec soin. Je ravalai ma salive, voulus parler puis me mis à bredouiller tout en m'efforçant en vain d'arracher mon regard à la puissante emprise du sien... de ces yeux bleus qui m'obligèrent à dire :

— Ne jugerais-tu pas terrible d'apprendre que Bart est tombé amoureux de Melodie ?

Un tic nerveux secoua ses lèvres.

— Ce n'est que ça ! Je sais que Bart est fou de Melodie depuis l'instant même où elle a mis les pieds dans cette maison. Il n'y avait qu'à voir la façon dont il la regardait pour s'en rendre compte. Et un jour, je les ai trouvés tous les deux dans le petit salon, installés sur le sofa. Il lui avait ouvert sa robe et lui embrassait les seins. Je me suis éloigné discrètement. Si Melodie n'avait pas été consentante, elle aurait su l'arrêter bien avant par une gifle. Je vois ce que tu penses, Cathy ; tu as l'impression qu'il est en train de priver Jory de son épouse au moment où celui-ci en a le plus besoin, mais je ne crois pas que Jory ait besoin d'une femme qui ne l'aime plus. Laisse faire Bart. En quoi Melodie pourrait-elle être utile à Jory désormais ?

Je fixai sur Chris des yeux parfaitement incrédules.

— Comment ! Tu défends Bart ! Trouves-tu normal qu'il ait fait cela ?

— Non, je ne trouve pas cela normal. Mais dis-moi, Cathy, quand la vie respecte-t-elle les normes ? Est-il normal que Jory se soit brisé le dos et qu'il ne puisse plus marcher ? Non, ce n'est pas normal. J'ai trop longtemps pratiqué la médecine pour savoir qu'au regard du destin, la justice est un vain mot. Les bons meurent souvent avant les méchants et l'on voit des enfants partir avant leurs grands-parents. Qui oserait dire que c'est juste ? Mais que pouvons-nous y faire ? La vie est un don, et peut-être la mort est-elle une autre forme du même don ? Qui peut juger ? Ni toi, ni moi, ni personne. Accepte donc ce qui est arrivé entre Bart et Melodie, et occupe-toi de rester auprès de Jory. Tâche qu'il soit heureux jusqu'au jour où il rencontrera une autre femme qui deviendra son épouse.

J'en étais prise de vertige.

— Et le bébé ? Comment cela va-t-il se passer pour le bébé ?

— Le bébé, c'est une autre affaire, me répondit-il d'une voix plus dure. Il ou elle sera l'enfant de Jory, quel que soit le frère que Melodie choisisse. Pour lui, son importance est cruciale puisqu'il ne pourra peut-être jamais en avoir d'autre.

— Chris, s'il te plaît, va voir Bart et dis-lui de laisser Melodie. Je ne puis supporter l'idée que Jory voie sa femme lui échapper en un tel moment de sa vie.

Il secoua la tête puis me répondit que Bart ne l'ayant jamais écouté, il était hautement improbable qu'il le fît maintenant. Par ailleurs, il avait déjà parlé à Melodie sans m'en avertir.

— Chérie, il faut regarder les choses en face. Au plus profond d'elle-même, Melodie ne veut plus de Jory. Elle peut ne pas se l'avouer et encore moins le dire à d'autres, mais derrière chacune de ces paroles qu'elle ne dit pas, derrière tous les prétextes qu'elle invoque, réside un fait simple et brutal : elle n'a pas la moindre envie de rester mariée à un infirme. A mon sens, il serait cruel de la forcer à rester avec Jory, et peut-être serait-ce encore plus dur pour lui à la longue. Si nous l'obligeons à rester, elle finira tôt ou tard par se retourner contre Jory et par lui reprocher de ne plus être l'homme qu'il a été, et je tiens par-dessus tout à lui épargner cela. Mieux vaut la laisser partir que de l'amener à faire cent fois plus de mal à Jory que par cette aventure avec Bart.

— Mais, Chris ! me récriai-je, atrocement choquée par sa façon de penser. On ne peut tout de même pas la laisser se conduire ainsi avec Jory !

— Cathy, qui sommes-nous pour nous poser en juges ? Que nous ayons tort ou raison, est-ce à nous de porter un jugement sur Bart, nous qu'il considère comme des pécheurs endurcis ?

Le lendemain matin, Chris me quitta en disant qu'il serait de retour vendredi soir vers six heures. De la fenêtre de ma chambre, je suivis des yeux sa voiture jusqu'à ce qu'elle fût hors de vue.

Qu'elles étaient vides ces journées où Chris était au loin, et d'une tristesse désespérante ces nuits sans ses bras pour me tenir, sans le murmure de sa voix pour me donner la certitude que tout irait pour le mieux ! Avec Jory, je prenais soin de rire et de sourire afin qu'il ne sût pas combien je souffrais de ne pas avoir chaque nuit Chris dans mon lit. Jory aussi dormait seul, me disais-je, et s'il y arrivait, pourquoi pas moi ? Melodie et Bart continuaient de coucher ensemble. En dépit des louables efforts de discrétion qu'ils faisaient pour ne pas me provoquer, j'étais au courant, rien qu'à voir les regards noirs que Joël lançait à l'épouse de Jory ; il était manifeste qu'il la considérait comme une chienne. Etrange de constater que son regard sur Bart n'avait pas changé alors que mon cadet était tout aussi coupable. De toute évidence, un saint homme comme Joël ne différait en rien par son mode de pensée du reste de la gent masculine : le coq a raison là où la poule a tort.

Nous abordions la deuxième quinzaine de novembre et tout était en place pour fêter le Thanksgiving. Le temps se dégradait de plus en plus ; les vents prenaient l'allure de tempêtes chargées de neige qui se déposait dans les renfoncements des portes et gelait la nuit. Ainsi nous arrivait-il parfois d'être bloqués car nous ne pouvions sortir du garage aucune de nos nombreuses voitures. Un par un, tous nos domestiques nous quittèrent et, bientôt, pour s'occuper des repas, il ne resta plus que Trevor auquel j'apportais de temps à autre mon aide.

Cindy rentra et ramena un peu de gaieté dans la maison avec ses fous rires et ses adorables façons d'être qui nous tenaient tous sous le charme, tous hormis bien sûr Bart et Joël. Melodie elle-même parut quelque temps plus heureuse, mais elle prit vite l'habitude de passer des journées entières au lit pour y trouver un peu de chaleur, maintenant que les fréquentes coupures d'électricité provoquaient l'arrêt des chaudières contrôlées par thermostat. Il nous fallait alors avoir recours à notre chaudière auxiliaire alimentée au charbon.

Sans vergogne, Bart rentrait la quantité de bois qui lui était nécessaire pour la cheminée de son bureau en se fichant pas mal de savoir si les autres auraient aimé, eux aussi, s'asseoir devant un bon feu. Profitant d'un moment où il était sorti faire des messes basses avec Joël à propos du bal qu'il comptait donner pour Noël, je lui dérobai assez de bûches pour allumer un feu dans la chambre de Jory où Cindy était allée lui tenir compagnie. Je trouvai mon fils aîné assis dans son fauteuil roulant avec une couverture sur les genoux et une veste chaude jetée sur les épaules. Lorsqu'il me vit tenter vainement d'enflammer le petit bois, il sourit et me dit :

— Ouvre donc le clapet de l'avaloir, maman, ça aide toujours.

Comment avais-je pu oublier ?

Le feu partit aussitôt. La vive flamme réchauffa de ses reflets cette pièce dont les harmonies de blanc et de bleu convenaient si bien à l'été mais beaucoup moins à l'hiver, tout comme Bart l'avait prédit. Par ce temps, Jory eût éprouvé une plus grande sensation de confort s'il avait été entouré de sombres lambris.

— Maman, me dit-il, son visage brusquement illuminé, j'ai beaucoup réfléchi ces derniers jours et je suis vraiment stupide d'agir comme je le fais. Tu as raison... tu as toujours eu raison. Je ne vais pas continuer à m'apitoyer sur moi-même dès la minute même où je suis seul et où personne ne peut me voir comme je n'ai cessé de le faire depuis l'accident. Je vais accepter ce contre quoi je ne puis rien et faire au mieux avec ce qui me reste. Tout comme vous avez fait, toi et papa, lorsque vous étiez enfermés là-haut, je vais transformer cette oisiveté forcée en période créative. J'ai à présent tout le temps de lire ces livres que je n'ai même pas eu le loisir d'ouvrir auparavant et, la prochaine fois que papa me proposera de m'enseigner les rudiments de l'aquarelle, je ne rejetterai pas son offre. Je suis décidé à sortir de mes quatre murs et à faire du paysage. Il se peut même que je tente la peinture à l'huile, ou d'autres techniques. Avant tout, je voudrais vous remercier de m'avoir encouragé à vivre. Je suis vraiment un sacré veinard d'avoir des parents comme toi et papa.

Avec une fierté qui me faisait presque monter les larmes aux yeux, je le pris dans mes bras et le félicitai de se laisser de nouveau emporter par son naturel enthousiaste.

Cindy avait installé pour eux deux une table de bridge mais il ne tarda pas à retourner à sa maquette de voilier qu'il avait résolu de terminer avant Noël. Il en était à nouer au gréement des longueurs d'un fil ténu mais toronné comme un cordage, dernière étape avant les quelques retouches de peinture qui étaient encore nécessaires çà et là pour rendre certains détails.

— J'ai l'intention de l'offrir à quelqu'un de bien précis, maman, m'annonça-t-il. Le jour de Noël, l'une des personnes qui vivent sous ce toit sera en possession de mon premier chef-d'œuvre artisanal.

— C'est pour toi que je l'ai acheté, Jory, pour qu'il fasse partie du patrimoine que tu transmettras à tes enfants.

Je blêmis en m'entendant employer le pluriel.

— Ne t'inquiète pas, maman, car ce cadeau va me permettre de récupérer l'affection de ce petit frère qui m'aimait avant que cet ancien maître d'hôtel de Foxworth Hall ne soit venu lui mettre des idées stupides en tête. Il a désespérément envie de cette maquette. Je le vois dans ses yeux chaque fois qu'il passe dans ma chambre pour voir où elle en est. Et, de toute manière, je pourrai toujours en monter une autre pour mon enfant. Pour le moment, mon souci est de faire quelque chose pour Bart. Il se croit rejeté, mal aimé. Je n'ai jamais vu un homme aussi peu sûr de lui... et c'est vraiment dommage.

Les joies des vacances

Arriva le jour de Thanksgiving et, avec lui, j'eus le bonheur de voir Chris revenir de Charlottesville très tôt dans la matinée. Le garde-malade de Jory resta dîner avec nous pour le traditionnel repas de fête et, des hors-d'œuvre au dessert, il ne cessa de couver Cindy avec des yeux morts d'amour comme si elle l'avait ensorcelé. Il faut avouer que son comportement était en tout point celui d'une grande dame, ce qui ne laissait pas de me combler d'orgueil. Le lendemain, elle s'empressa d'accepter lorsque nous l'invitâmes à descendre avec nous faire des emplettes à Richmond. Melodie, quant à elle, secoua la tête d'un air buté.

— Désolée, ça ne me dit vraiment rien.

Chris, Cindy et moi, nous quittâmes cependant Foxworth Hall le cœur léger car Bart ayant pris l'avion pour New York, nous ne laissions pas Melodie seule avec lui. Par ailleurs, le garde-malade de Jory avait promis de rester jusqu'à notre retour.

Ces trois jours de vacances à Richmond furent une bouffée d'air frais pour nous tous. J'y retrouvai la sensation d'avoir conservé ma beauté d'antan et la certitude d'être toujours aussi amoureuse, et Cindy, elle, disposa d'un temps illimité pour donner libre cours à son naturel dépensier.

— Vous voyez, nous dit-elle avec fierté, je suis loin d'avoir égoïstement gaspillé tout l'argent de poche que vous m'envoyez. J'en ai gardé une large part pour faire de merveilleux cadeaux à toute ma famille... et attendez un peu de voir ce que j'ai acheté pour vous deux. Je suis certaine que Jory aimera ce que je lui offre. Quant à Bart, il sera bien obligé d'accepter mon cadeau, qu'il lui plaise ou non.

— Et pour l'oncle Joël ? lui demandai-je avec curiosité.

Elle éclata de rire et me sauta au cou.

— Ça, c'est la surprise.

Quelques heures plus tard, Chris négociait prudemment chaque virage de la route en lacet qui nous ramenait à Foxworth Hall. L'un des innombrables cartons empilés dans le coffre et sur la banquette arrière de la voiture contenait une robe au prix tout simplement prohibitif que j'avais l'intention de porter pour ce bal de Noël dont j'avais entendu Bart arranger les détails avec ces mêmes organisateurs qui s'étaient chargés de préparer sa soirée d'anniversaire. Dans un autre carton tout aussi gigantesque, se trouvait la robe que Cindy s'était choisie pour la même occasion. Elle était osée, certes, mais extraordinairement appropriée.

— Merci, maman, de n'avoir fait aucune objection, m'avait-elle dit à l'oreille avant de me couvrir de baisers.

Rien de spécial ne s'était produit en notre absence, si ce n'était que Jory avait enfin terminé son modèle réduit de voilier. Le clipper avait vraiment fière allure avec ses voiles gonflées par un grand vent tout aussi insensible qu'invisible.

— Un empesage au sucre, nous apprit Jory avec un petit rire, et ça marche. J'ai trempé les voiles dans de l'eau sucrée et je les ai moulées autour du col d'une bouteille conformément aux instructions et, maintenant, notre vaisseau fait sa première sortie en mer.

Il était fier de son œuvre et sourit à Chris lorsque celui-ci s'avança pour examiner la maquette de plus près. Puis nous l'aidâmes à la placer dans la forme en polystyrène expansé qui la protégerait des chocs en attendant qu'elle échouât entre les mains de son nouveau propriétaire.

Puis il tourna vers moi le regard de ses beaux yeux bleu marine.

— Encore une fois merci de m'avoir donné le moyen d'occuper ces longues heures d'ennui, maman. Lorsque j'ai ouvert la boîte, je me suis d'abord senti découragé par l'ampleur de la tâche, puis je me suis dit qu'il fallait progresser pas à pas et j'ai fini par triompher de l'horrible complexité de ces directives.

— C'est ainsi que l'on gagne toutes les batailles de l'existence, lui dit Chris en le serrant très fort dans ses bras. Anticiper sur le résultat final serait une erreur. Tu dois faire un pas, puis un autre, et encore un autre... jusqu'à ce que tu te retrouves à destination. Et je dois dire que cette maquette est réussie. J'estime même que c'est une œuvre de professionnel. Si Bart reste insensible à tout ce que tu as investi d'effort et de patience dans ce montage, il me décevra réellement. Ceci dit, tu m'as l'air d'avoir retrouvé ta vigueur et ta santé. Surtout, persévère dans l'aquarelle. C'est certes une technique difficile mais je pense qu'elle t'apportera plus de joies que l'huile. Je suis sûr qu'un jour tu seras aussi célèbre comme peintre que tu l'as été comme danseur.

Au bas des marches, je trouvai Bart qui donnait à sa banque des instructions concernant la reprise en main d'une affaire en faillite. Puis je l'entendis s'entretenir avec quelqu'un du bal qu'il comptait donner pour Noël afin de rattraper la mauvaise impression laissée par la tragédie qui était survenue lors de sa soirée d'anniversaire. Debout sur le seuil de sa porte grande ouverte, je me félicitais de ce qu'il n'ait pas à faire de telles dépenses sur ses deniers personnels tant il semblait agacé d'avoir à discuter avec Chris chaque fois que ses frais hebdomadaires dépassaient le cap critique des dix mille dollars.

Bart raccrocha brutalement et me foudroya du regard.

— Mère, est-il vraiment nécessaire que tu restes sur le pas de la porte à m'espionner ? Combien de fois t'ai-je dit de te tenir à l'écart lorsque j'étais occupé ?

— Quand pourrais-je te voir si je ne le faisais pas ?

— En quel honneur as-tu besoin de me voir ?

— En quel honneur une mère peut-elle avoir besoin de voir son fils ?

Ses yeux presque noirs se firent plus tendres.

— Tu as Jory... et cela m'a toujours paru te suffire.

— Tu te trompes. Si je ne t'avais pas eu, Jory m'aurait suffi. Mais tu es là, et cela fait de toi une part importante de ma vie.

Il prit un air gêné puis se leva et gagna la fenêtre sans pour autant cesser de me tourner le dos. Sa voix me parvint, rocailleuse et bougonne... et teintée d'une certaine mélancolie.

— Tu te souviens quand j'avais toujours le journal de Malcolm fourré sous ma chemise ? Malcolm y avait écrit tant de choses sur sa mère, sur l'amour qu'il avait eu pour elle jusqu'au moment où, pour s'enfuir avec son amant, elle l'avait abandonné avec un père qu'il n'aimait pas. Je crains qu'un peu de la haine de Malcolm n'ait déteint sur moi. Chaque fois que je te vois monter avec Chris ces escaliers, j'éprouve le besoin de me purifier de cette honte qui m'accable et dont vous ne paraissez même pas avoir conscience. Alors, ne t'avise pas de me faire de sermons à propos de Melodie car ce que vous faites tous les deux est de loin plus condamnable que ce que je fais avec elle.

Sans nul doute avait-il raison... et c'était un motif suffisant pour que je m'en sentisse particulièrement blessée.

Je m'étais plus ou moins accoutumée à cette triste condition de ne jamais voir Chris en dehors des week-ends, bien que j'en eusse le cœur meurtri et que mon lit me parût désespérément trop grand sans lui, que toutes ces matinées passées sans l'entendre siffler en se rasant ou en prenant sa douche fussent atrocement tristes. Lorsque les conditions météorologiques l'obligèrent même à rester absent certains week-ends, je m'y accoutumai également. Que les êtres humains sont malléables ! Combien peuvent-ils souffrir d'horreurs et de privations rien que pour se réjouir de quelques minutes de bonheur inestimable !

Lorsque j'étais derrière ma fenêtre et que je voyais la voiture de Chris remonter la route en lacet, j'étais saisie par la même impatience, par le même étonnement juvénile que lorsque le père de Bart s'échappait de Foxworth Hall pour venir me rejoindre au cottage. Mon comportement à son égard n'avait plus cette placidité qui s'installe lorsque l'être que l'on aime est le compagnon de toutes vos nuits, de tous vos réveils. Les week-ends étaient devenus l'objet de mes projets et de mes rêveries. L'image de Chris elle-même s'était transformée, il était moins époux et plus amant. J'en venais à faire mon deuil de ce frère qui avait été mon âme sœur et je n'en aimais que plus cet amantmari qui ne me rappelait plus autant le frère que j'avais connu.

Plus rien n'aurait pu nous séparer maintenant que j'avais accepté de le prendre pour époux, défiant ainsi toute règle morale et prenant le risque d'être mise au ban de la société.

Et cependant, mon inconscient continuait à opérer ses tours de passe-passe pour soulager ma conscience. Je m'obstinais à faire une nette distinction entre Chris l'adulte et Chris le jeune homme qui avait été mon frère. Nous jouions tous deux avec une certaine finesse un jeu inconscient, dénué de règles précises. Nous n'en discutions pas et nous n'éprouvions pas le besoin de le faire. Il ne m'appelait plus sa « gent damoiselle Catherine » et ne me taquinait plus en me disant : « Tâche de ne pas te faire dévorer par les punaises. » Toutes ces formules magiques, toutes ces incantations par lesquelles nous repoussions les mauvais esprits lorsque nous étions enfermés là-haut, nous y avions renoncé en quittant cet hier de résistance à la tentation pour cet aujourd'hui d'abandon à notre bonheur.

Par un vendredi soir de décembre, il rentra fort tard à la maison et, dans l'ombre de la rotonde, je l'observais tandis qu'il retirait son pardessus et l'accrochait soigneusement dans la penderie du hall avant de grimper quatre à quatre les escaliers en criant mon nom. Je me décidai enfin à paraître et me jetai dans ses bras.

— Encore en retard ! lui dis-je en prenant ma plus belle voix de mégère. Qui donc te retient dans ton satané labo en te donnant de délicieux frissons dans le dos ?

Personne ! Personne ! m'assurèrent ses baisers passionnés.

Ces week-ends étaient trop courts, désespérément trop courts.

A peine avais-je le temps d'exorciser mes angoisses en lui parlant de Joël qui ne cessait d'errer au travers de la maison et me poursuivait de ses regards réprobateurs, en lui racontant ce que je savais des relations de Melodie et de Bart, en lui expliquant combien Jory se sentait déprimé de l'attitude de Melodie à son égard, tant il souffrait de son indifférence alors que lui continuait de l'aimer, cependant que j'essayais vainement de réveiller en elle un certain sens des responsabilités mais qu'elle s'obstinait à lui faire plus de mal que n'en avait causé la perte de ses jambes.

Allongé près de moi, il supportait mes longues tirades avec une tranquille impatience avant de me dire d'une voix endormie :

— Catherine, tu me fais parfois redouter de rentrer. (Il s'écarta de moi et roula jusqu'au bord opposé du lit.) Toute la joie que nous devrions tirer de ces retrouvailles hebdomadaires, tu t'ingénies à la gâcher par des racontars paranoïaques de la plus déplaisante espèce. Pratiquement tout ce qui te tourmente ne provient que de ta seule imagination. N'as-tu pas encore compris que c'est d'elle que tu devrais avant tout te méfier ? Grandis donc un peu, Catherine. Et le pire est que tu contamines Jory avec tes maudits soupçons. Une fois que tu auras appris à n'attendre que le bien des gens, peut-être l'obtiendras-tu.

— Je sais ce que valent tes considérations philosophiques, Christopher, lui dis-je dans un éclair d'amertume qui me perça le cerveau comme l'eût fait un rayon laser, me ramenant à l'esprit la foi qu'il avait eue envers notre mère, et tout le bien qu'il avait attendu d'elle dans l'aveuglement de son adoration. « Chris, Chris, pensai-je, n'apprendras-tu donc jamais, toi ? » Mais cela, je ne le dis pas, je n'aurais jamais osé le dire.

Que cet homme d'âge mûr en dépit des apparences s'obstinât dans le puéril optimisme d'un gamin avait le don de me taper sur les nerfs. Je disposais d'une remarquable gamme d'arguments pour ridiculiser cette conception d'un monde teinté de rose et, cependant, je ne pouvais m'empêcher de le jalouser pour cette indécrottable foi en l'existence... car elle lui apportait la paix de l'âme alors que je me débattais jour après jour dans les angoisses en ayant constamment la sensation que le sol se dérobait sous mes pas.

Alors que Bart, installé devant le feu, tentait de se concentrer sur le *Wall Street Journal*, Jory et moi emballions les cadeaux de Noël sur une longue table que nous avions débarrassée des bibelots qui l'encombraient. Soudain, tandis que je ramenais les feuilles de papier-cadeau à la bonne dimension et soignais les nœuds des rubans, il me vint à l'esprit que, depuis son arrivée, Cindy n'avait cessé de promener par toute la maison un air rêveur comme si elle était perdue dans son propre monde, au point que, bien souvent, sa présence était à peine sensible. Je n'avais certes pas songé à me plaindre de ce comportement tranquille qui me permettait de me consacrer essentiellement à Jory... et je n'avais pas été surprise de l'entendre exprimer le désir d'accompagner Chris à Charlottesville pour y compléter ses achats et faire un tour au cinéma. Chris m'avait expliqué qu'il pouvait coucher Cindy sur le divan du salon dans le deux-pièces qu'il louait en ville et qu'elle reviendrait avec lui vendredi soir.

— C'est sûr, maman, tu vas apprécier ma super-surprise de Noël ! m'avait-elle dit en partant, et depuis, je n'avais cessé de m'interroger sur la signification du petit sourire entendu qui avait éclairé son joli visage.

Il n'était que deux heures de l'après-midi et Jory et moi placions les étiquettes au nom de chacun sur les cadeaux lorsque j'entendis claquer les portières de la voiture et reconnus le pas de Chris sur les marches du perron. Mais lorsqu'il pénétra dans ce petit salon qui était notre pièce préférée, il n'était pas seulement accompagné de Cindy mais aussi d'un jeune homme d'une beauté frappante qui devait avoir dans les dix-huit ans. Je savais déjà que Cindy considérait comme trop jeunes pour elle tous les garçons qui n'étaient pas au moins ses aînés de deux ans. Pour me faire enrager, elle avait coutume de me dire que les vieux savaient beaucoup mieux s'y prendre.

— Maman ! s'écria-t-elle, radieuse. C'est la surprise que tu m'as dit que je pouvais ramener à la maison.

Interloquée, je parvins néanmoins à sourire. Pas une seule fois elle ne m'avait même laissé entendre que sa super-surprise pourrait être un garçon qu'elle aurait invité sans demander la permission à personne. Chris fit les présentations ; Cindy l'avait rencontré en Caroline du Sud et il s'appelait Lance Spalding. Avec une remarquable assurance, le jeune homme nous serra la main, à moi, à Jory et à Bart qui roulait des yeux furibonds.

Chris me déposa un baiser sur la joue et embrassa Jory à la sauvette avant de regagner la porte.

— Cathy, excuse-moi de repartir si vite mais je serai de retour demain matin de bonne heure. J'ai encore deux ou trois trucs à régler à l'université. Et puis, je n'ai pas encore fait tous mes achats. (Il me décocha son sourire le plus charmeur.) Mais j'ai deux semaines de vacances, chérie, alors fais-moi le plaisir de ranger sous clé tes idées noires. (Puis il se tourna vers le jeune homme.) Bonnes vacances, Lance.

Cindy poussa fièrement son petit ami vers celui qui promettait à coup sûr de se montrer le moins hospitalier.

— Bart, je sais que tu ne m'en voudras pas d'avoir invité Lance. Son père est le P.-D.G. des Chemical Banks of Virginia.

Paroles magiques. Je ne pus que sourire devant l'habileté de Cindy. Instantanément, l'attitude hostile de Bart se mua en intérêt. J'étais même gênée de voir la façon dont il tentait de soutirer le maximum d'informations concernant le père de ce jeune homme qui paraissait très épris de Cindy.

Celle-ci était plus adorable que jamais. Moulée dans son sweater blanc dont les fines rayures roses reprenaient la nuance exacte de son pantalon de jersey étroitement ajusté, on aurait dit une rose sur un champ de neige. Elle avait un corps superbe et la détermination manifeste de le montrer.

Dans un joyeux éclat de rire, elle prit Lance par la main et l'arracha à l'interrogatoire de Bart.

— Lance, attends un peu d'avoir vu toute cette maison ! Nous avons des armures authentiques, deux en tout, et je ne pourrais pas les porter, tant elles sont petites. Maman y arriverait peut-être, mais pas moi. Tu te rends compte ? On croit toujours que les chevaliers étaient des hommes superbes, grands et musclés, mais ils étaient tout petits ! Et si tu voyais le salon de musique, il est encore plus grand que cette pièce. Mais ma chambre, c'est la plus belle de toutes. Quant aux appartements de mes parents, ils sont fabuleux. Bart n'a jamais daigné m'inviter à visiter les siens mais je suis sûre que je n'en croirais pas mes yeux.

Et elle se tourna légèrement vers Bart pour lui décocher un sourire moqueur. L'expression de mon cadet se fit franchement menaçante.

— Ne t'avise pas d'y mettre les pieds ! Et que je ne te voie même pas traîner autour de mon bureau ! Quant à vous, Lance, mettez-vous bien dans la tête que vous êtes sous mon toit ; je tiens à ce que, pendant votre séjour, votre attitude à l'égard de Cindy soit irréprochable.

Le jeune homme rougit puis répondit d'une voix humble :

— Oui, monsieur. Je comprends.

A la seconde même où ils eurent tous deux disparu — quoiqu'ils fussent encore assez près pour que l'on entendît Cindy chanter les louanges de Foxworth Hall — Bart me lâcha tout de go son opinion sur le petit ami de Cindy.

— D'abord il est trop vieux pour elle et ensuite il m'a l'air trop malin. J'aurais dû être mis au courant, par elle ou par toi. Tu sais très bien que j'ai horreur que des invités débarquent sans crier gare.

— Je suis tout à fait de ton avis, Bart. Elle aurait dû nous prévenir mais peut-être n'a-t-elle agi ainsi que pour ne pas s'exposer à un refus de ta part. Pour ce qui est de ce garçon, je le trouve très bien, moi. Et puis, n'as-tu pas remarqué que Cindy semble s'être acheté une conduite ? Depuis le Thanksgiving, pas une seule fois tu n'as eu sujet de te plaindre d'elle.

— Pourvu que ça dure, fit-il, grognon, avant de consentir à un demi-sourire. Mais tu as vu la façon dont il la regarde ? On dirait qu'elle l'a complètement envoûté.

Soulagée, je répondis au sourire de Bart puis me tournai vers Jory qui, après s'être quelque temps débattu avec la guirlande lumineuse, commençait à disposer les cadeaux sous le sapin.

— Il est de tradition chez les Foxworth, reprit Bart sur un ton enjoué, de donner un grand bal le soir de Noël. L'oncle Joël s'est personnellement chargé d'aller poster mes invitations il y a de cela quinze jours. Si le temps reste décent, je m'attends pour le moins à deux cents invités. Et, même si le blizzard souffle, je pense qu'une bonne moitié se débrouillera pour venir. Après tout, je vois mal comment ils pourraient se dérober à l'invitation de quelqu'un qui les fait vivre, car il y aura là des banquiers, des avocats, des agents de change, des patrons d'entreprise, des hommes d'affaires, sans compter toute la haute société locale. Et ils viendront tous avec leur épouse ou leur petite amie. Je m'attends aussi à voir paraître quelques-uns de mes condisciples de Harvard. Pour une fois, mère, tu ne pourras pas te plaindre que nous vivons loin de tout.

Jory replongea le nez dans son livre avec l'évidente détermination de ne pas se laisser contrarier par ce que Bart pouvait dire ou faire. La chaude clarté des flammes mettait en valeur la perfection classique de son profil avec ses boucles noires qui faisaient le tour du front, de l'oreille et du cou pour venir se retourner sur le col ouvert de sa chemise en jersey. Bart, en revanche, était comme d'habitude en costume trois-pièces, comme si, à tout moment, il devait pouvoir se rendre à une réunion de travail. A cet instant précis, Melodie pénétra dans la pièce, vêtue d'une robe grise qui pendait en plis lâches depuis ses épaules et bombait au niveau de son ventre comme si elle y avait dissimulé une pastèque. Ses yeux se posèrent immédiatement sur Bart qui sursauta, détourna les siens et quitta rapidement la pièce, laissant derrière lui un silence inconfortable.

— J'ai croisé Cindy, là-haut, s'empressa-t-elle de dire pour dissiper le malaise. (Evitant soigneusement le regard de Jory, elle s'assit près du feu et tendit les mains vers les flammes pour se les chauffer.) Son petit ami m'a donné l'impression d'être un charmant garçon d'une excellente éducation. Il est aussi très beau. (En dépit de l'insistance avec laquelle Jory cherchait à capter son attention, elle continua de fixer les flammes. Le cœur gros, il finit par renoncer et se replongea dans son livre.) Il semble que Cindy ait un goût marqué pour les bruns qui ont une vague ressemblance avec ses frères, poursuivit-elle sur un mode distant, comme si rien de tout cela n'avait d'importance et que, pour changer, elle fît simplement un effort pour parler.

Jory leva brusquement le nez de son livre.

— Ça t'écorcherait la bouche de me dire bonjour, Mel ? Je suis ici, je suis vivant et je fais de mon mieux pour le rester. Ne pourrais-tu dire ou faire quelque chose pour me donner l'impression que tu n'as pas oublié que je suis ton mari ?

A contrecœur, elle se tourna vers lui et ses lèvres esquissèrent un vague sourire. Son regard trahissait pourtant qu'elle ne voyait plus en Jory cet époux qu'elle avait passionnément aimé, passionnément admiré, mais, dans un fauteuil roulant, un infirme dont la simple vue la mettait mal à l'aise.

— Bonjour, Jory, dit-elle, obéissante.

Pourquoi ne se levait-elle pas pour aller l'embrasser ? Comment pouvait-elle ne pas voir ses yeux suppliants ? Pourquoi ne faisait-elle pas un effort, même si elle n'avait plus d'amour pour lui ? Avec lenteur, les traits cireux de Jory s'empourprèrent puis il baissa la tête et regarda fixement les cadeaux dont il avait si joliment soigné la présentation.

J'étais sur le point de décocher à Melodie quelque trait mordant lorsque Cindy et Lance, ayant achevé leur promenade, réapparurent, le visage rouge et les yeux pétillants. Bart ne tarda pas à se présenter à son tour sur le seuil et balaya la pièce du regard. Constatant que Melodie s'y trouvait toujours, il fit demi-tour et repartit. Tout de suite, Melodie se leva et sortit. Bart, qui semblait n'avoir attendu que son départ, refit son entrée dans la pièce et alla se rasseoir dans son fauteuil, visiblement soulagé qu'elle ne fût plus là.

Le petit ami de Cindy se tourna vers lui et lui adressa un large sourire.

— Tout ceci est à vous, m'a-t-on dit, Mr Foxworth.

— Appelle-le Bart, lui ordonna Cindy.

Bart fronça les sourcils.

— Bart... reprit Lance avec une hésitation marquée, cette demeure est réellement exceptionnelle. Je vous remercie de m'y avoir invité. (Je lançai un rapide coup d'œil sur Cindy qui soutenait sans se démonter le moins du monde le regard furieux que Bart dardait sur elle, même lorsqu'en toute innocence Lance enchaîna :) Cindy ne m'a pas montré vos appartements ni votre bureau mais j'espère avoir l'honneur de les visiter avec vous. Je souhaiterais vraiment posséder un jour une demeure telle que celle-ci... et j'ai une véritable passion pour les gadgets électroniques, tout comme vous, si j'en crois Cindy.

Bart s'extirpa instantanément de son fauteuil, apparemment aux anges d'avoir quelqu'un à qui montrer son matériel électronique.

— Certes, si vous désirez voir la partie de la maison que je me suis réservée ainsi que mon bureau, je serai ravi de vous les montrer. Mais je préférerais que Cindy ne nous accompagne pas.

Après un somptueux dîner qui nous fut servi par Trevor, nous passâmes dans le salon de musique pour y poursuivre les conversations que nous avions amorcées au cours du repas. Melodie était déjà montée se coucher et Bart ne tarda pas à nous annoncer qu'il devait se lever tôt et qu'en conséquence il allait se mettre au lit. Presque aussitôt, les conversations faiblirent puis moururent alors que nous étions déjà tous en route pour les escaliers. A l'étage, je précédai Lance jusqu'à une charmante chambre doublée d'une salle de bains particulière. Elle était située dans l'aile orientale, à proximité des appartements de Bart alors que celle de Cindy était plutôt proche de la mienne. Au moment de quitter son ami, Cindy lui fit un gentil sourire et l'embrassa sur la joue.

— Bonne nuit, mon doux prince, murmura-t-elle. Quel doux chagrin j'éprouve à me séparer de vous !

Les bras croisés sur la poitrine à la manière dont Joël croisait les siens, Bart, légèrement en retrait, observait cette tendre scène avec mépris.

— Espérons que ce soit une vraie séparation, fit-il d'un air entendu en faisant peser son regard sur Lance puis sur Cindy avant de s'éloigner à grands pas vers ses appartements.

Je reconduisis d'abord Cindy jusqu'à sa chambre où nous échangeâmes quelques mots ainsi que nos traditionnels baisers de bonne nuit. Puis je revins sur mes pas et marquai un temps d'arrêt devant la porte de Melodie en me demandant si j'allais frapper et entrer pour tenter de lui faire entendre raison. Avec un soupir, j'y renonçai, consciente de ce qu'une énième discussion ne saurait avoir plus de résultat que les précédentes. Je traversai donc le couloir pour gagner la chambre de Jory.

Il était allongé sur son lit et fixait le plafond. Il tourna vers moi le beau regard de ses yeux bleus ; ils étaient brillants de larmes.

— Il y a si longtemps que Melodie n'est pas venue m'embrasser pour me souhaiter bonne nuit. Toi et Cindy, vous trouvez toujours le temps de le faire mais ma femme se conduit comme si je n'existais pas. Rien ne m'interdit plus de dormir dans le grand lit et nous pourrions de nouveau être ensemble la nuit mais je sais qu'elle s'y refuserait même si je le lui demandais. A présent que j'ai terminé le clipper, je ne sais plus quoi faire pour tuer le temps. Ce dont je suis sûr, c'est que je n'ai pas la moindre envie de commencer une autre maquette pour notre enfant. Je me sens si vide, si mal parti dans mes rapports avec la vie, avec moi-même et surtout avec ma femme. Je voudrais pouvoir me tourner vers mon épouse, mais elle se détourne de moi. Maman... sans toi, sans papa, sans Cindy, je crois que je serais totalement désemparé devant la vie.

Je le pris dans mes bras, mes doigts coururent dans ses cheveux comme du temps où il était petit garçon et je lui dis toutes ces choses qui auraient dû venir d'elle. La faiblesse de Melodie m'inspirait tout à la fois dégoût et pitié, mais je n'avais que haine pour son manque d'amour, pour son incapacité à donner alors même que cette incapacité faisait mal.

— Bonne nuit, mon doux prince, lui dis-je en me retournant avant de sortir de sa chambre. Accroche-toi bien à tes rêves, ne les abandonne pas maintenant, car la vie offre de multiples chances de bonheur. Rien n'est fini pour toi.

Il me sourit, me souhaita bonne nuit, et je m'acheminai vers l'aile sud où nous avions, Chris et moi, nos appartements.

Devant moi, je vis soudain Joël qui me barrait la route. Il portait une vieille sortie de bain élimée, si passée par le temps qu'elle paraissait plutôt grise que de toute autre couleur. Ses pâles cheveux clairsemés se dressaient par touffes sur son crâne, évoquant des cornes, et le cordon de sa ceinture traînait derrière lui comme une queue flasque.

— Catherine, me dit-il, vous rendez-vous compte de ce que cette fille est en train de faire à l'instant même.

— Cette fille ? Quelle fille ?

— Vous savez très bien de qui je veux parler. Votre fille. En ce moment même, elle est en train de divertir ce jeune homme qu'elle a ramené avec elle sous notre toit.

— Divertir ? Que voulez-vous dire ?

Son sourire devint un rictus sinistre.

— Si quelqu'un doit savoir ce que je veux dire, c'est bien vous. Elle a tout simplement pris ce garçon dans son lit.

— Je ne vous crois pas !

— Auriez-vous peur d'aller vérifier et de découvrir que je vous ai dit la vérité ? Seriez-vous alors convaincue que je ne suis pas systématiquement votre ennemi comme vous le pensez ?

Je ne savais plus que faire ni que dire. Cindy m'avait promis d'être sage. Elle ne pouvait qu'être innocente ; telle était ma conviction. Elle s'était montrée si parfaite, aux petits soins avec Jory et résistant même à cette tendance naturelle qu'elle avait de chercher noise à Bart. Joël ne pouvait que mentir. Je fis volte-face et me dirigeai vers la chambre de Cindy avec Joël sur mes talons.

— C'est de la calomnie, Joël, lui dis-je en courant presque. Et j'ai la ferme intention de vous le prouver.

Devant la porte de ma fille, je marquai un temps d'arrêt pour tendre l'oreille. Nul bruit ne me parvint. Je m'apprêtais à frapper lorsque la voix sifflante de Joël arrêta mon geste :

— Non ! N'allez pas les avertir si vous désirez vraiment connaître la vérité. Contentez-vous donc d'ouvrir la porte et d'entrer. Vous pourrez constater par vous-même.

Je restai figée, la main levée vers la porte, m'interdisant

même de penser qu'il pût avoir raison. Et surtout, je ne voulais pas voir Joël me dire ce que j'avais à faire. Je lui décochai un regard noir avant de frapper un coup sec. Puis j'attendis quelques secondes. Alors seulement, j'ouvris la porte et pénétrai dans la chambre de Cindy baignée par le clair de lune qui se répandait au travers des fenêtres.

Deux corps totalement nus étaient enlacés sur le lit virginal de Cindy.

Frappée de stupeur, je sentis un cri monter dans ma gorge. Sous mes yeux ébahis, Lance Spalding était allongé sur ma petite fille de seize ans, les reins animés de secousses spasmodiques. Les mains de Cindy se crispaient sur les fesses du garçon, y enfonçant leurs longs ongles vernis de rouge, cependant que sa tête roulait d'un bord à l'autre de l'oreiller en exhalant des gémissements de plaisir, preuve manifeste que les deux amants n'en étaient pas à leur coup d'essai.

Que devais-je faire ? Refermer la porte sans rien dire ? Piquer une colère noire et chasser Lance de chez nous ? Prisonnière dans les rets de l'indécision, je restai sur le seuil, immobile, pendant une éternité qui ne dura sans doute que quelques secondes jusqu'à l'instant où je perçus un bruit étouffé derrière moi.

Puis un cri de surprise. Je me retournai pour découvrir Bart, les yeux fixés sur Cindy qui, à présent, chevauchait Lance en lui criant d'obscènes encouragements entre ses mugissements d'extase, parfaitement inconsciente de tout sauf de ce qu'elle faisait et de ce qui lui était fait.

Bart, lui, ne montra pas la moindre indécision.

Il marcha droit sur le lit, prit Cindy par la taille et l'arracha de sur le garçon qui ne réagit pas, entravé par sa nudité tout autant que par sa jouissance. Puis, sans ménagement, Bart la jeta par terre où elle tomba le nez sur le tapis en poussant des hurlements.

Des hurlements que Bart n'entendit probablement pas.

Il était trop occupé à boxer sans relâche le beau visage de Lance. J'entendis craquer l'os du nez puis le sang jaillit.

— Pas sous mon toit ! rugissait-il à chaque nouveau

coup de poing. On ne commettra pas le péché sous mon toit !

Quelques instants auparavant, je m'étais presque sentie sur le point d'avoir une réaction similaire, mais à présent je me précipitais pour sauver le jeune homme.

— Arrête, Bart ! Arrête, tu vas le tuer !

Cindy continuait de pousser des cris hystériques tout en s'efforçant de voiler sa nudité sous les vêtements qu'elle avait jetés pêle-mêle sur le sol avec ceux de Lance. Joël était à présent dans la pièce. Il promena un regard méprisant sur Cindy puis se tourna vers moi pour me sourire et roula des yeux satisfaits qui ne cessaient de me répéter : « Regardez ! Je vous l'avais bien dit ! Telle mère, telle fille. »

— Contemplez, entonna-t-il, tel un prêtre du haut de sa chaire, contemplez le fruit de votre coupable indulgence. Dès le premier jour où j'ai vu cette fille, j'ai su qu'une prostituée souillait par sa présence la demeure de mon père.

— Sinistre imbécile ! Qui vous croyez-vous pour oser condamner quiconque ?

— C'est vous l'imbécile, Catherine. Vous êtes exactement comme votre mère, et pas seulement par votre ressemblance physique. Elle aussi convoitait tous les hommes qu'elle rencontrait, y compris son propre demi-oncle. Elle était exactement comme cette fille nue qui est en train de ramper lascivement à nos pieds... elle se couchait sur le dos dès qu'elle voyait passer un pantalon.

Contre toute attente, Bart abandonna Lance et se rua sur Joël.

— Vous allez vous taire ! Comment osez-vous prétendre que ma mère est comme sa mère ? Ce n'est pas vrai ! Ce n'est pas vrai !

— Tu finiras par te rendre à mes vues, Bart, lui répondit Joël sur un ton des plus doucereux. Corinne a connu le sort qu'elle méritait, celui qu'un jour connaîtra ta mère. Et s'il est encore une justice en ce bas monde, si Dieu règne toujours dans les cieux, cette fille impure et nue qui se tortille sur le sol en essayant de se cacher finira dans les flammes comme elle le mérite.

— Ne répétez jamais cela ! mugit Bart, si furieux contre Joël qu'il en oubliait Cindy et Lance, lesquels mirent à profit ce répit pour renfiler en hâte leur pyjama. Tout cela ne regarde que moi, mon oncle, c'est ma famille, bien plus que la vôtre. Si quelqu'un doit parler de justice ici, c'est moi et pas vous.

Horriblement déçu et vexé, Joël parut brusquement le double de son âge. A pas lents, il se traîna jusqu'au couloir et s'y enfonça, si voûté qu'il en avait le dos presque perpendiculaire à ses jambes.

Dès qu'il eut disparu, la colère de Bart se reporta sur moi.

— Tu vois, rugit-il, Cindy vient de prouver qu'elle n'était rien d'autre que ce que j'ai toujours vu en elle ! Elle est mauvaise, mère ! Mauvaise ! Pendant tout ce temps qu'elle a passé à faire semblant d'être sage, elle ne songeait qu'à la façon dont elle allait s'envoyer en l'air lorsque Lance serait là. Je veux qu'elle fiche le camp de cette maison et qu'elle sorte à jamais de ma vie !

— Bart, tu ne peux pas mettre Cindy à la porte... c'est ma fille ! Si tu dois punir quelqu'un plus que tu ne l'as fait, tu peux toujours chasser Lance. Ceci dit, j'estime que tu as raison. Cindy n'aurait pas dû agir ainsi, pas plus que Lance qui a délibérément trahi ton hospitalité.

Pour une fois, j'avais trouvé les mots justes. Sa rage retomba de quelques crans.

— Très bien, Cindy peut rester puisque tu insistes pour lui conserver ton affection en dépit de tout. Mais ce garçon va débarrasser le plancher ce soir même ! (Il se tourna vers Lance.) Grouille-toi d'aller faire ta valise car dans cinq minutes je te conduis à l'aéroport. Et si, à l'avenir, tu t'avises de t'approcher un peu trop près de Cindy, je te casse le restant de tes os ! Et ne t'imagine pas que je n'en saurai rien. Moi aussi, j'ai des amis en Caroline du Sud !

Lance Spalding, très pâle, s'empressa de regagner sa chambre pour aller remballer ce qu'il avait à peine eu le temps de déballer. En passant devant moi, il n'osa même pas lever les yeux.

— Pardonnez-moi, Mrs Sheffield, me chuchota-t-il en hâte, pardonnez-moi, j'ai tellement honte...

Et il disparut dans le couloir avec Bart sur ses talons qui, de temps à autre, le bousculait pour le faire aller plus vite.

Je revins alors à Cindy qui s'était remise au lit et qui, les couvertures remontées jusqu'au menton, me regardait avec des yeux écarquillés par l'appréhension.

— J'espère que tu es satisfaite, Cindy, fis-je avec froideur. Si tu voulais me décevoir, tu as gagné. Je ne m'attendais pas à ça de ta part... tu m'avais fait une promesse. Dois-je n'accorder aucune valeur à ta parole ?

— Maman, je t'en prie, sanglota-t-elle. Je l'aime, et j'avais envie de lui depuis si longtemps que je croyais avoir assez attendu. C'était le cadeau de Noël que je lui faisais... que nous nous faisions.

— Ne mens pas, Cynthia ! Ce soir, ce n'était pas la première fois. Je ne suis pas aussi bête que tu le penses. Toi et Lance, vous aviez déjà fait l'amour auparavant.

Elle gémit de plus belle.

— Maman, tu ne vas pas cesser de m'aimer, hein ? Tu ne vas pas me rejeter, hein ? Car si tu fais ça, je n'ai plus qu'à me tuer ! Toi et papa, vous êtes ma seule famille... et je te jure que ça n'arrivera plus jamais. Je t'en prie, maman, pardonne-moi, je t'en prie.

— J'y réfléchirai, fis-je, toujours aussi glaciale, et je refermai sa porte.

Le lendemain matin, alors que je m'habillais, je vis Cindy débouler en larmes dans ma chambre.

— Maman, je t'en prie, empêche Bart de me forcer à partir à mon tour. Il est donc dit que je ne pourrai jamais passer un bon Noël quand Bart est dans les parages ! Je le déteste ! Je le déteste vraiment ! C'est une brute, il a défiguré Lance !

Sur ce dernier point, je ne pouvais lui donner tort. J'allais devoir apprendre à Bart à modérer sa colère. C'était vraiment terrible pour un joli garçon d'avoir le nez brisé, sans parler des yeux au beurre noir et d'une abondance d'entailles et de bleus.

Cependant, après le départ de Lance, une sorte d'enchantement s'était abattu sur Bart, le rendant soudain très calme. Alors qu'il était bien trop jeune pour en avoir, deux rides s'étaient formées sur son visage, partant des ailes du nez pour encadrer ses lèvres finement ourlées. Il se refusait à lever les yeux sur Cindy ou à lui adresser la parole. A mon égard, même, il se comportait comme si je n'existais pas. Le regard de ses yeux presque noirs se posait sur moi sans me voir, puis il déviait vers Cindy qui ne cessait de pleurer alors qu'en d'autres temps elle avait toujours pris soin de dissimuler ses larmes.

Toutes sortes de pensées lugubres se bousculaient dans ma tête. Des souvenirs de cette Bible dont il nous fallait chaque jour apprendre un verset. La demeure des hiboux et des chacals, le temps qu'il y avait pour semer, le temps pour moissonner, le temps pour engranger... Existait-il un temps pour être heureux ?

Et ne l'avions-nous pas attendu assez longtemps ?

A la fin de cette matinée, j'eus une conversation avec Cindy.

— Je dois te dire que j'ai été profondément choquée par ton comportement. Bart était parfaitement en droit de se mettre en colère, quoique je désapprouve la violence avec laquelle il a traité ce garçon. Car, en fait, je puis comprendre les motivations de Lance, mais pas les tiennes. N'importe quel jeune homme serait entré dans ta chambre du moment que tu lui en ouvrais la porte. Tu m'avais pourtant fait une promesse, Cindy... Attends donc d'avoir dix-huit ans et d'être ton propre maître... mais jusqu'à ce jour, et tant que tu habiteras sous notre toit, je te prie de ne pas t'adonner à des jeux sexuels, ni ici ni ailleurs. C'est compris ?

Je vis ses yeux bleus s'élargir sous la poussée de larmes imminentes.

— Enfin, maman, sommes-nous encore au XVIIIe siècle ? Toutes les filles font ça ! Et j'ai déjà tenu bon plus longtemps que la plupart... d'ailleurs, je me suis laissé dire que toi aussi, tu avais couru derrière les hommes.

— Cindy ! Je te prie de ne plus jamais réitérer ce genre d'allusion à mon passé ou à mon présent ! Il ne t'a pas fallu connaître ce que j'ai enduré. Pour toi, la vie n'a toujours été qu'une succession de jours heureux où tu as pu jouir de tout ce qui, à ton âge, m'avait été refusé.

— Des jours heureux, fit-elle avec amertume. As-tu donc oublié toutes ces méchancetés que Bart m'infligeait ? Peut-être n'ai-je été ni séquestrée, ni affamée, ni battue, mais je n'en ai pas moins eu mes problèmes, et ne fais pas comme s'ils n'avaient aucune importance. Bart m'a donné de telles incertitudes sur ma féminité que je ne puis m'empêcher d'en faire l'essai sur tous les garçons que je rencontre... oui, c'est plus fort que moi.

Et elle fondit en larmes. Je la pris dans mes bras.

— Ne pleure pas, chérie, je te comprends. Mais tu dois aussi comprendre ce que ressentent des parents lorsqu'il est question de leur fille. Ton père et moi, nous ne voulons que ton bien. Nous ne voulons pas que tu sois malheureuse. Que cette expérience avec Lance te serve de leçon et te persuade de tenir bon jusqu'à tes dix-huit ans et jusqu'à ce que ton raisonnement soit plus mûr. Tiens donc le coup plus longtemps si tu peux car lorsque tu prends trop vite l'habitude de la sexualité, il se produit une sorte de choc en retour qui t'apporte exactement ce dont tu veux le moins. C'est ce qui m'est arrivé à moi. Par ailleurs, ne t'ai-je pas mille fois entendue exprimer le désir de faire carrière sur scène ou sur les écrans, mille fois entendue dire que les maris et les bébés passeraient après ? Combien de filles ont vu leurs ambitions réduites à néant par un enfant né d'une passion incontrôlable ? Sois prudente avant de t'engager irrémédiablement avec quiconque. Garde-toi de tomber trop vite amoureuse et de t'exposer ainsi à toutes sortes d'événements imprévus. Arrange-toi pour que le romantisme prenne le pas sur la sexualité, Cindy, et préserve-toi de cette souffrance de tout devoir abandonner trop tôt.

Je sentis ses bras se resserrer autour de moi, je vis ses yeux se faire plus tendres et je sus que nous étions toujours mère et fille.

Un peu plus tard, nous étions au rez-de-chaussée, Cindy et moi, et nous contemplions ce paysage que la neige, au premier plan, parait d'un manteau de blancheur cependant qu'elle en dérobait les lointains derrière un rideau de brume, renforçant cruellement notre sensation d'être isolés du reste du monde.

— A présent, toutes les routes qui nous relient à Charlottesville vont être impraticables, dis-je à Cindy d'une voix morne. Melodie a un comportement si bizarre qu'elle me donne de sérieuses craintes quant à la santé de son enfant. Jory ne sort pratiquement jamais de sa chambre comme s'il avait peur de la rencontrer... ou de nous rencontrer. Bart se conduit à notre égard comme si nous étions tout autant sa propriété que les murs de cette demeure. Oh, je voudrais tant que Chris soit là. Que ces journées sans lui sont détestables !

Lorsque je me tournai vers Cindy, ce fut pour surprendre dans son regard une sorte d'émerveillement. Puis elle rougit quand elle vit que je l'observais.

— C'est que parfois, me répondit-elle lorsque je l'interrogeai sur ses pensées, je me demande comment vous faites pour rester liés l'un à l'autre alors que je passe mon temps à tomber amoureuse puis à ne plus l'être. Maman, un jour tu m'expliqueras ce qu'il faut faire pour qu'un homme aime autre chose en moi que mon corps. Je voudrais que les garçons plongent leurs yeux dans les miens comme papa plonge les siens dans les tiens, je voudrais qu'ils regardent mon visage au moins une fois de temps en temps, car il n'est pas si vilain après tout... mais c'est toujours plus bas qu'ils regardent. Ah, que j'aimerais qu'ils me suivent des yeux comme Jory fait lorsque Melodie passe... (Elle me noua les bras autour de la taille et enfouit son visage au creux de mon épaule.) Je suis sincèrement désolée d'avoir été la cause de tous ces ennuis, hier soir, et je te suis reconnaissante de ne pas m'avoir accablée plus que tu ne l'as fait. J'ai repensé à ce que tu m'as dit et j'admets que tu avais raison. Lance a trop cher payé une faute qui était essentiellement la mienne. Mais je te parlais sérieusement quand je te disais que toutes les filles faisaient ça. A l'école, je les ai toutes vues commencer alors qu'elles avaient onze, douze ou treize ans. Moi, j'en ai seize... et j'aime Lance. Je me suis accrochée à ma virginité en dépit du succès que j'avais auprès des garçons. Et les filles croyaient toutes que j'étais passée à la casserole alors que ce n'était pas vrai. Je faisais semblant d'être affranchie mais un jour, j'ai surpris des garçons qui, en comparant les notes qu'ils nous avaient attribuées, découvraient qu'aucun d'entre eux n'avait pu aller jusqu'au bout avec moi. Je les ai entendus parler de moi comme si j'étais une sorte de monstre... peut-être même une lesbienne. C'est alors que j'ai décidé de laisser faire Lance. Ce serait le cadeau particulier que je lui offrirais pour Noël. (Je fis peser mon regard sur elle, doutant vraiment que ce fût la vérité, mais elle poursuivit en me disant qu'elle était la seule de toutes ses copines à n'avoir pas fait l'amour avant l'âge de seize ans et que, dans le monde d'aujourd'hui, c'était vraiment très tard pour une fille.) Ne sois pas choquée, je t'en prie, car sinon je vais me sentir honteuse. J'ai envie de faire l'amour depuis que j'ai douze ans mais je résistais à cause de ce que tu m'as toujours dit. Tu dois cependant comprendre que Lance n'était pas pour moi le premier venu. Je l'aime et, pendant un moment, avant que vous n'arriviez, toi et Bart, c'était... c'était si bon.

Que pouvais-je répondre à ça ?

J'avais l'impétuosité de ma propre jeunesse fourrée dans le placard aux souvenirs, prête à resurgir dès qu'on en ouvrait les portes, prête à me replacer devant les yeux l'image de Paul... et la façon dont je lui avais demandé de tout m'enseigner sur l'amour, tout ce qui pouvait contrebalancer cette première expérience si dévastatrice que, même à présent, il m'était toujours impossible de ne pas pleurer lorsque je levais les yeux vers cette lune qui avait été le témoin de notre péché.

Vers six heures, Chris m'appela et me dit qu'il avait passé toute la journée à tenter de me joindre mais que la ligne était coupée.

— Mais tu me verras quand même le soir de Noël, dit-il sur un ton enjoué. J'ai loué un chasse-neige pour me précéder jusqu'à Foxworth Hall. Je roulerai juste derrière. Comment ça se passe là-bas ?

— Parfaitement bien, répondis-je.

Et je lui mentis en lui racontant que Lance avait dû repartir immédiatement chez lui parce que son père était tombé dans les escaliers. Puis je noyai le poisson en lui narrant par le détail nos préparatifs de Noël, les cadeaux emballés, le sapin décoré, en me plaignant aussi de ce que Melodie, comme d'habitude, se fût enfermée dans sa chambre.

— Cathy, me dit-il d'une voix sévère, ça serait bien si tu pouvais de temps à autre être un peu franche avec moi. Lance n'est pas retourné chez lui. Tous les avions sont bloqués au sol. A la minute où je te parle, il est à moins de trois mètres de cette cabine téléphonique. Il est venu me voir au labo et il m'a tout raconté. J'ai soigné de mon mieux son nez cassé ainsi que toutes les autres plaies qu'il porte au visage, et je n'ai pas arrêté de maudire Bart. Ce n'est pas un fils que nous avons là, c'est une catastrophe ambulante.

Le lendemain matin, dès la première heure, nous apprîmes par la radio que toutes les routes menant au village et au bourg le plus proche étaient coupées par la neige. On conseillait aux gens de ne pas bouger de chez eux. Toute la journée, nous restâmes accrochés à la radio, ne ratant pas un seul de ces bulletins météo qui semblaient régir nos vies.

« Jamais nous n'avons connu un hiver aussi rude, ne cessait de répéter le commentateur sur le ton d'une ritournelle. Tous les records sont battus... »

Cindy et moi, nous passions le plus clair de notre temps derrière les fenêtres où Jory venait souvent nous rejoindre et nous regardions cette neige qui n'arrêtait pas de tomber avec l'implacable détermination de nous isoler.

Je nous revoyais tous les quatre, prisonniers dans cette chambre de l'étage, parlant à voix basse du père Noël et répétant aux jumeaux qu'il réussirait sans aucun doute à nous trouver. C'était Chris qui avait écrit la lettre. Pauvres petits jumeaux qui, en se réveillant le matin du 25 décembre, ne pouvaient même pas se raccrocher au souvenir des Noëls passés !

Ce fut la toux de Jory qui me ramena au présent. Toutes

les cinq minutes, il était pris d'une quinte terrible. Je posai sur lui un œil inquiet. Peu après, il nous dit qu'il allait remonter dans sa chambre et se mettre au lit. J'aurais voulu l'aider mais je savais qu'il tenait à se débrouiller seul.

— Je commence à détester cet endroit, grogna Cindy. Voilà-t'il pas que, maintenant, Jory a pris un coup de froid. Je le savais bien que ça se passerait comme ça, et c'est pourquoi j'avais fait venir Lance. Je me disais qu'avec lui, nous ferions la fête tous les soirs et qu'en étant légèrement paf nous supporterions mieux l'horreur de vivre à proximité de Bart et de ce sinistre vieillard d'oncle Joël. J'attendais de Lance qu'il me divertît pendant mon séjour ici. Et maintenant, je n'ai plus que toi, maman. Jory semble si distant, si souvent désireux d'être seul... sans compter qu'il me croit trop jeune pour comprendre ses problèmes. Melodie ne m'adresse jamais la parole, pas plus qu'aux autres d'ailleurs. Bart évoque toujours pour moi *la Faucheuse* avec sa façon d'arpenter continuellement les couloirs de la maison et, chaque fois que je rencontre le vieux fou, j'en ai des frissons dans le dos. Nous n'avons pas d'amis dans la région. Personne ne vient jamais nous voir à l'improviste. Nous sommes seuls à nous porter sur les nerfs les uns des autres. Et c'est Noël ! J'attends avec impatience ce bal que Bart a dit qu'il donnait. Là, au moins, j'aurai peut-être une chance de rencontrer des gens et de me débarrasser de cette croûte qui commence à me recouvrir les jambes.

— Tu n'es pas obligée de rester, hurla Bart qui venait de surgir à nos côtés comme un diable de sa boîte. Je n'ai rien à faire d'une bâtarde que ma mère a jugé bon de recueillir !

Cindy devint toute rouge.

— Tu essayes encore de me faire du mal, connard ! Mais ça ne prend plus ! Tu peux dire ce que tu veux, je m'en fiche !

— Ne t'avise plus de me traiter de connard, sale bâtarde !

— Débile, connard, débile, connard ! fit-elle en reculant devant lui et en allant se réfugier derrière les chaises et les tables, le défiant de la rattraper et cherchant visiblement à rompre à sa manière la monotonie de cette journée.

— Cindy, lui criai-je, furieuse. Comment oses-tu parler ainsi à ton frère ? Dis-lui que tu regrettes tes paroles... dis-lui tout de suite !

— Non, je ne dirai rien car je ne regrette rien ! me répondit-elle en s'adressant à Bart. C'est une brute, un maniaque, un dingue, et il essaye de nous rendre tous aussi cinglés que lui.

— Tais-toi ! lui hurlai-je en voyant Bart blêmir.

Puis il se fendit brusquement en avant et l'attrapa par les cheveux. Elle tenta de s'échapper mais il la tenait ferme. Je me précipitai pour l'empêcher de la frapper en m'accrochant au bras qu'il avait déjà levé. Il la tenait maintenant à ses pieds.

— Si tu te permets encore une fois de me parler comme tu le fais, tu vas le regretter amèrement. Tu es fière de ton joli corps, de ton visage, de tes cheveux, n'est-ce pas ? Eh bien, à la prochaine insulte, tu pourras courir te cacher dans les waters et casser toutes les glaces.

Au ton de sa voix, je savais qu'il ne s'agissait pas d'une menace en l'air. J'aidai Cindy à se relever.

— Bart, sois raisonnable. Toute ta vie, tu n'as cessé de tourmenter Cindy. Tu ne peux pas lui en vouloir d'avoir envie de se venger ?

— Alors tu prends son parti ? Après ce qu'elle m'a dit ?

— Fais-lui des excuses, Cindy. (Il y avait une muette prière dans le regard que je posai d'abord sur elle, puis sur Bart.) Et toi aussi, tu lui en fais.

Une lueur indécise passa dans les yeux de Bart lorsqu'il vit à quel point j'étais fâchée, mais elle disparut à l'instant même où Cindy s'écria :

— Non, je ne lui ferai pas d'excuses. Je n'ai pas peur de lui ! Tu es aussi débile que ce vieux crétin qui n'arrête pas de traîner dans les couloirs en marmonnant tout seul des trucs incompréhensibles. Tu as visiblement un penchant pour les vieux, mon gars ! C'est peut-être ça ton petit problème !

— Cindy ! fis-je, presque sans voix tant j'étais bouleversée. Demande immédiatement pardon à ton frère.

— Jamais, jamais, jamais ! Certainement pas après ce qu'il a fait à Lance.

La rage que je voyais sur le visage de Bart me faisait peur.

A cet instant précis, Joël pénétra dans la pièce. Il s'immobilisa, ses longs bras croisés sur la poitrine, et plongea son regard dans les yeux sauvages de Bart.

— Mon fils... ne réponds pas à l'insulte. Le Seigneur voit tout, entend tout, et en temps voulu, Il exercera sa justice. Ce n'est qu'une enfant pareille aux oiseaux qui pépient dans les arbres ; elle est mue par l'instinct et ne sait rien de ce qui est conforme ou non à la morale. Tous ses actes, toutes ses paroles, tous ses gestes sont dénués de fondement conscient. Elle n'est rien au regard de toi, Bart. Rien qu'une poignée de cheveux et des os que recouvre une guenille de chair... Toi, Bart, en revanche, tu es né pour être un guide.

Comme par magie, la colère de Bart retomba. Fasciné, sans même nous jeter un regard, il quitta la pièce derrière Joël. De le voir suivre ce vieillard avec une telle soumission fit naître en moi une terreur toute fraîche. Comment Joël avait-il réussi à prendre un tel ascendant sur mon fils ?

Cindy se jeta dans mes bras et fondit en larmes.

— Maman, qu'est-ce qui se passe entre moi et Bart ? Pourquoi suis-je toujours en train de lui dire de telles méchancetés ? Pourquoi fait-il pareil avec moi ? C'est vrai, j'ai toujours envie de lui faire mal, de lui faire payer toutes ces vilaines choses qu'il s'ingéniait à me faire ou à me dire pour me blesser.

Dans mes bras, elle dénoua le fil de ses angoisses, entrecoupant sa confession de sanglots, jusqu'à ce que, enfin, sa tension nerveuse se relâchât.

Par bien des côtés, Cindy me rappelait celle que j'avais été, une jeune fille si pressée d'aimer et d'être aimée, si désireuse de vivre une existence riche et passionnante, qu'elle s'y précipitait sans même attendre d'être assez mûre pour se trouver à même d'en supporter les conséquences émotionnelles.

Avec un gros soupir, je la serrai plus fort contre moi. Un

jour, de toute façon, nous verrions la solution de nos problèmes de famille. Et, m'accrochant à cet espoir, je priai pour que Chris revînt au plus vite à la maison.

Noël

Et, comme par le passé, la veille de Noël revint avec sa magie féerique étendre son règne de paix sur nos esprits troublés et donner à la beauté de Foxworth Hall une grâce plus humaine. La neige continuait de tomber mais elle n'était plus portée par un vent violent. Dans le petit salon où nous aimions à nous rassembler, Bart et Cindy, juchés sur des escabeaux de part et d'autre du gigantesque sapin de Noël, achevaient de le décorer sous la direction de Jory qui, dans son fauteuil roulant, s'occupait aussi de démêler les guirlandes lumineuses que nous comptions disposer au-dessus des portes. Toute une équipe de décorateurs s'activaient à donner à toutes les autres pièces du rez-de-chaussée l'atmosphère de fête qui convenait pour les centaines d'invités que Bart attendait à son bal. Il était terriblement excité par cette perspective et, dans mon cœur, la joie d'être à la veille de Noël se voyait renforcée par ses éclats de rire et par sa bonne humeur. Cette joie devint presque du délire lorsque, sur le seuil, je vis paraître Chris, les bras chargés de tout ce qu'il avait acheté au dernier moment, fidèle à sa vieille habitude de repousser éternellement les choses au lendemain.

Je me précipitai pour l'accueillir avec des bras avides et des baisers goulus, profitant de ce que Bart, derrière l'arbre, ne pouvait me voir.

— Comment se fait-il que tu arrives si tard ? lui demandai-je, et il éclata de rire en me montrant les paquets.

— J'en ai encore d'autres dans la voiture, dit-il avec un joyeux sourire. Je sais ce que tu penses, que j'aurais dû m'y prendre avant pour faire mes achats ; mais j'ai eu l'impression de ne pas disposer d'une seule minute à moi. Et je me suis soudain retrouvé à la veille de Noël... alors j'ai tout payé deux fois plus cher. Mais ça va te plaire, j'en suis sûr... et si ça ne te plaît pas, surtout ne m'en dis rien.

Assise au coin du feu sur un pouf, dans le salon qui jouxtait directement le hall, Melodie avait un air malheureux. Un examen plus attentif me suggéra qu'en fait elle devait souffrir.

— Ça va, Melodie ? lui demandai-je et, lorsqu'elle me répondit par un signe de tête affirmatif, j'eus l'inconscience de ne pas insister.

Il faut dire que, lorsque Chris lui posa la même question en termes plus précis, elle continua de nier tout malaise et se leva. Après avoir jeté vers Bart un regard implorant qu'il ne vit même pas, elle se dirigea vers les escaliers du fond. Dans sa robe informe et grisâtre, elle ressemblait à une miséreuse et faisait au moins dix ans de plus que son âge. Jory, qui ne la quittait jamais des yeux, se retourna pour la voir s'enfoncer dans le couloir, le regard empreint d'une tristesse qui niait tout le plaisir qu'il pouvait prendre à œuvrer de ses mains aux joyeux préparatifs de Noël. La guirlande qu'il tenait lui échappa et se prit dans la roue de son fauteuil. Il ne s'en rendit même pas compte et ses mains, vides à présent, se crispèrent, comme s'il voulait frapper le destin qui, non content de lui avoir ravi l'usage d'un corps merveilleusement doué, lui volait aussi la femme qu'il aimait.

Alors qu'il s'acheminait vers les escaliers, Chris s'arrêta pour saluer Jory d'une chaleureuse claque dans le dos.

— Tu m'as l'air de péter la santé, non ? Et ne te fais pas de bile au sujet de Melodie ; il est normal qu'une femme soit irritable dans ses trois derniers mois. Ne serais-tu pas toi aussi sujet à des sautes d'humeur s'il te fallait trimballer partout des kilos supplémentaires ?

— Elle pourrait au moins m'adresser la parole de temps à autre, se plaignit Jory, ou tourner les yeux vers moi. Elle ne se donne même plus la peine d'être gentille avec Bart comme en un temps.

Je posai sur lui un regard inquiet. Savait-il qu'en un temps, justement, Bart et Melodie avaient été amants ?

Temps qui, d'ailleurs, devait être révolu si l'on en jugeait par l'abattement profond dans lequel elle était retombée. Je tentai de lire dans les yeux de mon aîné mais il baissa les paupières et fit semblant de s'intéresser de nouveau à la décoration du sapin.

Depuis longtemps, Chris et moi, nous avions adopté pour tradition d'ouvrir au moins l'un des cadeaux la veille de Noël. Lorsque vint le soir, nous nous isolâmes donc tous deux dans notre habituel petit salon du rez-de-chaussée pour lever à nos amours notre flûte de champagne.

— A tous les lendemains que nous passerons côte à côte, me dit-il avec des yeux débordants d'amour et de bonheur.

A mon tour, je portai le même toast et Chris me remit mon cadeau. Lorsque j'ouvris l'écrin, j'y découvris un brillant poire de deux carats suspendu au bout d'une chaînette d'or.

— Maintenant, ne va pas me dire que tu n'aimes pas les bijoux, fit-il en prenant les devants alors que je me contentais de fixer le diamant, fascinée par son éclat et par les nuances arc-en-ciel qui jouaient dans ses facettes. Notre mère n'a jamais rien porté de tel. En fait, j'aurais aimé t'offrir l'un de ces interminables colliers de perles pour lesquels elle avait une préférence mais, te connaissant, j'ai préféré m'en abstenir et j'ai reporté mon choix sur cette pierre magnifique. Cette forme porte également le nom de taille en larme, Cathy... elle symbolise toutes les larmes que j'aurais intérieurement versées si tu ne m'avais jamais laissé t'aimer.

Avec cette dernière phrase, il venait justement de me faire monter les larmes aux yeux et de m'emplir le cœur de ce mélange de coupable tristesse et de pure joie qui était tout à la fois la rançon et la rétribution de ce que nous étions. Car trop souvent, la difficulté d'être nous-mêmes me semblait par trop écrasante. Sans rien dire, je lui tendis mon cadeau, une chevalière au chaton serti d'un saphir en étoile. Il éclata de rire et me dit que cette bague était un peu voyante mais superbe.

A peine ces mots eurent-ils franchi ses lèvres que Jory, Melodie et Bart pénétrèrent dans le petit salon. Jory sourit en voyant l'éclat de nos yeux. Le même spectacle fit froncer les sourcils de Bart. Melodie se laissa choir dans un fauteuil particulièrement moelleux et disparut presque totalement dans ses profondeurs. A son tour, Cindy fit irruption dans la pièce en agitant des clochettes, éblouissante dans son ensemble rouge vif. Le dernier venu fut Joël qui se glissa de la porte jusqu'à une encoignure où il demeura bras croisés comme s'il tenait serrés sur sa poitrine les pans de son suaire, pareil à quelque juge austère qui eût surveillé les coupables agissements d'une bande de gamins pervers.

Le premier qui répondit à l'appel des joyeuses sonnailles de Cindy fut Jory qui leva bien haut sa flûte de champagne et dit :

— Que cette veille de Noël soit pour nous tous promesse de bonheur ! Que mon père et ma mère gardent toujours l'un pour l'autre ce même regard de tendresse et de compassion, d'amour et de compréhension. Et que je retrouve également ce regard dans les yeux de mon épouse... oui, que je le retrouve bientôt.

C'était un défi qu'il lançait à Melodie, et ce, en présence de nous tous. Hélas, il était déplorablement à contretemps. Elle se ramassa plus encore au creux de son fauteuil et s'obstina de plus belle à éviter le regard de Jory en fixant les flammes. Dans les yeux de Jory, la lueur d'espoir s'éteignit. Ses épaules s'affaissèrent et il fit pivoter son fauteuil roulant pour ne plus la voir. Puis il posa son verre de champagne et s'absorba dans la contemplation des flammes avec la même intensité que son épouse, comme s'il cherchait à déchiffrer ces symboles qu'elle paraissait y trouver. Dans son coin sombre, Joël souriait.

Cindy s'efforça de ramener la gaieté parmi nous mais Bart lui battit froid et se fit le champion de cette morosité corrosive que Melodie semblait sécréter comme un fin brouillard gris. En vérité, notre petite réunion de famille dans le cadre intime de ce salon brillamment décoré prenait l'allure d'un bide.

Bientôt, Bart commença de faire les cent pas en jetant

des regards furtifs sur les cadeaux déposés au pied de notre sapin « familial ». Ses yeux tombèrent alors — accidentellement car il prenait grand soin de ne jamais les tourner dans sa direction depuis qu'elle était déformée par la grossesse — sur le regard plein d'espoir que Melodie lui lançait. Il s'empressa de tourner la tête, comme gêné par cette supplication trop manifeste. Quelques minutes plus tard, Melodie nous pria de l'excuser ; elle se sentait mal et allait remonter dans sa chambre.

— Puis-je être utile à quelque chose ? lui demanda Chris qui lui proposa immédiatement son bras pour l'aider dans les escaliers en voyant l'extrême difficulté qu'elle avait à marcher.

— Ça va, fit-elle sèchement. Je n'ai pas besoin de votre aide... ni de l'aide de personne.

— Et bénie soit pour tous cette soirée de Noël ! s'écria Bart plutôt dans le style de Joël qui, dans l'ombre, observait, observait toujours.

A l'instant même où Melodie quitta la pièce, Jory s'affaissa dans son fauteuil et annonça que, lui non plus, ne se sentait pas bien. La crise de toux prolongée qui suivit en donna la preuve.

— J'ai justement le médicament qu'il te faut, dit Chris en se précipitant vers les marches. Tu ne vas tout de même pas te coucher de si bonne heure. C'est soir de fête. Mais avant de t'administrer le moindre remède, je tiens à t'ausculter.

Négligemment accoudé au manteau de la cheminée, Bart observait cette touchante scène entre Chris et Jory avec une flamme jalouse dans le regard. Chris s'approcha de moi.

— En fait, peut-être vaudrait-il mieux que nous allions nous coucher afin d'être debout à l'aube et d'avoir tout notre temps pour prendre notre petit déjeuner en ouvrant nos cadeaux. Ensuite, nous pourrons faire une petite sieste et être réellement d'attaque pour le bal de demain soir.

— Youpi ! s'écria Cindy qui, en quelques pirouettes, fit le tour de la pièce. Des gens, des tas de gens, et tous vêtus de leurs plus beaux atours... Je ne sais vraiment pas comment j'aurai la force d'attendre jusqu'à demain soir ! Des rires, cela fait une éternité que je n'en ai pas entendu ! Des mots d'esprit, des petits bavardages insignifiants, oh, que mes oreilles ont soif de les entendre ! J'en ai tellement par-dessus la tête d'être sérieuse et d'être entourée par des gens qui ne savent pas sourire et affichent en permanence des mines d'enterrement. J'espère que tous ces gens de la haute vont avoir la riche idée d'amener avec eux tous leurs fils en âge d'aller à l'université... ou même, vu l'état de manque dans lequel je me trouve, tous leurs fils pourvu qu'ils aient plus de douze ans ! (Bart n'était pas le seul à lancer à Cindy des regards réprobateurs qu'elle ignorait souverainement.) Ah, je vais pouvoir danser toute la nuit, toute la nuit, chantonna-t-elle en esquissant un pas de valse avec un partenaire imaginaire, bouchant par avance ses oreilles à tout ce que nous pourrions dire pour refroidir son enthousiasme. Et puis je danserai encore et encore...

Malgré eux, Chris et Jory succombaient sous le charme de son comportement primesautier, de la gaieté de sa petite chansonnette. Avec un large sourire, Chris dit à Cindy :

— Il y a pour le moins une vingtaine de jeunes gens qui sont attendus demain soir. Alors, ménage tes forces. D'ailleurs, puisque Jory se sent fatigué, le mieux est d'aller se coucher. Demain, la journée sera longue.

Ça n'était pas une mauvaise idée.

Brusquement, Cindy se laissa choir dans un fauteuil et sombra dans un abattement comparable à celui que Melodie avait manifesté avant de nous quitter. Elle était au bord des larmes.

— Je suis si malheureuse que Lance n'ait pu rester ! C'est lui que je voulais et pas un autre.

Bart lui jeta un regard furieux.

— Je peux t'assurer que ce jeune homme ne mettra plus les pieds dans cette maison. (Puis il se tourna vers moi et enchaîna sur un ton d'une égale violence :) Et nous pouvons nous passer de Melodie pour ce bal si elle s'obstine à faire cette tête de martyre. Demain matin, elle n'a qu'à rester bouder dans sa chambre, comme ça, elle ne nous gâchera pas le plaisir lorsque nous ouvrirons nos cadeaux.

Pour cette sieste l'après-midi, je suis d'accord. Nous n'en serons que plus en forme le soir et mon bal sera d'un éclat exceptionnel.

Jory avait quitté la pièce et pénétrait déjà dans l'ascenseur, manœuvrant lui-même le fauteuil roulant comme pour se prouver son indépendance. Ceux qui restaient semblaient ne pas trop avoir envie de se séparer si tôt. Bart posa sur le plateau de la chaîne un disque de chants de Noël que j'écoutai en songeant à toutes ces nouvelles habitudes que mon cadet avait acquises.

Gosse, il avait été non seulement négligent mais doté d'un goût prononcé pour la crasse ; or, je le voyais maintenant prendre plusieurs douches par jour et être perpétuellement tiré à quatre épingles. Il ne pouvait aller se coucher le soir sans avoir inspecté « sa maison » de la cave au grenier, vérifiant si portes et fenêtres étaient bien fermées ou si le petit chat de Trevor n'avait pas fait ses besoins sur la moquette. En l'occurrence, comme pour nourrir mes réflexions, il venait justement de se lever pour retaper les coussins des fauteuils, lisser le sofa et ramasser les magazines qui traînaient pour former des piles bien nettes. Rien ne lui échappait de ce que les domestiques pouvaient oublier de faire et je savais que, demain, à la première heure, il sauterait sur Trevor et menacerait de flanquer tout le monde à la porte sans indemnité de licenciement si le travail n'était pas mieux fait. Pas étonnant qu'il eût les plus grandes difficultés du monde à garder son personnel. Seul Trevor lui restait fidèle, affectant de ne pas remarquer combien Bart était insupportable. En fait, je crois qu'il considérait son maître avec pitié, bien que ce dernier n'en sût rien.

Le cours de mes pensées revint à l'enthousiasme croissant que Bart manifestait quant à la soirée du lendemain. Je jetai un coup d'œil par la fenêtre et vis que la neige continuait de tomber alors qu'une couche d'une cinquantaine de centimètres recouvrait déjà le sol.

— Bart... demain soir, tu sais, les routes vont être de vraies patinoires si elles ne sont pas bloquées ; je crois bien que bon nombre de tes invités ne seront pas en mesure de monter assister au traditionnel bal des Foxworth.

— Absurde ! S'ils téléphonent pour se désister, j'irai les chercher en hélicoptère. La pelouse n'est-elle pas assez grande ?

Je poussai un soupir pour me débarrasser du malaise que je ressentais devant l'étrange sourire de Joël qui choisit cet instant pour quitter la pièce.

— Ta mère n'a pas tort, Bart, lui fit aimablement remarquer Chris. Alors ne sois pas trop déçu s'il n'y a pas beaucoup de monde à ton bal. Tout à l'heure, j'ai déjà eu un mal de chien à monter jusqu'ici et, depuis, la neige tombe encore plus dru.

Comme si Chris n'avait même pas ouvert la bouche, Bart me souhaita bonne nuit et gagna les escaliers. Chris, Cindy et moi, nous ne tardâmes pas à le suivre.

Pendant que Chris était allé faire un brin de causette avec Jory, je m'installai dans la chambre de Cindy en attendant qu'elle sortît de sa douche, ce qu'elle fit, vêtue de la plus sommaire des nuisettes.

— Je t'en prie, maman. Ne va pas encore me faire un sermon ! La première fois que je suis venue ici, j'ai pensé pénétrer dans le palais des Mille et Une Nuits. A présent, je m'aperçois que c'est une sinistre forteresse dans laquelle nous sommes tous prisonniers. Dès que ce bal aura eu lieu, je fiche le camp... et que Bart aille au diable ! Je vous aime toujours autant, toi, papa et Jory, mais c'est un véritable calvaire de supporter Melodie telle qu'elle est maintenant et Bart, lui, ne changera jamais. Il m'a toujours détestée, aussi vais-je arrêter de faire des efforts avec lui, même de temps à autre.

Elle se glissa dans les draps, se remonta les couvertures jusqu'au menton et me tourna le dos.

— Bonne nuit, maman. Pourras-tu me fermer la lumière en partant ? Mais surtout, ne me demande pas de bien me tenir demain soir car j'ai déjà la ferme intention de me comporter comme une grande dame. Réveille-moi trois heures avant le début du bal, s'il te plaît.

— Dois-je comprendre que tu ne veux pas être avec nous pour le matin de Noël ?

— Oh, fit-elle avec indifférence, je vais tout de même m'accorder le temps d'ouvrir mes cadeaux... et de vous voir ouvrir les vôtres. Mais après, je retourne au lit ; je tiens à rester dans les mémoires comme la belle du bal.

— Je t'aime, Cindy, lui murmurai-je à l'oreille après avoir éteint sa lampe et m'être penchée pour lui soulever les cheveux et déposer un baiser au creux tiède de sa nuque.

Elle se retourna et jeta ses bras minces autour de mon cou.

— Oh, maman, tu es vraiment merveilleuse ! Je te promets d'être un modèle de sagesse à l'avenir. Plus jamais je ne laisserai un garçon me toucher, ne serait-ce que pour me prendre la main. Mais, s'il te plaît, permets-moi de fuir cette maison et d'aller à New York assister à ce réveillon du nouvel an que ma meilleure amie donne dans la salle de bal d'un palace.

— D'accord. Si tu tiens à passer le nouvel an avec tes amis, je n'y vois pas d'objection, mais demain, je t'en prie, fais tout ton possible pour ne pas agacer Bart. Tu connais ses problèmes psychologiques, tu sais combien il lui a fallu lutter pour surmonter toutes ces idées perturbatrices qu'on lui avait plantées dans sa cervelle de gosse. Aide-le, Cindy. Donne-lui l'assurance qu'il a toujours une famille sur laquelle il peut compter.

— Je ferai de mon mieux, maman. Je te le promets.

Je sortis de sa chambre pour gagner aussitôt celle de Jory.

— Tout ira bien, mon trésor, lui dis-je, inquiète de son calme inhabituel. Dès que le bébé sera né, Melodie te reviendra.

— Tu crois ? fit-il d'une voix pleine d'amertume. J'en doute. Elle aura son enfant pour occuper son temps et ses pensées, et le peu d'intérêt que je garde peut-être à ses yeux disparaîtra définitivement.

Une demi-heure plus tard, Chris m'ouvrit ses bras et je me précipitai dans le torrent de cet amour, le seul dans ma vie qui eût duré assez longtemps pour me donner la certitude d'avoir une prise réelle sur le bonheur... en dépit de tout ce qui aurait pu flétrir cette fleur que nous avions fait croître et s'épanouir dans l'ombre.

La clarté du matin s'infiltra dans ma chambre, me tirant du sommeil avant même que le réveil n'eût sonné. Aussitôt debout, je courus à la fenêtre. La neige s'était arrêtée de tomber. Dieu soit loué ! Bart allait être content. Je retournai prestement vers le lit pour réveiller Chris sous un déluge de baisers.

— Joyeux Noël, mon docteur Christopher Sheffield chéri, lui murmurai-je à l'oreille.

— Mon chéri tout court aurait suffi, grogna-t-il en promenant autour de lui un regard encore tout hébété de sommeil.

Décidée à marquer ce jour d'une pierre blanche, je l'arrachai au lit, le fis presser pour s'habiller et, bientôt, nous nous acheminâmes vers la salle où nous prenions notre petit déjeuner.

Depuis deux jours, la maison était le théâtre d'une activité intense, similaire à celle qu'elle avait connue au début de l'été, sauf que cette fois, ce n'était pas le parc qui en était l'objet, mais tout le rez-de-chaussée que les décorateurs transformaient en féerie de Noël.

Et cette fois, c'était avec indifférence que j'observais ces hommes et ces femmes qui achevaient de faire de notre demeure un pays des merveilles. Cindy, en revanche, ouvrait de grands yeux sur toutes ces couleurs, ces bougies, ces guirlandes, ces festons et, surtout, ne pouvait détacher son regard du gigantesque arbre de Noël qui dominait notre sapin familial d'au moins trois mètres. A peine avait-elle découvert ce spectacle en descendant prendre son petit déjeuner qu'elle avait été convaincue de ne pas perdre l'essentiel de sa journée au lit. Comme par enchantement, elle avait oublié Lance, oublié son esseulement. La magie du jour de Noël s'était révélée plus puissante que celle de sa veille.

— Regarde cette tourte, maman ! Elle est énorme ! Vingt-quatre merles, sous la croûte d'une tourte, se mit-elle à chanter, rayonnante de joie. Je suis désolée d'avoir été si vilaine. J'y ai repensé, il y aura des tas de garçons ce soir, et de beaux messieurs encore jeunes et qui ont de la fortune. Après tout, peut-être cette maison ne fait-elle pas que porter malheur ?

— Bien sûr que non, fit Bart en venant se placer entre nous, les yeux brillants d'excitation à la vue d'un décor si prometteur auquel il vérifiait toutefois si rien ne manquait. A condition, bien sûr, que tu mettes une robe décente et que tu ne te livres pas à tes extravagances.

Puis il s'occupa de donner des directives aux ouvriers. Il n'arrêtait pas de rire et nous demandait même notre avis à Jory, à Cindy, à Melodie et à moi, comme si la traditionnelle trêve des confiseurs s'étendait à nos querelles de famille.

Jour après jour, telle une ombre sinistre, Joël ne cessait jamais de suivre Bart en citant à tout moment de sa voix grinçante des versets de la Bible. Ce matin de Noël ne pouvait faire exception. Il s'était levé à 6 h 30 et, lorsqu'il ouvrit la bouche, ce fut pour marmonner :

— Un chameau passera plus aisément par le chas d'une aiguille qu'un riche n'entrera dans le royaume de Dieu.

— Que diable voulez-vous insinuer par là ? gronda Bart.

L'espace d'un instant, un éclair de colère passa dans les yeux délavés de Joël, un peu comme une braise éteinte qui se remet à rougeoyer sous l'effet d'un vent imprévu.

— Oui, tu jettes par les fenêtres des milliers de dollars en espérant faire impression sur les gens... mais tu n'étonnes personne car tu n'es pas le seul qui ait de l'argent. Certains même ont des maisons plus belles que la tienne. Si, en un temps, Foxworth Hall fut une demeure exceptionnelle, ce temps est à présent révolu.

Bart se tourna vers lui, rouge de colère.

— Voulez-vous la fermer ! Vous êtes toujours en train de gâcher mon plaisir ! Je ne puis rien entreprendre qui trouve grâce à vos yeux ! C'est toujours un péché ! Vous êtes un vieillard et vous avez fait votre temps, alors n'essayez pas de me détruire le mien. Je suis jeune et j'ai encore le droit de jouir pleinement de la vie. Gardez donc pour vous-même ces citations bibliques.

— L'orgueil précède la chute.

— L'orgueil précède la ruine, rectifia Bart qui foudroya du regard son grand-oncle, me procurant une délicieuse satisfaction.

Enfin, enfin, Bart voyait en Joël une menace et non plus le père qu'il n'avait cessé de chercher toute sa vie.

— L'orgueil est le vice caractéristique des fous, reprit Joël en promenant un regard dégoûté sur tous les préparatifs de la fête. Tu as gaspillé des sommes d'argent qu'il eût été préférable de consacrer à des œuvres charitables.

— Débarrassez-moi le plancher, mon oncle ! Retournez donc dans votre chambre pour peaufiner vos citations sur l'orgueil. Car, manifestement, votre cœur est inaccessible à tout autre sentiment qu'à l'envie !

D'un pas chancelant, Joël quitta la pièce en grommelant d'une voix presque inaudible :

— Il finira bien par s'en apercevoir. Rien ne s'oublie, rien ne se pardonne jamais sur la colline. Moi, je sais. Qui peut être mieux placé que moi pour savoir ? Amers, amers, sont les jours des Foxworth, en dépit de leur immense fortune.

Je m'avançai vers Bart pour le prendre dans mes bras.

— Ne l'écoute pas. La soirée va être un succès. Tous tes invités vont venir maintenant que le soleil brille et qu'il va faire fondre la neige. Aujourd'hui, Dieu est avec nous, alors réjouis-toi et, comme tu l'as dit, profite de ta jeunesse.

Mon Dieu, ce regard lorsqu'il m'entendit lui dire ça, son regard débordant de gratitude ! Je le vis qui voulait me dire quelque chose, mais qui ne trouvait pas ses mots. Alors, il m'embrassa, vite, très vite, puis il s'éloigna à grands pas. Quel drôle de type, me dis-je. Si perdu dans la vie. Pourtant, il devait exister quelque chose de prévu pour lui de toute éternité.

Des pièces que nous avions condamnées dès le début de l'hiver avaient été réouvertes après avoir été dépoussiérées et aérées, de sorte que personne ne pût s'apercevoir que nous avions souci d'économiser notre chauffage et nos deniers. Nous avions apporté un soin tout spécial aux salles de bains et aux dressings de sorte qu'ils fussent d'une propreté irréprochable et munis de tout ce dont nos hôtes pourraient avoir besoin. Nous avions été particulièrement prodigues en savons de luxe et en serviettes de toilette. Pour l'occasion, nous avions également sorti des placards notre plus fine porcelaine et nos services de cristal.

Vers onze heures, nous nous retrouvâmes tous au pied du sapin de Noël. Bart s'était rasé de près et avait revêtu son plus beau smoking. Jory en avait fait autant et seule Melodie arborait une mise des plus négligées en continuant de porter cette robe de grossesse qu'elle avait sur le ventre depuis des semaines. M'efforçant comme toujours de modérer les tensions, je pris l'Enfant Jésus dans sa crèche hyper-réaliste et le tint dans mes bras.

— Bart, je ne savais pas que tu avais ça. Où l'as-tu achetée ? Je n'ai jamais vu un si bel ensemble de santons.

— Ils sont juste arrivés avec le courrier d'avant-hier et je ne les ai déballés que ce matin, me répondit Bart. C'est au cours d'un voyage en Italie l'hiver dernier que j'en ai fait l'acquisition en demandant qu'ils me soient expédiés par voie maritime.

Heureuse que j'étais de le voir si exalté, je ne taris pas d'éloges sur sa crèche.

— Vraiment, cet Enfant Jésus ressemble à s'y méprendre à un bébé... et la Vierge Marie, elle est magnifique. Et Joseph qui a l'air si compréhensif.

— Il lui a bien fallu l'être, fit Jory en se penchant pour rajouter d'autres cadeaux sous l'arbre. C'était quand même un peu dur à avaler cette histoire de vierge engrossée par l'opération du Saint-Esprit, non ?

— Un croyant n'est pas censé se poser de telles questions, lui répondit Bart avec un regard presque tendre pour ces figurines grandeur nature dont il avait fait l'acquisition. On doit accepter aveuglément ce qui est écrit.

— Alors, pourquoi parfois n'es-tu pas d'accord avec Joël ?

— Jory... ne me pousse pas dans mes retranchements. Joël m'aide à trouver ce que je suis. C'est un vieil homme qui, dans sa jeunesse, a vécu dans le péché puis qui, sur ses vieux jours, s'est racheté par ses bonnes œuvres. Moi, je suis un jeune homme qui n'aspire qu'à pécher car j'ai le sentiment que les traumatismes de mon enfance m'ont racheté d'avance.

— Je te suggère quelques orgies dans une grande métropole et tu auras vite fait de rentrer ici aussi vieux et hypocrite que ton cher grand-oncle Joël, lui répondit Jory. Je ne l'aime pas. Donne-lui quelques centaines de milliers de dollars et dis-lui bon vent.

Dans le regard de Bart, je vis passer une étrange lueur, comme si c'était exactement ce qu'il aimerait faire. Il se pencha vers Jory et le regarda droit dans les yeux.

— Pourquoi ne l'aimes-tu pas ?

— Je ne saurais dire, Bart. Peut-être sa manière de promener les yeux sur cette maison comme si elle devait lui appartenir. Et aussi certains regards qu'il te lance lorsque tu ne fais pas attention à lui. Je ne crois pas qu'il soit ton ami, seulement ton ennemi.

Avec une expression chagrine et profondément troublée, Bart quitta la pièce non sans lâcher cette remarque cynique :

— Ai-je jamais eu autre chose que des ennemis ?

Quelques instants plus tard, Bart était de retour, les bras chargés de ses propres cadeaux. Il lui fallut faire trois voyages entre son bureau et le petit salon pour déposer tout ce qu'il avait acheté au pied du sapin familial.

Puis Chris fit de même avec les siens et mit un peu d'ordre dans l'amoncellement des paquets qui, à présent, s'étageaient sur une soixantaine de centimètres et remplissaient tout un coin de la pièce.

Tel un spectre qui se serait trompé d'adresse, Melodie traversa ce décor de fête et gagna directement la cheminée. Après avoir tiré son fauteuil assez près du feu pour en sentir la chaleur, elle s'y blottit, prenant ainsi l'apparence d'un tas de chiffons, et s'absorba dans la contemplation de ces flammes qui, de toute évidence, exerçaient sur elle une plus grande fascination que tout le reste. Morose, taciturne, elle semblait déterminée à ne faire qu'acte de présence physique en laissant dériver son esprit vers un ailleurs lointain. Bien qu'elle fût encore à quelques semaines de la date prévue pour l'accouchement, son ventre faisait une bosse énorme et de larges cernes sombres se creusaient sous ses yeux.

Bientôt, le cercle de famille se resserra autour de Cindy qui jouait le rôle du père Noël. Comme il m'avait été donné de le constater depuis longtemps, ce jour portait en soi son propre cadeau puisque toute querelle y semblait être oubliée, tout ennemi pardonné. Joël lui-même nous avait rejoints devant l'arbre tandis que nous agitions les paquets distribués par Cindy, supputant leur contenu avant de les ouvrir avec des mains fébriles et de grands rires dans lesquels se noyaient les chants de Noël que j'avais mis sur la chaîne. Bientôt, le sol fut jonché de rubans de satin et de papier métallisé.

Cindy remit enfin à Joël ce qu'elle avait acheté pour lui à Richmond et il prit son cadeau avec la même répugnance qu'il avait manifestée devant tous ceux que nous lui avions précédemment offerts, estimant sans doute que nous nous comportions en païens insensés dénués de toute notion quant à la signification religieuse de Noël. Mais le clou du spectacle fut de voir ses yeux lui sortir de la tête devant le contenu du paquet : une chemise de nuit blanche assortie d'un bonnet à pompon que Cindy devait réellement s'être décarcassée pour trouver. Dans cet attirail, sa ressemblance avec Scrooge* allait être parfaite, d'autant qu'une canne d'ébène était jointe au cadeau. Avec violence, il jeta le tout à terre et hurla :

— Vous moquez-vous de moi, jeune fille ?

— Non, je tiens seulement à ce que vous ne preniez pas froid la nuit, mon oncle, lui répondit-elle sur un ton humble en tenant modestement baissés des yeux pétillants de malice. Et avec la canne, vous allez filer comme l'éclair.

— Pour vous fuir ? C'est ça que vous voulez dire ? (Péniblement, il se baissa pour ramasser la canne et la brandit d'un air menaçant.) Après tout, j'en aurai peut-être l'usage.

* Scrooge : Personnage des *Contes de Noël* de Ch. Dickens.

Ce pourrait être une arme pour me défendre si j'étais attaqué la nuit lorsque je me promène dans le parc... ou même dans les couloirs.

Il y eut un moment de silence que Cindy rompit par son rire.

— C'est précisément à cela que j'ai pensé en l'achetant, mon oncle. Je savais qu'un jour vous finiriez par vous sentir menacé.

Il quitta la pièce.

Trop vite, hélas, tous les cadeaux furent déballés et je vis Jory promener un regard inquiet sur les papiers jonchant le sol.

— Où diable peut être passé mon cadeau pour Bart ? Car crois bien que je ne t'ai pas oublié, mon frère. Une première fois, Cindy et papa m'ont aidé à l'emballer mais, par la suite, je l'ai ressorti pour apporter quelques retouches de détail, et j'ai refait tout seul le paquet. Ce matin, je me suis levé avant tout le monde pour venir le déposer au pied de l'arbre. Il ne peut pas avoir disparu. C'est une grande boîte enveloppée de papier rouge avec, autour, un ruban argenté. De loin, c'est le cadeau le plus monumental qu'il y avait sous le sapin.

Bart garda le silence comme si, accoutumé qu'il était aux déceptions, l'absence du cadeau de Jory lui importait peu.

De l'existence de ce cadeau j'étais bien sûr convaincue pour avoir vu Jory travailler pendant des mois et des mois sur le clipper qui, une fois monté, avec tout son gréement parfaitement en place, mesurait environ soixante-dix centimètres de long sur autant de haut. Je savais qu'il avait commandé, reçu puis rajouté certains accessoires supplémentaires tels que des poulies de cuivre et une roue de gouvernail en bronze massif. Pour l'heure, Jory jetait autour de lui des regards désespérés.

— Quelqu'un a-t-il aperçu ce grand paquet enveloppé d'un papier rouge avec une étiquette au nom de Bart ? demanda-t-il.

Immédiatement, je me mis à farfouiller dans l'amoncellement de cartons vides, de papiers déchirés, de rubans, de bouts de tissu, et Chris ne tarda pas à se joindre à mes recherches. Cindy, qui avait commencé d'explorer l'autre partie de la pièce, s'écria soudain :

— Ça y est, je l'ai trouvé ! Il était derrière le sofa rouge.

Elle prit le cadeau et alla le déposer aux pieds de Bart en effectuant une révérence moqueuse.

— Pour notre seigneur et maître, fit-elle avec douceur avant de se reculer prudemment et d'ajouter : A mon sens, après le mal qu'il s'est donné, Jory est complètement idiot de t'offrir ça. Mais peut-être apprécieras-tu pour une fois son effort ?

Brusquement, je pris conscience que Joël était revenu dans la pièce et qu'il observait Bart avec une étrange expression sur ses traits... oh, oui... une expression bien étrange.

Bart se débarrassa de son air indifférent comme d'un vêtement inutile et se transforma en un petit garçon pressé d'ouvrir son cadeau. Il en avait déjà déchiqueté l'emballage auquel Jory avait apporté tous ses soins lorsqu'il leva vers son frère un large sourire et des yeux brillants d'une joie anticipée.

— Dix contre un qu'il s'agit du clipper que tu as monté, Jory. Tu aurais vraiment dû le garder... mais merci, mille fois merci.

Puis il s'interrompit et reprit sa respiration avant de regarder dans la boîte.

Je le vis d'abord pâlir, puis il releva des yeux d'où toute joie s'était envolée pour être remplacée par de l'amertume.

— Il est cassé, dit-il sur un ton morne. Broyé en mille morceaux. Cette boîte ne contient plus que des bouts d'allumettes et de la ficelle emmêlée.

Puis sa voix se brisa tandis qu'il lâchait la boîte et l'envoyait d'un coup de pied à l'autre bout de la pièce. Il jeta un regard dur à Melodie qui n'avait pas encore ouvert la bouche de la journée, même lorsqu'elle avait déballé ses cadeaux, ne nous remerciant que par des hochements de tête et des petits sourires. Puis ses yeux retournèrent se poser sur Jory.

— J'aurais dû me douter que tu trouverais la façon

idéale de me faire payer le fait d'avoir couché avec ta femme.

Le silence roula sur nous comme un grondement de tonnerre. Melodie ne bougea pas de son fauteuil et continua de fixer les flammes avec ses yeux tristes. Toute expression disparut dans le regard de Jory.

Avait-il deviné depuis longtemps ? Je vis son visage devenir livide et ses yeux se forcèrent à regarder Melodie.

— Inutile, Bart. Je ne te crois pas. Tu as toujours eu la sale habitude de taper là où ça faisait le plus mal.

— Pourquoi mentirais-je ? fit Bart, cinglant, indifférent à la souffrance qu'il infligeait à Jory, à Chris et à moi-même. Pendant que tu étais sur ton lit d'hôpital, coincé dans ton plâtre, ta femme et moi partagions le même lit, et je dois dire qu'elle manifestait un certain empressement à écarter les cuisses.

Chris bondit vers Bart, rouge de colère.

— Bart, comment oses-tu dire de pareilles choses à ton frère ? Tu vas immédiatement faire des excuses à Jory et à Melodie ! Comment peux-tu rajouter à ses souffrances, lui qui n'en a déjà que trop ? Tu m'entends, Bart ? Tu vas tout de suite lui avouer que ce que tu as dit n'était qu'un mensonge, un mensonge éhonté !

— Mais ce n'est pas un mensonge ! fit Bart en haussant le ton. Quand bien même auriez-vous décidé de ne plus jamais me croire, faites-le une dernière fois quand j'affirme que Melodie s'est révélée pour moi une compagne de lit des plus coopératives.

Cindy poussa un cri puis sauta sur Melodie pour la gifler.

— Comment as-tu osé faire une chose pareille à Jory ? s'écria-t-elle. Tu sais pourtant comme il t'aime !

Ce fut alors que Bart éclata d'un rire hystérique et que Chris rugit :

— Ça suffit ! Reprends-toi, Bart. Le fait que ce clipper soit détruit n'est pas un motif suffisant pour tenter de briser le mariage de ton frère. Où est passé ton sens de l'honneur ? Ton intégrité morale ?

Presque instantanément, le rire de Bart mourut. Il toisa

longuement Chris avec des yeux durs et froids comme des diamants.

— Et c'est toi qui viens me parler d'honneur et d'intégrité ! Où avais-tu fourré les tiens la première fois que tu t'es approché de ta sœur ? Où les caches-tu maintenant que tu continues de dormir dans le même lit qu'elle ? T'es-tu jamais rendu compte que vos relations étaient pour moi une telle hantise que je n'ai jamais pu exprimer de vœux plus chers que celui de vous voir un jour séparés ? Je veux que ma mère achève ses jours dans la peau d'une femme honnête et respectable... et c'est toi qui l'en empêches ! Toi, Christopher, toi !

Sans l'ombre d'un remords, mais avec l'expression d'un incommensurable dégoût, Bart pivota sur ses talons et quitta la pièce, nous laissant dans les débris de notre joyeux Noël.

Pressée de l'imiter, Melodie se leva gauchement mais resta debout tête baissée devant l'assaut hurlant de Cindy.

— Alors as-tu couché avec Bart ? As-tu vraiment fait ça ? Ce n'est pas bien de garder le silence alors que Jory a le cœur brisé d'attendre ta réponse.

Les yeux cernés de Melodie parurent s'enfoncer encore plus profond dans leurs orbites alors même qu'ils ne cessaient de s'élargir et de voir leurs pupilles comme dilatées par une terreur intense.

— Pourquoi ne me laissez-vous pas tranquille ? gémit-elle d'une petite voix pitoyable. Je ne suis pas d'acier comme vous autres. Je ne puis supporter catastrophe sur catastrophe. Jory était là-bas sur ce lit d'hôpital, voué à ne plus jamais danser ni marcher, et Bart était ici, près de moi. J'avais besoin de quelqu'un. Il m'a prise dans ses bras, il m'a consolée. J'ai fermé les yeux et je me suis dit que c'était Jory.

Jory se plia dans son fauteuil et lorsque je courus auprès de lui pour l'empêcher de basculer en avant, je le trouvai dans un tel état de choc qu'il ne parvenait plus à contrôler le tremblement de ses mains. Je le retins dans mes bras pendant que Chris tentait d'arrêter Melodie qui se précipitait vers les marches.

— Attention ! lui cria-t-il. Tu pourrais tomber et perdre ton enfant !

— Je m'en fiche, lui répondit-elle de cette même petite voix misérable avant de disparaître dans l'ombre de l'étage.

Entre-temps, Jory était redevenu assez maître de lui pour étancher ses larmes et esquisser un sourire néanmoins piètre.

— Bon, maintenant, je suis au courant. En fait, j'avais bien eu l'impression qu'il y avait quelque chose entre elle et Bart mais j'avais mis cela sur le compte de suspicions morbides. J'aurais dû être plus clairvoyant. Melodie ne peut vivre sans un homme à ses côtés, tout particulièrement au lit... Je ne me sens même pas en droit de la blâmer.

Broyée par le chagrin, j'entrepris de ramasser ces emballages de papier-cadeau dont la confection avait été l'objet de tels soins et que nous avions ensuite déchirés et piétinés sans scrupules. Tout comme la vie s'empresse de le faire des illusions que nous prenons le même soin à forger.

Jory nous pria bientôt de l'excuser. Il avait besoin d'être seul.

— Qui a pu fracasser cette splendide maquette ? murmurai-je. J'étais à côté de Jory lorsqu'il l'a emballée pour la dernière fois. Je l'ai vu la placer dans un moule de polystyrène qui était censé la protéger des chocs. Pas une fêlure n'aurait dû se produire.

— Comment pourrai-je jamais expliquer ce qui peut arriver dans cette maison ? s'exclama Chris d'une voix que la tristesse faisait trembler. (Levant les yeux, il vit Bart qui, sur le seuil, jambes écartées, poings sur les hanches, me foudroyait du regard.) Il n'y a pas à revenir sur ce qui est fait, lui dit-il d'une voix plus assurée. Je suis certain que ce n'est pas la faute de Jory si le clipper s'est trouvé brisé. Il tenait à t'en faire cadeau. Il n'a pas cessé de nous dire qu'il montait cette maquette pour que tu la places en évidence sur le manteau de ta cheminée.

— Je ne doute pas des bonnes intentions de Jory, répondit Bart qui avait manifestement retrouvé son calme. Mais peut-être ma chère petite sœur adoptive qui me hait tant a-t-elle voulu me punir d'avoir donné à son petit ami la leçon que celui-ci méritait. Mais la prochaine fois, c'est elle que je punirai.

— Peut-être Jory a-t-il fait tomber la boîte, suggéra Joël comme sous l'effet d'une inspiration divine.

Je posai les yeux sur le vieillard et rongeai mon frein, attendant que nous soyons seuls pour lui dire ce que j'avais sur le cœur.

— Non, insista Bart. Ce ne peut être que Cindy. Je dois reconnaître que mon frère a toujours été fair-play avec moi, même quand je ne le méritais pas.

Et moi, je continuais de regarder Joël avec son visage mielleux, ses yeux où brillait une satisfaction manifeste.

Juste avant que nous ne rentrions dans nos chambres pour la sieste prévue, l'occasion que j'attendais se présenta. Nous étions dans un couloir latéral de l'étage.

— Joël, même pour se venger de Bart, Cindy n'aurait jamais réduit à néant le travail de Jory. En revanche, il est quelqu'un qui ne cherche qu'à semer la zizanie entre les membres de cette famille, et c'est vous... vous que j'accuse d'avoir fracassé la maquette puis d'en avoir remballé les débris. (Il garda le silence mais le regard qu'il posait sur moi se fit plus haineux.) Pourquoi êtes-vous revenu, Joël ? Vous avez toujours prétendu haïr votre père et être heureux dans ce monastère italien. Pourquoi n'y êtes-vous pas resté ? Durant toutes ces années, vous vous y étiez certainement fait des amis, et vous saviez que vous n'auriez aucune chance d'en trouver ici. Ma mère m'a dit que vous aviez horreur de cette demeure... or, je vous y vois vous comporter comme si elle vous appartenait.

Il continuait à ne rien dire.

Je le poursuivis jusque dans sa chambre et, pour la première fois, promenai mon regard sur le décor dans lequel il vivait. Des images représentant des scènes bibliques étaient épinglées sur ses murs à côté de versets tirés du Saint Livre dans des cadres à quatre sous.

Il vint se placer derrière moi et je sentis sur ma nuque son haleine vaguement fétide. Soudain, j'eus l'impression qu'il levait les mains pour m'étrangler mais, lorsque je me retournai, il s'était reculé d'une bonne trentaine de centi-

mètres. J'étais sidérée par la rapidité qu'il pouvait donner à ses mouvements.

— La mère de mon père s'appelait Corinne, me dit-il d'une voix si douce que je doutai presque de la justesse de mon intuition. Et ma sœur portait ce même prénom que mon père lui avait donné comme pour s'imposer une forme de châtiment, comme pour se remettre constamment en mémoire l'infidélité de sa mère, comme pour se prouver toujours qu'une belle femme ne pouvait être digne de confiance... et je vois bien qu'il avait raison.

C'était un vieil homme qui avait depuis longtemps dépassé les quatre-vingts ans, et pourtant je le giflai, je le giflai très fort. Il chancela sous la violence du choc, perdit son équilibre et tomba à la renverse.

— Vous regretterez ce geste, Catherine, me cria-t-il avec plus de colère qu'il n'en avait jamais montré jusque-là. Vous le regretterez tout autant que Corinne a regretté ses péchés. Car, comme elle, vous vivrez assez longtemps pour regretter amèrement les vôtres.

Je m'enfuis de sa chambre, craignant que sa prédiction ne se révélât que trop juste.

Le traditionnel bal des Foxworth

Ce soir-là, notre dîner nous fut servi aux alentours de 5 heures de sorte que toute la famille pût disposer du temps nécessaire pour se préparer au grand événement dont le coup d'envoi devait être donné à 9 h 30. Bart avait l'air rayonnant. Sa main se posa sur la mienne, m'envoyant par tout le corps une réelle décharge de plaisir, tant il était rare de le voir exprimer son affection par le contact physique.

— Si je ne puis disposer de l'intégralité de ma fortune, il me reste néanmoins le prestige qui ne peut manquer de rejaillir sur le propriétaire d'une telle demeure, me glissa-t-il à l'oreille.

Je lui souris et mon autre main couvrit la sienne.

— Je te comprends, Bart. Nous allons faire tout ce qui est en notre pouvoir pour que ta soirée soit un immense succès.

Joël, non loin de nous, arborait un sourire cynique, dégageant des ondes aussi maléfiques qu'invisibles.

— Le Seigneur vienne en aide à ces insensés qui sont leur propre dupe, marmonna-t-il, et bien que Bart eût fait semblant de ne rien entendre, j'étais fort ennuyée.

Quelqu'un avait réduit en miettes cette maquette de clipper que Jory avait eu l'intention d'offrir à son frère en gage de réconciliation. Et ce quelqu'un qui n'avait pas hésité à sacrifier ainsi le travail de plusieurs mois ne pouvait être que Joël.

Mon regard croisa le sien. Hormis la tartuferie, je n'aurais pu mettre d'étiquette sur l'expression de son visage en cet instant précis. Il avait découpé son gâteau en minuscules fragments qu'il prenait délicatement du bout de ses longs doigts avant de les mâcher avec une concentration intense, usant de ses seules incisives comme un lapin grignote une carotte.

— A présent, je monte me coucher, annonça-t-il. Je réprouve totalement le bal de ce soir, Bart, mieux vaut que tu le saches. Ce qui est arrivé à ta soirée d'anniversaire aurait dû te servir de leçon. Encore une fois, je te répète que c'est un gaspillage d'argent que de vouloir divertir des gens que tu ne connais presque pas. Je réprouve également que l'on boive et que l'on se trémousse en un jour voué à l'adoration du Seigneur et de Son Fils. Nous devrions tous être à genoux depuis l'aube comme c'était la coutume dans mon monastère, et rester ainsi jusqu'à minuit pour rendre silencieusement grâce à Dieu pour nous avoir accordé la vie. (Comme personne ne s'avisait de lui répondre, Joël poursuivit :) Je sais bien que dans leur ivresse, des hommes et des femmes finiront ce soir par tenter de forniquer avec d'autres que ceux qui les ont accompagnés. J'ai gardé en mémoire ce qui s'est passé lors de ta soirée d'anniversaire. Le péché dans lequel se vautre le monde moderne me fait prendre conscience de la pureté de l'ancien temps. Rien de semblable ne se produisait lorsque j'étais jeune. Les gens

savaient se comporter avec décence lorsqu'ils étaient en public même si les pires débauches se commettaient derrière les portes closes. A présent, tout le monde fait tout devant tout le monde. De mon temps, les femmes ne se promenaient pas à moitié nues ni ne relevaient leurs jupes chaque fois qu'un homme le leur demandait. (Le regard froid de ses yeux bleus se riva sur moi, puis sur Cindy.) Ceux qui vivent dans le péché finissent toujours par en payer le prix, comme certains ici même devraient déjà en avoir pris conscience.

Et son regard se posa sur Jory.

— Vieux con, murmura Cindy en le voyant se glisser hors de la pièce du même pas furtif avec lequel il était entré.

— Cindy, je ne veux plus jamais t'entendre prononcer un tel mot, fulmina Bart. Personne n'usera de grossièretés sous mon toit !

— Ben zut alors ! lui rétorqua Cindy sur le même ton. Pas plus tard que l'autre jour, je t'ai entendu traiter Joël dans les mêmes termes. Et puis d'ailleurs, Bart Foxworth, personne ne m'empêchera jamais d'appeler un chat un chat, même sous ton toit.

— Retourne dans ta chambre et restes-y, beugla Bart.

— Tout le monde s'amuse à ce que je vois, fit Jory en manœuvrant son fauteuil vers l'ascenseur. En attendant, il y a des fois où ça me coupe toute envie d'être croyant.

— D'abord, tu n'as jamais été croyant ! lui cria Bart. Personne n'assiste aux offices dans cette maison. Mais je vous le dis, dans un avenir proche, pas un d'entre vous n'osera se soustraire au service divin.

Chris se leva, plia sa serviette et la posa sans cesser de fixer sur Bart et sur Cindy un œil autoritaire.

— Vous avez bientôt fini de vous chamailler ? Je suis surpris de voir que certains qui se prennent pour des adultes sont capables de retomber en un clin d'œil en enfance.

Mais cette fois, Jory n'allait pas se laisser arrêter. Il fit brusquement pivoter son fauteuil, les narines frémissantes, le visage empourpré de cette colère qu'il savait si bien refréner d'habitude.

— Excuse-moi, papa, mais j'estime avoir mon mot à dire. (Il se tourna vers Bart qui, lui aussi, s'était levé.) Maintenant, écoute-moi bien, petit frère. (Ses mains puissantes lâchèrent les commandes du fauteuil et il serra les poings.) J'ai foi en Dieu... mais je n'ai pas une once de foi dans la religion. Celle-ci ne sert qu'à manipuler les hommes et à leur faire peur. Et surtout, elle permet à ceux qui s'en servent d'accumuler les sources de profit, car même à l'église, le seul vrai dieu, c'est l'argent.

— Bart, implorai-je, de crainte qu'il ne se laissât de nouveau emporter à dire des choses blessantes à Jory. Il est temps de monter se préparer.

Bart était devenu très pâle.

— Pas étonnant que tu sois maintenant coincé dans ce fauteuil si tu penses vraiment ce que tu viens de dire. Joël a raison, c'est Dieu qui t'a puni.

— Joël... ricana Jory. Qui diable va se soucier de ce qu'un vieux fou comme Joël peut dire ? Je suis puni, comme tu dis, parce qu'un triple crétin a eu l'idée stupide de mouiller le sable ! Dieu n'a pas eu besoin de faire pleuvoir pour ça ! Un tuyau d'arrosage s'est substitué à Lui, et c'est pourquoi je suis dans ce fauteuil, pas parce que j'y étais destiné. Dès que ce sera possible, Bart, je fiche le camp d'ici ! J'oublie que tu es mon frère, le frère que je me suis toujours efforcé d'aimer et d'aider. Je te jure que je ne ferai plus le moindre effort !

— Bravo, Jory ! s'écria Cindy qui s'était levée d'un bond pour applaudir.

— Ça suffit, Cindy ! hurlai-je en l'attrapant par le bras. Chris s'empara de son autre bras et nous l'entraînâmes au plus vite hors de portée de Bart. Elle continuait de se débattre comme un beau diable pour nous échapper.

— Tu es un sale hypocrite, Bart ! A ta soirée d'anniversaire, j'ai entendu dire que tu étais l'un des piliers du bordel local.

Par bonheur, la porte de l'ascenseur se referma avant que Bart n'ait pu nous rejoindre.

— Tu ferais mieux de tenir ta langue, Cindy, lui reprocha Jory. Ça ne sert qu'à le mettre encore plus en rage.

Pour moi, je regrette ce que j'ai dit. Tu as vu cette tête qu'il a fait ? En ce qui concerne la religion, je ne crois pas qu'il fasse semblant. Il prend même les choses mortellement au sérieux. Il a vraiment l'air d'avoir la foi. Si Joël est un hypocrite, ça n'est certainement pas le cas de Bart.

Avant de sortir de l'ascenseur, Chris posa sur eux deux un regard appuyé.

— Jory, Cindy, écoutez-moi bien. Je tiens à ce que ce soir vous fassiez de votre mieux pour que le bal de Bart soit une réussite parfaite. Ne serait-ce que pour quelques heures, oubliez tout ce que vous avez contre lui. C'était un petit garçon perturbé... et en grandissant, rien ne s'est arrangé. Il a désespérément besoin d'aide... d'une aide que les psychiatres sont incapables de lui apporter et qui doit venir de ceux qui l'aiment le plus... or, je sais qu'en dépit de tout, vous l'aimez. Tout comme nous l'aimons, Catherine et moi. Pour ce qui est de Melodie, je suis monté la voir avant le dîner et elle m'a d'abord dit qu'elle était trop mal pour assister au bal, mais elle a refusé de se laisser examiner et, devant mon insistance, elle a fini par m'avouer qu'elle se sentait simplement trop énorme, trop gauche, et qu'elle avait peur d'être la risée des invités. Puisqu'elle s'est fourré de telles idées dans la tête, mieux vaut effectivement qu'elle s'abstienne de descendre, mais il ne serait pas mauvais que vous passiez la voir et que vous lui disiez quelques mots gentils. A force de se faire du mauvais sang, cette pauvre fille est en train de devenir folle...

Jory démarra son fauteuil, prit le couloir en trombe et rentra directement dans sa chambre sans même jeter un regard sur la porte de Melodie. Chris et moi, nous poussâmes le même soupir.

Docilement, Cindy s'approcha de la porte fermée à double tour, tenta de se faire ouvrir puis lança quelques paroles pleines de sollicitude avant de revenir vers nous en roulant des hanches.

— Je ne vais pas laisser Melodie me gâcher la soirée par un comportement que je trouve tout aussi stupide qu'égoïste. J'ai l'intention de m'amuser, moi. (Puis, en nous quittant, elle ajouta :) Je me fiche totalement de Bart et de son bal, si ce n'est pour le plaisir que je vais en tirer.

— Cindy m'inquiète un peu, me dit Chris alors que nous étions allongés sur notre lit à nous efforcer de faire un petit somme. J'ai le sentiment qu'elle n'est pas très avare de ses faveurs.

— Comment peux-tu dire ça, Chris ? Que nous l'ayons surprise dans les bras de ce Lance n'implique tout de même pas que ce soit une fille perdue. Elle ne cesse de regarder tous les garçons qu'elle voit en se demandant si celui-ci va être le bon. Et s'il lui dit qu'il l'aime, elle le croit parce qu'elle a besoin de le croire. Tu ne te rends pas compte à quel point Bart lui a interdit toute confiance en elle-même ? Elle a peur d'être exactement comme Bart la voit et elle est déchirée entre cette image de fille perverse et la sage jeune fille que nous voulons qu'elle soit. Cindy est un beau petit bout de femme et Bart la traite comme si elle était un laideron.

La journée avait été longue pour Chris. Il ferma les yeux et se tourna sur le côté pour me prendre dans ses bras.

— Bart finira par s'améliorer, murmura-t-il. Pour la première fois, j'ai surpris dans son regard le besoin de trouver un compromis. Il est hanté par ce désir d'avoir quelqu'un ou quelque chose à croire. Un jour, il trouvera ce qu'il cherche et, ce jour-là, il sera libre d'être l'homme merveilleux qu'il est, sous des dehors odieux.

Vint le sommeil et je rêvai de l'impossible, de l'harmonie dans notre famille et de ce que deux frères et leur sœur étaient unis dans un même amour. Va, rêveuse, continue de rêver...

Au bout du couloir, j'entendis la pendule du grand-père égrener les sept coups de l'heure à laquelle nous étions censés finir notre sieste pour faire un brin de toilette et nous habiller. Je secouai Chris pour le réveiller et lui dire de se presser. Il prit tout son temps pour s'étirer, bâiller et passer sous la douche pendant que je me plongeais vite fait dans un bain. Puis il se rasa et revêtit son plus beau smoking.

— Cathy, ne serais-je pas en train de m'empâter ? me demanda-t-il soudain avec inquiétude en se regardant fixement dans la glace.

— Mais non, chéri. Tu es sensass, comme dirait Cindy.

— Et toi, que dirais-tu ?

— Que tu ne cesses d'embellir avec les ans. (Je m'approchai de lui par-derrière, lui passai les bras autour de la taille et posai ma joue sur son dos.) Chaque année, je vois grandir mon amour pour toi... et, même quand tu atteindras l'âge de Joël, je continuerai de te voir comme tu es maintenant... le géant de quatre mètres qui, vêtu de son étincelante armure et tenant dans sa dextre une lance au bout de laquelle est fichée la verte tête d'un dragon, s'apprête à enfourcher sa blanche licorne.

Je vis son image reflétée dans le miroir ; je vis les larmes qui scintillaient dans ses yeux.

— Après tout ce temps, tu n'as pas oublié, fit-il d'une voix rauque. Après toutes ces années...

— Comme si je pouvais oublier...

— Mais cela fait si longtemps !

— Et la lune, aujourd'hui, brille en plein midi, murmurai-je en me déplaçant pour m'interposer entre lui et la glace, pour me suspendre à son cou. Et la tempête soulève la crinière de ta licorne... et je suis chavirée de bonheur en découvrant que tu es toujours le prince que j'admire sans que tu aies jamais besoin de rien faire pour nourrir en moi ce respect.

Deux larmes roulèrent, une pour chaque joue, et je les bus dans mes baisers.

— Tu ne m'en veux donc pas, Catherine ? Dis-le-moi maintenant, tant que nous en avons encore le loisir, dis-moi que tu me pardonnes de t'avoir entraînée dans un tel enfer. Car Bart n'aurait certainement pas cette attitude envers toi si je m'étais contenté de rester son oncle et d'épouser une autre femme.

Tout en prenant soin de ne pas souiller sa veste de mon maquillage, j'avais posé la joue contre son cœur et j'en entendais le battement sourd tel que je l'avais perçu cette première fois où notre amour s'était transformé en autre chose que ce qu'il aurait dû rester.

— Il me suffit de cligner des yeux et j'ai de nouveau douze ans, tu en as de nouveau quatorze. Il m'est alors possible de te voir comme tu étais alors... mais moi, je ne me vois pas. Chris, pourquoi ne puis-je me voir ?

Il eut un sourire doux-amer.

— Parce que tous ces souvenirs de ce que tu étais, je te les ai volés pour les enfermer dans mon cœur. Mais tu ne m'as pas encore dit que tu me pardonnais.

— Serais-je ici, là où je suis, si je ne voulais y être ?

— Tout à la fois je le souhaite et je fais des prières pour qu'il n'en soit rien.

Et il me serra, me serra si fort dans ses bras que j'en eus mal comme s'il m'avait brisé les côtes.

Dehors, la neige avait recommencé de tomber. Dedans, mon Christopher Doll avait renversé le cours du temps et si, pour Melodie, cette demeure n'avait jamais eu le moindre charme, si ce charme s'était effondré pour Cindy lors du départ de Lance, il continuait d'agir sur moi tant que Chris était là pour en prononcer la formule magique.

A 9 h 30, nous prîmes place sur les sièges du hall, prêts à nous lever lorsque Trevor se précipiterait vers les portes pour les ouvrir. Tour à tour, il ne cessait de jeter un œil inquiet sur sa montre et de fiers regards sur nous, car Bart, Chris, Jory et moi-même, vêtus de nos atours les plus raffinés, les plus dispendieux, étions comme en vitrine derrière les fenêtres de façade dans leur encadrement de rideaux somptueux, dominés par un sapin de Noël brillant de mille feux dont la décoration avait exigé le travail à plein temps d'une équipe de cinq personnes.

Alors que j'étais assise, bien droite, telle une Cendrillon d'âge mûr qui aurait d'ores et déjà trouvé son Prince Charmant, l'aurait épousé pour vivre l'enchantement du « ils furent heureux et eurent beaucoup d'enfants » quoique à un degré de perfection nettement moindre, mon regard fut attiré vers le sommet des marches. Dans la pénombre de la rotonde, près de l'un de ces deux chevaliers en armure qui, de leurs socles respectifs de part et d'autre de l'escalier, se regardaient en chiens de faïence, je vis bouger une ombre dont l'identité ne m'était guère douteuse. Joël n'avait donc pas été se coucher, pas plus qu'il ne s'était agenouillé pour prier le Ciel d'accorder Son pardon à nos âmes pécheresses et mécréantes.

— Bart, murmurai-je à mon fils cadet qui était venu se placer debout près de ma chaise, ce bal n'était-il pas censé donner à Joël l'occasion de renouer avec ses vieux amis ?

— Oui, me chuchota-t-il en me passant un bras sur les épaules. Mais ce n'était qu'un prétexte pour lui faire accepter la chose. Je savais qu'il ne voudrait pas y assister. Le fond de l'histoire, c'est qu'à la différence des camarades d'école de ma grand-mère, la plupart des amis de Joël ne sont plus de ce monde. (Il me pinça le gras de l'épaule.) Tu es belle... comme un ange.

Etait-ce un compliment ou une suggestion ?

Il me jeta un regard cynique puis retira brusquement son bras comme s'il venait de le trahir.

J'eus un petit rire nerveux.

— Oh, tu sais, fis-je à voix haute, un jour viendra où je serai aussi vieille que Joël. Avec ma bosse dans le dos et ma démarche traînante, je n'aurai plus trop l'occasion de pécher. Peut-être remettrai-je alors cette auréole que j'ai perdue en chemin aux alentours de ma puberté...

Comme un seul homme, Bart et Chris froncèrent les sourcils en m'entendant parler ainsi mais j'eus la satisfaction de voir s'effacer l'ombre de Joël.

Des extra en livrée s'affairaient autour des tables du buffet cependant que Bart faisait les cent pas dans le hall, extraordinairement beau dans son smoking noir ouvert sur sa chemise au plastron amidonné.

Je pris la main de Jory et la serrai.

— Tu es aussi beau que ton frère, lui dis-je à mi-voix.

— Maman, lui en as-tu fait directement le compliment ? Il est magnifique. Je suppose qu'il doit ressembler à s'y méprendre à ce qu'était son père.

Je rougis et me sentis toute honteuse.

— Non, je ne lui en ai pas soufflé mot car il m'a paru déjà si plein de lui-même que j'ai craint de le faire éclater en chantant moi aussi ses louanges.

— Tu as eu tort, maman. Vas-y, dis-lui ce que tu viens

de me dire. Tu peux croire que c'est moi qui en ai le plus besoin, mais moi, j'estime que c'est lui.

Je me levai et gagnai la fenêtre derrière laquelle Bart scrutait l'allée qui descendait progressivement à flanc de colline.

— Je ne vois pas le moindre phare, grogna-t-il. Il ne neige plus pourtant. Les routes ont été dégagées. On a même répandu du gravier sur la nôtre. Qu'est-ce qu'ils peuvent bien foutre ?

— Jamais je ne t'ai vu aussi beau que ce soir, Bart.

Il se retourna pour me regarder dans les yeux puis jeta un bref coup d'œil sur Jory.

— Plus beau que Jory ?

— D'une égale beauté.

Il se renfrogna et se remit à scruter les ténèbres. Soudain, je le vis tressaillir.

— Regarde... les voilà !

Au loin, dans la nuit, je vis une série de phares monter vers nous.

— Tout le monde en place, cria Bart en faisant signe à Trevor de se tenir prêt à ouvrir en grand les portes.

Chris vint se placer à côté du fauteuil de Jory. Je pris Bart par le bras et nous les rejoignîmes. Trevor nous fit un large sourire.

— J'adore les réceptions. J'ai toujours aimé ça ; je ne m'en lasserai jamais. J'ai le cœur qui bat plus vite et je sens la jeunesse revenir dans mes vieux os. Cette soirée va être merveilleusement réussie, j'en ai la certitude.

A deux ou trois reprises, Trevor répéta cette phrase... avec chaque fois de moins en moins de conviction, à mesure que les phares s'éteignaient avant d'atteindre notre route privée. La sonnette resta muette et nulle main ne souleva le marteau de la porte pour le laisser lourdement retomber.

Sur l'estrade érigée sous la rotonde, au centre exact du demi-cercle formé par le double escalier, les musiciens ne cessaient d'accorder et de réaccorder leurs instruments cependant que mes pieds commençaient à gonfler dans mes escarpins. Je finis par me rasseoir, tant pour ne plus sentir le poids de ma robe que pour pouvoir retirer discrètement mes chaussures. Bientôt, Chris me rejoignit sur le canapé tandis que Bart se laissait tomber dans un fauteuil. Nous étions tous muets, retenant presque notre souffle. La salle entière résonnait du bourdonnement du fauteuil de Jory qui, inlassablement, allait de fenêtre en fenêtre puis revenait nous dire qu'il ne voyait toujours personne.

Je m'imaginai Cindy qui, ayant décidé d'être en retard, suprême élégance qui lui permettrait de produire une impression plus forte lorsqu'elle descendrait les marches, devait bouillir d'impatience là-haut.

— Ils ne vont plus tarder maintenant... dit Jory lorsque la pendule marqua 10 h 30. Avec toutes ces congères, ils ont très bien pu rater l'embranchement.

Bart avait les lèvres crispées, le regard fixe.

Personne ne répondit à Jory. Je n'osais même pas me poser de questions sur ce qui pouvait motiver l'absence des invités. Quant à Trevor, il prenait un air angoissé chaque fois qu'il ne se croyait pas observé.

Dans l'espoir de me nourrir l'esprit de pensées plus agréables, je fixai les yeux sur ce buffet dont la surabondance me ramenait au premier bal qu'il m'avait été donné de voir dans l'ancien Foxworth Hall.

J'avais l'impression de revoir les mêmes longues tables avec leurs nappes rouges sur lesquelles étaient disposés plateaux et coupes d'argent, la même fontaine de cristal dispensant son pétillant breuvage aux reflets ambrés, les mêmes plats de porcelaine, d'or ou d'argent sur lesquels, entremêlant leurs délicieux fumets, s'étageaient les mets les plus divers. A la fin, n'y pouvant plus tenir, je me levai pour aller y goûter, bravant Bart qui me faisait les gros yeux en se plaignant de ce que j'allais détruire le superbe agencement de son buffet. Je lui adressai une petite grimace puis tendis à Chris une assiette garnie d'un échantillonnage de ce qu'il préférait. A son tour, Jory manœuvra bientôt son fauteuil le long des tables pour se servir.

Sur les chandeliers, la flamme des pourpres bougies de vraie cire d'abeille se rapprochait dangereusement des bobèches. Les pièces montées s'affaissaient, les fondues prenaient et les sauces ne cessaient d'épaissir. La pâte à crêpes n'en finissait pas de reposer tandis que, sous leur toque blanche, les chefs se lançaient des regards perplexes. Côté buffet, les choses prenaient une telle allure de catastrophe que je m'empressai de regarder ailleurs.

Les feux continuaient de brûler dans toutes les cheminées du rez-de-chaussée, rendant les petits salons exceptionnellement confortables, mais les extra qui, entre autres fonctions, avaient charge de les alimenter commençaient manifestement à le faire avec des gestes nerveux et sans cesser de chuchoter entre eux.

Et Cindy fit son apparition sur les marches, vêtue d'une robe à cerceaux cramoisie d'une coupe si élaborée qu'elle en faisait pâlir la mienne pourtant si délicatement rebrodée de perles. Le corsage étroitement ajusté s'arrêtait à mi-poitrine sur une collerette de dentelle plissée qui mettait en valeur la rondeur et le teint crémeux des épaules et des seins de ma fille. Quant à la jupe, c'était une cascade de volants retenus par des roses de soie blanche constellées d'une pluie de strass iridescents. Et, dans sa chevelure ramenée sur le sommet de la tête, elle avait piqué quelques-unes de ces fleurs artificielles d'un style que n'eût pas désavoué Scarlet O'Hara.

— Où sont passés tous les gens ? demanda-t-elle, promenant autour d'elle un regard qui, presque aussitôt, perdit son expression radieuse. J'ai attendu... attendu d'entendre monter la musique... et puis j'ai dû m'assoupir si bien qu'en me réveillant je me suis dit que je ratais le plus beau de la fête.

Elle s'interrompit et ses yeux se teintèrent d'horreur en découvrant le buffet presque intact.

— Mon Dieu ! N'allez pas me dire que personne ne viendra ! Jamais je ne pourrai supporter une nouvelle déception !

Et, en un geste théâtral, elle tendit les mains pour repousser pareille éventualité.

— Personne n'est encore arrivé, mademoiselle, lui répondit Trevor avec tact. Je pense qu'ils ont dû s'égarer en venant. Mais il me faut vous dire qu'en vous voyant paraître j'ai ressenti cette même impression de vivre un rêve que m'avait déjà donnée votre mère tout à l'heure.

— Merci, Trevor, lui dit-elle en allant lui effleurer la joue d'un chaste baiser filial. Moi, je vous trouve d'une distinction remarquable. (Et, sans prêter la moindre attention au regard ébahi de Bart, elle se précipita vers l'orchestre.) Puis-je me permettre ?... demanda-t-elle au jeune et beau pianiste qui parut ravi de voir enfin quelque chose se produire.

Cindy s'assit à côté de lui, posa les mains sur le clavier puis rejeta la tête en arrière et se mit à chanter :

— *Oh, douce nuit. Oh, sainte nuit...*

Je regardai, nous regardâmes tous avec des yeux ronds cette jeune fille que nous avions cru si bien connaître. La mélodie de ce chant n'était pas des plus simples et pourtant, elle en donnait une interprétation si belle, si vibrante d'émotion que Bart lui-même cessa d'arpenter la pièce pour se tourner vers elle et la contempler fixement.

Des larmes me montèrent aux yeux. Oh, Cindy, comment as-tu fait pour si longtemps nous cacher que tu avais une telle voix ? Son jeu de piano était tout juste correct mais cette voix... le sentiment qui sous-tendait ce phrasé... A présent, elle était accompagnée par tout l'orchestre qui s'ingéniait à noyer le piano, mais surtout pas la voix.

Je restai figée par la stupeur, ayant peine à croire que ma Cindy pût chanter aussi bien. Lorsqu'elle eut terminé, le hall entier résonna de nos applaudissements enthousiastes.

— Sensationnel ! Fantastique ! Absolument merveilleux ! lui cria Jory. Tu es une petite cachottière, Cindy. Tu aurais pu nous dire que tu avais continué de prendre des cours de chant.

— Non, je n'en ai pas repris. C'est ma voix normale lorsque je me sens d'humeur à chanter.

Elle baissa les yeux puis jeta un regard à la dérobée sur Bart dont le visage n'exprimait pas seulement la surprise mais aussi le plaisir réel qu'il avait pris. Pour la première fois, il venait de découvrir en Cindy quelque chose qui suscitait son admiration. Elle eut un petit sourire satisfait qui se nuança bien vite de tristesse comme si elle regrettait que Bart ne sût également l'apprécier pour d'autres motifs.

— J'aime beaucoup les chants de Noël et les hymnes religieux, ils me montent droit au cœur. Au collège, une fois, j'ai chanté *Swing Low, Sweet Chariot* et mon professeur m'a dit que j'avais ce timbre chargé d'émotion qui fait les grandes chanteuses. Mais je préfère tout de même devenir actrice.

Retrouvant son rire et sa gaieté, elle nous demanda de chanter avec elle afin que cette soirée fût une vraie fête même si nul invité ne se montrait. Et elle entonna *Il est né le divin enfant* qu'elle enchaîna aussitôt avec *Vive le vent d'hiver*.

Cette fois, Bart resta de glace.

Il était retourné à la fenêtre et, rien qu'à voir son dos, je pouvais sentir toute sa rancœur et toute sa tension.

— Ils ne pourront même pas dire qu'ils n'étaient pas au courant puisqu'ils ont répondu à mes invitations, grogna-t-il pour lui-même.

Je ne parvenais d'ailleurs pas à comprendre comment ses relations d'affaires pouvaient se permettre de froisser leur client le plus important alors qu'il ne s'agissait que d'assister à un bal et, qui plus est, à un bal dont tout un chacun pouvait être sûr qu'il aurait été une soirée mémorable.

Quelle que fût la manière dont il s'y prît, Bart accomplissait des miracles avec son annuité de cinq cent mille dollars, la faisant fructifier par des méthodes que Chris aurait jugées trop risquées. Mais ces risques, Bart les calculait... et il jouait son va-tout sur des coups de Bourse qui s'avéraient joliment payants. Il commençait à me venir à l'esprit que ma mère avait peut-être pesé les termes de son testament pour qu'il en fût ainsi. Eût-elle intégralement légué à Bart le patrimoine des Foxworth au jour de ses vingt-cinq ans qu'il n'eût pas mis un tel acharnement à se constituer une fortune personnelle qui, s'il poursuivait sur sa lancée, finirait par excéder — et de beaucoup — celle qu'il hériterait de Malcolm. En outre, Bart aurait acquis le sens de sa propre valeur.

Mais de quel secours lui était l'argent, ce soir, alors que sa désillusion lui nouait l'estomac au point qu'il lui était impossible de rien avaler de ces mets raffinés si plantureusement exposés sur les tables du buffet ? Rien de solide, du moins, car tandis qu'il faisait les cent pas, en proie à une fureur qui montait de seconde en seconde, il trouva le moyen d'engloutir une demi-douzaine de verres d'alcool choisis parmi les plus forts.

Si peu soutenable était pour moi le spectacle de sa déception que, bientôt, sans qu'il me fût possible de les retenir, de silencieuses larmes roulèrent sur mes joues.

— Nous devrions aller nous coucher et le laisser seul, me souffla Chris. Il souffre, Catherine. Regarde-le arpenter la pièce de long en large. A chaque pas qu'il fait, sa colère monte d'un cran. Quelqu'un va bien finir par trinquer pour cette histoire.

La pendule sonna la demie de onze heures et les aiguilles poursuivirent leur course.

A présent, Cindy était la seule d'entre nous à prendre du bon temps. Elle semblait avoir conquis les musiciens qui s'empressaient de jouer pour qu'elle continuât de chanter. Et quand elle ne chantait pas, elle dansait avec tous les hommes disponibles, invitant même Trevor et les autres serviteurs. Par des gestes convaincants, elle avait exhorté les serveuses à venir danser et celles-ci ne s'étaient guère fait prier pour entrer dans le joyeux cercle enchanté qu'elle créait autour d'elle, tous s'évertuant à ce qu'au moins Cindy s'amusât.

— Allez, que tout le monde fasse bombance, que tout le monde boive, que tout le monde s'amuse ! lança-t-elle à Bart avec un large sourire. Ce n'est pas la fin du monde, mon frère. Pourquoi t'en fais-tu ? Nous sommes trop riches pour qu'on nous aime vraiment. Mais nous sommes aussi trop riches pour nous apitoyer sur nous-mêmes. Et regarde, nous en avons des invités... ils sont au bas mot une vingtaine... alors, dansons, buvons, mangeons, et vive le bal !

Bart s'arrêta brutalement de marcher pour fixer les yeux sur elle. Cindy leva bien haut sa flûte de champagne.

— A ta santé, mon frère ! Pour toutes les vilaines choses que tu m'as dites, je te rends mes meilleurs souhaits de longue vie heureuse et fertile en amour. (Elle fit tinter sa flûte contre le verre à cocktail de Bart puis y trempa les lèvres en plongeant dans les yeux de son frère le sourire charmeur de son regard avant de porter un nouveau toast.) Je te trouve absolument sensass, et les filles qui ne se sont pas montrées ce soir ont raté la chance de leur vie. Or donc, je lève mon verre au plus beau parti qui soit sur toute la surface de la planète. Bart, je te souhaite de connaître la joie, le bonheur, l'amour. Je te souhaiterais bien de réussir, mais ce n'est pas la peine.

Il ne semblait pouvoir détacher ses yeux de ceux de Cindy.

— Pourquoi n'est-ce pas la peine ? fit-il d'une voix grave.

— Que pourrais-tu vouloir de plus ? Tu as réussi quand tu as les millions, et bientôt, tu auras tant d'argent que tu ne sauras même plus quoi en faire.

Bart baissa la tête.

— Je n'ai pas l'impression d'avoir réussi, certainement pas quand personne n'est venu à ma soirée.

Sa voix se brisa et il nous tourna le dos.

Je me levai pour aller jusqu'à lui.

— Veux-tu m'accorder cette danse, Bart ?

— Non ! me répondit-il sèchement, et il se précipita vers une fenêtre à l'autre bout de la pièce où il se remit à scruter la nuit.

La pendule du grand-père égrena les douze coups de minuit. Bart quitta sa fenêtre et vint s'écrouler sur le sofa devant le feu mourant.

— J'aurais dû me douter que ça se passerait comme ça. (Il jeta sur Jory un regard plein d'amertume.) Ils ne sont probablement venus à ma soirée d'anniversaire que pour te voir danser et maintenant que tu en es incapable... ils se fichent pas mal de moi ! Mais cet affront, crois-moi, ils vont me le payer ! (Sa voix s'était faite glaciale, teintée des mêmes accents fanatiques que Joël, mais avec cette puissance que donnent la jeunesse et un motif précis pour exhaler sa fureur.) Je n'aurai de cesse que, dans un rayon de trente kilomètres, il ne reste plus une seule maison qui ne m'appartienne. Je vais tous les mettre sur la paille, tous. Sur la garantie du patrimoine des Foxworth, je vais pouvoir emprunter des millions, racheter les banques et exiger le remboursement anticipé de tous les prêts qui leur ont été consentis. Je vais racheter tous les magasins du village pour les fermer. Je vais prendre d'autres hommes de loi, virer ceux que j'ai eus jusqu'à présent et veiller à ce qu'ils soient rayés du barreau. Je vais me trouver de nouveaux courtiers, de nouveaux agents immobiliers, je vais bloquer le marché foncier, faire s'effondrer les cours, et dès qu'ils en seront réduits à céder leurs propriétés pour des clopinettes, je rachète. Quand j'en aurai fini, la vieille aristocratie virginienne ne sera plus qu'un souvenir de ce côté-ci de Charlottesville ! Et toutes mes relations d'affaires ne travailleront que pour rembourser leurs dettes !

— Et tu t'estimeras satisfait alors ? lui demanda Chris.

— Non ! hurla Bart avec des flammes dans les yeux. Je ne serai satisfait que lorsque justice m'aura été rendue ! Je n'ai rien fait pour mériter l'affront de ce soir ! Rien, si ce n'est vouloir leur donner ce que nos ancêtres leur ont toujours donné... et que, de moi, ils n'ont pas accepté. Mais ils vont me le payer, ça, ils n'ont pas fini de me le payer.

Je croyais m'entendre ! C'étaient les mêmes mots que j'avais prononcés sur le même ton jadis, et les entendre dans la bouche de l'enfant que je portais alors dans mon ventre me glaçait d'effroi. Je fis cependant mon possible pour n'en rien laisser paraître.

— Je suis sincèrement désolée pour toi, Bart. Mais cette soirée n'est pas un échec total. Ne sommes-nous pas là, tous ensemble sous le même toit, pour une fois réunis comme doit l'être une vraie famille ? Et cette merveilleuse voix que nous avons découverte en Cindy n'est-elle pas en soi une occasion de se réjouir ?

Il ne m'écoutait pas. Il avait les yeux fixés sur cette quantité de nourriture qui allait vraisemblablement finir dans la poubelle, sur ce champagne qui avait cessé de faire des bulles, sur ce vin, sur ces alcools qui auraient dû délier tant de langues et lui permettre d'obtenir des informations précieuses pour la conduite de ses affaires. Je le voyais foudroyer du regard les serveuses, si jolies dans leur tenue noir et blanc... et passablement ivres pour la plupart, certaines continuant même à danser tandis que l'orchestre jouait inlassablement. Il jeta aussi un regard noir aux quelques serveurs qui s'obstinaient à proposer des rafraîchissements tièdes puis il se tourna vers la monumentale crèche de glace qui était dressée au centre du buffet avec ses bergers, ses Rois mages, son bœuf, son âne... et qui n'était plus qu'un bourbier informe débordant de son plat pour s'étaler en tache rouge sombre sur la nappe.

— Comme tu avais de la chance à l'époque, quand tu dansais dans *Casse-Noisette*, Jory, lança-t-il en gagnant précipitamment les marches. Tu étais le vilain Casse-Noisette qui se transforme en Prince Charmant. Tu éclipsais tous les autres danseurs... et tu avais les plus belles ballerines à tes pieds. Pareil dans *Giselle*, pareil dans *Roméo et Juliette*. Et toujours autant de chance dans *la Belle au bois dormant*, dans *Cendrillon*, dans *le Lac des cygnes*... oui, toujours, sauf la dernière fois. Et c'est la dernière fois qui compte, n'est-ce pas ?

Quelle cruauté ! Quelle horrible cruauté ! Je vis se crisper le visage de Jory qui, pour une fois, laissait à sa souffrance le droit de paraître... et j'en eus le cœur meurtri.

— Joyeux Noël, nous lança Bart avant de disparaître en haut de l'escalier. Plus jamais nous ne célébrerons cette fête, ou toute autre fête d'ailleurs, dans cette demeure tant que j'en serai le maître. Joël avait raison. Il m'avait prévenu qu'il ne fallait pas tenter de se gagner l'affection des gens, qu'à vouloir leur faire plaisir, on perdait leur respect. A dater de ce jour, je vais suivre l'exemple de Malcolm. Le respect d'autrui, je l'arracherai en imprimant sur les gens la force de ma volonté, en les serrant dans une main de fer, en les écrasant sous le poids d'une détermination impitoyable. Tous ceux qui m'ont mis en quarantaine ce soir vont connaître le goût amer de ma puissance.

A peine eut-il disparu dans le couloir de l'étage que je me tournai vers Chris.

— On croirait entendre un fou !

— Non, chérie, ce n'est pas un fou... c'est simplement Bart, redevenu aussi vulnérable que lorsqu'il était gosse, vulnérable devant les blessures de l'existence. Tu te rappelles comme il trouvait toujours le moyen de se casser quelque chose pour se punir de ne pas être à la hauteur dans ses rapports avec autrui ou dans ses études. Eh bien, cette fois, la blessure est plus profonde, et c'est la vie des autres qu'il veut briser. Tu ne trouves pas cela malheureux, Cathy, qu'il ne puisse rien mener à bon terme ?

J'étais debout près du pilastre et j'avais levé les yeux vers l'endroit où un vieillard se dissimulait dans l'ombre, apparemment secoué d'un rire silencieux.

— Tu peux monter, Chris, je te rejoins dans une minute.

Lorsqu'il voulut savoir ce que j'allais faire, je lui mentis en lui disant que j'avais quelques instructions à donner à Trevor pour que cette maison reprît au plus vite un aspect moins sinistré. En fait, j'avais en tête un projet fort différent.

Dès que plus personne ne fut en vue, je m'introduisis dans le bureau de Bart, refermai soigneusement la porte et n'eus guère besoin de fouiller longtemps dans ses tiroirs pour trouver la pile de cartes d'invitation qui nous avaient été retournées quelques semaines auparavant.

A en juger par les traces de doigts qui maculaient les enveloppes, ces cartes avaient subi de nombreuses manipulations. Deux cent cinquante personnes avaient accepté d'assister au bal des Foxworth. Pas un seul refus dans le tas, pas un seul. Perplexe, je me mordillai la lèvre. Les gens n'agissent pas ainsi, même envers quelqu'un qu'ils détestent. S'ils n'avaient pas voulu venir, ils auraient jeté l'enveloppe au panier, ou se seraient contentés de remplir l'espace laissé en blanc avec : *Je suis au regret de ne pouvoir assister...*

Soigneusement, je remis la pile de cartes à sa place et pris l'escalier de service pour monter dans la chambre de Joël.

Sans me donner la peine de frapper, j'ouvris sa porte et le trouvai assis sur le bord de son lit, plié en deux dans ce qui pouvait être une redoutable crise de crampes d'estomac ou un rire aussi haineux que silencieux.

Comme je gardais le silence, attendant qu'il eût fini de se tordre en se tenant les côtes de ses bras décharnés, il ne prit conscience de ma présence qu'en apercevant l'ombre que je projetais sur le plancher. Il releva brusquement la tête et ouvrit une bouche d'autant plus béante que ses dents trempaient dans un verre à côté de lui. Puis il me regarda fixement.

— Que faites-vous dans ma chambre, ma nièce ? me demanda-t-il de sa voix tout aussi geignarde que râpeuse, et avec ses rares cheveux en broussaille dressés, telles les cornes du diable sur le sommet de son crâne.

— Du bas des marches, tout à l'heure, je vous ai vu dans l'ombre de la rotonde... et vous riiez. Pourquoi étiez-vous en train de rire ? Vous avez dû voir que Bart était malheureux.

— Non, je ne m'en suis pas aperçu, grogna-t-il en se détournant à demi pour replacer son dentier. (Puis il se passa la main dans les cheveux pour les aplatir et seule une houppe resta rebelle. A présent, il pouvait soutenir mon regard.) Avec le raffut que faisait votre fille, je ne pouvais pas dormir. Je pense que mon sens de l'humour a dû être titillé par la vue de vous tous vêtus avec sophistication pour accueillir des invités qui ne se montraient pas.

— Votre sens de l'humour est des plus cruels, Joël. Je vous prêtais plus d'affection pour Bart.

— Mais j'aime vraiment ce garçon.

— Ah bon ? Je suis convaincue du contraire car, sinon, vous auriez compati à sa peine. (Je promenai un regard sur sa chambre pratiquement vide de meubles et, soudain, quelque chose me revint à l'esprit.) N'est-ce pas vous qui avez posté les invitations ?

— Je n'en ai pas souvenir, me répondit-il sans se démonter. Le temps n'a plus grande signification pour un vieil homme qui sait que ses jours sont comptés. Ce qui s'est produit des années en arrière me paraît bien souvent plus net que ce qui n'est pas distant de plus d'un mois.

— En ce cas, ma mémoire est meilleure que la vôtre. (Je

m'assis sur la seule chaise que je trouvai dans sa chambre.) Bart avait un rendez-vous important ce jour-là, et je me souviens fort bien qu'il vous a remis une grosse pile de lettres à poster. L'avez-vous fait, Joël ?

— Bien sûr que je les ai postées ! s'écria-t-il, furieux.

— Mais vous venez juste de me dire que vous ne pouviez vous rappeler l'avoir fait.

— Si, j'ai le souvenir précis d'une grosse pile de lettres. Ça m'en a pris du temps pour les glisser une à une dans la boîte !

Je n'avais cessé de scruter attentivement son regard.

— Vous mentez, Joël, lançai-je au jugé. Ce jour-là, vous n'avez pas posté ces invitations. Vous les avez rapportées ici puis, dans le secret de votre chambre, vous les avez ouvertes, vous avez sorti les cartes, vous avez rempli les blancs en écrivant : *Oui, j'aurai le plaisir d'assister...* Puis vous les avez glissées dans les enveloppes préaffranchies que Bart joignait à chacune et, cette fois, vous les avez réellement postées. Voyez-vous, j'ai trouvé ces invitations dans le bureau de Bart et j'ai été frappée de voir un tel assortiment d'écritures biscornues dans des encres aux nuances si diverses, du bleu, du violet, du vert, du noir, du marron. Vous aviez un stylo de chaque couleur et vous en changiez pour faire croire que c'étaient des invités différents qui avaient rempli ces cartes alors qu'elles l'étaient toutes de votre main.

Avec lenteur, Joël se leva, resserra sur sa maigre silhouette les pans de son invisible bure de saint homme, enfouit ses mains noueuses dans des manches imaginaires et me dit d'une voix glaciale :

— Je crois que vous avez perdu l'esprit, femme. Je vous suggère d'aller voir votre fils et de lui faire part de vos infamantes suspicions, vous verrez bien s'il vous croira.

Je me levai d'un bond et gagnai la porte.

— C'est exactement mon intention !

Puis je sortis en claquant la porte et partis en courant.

Bart n'était pas dans sa chambre et je le trouvai dans son bureau, néanmoins vêtu d'une robe de chambre noir et rouge qu'il avait enfilée par-dessus son pyjama. Il était complètement saoul et jetait une à une dans le feu les cartes d'invitation. Horrifiée, je vis la dernière de la pile disparaître dans les flammes alors qu'il se servait un autre verre.

— Qu'est-ce que tu veux ? me demanda-t-il d'une voix pâteuse en plissant les yeux, apparemment surpris de me voir.

— Bart, j'ai quelque chose à te dire et il faut que tu m'écoutes. J'ai la nette impression que Joël n'a pas posté les invitations ; c'est pour cette raison que tes invités ne sont pas venus.

Il tenta d'ajuster son regard et son entendement, ce qui n'était pas une mince affaire, compte tenu des quantités d'alcool qu'il avait absorbées.

— Tu te trompes, il les a postées. Joël fait toujours ce que je dis. (Puis il se renversa dans son fauteuil à pivot dont le dossier s'abaissa automatiquement sous la pression de son dos. Il ferma les yeux.) Fatigué maintenant. Va-t'en. Reste pas là à me regarder avec des yeux pleins de pitié. Et puis, ils ont accepté l'invitation... je viens juste de brûler leurs réponses.

— Bart, écoute-moi bien. Tâche de ne pas t'endormir avant que je n'aie fini. N'as-tu rien remarqué d'étrange dans ces réponses ? L'écriture biscornue, maladroite ? Et toutes ces couleurs d'encre différentes ? Joël n'a pas posté ces invitations ; il les a rapportées dans sa chambre, il les a ouvertes, et il n'a plus eu qu'à remplir les cartes pour les glisser dans les enveloppes timbrées à ton adresse que tu leur avais jointes. Ensuite, il est descendu chaque jour à la poste pour en glisser un petit paquet dans la boîte aux lettres.

Bart rouvrit légèrement les yeux.

— Mère, je crois que tu devrais aller te coucher. Je n'ai jamais eu d'ami plus dévoué que mon grand-oncle. Il est incapable de faire quoi que ce soit qui risquerait de me faire du mal.

— Bart, je t'en prie, n'accorde pas une trop grande confiance à Joël.

— Fiche-moi le camp ! rugit-il. C'est ta faute s'ils ne

sont pas venus ! Ta faute et celle de l'homme avec qui tu couches !

Chancelante, je battis en retraite vers la porte, terrifiée à la pensée qu'il pût avoir raison... et que Joël ne fût en fin de compte que ce que Bart et Chris voyaient en lui, un pauvre vieillard inoffensif qui désirait seulement couler tranquillement ses vieux jours auprès d'un neveu qui l'aimait et qui le respectait dans une maison qui avait été autrefois la sienne.

Il nous est né...

A présent, le jour de Noël appartenait au passé. J'étais au lit, recroquevillée contre Chris qui avait la faculté de tomber instantanément dans un profond sommeil, alors que je ne cessais de me tourner et de me retourner en proie à mille inquiétudes. Au-dessus de ma tête, le gigantesque cygne gardait son œil de rubis perpétuellement en éveil, si bien que je me redressais souvent pour inspecter la chambre à la recherche de ce qu'il pouvait voir. Au bout du couloir de notre aile, j'entendis le carillon du grand-père sonner trois coups espacés, profonds, moelleux. Quelques minutes auparavant, je m'étais levée pour aller jusqu'à la fenêtre et voir le bolide rouge de Bart disparaître au bas de notre allée. Sans doute gagnait-il quelque taverne où il achèverait de noyer son chagrin avant d'échouer dans le lit de quelque pute. Combien de fois ne l'avais-je pas accueilli au petit jour, fleurant l'alcool et le parfum à quatre sous.

D'heure en heure, j'attendis le retour de Bart en m'imaginant toutes sortes de catastrophes. Par une nuit comme celle-ci, les routes livrées aux soûlards devenaient plus mortelles que l'arsenic.

A quoi bon rester couchée ? Je me levai, réarrangeai les couvertures sur Chris, l'embrassai sur la joue puis lui coinçai un oreiller entre les bras de sorte qu'il le prît pour moi, ce qu'il ne manqua pas de faire à en juger par la façon dont il enfouit son visage dedans. J'avais l'intention d'aller attendre Bart dans sa chambre.

Il était à peu près cinq heures de l'un de ces froids matins venteux d'hiver lorsque j'entendis sa voiture remonter l'allée. J'étais alors blottie sur l'un de ses sofas blancs, le dos calé contre ses coussins noir et rouge, bien au chaud dans mon épaisse robe de chambre vieux rose.

En fait, je m'étais assoupie, mais j'eus largement le temps de me réveiller pendant qu'il se hissait péniblement au sommet des marches puis zigzaguait dans le couloir en se cognant dans tous les meubles comme lorsqu'il était gosse. Je connaissais son habitude scrupuleuse de vérifier chaque soir si le ménage avait été correctement fait dans toutes les pièces mais je n'en fus pas moins surprise de constater qu'il se livrait à présent à une telle inspection, incapable que j'étais de trouver une meilleure explication à la lenteur de sa progression vers la porte de ses appartements.

Presque une demi-heure après que je l'eus entendu arrêter le moteur de sa voiture dans le garage, mon fils pénétra dans son salon et sa main chercha vainement l'interrupteur. Il resta un moment à osciller d'avant en arrière avant de me découvrir dans la lueur dansante du feu que j'avais allumé dans la cheminée. L'ombre des meubles se projetait en lents soubresauts sur les murs tendus de blanc que les flammes faisaient virer à l'orange et au rose tandis que le quatrième mur de cuir noir, ne retenant que les hautes lumières proches du rouge, se transformait en fresque infernale.

— Bon Dieu, mère, qu'est-ce qui se passe encore ? Ne t'ai-je pas dit cent fois de ne pas traîner chez moi ?

Malgré tout, dans l'état d'ivresse où il était, il paraissait content de me voir.

Tant bien que mal, il s'approcha d'un fauteuil, le visa et réussit à s'y écrouler. Puis il ferma ses yeux voilés de cils sombres. Je me levai pour lui masser la nuque et il pencha la tête en avant pour se la prendre entre les mains comme si elle lui faisait atrocement mal. Puis il soupira, se renversa en arrière et leva son regard trouble vers le mien.

— Ah, je ferais mieux de ne pas boire, grogna-t-il d'une voix pâteuse tandis que je contournais le fauteuil pour venir m'accroupir devant lui. Ça me fait faire des tas de bêtises et ensuite, je me paie un de ces maux de crâne. C'est d'autant plus stupide que l'alcool n'a jamais fait qu'accroître mes problèmes. Dis, mère, quelle malédiction pèse sur moi ? Je ne suis même pas capable de trouver l'oubli dans la boisson. Je reste toujours atrocement conscient. Tu sais, une fois, j'ai entendu Jory te dire qu'il montait ce superbe clipper pour me l'offrir, et après, je n'ai pas arrêté d'en rêver... et puis, hier matin, quand j'ai ouvert la boîte, j'ai tout trouvé cassé. Il avait fait un travail magnifique, il s'était donné un mal de chien pour que chaque élément soit à sa juste place... et cette merveille a fini dans la poubelle.

J'avais l'impression d'être en présence d'un enfant, terriblement vulnérable, certes, mais également si simple à émouvoir, et il me fallait en profiter pour lui faire comprendre tout l'amour que j'avais pour lui. Car loin de le rendre mauvais, loin de l'abrutir, l'alcool révélait en mon fils cadet ce qu'il avait de plus humain, de plus touchant.

— Mon chéri, je suis sûre que Jory t'en construira un autre avec plaisir.

Là, je m'avançais, car je ne savais vraiment pas si mon aîné accepterait de reprendre à zéro un travail aussi fastidieux.

— Non, mère, je n'y tiens pas. Une seconde maquette serait vouée au même sort que la première. Ainsi va ma vie. Elle a toujours eu la cruelle coutume de m'empêcher d'atteindre ce que je désirais par-dessus tout. Ni le bonheur ni l'amour ne m'attendent au tournant de l'avenir. Je ne puis espérer obtenir un jour ce que je veux... ces désirs de mon cœur, comme j'appelais à l'époque ces impossibles rêves de mon enfance. N'était-ce pas puéril et stupide ? Pas étonnant que tu m'aies pris en pitié... je voulais tant, je voulais trop, je n'étais jamais satisfait. Toi et l'homme que tu aimes, vous m'avez toujours donné tout ce que je désirais, et bien d'autres choses qu'il ne me venait même pas à l'esprit de demander, pourtant vous n'avez jamais pu me donner le bonheur. Alors, j'ai décidé de ne plus rien attendre de rien. Ce bal de Noël ne m'aurait pas vraiment donné de plaisir, même si les invités s'étaient montrés. Je n'en aurais pas moins échoué à faire impression sur eux. Dans mon for intérieur, j'ai toujours su que cette soirée serait une preuve supplémentaire de mon échec, comme toutes ces autres fêtes que vous donniez en mon honneur. Et je me suis tout de même acharné en me disant que si ce bal était réussi, cela créerait un précédent et qu'à partir de là, ma vie pourrait changer.

Mon cadet me parlait comme il ne l'avait jamais fait avant. L'alcool lui déliait la langue.

— Je suis vraiment le dernier des imbéciles, n'est-ce pas ? poursuivit-il. Cindy n'a pas tort lorsqu'elle me traite de pauvre type ou de connard. Je me regarde dans la glace et je vois un bel homme sans doute très proche de ce qu'était mon père que tu as toujours prétendu avoir aimé plus que tout autre. Mais à l'intérieur, je suis loin de me sentir aussi beau. Je me trouve même laid à faire peur. Puis le matin vient, et je me sens revigoré par l'air frais des montagnes, je vois les perles que la rosée dépose sur les fleurs, je vois le soleil d'hiver éclabousser la neige de blancheur et je me dis qu'après tout la vie va peut-être m'offrir ma chance. Et je reprends espoir de découvrir un jour mon moi réel... celui qu'il me sera possible d'aimer, et c'est pourquoi, il y a quelques mois, j'ai décidé de faire de ce Noël le plus beau que nous ayons jamais connu, pas seulement pour Jory — qui le méritait en premier lieu — mais aussi pour toi et pour moi. Tu t'imagines que je n'aime pas Jory, mais ce n'est pas vrai. (Il se reprit la tête entre les mains et poussa un gros soupir.) Puisque c'est l'heure de vérité, mère, je suis obligé de reconnaître que j'éprouve également de la haine pour Jory. En revanche, je n'ai pas la moindre affection pour Cindy. Elle ne m'a rien apporté, bien au contraire... et elle ne fait même pas vraiment partie de la famille. C'est toujours Jory qui a eu la plus grosse part de ton amour, du moins ce qui te restait après avoir donné le meilleur de toi-même à ton frère. Je n'ai jamais eu la plus grosse part de l'amour de personne. Un moment, j'ai cru que c'était là ce que me donnait Melodie mais j'ai fini par comprendre qu'elle aurait jeté son dévolu sur n'importe quel homme en remplacement de Jory, sur n'importe quel mâle pourvu qu'il fût disponible et consentant. Et c'est pourquoi, maintenant, je la déteste tout autant que je déteste Cindy.

Ses mains descendirent le long de son visage, dévoilant l'amertume qui brillait au fond d'yeux presque noirs que le reflet des flammes transformait en charbons ardents. Je crus que mon cœur allait s'arrêter de battre. Où voulait-il en venir ? Je me relevai et repassai derrière le fauteuil pour lui glisser les bras autour du cou et poser ma tête sur ses cheveux ébouriffés.

— Bart, je t'ai entendu partir en voiture cette nuit et, comme j'étais incapable de me rendormir, je suis venue ici pour attendre ton retour. Dis-moi ce que je peux faire pour toi. Personne ne te déteste comme tu sembles le penser. Personne, pas même Cindy. Trop souvent, seulement, ton comportement est tel que nous sommes à bout de nerfs mais, même alors, il ne nous viendrait pas à l'esprit de te rejeter.

— Si tu veux faire quelque chose pour moi, dit-il d'une voix sans timbre comme s'il n'avait pas le moindre espoir de voir son vœu exaucé, dis à Chris de partir. C'est la seule preuve que tu puisses me donner de ton amour. Je ne pourrai me sentir bien avec moi-même et avec toi que lorsque tu auras rompu avec lui.

C'était comme si j'avais reçu un coup de poignard.

— Mais il mourrait sans moi, Bart ! Je sais très bien que tu ne peux pas comprendre les liens qui nous unissent et, moi-même, je suis incapable d'expliquer pourquoi il a un tel besoin de moi, pourquoi j'ai un tel besoin de lui, sinon que nous étions terriblement jeunes, terriblement seuls, et dans une situation terrifiante où nous pouvions seulement nous reposer l'un sur l'autre. Pour supporter notre séquestration, nous avons dû nous créer un monde imaginaire dont le piège s'est refermé sur nous au point que, quarante ans après, nous continuons à vivre dans ce rêve. Et nous ne pourrions survivre sans lui. Si je me séparais de Chris, ce serait non seulement sa perte mais aussi la mienne.

— Mais enfin, mère ! s'écria-t-il en se retournant pour m'entourer de ses bras et enfouir son visage entre mes seins, je serai là, moi ! (Il releva la tête pour me regarder dans les yeux.) Je veux que tu purifies ton âme avant qu'il ne soit trop tard. Ce que tu fais avec Chris va contre la loi divine et contre la loi des hommes. Sépare-toi de Chris, mère. Je t'en prie, sépare-toi de lui... avant qu'il n'arrive quelque chose de terrible, renonce à cet amour coupable entre frère et sœur.

Je me dégageai de son étreinte et relevai une mèche qui m'était tombée sur les yeux. Je me sentais atrocement désemparée car il m'était impossible de faire ce qu'il me demandait.

— Tu voudrais me voir souffrir, Bart ?

Il se mordilla la lèvre, manie qui remontait à son enfance perturbée.

— Je n'en sais rien. Il m'arrive parfois de vouloir que tu souffres alors que je ne souhaite jamais vraiment du mal à Chris. Il y a une telle douceur dans ton sourire lorsque tu me regardes que mon cœur exulte et que je voudrais ne jamais te voir changer. Puis je vais au lit et des voix commencent à me murmurer dans la tête que tu es maudite et que tu ne mérites que la mort. Mais lorsque je t'imagine morte et mise en terre, mes yeux se remplissent de larmes, mon cœur se vide et se brise... et je me retrouve totalement désemparé. J'ai si froid, je suis si seul, j'ai si peur ! Suis-je fou, mère ? Pourquoi ne puis-je tomber amoureux sans me dire que ça ne va pas durer ? Pourquoi ne puis-je me sortir de la tête ce que tu fais avec Chris ?

» Un moment, j'ai cru que Melodie et moi c'était pour de bon. Je la trouvais si parfaite. Et puis, elle s'est mise à devenir grosse et laide. Elle n'arrêtait pas de gémir et de se plaindre et de trouver des choses à redire sur la maison. Cindy même n'était pas aussi critique à mon égard. Je l'emmenais dans les meilleurs restaurants, nous allions voir des pièces, des films, je faisais tout pour lui changer les idées, mais elle n'arrêtait pas de parler du monde de la danse et de ce qu'il représentait pour elle, et c'est alors que j'ai compris qu'à ses yeux, je n'avais jamais été qu'un ersatz de Jory, qu'elle ne m'aimait pas, qu'elle ne m'avait jamais aimé. Je lui avais seulement servi à ne plus se sentir aussi abandonnée. Ce qu'elle voulait de moi, ce n'était pas de l'amour mais de la pitié. Et cet amour que je lui offrais, elle l'a perverti, si bien que je ne puis même plus reconnaître en elle cette fille dont j'étais tombé amoureux. Je ne peux même plus supporter de la voir. (Il soupira, baissa les yeux et poursuivit, d'une voix si grave qu'elle en était presque inaudible :) Quand je regarde Cindy, je me dis que cette gamine doit ressembler à ce que tu étais au même âge et une part de moi-même comprend comment Chris a pu tomber amoureux de toi. Et la haine que je lui voue n'en est que plus grande. Je la vois bien qui joue les allumeuses avec moi, elle voudrait bien que j'en arrive à lui faire ce que Chris t'a fait jadis dans ce grenier. Elle n'arrête pas de se balader dans sa chambre en petite culotte et soutien-gorge alors qu'elle sait que tous les soirs, avant de me coucher, j'inspecte chaque pièce, y compris les siennes. Hier soir, elle avait une chemise de nuit si transparente qu'on voyait tout à travers. Et elle est restée là, plantée devant moi, pour que je la regarde. Selon Joël, ce n'est pas autre chose qu'une pute.

— Tu n'as qu'à ne pas aller dans sa chambre, lui répondis-je calmement. Dieu sait si nous pouvons nous permettre ici de ne pas voir quelqu'un lorsque nous n'en avons pas envie ! Quant à Joël, avec ses œillères et sa bigoterie crasse... Toutes les filles de la génération de Cindy portent des sous-vêtements réduits à leur plus simple expression, mais je t'accorde qu'elle devrait toujours porter autre chose par-dessus. Je lui en toucherai deux mots, pas plus tard que tout à l'heure. Mais es-tu bien sûr qu'elle fasse délibérément étalage de son corps ?

— Tu as dû faire pareil, me dit-il sur un ton vaguement accusateur. Toutes ces années où tu es restée enfermée avec Chris... ne lui as-tu pas laissé voir ton corps... délibérément ?

Comment pouvais-je lui expliquer notre situation d'alors, la lui faire comprendre ? Il n'aurait jamais compris.

— Nous faisions tous deux notre possible pour rester

dans les limites de la décence, Bart. Mais c'était il y a si longtemps, et je n'aime pas m'en souvenir. Je cherche même à oublier. Je veux seulement considérer Chris comme mon mari, pas comme mon frère. Nous ne pouvons pas avoir d'enfant, nous n'avons jamais pu. Est-ce que ça ne rend pas les choses un petit peu... un petit peu moins graves ?

Il secoua la tête et ses yeux s'assombrirent.

— Va-t'en. Cette façon que tu as de chercher des excuses ne fait que remuer la boue et réveiller en moi cette obsession morbide qui est apparue lorsque j'ai découvert la vérité sur toi et sur Chris. Tout de suite, le gosse que j'étais a voulu se laver de cette impression de souillure. Et ça continue. Voilà pourquoi je n'arrête pas de prendre des douches, de me raser, de ramasser ce qui traîne, d'être sur le dos des domestiques pour qu'ils nettoient, récurent, passent l'aspirateur et recommencent chaque jour. Je cherche à me débarrasser de toute cette crasse que toi et Chris avez mise dans ma vie... et je n'y arrive pas !

Je retournai me coucher mais ne pus trouver le moindre réconfort dans les bras de Chris et, lorsque je me rendormis, ce fut pour dériver dans les méandres d'un cauchemar. Soudain, des cris lointains me réveillèrent en sursaut. Sortant du lit pour la deuxième fois dans la même nuit, je me précipitai dans le couloir, guidée par les cris.

Désorientée, je me retrouvai les yeux fixés sur Melodie qui se traînait à quatre pattes, vêtue de ce qui me parut être une chemise de nuit blanche à larges rayures irrégulières. Ses gémissements, sa position, me donnèrent d'abord l'impression d'être encore dans mon rêve. Sa longue chevelure était trempée de sueur, tout comme son front, et derrière elle... il y avait un sillage de sang.

Elle leva vers moi des yeux implorants.

— Cathy... mon bébé... il arrive...

Elle poussa un cri et, lentement, avec une infinie lenteur, toute expression disparut de son regard cependant qu'elle chavirait sur le côté puis restait sans connaissance.

Je courus secouer Chris et le réveiller.
— C'est Melodie ! lui criai-je lorsqu'il se redressa pour se frotter les yeux encore embués de sommeil. Elle est en travail et elle vient juste de s'évanouir. Elle est dans le couloir et il y a une longue trace de sang derrière elle...
— Du calme, fit-il en sautant du lit pour enfiler son peignoir. Une primipare met toujours du temps, c'est bien connu. (Je voyais néanmoins dans son regard une certaine anxiété, comme s'il tentait d'évaluer depuis combien de temps Melodie était en travail.) Et puis, j'ai tout ce qu'il me faut dans mon sac, ajouta-t-il en ramassant tout ce qui lui tombait sous la main comme couvertures, draps propres et serviettes de toilette. (Le sac en question était toujours cette traditionnelle mallette de médecin en cuir noir que je lui avais offerte le jour où il avait reçu son diplôme. Jamais il n'avait accepté d'en changer, la considérant comme sacrée.) On n'a pas le temps de la transporter à l'hôpital si elle perd du sang comme tu dis. Toi, maintenant, tu n'as plus rien d'autre à faire que de filer dans la cuisine et de mettre à bouillir toute cette eau que les docteurs n'arrêtent pas de réclamer dans les films.
— Mais nous ne sommes pas dans un film, Chris, lui hurlai-je, persuadée qu'il cherchait seulement à se débarrasser de moi.
Nous étions à présent dans le couloir et il était penché sur Melodie.
— Je sais... mais ce qui m'arrangerait, c'est que tu fasses n'importe quoi sauf être dans mes pattes et t'agiter inutilement. Maintenant, écarte-toi, Catherine, me gueula-t-il en s'agenouillant pour prendre Melodie.
Lorsque je le vis se relever avec elle dans les bras, j'eus l'impression qu'elle ne pesait pas plus lourd qu'une plume en dépit de son ventre gros comme une montagne.
Il la porta dans sa chambre et coinça des oreillers sous ses reins sans cesser de me demander avec des regards furieux toujours plus de serviettes, de draps et même de journaux.
— Grouille-toi, Catherine, grouille-toi ! D'après ce que je sens de sa position au toucher, il a déjà la tête en bas et

même assez engagée dans le col. File me chercher de l'eau ! J'en ai besoin pour stériliser quelques instruments. Bon Dieu de bon Dieu ! Pourquoi ne m'a-t-elle pas dit que les contractions avaient déjà commencé ? Pendant que nous déballions nos cadeaux, elle est restée à bouder dans son fauteuil et n'a pas pipé mot. Mais qu'est-ce que vous avez tous dans cette baraque ? On ne lui demandait pourtant pas grand-chose, simplement d'ouvrir la bouche et de nous dire ce qui lui arrivait !

Avant même qu'il eût achevé de marmonner ces considérations qu'il semblait d'ailleurs s'adresser plutôt à lui-même, je m'étais précipitée le long des couloirs mal éclairés puis, coupant au plus court, avais dévalé l'escalier de service qui aboutissait directement dans la cuisine. Là, je remplis la bouilloire au robinet d'eau chaude puis la posai sur le feu. Et je me mis à attendre en repensant à Melodie qui adorait tant se faire plaindre et qui avait fort bien pu vouloir nous donner une leçon, peut-être même avec l'espoir de perdre son bébé et de pouvoir retourner à New York, débarrassée d'un mari infirme et d'un enfant sans père.

Des milliers de pensées, toutes plus déplaisantes les unes que les autres, me passèrent par la tête tandis que je ne cessais de soulever le couvercle de la bouilloire sans jamais percevoir le moindre frisson. Qu'est-ce que Chris était en train de faire ? Devais-je aller réveiller Jory pour lui dire ce qui se passait ? Pourquoi Melodie n'avait-elle rien dit ? Partageait-elle avec Bart cette tendance à s'infliger soi-même un châtiment pour ses péchés ? Finalement, au bout d'un temps qui me parut avoir duré plus d'une heure, les premières bulles montèrent à la surface puis l'eau se mit à bouillonner furieusement. Avec la vapeur qui s'échappait du sifflet, je regrimpai quatre à quatre les marches puis courus le long de couloirs sans fin vers la chambre de Melodie.

Chris l'avait placée en position assise en lui calant le dos avec un tas d'oreillers. Il en avait disposé d'autres sous ses genoux pour les relever et les maintenir largement écartés. Elle était nue à partir de la taille et je voyais un filet de sang qui continuait à s'échapper de son ventre. Saisie d'une drôle d'impression devant ce spectacle, je fixai résolument les yeux sur les serviettes et les draps que Chris avait étalés par-dessus des journaux pour absorber le sang.

— Je n'arrive pas à stopper l'hémorragie, me dit-il, visiblement inquiet. Je n'ose penser à ce qui arriverait si le bébé avalait du sang. (Il me jeta un bref regard.) Cathy, sors-moi une deuxième paire de gants et sers-toi des pinces courbes que tu trouveras dans mon sac pour plonger tous les instruments que j'ai sortis dans cette eau que tu viens d'apporter. Je compte également sur toi pour me passer ce dont j'aurai besoin au fur et à mesure que je te le demanderai.

Je fis oui de la tête mais j'avais terriblement peur de ne plus pouvoir me rappeler le nom de ces instruments alors qu'un si long temps s'était écoulé depuis l'époque où je lui faisais réviser ses cours de médecine.

— Réveille-toi, Melodie, lui dit-il à plusieurs reprises. J'ai besoin de toi. (Il lui donna une petite claque.) Cathy, va mouiller ce gant de toilette d'eau froide et passe-lui donc un coup sur le visage pour qu'elle reprenne conscience et soit en mesure de pousser pour expulser le bébé.

Le gant de toilette fit son effet mais ramena Melodie à une réalité toute de souffrance. Aussitôt elle se mit à hurler et à se débattre, tentant d'écarter Chris et de ramener les couvertures sur elle.

— Arrête de me taper dessus, lui dit Chris sur un ton paternel. Ton bébé est pratiquement là, Melodie, mais il va falloir que tu pousses et que tu respires profondément. Et si tu te caches sous les couvertures, je ne vais pas voir ce que je fais.

Tout en continuant de pousser des cris spasmodiques, elle fit un effort pour obéir à Chris tandis que la sueur lui ruisselait sur le visage et la poitrine, agglutinant ses cheveux par mèches. En un rien de temps, sa chemise de nuit retroussée jusqu'à la taille fut complètement trempée.

— Aide-la, Cathy, m'ordonna Chris qui tripotait à présent ce en quoi je croyais reconnaître des forceps.

Je plaçai mes mains à l'endroit qu'il m'indiquait et poussai vers le bas.

— Je t'en prie, chérie, murmurai-je à Melodie dès qu'elle cessa de hurler assez longtemps pour pouvoir m'entendre. Il faut que tu y mettes du tien. En ce moment même ton bébé lutte pour survivre et pour sortir.

Je vis ses yeux fous de souffrance et de terreur tenter désespérément de s'accrocher à la réalité.

— J'ai mal ! clama-t-elle avant de fermer les yeux en crispant très fort les paupières et de prendre une profonde inspiration.

Puis, avec l'aide de mes mains qui participaient au mouvement, elle poussa avec une détermination accrue.

— C'est bien, Melodie, l'encouragea Chris. Maintenant, pousse encore un bon coup et je vais voir la tête de ton bébé.

Dans un redoublement de sueur, plaquant ses mains sur les miennes et crispant encore plus fort ses paupières, Melodie mit toute son énergie dans un ultime effort.

— Parfait... c'était parfait ! Ça y est, je vois sa tête, s'exclama joyeusement Chris en m'adressant un regard plein de fierté.

A cet instant, la tête de Melodie roula sur le côté. Ses yeux se détendirent mais restèrent fermés.

Elle avait de nouveau perdu conscience.

— Ce n'est pas grave, dit Chris en ne jetant qu'un bref coup d'œil sur le visage de Melodie. Elle a fait du beau travail et c'est à moi de jouer maintenant. Après tout, elle a bien besoin de repos après avoir passé le plus dur. Je croyais vraiment que j'allais devoir recourir aux forceps, mais nous avons pu nous en passer.

Avec des gestes sûrs et précis, Chris glissa la main dans le sexe béant de Melodie et en sortit un tout petit bébé qu'il me remit. Avec d'infinies précautions, je reçus le don de cette vie minuscule, rougeaude, visqueuse, et, avec admiration, mes yeux contemplèrent le fils de Jory. Oh, quelle perfection dans cette miniature de petit garçon qui battait l'air de ses petits poings, lançait en tous sens ses pieds incroyablement menus et plissait sa petite frimousse guère plus grosse qu'une pomme en se préparant à pousser son premier cri tandis que Chris nouait puis tranchait le cordon ombilical. Je me sentais le dos parcouru de frissons. De l'union de mon fils avec son épouse était né ce petit-fils qui s'était déjà emparé de mon cœur avant même d'avoir poussé son premier cri. Les larmes aux yeux, le cœur battant de joie pour Jory qui allait être si heureux en apprenant la nouvelle, je tournai mon regard vers Chris qui était toujours penché sur Melodie et lui retirait à présent du corps ce que je pensais être le placenta.

Puis mes yeux revinrent s'attacher à ce petit être pas plus gros qu'une poupée qui ne devait même pas peser ses deux kilos. Cet enfant né de la passion et de la beauté de l'univers de la danse... né de cette musique qui devait résonner dans la chambre de ses parents au moment de sa conception. Cet enfant, je le tenais contre mon cœur en me disant que c'était là le plus parfait miracle de la création divine, plus beau qu'un arbre, plus durable qu'une rose, un être humain né par Sa grâce. Les larmes ruisselèrent sur mes joues car, comme Son Fils, cet enfant était né le jour de Noël... ou presque. Mon petit-fils !

— Il est si petit, Chris. Survivra-t-il ?

— Evidemment ! me répondit-il, tout en continuant de s'occuper de Melodie, le front barré d'un pli perplexe. Pourquoi ne te sers-tu pas de la balance à courrier pour le peser ? Et puis, si ça ne te fait rien, il ne serait pas mauvais de le baigner dans l'eau tiède. Ça lui fera du bien. Sers-toi de la solution que j'ai préparée dans un bol bleu pour lui rincer les yeux et lave-lui la bouche et les oreilles avec celle qui est dans le bol rose. Il y a probablement des langes et des petites couvertures quelque part dans cette chambre. Il est essentiel qu'il soit bien au chaud.

— Oui, dans sa valise, m'écriai-je en me précipitant vers la salle de bains où, le bébé au creux de mon bras, je commençai de remplir la petite baignoire de plastique rose. Elle y tient ses affaires prêtes depuis déjà plusieurs semaines.

J'étais tout excitée, pressée maintenant d'aller voir Jory pour lui montrer son enfant, le seul qu'il pourrait avoir, ne puis-je m'empêcher de penser avec un soupir. Ses chances d'en engendrer un autre étaient à présent trop minces. Mais ce petit garçon n'en était qu'une plus grande bénédiction.

Qu'il me semblait fragile, ce bébé, avec son petit crâne rose voilé d'une calotte de duvet blond, avec ses poings minuscules et ses tout petits pieds qui luttaient contre l'air glacé, avec sa petite bouche en bouton de rose qui ne cessait d'opérer des mouvements de succion alors même qu'il tentait d'ouvrir des yeux dont les paupières semblaient obstinément collées. Tout barbouillé qu'il était de particules visqueuses, je lui trouvais une beauté qui m'allait droit au cœur.

Cher petit être, adorable petit garçon qui allait rendre heureux mon Jory. J'étais pressée de voir la couleur de ses yeux. Je me sentais nerveuse comme si je n'avais moi-même jamais eu de bébé, et en un sens, c'était le cas. Ce nouveau-né que je tenais dans mes bras était si petit, si frêle, alors que les deux miens avaient atteint leur terme et avaient immédiatement été pris en charge par des puéricultrices expérimentées.

— Couvre-le bien, me rappela Chris depuis la chambre. Et n'oublie pas de lui passer le doigt dans la bouche pour t'assurer qu'il n'y reste ni caillot de sang ni mucosité. Ça risquerait de le faire étouffer.

Ces hurlements de détresse qu'il n'avait cessé de pousser depuis qu'il avait quitté l'humide et chaud cocon de la matrice s'arrêtèrent net lorsque je le plongeai délicatement dans l'eau tiède, et il parut s'endormir. Même dans son sommeil, ses petites mains de poupée continuaient à se tendre vers la mère et vers ses seins. Je m'attardais à nettoyer son minuscule pénis dressé lorsque, à ma grande stupeur, j'entendis un autre cri de nouveau-né.

Je m'empressai d'envelopper mon petit-fils à présent tout propre dans une épaisse serviette de toilette et me précipitai dans la chambre pour voir Chris penché sur un deuxième bébé.

— Une fille. Avec des cheveux blonds et des yeux bleus, me dit-il en tournant vers moi la plus étrange des expressions. C'est drôle, j'ai parlé avec le gynécologue et il n'a jamais perçu un double battement de cœur. Cela s'explique parfois par le fait qu'un des enfants est placé juste derrière l'autre... mais quand même, que pas une seule visite... (Il s'interrompit puis changea brusquement de sujet.) Les jumeaux sont toujours plus petits que les autres bébés, et c'est justement cette taille réduite, ajoutée au poids du deuxième qui pousse derrière, qui fait que le premier vient toujours plus vite que dans une naissance ordinaire. Melodie a eu de la chance cette fois...

— Oh... fis-je en prenant la petite fille sur mon autre bras.

Je venais de les reconnaître tous les deux. C'étaient Carrie et Cory qui nous étaient rendus !

— N'est-ce pas merveilleux, Chris ?

Et ma joie se teinta aussitôt de tristesse à la pensée de nos frère et sœur jumeaux bien-aimés morts depuis si longtemps. Car, au fond de moi, je continuais à les voir courir dans le jardin de Gladstone, gambader aussi dans le pitoyable jardin du grenier avec sa flore et sa faune de papier.) Les jumeaux Doppelganger réincarnés.

Chris leva les yeux. Ses mains gantées de caoutchouc étaient rouges de sang.

— Non, Cathy, dit-il, péremptoire. Ce ne sont ni des Doppelganger, ni une réincarnation. Ce ne sont pas les mêmes jumeaux nés pour la deuxième fois. Rappelle-toi. Carrie était venue en premier ; cette fois, c'est le garçon qui a précédé la fille. Sur ces deux enfants ne pèse pas l'ombre d'une malédiction. Ils ne connaîtront que le bon côté de la vie. Alors, je t'en prie, cesse de les regarder avec ces yeux ronds et songe un peu à t'activer. Elle aussi a besoin d'un bain. Et mets donc une couche à ce garçon avant qu'il ne soit trop tard.

S'occuper de bébés si minuscules n'était pas une tâche facile. J'y parvins cependant, le cœur débordant de joie. En dépit de ce qu'affirmait Chris, je savais que j'avais affaire à Cory et à Carrie à qui cette renaissance avait été accordée pour qu'ils eussent une chance de vivre cette existence merveilleuse qui leur était due et qui, la première fois, leur avait été ravie par l'égoïsme et par la rapacité.

— Ne vous en faites pas, leur murmurai-je en les embrassant sur leurs petites joues rouges puis sur leurs mignons petits pieds. Votre grand-mère va faire en sorte que vous soyez heureux. Il pourra m'en coûter n'importe quoi, je vais veiller à ce que vous ayez tout ce qui a été refusé à Cory et à Carrie.

Un coup d'œil vers la chambre m'apprit que Melodie commençait à sortir de son évanouissement.

Chris me cria que, selon lui, Melodie aurait bien besoin d'une toilette au gant, puis il fit irruption dans la salle de bains et me prit les deux bébés pour les soumettre à un examen médical complet pendant que je m'occupais de l'accouchée.

Pendant que je la bassinais et que je lui passais une chemise de nuit propre, Melodie acheva de reprendre ses esprits et posa sur moi un regard vide de toute expression.

— C'est fini ? me demanda-t-elle d'une voix lasse, très lasse, alors que je commençais de démêler à la brosse ses mèches agglutinées par la sueur.

— Oui, chérie, c'est fini. Tu as accouché.

— C'est un garçon ? s'enquit-elle avec la première lueur d'espoir qu'il m'ait été donné de voir dans ses yeux depuis plusieurs mois.

— Oui, chérie, un garçon... et une fille. Tu viens de donner naissance à de magnifiques jumeaux. (Ses yeux s'écarquillèrent et se firent le théâtre d'un tel ballet d'ombres inquiètes qu'elle me parut sur le point de retomber dans les pommes. Je m'empressai d'ajouter :) Magnifiques, je te dis, avec tout ce qu'il faut exactement au bon endroit.

Elle continua de me fixer avec des yeux ronds jusqu'à ce que je revinsse avec les deux nouveau-nés. Le regard qu'elle posa sur eux n'exprima plus alors que la surprise puis elle esquissa un piètre sourire.

— Oh, qu'ils sont mignons... mais je m'attendais plutôt à les voir bruns comme Jory.

Je lui plaçai les jumeaux dans les bras et elle les regarda comme si tout cela n'était que le fruit d'un rêve.

— Deux, murmura-t-elle, puis elle répéta encore une

fois : Deux ! (Et une dernière fois en fixant sans le voir un point de la chambre :) Deux ! Je disais toujours à Jory que je serais contente lorsque nous aurions deux enfants, une fille et un garçon, et que je m'arrêterais là... mais pas des jumeaux, non ! maintenant, je vais être obligée d'être à la fois le père et la mère de deux enfants ! Des jumeaux ! Non, ce n'est pas juste, ce n'est pas juste !

Je lui caressai les cheveux avec une infinie douceur.

— Voyons, chérie, c'est justement la bénédiction que Dieu vient ainsi de donner à votre union. Cette famille complète que vous vouliez, toi et Jory, Il vous l'a donnée d'un seul coup, si bien que tu n'auras pas à repasser par les douleurs de l'enfantement. Et ne crois pas que tu sois seule. Nous sommes tous là pour t'aider. Nous allons engager du personnel en supplément, plusieurs nurses... et les meilleures. Ni toi ni les enfants ne manquerez jamais de rien.

L'espoir revint dans ses yeux qu'elle ferma.

— Je suis fatiguée, Cathy, exténuée. Après tout, je crois que c'est mieux que nous ayons tout de suite eu un garçon et une fille, maintenant que Jory ne peut plus me faire d'enfant. J'espère que ça va le consoler un peu de ce qu'il a perdu.

Et, sur ces mots, elle tomba dans un profond sommeil, avant même que je n'aie fini de lui brosser cette chevelure qui, en un temps, avait été l'un des atouts majeurs de sa beauté, mais qui n'avait plus à présent ni lustre ni texture. J'allais devoir lui faire un shampooing avant que Jory ne la vît. La prochaine fois que Jory serait en présence de sa femme, il faudrait qu'il retrouve l'adorable jeune fille qu'il avait épousée.

Car j'allais réunir ces deux-là, même si c'était la dernière chose que je dusse faire dans ma vie.

Chris resurgit soudain près de moi et il prit les enfants.

Laisse-la, maintenant. Elle est fatiguée ; il faut qu'elle récupère. Il sera toujours temps de lui faire ce shampooing.

— Quoi ? J'ai dit ça tout haut ? Je croyais pourtant...

— Non, non, fit-il en éclatant de rire. Tu n'as fait que le penser, mais en même temps, tu tripotais ses cheveux et ton regard était assez explicite. Et puis, je sais ce que tu penses des shampooings... la panacée pour toute forme de dépression.

Je le serrai dans mes bras, le couvris de baisers puis le laissai avec Melodie et m'en fus secouer Jory pour le réveiller. Il sortit de son rêve et se frotta les yeux.

— Qu'est-ce qui se passe ? Encore des ennuis ?

— Pas des ennuis, cette fois, mon amour. (Je restai là, debout devant lui avec un tel sourire aux lèvres qu'il dut penser que j'étais devenue folle. Déconcerté, il se redressa sur les coudes.) Hier, le père Noël avait oublié l'un de tes cadeaux et il est revenu l'apporter.

— Non mais tu te sens bien, maman ? Ce cadeau ne pouvait-il attendre le matin ?

— Non, mon fils, pas celui-là. Ça y est, Jory, tu es papa ! (J'éclatai de rire et le serrai dans mes bras.) Oh, Jory, Dieu s'est montré généreux. Tu te souviens que toi et Melodie vous vous étiez fixé d'avoir deux enfants, un garçon d'abord puis une fille ? Eh bien, c'est ce qui est arrivé. C'est ça, le cadeau du père Noël ! Tu as des jumeaux, Jory ! Un garçon et une fille !

Des larmes envahirent ses yeux et, d'une voix étranglée, il exprima son souci majeur :

— Comment va Mel ?

— Chris est avec elle. Ne t'en fais pas. Mais, vois-tu, depuis hier matin probablement, Melodie était en travail, et elle ne nous en a rien dit.

— Mais pourquoi ? gémit-il. Pourquoi ? Alors que papa était là et qu'il aurait pu soulager ses douleurs.

— Je n'en sais rien, mon fils, mais ce n'est plus la peine d'y penser. Maintenant, elle va bien, très bien. Chris dit qu'elle n'a même pas besoin d'aller à l'hôpital, quoiqu'il ait le projet d'y conduire les jumeaux, histoire de ne pas prendre de risques. Tu sais, ces bébés nés avant terme demandent plus de soins que les autres. Il estime aussi qu'il ne serait pas mauvais que Melodie soit examinée par un gynécologue. Il a dû l'entailler, une épisiotomie comme il appelle ça. Sinon, elle aurait été déchirée. Il l'a très bien recousue mais cela restera sans doute douloureux jusqu'à ce que les points de suture soient cicatrisés. Je pense qu'il l'emmènera là-bas le même jour que les jumeaux.

— Oui, maman. Dieu est vraiment généreux. J'ai hâte de les voir, et si je dois me lever pour y aller, ça va vraiment me prendre trop de temps. Peux-tu aller me les chercher ?

Je l'aidai d'abord à s'asseoir afin qu'il pût prendre ses enfants dans ses bras et, lorsque je me retournai sur le pas de la porte, je me dis que je n'avais jamais vu quelqu'un qui eût l'air si heureux.

En mon absence, Chris avait confectionné des berceaux de fortune avec deux tiroirs qu'il avait garnis de couvertures moelleuses. Il voulut tout de suite savoir comment Jory avait accueilli la nouvelle et sourit devant la pittoresque description que je lui fis de la joie de mon aîné. Avec tendresse, il déposa les deux bébés dans mes bras.

— Surtout, ne cours pas, mon amour, me chuchota-t-il à l'oreille en m'embrassant.

Ce fut quand même en pressant le pas que je traversai le couloir vers la chambre de Jory.

— Ils me rappellent tant Cory et Carrie, lui dis-je dans la rose lumière du petit jour qui commençait à pénétrer par les fenêtres. Eux aussi étaient déjà superbes à la naissance. As-tu des idées pour leurs prénoms ?

Il rougit sans cesser de contempler les bébés dans ses bras.

— Bien sûr. Quoique Melodie ne m'ait jamais dit que nous avions une chance d'avoir des jumeaux, j'avais prévu un prénom de garçon et un prénom de fille. Je dis bien chance, car si tu savais comme j'ai bon espoir grâce à eux. Maman, tu n'as pas cessé de me répéter que Mel changerait d'attitude après la naissance, aussi suis-je pressé de la voir, de la tenir dans mes bras. (Il marqua un temps d'arrêt puis rougit de nouveau.) Enfin... du moins pourrons-nous de nouveau dormir dans le même lit, faute de mieux.

— Voyons, Jory, tu trouveras bien un moyen...

Il fit comme s'il n'avait pas entendu et poursuivit :

— Nous avions fondé notre vie sur le projet de danser jusqu'à l'âge de quarante ans puis de nous faire tous deux maîtres de ballet ou chorégraphes. Evidemment, un tel projet ne tenait pas compte d'un accident éventuel ou de tout autre malheur et, dans l'ensemble, j'estime que mon épouse a su tenir le coup.

« Trop bon, trop con », ne puis-je m'empêcher de penser. Melodie avait couché avec son frère. Mais peut-être s'interdisait-il tout simplement de le croire. Ou plutôt, comprenant le manque dans lequel elle s'était trouvée, lui avait-il pardonné, à elle comme à Bart.

A contrecœur, Jory me rendit les enfants.

Dans la chambre de Melodie, Chris m'annonça :

— Je descends à l'hôpital avec Melodie et les jumeaux. Je serai de retour aussi vite que possible. Je voudrais qu'un autre médecin examine Melodie et, bien sûr, les enfants doivent rester en couveuse jusqu'à ce qu'ils aient atteint deux kilos cinq. Pour l'instant, le garçon pèse un peu plus d'un kilo sept et la fille un kilo six... mais ce sont tout de même de très beaux bébés qui pètent la santé. Mais je ne vois pas pourquoi je te dis ça, je sais que tu les aimes déjà autant que tu as pu aimer Cory et Carrie.

Ce fut un Jory rayonnant que je vis assis aux côtés de Bart lorsque je pénétrai dans le solarium où nous avions coutume de prendre notre petit déjeuner dans les périodes de fête. La table avait été dressée avec un service de porcelaine rouge vif sur une nappe d'un blanc immaculé. En son centre, Trevor avait fait placer un bouquet de houx dans un vase et, tout autour de nous dans la pièce, les poinsettias soulignaient par leur feuillage cette même harmonie de rouge et de blanc.

— Bonjour, maman, me dit Jory sitôt qu'il leva les yeux sur moi. C'est un homme heureux que tu vois ce matin... et j'attendais justement votre arrivée, à Cindy et à papa, pour annoncer la bonne nouvelle à Bart.

En l'absence de Cindy, il continua donc à garder le silence sans pouvoir réprimer de petits sourires joyeux ni cesser de me lancer des regards pour s'excuser de ce retard jusqu'au moment où notre fille apparut, de toute évidence fort mal réveillée. Alors, Jory se dressa et déclara non sans fierté qu'il était père de deux jumeaux, un garçon et une fille, respectivement nommés Darren et Deirdre.

— En un temps, nous dit-il, il y eut des jumeaux dont les prénoms commençaient par un C. Nous avons suivi la tradition en avançant d'une lettre dans l'alphabet.

Sur le visage de Bart, la jalousie le disputait au mépris.

— Des jumeaux ! Deux fois plus de problèmes qu'avec un seul gosse ! Pauvre Melodie, pas étonnant qu'elle soit devenue si énorme ! Quel malheur, quand même... comme si les ennuis qu'elle avait déjà ne suffisaient pas !

Cindy, en revanche, poussa un cri de joie.

— Des jumeaux ! Youpi ! C'est superbe ! Je pourrai les voir tout de suite ? Et les prendre dans mes bras ?

Mais Jory continuait à ruminer la cruelle remarque de Bart.

— Je te ferais remarquer que j'existe, dit-il à son frère, même si je n'ai pas mes jambes. D'ailleurs, Mel et moi, nous n'avons pas de problèmes que nous ne puissions surmonter... une fois que nous aurons quitté cette maison.

Bart se leva et sortit de table sans finir son petit déjeuner.

Jory et Melodie avaient donc l'intention de partir et d'emmener les jumeaux avec eux ! J'étais au désespoir. Sous la table, je n'arrêtais pas de me tordre les mains.

Mais une main vint se poser sur les miennes et y exerça une douce pression.

— Ne fais pas cette tête, maman. Jamais nous ne couperons les ponts avec toi et papa. Où que vous alliez, nous irons... mais nous ne pouvons rester dans cette maison si Bart ne change pas d'attitude. Cependant, lorsque tu auras envie de voir tes petits-enfants, tu n'auras qu'à lever le petit doigt... d'un quart de millimètre.

Vers dix heures, Chris revint de Charlottesville avec Melodie qui monta directement se coucher.

— Elle est en parfaite santé, Jory. Nous aurions bien aimé la garder quelques jours en clinique mais elle a fait un tel raffut que j'ai été obligé de la ramener. Nous avons laissé les jumeaux à la maternité où ils resteront en couveuse jusqu'à ce qu'ils aient atteint un poids normal. (Il se pencha vers moi et m'embrassa sur la joue.) Tu vois, Cathy, je te l'avais dit que tout se passerait bien. A propos, Jory, je vous félicite, toi et Melodie, pour le choix des prénoms. Ils sont vraiment superbes.

Peu après, je montai le plateau du déjeuner à Melodie que je trouvai hors du lit, le regard fixé au travers de la fenêtre sur le paysage enneigé. Comme si ses bébés lui étaient complètement sortis de la tête depuis qu'elle ne les avait plus sous les yeux, elle me dit, devançant toute question :

— J'étais en train de penser à cette époque où j'étais gamine et où mon plus cher désir était de voir la neige. Même après, j'ai toujours eu envie de passer un Noël blanc loin de New York. Or, maintenant, je l'ai mon Noël blanc... et je ne suis pas plus avancée. Nul sortilège n'est venu rendre à Jory l'usage de ses jambes. (Elle resta un moment silencieuse puis, de cette étrange voix rêveuse qui me faisait passer des frissons dans le dos, elle reprit :) Comment vais-je faire avec ces deux enfants ? Oh oui, comment ? Je ne me suis jamais imaginée autrement qu'avec un seul bébé à la fois. Et Jory qui ne me sera d'aucune aide...

— Ne t'ai-je pas promis que nous serions tous là pour t'aider ? lui dis-je quelque peu agacée de la voir continuellement s'apitoyer sur elle-même pour un oui ou pour un non.

Puis soudain, je compris : Bart était debout sur le seuil. Il avait le visage parfaitement vide d'expression.

— Toutes mes félicitations, Melodie, commença-t-il d'une voix nullement chaleureuse. J'ai emmené Cindy à l'hôpital voir vos jumeaux. Ils sont très... très... (Il marqua un temps d'hésitation puis lâcha :) ... très petits.

Et il disparut.

Melodie resta le regard fixé sur l'endroit où il s'était tenu.

Plus tard, Chris reprit la voiture pour descendre voir les jumeaux, accompagné cette fois de Jory, de Cindy et de moi. Nous avions laissé Melodie dans son lit, profondément endormie. Cindy put de nouveau se pencher sur les minuscules bébés dans leur petite cage de verre.

— Oh, ne sont-ils pas mignons ? Qu'est-ce que tu dois être fier, Jory ! Tu vas voir, je vais être une vraie tata gâteau. J'ai hâte de pouvoir les prendre dans mes bras. (Elle vint se placer derrière son fauteuil et lui noua les bras autour du cou.) Tu as toujours été un frère si extraordinaire... je ne saurai jamais comment t'en remercier assez.

A notre retour, Melodie se réveilla pour nous demander d'une voix faible des nouvelles de ses enfants puis se rendormit aussitôt dès qu'elle sut qu'ils allaient bien. Le reste de la journée s'écoula sans que personne vînt nous rendre visite, sans que le téléphone sonnât ailleurs que dans le bureau de Bart, sans que l'heureux papa se vît félicité par quelqu'un de l'extérieur. Quelle solitude était la nôtre sur ce flanc de montagne !

Les ombres se dissipent

Les sinistres journées d'hiver se succédaient à un rythme accéléré, pleines de mille détails prosaïques. Pour le réveillon de la Saint-Sylvestre, nous acceptâmes une invitation en ville et nous nous y rendîmes avec Jory et Cindy. Notre fille eut enfin l'occasion de rencontrer tous les jeunes gens de la région et elle eut un succès fou. Bart ne s'était pas joint à nous, prétendant qu'il s'amuserait plus dans le club privé où il avait l'intention de fêter le nouvel an.

— Tu parles d'un club privé ! m'avait soufflé Cindy qui trouvait toujours réponse à tout. C'est dans un boxon qu'il va !

— Que plus jamais je ne te reprenne à dire des choses pareilles ! l'avais-je aussitôt réprimandée. Ce que fait Bart ne regarde que lui... Et d'abord, où as-tu pêché de tels ragots ?

A ce réveillon, je vis quelques-unes des personnes que Bart avait invitées pour Noël et, bien vite, je me débrouillai pour leur demander avec tact s'ils avaient reçu les cartons. « Non », me répondirent-ils, unanimes, quoique leur façon de nous regarder, Chris et moi, puis de reporter leurs yeux sur Jory, me laissât deviner chez eux bien des arrière-pensées inexprimées.

— Mère, je ne te crois pas, me dit sèchement Bart lorsque je lui annonçai que ses invités — du moins ceux que j'avais rencontrés — n'étaient même pas au courant de ce bal de Noël à Foxworth Hall. Tu détestes Joël car tu ne vois que Malcolm en lui, et tu voudrais entamer la confiance que je place en ce pieux vieillard. Mais il m'a juré qu'il avait posté ces invitations et je le crois.

— Alors c'est ta mère que tu ne crois pas ?

— Les gens sont retors, me répondit-il en haussant les épaules. Ceux à qui tu as parlé n'ont peut-être pas voulu montrer leur impolitesse.

Le 2 janvier, Cindy nous quitta pour retourner à l'école, pressée de fuir l'ennui de ce qu'elle considérait comme l'enfer matérialisé. Elle devait terminer ses études secondaires au printemps et n'avait pas la moindre intention de poursuivre plus loin, en dépit de l'insistance de Chris.

— Même une actrice ne peut se dispenser d'un solide bagage de culture générale, lui répétait-il en vain.

A sa manière, notre Cindy était aussi têtue que l'avait été Carrie.

Melodie parlait peu et semblait se complaire dans sa mélancolie ; elle était devenue si assommante que tout le monde fuyait sa compagnie. Contrairement à mes espérances, elle ne prenait pas le moindre plaisir à s'occuper de sa progéniture et n'y trouvait pas même un dérivatif à son ennui. Devant l'horreur que lui inspiraient ces tâches quotidiennes, nous fûmes bientôt dans l'obligation d'engager une nurse. Par ailleurs, comme son attitude envers Jory ne s'était pas modifiée, c'était toujours moi qui aidais mon fils chaque fois qu'il ne pouvait se débrouiller seul pour faire quelque chose.

Chris avait son travail qui le rendait heureux et le tenait loin de nous jusqu'à ces vendredis après-midi où, vers quatre heures, il poussait la porte, tout à fait comme papa jadis à Gladstone. C'était comme si les choses se répétaient.

Chris vivait l'animation de son propre monde et nous la routine du nôtre. Il traversait notre vie, telle une bouffée d'air frais, avec son assurance, son optimisme et sa joie de passer les week-ends avec nous. Il avait d'ailleurs pour habitude en ces moments-là d'écarter tous problèmes comme s'il ne s'agissait que de bagatelles indignes d'être prises en considération.

Et nous, depuis que Jory se refusait à quitter la sécurité de ses appartements, nous ne mettions plus les pieds hors de Foxworth Hall.

Il allait bientôt avoir trente ans et je formais le projet de donner une petite fête pour l'occasion. Il me vint à l'esprit que nous pourrions inviter tous ses camarades du corps de ballet mais, bien sûr, il me fallait d'abord en discuter avec Bart.

Mon cadet fit brutalement pivoter son fauteuil et s'arracha de devant l'écran de l'ordinateur.

— Non ! Je ne veux pas que ma maison soit pleine de danseurs. D'ailleurs, je n'ai plus l'intention de jeter l'argent par les fenêtres en donnant des fêtes pour des gens que je ne connais ni d'Eve ni d'Adam. Trouve autre chose pour lui faire plaisir, mais n'invite pas ce genre de personnes.

— Mais, Bart, ne t'ai-je pas plusieurs fois entendu dire que tu aimerais avoir son corps de ballet comme attraction pour l'une de tes réceptions ?

— Plus maintenant. J'ai changé d'avis. Et d'ailleurs, je n'ai jamais vraiment aimé les danseurs. A présent, j'en suis dégoûté. Cette maison est la demeure du Seigneur... et au printemps, un temple y sera élevé pour que soit célébré Son règne.

— Que veux-tu dire par « un temple y sera élevé » ?

Il sourit puis reporta son attention sur l'ordinateur avant de me répondre :

— C'est à prendre au pied de la lettre. Il y aura dans ces murs une chapelle. N'est ce pas merveilleux, mère ? Le dimanche, nous nous lèverons tous de bonne heure pour assister à l'office. Je dis bien tous !

— Et qui conduira les cérémonies ? Qui prononcera les sermons du haut de la chaire ? Toi ?

— Non, mère, pas moi. Je suis loin d'être pur de tout péché. Le ministre du culte, ce sera le seul saint homme qui vive sous ce toit, mon grand-oncle.

— Chris adore faire la grasse matinée le dimanche, et moi je suis comme lui, dis-je à Bart au mépris des efforts que je faisais d'ordinaire pour ne jamais le contredire. Nous aimons beaucoup prendre notre petit déjeuner au lit et, en été, c'est au balcon que va notre préférence pour commencer nos journées du bon pied. Pour ce qui est de Jory et de Melodie, je ne saurais répondre à leur place. Il faudrait que tu leur en parles.

— C'est déjà fait. Ils feront comme je dis.

— Bart... le quatorze, c'est l'anniversaire de Jory. Tu te souviens, il est né le jour de la Saint-Valentin.

— Oui, c'est d'ailleurs bizarre et parfaitement significatif que, dans notre famille, on s'obstine à naître les jours de fête... ou à peu de chose près. L'oncle Joël pense que cela veut dire quelque chose... que c'est un signe.

— Je n'en doute pas ! explosai-je. Ce cher Joël voit des signes partout... et toujours des signes qui offensent le regard de son Dieu. Je dis bien SON Dieu car il donne l'impression d'en avoir non seulement l'unique propriété mais aussi la totale maîtrise. (Je pivotai sur moi-même et fis face à Joël qui, comme à son habitude, n'était guère à plus de trois mètres de Bart. Et je me mis à hurler pour ne pas céder à la peur inexplicable qu'il m'inspirait.) Vous n'allez donc pas cesser de bourrer le crâne de mon fils avec un tas de notions absurdes, Joël !

— Je n'ai pas besoin de lui mettre ce genre de notions dans la tête, très chère nièce. Les schémas directeurs de son esprit, c'est vous qui les avez dictés, et ce, bien avant sa naissance. De la haine naît l'enfant, de la nécessité, l'ange du salut. Pensez-y avant de me condamner.

Un jour, la ruine financière d'une importante famille de la région fit la une du journal local. C'était une famille dont ma mère avait souvent mentionné le nom. Je lus soigneusement l'article, repliai le journal et restai un long moment les yeux fixés dans le vide. Bart avait-il quelque chose à voir avec la faillite brutale de cet homme ? C'était l'un des invités qui n'était pas venu.

Un autre jour, il y eut un entrefilet dans le même journal au sujet d'un homme qui avait tué sa femme et ses deux enfants parce qu'il avait placé toutes ses économies sur le marché des matières premières et que les cours du blé s'étaient effondrés. C'était encore une bête noire de Bart, un autre invité de ce maudit bal de Noël. S'il ne s'agissait pas d'une coïncidence, comment mon cadet se débrouillait-il pour manipuler le marché des matières premières ou provoquer des faillites ?

— Je n'ai rien à voir avec tout cela ! hurla Bart lorsque je lui posai franchement la question. Ces gens sont d'une telle rapacité qu'ils se creusent leur propre tombe. Et qui crois-tu que je sois pour avoir un tel pouvoir ? Le bon Dieu ? Le soir de ce bal manqué, j'ai certainement dit plein de choses sous le coup de la colère mais je ne suis pas aussi fou que tu le penses. Je ne vais pas risquer le salut de mon âme pour faire tomber un tas d'imbéciles qui se débrouillent fort bien pour trébucher tout seuls.

L'anniversaire de Jory fut l'occasion d'une petite fête de famille pour laquelle Cindy rentra passer deux jours à la maison, tout heureuse de le faire si c'était pour célébrer quelque événement avec son frère bien-aimé. Elle rapporta dans ses valises assez de cadeaux pour occuper Jory pendant des mois.

— Dès que je rencontrerai un homme comme toi, lui dit-elle, je lui mets le grappin dessus vite fait ! Reste à savoir s'il en existe un au monde qui soit ne serait-ce que deux fois moins bien que toi. Jusque-là, Lance Spalding ne s'est pas révélé à la hauteur.

— Comment peux-tu porter un jugement définitif sans disposer de tous les éléments ? plaisanta Jory qui n'était pas au courant des circonstances précises dans lesquelles s'était effectué le départ précipité de Lance.

Puis il lança un regard dur à son épouse qui s'occupait

de Darren pendant que je me chargeais de Deirdre. C'était en effet l'heure du biberon et, toutes deux assises au coin du feu, nous procédions à ce rite. Les jumeaux nous donnaient à tous les meilleures raisons d'espérer de l'avenir. Bart lui-même était, je crois, fasciné par la rapidité de leur croissance et, les rares fois où il les avait tenus dans ses bras pendant quelques longues secondes inconfortables, il avait été manifestement touché par leurs manières câlines et il me les avait rendus avec une incontestable fierté dans les yeux.

Melodie reposa Darren dans le grand berceau que Chris avait déniché dans une brocante mais qu'il avait poncé puis reverni, si bien qu'on l'aurait pris pour un neuf. Du pied, elle commença de bercer son fils, jetant un regard noir à Bart avant de se réabsorber dans la contemplation méditative des flammes. Elle n'ouvrait pratiquement jamais la bouche et ne montrait guère d'intérêt pour ses enfants. Lorsqu'elle les prenait dans ses bras, c'était d'un air indifférent, comme pour jouer son rôle de mère, mais sans plus de passion que dans ses rapports avec nous et avec ce que nous faisions.

Jory n'arrêtait pas de commander par correspondance des cadeaux qui lui étaient livrés presque quotidiennement. Elle ouvrait les colis, esquissait un faible sourire, lâchait un vague merci du bout des lèvres. Parfois même, elle reposait le paquet intact et remerciait Jory sans le regarder. J'avais alors le cœur déchiré de voir mon fils aîné faire la grimace ou baisser la tête pour dissimuler son expression. Il faisait un effort, lui... pourquoi ne pouvait-elle en faire autant ?

Chaque jour qui passait voyait Melodie se détacher un peu plus, non seulement de son mari, mais aussi, à ma grande surprise, de ses enfants. Elle ne faisait que voleter autour de la flamme de l'amour maternel, pareille à ces papillons de nuit qui craignent de s'y brûler les ailes. C'était moi qui me levais au milieu de la nuit pour leur donner le biberon. Moi qui ne ménageais pas mes allées et venues, moi qui tentais la gageure de changer deux couches à la fois, moi qui me précipitais dans la cuisine pour doser le lait en poudre et qui les prenais sur mon épaule pour leur faire faire leur rot. Et c'était encore moi qui prenais le temps et la peine de les bercer et de leur fredonner des chansons douces pendant qu'ils me regardaient de leurs grands yeux bleus fascinés que je voyais se remplir de sommeil puis se fermer à contrecœur. Souvent, à voir leur petit sourire ravi, je savais qu'ils continuaient de m'écouter. Je ressentais une joie débordante à les voir ressembler de plus en plus à Cory et à Carrie.

Si nous vivions à l'écart de la bonne société locale, nous ne l'étions pas des rumeurs médisantes que nos domestiques colportaient après en avoir fait moisson dans les magasins du coin. Il m'arrivait fréquemment de les surprendre en train de chuchoter en éminçant poivrons et oignons, en pétrissant la pâte de ces tartes et de ces gâteaux dont nous raffolions. J'avais également constaté que nos bonnes s'attardaient trop dans les couloirs reculés de la maison et qu'elles montaient délibérément faire les lits alors que nous étions encore à l'étage. Persuadés d'être seuls, nous laissions ainsi échapper des secrets qui allaient alimenter des ragots déjà fort prospères.

La plupart du temps, l'objet de leur curiosité ne différait pas du mien. Leurs spéculations portaient sur l'absence quasi permanente de Bart à qui, parfois, j'étais cependant reconnaissante d'être si rarement là. Avec lui dehors et Joël enfermé dans sa chambre à prier — du moins voulais-je le croire —, il n'y avait personne pour provoquer des discussions.

Un matin, il me vint à l'esprit d'adopter la technique de nos serviteurs et de traîner une oreille attentive aux abords de la cuisine... ce qui était de notoriété publique dans le village me fut alors transmis par la bouche du cuisinier et des servantes qui l'assistaient dans sa tâche. Bart, à les en croire, entretenait plusieurs liaisons simultanées avec des personnes du sexe opposé appartenant à la meilleure société locale. Celles-ci étaient indifféremment mariées ou célibataires, mais toujours choisies parmi les plus jolies et les plus riches. Il avait déjà brisé un couple qui se trouvait justement être l'un de ceux portés sur la liste des invités de

Noël. Par la même source, j'appris aussi qu'il fréquentait assidûment un bordel situé à une quinzaine de kilomètres de Foxworth Hall, en dehors des limites de toute grande ville.

Manifestement, bon nombre de ces bruits devaient être fondés. Je l'avais souvent vu rentrer ivre et d'une humeur joyeuse qui me faisait parfois regretter bien malgré moi qu'il ne fût pas saoul en permanence. Il semblait ne pouvoir rire et sourire qu'en ayant bu.

Un jour, n'y tenant plus, je lui posai directement la question :

— Que fais-tu pendant toutes ces nuits que tu passes dehors ?

Lorsqu'il avait un peu trop forcé sur l'alcool, il avait tendance à glousser. Et c'est en gloussant qu'il me répondit :

— L'oncle Joël dit toujours que les plus grands pécheurs font les meilleurs prédicateurs. Il faut d'abord rouler dans le ruisseau, dit-il, pour savoir ce que c'est que d'être propre et sauvé.

— Ainsi, c'est à cela que tu passes tes nuits, à rouler dans le ruisseau ?

— Oui, ma petite mère chérie... car, bon sang, je ne sais vraiment pas ce que c'est que d'être propre et sauvé.

A petits pas, tel un oiseau timide, le printemps s'approcha. Les vents glacés cessèrent de souffler en tempête pour céder la place à de douces brises venues du sud. Le ciel reprit son voile bleuté, ramenant dans mon cœur la jeunesse et l'espoir. De nouveau, je fus souvent dans le parc, ratissant les pelouses ou arrachant des mauvaises herbes qui avaient échappé à l'œil des jardiniers.

J'étais impatiente de voir poindre les crocus dans les sous-bois, de voir rejaillir tulipes et jonquilles, de voir les arbres fruitiers se poudrer de rose ou de blanc. Impatiente d'être entourée d'azalées qui feraient de ma vie le pays des merveilles... de ma vie, de la vie des jumeaux, de notre vie à tous. Levant les yeux, j'admirais ces arbres qui sont inaccessibles aux dépressions et au sentiment de solitude.

Que la nature serait riche d'enseignements si nous consentions à nous mettre à son école !

J'emmenais Jory dans mes promenades aussi loin qu'il lui était possible de manœuvrer son fauteuil électrique dont les pneus ballons ne pouvaient cependant triompher de dénivellations trop importantes.

— Nous allons devoir trouver un moyen pour te permettre de t'enfoncer plus profond dans les bois, fis-je, pensive. Nous pourrions bien sûr mettre des dalles partout, ça ferait très joli mais, en hiver, elles ne résisteraient pas au gel et ton fauteuil pourrait verser. J'ai beau avoir horreur du béton, je sens que nous serons obligés d'y recourir. Ou à l'asphalte... Après tout, je préfère l'asphalte. Qu'est-ce que tu en penses ?

— Des briques rouges, maman. C'est si beau une allée de briques rouges ! Et puis, tu sais, mon fauteuil est une petite merveille ; il est parfaitement stable. (Il regarda autour de lui, sourit de plaisir puis offrit son visage aux chauds rayons du soleil.) Si seulement Melodie pouvait m'accepter comme je suis et manifester un peu plus d'intérêt pour les jumeaux !

Que pouvais-je lui répondre, alors qu'une bonne douzaine de fois j'avais abordé le sujet avec Melodie sans autre résultat que de voir monter sa fureur contre moi.

— C'est ma vie, Cathy ! me criait-elle, rouge de colère. C'est moi que ça regarde... pas vous !

Le kinésithérapeute de Jory lui ayant appris comment se laisser glisser de son fauteuil et y remonter sans fournir un trop grand effort, il me prêta main-forte pour planter de nouveaux rosiers, main-forte au sens strict du terme car j'aurais été bien en peine de manier le transplantoir avec son aisance.

Les jardiniers se firent un plaisir de lui apprendre comment tailler les haies et quels étaient les apports d'engrais à donner à telle ou telle plante et à quel moment. Pour lui comme pour moi, le jardinage devint non seulement un passe-temps mais un moyen de nous préserver de la folie. Nous fîmes agrandir la serre et nous y cultivâmes des fleurs exotiques. A présent, nous disposions d'un univers sous notre entière maîtrise et qui nous emplissait tour à tour de calmes angoisses et de tranquilles espérances. Mais ce n'était pas suffisant pour Jory qui avait décidé de consacrer sa vie à l'art sous une forme ou sous une autre.

— Papa n'est plus le seul de la famille qui puisse te faire éprouver une sensation d'humidité dans l'air devant la représentation d'un ciel brumeux ou qui sache, par une simple goutte de rosée, doter sa fleur d'un tel réalisme que tu te penches sur l'aquarelle pour en humer le parfum, m'annonça-t-il avec un large sourire. Je commence à être un bon peintre, maman.

Bien que Melodie vécût sous le même toit que lui, Jory apprenait à faire sa vie sans elle. Il s'était confectionné des bandoulières dans lesquelles il promenait ses enfants lorsqu'il se déplaçait dans son fauteuil. La joie qu'il avait de les voir sourire lorsqu'il pénétrait dans la nursery m'allait droit au cœur, aussi sûrement qu'elle provoquait le départ de Melodie.

— Ils m'aiment, me disait-il. Je le vois dans leurs yeux !

De fait, ils finissaient par mieux connaître Jory que leur mère pour laquelle ils n'avaient que de piètres sourires emplis d'un pitoyable espoir, peut-être parce qu'elle ne les regardait qu'avec des yeux vides d'expression ou pleins de sombres préoccupations.

Non seulement les jumeaux connaissaient Jory, savaient qu'il était leur père, mais ils avaient aussi une totale confiance en lui. Lorsqu'il les prenait dans ses bras, jamais ils ne tressaillaient, jamais ils ne paraissaient craindre qu'il ne les lâchât. Bien au contraire, ils se mettaient à rire aux éclats.

Un jour que Melodie avait fui la nursery à l'arrivée de Jory, j'allai la trouver dans sa chambre où je savais qu'elle s'était réfugiée pour bouder. Sa maigreur me frappa, et la totale perte d'éclat de sa chevelure jadis si belle.

— Tu t'y prends mal avec eux, lui dis-je en m'asseyant avant qu'elle ne m'en eût prié, ce qu'apparemment j'aurais pu attendre encore longtemps. Tu laisses trop les servantes et moi s'en occuper. Comment veux-tu que naisse en toi l'instinct maternel, comment veux-tu qu'ils te reconnaissent pour leur mère si tu n'es jamais avec eux ? Le jour où tu verras leur petite frimousse s'éclairer à ton entrée, tu trouveras cet amour maternel que tu t'obstines vainement à chercher en toi seule. C'est alors que tu sentiras ton cœur fondre. Et tu verras, satisfaire à leurs besoins t'apportera quelque chose que rien d'autre n'a jamais pu et ne pourra plus jamais te donner.

Un petit sourire doux-amer voltigea sur ses lèvres puis disparut bien vite.

— Mais quand me donnerez-vous cette chance d'être une mère pour mes enfants, Cathy ? Lorsque je me lève la nuit, vous êtes déjà auprès d'eux. Lorsque je me réveille de bonne heure, c'est pour les trouver baignés et habillés. Ont-ils vraiment besoin d'une mère quand ils ont une grand-mère telle que vous ?

J'étais sidérée d'une attaque aussi malhonnête. Combien de fois ne m'étais-je levée qu'après m'être obligée à rester au lit et à subir la torture de ces cris de bébé, dans le seul espoir qu'elle finirait par aller les voir ? Aurais-je dû continuer toute la nuit à faire semblant de ne rien entendre ? Je lui avais toujours laissé largement le temps. Sa chambre était en face de la leur, alors que la mienne était dans une autre aile.

De toute évidence, elle avait deviné mes pensées, car sa voix me parvint, tel le sifflement d'un serpent venimeux.

— Vous finissez toujours par avoir le dessus, n'est-ce pas, chère belle-mère ? Vous vous arrangez toujours pour obtenir ce que vous voulez, mais il est une chose que vous n'aurez jamais, c'est l'amour et le respect de votre fils Bart. Du temps où il m'aimait — car il m'a vraiment aimée —, il m'a dit qu'il vous haïssait, qu'il vous méprisait. Sur le moment, je me suis sentie désolée pour lui, désolée pour vous, mais je comprends maintenant ce qui le faisait parler ainsi. Car avec une mère telle que vous, Jory n'a nul besoin d'une femme comme moi.

Le lendemain était un mardi. Je m'éveillai le cœur lourd de toutes les horreurs que Melodie m'avait jetées la veille à la figure d'une voix tour à tour criarde ou sifflante. Avec un gros soupir, je me redressai sur mon lit puis, basculant résolument les jambes hors des draps, enfilai mes mules de satin. J'avais du pain sur la planche car, comme tous les mardis, les domestiques, hormis Trevor, étaient en congé. Ces jours-là, à l'instar de ma mère, j'entrais dans un délire ménager de zombie, préparant la résurrection du vendredi lorsque l'époux bien-aimé franchirait le seuil du home.

Lorsque je pénétrai dans sa chambre, les bras chargés des jumeaux tout frais langés au sortir de leur bain, je trouvai mon Jory pleurant des larmes silencieuses. D'une main molle, il tenait une longue feuille de papier à lettres crème.

— Lis ça, me dit-il d'une voix étranglée en la posant près de lui sur la table.

Puis il tendit les bras vers ses enfants, en prit un sur chaque genou et enfouit son visage dans leur chevelure blonde.

Je ramassai la feuille crème ; c'était toujours sur du papier d'une telle couleur que les mauvaises nouvelles nous étaient venues à Foxworth Hall.

Jory, amour de ma vie,

Je suis lâche. Je l'ai toujours su mais j'espérais que tu ne t'en apercevrais jamais. Cette énergie que tu croyais nôtre, c'était la tienne, et la tienne seule. Je t'aime, et sans doute ne cesserai-je jamais de t'aimer, mais je ne puis continuer à vivre avec un homme qui plus jamais ne me fera l'amour.

Je te regarde dans cet horrible fauteuil que tu as fini par accepter alors que je ne le pourrai jamais, pas plus que je ne puis accepter ton handicap. Tes parents sont venus me voir dans ma chambre et ils ont insisté pour que je te parle en face, pour que je t'explique ce que je ressens. Mais je ne puis m'y résoudre, car le ferais-je que tu serais capable de dire ou de faire quelque chose qui me ferait changer d'avis ; or, il faut que je m'en aille, sinon je vais devenir folle.

Vois-tu, mon amour, je me sens déjà l'être à moitié depuis que je suis dans cette maison, cette horrible et haïssable demeure avec toute sa beauté trompeuse. Je reste étendue sur mon petit lit et je rêve de la danse. J'entends même la musique lorsque la chaîne n'est pas branchée. Il me faut absolument retourner là où l'on joue cette musique, et cette décision égoïste et méprisable — car je sais qu'elle l'est —, pardonne-la-moi, si tu le peux.

A mon sujet, dis toutes sortes de choses gentilles à nos enfants lorsqu'ils seront en âge de poser des questions sur leur mère. Parle-leur de moi en termes tendres, même si tu dois mentir, car je sais que je t'abandonne tout autant que je les abandonne. Je t'ai donné toutes les raisons de me haïr mais, je t'en prie, n'évoque pas mon souvenir avec haine. Souviens-toi de moi telle que j'étais lorsque nous étions jeunes et que la vie nous souriait.

Ne va pas te reprocher quoi que ce soit ni blâmer quelqu'un d'autre pour ce que j'ai dû faire. Tout est ma faute. Vois-tu, je n'ai pas le sens des réalités, je ne l'ai jamais eu, je ne l'aurai jamais. Je suis incapable d'affronter la cruauté du réel lorsqu'il broie les existences et ne laisse derrière lui que des rêves brisés. Puis je voudrais aussi que tu te rappelles ceci : je suis le fantasme que tu as aidé à faire surgir de ton désir et du mien.

Alors, adieu, mon amour, mon premier et mon plus doux amour, peut-être bien le seul qui me soit jamais donné dans ma vie. Trouve, pour me remplacer, quelqu'un d'exceptionnel comme ta mère. C'est d'elle que tu tiens cette capacité d'affronter le réel, quelle que soit sa dureté.

Dieu aurait été bon s'Il m'avait donné une mère telle que la tienne.

La mort dans l'âme, ta
Mel.

Le mot m'échappa des mains et accomplit en voltigeant son inéluctable et pathétique trajet jusqu'au sol. Jory et moi, nous restâmes un moment les yeux fixés sur cette feuille de papier crème gisant sur la moquette, triste symbole... conclusion.

— C'est fini, maman, me dit mon fils sur le ton de la simple constatation. Fini ce qui avait commencé lorsque j'avais douze ans, lorsqu'elle en avait onze, bien fini. J'avais bâti ma vie autour d'elle, certain qu'elle vieillirait auprès de moi. Je lui ai donné le meilleur de ce que j'avais à offrir, et cela n'a pas suffi, lorsque le romantisme de notre union s'est dissipé.

Pouvais-je lui dire que Melodie ne serait sans doute pas restée à jamais, même s'il avait continué à danser ? Que quelque chose en elle n'aurait pu longtemps supporter son énergie et cette capacité innée qu'il aurait eue d'affronter des situations qui l'auraient laissée totalement désemparée.

Je secouai la tête. Non. J'étais injuste avec elle.

— Je suis désolée, Jory, terriblement désolée, lui dis-je sans ajouter : « Mais peut-être seras-tu mieux sans elle. »

— Moi aussi, je suis désolé, fit-il à mi-voix en se refusant à croiser mon regard. Quelle femme voudra de moi, maintenant ?

Peut-être, en effet, ne pourrait-il plus jamais avoir une activité sexuelle normale alors que je connaissais le besoin qu'il éprouvait d'avoir quelqu'un dans son lit pendant toutes ces longues nuits de solitude. A voir son visage le matin, je savais que celles-ci constituaient la pire part de son existence, qu'elles en faisaient un être esseulé dont le handicap physique se doublait alors d'une terrifiante vulnérabilité morale. Moi aussi, j'avais besoin de sentir autour de moi des bras pour être en sécurité dans le noir. Moi non plus, je n'aurais pu m'endormir ou me réveiller sans que des baisers sur mon visage ne vinssent tendre au-dessus de ma tête le vélum protecteur de l'amour.

— La nuit dernière, me confia-t-il, pendant que les jumeaux, assis sur leur chaise de bébé, se barbouillaient consciencieusement la figure de bouillie tiède, j'ai entendu le vent souffler et, en me réveillant, j'ai cru percevoir à mes côtés la respiration de Mel. Mais la chambre était vide. J'ai vu les oiseaux qui s'affairaient gaiement à construire leur nid ; je les ai entendus saluer le retour du jour par leurs gazouillis ; puis j'ai vu ce mot sur ma table de chevet. Sans l'avoir lu, j'ai su ce qu'il disait et j'ai reporté mon attention sur les oiseaux, mais leur chant d'amour s'était soudain transformé en simple affirmation de leur droit territorial. (Sa voix se brisa de nouveau et il baissa la tête pour cacher son visage.) Les oies, m'a-t-on dit, une fois qu'elles ont trouvé leur partenaire, ne s'accouplent plus avec d'autres et, quelles que soient les circonstances, Melodie reste pour moi le cygne à l'éternelle loyauté.

— Je sais, mon chéri, je sais, lui murmurai-je en caressant ses boucles sombres. Mais l'amour peut réapparaître dans ta vie, tu es fait pour ça... et, en attendant, tu n'es pas seul.

Il hocha la tête et me dit :

— Merci d'être toujours là quand j'en ai besoin. Et remercie aussi papa...

Craignant de fondre en larmes comme lui, je le pris dans mes bras.

— Jory, Melodie est partie mais elle t'a laissé un fils et une fille. Tu dois en être heureux. Son départ fait que ces enfants sont entièrement les tiens maintenant. En te quittant, elle a fait acte d'abandon à leur égard, et si vous divorcez, ils te seront confiés. Tu pourras les élever et développer en eux ce courage et cette détermination qui sont tes qualités dominantes. Tu réussiras à te débrouiller sans elle, Jory, et aussi longtemps que tu en auras besoin, tes parents seront toujours contents de t'apporter leur aide.

Et, tout en prononçant ces mots, je ne pouvais m'empêcher de penser que Melodie s'était délibérément détachée de ses propres enfants afin de rendre la séparation plus facile ; elle s'était interdit de les aimer ou de les laisser l'aimer. En cadeau de rupture, Jory, qui avait été l'amour de son enfance, avait reçu d'elle ses propres enfants.

Jory essuya ses larmes et tenta de sourire, et lorsqu'il y parvint, je vis sur ses lèvres un sourire empreint d'une ironie amère.

LIVRE III

L'été de Cindy

Brutalement, Bart s'était mis à faire des voyages d'affaires, ne disparaissant toutefois jamais plus de deux ou trois jours, comme s'il craignait que, durant ces absences qu'il occupait à faire grossir son capital, nous ne levions le pied avec toute sa fortune.

— Je dois garder un œil sur tout, nous disait-il. Je ne puis réellement faire confiance à personne d'autre que moi-même.

Il se trouva justement qu'il n'était pas à Foxworth Hall le jour où Melodie s'en était enfuie en laissant ce pitoyable petit mot sur la table de chevet de Jory. A son retour, lorsqu'il vit que le couvert n'était pas mis devant la place de la jeune femme à la table du dîner, son expression resta la même.

— Encore en train de bouder dans sa chambre ? nous demanda-t-il avec indifférence en désignant cette chaise qui était pour nous un constant rappel de l'absence de Melodie.

— Non, Bart, lui répondis-je lorsque je vis Jory coller obstinément les yeux sur son assiette. Elle a décidé de reprendre la danse et elle est partie en laissant un mot à Jory.

Mon cadet haussa un sourcil cynique puis jeta un bref regard vers son frère, mais pas un mot ne sortit de sa bouche pour dire qu'il était désolé de ce départ, pas la moindre phrase pour exprimer sa sympathie à Jory.

Plus tard, alors que Jory était remonté dans sa chambre et que je changeais les bébés, Bart vint me trouver.

— Dommage que j'aie été à New York. J'aurais bien aimé voir l'expression de mon frère lorsqu'il a lu la lettre. Au fait, où est-elle, cette lettre ? J'aimerais bien voir ce qu'elle a trouvé à lui dire.

Je me tournai vers lui. Pour la première fois, il me venait à l'esprit que Melodie pouvait s'être arrangée pour le rejoindre à New York.

— Non, Bart, je ne veux pas que tu lises ce mot qu'elle lui a laissé... et je prie le Seigneur que tu n'aies rien à voir dans sa décision de partir.

— J'étais en voyage d'affaires ! me cria-t-il, rouge de colère. Je n'ai pas adressé deux fois la parole à Melodie depuis Noël et tout ce que je pense de son départ c'est : bon débarras !

En un sens, la vie était plus agréable depuis que Melodie n'était plus là pour assombrir l'atmosphère de ses humeurs moroses et de son état perpétuellement dépressif. Je m'étais fait une règle de passer voir Jory chaque soir à l'heure du coucher pour le border, entrouvrir ses fenêtres, tamiser l'éclairage et veiller à ce qu'il eût de l'eau à portée de main. Mon rituel baiser sur sa joue tentait alors de remplacer le baiser d'une épouse.

Il m'avait fallu attendre le départ de Melodie pour m'apercevoir qu'elle avait été d'une certaine aide, ne fût-ce qu'en se levant de temps à autre de bon matin pour les premiers biberons. Je dus même reconnaître qu'elle s'était donné la peine de les changer plusieurs fois par jour.

Je voyais souvent traîner Bart du côté de la nursery, comme s'il était irrésistiblement attiré par ces jumeaux miniatures qui avaient maintenant de vrais sourires et qui, avec délices, venaient de découvrir que ces choses imprécises qui bougeaient devant eux étaient leurs propres mains et leurs propres pieds. Leur grand jeu du moment consistait à se saisir des oiseaux multicolores du mobile placé audessus de leur berceau pour se les fourrer dans la bouche.

— Tout de même, ils sont mignons, fit Bart sur un ton rêveur qui me ravit.

Il se rendit même utile en me passant le lait de toilette et le talc. Hélas ! à l'instant même où les jumeaux l'avaient presque gagné à leur cause, Joël fit irruption dans la nursery et jeta sur eux un œil renfrogné. Toute gentillesse et toute chaleur disparurent du visage de Bart qui resta figé à mes côtés, l'air coupable.

Le regard dur de Joël se détourna soudain des bébés avec une expression offensée.

— Des jumeaux diaboliques, tout comme les premiers, grommela-t-il. Les mêmes cheveux blonds, les mêmes yeux bleus... de ces deux-là non plus, rien de bon ne peut être espéré.

— Que voulez-vous dire par là ? hurlai-je. Cory et Carrie n'ont jamais fait de mal à personne ! C'est à eux qu'on a fait du mal, au contraire ! Ils ont souffert et sont morts du supplice qui leur a été infligé par votre propre sœur, votre propre mère, votre propre père, Joël. Auriez-vous le front de ne plus vous en souvenir ?

Pour toute réponse, Joël garda le silence avant de quitter la pièce, entraînant Bart derrière lui.

A la mi-juin, Cindy rentra pour passer l'été avec nous. Elle semblait avoir pris de bonnes résolutions et fit un visible effort pour maintenir sa chambre en ordre et accrocher ses vêtements dans la penderie au lieu de les laisser traîner par terre. Elle m'aidait à changer les jumeaux et leur donnait le biberon tout en les berçant pour les endormir. Je prenais vraiment plaisir à la voir, le soir, vêtue de son baby-doll, ses jambes nues repliées sous elle dans le rocking-chair, en train de se débattre avec les biberons, un bébé au creux de chaque bras. Elle-même avait tellement l'air d'une gamine !

Sur la fin d'un après-midi dont elle avait passé la majeure partie dans sa luxueuse salle de bains puis dans son dressing, nous la vîmes paraître, rayonnante de fraîcheur et de vie, embaumant comme un jardin de plantes exotiques, sur cette terrasse où nous avions coutume de prendre l'apéritif en été.

— J'adore le crépuscule, fit-elle en virevoltant sur les

dalles. J'adore me promener dans les bois au lever de la lune.

Bart dressa l'oreille.

— Et qui est-ce qui t'attend dans les bois ?

— Pas qui, cher frère, que, répondit-elle en tournant vers lui le plus charmant, le plus innocent des sourires. Ne te casse pas la tête, j'ai décidé d'être gentille avec toi, aussi odieux sois-tu. On ne se fait pas des amis en les agonisant d'insultes et en leur faisant des remarques désobligeantes.

Le regard de Bart se fit nettement soupçonneux.

— Je continue à penser que tu retrouves un garçon dans les bois.

— Je te remercie, mon cher frère, de te borner à le penser. En un temps, lorsque tu avais des soupçons, tu passais plus vite aux actes. Pour la peine, je vais t'expliquer. En Caroline du Sud, j'ai rencontré un garçon dont je suis folle et c'est un amoureux de la nature. Il m'a fait découvrir tous ces joyaux qui ne s'obtiennent pas contre espèces sonnantes et trébuchantes. Maintenant, j'adore voir le soleil se coucher ou se lever. Lorsque je vois détaler des lapins, je cours derrière eux. Il m'a emmenée à la chasse aux papillons et nous en avons capturé de très rares qu'il a montés dans un cadre. Nous avons pique-niqué dans les bois, nagé dans les lacs. Et puisque ici je n'ai pas la permission d'avoir un petit ami, je vais monter toute seule au sommet d'une colline et tenter d'en redescendre à pas mesurés. C'est drôle de défier la gravité qui te pousse à courir à perdre haleine et te fait perdre tout contrôle sur toi.

— Et quel nom faut-il lui donner à cette gravité ? Bill, John, Mark ou Lance ?

— Tu peux dire ce que tu veux, je ne me donnerai même pas la peine de te répondre, lui dit-elle sur un ton arrogant. J'aime contempler le ciel, compter les étoiles, reconnaître les constellations, regarder la lune jouer à cache-cache avec les nuages. Quelquefois, l'homme qui, là-haut, porte un fagot sur son dos me fait un clin d'œil et je lui réponds de la même manière. Dennis m'a montré comment faire pour être parfaitement immobile et s'imprégner de l'atmosphère nocturne. Maintenant, c'est fantastique, je découvre des merveilles dont j'ignorais jusqu'à l'existence, et tout cela parce que je suis amoureuse... extraordinairement, passionnément, ridiculement, follement amoureuse !

Ce fut un éclair de pure jalousie qui traversa le noir regard de Bart avant qu'il ne grognât :

— Et Lance Spalding ? Je croyais que tu éprouvais justement ce genre de sentiment pour lui. A moins que je ne lui aie abîmé sa jolie petite gueule au point que tu n'oses même plus le regarder ?

Je vis Cindy pâlir.

— Contrairement à toi, Bart Foxworth, Lance Spalding est aussi beau à l'intérieur qu'à l'extérieur, exactement comme papa. Et je continue de l'aimer... comme j'aime Dennis.

C'en était trop pour Bart.

— Je sais ce qu'il en est de ton amour de la nature ! Tout ce que tu veux, c'est t'allonger sur le dos et ouvrir tes cuisses pour je ne sais quel paysan... mais ça, je ne le tolérerai pas !

— Qu'est-ce qui se passe encore ? demanda Chris, consterné de ne pouvoir donner un coup de téléphone sans risquer de trouver à son retour sa famille en état de guerre ouverte.

Cindy bondit de son siège et alla se planter en face de Bart, mains sur les hanches, dans un effort manifeste pour se comporter en adulte et garder son sang-froid devant les insinuations et les calomnies de son frère.

— Pourquoi me prêtes-tu toujours les pires intentions ? Je veux seulement me promener au clair de lune... et d'ailleurs, le village est distant d'une bonne dizaine de kilomètres. Quel malheur que tu sois incapable de comprendre ce que c'est que d'être humain !

Cette réponse et le noir regard dont elle l'avait accompagnée ne firent qu'accroître la fureur de Bart.

— Tu n'es pas ma sœur ! Rien qu'une petite salope bonne à remuer son joli cul... tout comme celle qui t'a engendrée !

Cette fois, ce fut Chris qui bondit de son siège pour gifler

Bart qui leva les poings et aurait frappé Chris si, à mon tour, je ne m'étais levée pour m'interposer.

— Non ! Tu ne vas pas lever la main sur un homme qui s'est toujours conduit à ton égard comme le meilleur des pères ! Si tu oses faire ça, Bart, c'en est fini de nos relations, toi et moi !

Cette menace eut pour seul effet de détourner sur moi son regard brûlant de rage.

— Es-tu donc aveugle pour ne pas voir cette petite pute sous son vrai jour ? Vous avez toujours su traquer mes défauts mais vous savez encore mieux fermer les yeux pour ne pas voir les péchés de vos chouchoux ! C'est une grue, nom de Dieu ! Une...

Il se figea, les yeux écarquillés, la bouche ouverte.

Il venait de prononcer en vain le nom du Seigneur.

Avec inquiétude, il se retourna, cherchant Joël qui, pour une fois, n'était pas dans les parages et, rassuré, reprit :

— Tu vois ce qu'elle me fait faire, mère ? Elle est la corruption incarnée... et sous mon propre toit.

Chris se rassit mais n'en continua pas moins à jeter à Bart des regards désapprobateurs. Cindy s'empressa de rentrer dans la maison. Je restai à fixer des yeux mornes la porte par laquelle ma fille avait disparu pendant que Chris sermonnait Bart sur un ton des plus durs.

— Tu ne te rends donc pas compte que Cindy fait tout ce qu'elle peut pour t'être agréable ? Depuis qu'elle est revenue, elle ne cherche qu'à modérer ton hostilité à son égard, mais toi, tu fais tout pour la faire sortir de ses gonds ! Enfin, comment peux-tu voir du mal dans une innocente promenade dans ces bois déserts ? A partir de maintenant, j'exige que tu la traites avec respect... car si ça continue, tu vas bien finir par la pousser à faire une bêtise. J'estime que, pour l'été, le départ de Melodie est déjà largement suffisant.

Pour l'effet que ces paroles faisaient sur Bart, on aurait pu croire qu'il était sourd ou que Chris n'avait pas de voix. Ce dernier finit donc par renoncer et disparut à son tour dans la maison après avoir foudroyé une dernière fois mon cadet du regard. J'étais pratiquement sûre qu'il allait rejoindre Cindy à l'étage afin de voir ce qu'il pouvait faire pour la consoler.

Je restai donc seule avec mes deux fils et tentai de raisonner Bart comme je l'avais toujours fait.

— Pourquoi es-tu si méchant avec Cindy ? Elle est à un âge vulnérable et c'est un être humain comme les autres qui ne demande qu'à être aimé. Elle n'a rien d'une putain ou même d'une fille facile. C'est seulement un adorable petit bout de femme qui découvre avec exaltation qu'elle est bien faite et qu'elle exerce un gros pouvoir de séduction sur les garçons. Ça ne veut pas du tout dire qu'elle s'offre à chacun. Elle a des scrupules, de la pudeur. Ce n'est pas cette histoire avec Lance Spalding qui suffit à en faire une fille perdue.

— Mère, il y a longtemps que c'en est une, seulement tu te refuses à l'admettre. Lance Spalding n'était pas le premier.

— Et c'est toi qui oses dire ça ! explosai-je, en rage à présent. Toi qui couches avec qui tu veux, qui n'en fais qu'à ta tête... et il faudrait que Cindy soit un ange avec une auréole au-dessus du crâne et des ailes dans le dos. Tu vas me faire le plaisir de monter lui faire des excuses !

— Elle peut toujours courir pour que je lui en fasse ! dit-il en se rasseyant pour finir son verre. Les domestiques racontent pas mal de choses sur Cindy. Tu ne les entends peut-être pas, occupée comme tu l'es avec ces deux bébés que tu ne sembles jamais pouvoir laisser seuls, mais moi je les entends pendant qu'ils astiquent les meubles et passent l'aspirateur. Ta Cindy, elle a le feu où je pense. Le problème, c'est que tu la prends pour un ange simplement parce qu'elle se donne l'air d'en être un.

Dégoûtée, je me pris la tête entre les mains et posai lourdement les coudes sur le plateau de verre de la table de fer forgé. J'étais exténuée, comme semblait l'être Jory qui pourtant n'avait rien dit, ni pour ni contre Cindy. La seule présence de Bart était en soi épuisante, à plus forte raison les discussions avec lui lorsqu'il fallait peser chaque mot de peur de provoquer une catastrophe.

Mes yeux se fixèrent sur les roses pourpres au centre de la table.

— Bart, t'est-il jamais venu à l'esprit que Cindy risquait justement de céder aux tentations si elle se considérait comme une fille perdue ? Et, en l'occurrence, tu ne lui donnes aucune raison de penser le contraire.

— Elle est foncièrement lubrique.

Il avait dit cela sur un ton si péremptoire que ma voix prit les mêmes inflexions pour lui répliquer :

— Si j'en crois ce que murmurent les domestiques, tu es précisément attiré par le genre de femme que tu condamnes.

— Je vais flanquer à la porte tous ceux qui osent colporter de tels ragots sur moi !

« S'il s'obstine à vider les domestiques au bout de quelques jours, nous aurons bientôt des problèmes pour trouver du personnel », me dis-je en poussant un gros soupir.

— Bon, moi je vais me pieuter, dit Jory. Demande à Trevor de me monter mon dîner, maman. Heureusement que je ne me faisais pas trop d'illusions sur cet agréable moment de détente vespéral.

Le soir même, Bart congédia tout le personnel, à l'exception de Trevor qui avait la prudence de ne jamais confier ses impressions à personne, si ce n'était à Chris ou à moi. A vrai dire, s'il avait dû nous quitter chaque fois que Bart l'avait flanqué à la porte, il serait parti depuis longtemps. Mais par bonheur pour nous tous, il avait un sixième sens pour deviner quand Bart était réellement fâché. Jamais il ne se permettait la moindre remarque sur son comportement et jamais il ne le regardait droit dans les yeux. Bart en déduisait qu'il tenait Trevor sous sa botte mais, à mon sens, notre majordome avait surtout pitié de mon cadet et il lui pardonnait ses sautes d'humeur.

Lorsque je gagnai la chambre de Cindy, je croisai Chris qui en redescendait.

— Elle est vraiment à cran. Tâche de la calmer, Cathy. Elle parle de s'en aller d'ici pour ne plus jamais revenir.

Cindy était à plat ventre sur son lit et, de sa gorge, j'entendais s'échapper de petits grondements entrecoupés de sanglots.

— Il a toujours cherché à me rendre la vie impossible, gémit-elle lorsque je m'assis près d'elle sur le bord du lit. Je n'ai jamais connu mon père et ma mère et, maintenant, Bart veut me séparer de toi et de papa. Il a décidé de gâcher mes vacances et de me forcer à partir comme il l'a fait avec Melodie.

Je la pris dans mes bras et fis de mon mieux pour la consoler tout en me disant qu'il allait peut-être falloir l'envoyer loin d'ici pour la protéger de Bart. Mais pouvais-je lui conseiller de partir sans risquer de la blesser ? Je continuais à retourner ce problème dans ma tête lorsque, plus tard, je me mis au lit... cependant que Cindy faisait le mur pour aller rejoindre un gars du village.

Mais cela, je ne le sus qu'après.

Bart avait vu juste. Les joies que Cindy trouvait dans la contemplation de la nature avaient un nom : Victor Wade. Et tandis qu'étendue près de Chris qui dormait, je pesais le pour et le contre des différentes solutions qui s'offraient à nous pour garder l'affection de Cindy, la protéger de Bart et le défendre de lui-même des pires aspects de sa personnalité, notre fille se glissait subrepticement hors de Foxworth Hall, retrouvait Victor Wade et descendait avec lui à Charlottesville.

A Charlottesville, Cindy prit vraiment du bon temps. Elle dansa dans les bras de Victor Wade jusqu'à ce qu'il ne restât rien des fines semelles de ses sandalettes à hauts talons de verre (dix centimètres de lucite, en fait — plus solide et moins lourd). Et Victor, fidèle à sa promesse, la reconduisit vers Foxworth Hall... mais, arrivé au pied de la colline, il rangea la voiture sur le bas-côté puis attira Cindy contre lui.

— Je suis amoureux, lui chuchota-t-il d'une voix vibrante en faisant pleuvoir sur le visage de la jeune fille un expert déluge de baisers qui contourna les oreilles pour glisser le long du cou et se déverser sur des seins préalablement dénudés. Jamais j'ai connu de fille aussi chouette que toi. Et t'avais raison, au Texas même, i'z-en font pas des comme ça...

Grisée par le vin qu'elle avait bu, mais aussi par le savoir-faire de son cavalier en matière de préambules, Cindy vit ses velléités vertueuses tourner à la débâcle et, bien vite, sa nature passionnée prenant le dessus, elle aida le garçon à se déshabiller pendant qu'il achevait de descendre le zip de sa robe que le reste de ses vêtements rejoignit bientôt par terre. Victor la renversa sur la banquette, se vautra sur elle... et ce fut à cet instant que Bart apparut.

Beuglant comme un taureau furieux, il se rua vers la voiture et prit Cindy et Victor en flagrant délit de copulation.

Ses soupçons brutalement confirmés par la vision de ces deux corps nus mêlant bras et jambes sur la banquette arrière, Bart, au comble de la rage, ouvrit la portière et tira Victor par les chevilles. Aux tendres chairs de Cindy succédèrent, avec un douloureux contraste, les gravillons du bas-côté.

Sans laisser au garçon la moindre chance de comprendre ce qui lui arrivait, Bart lui tomba dessus à bras raccourcis.

Indifférente à sa nudité, Cindy poussa un cri de colère, ramassa sa robe et la jeta au visage de Bart, l'aveuglant momentanément. Victor en profita pour se relever et asséner à son agresseur un joli crochet qui retarda de quelques minutes le moment où il se retrouva de nouveau étendu à terre, le nez en sang et l'œil au beurre noir.

— Tu ne peux pas t'imaginer la brutalité de Bart, maman ! C'était atroce ! On aurait dit qu'il était fou... surtout lorsque Victor a réussi à lui balancer un bon crochet du droit dans la mâchoire. Puis il a essayé de lui flanquer son pied dans les parties. Il l'a fait mais il n'a pas tapé assez fort. Bart s'est plié en deux mais il s'est tout de suite redressé pour se précipiter sur Victor en hurlant si fort et avec une telle violence que je me suis dit qu'il allait le tuer. Oh, maman, il s'est si vite remis de la douleur, si vite... et pourtant, on m'a toujours dit qu'un homme, ça l'arrêtait net. (Et elle resta un moment à sangloter la tête dans mon giron.) On aurait dit un diable tout droit sorti de l'enfer. Et il gueulait des tas d'injures, tout ce répertoire d'obscénités qu'il ne veut pas m'entendre dire. Victor est tombé mais Bart a continué de le frapper jusqu'à ce qu'il ait perdu connaissance. Alors il s'est retourné contre moi. J'avais horriblement peur d'être frappée au visage, d'avoir le nez cassé, d'être défigurée comme il m'en a si souvent menacée. J'avais réussi à remettre ma robe mais la fermeture Eclair était restée ouverte, si bien que, lorsqu'il m'a saisie par les épaules et m'a secouée comme un prunier, la robe a glissé. Mais il n'a même pas semblé s'en apercevoir. Les yeux fixés sur mon visage, il s'est mis à me gifler, une joue puis l'autre, et de nouveau la première, et ainsi de suite... j'avais la tête qui basculait à chaque fois sous la violence du choc et j'ai fini par être si étourdie que je me suis crue sur le point de m'évanouir. Alors, il m'a soulevée comme un sac de patates et m'a jetée sur son épaule pour m'emmener en coupant par les bois.

» C'était horrible, maman, si humiliant ! Etre ainsi portée comme on transporte du bétail. Et Victor qui était resté là-bas, gisant sur le bord de la route... Je ne cessais de crier à Bart d'appeler une ambulance pour le cas où ce serait grave... mais il ne voulait rien savoir. Je l'ai supplié de me poser à terre pour que je puisse remettre la robe qui était restée accrochée sur mes chevilles mais il m'a dit de la fermer si je ne voulais pas que ce soit pire. Alors il m'a emmenée...

Et elle s'interrompit brutalement, comme paralysée par la terreur.

— Il t'a emmenée où, Cindy ? lui demandai-je, malade de partager son humiliation à mesure qu'elle me la racontait, furieuse contre Bart mais furieuse aussi contre elle qui s'était délibérément fourrée dans ce guêpier par sa désobéissance et son mépris de tout ce dont je m'étais efforcée de la convaincre.

D'une petite voix presque inaudible, la tête baissée pour dissimuler son visage derrière ses longs cheveux, elle acheva :

— A la maison, maman... c'est tout, à la maison.

Manifestement, ce n'était pas tout, mais elle se refusait à m'en dire plus. J'aurais voulu la gronder, la sermonner encore et encore pour qu'elle se mît une fois pour toutes dans la tête qu'un tel comportement de sa part ne pouvait qu'entraîner chez Bart ces accès de fureur meurtrière, mais elle était trop bouleversée pour en entendre plus.

— Je vais être obligée de restreindre la liberté dont tu jouis, Cindy, lui dis-je en me levant pour quitter la pièce. D'abord, un domestique va venir prendre ton téléphone de sorte que tu ne puisses pas appeler un de tes petits copains pour qu'il t'aide à t'échapper. Je viens d'entendre ta version de l'histoire et Bart, ce matin, m'a raconté la sienne. Je ne suis pas d'accord avec la méthode qu'il a employée pour te punir et pour punir ce garçon. J'estime qu'il s'est montré trop brutal et j'en suis désolée. Cela dit, je pense que tu accordes un peu trop librement tes faveurs. Et n'espère pas me convaincre du contraire puisque j'en ai fait la constatation de mes propres yeux lorsque Lance était là. Je suis profondément blessée du mépris dans lequel tu sembles tenir mes conseils. Je puis certes comprendre qu'il te soit difficile de ne pas être comme les autres jeunes filles de ton âge, mais j'espérais tout de même que tu saurais attendre d'être plus mûre pour avoir des relations aussi intimes avec les garçons. En outre, je dois te dire que je n'aurais jamais accepté qu'un inconnu posât le petit doigt sur moi — encore moins qu'il poussât plus loin les choses — et toi, Cindy... tu venais juste de rencontrer ce garçon ! Tu ne savais pas du tout à qui tu avais affaire ! Imagine ce qui aurait pu arriver !

Son joli visage en larmes se leva vers moi.

— Maman, aide-moi !

— Ai-je jamais cessé de faire de mon mieux pour t'aider ? Ecoute-moi, Cindy. Pour une fois, écoute-moi bien. La meilleure part de l'amour, c'est justement ce temps que l'on passe à mieux connaître un homme et à lui permettre de mieux vous connaître avant de songer à la sexualité. Il est inconcevable d'aller ramasser le premier venu pour faire l'amour.

— Enfin, maman ! Tous les livres traitent de la sexualité, pas un seul ne mentionne l'amour. La plupart des psychiatres affirment même que l'amour n'existe pas. D'ailleurs, tu ne m'as jamais donné d'explication précise sur ce que c'est ! Comment veux-tu que j'y croie ? Ce qui est sûr pour moi, c'est que la sexualité à mon âge est aussi nécessaire que l'eau et la nourriture. Ce que tu appelles amour, c'est simplement l'excitation, quand ton sang se met à bouillir, que ton pouls bat plus vite, que ton cœur se met à cogner à grands coups, que ton souffle s'accélère et se fait plus rauque et qu'en fin de compte, tout ça n'est que l'expression d'un besoin naturel pas plus condamnable que celui de dormir. Alors, en dépit de ce que tu peux dire et penser avec tes conceptions vieux jeu, si je trouve un garçon qui me plaît et qui en a envie, je ne vais pas me refuser. Victor Wade avait envie de moi... et moi j'avais envie de lui. Oh, ce n'est pas la peine de me faire les gros yeux. Il ne m'a pas violée... je me suis laissé faire... et j'étais même ravie qu'il ait eu cette idée derrière la tête. (Elle se redressa et posa sur moi un regard de défi.) Maintenant, je ne te conseille pas d'imiter Bart et de me traiter de pécheresse. Tu peux crier, hurler, me répéter que j'irai en enfer, je ne te croirai pas plus que je ne le crois. Car si c'était vrai, quatre-vingt-dix pour cent de la population mondiale seraient des pécheurs, y compris toi et ton frère !

Abasourdie, blessée comme je ne l'avais peut-être jamais été, je lui tournai le dos et sortis de sa chambre.

De belles journées d'été se succédèrent, gâchées par Cindy qui restait à bouder dans sa chambre, fâchée contre Bart, contre moi et même contre Chris. Elle se refusait à descendre manger lorsque Bart et Joël étaient avec nous à table et avait renoncé à ses deux ou trois shampooings hebdomadaires, laissant sa chevelure devenir poisseuse et terne comme celle de Melodie, dans une évidente volonté de nous prouver qu'elle prenait le même chemin. Mais elle avait beau faire de son mieux pour imiter la langueur de la jeune femme, elle ne pouvait éteindre la flamme qui brillait au fond de son regard ni s'empêcher de soigner son apparence pour obtenir un élégant laisser-aller.

— A quoi ça t'avance ? Tu ne fais que te rendre malheureuse, lui dis-je, alors que je venais de la surprendre en train de tourner le bouton de sa télé pour me faire croire qu'elle se morfondait sans la moindre distraction bien que sa chambre bénéficiât toujours du même confort, hormis le téléphone que j'avais fait retirer afin qu'elle ne pût convenir d'un rendez-vous clandestin avec Victor Wade ou un autre.

Elle s'assit sur le lit et me jeta un regard mauvais.

— Tu n'as qu'à me laisser partir, maman. Va voir Bart pour lui dire de me laisser partir et plus jamais je ne lui causerai de soucis. Parce que plus jamais je ne remettrai les pieds dans cette baraque. Plus jamais !

— Et où iras-tu, Cindy ? Que feras-tu ? lui demandai-je, prise d'inquiétude à l'idée qu'elle pût s'échapper une nuit sans plus jamais donner de ses nouvelles.

J'étais d'autant plus inquiète que je savais que ses économies — si elle en avait — ne lui permettraient pas de vivre plus de deux semaines.

— Je ferai ce que j'ai à faire ! me hurla-t-elle avec des larmes d'apitoiement sur son sort qui roulaient sur ses joues pâles. (En quelques jours, elle avait déjà perdu la saine rougeur de ses pommettes.) Toi et papa, vous avez toujours été si généreux avec moi que je n'aurai pas besoin de me vendre si c'est à ça que tu penses. A moins, bien sûr, que je ne le fasse par plaisir. En ce moment précis, je me sens devenir tout ce que Bart veut que je sois. Eh bien il va voir ! Je vais lui montrer...

— En ce cas, tu resteras dans cette chambre jusqu'à ce que tu te sentes devenir ce que moi je veux que tu sois. Lorsque tu parleras à ta mère avec le respect que tu lui dois, sans hurler, et que tu sauras m'exposer le résultat de mûres réflexions sur ce que tu comptes faire de ta vie, je t'aiderai à fuir cette maison.

— Maman ! gémit-elle. Ne me repousse pas ! Ce n'est pas ma faute si j'aime les garçons et s'ils me désirent. Je voudrais bien me garder intacte pour M. l'homme de ma vie mais je n'ai jamais rencontré personne qui corresponde au signalement. Lorsque je rembarre les garçons, ils me plaquent et vont voir une autre fille qui ne fait pas tant d'histoires. Comment t'es-tu débrouillée, maman ? Comment as-tu fait pour retenir tous ces hommes qui t'aimaient, et qui n'aimaient que toi ?

Tous ces hommes ? Je ne savais que répondre.

A l'instar d'autres parents ainsi placés sur la sellette, je détournai la discussion pour ne pas avoir à répondre à cette question que, de toute manière, je ne m'étais jamais posée.

— Ton père et moi, nous avons une profonde affection pour toi, Cindy, je ne pense pas que tu en doutes. Jory aussi t'aime beaucoup. Et les jumeaux sourient chaque fois qu'ils te voient près d'eux. Plutôt que de prendre une décision irréfléchie toute seule dans ton coin, ne vaudrait-il pas mieux que nous ayons une petite conversation, toi, Jory, ton père et moi ? Tu nous exposerais tes désirs et, s'ils sont raisonnables, nous chercherions tous ensemble les moyens de les satisfaire.

— Mais tu ne vas pas vouloir y mêler Bart ? s'inquiéta-t-elle.

— Non, ma chérie. Bart a nettement prouvé qu'il était incapable de toute démarche rationnelle lorsque tu étais concernée. Depuis le jour où tu es entrée dans notre famille, il a une dent contre toi et, jusqu'à présent du moins, nul d'entre nous ne semble pouvoir y faire grand-chose. Quant à Joël, je me méfie de lui et, d'ailleurs, il n'a pas sa place dans une discussion strictement familiale sur ton avenir.

Elle se jeta brusquement à mon cou.

— Oh, maman, j'ai si honte de t'avoir dit tant de vilaines choses ! L'autre jour, j'ai déversé sur toi toute la hargne que je ressentais à l'égard de Bart. Protège-moi de lui, maman. Trouve un moyen, je t'en supplie.

A l'issue de ce conseil de famille que nous tînmes, comme prévu, Chris, Jory, Cindy et moi, nous trouvâmes un moyen qui non seulement protégeait Cindy de Bart, mais aussi d'elle-même. Il me restait à calmer Bart qui réclamait pour elle un châtiment exemplaire.

— Elle n'a fait que mettre de l'huile sur le feu dans mes relations déjà tendues avec le village ! s'écria-t-il lorsque je pénétrai dans son bureau. Je fais mon possible pour mener une existence décente, digne d'un bon chrétien... Oui, je sais, ne va pas me dire que tu as entendu à mon sujet des rumeurs différentes ! J'admets qu'en un temps je me suis vautré dans la débauche, mais les choses ont changé depuis. Je ne prenais aucun plaisir avec ces femmes. Melodie est la seule qui m'ait donné quelque chose qui fût proche de l'amour.

Je fis mon possible pour ne pas changer de visage. Avec quelle aisance il s'était détourné d'elle une fois qu'il avait eu la certitude de s'en être fait aimer...

Je promenai mon regard sur toutes ces pièces de valeur qu'il avait accumulées dans son bureau et me demandai une fois de plus si mon cadet n'aimait pas plus les objets que les personnes. Mes yeux se fixèrent un moment sur la vitrine où il exposait ces gemmes anciennes qu'il avait acquises dans une vente aux enchères et qui lui avaient coûté plusieurs centaines de milliers de dollars. Le mobilier de son bureau avait de quoi faire pâlir d'envie les hauts fonctionnaires de la Maison-Blanche. Il finirait à coup sûr par être l'homme le plus riche du monde s'il continuait comme il le faisait à présent à doubler tous les quelques mois son annuité de cinq cent mille dollars. Et il pourrait probablement fêter son premier milliard bien avant d'être intégralement « entré en possession de ses biens ». Il était vif, intelligent, brillant, et c'était vraiment dommage qu'il ne dût être pour l'humanité qu'un milliardaire égoïste et rapace de plus.

— Laisse-moi, maintenant, mère. Tu me fais perdre mon temps. (Il fit pivoter son fauteuil et contempla le parc à présent refleuri.) Tu peux envoyer Cindy n'importe où... l'essentiel, c'est que je ne l'aie plus dans les pattes.

— Hier soir, elle nous a dit qu'elle souhaitait passer le restant de l'été dans une école d'art dramatique qui se trouve en Nouvelle-Angleterre. Elle nous en a donné le nom et l'adresse. Chris a téléphoné pour prendre des renseignements et ce cours semble jouir d'une bonne réputation. Cindy partira donc dans trois jours.

— Bon débarras ! fit-il avec indifférence.

Je me levai et lui jetai un regard de pitié.

— Avant de condamner si durement Cindy, Bart, jette donc un œil sur toi-même. Qu'a-t-elle fait de pire que toi ?

Il ne me répondit pas et retourna pianoter sur son ordinateur.

Je sortis en claquant la porte.

Trois jours plus tard, j'aidais Cindy à boucler ses valises. Nous étions descendues faire des emplettes en ville, si bien qu'elle avait largement ce qu'il lui fallait comme vêtements de tous les jours, plus six nouvelles paires de chaussures et deux maillots de bain supplémentaires. Elle embrassa Jory pour lui dire au revoir puis s'attarda un moment à câliner les jumeaux.

— Adorables petites choses, leur murmura-t-elle d'une voix suave. Je serai bientôt de retour. Je me glisserai comme une petite souris dans cette énorme maison et Bart ne saura pas que je suis venue vous voir. Toi aussi, Jory, tu devrais t'en aller d'ici. N'est-ce pas, maman, que toi et papa vous partiriez avec lui ?

La mort dans l'âme, elle reposa les bébés dans leur parc et se tourna vers moi pour venir m'embrasser. J'avais déjà les larmes aux yeux. J'étais en train de perdre ma fille. A son regard, j'avais déjà la certitude qu'entre nous, rien ne serait plus jamais tout à fait pareil.

Elle s'approcha pourtant de moi et me serra dans ses bras.

— Papa va me conduire à l'aéroport, dit-elle en posant sa tête au creux de mon épaule. Si tu veux m'accompagner, il faut que tu cesses de pleurer et de prendre cet air malheureux car, moi, je suis gaie comme un pinson à l'idée d'être enfin libérée de cette maudite maison. Et, pour une fois, prends ce que je dis au sérieux : tâchez de partir d'ici en emmenant Jory. Cette demeure est diabolique. Je hais maintenant ce qui s'en dégage, tout autant qu'en un temps j'ai pu être amoureuse de sa beauté.

Et nous partîmes pour l'aéroport sans que Cindy eût fait ses adieux à Bart et à Joël.

Pendant tout le trajet, elle s'enferma dans un mutisme qui en disait long sur ses pensées à mon égard. Elle se montra plus chaleureuse avec Chris qu'elle embrassa au moment de nous quitter. Puis elle se précipita vers l'embarquement en agitant simplement la main dans ma direction.

— Pas la peine de traîner ici et d'attendre que mon avion décolle. C'est avec plaisir que je le prends.

— Tu nous écriras ? lui demanda Chris.

— Bien sûr, quand je trouverai un moment.

— Cindy, lui criai-je, toujours aussi mère poule en dépit de la promesse que je m'étais faite. Ecris-nous au moins une lettre par semaine. Nous voulons savoir ce que tu deviens. Quand tu en auras besoin, nous serons toujours là pour t'aider. Et, tôt ou tard, Bart finira par trouver ce qu'il cherche... et il changera. Je veillerai à ce qu'il change. Je ferai tout mon possible pour que nous redevenions une vraie famille.

— Il ne la trouvera pas, son âme, maman, me cria-t-elle sans cesser de reculer vers l'embarquement. On a oublié de lui en distribuer une quand il est né.

Avant même que son avion n'eût quitté le sol, mes larmes cessèrent et ma détermination prit corps, tel un bloc de béton. *Oui, avant ma mort, je verrai ma famille réunie.* Même si cela devait me prendre le restant de mes jours, j'allais faire en sorte qu'elle fût une communauté solide et entière.

Sur le trajet du retour vers ce que nous étions bien forcés d'appeler notre « chez-nous », Chris fit ce qu'il put pour me distraire de mes pensées moroses.

— Comment se débrouille la nouvelle nurse ?

Le souci que je m'étais fait pour Cindy ne m'avait pas permis d'accorder grande attention à la belle jeune fille brune dont Chris avait récemment requis les services pour habiter à demeure et s'occuper des jumeaux ainsi que de Jory. Cela faisait déjà quelques jours qu'elle était à Foxworth Hall et j'avais à peine échangé avec elle plus d'une demi-douzaine de mots.

— Qu'est-ce que Jory pense de Toni ? reprit Chris. Je

Et ces yeux presque noirs qui fouillaient, fouillaient, tentaient de lire au fond de mon âme.

— Comptes-tu l'épouser ?

— Oui, je vais le lui demander... aussitôt que j'aurai l'assurance de n'être pas déçu. J'ai un plan tout prêt pour la mettre à l'épreuve.

— Bart, ce n'est pas honnête. Quand on aime, on doit avoir confiance.

— Il faut être stupide pour placer une confiance aveugle en quiconque hormis en Dieu.

Je n'avais que trop en tête ce que Chris ne cessait de me répéter : « Cherche et tu trouveras. » En avais-je assez constaté la véracité ! J'avais toujours accueilli avec méfiance les plus beaux cadeaux que me faisait la vie et ceux-ci n'avaient pas résisté longtemps devant pareille attitude.

— Mère, reprit Bart, si Jory avait gardé ses jambes, s'il avait continué de danser, Melodie ne m'aurait jamais permis de la toucher. C'était lui qu'elle aimait, pas moi. Je pense même qu'avec moi elle s'est donné l'illusion d'être avec lui, tant il est vrai qu'entre nous la ressemblance est certaine. Melodie a fait semblant de voir ce qu'elle voulait voir et elle ne s'est tournée vers moi que parce qu'il ne pouvait plus satisfaire son besoin d'amour physique. J'ai été pour elle un amant de rechange, la doublure de Jory. Encore une fois, j'étais arrivé en seconde position derrière mon frère. Avec Toni, c'est différent, je suis arrivé le premier.

— Tu as raison, Bart. Jory est là et Toni ne fait pas attention à lui. C'est toi qu'elle voit, rien que toi.

Ses lèvres prirent un pli amer et moqueur.

— Ouais... mais tu passes sous silence que je me tiens droit sur mes jambes alors qu'il est tassé dans son fauteuil, que ma fortune est telle qu'en comparaison la sienne est une misère et qu'il est affligé du fardeau de deux enfants dont une femme pourrait ne pas vouloir... Trois handicaps de taille pour Jory... pas étonnant que je sois sorti vainqueur.

A présent, j'étais heureuse de le voir vainqueur. Il avait

dix fois plus besoin de Toni que Jory. Car, même au plus bas, mon Jory restait fort, alors que Bart, avec ses deux jambes, son argent et sa santé, ne cessait jamais d'être vulnérable.

— Bart, si tu n'arrives pas à t'aimer pour toi-même, comment peux-tu espérer que d'autres y parviennent ? Il faut que tu te persuades que sans ton argent Toni t'aimerait quand même.

— C'est ce que nous allons voir, dit-il d'une voix neutre avec, dans le regard, quelque chose qui me rappelait Joël. (Puis il se détourna pour me signifier que notre entretien était fini.) J'ai du travail, mère. A plus tard...

Et, dans son sourire, je vis plus d'amour qu'il ne m'en avait montré depuis ses neuf ans. Paradoxal et complexe, bousculé de doute en défi, tel était l'homme qui avait grandi dans la peau de mon petit Bart...

Cindy nous avait écrit pour nous raconter en détail ces merveilleuses journées d'été qu'elle passait dans son cours d'art dramatique en Nouvelle-Angleterre. « Nous donnons de vraies représentations, maman, dans de vraies granges momentanément converties en théâtre. J'adore ! Je suis vraiment folle de tout ce que je vois du showbiz ! »

Tout au long de ces mêmes journées, Cindy me manquait souvent. Nous allions nous baigner dans le lac et faisions découvrir aux jumeaux les merveilles de la nature. Ils grandissaient à une vitesse stupéfiante. Déjà, ils avaient toutes leurs dents et couraient à quatre pattes vers tous les endroits qu'ils désiraient atteindre, c'est-à-dire partout. Rien n'était à l'abri de leurs menottes avides qui considéraient tout objet comme de la nourriture. Leurs cheveux de lin s'étaient mis à boucler, le soleil accentuait l'incarnat de leurs lèvres et leurs pommettes perpétuellement rouges donnaient la preuve de leur bonne santé, cependant qu'ils posaient le regard bleu de leurs grands yeux innocents sur tous les visages sans jamais paraître se rassasier de ces premières impressions de la vie.

La poussière impalpable et chatoyante de ces fabuleuses journées de soleil, nous la fixions dans des albums photos qui permettraient à ces heureux moments de ne jamais vraiment disparaître. Clic, clic, clic, ne cessaient de faire nos trois sortes d'appareils, tandis que Chris, Jory et moi prenions photo sur photo de nos merveilleux jumeaux. Ils adoraient gambader dehors, respirer le parfum des fleurs, sentir sous leurs doigts l'écorce des arbres, regarder les oiseaux, les écureuils, les lapins, les ratons laveurs, ainsi que les canards et les oies qui venaient fréquemment se poser dans notre piscine pour s'envoler à tire-d'aile dès qu'un adulte approchait.

Presque à mon insu, l'été se fit hier et l'automne fut sur nous. Cette année, Jory pourrait jouir de la splendeur dont cette saison parait les montagnes. Tout autour de nous, sur les pentes, les forêts s'embrasèrent de couleurs spectaculaires.

— Il y a un an tout juste, j'étais en enfer, me dit Jory dont le regard parcourut l'extraordinaire explosion de rouges et de fauves du paysage avant de glisser sur sa main gauche où ne brillait plus l'or de l'alliance. Je viens de recevoir la copie du jugement de divorce et, tu sais, ça ne m'a fait ni chaud ni froid. J'ai perdu ma femme le soir même où j'ai perdu mes jambes et j'y ai pourtant survécu. Je me suis aperçu que la vie continuait et qu'elle avait du bon, même dans un fauteuil roulant.

Je lui nouai les bras autour des épaules.

— C'est parce que tu possèdes en toi énergie et détermination. Parce que tu as tes enfants aussi, qui sont la récompense de ton mariage. Et n'oublie pas que tu es resté une célébrité, ce qui te donne la possibilité d'ouvrir un cours de danse quand tu t'en sentiras l'envie.

— Ça, pas question. Je ne puis me permettre de négliger mon fils et ma fille alors qu'ils n'ont pas de mère. (Il renversa la tête pour me sourire.) Ce n'est pas que je sous-estime ton image de mère, bien au contraire, mais je voudrais que toi et papa puissiez faire ce dont vous avez envie sans vous sentir gênés dans votre mode de vie par le fait d'avoir deux jeunes enfants à charge.

J'éclatai de rire et passai la main dans ses boucles brunes.

— Quel mode de vie, Jory ? Tu sais bien que pour Chris

et pour moi, le bonheur c'est de vivre entourés de nos enfants et de nos petits-enfants.

Peu à peu, le froid s'installa dans ces lumineuses journées d'arrière-saison et, avec lui, réapparurent les âcres senteurs des brûlis et des feux de feuilles mortes. Devant l'imminence de l'hiver, je n'en fus que plus portée à sortir tôt le matin, accompagnée de Jory et des jumeaux. Ceux-ci commençaient à se tenir debout, accrochés aux meubles ou à nos mains, et Deirdre avait même réussi à faire quelques pas hésitants, les jambes largement écartées pour favoriser un équilibre que n'avait pas tardé à rompre son arrière-train épaissi par les couches et la culotte de plastique auxquelles venait se superposer l'un de ces adorables panties de dentelle qui paraissaient faire ses délices. Darren, lui, semblait se satisfaire de sa locomotion quadrupède qui lui permettait d'accéder à une stupéfiante vitesse aux quatre coins de la maison. J'en avais fait l'angoissante constatation le jour où je l'avais surpris descendant à reculons le grand escalier, cependant que Deirdre, au sommet des marches, s'apprêtait à l'imiter.

Par cette belle journée de début octobre, Deirdre, assise sur les genoux de Jory, gazouillait un joyeux monologue tandis que je portais dans mes bras un Darren plus taciturne. Nous inaugurions ces sentiers de terre battue qui avaient été retracés et aplanis sur l'ordre de Bart afin que Jory pût s'aventurer plus avant dans les bois. A grands frais, il avait également fait arracher toutes les racines qui auraient risqué de faire basculer le fauteuil. Depuis que l'amour lui souriait, mon cadet traitait son frère avec beaucoup plus de considération et de respect.

— Dis, maman, Bart et Toni sont amants, n'est-ce pas ? me demanda soudain Jory alors que je ne m'y attendais pas.

— Oui, reconnus-je, bien malgré moi.

Ce fut alors qu'il me dit quelque chose qui me laissa sans voix.

— N'est-il pas étrange que le fait de naître dans le cadre

d'une famille nous oblige à prendre en bloc ce qui nous est donné ? Nous avons beau ne pas l'avoir demandé, nous sommes collés toute notre vie durant à des personnes auxquelles nous n'adresserions pas deux fois la parole si nous ne leur étions pas liés par le sang.

— Jory, tu ne vas pas me dire que tu détestes Bart à ce point ?

— Je ne parle pas de Bart, maman. Ces derniers temps même, il est plutôt correct. C'est ce vieillard qui se dit ton oncle que je déteste. Plus je le vois, plus je l'ai en horreur. Au début, lorsqu'il apparaissait parmi nous, il me faisait pitié. Maintenant, lorsque je l'observe, je vois nettement quelque chose de mauvais derrière le regard de ses yeux bleu pâle. Par certains côtés, il me fait penser à John Amos Jackson. Je crois qu'il se sert de nous. Et pas seulement dans un but pratique, afin d'avoir le gîte et le couvert assurés... non, j'ai l'impression qu'il a autre chose en tête. Pas plus tard que tout à l'heure, je suis tombé sur Bart et Joël en train de faire des messes basses dans le couloir du fond. Le peu que j'ai pu surprendre de leur conversation me donne à penser que Bart est sur le point d'avouer à Toni les problèmes psychologiques qu'il a eus dans son enfance et de lui préciser que s'il devait être interné dans une institution psychiatrique il perdrait son héritage. C'est Joël qui le pousse à faire cela, mais je n'en vois pas l'intérêt. Si Toni aime vraiment Bart, elle acceptera très bien qu'il ait eu des petits problèmes par le passé car, autant que je sache, il est tout à fait normal maintenant, et même particulièrement brillant dans les affaires.

— Bart m'en a déjà parlé, Jory, mais il ne cesse de reporter cet aveu à plus tard, comme s'il craignait vraiment d'apprendre que Toni n'en veut qu'à son argent.

Jory hocha la tête et je le vis retenir Deirdre qui cherchait à descendre de ses genoux afin de poursuivre la promenade par ses propres moyens. Devant les tentatives de sa sœur, Darren commença de s'agiter dans mes bras.

— As-tu jamais entendu dans la bouche de Joël quelque chose qui donnerait à penser que son intention soit de faire opposition au testament de sa sœur et de s'accaparer cet argent dont Bart compte hériter le jour de ses trente-cinq ans ?

Jory émit un petit rire sec et bref.

— Maman, as-tu jamais entendu dans sa bouche quelque chose qui ne soit pas à double sens ? En outre, il ne m'aime pas et m'évite autant que faire se peut. Il me reproche d'avoir été danseur et de m'être exhibé en petite tenue devant des femmes. Je ne sais pas ce qu'il te reproche à toi, mais je le vois te regarder en plissant les paupières et en grommelant : « Tout comme sa mère... mais en pire, bien pire. » Je suis désolé d'avoir à te dire ça, mais il me flanque les jetons. J'ai rarement vu un vieillard sinistre à ce point ! A papa même il jette des regards de haine. Et il ne cesse de rôder dans la maison la nuit. Depuis que je suis infirme, mon ouïe s'est développée. J'entends le plancher craquer dans le couloir qui longe ma chambre et, parfois, je vois ma porte s'entrebâiller légèrement. C'est Joël. Je sais que c'est lui.

— Mais pourquoi t'espionnerait-il ?

— Je n'en sais rien.

Tout comme Bart lorsqu'il était nerveux, je me mordis la lèvre.

— Tu me fais peur, Jory, en me racontant ça. Moi aussi, j'ai des raisons de penser qu'il nous veut du mal à tous. Je crois que c'est lui qui a détruit la maquette que tu avais faite pour Bart et j'ai pratiquement la certitude qu'il n'a jamais posté ces invitations. Dans l'intention délibérée de briser les espoirs de Bart, il a rapporté les lettres dans sa chambre, en a sorti les cartes, les a remplies et signées avant de les renvoyer, comme si tous les invités avaient accepté de venir. C'est la seule explication possible au fait que, ce soir-là, personne ne se soit montré.

— Maman... pourquoi ne me l'as-tu pas dit avant ?

Pouvais-je lui dire que j'avais craint de sa part une réaction similaire à celle que Chris avait eue lorsque je lui avais fait part de mes soupçons sur Joël ? Car Chris avait tout bonnement rejeté mes hypothèses, les considérant comme un tissu d'absurdités. Moi-même, depuis, je m'étais parfois reproché cette imagination délirante qui me faisait voir Joël plus noir qu'il ne devait l'être en réalité.

— Mais ce n'est pas tout, Jory. Je pense que c'est Joël qui a entendu les domestiques parler dans la cuisine du rendez-vous que Cindy avait donné à ce garçon du village, Victor Wade, et il s'est aussitôt précipité chez Bart pour lui transmettre ce précieux renseignement. Sinon, comment ton frère aurait-il pu être au courant ? A ses yeux, les domestiques n'ont guère plus d'importance que les motifs du papier peint ; c'est à peine s'il les remarque. Il n'a pu savoir ce qui se disait à l'office que grâce à l'habitude qu'a Joël d'écouter aux portes.

— Maman, je crois que tu pourrais bien avoir raison pour le clipper, pour les invitations et aussi pour Cindy. Joël a des projets précis sur notre avenir à tous... et j'ai grand-peur que ce ne soit pas pour notre bien.

Absorbée comme je l'étais dans mes pensées, je n'entendis qu'à la deuxième reprise Jory me proposer de prendre son fils sur l'autre genou. Les jumeaux pesaient déjà leur poids et en porter un sur une longue distance était vite un calvaire. Ce fut donc avec soulagement que je déposai Darren dans le giron paternel. Deirdre en poussa des petits gloussements de plaisir et se serra contre son frère.

— Maman, je crois que si Toni aime réellement Bart, elle restera sans se soucier de ses antécédents psychologiques ni de la fortune dont il héritera.

— Jory... c'est exactement ce que ton frère cherche à prouver.

Un lundi soir, vers minuit, j'étais presque parvenue à trouver le sommeil lorsque j'entendis frapper à ma porte. C'était Toni.

Je la priai d'entrer et elle s'approcha du lit, ses cheveux dénoués flottant autour de son visage et vêtue d'un charmant peignoir vieux rose qui s'entrouvrait sur ses longues jambes.

— J'espère ne pas trop vous déranger, Mrs Sheffield... J'ai attendu pour venir vous trouver que votre mari ne soit pas là.

— Appelez-moi Cathy, lui dis-je en me redressant et en tendant la main vers ma robe de chambre. Je ne dormais pas ; j'étais juste en train de réfléchir dans mon lit. Et j'apprécie toujours la compagnie d'une autre femme.

Elle se mit à marcher de long en large dans ma vaste chambre.

— Moi aussi, j'ai besoin de parler avec une autre femme, avec quelqu'un qui puisse me comprendre à demi-mot, ce qu'un homme ne saurait faire. Et c'est pourquoi je suis ici ce soir.

— Asseyez-vous. Je suis tout ouïe.

Elle se percha sur l'ottomane et se mit à tortiller une mèche de sa sombre chevelure, la passant de temps à autre entre ses lèvres.

— Je suis totalement désemparée... Cathy. Tout ce week-end, Bart n'a cessé de me dire des choses troublantes. Il m'a d'abord confirmé que vous saviez tout à notre sujet, que vous étiez au courant de son amour pour moi et de mon amour pour lui. Je crois d'ailleurs que vous nous avez quelquefois surpris en divers points de la maison dans une attitude que l'on pourrait qualifier d'intime. Je vous remercie d'avoir fait semblant de ne rien voir car j'en aurais été horriblement gênée. J'ai toutes sortes de principes que la plupart des gens considèrent comme désuets. (Elle m'adressa un sourire nerveux, implorant ma compréhension.) Je suis tombée amoureuse de Bart à l'instant même où je l'ai vu. Il a quelque chose de magnétique dans le regard, un éclat fascinant qui agit comme un charme. Mais, hier soir, il m'a fait venir dans son bureau, s'est installé dans son fauteuil et s'est mis à me raconter d'une voix froide et impersonnelle une longue histoire à propos de son enfance, comme s'il parlait à quelqu'un d'autre que moi, à quelqu'un qui n'eût pas l'ombre d'une relation affective avec lui. Là, dans ce fauteuil où il m'avait fait asseoir, séparée de lui par l'immense plateau de son bureau, j'avais l'impression d'être un client auquel il proposait une affaire et dont il jugeait les réactions. En fait, je ne sais pas très bien quels sentiments il pensait me faire ainsi trahir. Il a paru s'attendre à me voir choquée, dégoûtée, mais, en même temps, il avait un tel regard suppliant...

» Il vous aime, Cathy... il vous aime tant que c'en est presque une obsession morbide. (Je sursautai sous le coup d'un diagnostic aussi dément qu'imprévu sur l'origine des troubles de mon fils.) Je ne sais même pas s'il se rend compte à quel point il vous adore. Il croit vous haïr à cause des relations que vous avez avec votre frère. (Elle rougit et baissa les yeux.) Excusez-moi de devoir en faire mention, mais j'essaye de poser clairement les choses.

— Continuez.

— Il estime qu'il devrait vous haïr pour ces relations, alors il s'y efforce, mais quelque chose en vous, en lui, l'empêche de décider une fois pour toutes quel sentiment doit dominer, l'amour ou la haine. Il a désespérément besoin d'une femme qui vous ressemble, seulement il ne le sait pas. (Elle marqua une pause et leva les yeux vers mon regard sidéré mais brillant d'intérêt.) Cathy, je lui ai dit qu'en toute honnêteté je pensais qu'il était à la recherche d'une femme comme sa mère. Il a blêmi ; sa pâleur était presque mortelle. Il m'a paru totalement bouleversé par cette idée.

Elle s'interrompit encore une fois pour observer ma réaction.

— Toni, vous devez vous tromper. Bart ne veut pas d'une femme telle que moi. Il recherche exactement l'opposé.

— Cathy, j'ai fait des études de psychologie et l'entendre sans cesse parler de vous, même si c'était pour vous agonir de reproches, m'a mis la puce à l'oreille. Hier soir, Bart a également insisté sur le fait qu'il n'avait jamais été d'une santé mentale à toute épreuve et que si, un jour, cette instabilité psychique devait l'emporter, il perdrait tout son héritage. Il se comportait comme s'il voulait se faire haïr de moi, comme s'il voulait que je rompe les liens qui nous unissent et que je fiche le camp... eh bien, c'est ce que je vais faire. (Elle explosa en sanglots et se prit le visage dans les mains. Je vis les larmes sourdre entre ses longs doigts fins.) Malgré l'amour que j'ai pour lui, malgré celui que je crois qu'il a pour moi, je ne puis continuer d'aimer et de partager le lit d'un homme qui a si peu confiance en moi... et pire, qui a si peu confiance en lui-même.

Je m'empressai de me lever et de gagner l'ottomane où je m'assis pour la réconforter.

— Je vous en prie, Toni, ne partez pas. Restez. Donnez à Bart une seconde chance. Accordez-lui un temps de réflexion. Il a toujours eu cette maudite tendance à agir sur un coup de tête. Il a aussi un grand-oncle qui ne cesse de lui souffler à l'oreille ce qu'il doit faire et qui lui répète que vous ne l'aimez que pour son argent. Ce n'est pas Bart qui est fou mais Joël qui dicte à Bart ce qu'il doit attendre d'une future épouse. (Elle leva vers moi des yeux remplis d'espoir et tenta de maîtriser ses larmes. Je poursuivis, déterminée à sauver Bart de ce mépris pour lui-même qui avait survécu à son enfance et de l'influence nocive de Joël qui s'y était ajoutée à l'âge adulte.) Toni, les jumeaux vous adorent et j'aurais beaucoup trop à faire si vous n'étiez pas là. Restez, ne serait-ce que pour aider Jory et veiller avec moi à ce qu'il ne s'ennuie pas. Par ailleurs, il a besoin de faire des exercices sous la conduite de quelqu'un dont c'est le métier. Et puis, gardez bien en tête que le comportement de Bart est imprévisible, si ce n'est irrationnel parfois, mais qu'il vous aime. Il me l'a dit plusieurs fois. S'il vous a fait cet aveu sur son enfance, c'était pour mettre à l'épreuve l'amour que vous lui portez. Il est exact qu'il fut mentalement perturbé en un temps, mais ces troubles étaient apparus dans un contexte précis. Ce n'est qu'en s'accrochant à votre foi en lui que vous pourrez le sauver de lui-même et de son grand-oncle.

Toni resta.

Et la vie reprit son cours habituel.

Deirdre n'attendit pas son premier anniversaire pour voir ses pas la porter avec aisance là où elle voulait aller, du moins dans la marge de choix que nous lui laissions. Elle était plutôt menue, avec un casque de bouclettes dorées qui mettaient en valeur sa jolie frimousse, mais ce qui nous charmait le plus en elle, c'était son babil incessant qu'elle truffa bien vite de mots simples, montrant une fois de plus à son frère le chemin qu'il devait suivre. Lorsqu'elle eut pris conscience de parler pour de vrai, elle parut ne plus pouvoir s'arrêter. Si Darren se montrait plus lent à marcher, il ne l'était nullement dans l'exploration des recoins obscurs où sa sœur n'osait s'aventurer. Des deux, c'était lui l'esprit curieux qui prenait toute chose en main pour l'examiner, si bien que nous fûmes obligés de placer tous nos objets d'art hors de sa portée sur des étagères.

Nous reçûmes de Cindy une lettre où elle disait qu'elle s'ennuyait de sa famille et qu'elle désirait rentrer chez nous de Thanksgiving à Noël mais qu'elle repartirait ensuite pour New York où elle avait été invitée à ce fabuleux réveillon du nouvel an dont elle nous avait déjà parlé.

Je donnai la lettre à lire à Jory.

— Lui as-tu parlé de la liaison entre Bart et Toni ? me demanda-t-il en me rendant la lettre avec un large sourire.

Je lui répondis par la négative, n'ayant pas jugé nécessaire de le faire puisque Cindy ne connaissait pratiquement pas Toni. Elle n'était partie que quelques jours après l'arrivée de la nurse mais, à cette époque, préoccupée par ses différends avec Bart, elle n'avait guère prêté attention à cette jeune fille qui ne semblait en rien différer du restant de notre personnel.

Arriva ce jour pour lequel Cindy nous avait annoncé son retour. Il régnait un froid mordant. A l'aéroport où nous étions allés l'attendre, Chris et moi vîmes paraître notre fille toute vêtue d'écarlate et si rayonnante de beauté que tout le monde se retourna sur son passage.

— Maman, papa ! s'écria-t-elle joyeusement en se précipitant dans mes bras puis dans ceux de Chris. Je suis si contente de vous revoir ! Et je n'attendrai pas que vous m'y incitiez pour vous promettre de ne rien dire ni faire qui risque de faire monter cette soupe au lait que l'on appelle Bart. Ce Noël, je vais être le petit ange bien sage qu'il veut que je sois... ça ne l'empêchera sans doute pas de trouver des choses à redire mais je m'en fiche.

Puis elle nous accabla de questions sur Jory, sur les jumeaux, nous demanda si nous avions des nouvelles de Melodie, voulut savoir comment nous trouvions la nurse qui était arrivée peu de jours avant son départ, si nous n'avions pas changé de cuisinier et si Trevor était toujours aussi charmant.

Comme chaque fois, Cindy me donnait la sensation que nous formions une vraie famille... et cela suffisait à me combler de bonheur. A la maison, nous trouvâmes tout le monde réuni dans le hall pour nous attendre. Tout le monde, c'est-à-dire Toni, Bart et Jory avec les jumeaux sur les genoux. Joël s'était bien entendu refusé à sortir de la chapelle pour venir souhaiter la bienvenue à notre fille. Bart, en revanche, lui serra la main avec une chaleur qui me mit la joie au cœur et, surtout, m'arracha un soupir de soulagement.

— Un de ces jours, Bart, lui dit-elle en éclatant de rire, tu ne pourras plus contenir ainsi le plaisir que tu as de revoir ta sœur et tu seras bien obligé d'autoriser tes chastes lèvres à se poser sur ma joue impure.

Il rougit et lança un regard gêné vers Toni.

— Je dois t'avouer quelque chose, Toni. Par le passé, nous n'avons pas toujours été très bons amis, Cindy et moi.

— C'est le moins qu'on puisse dire, fit Cindy. Mais rassure-toi, Bart, je ne suis pas venue te créer des problèmes. Je n'ai pas apporté de petit ami dans mes valises et je me suis même acheté une conduite. Je suis là pour le simple motif que j'aime ma famille et que je ne peux pas supporter de passer des vacances loin d'elle.

Et ces vacances d'hiver furent si belles qu'il eût été difficile d'en passer de meilleures à moins d'avoir pu remonter le cours du temps pour rendre à Jory sa femme et ses jambes.

En quelques jours, Cindy et Toni devinrent des amies inséparables. Chaque fois que nous descendions faire des courses en ville, Toni nous accompagnait, laissant les jumeaux à la garde de Jory et d'une servante. Le temps s'écoulait à une vitesse qu'il était bien incapable d'atteindre en l'absence de Cindy. A les voir si intimes, on avait peine à croire que Toni eût quatre ans de plus que ma fille qui eut la générosité de lui prêter une de ses plus jolies robes pour descendre réveillonner avec nous à Charlottesville le soir de Noël. A cette occasion, Cindy trouva pour cavalier l'un des fils de médecin dont elle avait fait la connaissance l'an passé. Jory nous avait accompagnés mais il resta silencieux dans son coin, l'air malheureux chaque fois que son regard tombait sur Bart et Toni qui dansaient.

— Maman, me chuchota Cindy dans le creux de l'oreille alors qu'elle était revenue s'asseoir à notre table entre deux danses, je crois vraiment que Bart a changé. Il est beaucoup plus chaleureux maintenant. Je me demande même s'il n'est pas en train de devenir un être humain.

J'acquiesçai d'un hochement de tête et souris, mais je ne pouvais m'empêcher de penser au temps que lui et Joël passaient dans cette petite pièce qu'ils avaient fait transformer en chapelle alors qu'il y avait tant d'églises dans la région.

A la veille du nouvel an, Bart et Toni décidèrent de prendre le même avion que Cindy pour New York afin de réveillonner là-bas, nous laissant, Chris, Jory et moi, nous débrouiller de notre mieux sans eux. Nous profitâmes de l'occasion pour inviter quelques collègues de Chris avec leurs épouses, sachant fort bien que Joël ferait son rapport dès le retour de Bart.

Ce soir-là, d'ailleurs, je butai contre Joël en sortant de la nursery. Je le regardai droit dans les yeux et lui dis avec le plus charmeur des sourires :

— Eh bien, Joël, pas trop déçu de voir mon fils vous échapper en se mariant avec Toni ?

— Il ne l'épousera jamais, me répondit-il sur le ton prophétique et tranchant qu'il aimait se donner. A l'instar de tous les jeunes gens aveuglés par l'amour, il ne se rend pas compte qu'elle n'en veut qu'à son argent. Mais il finira bientôt par s'en apercevoir.

— Joël, lui dis-je sur le ton de la pitié, c'est vous qui ne vous rendez pas compte que Bart est un très beau jeune homme digne d'inspirer des passions. Serait-il mineur de fond que les filles continueraient à tomber amoureuses de lui. Par ailleurs, lorsqu'il accepte de voir le monde dans toute sa beauté, il sait se montrer adorable. Laissez-le tranquille. Cessez de vouloir le modeler sur une image qui vous est agréable mais qui peut ne pas lui convenir. Permettezlui de trouver sa propre voie... car c'est la seule qui soit bonne pour lui même si elle ne correspond pas à ce que vous avez en tête.

Il promena sur moi un regard de mépris.

— Que savez-vous de ce qui est bon ou mauvais, ma nièce ? N'avez-vous pas déjà donné la preuve que vous étiez dénuée de tout sens moral ? Bart ne se trouvera jamais lui-même si je ne suis pas là pour le guider. N'a-t-il pas jusqu'à présent cherché en vain ? Lui avez-vous été d'une aide quelconque dans son enfance ? L'aidez-vous maintenant ? Dieu seul pourvoira Bart de Ses grâces, Catherine, tandis que vous ne cesserez jamais de le tirer vers l'enfer par vos péchés.

Il se détourna de moi et s'éloigna dans le couloir de son pas traînant.

Pendant que Bart était à New York avec Toni et Cindy, Jory mit la touche finale à la plus impressionnante aquarelle de sa série sur Foxworth Hall. Il en avait infléchi les murs de briques roses vers une nuance cendreuse, livide, étouffé le parc sous une jungle de mauvaises herbes, rapproché le cimetière de sorte que les pierres tombales apparaissaient dans le coin gauche et projetaient de longues ombres qui enserraient la demeure comme dans les mailles d'un filet. On aurait dit que Foxworth Hall était vieux d'un millénaire et que des spectres le hantaient.

— Range ça quelque part, Jory, et passe à un sujet plus gai, lui dis-je avec une drôle de sensation le long du dos.

C'était la première fois qu'une aquarelle de Jory me déplaisait.

Bart et Toni rentrèrent de New York et le revirement total dans leurs rapports me sauta aux yeux. Ils ne se regardaient plus, ne se parlaient plus, et chacun regagna sa chambre sans se répandre en joyeux commentaires sur les bons moments qu'ils avaient passés. Lorsque, plus tard, je tentai d'aborder le sujet, tous deux se refusèrent à me donner le moindre détail.

— Fous-moi la paix, rugit Bart. Après tout, elle n'est pas différente des autres femmes.

— Non, je ne veux rien vous dire, gémit Toni. Il ne m'aime pas, c'est tout.

Janvier passa, puis les treize premiers jours de février, et nous fêtâmes les trente et un ans de Jory. Pour symboliser ce merveilleux cadeau qui m'avait été fait le jour de la Saint-Valentin, notre chef avait confectionné un énorme gâteau en forme de cœur nappé de fondant rouge avec le nom de Jory inscrit en sucre glace dans un cadre de petites roses blanches. Les jumeaux furent aux anges et poussèrent des cris de joie lorsque leur père souffla les bougies. Mais avant qu'il n'ait pu découper le gâteau, tous deux se penchèrent à l'unisson par-dessus le plateau de leur chaise de bébé pour piocher à pleines mains dans ce chef-d'œuvre de pâtisserie qu'ils transformèrent en abominable gâchis. Puis, sous nos regards consternés, ils enfournèrent dans leur bouche ces poignées de miettes agglutinées en se barbouillant consciencieusement la figure de rouge.

— Ce qui reste est encore mangeable, réussit à dire Jory avant de céder au fou rire.

Sans mot dire, Toni se leva pour aller nettoyer les mains et le visage de nos adorables petits cochons et je vis Bart suivre du regard chacun de ses mouvements avec de la tristesse dans les yeux et une déchirante nostalgie.

Encore une fois pris au piège des tempêtes de neige et du gel qui parut figer l'écoulement du temps, nous fûmes dans l'obligation de vivre repliés sur nous-mêmes, avec toutes les frictions que cela supposait, d'autant que certains d'entre nous s'obstinaient à aimer la mauvaise personne.

Puis vint le jour où la neige cessa de tomber, permettant à Chris de repartir vers son centre de recherches sur le cancer dont les expériences se répétaient inlassablement sans jamais aboutir à des résultats décisifs.

Une nouvelle tempête de neige bloqua Chris à Charlottesville et deux longues semaines se traînèrent, lamentables, en dépit de nos conversations téléphoniques quotidiennes, du moins lorsque la ligne n'était pas coupée. Mais de ces conversations même je ne pouvais tirer grand réconfort, ayant toujours l'horrible impression que l'on nous écoutait sur un autre poste.

Vint enfin ce mardi où Chris m'appela pour me dire qu'il rentrait. Il ne me restait plus qu'à faire ronfler le feu dans les cheminées, me préparer à poser les steaks sur le gril, laver la salade, « ... et porter ce déshabillé blanc que je t'ai offert pour Noël ».

D'une fenêtre de l'étage, j'attendis donc l'apparition de sa voiture bleue au tournant de l'allée puis, quand ce miracle eut lieu, je dévalai les escaliers à une telle vitesse que je fus dans le garage avant même qu'il n'eût ouvert sa portière. Et nous reprîmes ensemble les couloirs, tels deux amants séparés depuis longtemps et qui n'auraient peut-être plus jamais l'occasion de s'embrasser et de se serrer l'un contre l'autre. Mais ce ne fut que dans le sanctuaire de nos appartements, derrière nos portes soigneusement closes, que je lui dis en glissant de nouveau mes bras autour de son cou :

— Tu es encore tout froid. Viens donc que je te réchauffe par le récit détaillé des mornes événements de cette demeure. Hier soir, j'ai surpris Joël qui, pour la énième fois sans doute, répétait à Bart que Toni n'en veut qu'à son argent.

— Et c'est vrai ? fit-il en me mordillant l'oreille.

— Non, Chris. Je pense que son amour pour Bart est sincère et désintéressé, mais je me demande si elle ne va pas finir par se lasser de lui, ou lui d'elle. Il semble qu'au nouvel an, pendant leur séjour à New York, Bart se soit de nouveau comporté comme un rustre avec Cindy. Si j'en crois la lettre de notre fille, il l'a publiquement humiliée dans un night-club et s'est ensuite retourné contre Toni pour faire un scandale parce qu'elle avait dansé avec un autre homme. Cette scène a tellement choqué Toni que, depuis leur retour, elle n'est plus la même. Je crois que la jalousie de Bart lui fait peur.

Il haussa un sourcil narquois mais ne se donna plus la peine de me rappeler qu'en cela Bart était bien mon fils.

— Et Jory ? Comment ça va ?

— Il s'adapte à merveille. Je le trouve seulement un peu mélancolique. Il se sent seul, tu comprends, et il voudrait que Melodie lui écrive. Il se réveille la nuit pour crier son nom et, parfois, il m'appelle Mel par inadvertance. J'ai lu quelque chose à son sujet dans *Variety*. Elle a rejoint son ancien corps de ballet et danse avec un nouveau partenaire. J'ai montré l'article à Jory aujourd'hui, estimant qu'il était en droit de savoir. Il s'est mis à fixer le vide et a laissé tomber son aquarelle, alors qu'il travaillait au lavis l'un des plus beaux ciels d'hiver que j'aie jamais vus, et il a refusé de s'y remettre. Mais j'ai rangé l'aquarelle en lieu sûr en me disant qu'il pourrait la finir plus tard.

— Oui... plus tard, tout s'arrangera, me certifia Chris.

Et nous nous consacrâmes à nous-mêmes, trouvant l'oubli de tous nos problèmes dans cette extase que nous savions si bien faire naître.

Le temps passait, gâché par mille petits détails à la limite du sordide. De quotidiennes disputes éclataient entre Bart et Toni tant au sujet de son attitude envers Cindy — pour qui Toni avait beaucoup d'affection — qu'à propos des soupçons qu'il nourrissait à l'égard de la jeune femme qu'il accusait de ne pas lui être totalement fidèle.

— Pourquoi t'es-tu permis de danser avec ce type que tu ne connaissais pas ? lui hurlait-il entre autres reproches.

Ils ne cessaient aussi de se quereller sur la façon dont il fallait s'y prendre avec les jumeaux et, bientôt, le fossé qui s'était creusé entre eux s'élargit aux dimensions d'un océan.

En fait, nous nous portions tous mutuellement sur les nerfs, payant ainsi les charmes que nous trouvions à cette vie intime.

Lorsque Bart et Toni se disputaient, je ne m'en mêlais jamais, consciente qu'ils devaient eux-mêmes régler leurs problèmes et que je n'aurais fait que compliquer les choses. Bart se remit à fréquenter les bars et, plus d'une fois, il ne rentra pas de la nuit. Je le soupçonnais de passer ces nuits dans des bordels ou de s'être trouvé une maîtresse en ville. Toni, elle, passait de plus en plus de temps avec les jumeaux et, par voie de conséquence, avec Jory qui commençait à leur apprendre à danser tout en s'attachant à perfectionner leur élocution.

Vint enfin mars dont la violente escorte de pluies et de vents s'accompagna cependant des signes avant-coureurs du printemps qui me trouvèrent aux aguets d'autres signes, ceux par lesquels Toni révélait qu'elle se mettait à voir en Jory — qui ne cessait de la suivre du regard — l'homme et non plus le patient. A cette époque, je pris un coup de froid et je me sentis pas bien pendant plusieurs semaines. Toni s'occupa de tout ce dont je me chargeais d'habitude, comme de laver le dos de Jory et de lui masser ses longues jambes qui, peu à peu, perdaient leur galbe. La vision de ces jambes superbes qui se desséchaient me remplissait d'horreur. Je conseillai donc à Toni de ne pas hésiter à les masser plusieurs fois par jour.

— Il en a toujours été si fier, vous comprenez. C'étaient les fidèles servantes de son art. Alors, même si elles ne peuvent plus lui servir à marcher ou à danser, même s'il ne peut plus les mouvoir, faites votre possible pour qu'elles ne perdent pas leur forme et qu'il puisse les regarder sans honte.

— Cathy, ses jambes sont toujours belles, amaigries certes, mais avec un galbe superbe. Jory est un homme merveilleux, si bon, si compréhensif, et doué d'une nature profondément chaleureuse. Mon jugement est d'autant plus sincère que, pendant très longtemps, je n'ai eu d'yeux que pour Bart.

— Et Bart ? Le trouvez-vous beau ?

Son expression se modifia et se fit plus dure.

— Je l'ai cru mais je m'aperçois maintenant qu'il est seulement très séduisant, et non pas beau dans le sens où l'est Jory. En un temps, Bart m'est apparu comme la perfection faite homme, mais ce séjour à New York a révélé tant de vilains aspects de sa personnalité par le comportement qu'il a eu à mon égard et à celui de Cindy que, depuis, je le vois sous un jour différent. Il n'a cessé de se montrer désagréable et même cruel. Un soir, dans une boîte, je n'ai même pas eu le temps de savoir de quoi il retournait qu'il me faisait un esclandre sur la robe que je portais. Je ne savais plus où me mettre. Pourtant, c'était une très jolie robe, un peu décolletée peut-être, mais toutes les filles en portent des comme ça. Je suis revenue de ce voyage en ayant peur de lui et, chaque jour, cette peur ne cesse de grandir. Il porte des jugements trop durs sur des actes parfaitement inoffensifs et croit dur comme fer que tous les gens ne pensent qu'à faire le mal. J'estime que ces idées toutes faites qu'il ne cesse de remâcher dans sa tête le corrompent et lui font oublier que toute beauté vient de l'âme. Pas plus tard que la nuit dernière, il a prétendu que j'essayais d'exciter son frère. Il ne pourrait pas me dire des choses pareilles s'il m'aimait vraiment. Ce matin, je me suis réveillée avec la sensation d'avoir un vide béant dans le cœur et j'ai compris que ce vide correspondait à la place que Bart y occupait avant. Il a tout fichu par terre en me montrant ce dans quoi je m'engageais si j'acceptais de l'épouser. Il s'est forgé une image de femme idéale que je ne suis pas... mais que vous seriez, vous, s'il n'y avait votre amour pour Chris. D'ailleurs, je suis certaine que s'il la dénichait, cette femme parfaite, il n'aurait de cesse de trouver en elle quelque chose qu'il puisse haïr. Et c'est pour cette raison que je suis bien obligée de renoncer à lui.

Toute gênée que j'étais d'avoir à formuler cette question, je la lui posai quand même car il me fallait en avoir le cœur net.

— Mais... en dépit de vos sujets de désaccord... vous êtes toujours amants, n'est-ce pas ?

— Mais non, justement ! Chaque jour, je constate en lui les progrès d'un individu qui ne m'est même pas sympathique. Il s'est converti, Cathy, et si je dois l'en croire, c'est la religion seule qui lui apportera le salut. Il ne cesse de me dire que je devrais prier plus, aller à l'église... et m'éloigner de Jory. S'il continue comme ça, je vais finir par le haïr et je ne veux pas qu'une telle chose arrive. Nous avons vécu ensemble de si beaux moments dans les débuts ; je veux pouvoir les conserver, telles des fleurs séchées entre les pages de ma mémoire. (Elle se leva et se tapota les yeux de son mouchoir roulé en boule pour essuyer ses larmes. Puis elle tira sur son étroite jupe blanche et tenta de sourire.) Si vous préférez que je m'en aille afin de pouvoir prendre une autre nurse pour Jory et les enfants, je le ferai volontiers.

— Non, Toni, restez, m'empressai-je de lui répondre, craignant néanmoins qu'elle n'eût déjà pris sa décision.

Je ne voulais surtout pas la voir partir, maintenant que j'avais l'assurance qu'elle n'aimait plus Bart, maintenant que Jory avait renoncé à tout espoir d'un éventuel retour de Melodie. Car avec la mort de cette illusion, ses regards s'étaient tournés vers cette jeune femme qu'il pensait être la maîtresse de son frère.

Dès que l'occasion m'en serait donnée, j'allais lui apprendre qu'il n'en était rien. Mais... alors même que Toni quittait la pièce, je restai figée sur place, repensant au triste sort de Bart qui ne pouvait rencontrer l'amour sans le voir mourir entre ses doigts. Et peut-être même causait-il délibérément la mort de l'amour, de peur que celui-ci ne l'asservît comme il m'avait souvent reproché d'avoir réduit en esclavage par l'amour Chris, mon propre frère.

Puis, de nouveau, les jours se traînèrent, interminables. Toni ne suivait plus les déplacements de Bart avec des regards nostalgiques, ni avec la muette prière d'être aimée de lui comme elle l'avait été dans les débuts. J'étais même admirative devant la façon qu'elle avait de ne pas prêter attention aux insinuations injurieuses que Bart ne cessait de faire au cours des repas. Ce pur amour qu'elle lui avait voué, il le retournait contre elle en le faisant passer pour immoral et dépravé, laissant entendre qu'il avait été ignominieusement séduit par une vile aventurière.

De petit déjeuner en déjeuner, de déjeuner en dîner, je les voyais tous deux dériver toujours plus loin l'un de l'autre, portés par les courants divergents de ces horribles paroles que semblait sécréter avec naturel la langue de Bart.

Toni prit ma place pour jouer avec Jory à tous ces jeux de société auxquels j'avais eu recours pour tuer le temps... à la différence qu'elle faisait de ces mornes parties de Scrabble ou de Monopoly des instants privilégiés pendant lesquels je voyais de nouveau briller le regard de mon fils.

Petit à petit, la température se radoucit, de jeunes pousses vertes apparurent dans l'herbe jaunie, on vit poindre les crocus dans les sous-bois, les jonquilles s'ouvrirent, les tulipes jaillirent, telles de hautes flammes, et les anémones que nous avions semées, Jory et moi, chaque fois qu'au cours de nos promenades nous tombions sur un coin de terre nue, transformèrent le paysage en palette de peintre. De nouveau, je repris l'habitude de rester de longues heures auprès de Chris sur notre balcon à observer les oies sauvages qui remontaient vers le nord et passaient parfois devant notre vieille amie — qui, de temps à autre, s'était révélée notre ennemie — la lune.

Avec l'arrivée de l'été, la vie ne montra plus que ses bons côtés. Plus aucune tempête de neige ne retint Chris loin de chez nous et les tensions se relâchèrent, maintenant que nous disposions de toute l'immensité du dehors pour leur échapper.

En juin, les jumeaux fêtèrent leurs dix-huit mois en découvrant la possibilité de courir partout dans les limites que nous leur fixions. Nous avions accroché des balançoires aux branches des arbres et leur grande joie était de s'y faire pousser jusqu'à des hauteurs vertigineuses... qu'eux, du moins, considéraient comme telles. Ils saccageaient systématiquement mes plus beaux parterres, mais je m'en souciais peu car nous avions des milliers de fleurs dans le parc, assez pour orner chaque jour les pièces de nouveaux bouquets.

Devant l'insistance de Bart qui voulait que tout le monde — et pas seulement les jumeaux — soit présent aux offices, Chris, Jory, Toni et moi avions cédé, considérant que ce n'était pas la mer à boire. Tous les dimanches, donc, nous prenions place en rang d'oignons sur les premiers bancs et contemplions le superbe vitrail qui se trouvait derrière la chaire du haut de laquelle Joël, vêtu d'un surplis noir, prononçait des sermons apocalyptiques. Notre ordre était immuable. Les jumeaux s'asseyaient entre Jory et moi. Bart, à ma droite, me serrait si fort la main que ma seule alternative était d'écouter ou d'avoir les os broyés. Quant à Chris, mon cadet l'avait délibérément séparé de moi en le plaçant avec Toni sur le second banc, de l'autre côté de l'espace qui symbolisait l'allée centrale. J'aurais été la dernière des imbéciles si je n'avais pas compris à qui s'adressaient ces sermons, quels pécheurs ils étaient censés tirer des flammes de l'enfer. Comme tous les enfants de leur âge, les jumeaux ne pouvaient tenir en place. Ils paraissaient détester le banc sur lequel on les obligeait à rester assis, l'atmosphère confinée de cette petite pièce et la longueur mortelle des offices. Mais chaque fois que nous nous levions pour entonner les cantiques, ils fixaient sur nous des yeux fascinés.

— Vous aussi, vous pouvez chanter, leur disait Bart en se penchant vers eux pour les encourager d'une pichenette sur le bras ou d'une caresse dans leurs boucles blondes.

— Retire tes pattes de sur mes gosses ! Ils sont capables de décider eux-mêmes s'ils veulent chanter ou non.

Et c'était reparti, cette guerre entre frères.

Revint l'automne, et Halloween où Chris et moi prîmes les jumeaux par leur petite main pour les emmener chez le seul voisin que nous considérions comme assez sûr pour ne pas craindre que cette visite amicale ne se retournât contre nous ou contre nos enfants. Nos deux petits diables prirent des airs timides pour accepter leur première friandise de Halloween mais, tout au long du chemin du retour, ils ne cessèrent d'exprimer par des cris leur joie d'avoir en propre deux barres chocolatées et deux paquets de chewing-gum.

Puis vint l'hiver et passa Noël, passa le jour de l'an sans que rien de notable ne se soit produit car, cette année, Cindy n'était pas rentrée chez nous, trop absorbée par les impératifs de sa carrière naissante pour nous consacrer plus que des coups de téléphone et des lettres qui, pour être brèves, n'en étaient pas moins truffées d'informations précieuses.

Bart et Toni évoluaient à présent dans des univers différents.

Mais je n'étais sans doute pas la seule à avoir deviné que, toute tentative de restaurer des relations fraternelles avec son frère ayant échoué, Jory ne s'était plus retenu de tomber profondément amoureux de Toni, ce dont je ne pouvais le blâmer ; d'autant que Bart, non content de lui avoir volé

Melodie et d'avoir amené celle-ci à le quitter, s'accrochait maintenant à Toni pour la simple raison qu'il sentait l'intérêt croissant de son frère pour elle. Et l'on assistait à un retour en force des assiduités de Bart auprès de la jeune nurse...

L'amour qu'il portait à Toni donna de nouvelles raisons de vivre à Jory. C'était écrit dans son regard, écrit dans le zèle avec lequel il recommençait à se lever de bon matin pour affronter les difficultés de ses exercices aux barres parallèles qui, pour la première fois, lui permettaient de faire travailler ses muscles en station debout. Puis, dès que le soleil était assez haut pour avoir réchauffé l'eau de la piscine, il allait s'y plonger et faisait ses trois aller et retour à la nage dans le sens de la longueur, et ce chaque soir.

Je me demandais parfois si, en dépit de ses dénégations, Toni n'avait pas encore l'espoir d'épouser Bart.

— Non, Cathy, me disait-elle pourtant, je n'ai plus d'amour pour lui ; seulement de la pitié à savoir ce qu'il est et surtout ce qu'il veut : de l'argent, toujours plus d'argent.

Il me venait alors à l'esprit qu'inexplicablement Toni était aussi enracinée dans cette demeure que n'importe lequel d'entre nous.

Les offices du dimanche me rendaient nerveuse et me laissaient totalement exténuée. Ces phrases vigoureuses surgies des frêles poumons d'un vieillard faisaient remonter en moi le terrifiant souvenir d'un autre vieillard que je n'avais pourtant vu qu'une fois. *Progéniture du diable. Engeance maudite. Graine démoniaque semée dans un sol impur.* Nous étions jugés sur nos pensées avec la même sévérité que sur nos actes... et pouvait-on concevoir une chose qui ne fût pas péché aux yeux de Joël ? Non, pas une. Pas une.

— Nous n'assisterons plus à ces cérémonies, dis-je à Chris, catégorique. Nous nous sommes même comportés comme des imbéciles en essayant de faire plaisir à Bart. Je n'aime pas ce genre d'idées que Joël est en train de planter dans la cervelle impressionnable des jumeaux.

En parfait accord avec Chris, nous refusâmes désormais de nous rendre le dimanche dans cette « église » et de permettre aux jumeaux d'entendre toutes ces vociférations sur l'enfer et sur ses tourments.

Par une belle journée de juillet, je vis Joël s'approcher du terrain de jeu que nous avions aménagé dans le parc sous le berceau d'un bosquet en y installant un bac à sable, un toboggan, des balançoires et un tourniquet qui faisaient la joie des jumeaux. Il s'assit non loin d'eux, sortit de sa poche un bout de ficelle et commença de l'entortiller entre ses doigts sous l'œil intrigué des jumeaux qui ne tardèrent pas à abandonner leur château de sable pour venir s'asseoir près de lui, le regard brillant à l'idée de se faire un nouvel ami de leur vieil ennemi.

— Un vieux monsieur comme moi sait faire des tas de choses pour amuser les petits enfants, leur dit-il d'une voix mielleuse. Avec du papier, je peux construire des avions, des bateaux. Et mes bateaux, ils vont sur l'eau.

Je n'aimais pas du tout ce regard béat qu'ils posaient sur lui. Qui ne savait faire des bateaux en papier ?

— Gardez donc votre énergie pour écrire de nouveaux sermons, Joël, lui dis-je en rivant mon regard sur ses yeux faux et larmoyants. J'en ai par-dessus la tête des anciens. C'est à croire que vous n'avez jamais entendu parler du Nouveau Testament. Le Christ est né, Joël, et ça fait presque deux mille ans. Il a prononcé son Sermon sur la Montagne. Pourquoi n'en parlez-vous jamais à Bart ? Enseignez-nous la loi du pardon, dites-nous qu'il faut agir envers les autres comme nous voudrions qu'ils agissent envers nous, parlez-nous de ce pain rompu au nom de la miséricorde et qui s'est vu par dix fois multiplié.

— Veuillez pardonner ma négligence envers l'oint du Seigneur, Son Fils unique et bien-aimé, fit-il avec humilité.

— Carrie, Cory, venez. Allons voir ce que fait papa.

Joël releva brusquement la tête et ses yeux bleu pâle se fixèrent sur le bleu profond du ciel. Je me mordis la langue en voyant le rictus qui était apparu sur ses lèvres.

— Oui, fit-il en hochant la tête d'un air entendu. Je sais.

Pour vous, ce sont les « autres jumeaux », ceux nés d'une graine diabolique semée dans un sol impur.

— Et c'est à moi que vous osez dire ça !

Je ne m'étais toujours pas rendu compte qu'en appelant par inadvertance les enfants de Jory du nom de mes chers petits jumeaux défunts, je n'avais fait qu'ajouter de l'huile sur le feu... sur ce brasier qui, à mon insu, lançait déjà vers le ciel de rouges escarbilles de soufre embrasé.

Vint un matin sombre

Devant les noirs nuages d'un orage qui menaçait de rompre la perfection de cette journée d'été, je m'empressai de sortir cueillir mon bouquet matinal, profitant de ce que les fleurs étaient encore humides de rosée. Je m'arrêtai net en voyant Toni couper des marguerites jaunes et blanches puis les disposer dans un vase en opaline qu'elle posa près de la table où Jory travaillait à une nouvelle aquarelle représentant une jeune femme brune penchée sur des fleurs. Je m'étais immobilisée derrière une haie au travers de laquelle je pouvais de temps à autre jeter un coup d'œil sur eux sans risquer d'être vue. Pour quelque étrange motif, mon intuition m'avertissait de rester en retrait et de ne rien dire.

Jory remercia Toni, lui adressa un petit sourire puis rinça son pinceau avant de le tremper dans son mélange de bleu et d'ajouter çà et là quelques touches légères.

— Pas moyen d'arriver à la nuance exacte du ciel, murmura-t-il comme s'il ne se parlait qu'à lui-même. Il ne cesse pas de se modifier... Oh, que ne donnerais-je pour avoir Turner comme professeur...

Elle restait là, debout près de lui, à regarder le soleil jouer dans ses cheveux aile-de-corbeau. Il n'avait pas l'air très frais, ne s'étant pas rasé ce matin, mais sa virilité s'en trouvait renforcée. Il leva soudain les yeux et s'aperçut qu'elle le regardait.

— Vous m'excuserez pour ma tête, Toni, mais j'étais

pressé de me mettre au travail avant que la pluie ne vienne foutre en l'air ma journée. J'ai horreur de me sentir bloqué dans la maison.

Elle garda le silence et se contenta de rester debout près de lui dans la splendeur de son teint bronzé que rehaussaient les rayons d'un soleil qui jouait à cache-cache avec les nuages. Les yeux de Jory errèrent un moment sur la fraîcheur de son beau visage puis descendirent contempler le reste de sa personne.

— Je vous remercie pour les marguerites. Quel est déjà leur sens dans le langage des fleurs ?

Avec grâce, Toni se pencha pour ramasser dans la corbeille les esquisses qu'il y avait jetées. Je la vis rougir.

— Mais c'est moi ! s'exclama-t-elle d'une voix étouffée.

— Leur place est dans la corbeille, fit-il sèchement. Elles ne sont pas bonnes. Je sais peindre les fleurs, les montagnes. J'ai même un joli coup de patte pour les paysages, mais les portraits, c'est vraiment trop dur. Je n'arrive pas à saisir votre essence.

— Je ne suis pas d'accord. Je me trouve très bien là-dessus. (Elle examina de nouveau les aquarelles.) Sincèrement, vous ne devriez pas jeter ces esquisses. Puis-je les prendre ? (Du plat de la main, elle s'efforça de les défroisser puis les posa sur la table et empila dessus de gros livres.) On m'a engagée pour m'occuper de vous aussi bien que des jumeaux, mais vous n'avez pratiquement jamais recours à mes services. Le matin, votre mère aime rester jouer avec les jumeaux, ce qui me laisse plein de temps libre que je pourrais vous consacrer. Qu'aimeriez-vous me voir faire ?

Il plongea son pinceau dans le gris et cerna le bas des nuages avant d'abandonner son aquarelle pour faire pivoter son fauteuil et lever vers Toni un sourire désabusé.

— En un temps, j'aurais su quoi vous demander. A présent, je vous suggère plutôt de me laisser tranquille. Les jeux des infirmes n'ont rien de très excitant, je suis au regret d'avoir à le dire.

Apparemment déçue de sa réponse, elle s'installa sur une chaise longue.

— Voilà qu'à votre tour vous me dites ce que Bart ne

cesse de me répéter. « Fiche le camp ! », « Laisse-moi tranquille ! », c'est ce que je l'entends hurler toute la journée. Je ne m'attendais pas à ce que vous soyez pareil.

— Est-ce vraiment étonnant ? lui demanda-t-il sur un ton aussi amer. Nous sommes frères... enfin, demi-frères. Il nous arrive à l'un comme à l'autre d'être odieux... et dans ces moments-là, il vaut mieux nous laisser tranquilles.

— J'avais pourtant la certitude que vous étiez l'homme le plus merveilleux qui soit au monde, dit-elle tristement. Mais j'ai bien l'impression de ne plus trop pouvoir me fier à mon propre jugement. En un temps, j'ai cru que Bart voulait m'épouser, puis il s'est mis à crier contre moi et à me dire de disparaître de sa vue... maintenant, il est là qui me demande pardon. Je ne sais plus quoi faire, ou plutôt si... je voudrais quitter cette maison pour ne plus jamais y revenir... mais quelque chose me retient, comme si des voix me murmuraient que le moment de partir n'est pas encore venu...

— Oui, fit Jory en se remettant à peindre avec des gestes caressants, s'interrompant de temps à autre pour tapoter sa feuille et faire couler ses lavis afin de créer des mélanges de couleurs accidentels qui, parfois, se révélaient extraordinairement réussis. C'est tout Foxworth Hall, ça. Vous qui entrez ici, laissez toute espérance d'en refranchir les portes en sens inverse.

— Pourtant, votre femme s'est enfuie d'ici.

— C'est exact. Et c'est plus à son honneur que je ne le pensais lorsque c'est arrivé.

— Que vous êtes amer !

— Non, pas amer, aigre comme des pickles. Et je tire un plaisir réel de mon existence. En fait, je me sens pris entre le ciel et l'enfer dans une sorte de purgatoire où les fantômes du passé rôdent la nuit dans les couloirs. J'entends le cliquetis de leurs chaînes et je m'estime heureux de ne jamais les voir paraître, à moins que ce ne soit le silence de mes roues caoutchoutées qui les effraye.

— Pourquoi restez-vous si c'est cela que vous pensez ?

D'une poussée, Jory s'écarta de sa table de travail et riva ses yeux sombres sur la jeune femme.

— Mais bon sang, qu'est-ce qui vous prend de me coller comme ça ? Allez donc retrouver votre amant puisque, de toute évidence, vous aimez la façon dont il vous traite. Sinon, il y a belle lurette que vous seriez partie. Vous n'êtes pas liée à cet endroit par des souvenirs, par des espoirs ou par des rêves qui se refusent à devenir réels ! Vous n'êtes ni une Foxworth, ni une Sheffield ! Les chaînes de cette demeure ne vous sont pas destinées !

— Pourquoi le haïssez-vous ?

— Pourquoi ne le haïssez-vous pas ?

— Ça m'arrive parfois.

— Alors, remettez-vous-en au jugement de ces parfois et partez d'ici. Partez vite avant que, par osmose, vous ne vous transformiez en ce que nous sommes.

— Et vous en particulier, qu'est-ce que vous êtes ?

Jory conduisit son fauteuil jusqu'à l'extrême rebord des dalles, là où commençaient les parterres de fleurs, et fixa son regard sur les montagnes.

— En un temps, j'étais danseur, et jamais il ne me serait venu à l'esprit de chercher plus loin. Maintenant que je ne danse plus, je suis amené à penser que je n'ai plus la moindre importance pour personne. C'est pourquoi je reste ici, car j'estime être plus chez moi dans cette maison que partout ailleurs.

— Comment pouvez-vous dire des choses pareilles ? Ne croyez-vous pas avoir de l'importance pour vos parents, pour votre sœur et surtout pour vos enfants ?

— Leur suis-je vraiment indispensable ? Non. Mes parents forment un couple. Mes enfants sont des jumeaux. Bart vous a. Cindy a sa carrière. Reste moi qu'on ne peut caser nulle part.

Toni se leva et s'avança jusque derrière son fauteuil pour lui masser la nuque de ses doigts experts.

— Est-ce que votre dos continue à vous faire souffrir la nuit ?

— Non, fit-il d'une voix rauque.

Mais ce n'était pas vrai. Je savais que ce n'était pas vrai. Cachée derrière la haie, je me remis à cueillir des roses, consciente qu'ils ne s'étaient pas aperçus de ma présence.

— S'il vous faisait mal, n'hésitez pas à sonner, je viendrai vous faire un massage qui chassera la douleur.

Jory fit virevolter son fauteuil avec une telle brusquerie que Toni dut se rejeter en arrière pour ne pas être renversée.

— Apparemment, quand ça ne marche pas fort avec l'un des frères, vous avez toujours la ressource de jeter votre dévolu sur l'autre... sur l'infirme qui, bien entendu, ne saurait résister à vos charmes innombrables. Eh bien non ! Merci de votre offre ! Mais si j'ai mal, c'est ma mère qui me massera le dos !

Lentement, elle s'éloigna et, lorsque à deux reprises elle se retourna, il s'empressa de baisser les yeux pour qu'elle ne vît pas le regard énamouré qu'il posait sur elle. Puis elle referma silencieusement derrière elle la porte-fenêtre. Je m'arrêtai de cueillir des roses et m'assis sur la pelouse. Dans mon dos, j'entendais les jumeaux jouer à « l'église ».

Conformément aux instructions de Chris, nous faisions notre possible pour accroître chaque jour leur vocabulaire et, de toute évidence, nos leçons portaient leurs fruits.

— Et le Seigneur dit à Eve : « Marche et sors de ce lieu. »

La voix flûtée de Darren était pleine de petits rires contenus.

Je me retournai.

Ils avaient tous deux retiré les quelques vêtements légers dont nous les habillions en été ainsi que leurs petites sandales blanches. Je vis Deirdre coller une feuille d'arbre sur le minuscule organe viril de son frère puis elle baissa les yeux sur la partie correspondante de son propre corps. Son front se plissa.

— Dare... qu'est-ce que c'est, pécher ?

— Comme marcher, lui répondit-il. Pas bien de faire ça pieds nus.

Tous deux se mirent à glousser puis ils se relevèrent d'un bond et coururent vers moi. Je les pris dans mes bras et, tout en couvrant leur visage de baisers, serrai très fort contre mon cœur leurs chauds petits corps nus.

— Vous avez pris votre petit déjeuner ?

— Oui, mamie. Toni, elle nous a fait manger du pamplemousse qu'on déteste. On a tout mangé quand même, sauf les œufs. Nous, on aime pas les œufs.

— Maman... il y a longtemps que tu es là ? me cria Jory.

Il avait l'air troublé, vaguement gêné même.

Je me relevai, les jumeaux dans les bras, et m'avançai vers lui.

— J'ai trouvé Toni dans la piscine en train d'apprendre à nager aux jumeaux, alors j'ai pris la suite et je lui ai demandé d'aller voir si tu ne manquais de rien. Tu sais qu'ils se débrouillent de mieux en mieux dans l'eau. Ils n'ont pas peur du tout et leur espèce de nage de chien n'est pas dénuée d'efficacité. Pourquoi n'es-tu pas venu nous rejoindre ce matin ?

— Pourquoi te cachais-tu derrière cette haie ?

— Mais je cueillais mes roses comme tous les matins, Jory. Tu sais bien que je fais ça chaque jour. C'est la seule chose qui mette un peu de gaieté dans cette maison, ces bouquets de fleurs fraîches que je place dans chaque pièce dès le matin.

Je lui glissai par jeu une rose rouge derrière l'oreille. Il se l'arracha d'un geste de colère et la mit dans le vase avec les marguerites que Toni lui avait apportées.

— As-tu entendu ce que nous disions, Toni et moi ?

— Ah, Jory, si tu savais comme je saisis, comme j'estime à sa juste valeur chacun de ces instants que je passe dehors en août avec la conscience que septembre n'est plus très loin ! La senteur des roses m'emplit les narines et je me crois au paradis... ou dans le jardin de Paul. Son parc était vraiment d'une beauté inimaginable. Il l'avait divisé en sections, chacune consacrée à un type de jardin... à l'anglaise, à la japonaise, à l'italienne...

— Je sais ! Tu m'as déjà raconté tout ça ! Mais je t'ai posé une question : nous as-tu entendus ?

— Oui, c'est un fait, j'ai entendu toutes sortes de choses fascinantes ; et j'ai même pu de temps à autre lever le nez au-dessus de mes roses pour vous observer tous deux.

Il fronça les sourcils dans une expression comparable à celle que je surprenais souvent sur le visage de Bart. Je posai les jumeaux et donnai une petite claque sur leurs fesses nues en leur disant d'aller trouver Toni qui les aiderait à se rhabiller. Ils détalèrent, pareils à des petites poupées.

Je m'installai sur la chaise longue et souris à Jory qui ne cessait de faire peser sur moi un regard accusateur. Lorsqu'il était en colère, la ressemblance avec Bart était vraiment frappante.

— Je t'assure, Jory, je n'avais pas l'intention de vous espionner. J'étais là bien avant que vous n'arriviez. (Je m'interrompis et mon regard se riva sur ses traits butés.) Tu es amoureux de Toni, n'est-ce pas ?

— Non ! Je ne suis pas amoureux d'elle ! C'est la maîtresse de Bart, et je veux bien être pendu si je m'avise encore une fois d'accepter les restes de mon frère !

— Encore une fois ?

— Arrête de faire l'idiote, maman. Pas plus que moi, tu n'ignores le motif réel du départ de Mel. Bart s'est montré des plus explicites — et elle aussi — ce matin de Noël où nous avons découvert le clipper mystérieusement fracassé. Si mon frère avait continué de me remplacer, elle serait encore ici. En fait, je suis persuadé qu'elle n'a pas fait exprès de tomber amoureuse de lui. Tout ce qu'elle cherchait, c'était à satisfaire le besoin qu'elle avait de moi et de ces relations sexuelles dont nous étions si friands. Je l'entendais pleurer, la nuit, et j'aurais voulu me lever, aller la voir, mais j'étais incapable de bouger de mon lit. Et je me sentais malheureux pour elle, malheureux pour moi. C'était vraiment l'enfer, à l'époque, et c'est toujours l'enfer. Un enfer différent, c'est tout.

— Jory... que puis-je faire pour t'aider ?

Il se pencha vers moi et l'intense regard qu'il plongea dans mes yeux me rappela Julian et les mille façons par lesquelles je m'étais ingéniée à le contredire.

— Maman, j'ai beau savoir tout ce que cette maison représente pour toi, je ne puis m'empêcher de m'y sentir de plus en plus chez moi. Les couloirs sont larges, les portes aussi. L'ascenseur me permet de monter ou de descendre à ma guise. Il y a la piscine, les terrasses, le parc, les bois... bref, c'est un vrai paradis sur terre... avec seulement deux ou trois détails qui clochent. Qui clochent si fort qu'un moment, je me suis même dit que j'allais filer vite fait. Mais maintenant, je suis décidé à rester et, si je n'estimais pas devoir t'en parler, je ne me risquerais pas à te donner plus d'inquiétude que tu n'en as.

Trop tard ! J'étais déjà terrifiée à la simple idée de ces deux ou trois détails qui clochaient.

— Quand j'étais gosse, enchaîna-t-il, je croyais le monde rempli de merveilles et j'étais persuadé que les miracles se produisaient encore, qu'un jour les aveugles verraient, que les paralytiques se lèveraient pour marcher et ainsi de suite. Cette conviction avait le don d'adoucir à mes yeux le spectacle de toutes les injustices, de toutes les méchancetés que je voyais autour de moi. Et puis, je suis entré dans l'univers de la danse, et je crois que ça m'a empêché de vraiment grandir. Alors j'ai conservé cette idée que les miracles pouvaient toujours survenir si notre foi était assez grande... un peu comme dans la chanson... tu sais : *Prononce un vœu lorsque tu verras cette étoile, tes rêves les plus fous se réaliseront*. Car, dans les ballets, les miracles ne cessent d'avoir lieu, et c'est ainsi que je suis toujours resté un enfant sous des dehors d'adulte. Je continue de croire que dans le monde extérieur — dans ce monde qui est le seul à être réel — les choses finissent toujours par s'arranger à la longue si on le souhaite vraiment. Cette illusion, nous l'avions en commun, Mel et moi. Pour ainsi dire, l'univers de la danse te garde vierge. Tu ne vois pas le mal, tu n'entends pas le mal, quoique je sois loin de prétendre que le mal n'y existe pas comme ailleurs. Tu sais de quoi je parle, j'en suis sûr, car toi aussi tu as vécu dans ce monde. (Il marqua une pause et leva les yeux vers le ciel menaçant.) Dans ce monde, j'avais une femme qui m'aimait. Dans l'autre monde, le vrai, elle s'est empressée de trouver un amant pour me remplacer. A l'époque, j'ai voué une haine féroce à Bart pour me l'avoir prise au moment où j'avais le plus besoin d'elle. Puis cette haine s'est reportée sur Melodie qui lui avait permis de se servir d'elle comme d'un instrument pour me faire une vacherie. Mais il continue, maman ! Je n'irais pas t'ennuyer avec ça si, quelquefois, je n'en arrivais à craindre pour ma vie. A craindre pour mes enfants.

Je l'écoutais, tâchant de dissimuler à quel point j'étais secouée de l'entendre parler de toutes ces choses dont il ne m'avait jamais soufflé mot auparavant.

— Tu connais ces barres parallèles sur lesquelles je m'exerce en vue de porter un corset et des attelles ? Eh bien, quelqu'un en a entamé le métal à la scie de sorte que lorsque j'ai eu à faire glisser mes mains dessus, je me suis retrouvé avec des échardes plein les paumes. C'est papa qui me les a retirées en me faisant promettre de ne pas t'en parler.

— Mais tu ne m'as pas tout dit, Jory, dis-je, parcourue d'un frisson intérieur. Je le vois bien à ta tête.

— Presque, maman. Le reste, c'est surtout des tas de petits trucs pour me rendre la vie impossible, des insectes dans mon café, dans mon thé, dans mon lait. Mon sucrier plein de sel, du sucre dans ma salière... des farces stupides, des enfantillages, mais dont les conséquences pourraient être graves. Je trouve des punaises dans mon lit, ou l'on en truffe le siège de mon fauteuil... oh, dans cette maison, pour moi, c'est tout le temps Halloween. Des fois, j'ai envie d'en rire, c'est tellement bête. Mais lorsque j'enfile ma chaussure et que je me retrouve avec un clou dans le pied, sans m'en apercevoir évidemment puisque je ne sens rien, et que la plaie s'infecte, là je ne rigole plus, car ça pourrait me coûter ma jambe. Et je ne te parle pas du temps que je perds à vérifier chaque chose avant de m'en servir, comme ce rasoir qui avait sa lame rouillée alors que je l'avais changée la veille.

Il promena un regard circulaire comme pour s'assurer que Joël et Bart n'étaient pas dans les parages mais, même après avoir constaté que nous étions seuls, même après que j'eus à mon tour fait une inspection similaire des lieux, ce fut d'une voix presque inaudible qu'il me chuchota :

— Il faisait très lourd, hier soir, tu te rappelles ? Et c'est toi-même qui es venue ouvrir trois de mes fenêtres afin de créer un courant d'air dans la pièce. Puis le vent s'est levé, un vent du nord glacé qui a brutalement fait chuter la température. Du coup, je t'ai vue réapparaître dans ma chambre, tout essoufflée d'avoir couru. Tu as fermé les fenêtres et tu m'as même rajouté une couverture. Ensuite, je me suis endormi et, une demi-heure après, je me suis réveillé parce que je rêvais que j'étais au pôle Nord. Les six fenêtres étaient ouvertes en grand et la pluie, poussée par le vent, se déversait à torrents sur mon lit qui était trempé. Mais il y avait pire : je n'avais plus une seule couverture sur moi. Aussitôt, j'ai tendu la main vers la sonnette pour appeler de l'aide, mais elle n'était plus sur la table de chevet. Je me suis alors redressé pour chercher mon fauteuil à l'endroit où j'ai l'habitude de le laisser, juste à côté du lit, mais lui aussi avait disparu. L'espace d'un instant, j'ai vraiment paniqué. Puis, grâce à la force que j'ai maintenant dans les bras, j'ai réussi à glisser jusqu'au sol en m'accrochant au bois du lit. Ensuite, j'ai rampé vers la première fenêtre en poussant devant moi une chaise sur laquelle je me suis hissé. A présent, j'étais à bonne hauteur pour attraper la poignée de cette fenêtre et tirer le châssis pour la fermer, mais il n'a pas voulu descendre. J'ai donc déplacé ma chaise vers la fenêtre suivante qui elle aussi a résisté à mes efforts. Le châssis mobile était collé au dormant par cette couche de peinture fraîche qui, si je m'en souviens bien, ne remonte guère à plus de quinze jours. J'avais d'ores et déjà compris qu'il était inutile de braver la pluie et le vent pour tenter de fermer les quatre autres. Malgré la force que je pouvais déployer, mon point d'appui serait toujours resté mauvais. Mais tu me connais, téméraire et têtu comme je suis, j'ai insisté. Peine perdue, bien sûr. Alors j'ai repris ma reptation jusqu'à la porte pour la trouver fermée à clé. M'accrochant aux pieds des meubles, je me suis finalement traîné jusqu'à la penderie, j'ai tiré sur un pardessus pour le décrocher de son cintre, je m'en suis couvert et, presque instantanément, j'ai sombré dans le sommeil.

Que se passait-il ? Je ne sentais plus mon visage. Mes lèvres refusaient de se desserrer. Je ne pouvais plus parler ni même prendre l'expression correspondant à l'effet bouleversant qu'avait sur moi son récit. Il me lança un regard dur.

— Eh bien, maman, qu'est-ce que tu fais ? Tu m'écoutes ou tu réfléchis ? Attends un peu que j'aie fini mon histoire pour penser à ce que tu vas me dire. Donc, je me suis endormi dans le placard, à même le sol et trempé jusqu'aux os. Mais lorsque je me suis réveillé, j'étais à nouveau dans mon lit. Dans un lit sec ! Avec des draps et des couvertures. Et je portais un autre pyjama, tout frais sorti de l'armoire.

Il marqua une pause dramatique et croisa mon regard horrifié avant de reprendre :

— Maman... s'il y a quelqu'un dans cette maison qui veut que j'attrape une pneumonie et que j'en meure, ce quelqu'un m'aurait-il ensuite remis au chaud dans mon lit ? Pourtant, papa n'était pas là pour le faire et je suis bien certain que tu n'aurais pas eu la force de me soulever et de me porter.

— Mais, fis-je d'une voix blanche, Bart ne peut pas te haïr à ce point. D'ailleurs, il ne te hait pas...

— Peut-être est-ce Trevor qui m'a trouvé dans la penderie, et non pas Bart. Mais j'ai tout de même l'impression que Trevor n'est plus assez jeune et vigoureux pour être capable de me porter. Reste que dans cette maison quelqu'un me hait, quelqu'un voudrait que je ne sois plus là. Plus j'y pense, plus j'en arrive à la conclusion que Bart est le seul qui ait pu me remettre dans mon lit. Mais t'est-il déjà venu à l'esprit que si toi, papa, moi et les jumeaux venions à disparaître, Bart verrait notre argent venir grossir sa fortune ?

— Mais il est déjà scandaleusement riche. Il n'a pas besoin d'en avoir plus.

Jory fit pivoter son fauteuil face à l'est et contempla le pâle disque du soleil dans le ciel d'orage.

— Jamais auparavant je n'ai vraiment eu peur de Bart. J'ai toujours eu pitié de lui et je n'ai jamais cessé de vouloir lui venir en aide. Aujourd'hui, j'en arrive à me dire que je devrais prendre les jumeaux et partir en vous emmenant, toi et papa... mais c'est une solution lâche. Si c'est effectivement Bart qui a ouvert ces fenêtres pour laisser entrer la pluie et le vent dans ma chambre, il a changé d'avis plus tard et il est revenu me sauver. J'ai repensé à ce clipper dont la destruction ne pouvait être le fait de Bart puisque c'était un cadeau pour lui et, qui plus est, un cadeau dont il avait une envie folle. Et, du coup, j'ai repensé à Joël que tu soupçonnais d'avoir fracassé la maquette et je me suis dit que, dans cette maison, personne d'autre n'avait une telle influence sur Bart. Or, quelqu'un est là, derrière Bart, à le manipuler, à lui faire rebrousser le temps, à tel point qu'il en redevient ce petit garçon de dix ans tourmenté qui voulait voir mourir sa mère et sa grand-mère dans les flammes en expiation de leurs péchés...

— Je t'en prie, Jory, tu m'avais promis de ne plus jamais évoquer cette période de notre existence.

Un silence s'éternisa puis il reprit :

— Mon poisson rouge est mort cette nuit. On avait coupé le filtre à air de l'aquarium et bousillé le thermostat. (Nouveau silence pendant lequel il étudia soigneusement mes traits.) Est-ce que tu crois tout ce que je t'ai raconté ?

Mon regard se fixa sur les montagnes dont les sommets émoussés voilés d'une brume bleuâtre évoquaient les rondeurs de gigantesques vierges sacrifiées dans des temps très anciens. Puis mes yeux montèrent plus haut vers le bleu profond du ciel frangé de nuages d'orage derrière lesquels se profilaient d'autres nuages diaphanes et dorés, promesse d'un jour meilleur.

Sous de tels ciels, cernés par de telles montagnes, Chris, Cory, Carrie et moi, nous avions affronté l'horreur sous le regard de Dieu. Avec des doigts nerveux, j'écartai d'invisibles toiles d'araignée tout en cherchant mes mots pour répondre à la question de Jory.

— Maman, reprit-il comme si cette réponse n'avait pas la moindre importance, ça me fait mal d'avoir à le dire, mais je crois que nous allons devoir renoncer à considérer Bart comme normal. Nous ne pouvons plus nous fier à cet amour rien moins qu'occasionnel qu'il a pour nous. Il a de nouveau besoin d'être assisté psychologiquement par des gens dont c'est le métier. J'ai toujours eu la conviction qu'il avait en lui des trésors d'affection qu'il ne savait comment libérer, comment exprimer. Et pourtant, la mort dans l'âme, je juge à présent son cas désespéré. Il nous est impossible de le mettre à la porte de chez lui... à moins de prendre la décision de faire officiellement constater sa démence et de le confier à une institution neuro-psychiatrique. Je ne voudrais pas en arriver à cette extrémité ; vous non plus, j'en suis sûr. Nous devrions donc prendre la décision de partir. Mais n'est-il pas étrange qu'à présent je n'en aie plus la moindre envie, alors même que je sens ma vie menacée ? J'ai fini par m'accoutumer à cette demeure et, bien plus, par l'aimer. Je suis conscient de risquer ma peau en faisant ce choix d'y rester, de risquer notre peau à tous, mais le suspense que j'y trouve me préserve de l'ennui. Et tu sais, maman, je ne connais pire fléau que l'ennui.

Mais je n'écoutais pratiquement plus Jory.

Mes yeux s'étaient écarquillés en voyant Deirdre et Darren marcher sur les talons de Joël et de Bart vers la petite chapelle qui comportait également une entrée donnant sur le parc. Ils disparurent à l'intérieur et la porte se referma derrière eux.

Oubliant totalement mon panier de roses, je bondis de la chaise longue et courus jusqu'au rebord de la terrasse. Où était Toni ? Pourquoi ne protégeait-elle pas mieux les jumeaux de Bart et de Joël ? Puis je me traitai d'imbécile pour avoir eu cette pensée. Comment aurait-elle pu savoir que ces deux-là constituaient une menace ? Je revins alors vers Jory pour lui dire de ne pas s'inquiéter et que je serais de retour dans quelques minutes avec Deirdre et Darren et qu'ainsi nous pourrions songer à nous mettre à table pour le déjeuner.

— Ça ne t'ennuie pas trop, Jory, si je te laisse seul un petit moment ?

— Bien sûr que non, maman. Va donc chercher mes gosses. Tu sais, j'ai vu Trevor ce matin, et il m'a donné un talkie-walkie pour que je puisse le contacter à tout moment. On peut vraiment faire confiance à Trevor sur tout.

Rassérénée par la pensée que nous avions tout de même notre majordome à qui nous fier, je me précipitai dans la maison pour gagner la chapelle par son entrée intérieure.

Quelques minutes plus tard, je m'introduisis subrepticement dans cette pièce que Bart avait fait transformer en chapelle sur l'injonction d'un Joël prétendant y voir la condition sine qua non du rachat des péchés héréditaires. Et, dans ce qui s'efforçait d'être la copie conforme de ces lieux que la noblesse d'antan consacrait au culte divin à l'intérieur des murs de ses palais et de ses châteaux, je vis Bart, flanqué de Darren et de Deirdre, agenouillé sur le prie-Dieu du banc de front. Quant à Joël, il était déjà en chaire et avait commencé de prier, tête baissée, si bien que je ne voyais de lui que sa chevelure grisâtre. Je me fondis dans l'ombre d'un pilier.

— Nous, on n'aime pas ici, se plaignit Deirdre à Bart dans un chuchotement des plus bruyants.

— Tiens-toi tranquille ! C'est la maison de Dieu !

— J'entends mon petit chat miauler, tenta Darren d'une voix presque inaudible en s'écartant de Bart.

— Ce n'est pas possible. Tu ne peux pas entendre ton chat, ou n'importe quel chat, d'ailleurs, à une telle distance. Et puis, ce n'est pas ton petit chat, c'est celui de Trevor qui te permet seulement de jouer avec lui.

Les jumeaux entonnèrent un concert de reniflements en s'efforçant de n'exprimer leur détresse ni par des larmes ni par des cris. Ils adoraient les chatons, les chiots, les oiseaux, tout ce qui était petit, rond et mignon.

— Silence ! rugit Bart. On ne peut rien entendre de ce qui vient de l'extérieur mais, si vous prêtez l'oreille, Dieu vous parlera et vous dira comment gagner la vie éternelle.

— C'est quoi, la vie éternelle ?

— Darren, pourquoi laisses-tu toujours ta sœur poser les questions ?

— Elle aime ça plus que moi, les questions.

— Pourquoi on voit pas clair ici, tonton Bart ?

— Deirdre, tu es comme toutes les femmes, tu parles trop.

— C'est pas vrai ! se mit-elle à geindre tout haut. Mamie, elle aime quand je parle...

— Ta mamie, elle aime entendre parler tout le monde

sauf moi, lui répondit Bart non sans amertume en lui pinçant le bras pour la faire se tenir tranquille.

Outre les dizaines de cierges bordant l'estrade sur laquelle était située sa chaire, des spots habilement disposés dans le plafond par les décorateurs croisaient leurs faisceaux pour nimber Joël, qui venait d'achever ses prières et de lever la tête, d'un halo tout artificiel de lumière mystique.

D'une voix claire et puissante, il dit :

— Levons-nous pour chanter les louanges du Seigneur avant que ne soit prononcé le sermon d'aujourd'hui.

Entre-temps, j'avais assuré ma position derrière le pilier de façon à pouvoir observer sans être vue. De toute évidence, ce n'était pas la première fois que les jumeaux venaient ici sans leur père, sans Chris, sans moi ou sans Toni. Tant par leur soumission que leur habitude manifeste du rituel, ils évoquaient de petits robots. Je les vis se lever de part et d'autre de Bart qui les tenait sous le contrôle de ses mains posées sur leurs petites épaules et ils se mirent à chanter avec lui des cantiques. Ils avaient une petite voix frêle, hésitante, et bien souvent incapable de suivre la mélodie mais j'étais sensible à leurs efforts pour rester en mesure avec Bart qui, en revanche, révélait à mes oreilles incrédules une superbe voix de baryton.

Comment se faisait-il que mon cadet n'eût jamais chanté ainsi lors des offices dominicaux ? Avions-nous eu, Chris, Jory et moi, la faculté d'inhiber chez lui ce qui ne pouvait être qu'un don naturel qu'il avait reçu de Dieu ? Lorsque nous avions porté aux nues la voix de Cindy, Bart s'était contenté de prendre un air renfrogné mais n'avait rien dit qui pût laisser soupçonner chez lui cette voix d'une égale beauté. La complexité de mon cadet finirait bien un jour par me rendre folle.

En d'autres circonstances moins sinistres, je me serais totalement abandonnée à cette voix qui s'élevait, exultante, et dans laquelle il mettait tout son cœur. Les rayons du soleil, filtrant au travers du vitrail, venaient poser sur son visage la gloire des pourpres, des roses et des verts. Comme il était beau lorsqu'il chantait, avec cette passion qui embrasait son regard, telles les langues de feu de l'Esprit saint !

Sa foi en Dieu me touchait au plus profond du cœur. Je sentis les larmes me monter aux yeux et le soulagement déferler en moi, me lavant de toute souillure.

« Oh, Bart, tu ne peux être foncièrement mauvais si tu chantes avec une telle voix et un visage aussi radieux. Il n'est pas trop tard pour te sauver. Il ne peut être trop tard. »

Pas étonnant que Melodie l'eût aimé ! Pas étonnant que Toni fût incapable de se détourner définitivement d'un tel homme !

Oh, reprenons en chœur... cet hymne d'amour :

Nous croyons en Dieu, nous croyons en Dieu...

Cette voix prenait à présent son essor, submergeant résolument les voix frêles des jumeaux. Je me sentais soulevée hors de moi-même, au-dessus de moi-même, emplie du seul désir de croire en la puissance de Dieu. Je tombai à genoux et baissai la tête.

— Merci, mon Dieu, murmurai-je. Merci d'avoir sauvé mon fils.

Et, tandis que mes yeux retournaient se poser sur Bart et que l'Esprit saint descendait sur moi pour me dicter une foi identique à celle de mon fils, des mots remontèrent d'un passé proche, des mots que Bart avait entendus : « Nous devons nous montrer particulièrement prudents avec Jory, avait dit Chris. Son système immunitaire s'est trouvé affaibli. Il ne peut se permettre de prendre le moindre coup de froid qui risquerait d'entraîner un processus infectieux dans ses poumons... »

Et je n'en restais pas moins agenouillée, fascinée par la voix de Bart. A présent, il m'était impossible de voir en lui autre chose qu'un jeune homme particulièrement perturbé qui faisait des efforts désespérés pour trouver sa voie.

L'extraordinaire voix de Bart parvint à la coda du cantique. Oh, si seulement Cindy avait pu être là pour l'entendre ! Si seulement ils pouvaient un jour chanter en duo, enfin réunis par ce même talent. Nul applaudissement ne salua la fin de l'hymne. Rien que le silence, et la sourde cadence de mon cœur.

Le bleu regard innocent des jumeaux se leva vers Bart.

— Chante encore, tonton Bart, supplia Deirdre. Chante-nous la chanson du rocher...

Je comprenais maintenant pourquoi ils acceptaient de suivre Bart et Joël dans cette chapelle. Ils y venaient pour entendre leur oncle chanter, pour sentir ce que je ressentais, cette chaude et rassurante présence.

Sans accompagnement d'aucune sorte, Bart entonna *le Rocher des âges*. Je n'étais plus qu'une boule de cire sous le pouce d'un sculpteur, modelée par chaque émotion qui vibrait dans sa voix. Un talent pareil lui aurait valu d'avoir le monde à ses pieds et il l'enfermait sous le boisseau de cette cérémonie minable.

— Ça suffit, mon neveu, dit Joël lorsque le deuxième cantique eut pris fin. Maintenant, tout le monde se rassoit pour entendre le sermon de ce jour.

Avec docilité, Bart se rassit sur le banc entraînant les jumeaux avec lui. Il plaça ses bras sur leurs épaules dans un geste si protecteur que j'en eus de nouveau les larmes aux yeux. N'était-ce pas la preuve d'un amour réel pour les enfants de Jory ? N'avait-il toujours fait semblant de les détester que parce que Joël lui répétait qu'ils ressemblaient aux diaboliques jumeaux d'antan ?

— Baissons la tête et prions, fit Joël.

Et je courbai la tête comme les autres.

Et j'eus peine à en croire mes oreilles. La prière de Joël ressemblait à celle d'un vrai pasteur. Il avait l'air si préoccupé par le sort de ceux qui n'avaient jamais éprouvé la joie d'être « sauvés » et de s'en remettre entièrement au Christ !

— Lorsque vous ouvrirez votre cœur au Christ, lorsque vous Lui permettrez d'y entrer, Il le fera en vous remplissant d'amour. Et, lorsque vous serez amour pour le Seigneur, amour pour Son Fils qui est mort pour vous, lorsque vous serez en confiance sur le juste chemin que Dieu vous montre, que vous montre Son Fils qui fut si cruellement crucifié sur cette croix, vous trouverez en vous cette joie d'être enfin rassasié, cette paix de l'âme que vous poursuiviez en vain. Renoncez donc à vos péchés, renoncez à vos épées, à vos boucliers, à votre soif de pouvoir et d'argent. Rejetez ces convoitises terrestres qui vous enchaînent aux jouissances de la chair ! Moulez vos pas dans ceux du Christ. Suivez-Le là où Il vous mène, ayez foi en Son enseignement et vous serez sauvés. Sauvés des démons de ce bas monde où règnent le péché, la concupiscence et le désir immodéré du pouvoir. Sauvez donc votre âme avant qu'il ne soit trop tard.

La ferveur même de ce prêche avait quelque chose d'effrayant. Pourquoi ce ton enflammé n'éveillait-il en moi rien de cette foi qui m'avait transportée lorsque j'avais entendu la merveilleuse voix de Bart ? Pourquoi ces visions d'orages déversant leurs trombes d'eau sur Jory me rendaient-elles insensible au zèle évangélisateur de Joël ? J'aurais eu l'impression de trahir Jory si, ne fût-ce qu'un instant, je m'étais permis de croire que ce vieillard fût bien ce qu'il semblait être en ce moment.

Mais le sermon n'était pas terminé. J'eus la surprise d'entendre Joël reprendre la parole sur le ton de la conversation ordinaire, comme s'il s'adressait directement à Bart :

— Pour un temps, les rumeurs se sont tues dans le village parce que nous avons érigé dans cette immense demeure au sommet de la colline un modeste temple dédié au culte du Seigneur. Les ouvriers qui ont participé à l'aménagement de ce lieu de prière et ceux qui ont mis leur art au service de son embellissement se sont faits l'écho de notre entreprise et d'autres ont répandu la nouvelle que les Foxworth cherchaient à sauver leur âme. Nul ne parle plus de vengeance à l'égard de ces Foxworth qui, pendant plus de deux siècles, ont régi leur destin. Cependant, profondément enfouie dans le secret de leur cœur, demeure une opiniâtre rancune pour les méfaits commis à leur endroit dans le passé par nos ancêtres imbus de leur morgue et de leur égoïsme. Ils n'ont ni oublié ni pardonné les péchés de Corinne Foxworth qui épousa son demi-oncle, pas plus qu'ils n'ont oublié les péchés de ta mère, Bart, et ceux de ce frère qu'elle aime d'un amour coupable. Sous ce toit qui est le tien, elle s'obstine à lui offrir son corps pour qu'il en tire jouissance comme elle tire jouissance de son corps à lui... et, sous cette voûte céleste qui est le trône de Dieu, ils s'offrent tous deux nus aux rayons du soleil avant de s'adonner l'un à l'autre. Car ils s'adonnent l'un à l'autre, sont accrochés l'un à l'autre, aussi sûrement que s'ils l'étaient à l'une de ces drogues qui abondent dans le monde frivole, immoral, égoïste et révolté d'aujourd'hui.

» Lui, le médecin, son propre frère, se voit quelque peu racheté par les efforts qu'il déploie pour servir l'humanité en consacrant sa vie professionnelle à la médecine et à la science. De ce fait, il lui sera plus aisément pardonné ce qui ne saurait l'être à ta mère qui s'est bornée à donner au monde une fille perverse qui, peut-être, se révélera plus pécheresse qu'elle et un fils aîné qui s'exhibait de manière indécente pour de l'argent tout en tirant orgueil de son corps. Et ces péchés d'orgueil et d'impudeur, il en a payé le prix, il les a payés au prix fort par la perte de ses jambes, et en perdant l'usage de ses jambes, il a perdu la jouissance de son corps, et en perdant la jouissance de son corps, il a perdu sa femme. Le destin montre une infinie sagesse lorsqu'il départage ceux qu'il veut châtier de ceux qu'il récompense. (Il s'interrompit de nouveau, créant un effet de suspense et, fixant sur Bart le regard brûlant de ses yeux fanatiques comme s'il voulait réduire en cendres le centre cérébral de sa volonté, il reprit :) Maintenant, mon fils, je sais que tu aimes ta mère et que tu voudrais de temps à autre tout lui pardonner... mais tu as tort, tu as tort ! Car Dieu lui pardonnera-t-il ? Non, je ne puis le croire. C'est donc à toi de la sauver, de la détourner de son frère, car comment Dieu pourrait-il la préserver de l'éternelle damnation lorsqu'elle est responsable de la faute de son frère ?

Ses yeux délavés brillant d'une ferveur fanatique, il attendit la réponse de Bart.

— J'ai faim ! gémit soudain Deirdre.

— Moi aussi, cria Darren.

— Vous allez rester ici et faire ce que vous avez à faire... sinon, vous supporterez les conséquences de vos actes ! hurla Joël du haut de la chaire.

Immédiatement, je vis les jumeaux se recroqueviller sur

leur banc en braquant sur Joël des yeux agrandis par la peur. Qu'avait-il pu leur faire pour motiver chez eux de tels regards ? Oh, Seigneur, Joël ou Bart avaient-ils eu l'occasion de les frapper ou de les punir de quelque manière à mon insu ?

De longues minutes de silence s'écoulèrent comme si, délibérément, Joël mettait à l'épreuve la patience de ces enfants. J'aurais voulu me lever, sortir de ma cachette et crier à Joël de cesser de farcir d'idées nauséabondes la cervelle d'innocentes créatures mais j'en étais empêchée par le spectacle de Bart qui semblait n'avoir pas prêté la moindre attention au sermon de Joël. Ses yeux sombres étaient fixés, au-delà du vieillard, sur le magnifique vitrail représentant Jésus entouré de jeunes enfants qui se pressaient à ses pieds en levant vers Lui leur visage empreint de pure dévotion. Cette même dévotion qui se lisait sur le visage de Bart. Sourd aux paroles de son grand-oncle, il s'absorbait dans cette présence que moi-même je pouvais sentir en ces lieux.

L'existence de Dieu ne faisait aucun doute. Il avait toujours été là, même lorsque j'avais voulu le nier.

Les paroles du Christ avaient toujours un sens dans le monde d'aujourd'hui... à tel point que Son enseignement s'était frayé un chemin dans le labyrinthe des circonvolutions cérébrales troublées de mon fils pour y trouver sa place.

— Bart, gronda Joël, ta nièce et ton neveu sont en train de s'endormir. C'est de la négligence de ta part ! Réveille-les tout de suite !

— Leur jeune âge ne vous inspire-t-il donc nulle pitié, oncle Joël ? Vos sermons durent si longtemps qu'il est normal qu'ils s'ennuient. Et ces enfants ne sont ni mauvais ni contaminés par le péché. Le sacrement du mariage a sanctifié la naissance de ces jumeaux qui ne sont pas comme les premiers le fruit de relations consanguines. Ce ne sont pas les autres, mon oncle, les jumeaux diaboliques...

Alors même que je voyais Bart soulever Darren et Deirdre pour les prendre dans ses bras comme un oiseau protège ses petits sous son aile, je continuais de sentir mes espoirs se teinter d'appréhension bien que mon fils, par ce tendre geste, eût révélé une noblesse de cœur comparable à celle de son père.

A peine avais-je intérieurement fait cette remarque que j'entendis des mots qui me glacèrent les sangs.

Bart s'était levé, tenant toujours les jumeaux dans ses bras.

— Repose-les à terre, lui ordonna Joël dans ce chuchotement grinçant qui lui était coutumier et auquel s'était réduit, dès la fin du sermon, sa tonitruante voix de prédicateur. A présent, créatures immatures qui êtes encore esclaves de vos besoins physiques, récitez la leçon que j'ai tenté de vous apprendre. Parlez ! Prononcez donc ces mots que vous allez avoir à garder pour toujours dans votre esprit et dans votre cœur. Parlez et que Dieu entende.

C'étaient encore des bébés qui avaient toujours bien des difficultés à formuler une phrase complète. Ils butaient sur les mots, faisaient des fautes de syntaxe... mais cette fois, ce fut avec une élocution parfaite et une correction grammaticale en tout point digne d'un discours d'adulte qu'ils débitèrent ce qu'ils avaient appris pendant que Bart tendait une oreille attentive, manifestement prêt à les reprendre à la moindre erreur.

— Nous sommes des enfants nés d'une semence démoniaque. Nous sommes la progéniture du diable, l'engeance maudite. Nous avons reçu en héritage tous ces gènes mauvais qui incitent aux relations inces... incestueuses.

Visiblement satisfaits d'avoir récité sans faute cette leçon dont ils ne comprenaient pas un traître mot, les jumeaux se tournèrent d'abord l'un vers l'autre pour se sourire puis le regard de leurs yeux innocents se reporta sur le vieillard rébarbatif qui les dominait du haut de sa chaire.

— Nous reprendrons cela demain, conclut Joël en refermant son énorme Bible reliée de noir.

Bart reprit les jumeaux dans ses bras, déposa un baiser sur chaque petite joue puis leur dit qu'ils pouvaient aller se changer, manger, prendre un bain et faire une petite sieste avant de venir à la chapelle.

Ce fut alors que je sortis de l'ombre.

— Bart, peux-tu me dire ce que tu fabriques avec les enfants de Jory ?

Mon fils posa sur moi un regard ébahi et je le vis blêmir sous le hâle.

— Mère, tu n'es pas censée venir ici en dehors des dimanches.

— En quel honneur ? Tu espères peut-être me tenir à l'écart afin de pouvoir tranquillement transformer les jumeaux en êtres pervertis que tu prendras plaisir à châtier plus tard ? C'est bien ça ton but ?

— Et vous, a-t-il fallu vous pervertir pour que vous deveniez ce que vous êtes ? fit Joël d'une voix glaciale avec de petits yeux mauvais.

— Oui ! hurlai-je, me retournant brusquement pour lui faire face, au comble de la rage. Et ce sont vos parents qui s'en sont chargés ! Et votre sœur qui nous a séquestrés là-haut en nous berçant de promesses d'année en année pendant que Chris et moi devenions adultes sans avoir personne d'autre que nous-mêmes à qui vouer nos amours naissantes. Alors, gardez donc vos condamnations pour ceux qui nous ont faits ce que nous sommes, Chris et moi ! Mais avant que vous ne me répondiez je tiens à vous dire tout ce que j'ai sur le cœur.

» D'abord, j'aime Chris, et je n'en ai pas honte. Ensuite, vous pouvez estimer que je n'ai rien donné au monde mais ici même, dans cette chapelle, je vois votre petit-neveu qui tient dans ses bras mon petit-fils et ma petite-fille, et sur la terrasse, il y a un autre de mes fils. Et pas un seul d'entre eux n'est contaminé, comme vous dites ! Pas un seul n'est la progéniture du diable ou ne fait partie d'une engeance maudite... et si, pendant le temps qui vous reste à vivre, je vous entends encore une fois qualifier en ces termes des membres de ma famille, je vous promets de veiller à ce que vous finissiez vos jours à l'hospice !

Des couleurs réapparurent sur le visage de Bart dans le même temps qu'elles quittaient celui de Joël. Les yeux délavés du vieillard cherchèrent désespérément le regard de Bart mais celui-ci s'était posé sur moi et me contemplait comme si c'était la première fois qu'il me voyait.

— Mère... commença-t-il, et il en aurait dit plus long si les jumeaux ne s'étaient brusquement échappés de ses bras pour se précipiter vers moi.

— Faim, mamie. On a faim...

Mes yeux se rivèrent sur ceux de Bart.

— Tu as la plus belle voix qu'il m'ait jamais été donné d'entendre, lui dis-je en reculant vers la porte avec les jumeaux. Il ne te reste plus qu'à devenir ton propre maître, Bart. Tu n'as nullement besoin de Joël. Tu as découvert ton talent... alors, sers-t'en.

Il demeura figé, bouche ouverte, comme s'il avait des tonnes de choses à me dire, mais Joël était là, derrière lui, qui le tirait par le bras, tout aussi implorant que ces enfants qui me suppliaient de les emmener prendre leur repas.

Le Ciel s'impatiente

Jory tomba malade quelques jours plus tard avec un rhume qui ne cessa de s'aggraver. Le froid, la pluie, les vents avaient accompli leur œuvre. Il gisait sur son lit, brûlant de fièvre, le front scintillant de gouttelettes de sueur qui ruisselaient dans ses boucles noires au gré du perpétuel roulis de sa tête sur l'oreiller tandis qu'il n'arrêtait pas de gémir, de grogner et d'appeler Melodie. Chaque fois qu'il prononçait ce nom, je voyais tressaillir Toni qui n'en continuait pas moins de le soigner de son mieux.

En la regardant faire, je prenais conscience du sentiment qu'elle éprouvait maintenant pour Jory. C'était manifeste dans la tendresse de ses gestes, dans la compassion que je pouvais lire dans ses yeux, mais surtout dans cette façon qu'elle avait d'effleurer de ses lèvres le visage de mon fils dès qu'elle me croyait le dos tourné.

Elle leva vers moi un sourire confiant.

— Ne vous faites pas trop de souci, Cathy, me dit-elle en bassinant d'eau fraîche la poitrine de Jory. La plupart des gens ne se rendent pas compte que la fièvre est un processus de défense qui permet généralement à l'organisme de se débarrasser des virus en les brûlant, mais ce n'est pas à une femme de médecin que je vais avoir la prétention d'apprendre ça, aussi suis-je certaine que vous redoutez seulement la pneumonie. Mais ça n'ira pas jusque-là, non. J'en suis sûre.

Je continuais cependant à m'inquiéter. Elle n'avait qu'une formation d'infirmière et je ne pouvais me fier à son jugement comme à celui de Chris. Toutes les heures, j'essayais de l'appeler mais on n'avait pas encore réussi à le localiser dans le dédale de ces immenses laboratoires de l'université. Comment se faisait-il pourtant que l'on n'ait pas encore trouvé le moyen de lui faire la commission ? Pourquoi ne rappelait-il pas ? Je commençais non seulement à me faire un sang d'encre mais aussi à être en colère contre Chris. Ne m'avait-il pas promis d'être toujours là dès qu'on aurait besoin de lui ?

Deux jours s'étaient écoulés depuis le sermon de Joël, deux jours pendant lesquels Chris n'avait pas téléphoné si bien que, n'ayant pu m'en décharger sur lui, je restais sur la pénible impression que m'avait laissée la scène.

Et ce temps humide et lourd qui n'arrangeait rien. Ce tonnerre qui roulait en permanence au-dessus de nos têtes. Ces éclairs qui déchiraient un ciel sombre et menaçant. Ces averses brutales, cette moiteur omniprésente.

Les jumeaux jouaient à mes pieds. Je les entendis chuchoter que c'était l'heure de leur leçon dans la chapelle.

— S'il te plaît, mamie. Tonton Joël dit qu'il faut y aller.

— Deirdre, Darren, c'est moi qu'il faut écouter et pas tonton Bart ou tonton Joël. Votre père veut que vous restiez près de lui avec moi et Toni. Vous savez que votre papa est malade et la dernière chose dont il ait envie, c'est de voir son fils et sa fille se rendre dans cette chapelle où... où...

Je ne trouvais plus mes mots. Je ne pouvais rien dire sur Joël sans en risquer le choc en retour. Il ne faisait que leur enseigner ce qu'il pensait être juste. Si seulement il ne leur avait pas appris ces mots... Progéniture du diable, engeance maudite.

Immédiatement, ils se mirent à pleurer à l'unisson.

— Papa va pas mourir ? gémirent-ils dans un chœur tout aussi parfait.

— Bien sûr que votre père ne va pas mourir. Et puis, que savez-vous de la mort, vous deux ?

Je leur expliquai alors que leur grand-père était un très très bon docteur et qu'il allait rentrer à la maison d'un instant à l'autre.

A leur façon de me regarder, je compris qu'ils n'avaient pas la moindre idée de ce dont je parlais et il me revint à l'esprit qu'ils prononçaient souvent des mots dont ils ignoraient le sens, simplement parce que leur sonorité les avait frappés. Mourir... comment auraient-ils pu savoir ce que c'était ?

Toni se tourna vers moi pour me jeter un étrange regard.

— Vous savez, Cathy, pendant que je les habille, que je les déshabille ou que je leur fais prendre leur bain, ils n'arrêtent pas de parler. Ce sont même des enfants remarquablement avancés. Je pense que le fait de n'être entourés que d'adultes leur a donné une vivacité d'esprit qu'ils n'auraient pas eue s'ils avaient été en contact avec des enfants de leur âge. Ces conversations qu'ils tiennent entre eux sont généralement du charabia mais, de temps à autre, au sein de ce jargon enfantin surgissent des mots différents, des mots d'adulte. Je les vois écarquiller les yeux. Ils baissent la voix. Ils jettent autour d'eux des regards effarés. C'est comme s'ils s'attendaient à voir paraître quelque chose ou quelqu'un et, dans un chuchotement, ils se mettent mutuellement en garde contre la colère de Dieu. Et je trouve ça inquiétant.

Son regard retourna vers Jory.

— Ecoutez-moi bien, Toni. Ne permettez jamais aux jumeaux de s'éloigner au point que vous les perdiez de vue. Dans la journée, gardez-les constamment près de vous à moins d'avoir la certitude qu'ils sont avec moi, avec Jory ou avec mon mari. Lorsque vos soins à Jory vous absorbent trop pour que vous puissiez bien les surveiller, appelez-moi et je m'occuperai d'eux. Mais surtout, ne les laissez jamais partir avec Joël... (et, bien qu'il m'en coûtât, je fus contrainte d'ajouter :) ... ou avec Bart.

Je vis cette lueur soucieuse reparaître dans ses yeux.

— Cathy, je crois que ce n'est pas seulement l'incident de New York mais aussi ce que Joël lui a dit lors de notre retour qui a fait que Bart s'est mis à me considérer comme la pire des pécheresses. Ça fait vraiment mal d'entendre de telles accusations dans la bouche d'un homme dont on pensait être aimée. (Elle se remit à bassiner les bras et le torse de mon fils aîné.) Ce n'est pas Jory qui aurait pu dire des choses pareilles, même si je m'étais vraiment mal conduite. Il est violent parfois, mais même dans ces moments-là, il reste attentif à ne rien dire qui puisse blesser mon amour-propre. Je n'ai jamais connu d'homme aussi prévenant, aussi compréhensif que lui.

— N'essayez-vous pas de me dire que vous êtes amoureuse de Jory ? lui demandai-je, partagée entre mon désir de la voir aimer mon fils aîné et la crainte que ce ne fût qu'un amour de remplacement, le simple contrecoup de sa déception.

Elle rougit et baissa la tête.

— Cela fait presque deux ans que je suis dans cette maison et j'y ai vu tant de choses, entendu tant de choses. J'ai trouvé ici la satisfaction de mes désirs sexuels ; ce n'était ni tendre ni romantique, excitant, rien de plus. Et c'est seulement maintenant que je découvre comme il est merveilleux d'aimer un homme qui me comprend et qui me donne ce dont j'ai besoin. Jamais ses yeux ne me condamnent, jamais ses lèvres ne profèrent des mots terribles quand j'estime n'avoir rien fait de terrible. Mon amour pour Bart était comme un brasier qui aurait tout de suite jeté sa plus haute flamme le jour où nous nous sommes rencontrés mais je m'y sentais comme sur des sables mouvants, incapable de jamais savoir ce qu'il voulait, ce dont il avait besoin, sinon d'une femme qui vous ressemble...

— J'aimerais que vous cessiez de répéter ça, Toni, fis-je, gênée.

Pour moi, le mépris dans lequel Bart se tenait lui-même était l'explication de son comportement. Il avait une telle peur d'être abandonné qu'il prenait les devants. Ainsi s'était-il détourné de Melodie avant qu'elle n'eût la moindre chance de le quitter. Ainsi avait-il plus tard rejoué le même scénario avec Toni. Encore une fois, cette pensée m'arracha un soupir.

Nous nous mîmes d'accord, Toni et moi, pour ne plus jamais parler de Bart et, avec mon aide, elle entreprit de faire enfiler à Jory une veste de pyjama propre. Alors que nous procédions à ce travail d'équipe, les jumeaux s'amusaient à pousser des petites voitures sur le plancher de la chambre, réinventant des jeux qui avaient été ceux de Cory et de Carrie jadis.

— Tâchez simplement d'être sûre du frère que vous aimez, sinon vous finirez par leur faire du mal à tous deux, ajoutai-je pour clore la discussion. Je vais en reparler avec mon mari et avec Jory, mais je suis décidée à tout mettre en œuvre pour que nous quittions cette maison dès que mon fils sera rétabli. Si tel est votre choix, vous pourrez nous accompagner.

Je vis ses jolis yeux gris s'élargir puis me quitter pour retourner à Jory qui venait de rouler sur le côté en murmurant dans son délire des mots incohérents.

— Mel... est-ce notre finale ? crus-je distinguer.

— Non, c'est Toni, votre infirmière. (D'un geste caressant, elle lui remonta les cheveux, dégageant son front trempé de sueur.) Vous avez pris un mauvais coup de froid... mais ça va bientôt aller mieux.

Jory posa sur elle un regard désorienté comme s'il cherchait à faire la distinction entre cette femme et celle dont il rêvait toutes les nuits. Le jour, il n'avait d'yeux que pour Toni, mais la nuit, Melodie revenait le hanter. Tant il est vrai qu'il est dans la nature humaine de s'accrocher avec opiniâtreté au malheur en dédaignant le bonheur qui passe à notre portée.

Il fut pris d'une violente quinte de toux, étouffa et finit par cracher des glaires. Toni lui soutint tendrement la tête puis gagna la salle de bains pour jeter les mouchoirs souillés.

Elle avait pour lui des attentions d'une infinie tendresse. Je la voyais tour à tour redonner du volume à son oreiller, lui masser le dos, lui remuer les jambes pour leur garder leur souplesse, et je ne pouvais m'empêcher d'être impressionnée qu'elle se donnât tant de mal pour qu'il se sentît au mieux.

A reculons, je gagnai la porte, prise du sentiment d'être de trop lorsque la vision de Jory fut assez nette pour lui permettre de prendre la main de Toni et de la regarder dans les yeux. Malade comme il était, il trouvait encore la force de lui parler par son regard. Je m'approchai sans bruit des jumeaux, pris la main de Darren puis celle de Deirdre.

— Il faut s'en aller maintenant, leur murmurai-je tout en observant Toni qui avait baissé la tête et s'était mise à trembler.

A ma grande surprise, juste avant de refermer la porte, je la vis porter la main de mon fils à ses lèvres et déposer un baiser sur chacun de ses doigts.

— J'ai conscience d'abuser de la situation et de profiter de ce que tu n'as pas la force de me répondre mais je dois t'avouer à quel point je me suis conduite comme une imbécile. Tu étais là tout le temps et je ne te voyais pas. Bart était au milieu du chemin et c'était comme si tu n'existais pas.

— On passe si facilement sans le voir à côté d'un homme assis dans un fauteuil roulant, lui répondit Jory d'une voix très faible. (Mais son regard buvait la sincérité des paroles de la jeune femme et, plus que tout, les yeux remplis d'amour qu'elle posait sur lui.) Sans doute est-ce cela qui t'a rendue aveugle en un temps. Mais moi, j'étais bien là, je t'attendais, j'espérais...

— Oh, Jory, ne me tiens pas rigueur d'avoir laissé Bart m'éblouir par ses charmes. J'étais pour ainsi dire abasourdie qu'il me trouvât si désirable. J'ai été prise de court, et c'est ainsi qu'il m'a subjuguée. Je crois que, dans le secret de son cœur, toute femme désire un homme qui refuse de se le tenir pour dit lorsqu'elle lui répond non et qui la poursuit de ses assiduités jusqu'à ce qu'elle soit obligée de céder. Pardonne-moi de m'être comportée comme une idiote et d'avoir été une conquête facile.

— Ce n'est rien, ce n'est rien, murmura-t-il, puis il ferma les yeux. Simplement, je ne veux pas que ce que tu ressens pour moi soit de la pitié... je m'en apercevrais.

— Tu es tout ce que j'aurais voulu que Bart soit ! s'écria-t-elle, puis je vis ses lèvres descendre vers celles de Jory.

Et cette fois, je refermai la porte.

De retour dans mes appartements, je couchai les jumeaux dans mon lit pour leur sieste, les bordai avec soin puis m'installai près du téléphone afin d'attendre la réponse aux multiples messages urgents que j'avais laissés pour Chris au standard de l'université. Gagnée par l'exemple des enfants, j'étais sur le point de m'assoupir lorsque la sonnerie retentit. Je décrochai, fis : « Allô ! », et une voix caverneuse demanda sur un ton revêche à parler à Mrs Sheffield. Je répondis que c'était elle-même.

— Nous ne voulons pas de gens comme vous chez nous, fit la voix. Nous sommes au courant de tout ce qui se passe là-haut et ce n'est pas cette chapelle que vous avez fait construire qui nous donnera le change. Nous savons très bien qu'il s'agit d'un paravent derrière lequel vous continuez à défier par vos turpitudes les règles morales instituées par Dieu. Partez d'ici avant que nous ne prenions en main de faire respecter la volonté divine en vous chassant jusqu'au dernier de nos montagnes.

Incapable de trouver une réponse intelligente, je restai muette de stupeur, presque prise de vertige, et je l'entendis raccrocher. Pendant de longues minutes, je continuai de garder le combiné en main. Le soleil émergea des nuages et je sentis la chaleur de ses rayons sur mon visage... alors seulement je raccrochai. Mon regard se promena sur ces pièces que j'avais redécorées moi-même selon mes propres goûts et j'eus la surprise de constater qu'elles ne réveillaient plus en moi le souvenir de ma mère et de son second mari. Il ne s'y trouvait plus que les seuls vestiges du passé que je voulais garder en mémoire.

Sur la coiffeuse, j'avais placé les photos de Cory et de Carrie bébés dans des cadres d'argent posés juste à côté de ceux contenant les portraits de Darren et de Deirdre. A première vue, on aurait dit les mêmes jumeaux mais, lorsqu'on les connaissait bien, on était sensible à leurs différences. Puis mes yeux se déplacèrent vers le cadre d'argent suivant dans lequel Paul continuait à me sourire. Après, ce fut le tour d'Henny. Puis mon regard s'arrêta sur le cadre d'or dans lequel Julian arborait cette moue boudeuse qu'il avait considérée comme sexy. Près de lui, se tenait toujours sa mère, Mrs Marisha, dont j'avais conservé quelques instantanés. Mais nulle part on ne voyait une photographie de Bartholomew Winslow. Mes yeux se posèrent alors sur le portrait de mon père mort lorsque j'avais douze ans. Chris et lui se ressemblaient tant, à cela près que Chris avait maintenant l'air plus vieux. Le temps de se retourner et l'on retrouvait un homme à la place du jeune garçon qu'on avait connu. Le cours des ans s'était accéléré. A l'époque, un jour avait paru plus long que ce que durait maintenant une année entière.

Je contemplai de nouveau les deux jeux de photos représentant les jumeaux. Il fallait avoir une grande familiarité avec elles pour remarquer des différences si légères. Il y avait un soupçon de Melodie dans les enfants de Jory, une vague ressemblance. Puis mon regard se fixa sur Chris et moi tels que nous montrait une photo prise à Gladstone en Pennsylvanie alors que j'avais dix ans et qu'il venait d'en avoir treize. Nous disparaissions jusqu'à la taille dans près d'un mètre de neige, très fiers du bonhomme que nous venions d'achever, et cette fierté se lisait dans le sourire que nous tournions vers papa en le voyant encore une fois s'apprêter à presser le déclencheur de l'appareil. C'était notre mère qui avait jadis placé cette épreuve jaunie dans son album bleu. Notre album bleu à présent.

De petites tranches de notre vie restaient prises dans ces carrés et dans ces rectangles de papier glacé. A jamais figée dans le temps, cette petite Catherine assise sur l'appui d'une lucarne, vêtue d'une chemise de nuit diaphane, pendant que, dans l'ombre du grenier, Chris prenait une photo en pause. Comment avais-je fait mon compte pour rester si longtemps immobile, et pour ne pas changer d'expression... comment ? Au travers du tissu léger de la chemise, je pouvais deviner la tendre courbe de mes jeunes seins et, dans ce profil encore enfantin, toutes ces nostalgies qui, alors, étaient déjà les miennes.

Qu'elle était mignonne cette jeune fille... comme j'avais été mignonne ! Je ne pouvais détacher mon regard de cette frêle et mince adolescente qui avait depuis longtemps disparu dans la femme d'âge mûr que j'étais maintenant. Le sentiment de cette perte m'arracha un soupir, la perte de cette jeune fille à la tête pleine de rêves. Au lieu de reposer la photo, je me levai pour aller en chercher une autre, celle que Chris avait emportée dans ses affaires lorsqu'il était parti faire ses études de médecine. L'interne qu'il était devenu ensuite avait continué de garder en permanence sur lui cette photo. Etait-ce le carré de papier glacé que je tenais dans ma main qui avait entretenu la force de son amour pour moi ? Ce pâle visage d'une jeune fille de quinze ans assise au clair de lune ? Ces yeux qui criaient son besoin d'amour, d'un amour qui durerait à jamais ? Je ne ressemblais plus à cette jeune fille dont je tenais l'image. C'est à ma mère que je ressemblais, telle qu'elle m'était apparue la nuit où elle avait incendié le Foxworth Hall primitif.

La sonnerie stridente du téléphone me ramena au présent.

— J'ai crevé, m'expliqua Chris lorsqu'il entendit ma voix défaite. Je m'étais rendu dans un autre laboratoire et j'y suis resté plus de temps que prévu. Ce n'est qu'en rentrant à l'université que j'ai vu tous ces messages que tu m'avais laissés. Comment va Jory ? Ça n'a pas empiré depuis ?

— Non, chéri, c'est toujours pareil.

— Cathy, qu'est-ce qui s'est passé ?

— Je te le dirai quand tu seras là.

Une heure plus tard, Chris franchissait au pas de course le seuil de la maison, m'embrassait au passage et se précipitait au chevet de Jory.

— Alors, comment va mon fils ? lui demanda-t-il en s'asseyant sur le lit pour lui prendre immédiatement le pouls. J'ai appris par ta mère que quelqu'un avait ouvert toutes tes fenêtres et que tu t'étais retrouvé trempé.

— Oh, s'écria Toni, c'est horrible ! Qui a pu faire une chose pareille ? Pourtant, docteur Sheffield, j'ai l'habitude de passer voir Jory, je veux dire Mr Marquet, deux ou trois fois par nuit, même s'il ne m'appelle pas.

Jory tourna vers elle un sourire de pur bonheur.

— A présent, Toni, tu peux cesser de m'appeler Mr Marquet, je crois. (Sa voix n'était qu'un faible murmure guttural.) Et puis, lorsque c'est arrivé, tu étais de repos.

— Ah oui, n'est-ce pas le jour où je suis descendue en ville voir mon amie ?

— C'est un simple coup de froid, Jory, conclut Chris après avoir ausculté mon fils une dernière fois. Je n'entends rien de suspect dans les poumons, pas de fluxion donc ; et tu n'as pas les symptômes de la grippe. Tout ce qu'il te reste à faire, c'est prendre tes médicaments, avaler les cuillères de sirop que Toni te donnera et cesser de te ronger les sangs à propos de Melodie.

Un peu plus tard dans notre salon, confortablement installé dans son fauteuil préféré, Chris écouta tout ce que j'avais à lui dire.

— As-tu reconnu la voix ?

— Chris, tu sais très bien que je ne connais pratiquement personne au village. Je fais tout mon possible pour éviter ces gens.

— Comment sais-tu que c'est quelqu'un du village ?

C'était la première idée qui m'était venue en tête et je n'y avais pas accordé plus ample réflexion. Nous prîmes néanmoins la décision de quitter cette maison dès que Jory serait rétabli.

— Comme tu veux, fit Chris qui promena malgré tout sur la pièce un regard non dénué de regret. Je me plaisais bien ici, je dois l'admettre. J'aime cette sensation d'espace, ce parc, ces domestiques qui veillent à notre confort, et ça me chagrine un peu de quitter tout ça. Mais n'allons pas trop loin. Je tiens à poursuivre mon travail à l'université.

— Ne t'inquiète pas, Chris. Je ne vais pas te priver aussi de ça. Nous allons simplement déménager à Charlottesville en priant le bon Dieu que personne là-bas ne sache que je suis ta sœur.

— Cathy, ma douce et tendre épouse, ce n'est pas pareil en ville ; même s'ils l'apprenaient, ils s'en ficheraient. En outre, tu as beaucoup plus l'air d'être ma fille que ma femme.

Le plus extraordinaire en lui était d'avoir pu dire ces mots avec une profonde sincérité dans les yeux. J'eus alors la conviction qu'il était aveugle quand il me regardait. Il voyait en moi ce qu'il voulait y voir : la jeune fille que j'avais été.

Mon expression dubitative le fit rire.

— Non, c'est la femme que tu es devenue que j'aime. Arrête de chercher ce qui cloche lorsque je t'offre ma sincérité à dix-huit carats. J'aurais bien dit vingt-quatre carats mais tu m'aurais répondu que c'est un métal trop mou, impropre à toute utilisation pratique. Donc, je te donne ce qu'il y a de mieux : mon amour à dix-huit carats qui sait pertinemment que tu es belle à l'intérieur, à l'extérieur et entre les deux.

Cindy nous fit l'une de ces visites au cours desquelles nous étions emportés dans son tourbillon volubile alors qu'elle nous narrait avec une exquise minutie les plus infimes détails de l'existence palpitante qui avait été la sienne depuis la dernière fois où nous nous étions vus. Il était proprement incroyable que tant de choses pussent arriver à une jeune fille de dix-neuf ans.

A peine eûmes-nous franchi le seuil de la grande salle qu'elle bondit au sommet des marches et se précipita dans les bras de Jory avec une telle fougue que je craignis de la voir faire basculer le fauteuil.

— Tu sais, Cindy, lui fit-il remarquer en riant, tu pèses tout de même plus lourd qu'une plume. (Puis il l'embrassa, prit du recul pour la regarder et partit de nouveau d'un grand rire.) Ça alors ! Pour quel type d'activité a-t-on conçu ce genre de tenue ?

— Spécialement conçu, comme tu dis, pour remplir

d'horreur les yeux d'un certain frère de ma connaissance. En fait, je ne me suis habillée comme ça que pour faire bisquer Bart et ce cher oncle Joël.

Jory reprit son sérieux.

— Cindy, si j'étais toi, je cesserais de tenter le diable en asticotant délibérément Bart. Ce n'est plus un gamin.

A l'insu de Cindy, Toni était entrée dans la chambre et attendait patiemment en retrait, le thermomètre à la main.

— Oh ! fit Cindy lorsqu'elle se retourna et vit Toni. Je croyais que cette terrible scène que Bart t'a faite à New York t'aurait ouvert les yeux et que tu n'aurais pas traîné trois jours de plus dans cette maison. (Puis quelque chose dans le regard de Toni la fit se retourner vers Jory avant de revenir dévisager la jeune femme et d'éclater de rire.) Ah, mais c'est différent, tu as fini par avoir du bon sens ! Je le vois dans tes yeux, et dans ceux de Jory, vous êtes amoureux ! Youpi ! (Elle serra Toni dans ses bras, la couvrit de baisers, puis alla s'asseoir par terre auprès du fauteuil de Jory vers qui elle leva un regard de pure adoration.) J'ai vu Melodie à New York. Elle a beaucoup pleuré quand je lui ai parlé des jumeaux... mais le jour qui a suivi votre jugement de divorce, elle s'est remariée avec un autre danseur. Il te ressemble beaucoup, Jory, mais il n'est pas aussi beau que toi, et il est loin de danser aussi bien.

Jory accueillit cette nouvelle avec un petit sourire, comme s'il avait rangé Melodie sur une étagère dont elle ne descendrait plus jamais. Puis il se tourna vers Toni et ce sourire s'élargit.

— Très bien ! Voilà où passe ma pension alimentaire. Elle aurait quand même pu m'envoyer un faire-part.

Cindy aussi s'était tournée vers Toni.

— Et Bart ?

— Et moi ? fit une voix de baryton derrière nous sur le seuil.

Alors seulement, nous prîmes conscience de la présence de Bart qui, adossé au chambranle dans une pose désinvolte, observait depuis un certain temps les curieux pensionnaires de son zoo familial.

— A ce que je vois, poursuivit-il d'une voix traînante, notre époustouflante Marilyn en second est revenue nous faire vibrer de sa scénique présence.

— Ce n'est pas le terme que j'emploierais pour décrire ce que j'éprouve en te revoyant, rétorqua-t-elle avec des éclairs dans les yeux. Je ne vibre pas, moi, je frissonne.

Le regard de Bart remonta lentement du pantalon moulant de cuir doré vers le pull de coton à grosses mailles dont les rayures horizontales blanches et or mettaient en relief des seins qui se balançaient librement à chaque mouvement, puis je vis ses yeux redescendre jusqu'à ces hautes bottes dorées qui lui habillaient les jambes jusqu'aux genoux.

— Quand est-ce que tu repars ? lui demanda Bart en tournant son regard vers Toni qui s'était assise auprès de Jory et lui tenait la main.

Chris avait pris place près de moi sur l'ottomane et il tentait de rattraper son retard sur la correspondance qui lui était adressée ici au lieu de l'être au labo.

— Très cher frère, tu peux dire ce que tu veux, je m'en fiche. Je suis venue rendre visite à ma famille et, ne t'inquiète pas, je repartirai bientôt. Nulle chaîne ne me force à rester ici plus longtemps qu'il n'est nécessaire. (Elle fit un pas vers lui pour lui rire au nez.) Je ne te demande ni de m'aimer ni même d'approuver ma présence. Et si tu t'avises d'ouvrir ta grande... bouche pour m'insulter, je ne me donnerai pas la peine de répondre autrement qu'en rigolant. J'ai rencontré un garçon auprès duquel tu passerais pour le monstre du lac Noir !

— Cindy ! fit Chris en reposant une lettre à demi décachetée. Pendant ton séjour ici, je tiens à ce que tu t'habilles correctement et que tu respectes Bart, comme je veillerai à ce qu'il te respecte. J'en ai ras le bol de ces puériles querelles à propos de tout et de n'importe quoi.

Cindy tourna vers lui un regard si vexé que je m'empressai de modérer les choses :

— Chérie, c'est la maison de Bart et, tu sais, moi aussi j'aimerais parfois te voir dans des vêtements qui ne soient pas deux tailles en dessous.

Ses jolis yeux bleus redevinrent brusquement ceux d'une gamine.

— Vous êtes tous les deux de son côté, gémit-elle, alors que vous savez très bien que c'est un pauvre type complètement siphonné qui ne cherche qu'à nous rendre tous malheureux.

Voyant Toni gênée d'assister à une telle scène, Jory se pencha vers elle pour lui murmurer quelque chose à l'oreille. Aussitôt, la jeune femme retrouva son sourire. Puis j'entendis mon fils aîné ajouter un peu plus fort :

— A quoi bon s'en occuper ? Bart et Cindy éprouvent une jouissance à se tourmenter l'un l'autre.

Ces paroles eurent hélas ! pour effet de détourner l'attention de mon cadet sur la manière dont son frère tenait Toni par les épaules. Sa réaction fut immédiate.

— Viens, Toni. Je veux te montrer les nouveaux embellissements qui ont été apportés à la chapelle.

— Une chapelle ? Comment se fait-il qu'il y ait une chapelle ici ? s'enquit Cindy qui n'était pas au courant des dernières transformations apportées à la maison.

— Bart voulait que cette demeure ait sa chapelle privée.

— O.K., maman, mais il aurait été plus judicieux de prévoir une cellule capitonnée, tu ne crois pas ?

Bart s'abstint de tout commentaire.

Toni refusa de l'accompagner. Elle invoqua le prétexte d'avoir à faire prendre leur bain aux jumeaux. L'espace d'un instant, je vis la colère embraser le regard de Bart, mais ce fut un feu de paille qui s'éteint aussitôt, le laissant dans un étrange désarroi. Je me levai et lui pris la main.

— Moi j'aimerais bien voir ces modifications qui ont été faites à la chapelle.

— Une autre fois, me répondit-il.

Au cours du dîner, je ne cessai de l'observer tandis que Cindy n'arrêtait pas de l'asticoter avec une telle outrance que nous aurions tous éclaté de rire s'il n'avait pas semblé prendre tant les choses au sérieux. Mais Bart n'avait jamais été capable de rire de lui-même. Cindy avait un sourire triomphant.

— Vois-tu, Bart, je suis capable d'oublier toutes les

tares de mon enfance, y compris les tares physiques, mais toi, tu ne pourras jamais renoncer à toutes ces choses qui te donnent des aigreurs d'estomac et que tu te complais à remâcher dans ta tête. Tout ce qui pue, tout ce qui pourrit, tu es prêt à l'accueillir, comme un égout, mais là où tu en diffères, c'est qu'ensuite tu ne déverses pas comme lui tes ordures dans le cours d'une rivière. Tu les gardes en toi.

Il continuait à garder le silence.

— Cindy, intervint Chris qui n'avait pas dit un mot de tout le repas. Fais des excuses à Bart.

— Non.

— En ce cas, lève-toi, sors de table et va finir de manger dans ta chambre jusqu'à ce que tu aies appris à ne pas nous couper l'appétit en parlant.

Encore une fois, je vis des éclairs dans son regard mais, en l'occurrence, ils étaient destinés à Chris.

— Très bien ! Je vais aller dans ma chambre... mais pas plus tard que demain matin, je quitte cette maison, définitivement. Vous ne m'y reverrez plus jamais. Plus jamais !

Et Bart sortit de son mutisme.

— Voilà des années qu'on ne m'avait pas fait part d'une aussi bonne nouvelle.

Avant même d'avoir atteint la porte de la salle à manger, Cindy était en larmes. Je ne me précipitai pas derrière elle, cette fois. Je restai à ma place comme si tout était parfaitement normal. Dans le passé, j'avais toujours pris la défense de Cindy contre Bart, mais à présent je le voyais avec des yeux neufs. Ce fils que je n'avais jamais vraiment connu possédait bien des facettes, et certaines n'étaient pas plus noires que dangereuses.

— Pourquoi ne cours-tu pas derrière Cindy comme tu l'as toujours fait par le passé ? me dit-il comme pour me défier.

— Je n'ai pas terminé mon repas, Bart. Et j'estime que Cindy doit apprendre à respecter l'opinion d'autrui.

Il me regarda comme si je lui avais coupé l'herbe sous le pied.

Le lendemain, de bon matin, Cindy fit irruption dans notre chambre sans frapper, me surprenant au sortir du bain, drapée dans une serviette de toilette, tandis que Chris n'avait encore qu'une joue rasée.

— Maman, papa, je m'en vais, nous annonça-t-elle. Je ne m'amuse pas du tout ici. Je me demande même pourquoi je me suis donné la peine de revenir. Manifestement, vous avez décidé de prendre le parti de Bart, quelles que soient les circonstances et, dans ce cas, je n'ai plus rien à dire. J'aurai vingt ans en avril prochain et j'estime qu'à cet âge je puis me passer d'une famille.

Elle avait les yeux gonflés de toutes les larmes qu'elle avait dû verser pendant la nuit et ce fut d'une petite voix brisée qu'elle ajouta :

— Je voudrais vous dire merci d'avoir été pour moi de merveilleux parents lorsque j'étais petite et que j'avais justement besoin de gens tels que vous. Vous allez me manquer tous les deux, et Jory aussi, sans parler de Darren et de Deirdre, mais chaque fois que je mets les pieds dans cette maison, c'est pour en repartir écœurée. Si vous vous décidez un jour à vivre loin de Bart, vous aurez une chance de me revoir... enfin, peut-être.

— Cindy ! m'écriai-je en me précipitant sur elle pour la prendre dans mes bras. Ne t'en va pas !

— Non, maman, je retourne à New York. J'ai des amis là-bas qui vont organiser une soirée super dès mon retour. A New York, c'est toujours mieux qu'ailleurs.

Mais ses larmes remontaient de plus belle. Chris essuya le savon à barbe qui lui restait sur une moitié du visage et vint nous rejoindre. Il la prit dans ses bras.

— Je comprends bien ce que tu ressens, Cindy. Bart a des côtés particulièrement crispants, mais tu y as été un peu fort hier soir. Dans un sens, ce que tu disais n'était pas dénué d'humour mais, hélas ! il n'y a pas été sensible. Tu dois faire la différence entre ceux que tu peux taquiner et ceux avec lesquels tu ne peux te le permettre. Bart est un de ces derniers et tu as dépassé les bornes. Même si nous jugeons que tu pars trop tôt, nous ne songerons pas à te retenir. Mais avant que tu ne t'en ailles, nous voulons que tu saches que ta mère et moi, nous allons partir avec Jory, Toni et les enfants nous installer à Charlottesville. Nous y trouverons une grande maison avec des voisins et du monde tout autour. Lorsque tu viendras nous voir, tu n'auras plus cette sensation d'isolement et, surtout, tu ne risqueras plus de te disputer avec Bart puisqu'il sera resté ici sur sa colline.

Elle continuait de sangloter en s'accrochant à Chris.

— Je suis désolée, papa, je regrette vraiment d'avoir été si méchante avec lui, mais il me dit toujours de telles ignominies que si je ne lui répondais pas j'aurais l'impression d'être son paillasson. Je ne veux pas qu'il s'essuie les pieds sur moi... et, quand je dis qu'il me fait penser à un égout, je le pense vraiment.

— J'espère qu'un jour tu le verras autrement, lui dit Chris en lui prenant par le menton son joli visage pour déposer un baiser sur chacune de ses joues. Va donc embrasser ta mère et cours dire au revoir à Jory, à Toni, à Darren et à Deirdre... mais surtout, ne nous répète jamais que tu ne viendras plus nous voir. Ça nous fait trop mal. Ta présence nous a toujours apporté une telle joie que rien ne saurait jamais la gâcher.

J'aidai donc Cindy à refaire ces valises qu'elle venait à peine de défaire et je m'aperçus alors qu'elle était encore indécise, prête à rester si je lui en faisais la demande. Malheureusement, nous avions laissé la porte ouverte et je vis soudain Joël s'encadrer sur le seuil.

— Voyons, petite fille, pourquoi ces yeux rouges de pleurs ?

— Je ne suis plus une petite fille ! hurla-t-elle en lui décochant un regard noir. Vous êtes de mèche avec lui et s'il est comme ça, c'est à cause de vous. Vous êtes là en train de jubiler parce que je fais mes valises... mais avant de partir, je tiens à vous dire une chose, et tant pis si mes parents doivent me gronder et me reprocher de n'avoir pas respecté votre grand âge. (Elle fit un pas vers lui et, de toute sa taille, domina la silhouette ratatinée de Joël.) Je vous hais, vieillard ! Je vous déteste pour avoir empêché mon frère d'être normal, ce qu'il serait sans vous. Je vous hais !

Chris était assis près de la fenêtre. En entendant cela, il se leva d'un bond, l'air furieux.

— Enfin, Cindy ! Tu aurais pu te passer de dire ça ! (Joël disparut dans le couloir, laissant Chris et Cindy face à face. Chris tendit la main vers Cindy pour lui caresser les cheveux.) Tu n'aurais pas dû... Joël est atteint d'un cancer. Il n'en a plus pour longtemps.

— Tu crois ça ? fit-elle. Il a pourtant l'air en bien meilleure forme qu'il y a deux ans.

— Peut-être bénéficie-t-il d'une rémission mais ça ne saurait durer. Il se refuse à voir des médecins et ne m'a même pas laissé l'examiner. Il prétend être résigné à mourir bientôt, alors je ne veux pas insister.

— Je suppose que tu me dis ça pour que j'aille lui faire des excuses... eh bien, pas question ! Je ne regrette rien de ce que j'ai dit ! C'était la stricte vérité ! Tu te rappelles comme Bart était heureux lorsque nous sommes partis ensemble pour New York, comme il avait l'air amoureux de Toni ? Eh bien, le soir même, à cette fête donnée pour le nouvel an, il a soudain vu parmi les invités un vieillard qui ressemblait à Joël, et aussitôt, il a changé. Il est devenu mesquin, haineux, comme si on venait de lui jeter un sort, et il a commencé de critiquer ma tenue, puis celle de Toni, en prétendant que sa robe était indécente... alors que, deux minutes auparavant, il venait de lui dire qu'il la trouvait très jolie. Alors, ne viens pas me dire que Joël n'a pas une grande part dans le comportement de Bart !

Immédiatement, je vins à la rescousse de ma fille.

— Tu vois, Chris, Cindy pense comme moi. Si Joël n'était pas là pour l'influencer, Bart s'améliorerait. Je t'en prie, fais partir Joël avant qu'il ne soit trop tard.

— Oui, papa. Il faut que ce vieillard s'en aille. Tu n'as qu'à le payer grassement pour t'en débarrasser.

— Et qu'est-ce que j'irai dire à Bart après ? nous demanda Chris en posant tour à tour son regard sur Cindy et sur moi. Vous ne vous rendez pas compte que c'est à lui de voir Joël tel qu'il est ? Nous ne pouvons pas dire à Bart que son grand-oncle a une mauvaise influence sur lui. C'est à lui de le découvrir.

Peu après cette conversation, nous descendîmes à Richmond pour accompagner Cindy qui prenait l'avion pour New York. Une semaine plus tard, elle en repartirait pour Hollywood où elle tenterait de faire carrière dans le cinéma.

— Je ne reviendrai plus à Foxworth Hall, nous répéta-t-elle. Je vous aime, toi et papa, même s'il m'en veut d'avoir dit tout haut ce que je pensais. Assurez encore une fois Jory de mon amour pour lui et pour ses enfants. Mais c'est plus fort que moi, chaque fois que je mets les pieds dans cette maison, de vilaines pensées me viennent en tête. Partez-en, maman, papa. Partez-en avant qu'il ne soit trop tard. (Je fis oui de la tête.) Maman, tu te rappelles cette nuit où Bart a cassé la figure à Victor Wade ? Ensuite, il m'a jetée sur son épaule et m'a ramenée nue à la maison... jusqu'à la chambre de Joël. Il m'a tenue devant cet horrible vieillard qui s'est mis à cracher sur moi et à me maudire. Ça, je n'ai pas trouvé la force de te le dire, à l'époque. Mais j'ai réellement peur d'eux quand ils sont ensemble. Seul, je suis sûre que Bart finirait par s'améliorer. Mais sous l'influence de Joël, il peut devenir dangereux.

Bientôt, elle fut dans son avion et nous sur le sol en train de la voir encore une fois s'envoler.

Elle partit vers le matin, nous rentrâmes à la maison vers la nuit.

Ça ne pouvait pas durer. Pour sauver Jory, Chris, les jumeaux et moi-même, nous allions devoir quitter cette maison, même si cela signifiait ne plus jamais revoir Bart.

Un jardin dans le ciel

« Pauvre Cindy, pensai-je. Comment va-t-elle pouvoir s'en sortir à Hollywood ? » Et, avec un soupir résigné, je cherchai des yeux les jumeaux. Ils étaient dans leur bac à sable que protégeait toujours du soleil un voile bayadère, bien que nous fussions au début septembre et que le temps ne cessât de fraîchir. Ils étaient assis, l'air grave, sans bâtir de châteaux de sable, sans remplir leurs jolis seaux. Ils étaient assis à ne rien faire.

— On écoute le vent souffler, m'informa Deirdre.

— On aime pas ça, le vent, précisa Darren.

Avant que je n'aie pu leur répondre, je vis approcher Chris.

— Cindy vient d'appeler de Hollywood, lui annonçai-je dès qu'il fut à portée de voix. Elle dit s'être déjà fait un tas de relations. Je ne sais pas si c'est vrai mais j'ai au moins l'assurance qu'elle ne manquera pas d'argent. J'ai téléphoné à une amie qui habite là-bas et qui veillera sur elle.

— C'est mieux comme ça. Dans cette maison, rien ne semblait marcher pour Cindy. Elle n'a jamais réussi à s'entendre avec Bart et voilà qu'en plus elle avait des problèmes avec Joël. En fait, je me demande même si elle ne trouvait pas Joël pire que Bart.

— Mais il est pire, Chris ! Ne le sais-tu pas encore ?

Et il me fit la surprise de se fâcher alors que j'étais certaine d'avoir fini par le convaincre.

— Tu as un préjugé contre lui parce que c'est le fils de Malcolm, c'est tout. Sur le moment, quand Cindy s'est mise à son tour à déblatérer contre lui, je me suis presque laissé convaincre mais j'ai retrouvé ma certitude que Joël n'exerce pas la moindre influence sur Bart. Si j'en crois ce qu'on raconte, ton fils est un fougueux étalon qui profite gaillardement de sa jeunesse, mais cela, tu ne le sais peut-être pas. Quant à Joël, il n'en a plus pour longtemps. Le cancer le ronge de jour en jour. Il est pratiquement impossible qu'il survive plus d'un mois ou deux.

La nouvelle ne me faisait ni chaud ni froid. Je ne me sentais même pas coupable ou honteuse de penser qu'en fait Joël ne méritait pas autre chose que de quitter ce monde.

— Comment sais-tu qu'il a un cancer ?

— C'est pour ça qu'il est rentré, m'a-t-il dit. Il est revenu mourir sur la terre natale, en quelque sorte. Il désire être inhumé dans la concession familiale.

— Chris, comme l'a fait remarquer Cindy, il est en bien meilleure forme qu'il y a deux ans.

— Te rends-tu compte des privations qu'il avait endurées dans ce monastère ? Maintenant, il est bien nourri et vit au chaud. Toi, tu vois les choses d'une manière et moi, je les vois d'une autre. Il se confie à moi, Catherine, et il me parle des efforts qu'il fait pour tenter de gagner ton affection. Les larmes lui en viennent aux yeux. « Elle ressemble tellement à sa mère, à cette sœur que j'aimais tant », ne cesse-t-il de me répéter.

Après ce dont j'avais été témoin dans la chapelle, il m'était à jamais impossible d'ajouter foi, ne fût-ce qu'une seconde, aux simagrées de Joël. Toutefois, lorsque je lui racontai en détail la scène à laquelle j'avais assisté, Chris parut ne rien y voir de si terrible jusqu'au moment où j'en arrivai aux phrases que les jumeaux avaient récitées par cœur.

— Tu as entendu ça ? Tu es sûre d'avoir entendu ces bébés dire qu'ils étaient la progéniture du diable ?

Il n'arrivait pas à me croire, c'était clair dans ses yeux.

— Oui. Et ça ne te rappelle rien ? Tu ne revois pas comme moi Cory et Carrie à genoux devant leur petit lit, demandant à Dieu de leur pardonner d'être une engeance maudite alors qu'ils n'avaient pas la moindre idée de ce que ça voulait dire ? Y a-t-il des gens qui soient mieux placés que toi et moi pour savoir le mal que l'on peut faire en implantant de pareilles notions dans des esprits si jeunes ? Il nous faut partir au plus vite, Chris ! Pas question d'attendre la mort de Joël !

Et il me fit exactement la réponse que je redoutais. Que nous devions penser à Jory qui ne pouvait pas habiter n'importe où.

— Il faudra déjà trouver une maison qui ait des couloirs assez larges, puis faire agrandir les portes et l'équiper d'un ascenseur. Mais ce n'est pas tout. Il faut aussi songer que Jory peut épouser Toni. Il m'a déjà demandé ce que j'en pensais, désirant savoir si je croyais qu'il avait une chance de rendre Toni heureuse. J'ai répondu oui, bien sûr. De jour en jour, je vois leur amour grandir. J'apprécie vraiment ce regard qu'elle porte sur lui, comme si le fauteuil roulant n'existait pas, comme si elle ne voyait que ce qu'il peut faire et rien de ce qu'il ne peut plus faire.

» Entre Bart et elle, ce n'était pas de l'amour. C'était un engouement, la réponse à des stimuli glandulaires... bref, tout ce que tu veux mais pas de l'amour, pas notre type d'amour pour la vie entière.

— Non... fis-je en un souffle. Certainement pas le type d'amour qui dure à jamais.

Deux jours plus tard, Chris me téléphona de Charlottesville pour me dire qu'il avait trouvé une maison.

— Combien de pièces au juste ?

— Onze. Evidemment, tu vas t'y sentir à l'étroit après Foxworth Hall. Mais les pièces sont spacieuses, claires, agréables. Il y a cinq chambres, quatre salles de bains et un dressing, sans compter une chambre d'hôte avec sa salle de bains attenante au-dessus du garage. Tout le deuxième étage est occupé par une immense pièce qui pourra être transformée en studio pour Jory, et je me servirai d'une des chambres en trop comme bureau. Je suis sûr que tu vas adorer cette maison. (J'en doutais ; il l'avait trouvée trop rapidement. Mais, justement, ne lui avais-je pas demandé de faire vite ? Et puis il y avait une telle gaieté dans sa voix qu'à mon tour, je me pris à espérer. Je l'entendis rire au bout du fil, puis il poursuivit sa description.) Bref, conclut-il, elle est superbe. Exactement ce genre de maison dont je t'ai toujours entendue rêver. Ni trop grande, ni trop petite, avec des tas de recoins intimes et un hectare de parterres de fleurs tout autour.

Notre décision fut prise.

Au plus vite, nous allions faire nos valises et rassembler dans des caisses tout ce que nous avions accumulé depuis le temps que nous vivions à Foxworth Hall. Ensuite, nous déménagerions.

Et ce fut avec une certaine tristesse que je me mis à errer dans ces vastes pièces que j'avais fini par rendre intimes et douillettes à force de rajouter par-ci, par-là des éléments décoratifs de mon cru. Plus d'une fois Bart s'était plaint de ce que je modifiais ce qui n'aurait jamais dû l'être, mais lui-même, en voyant les embellissements que j'apportais pour transformer en vrai chez-soi ce qu'il avait conçu comme un musée, avait finalement accepté de me laisser faire les choses à mon goût.

Le vendredi soir, ce fut un Chris aux yeux pleins de douceur que je vis revenir.

— Ma belle, je vais te demander de tenir encore le coup un ou deux jours sans moi pour me permettre de retourner à Charlottesville jeter un dernier coup d'œil à cette maison avant que nous ne signions le contrat. Par ailleurs, j'ai un certain nombre de choses à régler au labo si je veux être en mesure de prendre plusieurs jours d'affilée pour participer à notre déménagement. Comme je te l'ai dit au téléphone, je pense qu'après la remise des clés, deux semaines de travaux suffiront pour que notre nouvelle demeure soit prête... c'est-à-dire équipée de ses rampes, de l'ascenseur et de tout ce dont Jory a besoin.

Il me fit la grâce de ne pas m'inciter à la patience en rappelant toutes ces années où il avait dû vivre aux côtés de Bart en sachant que c'était comme d'habiter un endroit où l'on a caché une bombe qui tôt ou tard devait exploser. Jamais je n'avais entendu dans sa bouche le moindre reproche pour lui avoir donné un fils si peu respectueux de son père et si obstinément déterminé à ne pas tenir compte de tout l'amour que celui-ci lui donnait.

Oh, que de tourments il avait endurés à cause de Bart sans jamais prononcer un mot qui me condamnât d'avoir délibérément jeté mon dévolu sur le second mari de ma mère !

Je me pris la tête dans les mains et sentis revenir l'ancienne et familière douleur.

Mon Christopher partit au volant de sa voiture dans les premières heures du lendemain, me laissant affronter une nouvelle journée d'angoisse. Au cours des années, j'étais devenue de plus en plus dépendante de lui alors qu'en un temps j'avais tiré orgueil de mon indépendance, de mon aptitude à mener seule ma barque sans avoir besoin de personne aussi désespérément que je les voyais tous avoir besoin de moi. Quel regard égoïste j'avais porté sur la vie du temps de ma jeunesse ! Ce qui passait d'abord, c'était la satisfaction de mes propres désirs. A présent, je privilégiais les désirs des autres.

Aussi entrepris-je de meubler ma solitude en veillant sans relâche à ne laisser manquer de rien ceux que j'aimais et, lorsque Bart rentra, je passai le voir dans son bureau, mourant d'envie de lui dire ses quatre vérités mais la bouche cousue par la profonde pitié qu'il m'inspirait. Assis derrière son immense bureau, il offrait l'image parfaite du jeune loup aux dents longues. Nul sentiment de culpabilité, nulle trace de scrupules ne traversait son regard tandis qu'il spéculait, manipulait, usait d'influences pour traiter ses affaires, accumulant toujours plus d'argent simplement en parlant au téléphone ou en pianotant sur son ordinateur. Il leva les yeux et me sourit. Un sourire de bienvenue tout à fait sincère.

— Quand Joël m'a dit que Cindy avait décidé de partir, ça a illuminé ma journée ; depuis, cette joie n'a pas diminué.

Pourtant, quelle était cette ombre étrange dans ses yeux presque noirs ? Pourquoi me regardait-il comme s'il était sur le point de fondre en larmes ?

— Bart, si tu as quelque chose à me confier...

— Je n'ai jamais rien à confier, mère.

Mais il y avait trop de douceur dans sa voix, cette douceur avec laquelle on parle aux gens dont on va être bientôt séparé... séparé à jamais.

— Tu peux ne pas t'en rendre compte, Bart, mais cet homme que tu hais, mon frère et ton oncle, a toujours fait de son mieux pour remplacer le père que tu n'as pu avoir.

Il secoua la tête, refusant en bloc ce que je lui disais.

— Faire de son mieux aurait signifié son renoncement aux relations particulières qu'il entretient avec toi, sa sœur, et ça, il ne l'a pas fait. J'aurais certainement pu l'aimer s'il s'était contenté de rester mon oncle. Et puis, vous auriez mieux fait de ne pas tenter de me cacher la vérité. Maintenant, vous devez avoir appris que les enfants se mettent à poser des questions en grandissant et qu'ils se rappellent très bien les scènes que vous pensiez promises à l'oubli. Mais les enfants n'oublient pas. Ils accumulent des souvenirs, les enfouissent au plus profond de leur esprit pour les ressortir lorsqu'ils sont en âge de comprendre. Et tous ces souvenirs qui me remontent me disent que vous êtes liés l'un à l'autre par des chaînes que rien ne semble pouvoir rompre, si ce n'est la mort.

Je sentis mon cœur battre plus vite. Sur le toit de Foxworth Hall, sous le soleil et sous les étoiles, Chris et moi nous étions juré fidélité pour l'éternité. Dans l'inconscience de la jeunesse, nous nous étions fabriqué notre propre piège...

Ces derniers temps, j'avais facilement les larmes aux yeux.

— Mais Bart, sanglotai-je, comment pourrais-je vivre sans lui ?

— Oh, mère, tu le peux ! Tu sais très bien que tu le peux. Fais-le. Offre-moi cette mère dont je n'aurais pas à rougir, celle dont j'ai toujours eu besoin pour me préserver de la folie.

— Et si je n'ai pas la force de renoncer à Chris... que se passera-t-il, Bart ?

Il baissa la tête.

— En ce cas, que Dieu te vienne en aide ! Moi, je ne pourrai plus rien pour toi. Et qu'il m'aide aussi, car il me faudra songer à mon propre salut.

Je sortis du bureau.

Tout au long de la nuit, je rêvai d'incendie et de choses si terribles que je me réveillai sans clairement me remémorer d'autres images que celles des flammes, mais avec la sensation très nette qu'un souvenir terrifiant restait dissimulé dans les profondeurs de ma conscience. Mais quoi ? Quoi ? Incapable de surmonter l'intense fatigue que je ressentais, je ne tardais pas à replonger dans le sommeil et, du même coup, dans la suite de mon cauchemar où je vis cette fois les jumeaux de Jory sous l'apparence de Cory et de Carrie, et sur le point d'être dévorés par les flammes. Pour la deuxième fois, je m'arrachai volontairement au sommeil puis me forçai à me lever en dépit d'un violent mal de tête.

Ce fut dans un état second entrecoupé de fréquents vertiges que je m'attaquai à mes corvées quotidiennes avec tout le temps les jumeaux sur les talons à me poser mille et une questions, en particulier Deirdre. Elle me rappelait tant Carrie avec ses « Pourquoi ? », ses « Où ça ? », ses « A qui c'est ? » et ses « Comment ça se fait que c'est à lui ou à elle ? », intarissable caquet servant de fond sonore aux inlassables investigations de Darren qui fouillait dans les placards, ouvrait en grand les tiroirs, inspectait les enveloppes et feuilletait les revues d'une manière qui avait le don de les rendre impropres à leur usage habituel, ce qui m'obligeait à dire :

— Cory, pose ça. C'est à ton grand-père et il aime lire ce qu'il y a d'écrit, même si toi tu ne t'intéresses qu'aux images. Carrie, est-ce que tu pourrais te taire pendant cinq minutes ? Rien que cinq minutes ?

Bien sûr, je ne faisais que provoquer une nouvelle cascade de questions. Qui étaient Cory et Carrie ? Pourquoi les appelais-je toujours par ces drôles de noms ?

Toni vint enfin me soustraire à cet interrogatoire.

— Excusez-moi, Cathy, mais Jory voulait que je pose pour lui dans le parc avant que toutes les roses ne meurent...

Avant que toutes les roses ne meurent ? Je la regardai fixement puis secouai la tête en me disant que je voyais trop de choses dans des paroles bien ordinaires. Pourtant... plusieurs mois nous séparaient encore de l'hiver et les roses tiendraient jusqu'aux premières fortes gelées.

Vers deux heures de l'après-midi, le téléphone sonna dans ma chambre où je venais de m'allonger pour prendre un peu de repos. C'était Chris.

— Chérie, je n'arrête pas de me faire du souci. Je ne sais pas ce qui se passe, ce doit être tes peurs qui déteignent sur moi. Patiente un peu, j'arrive dans une heure. Tu vas bien ?

— Oui, pourquoi n'irais-je pas bien ?

— Je voulais seulement savoir. J'ai comme un mauvais pressentiment. Je t'aime.
— Moi aussi, je t'aime.

Les jumeaux étaient insupportables, se refusant à jouer dans le bac à sable, se refusant en fait à tout ce que je leur proposais.
— Didi, elle aime pas sauter à la corde, fit Deirdre qui n'arrivait pas à prononcer correctement son nom parce qu'elle ne voulait pas s'en donner la peine.
Et plus je tentais de la reprendre, plus elle accentuait son zézaiement. Elle avait vraiment l'obstination de Carrie, et Darren, tout comme Cory, s'empressait de zozoter dès qu'elle s'y mettait.
Lorsque je voulus les coucher pour leur sieste, ce fut un concert de protestations qui dura jusqu'à ce que Toni soit venue leur lire l'histoire qu'elle leur avait promise... alors que je venais déjà de leur lire ce fichu conte à trois reprises ! Presque aussitôt, ils s'endormirent dans leur jolie petite chambre aux rideaux tirés. Comme ils étaient mignons, couchés sur le côté, le visage tourné l'un vers l'autre, exactement comme avaient dormi jadis Cory et Carrie !
Après être passée voir Jory que je trouvai plongé dans un livre traitant de la manière de renforcer les muscles de la sphère génitale, je rentrai dans ma chambre pour mettre à jour le manuscrit que j'avais quelque peu négligé ces derniers temps. Puis, lassée, distraite aussi par le silence total qui régnait dans la maison, j'allai réveiller les jumeaux.
Ils n'étaient plus dans leur petit lit.
Je courus jusqu'à la terrasse où Toni et Jory étaient allongés sur le tapis de caoutchouc, unis dans un long baiser passionné.
— Désolée de vous interrompre, leur dis-je, honteuse d'avoir à violer leur intimité et à réduire à néant ce qui était une merveilleuse expérience pour Jory... et pour elle. Où sont les jumeaux ?
— Nous pensions que tu les avais avec toi, me dit Jory avant de me faire un clin d'œil et de retourner à Toni. Tu

peux t'occuper de les chercher, maman... je suis très absorbé par les travaux pratiques de ma leçon d'aujourd'hui.

Je pris au plus court pour gagner la chapelle, en coupant par le parc. Près de la porte, je vis l'ombre en forme de croix que projetait un groupe d'arbres et perçus un étrange parfum dans la brise estivale. L'encens. Je courus plus vite et, hors d'haleine, le cœur battant à tout rompre, je m'introduisis discrètement dans la chapelle.

Un orgue y avait été installé depuis ma dernière visite et Joël en jouait merveilleusement bien, montrant ainsi quel remarquable virtuose professionnel il avait dû être. Bart chantait, et je fus soulagée de voir les jumeaux qui, sur le banc de front, levaient des yeux ravis sur leur oncle dont la voix me faisait presque oublier toute crainte en me donnant la paix de l'âme.

Le cantique s'acheva. Comme par réflexe, les jumeaux tombèrent à genoux et joignirent leurs petites mains sous le menton. On aurait dit des chérubins... ou des agneaux qu'on mène à l'abattoir.

Pourquoi me venait-il une telle pensée ? N'étions-nous pas dans un lieu saint ?

— Et bien que nous marchions dans la vallée des larmes, cernés par les ombres de la mort, nous ne craignons rien du mal... commença Bart qui s'était agenouillé. Darren, Deirdre, répétez après moi.

— Et bien que nous marchions dans la vallée des larmes, cernés par les ombres de la mort, nous ne craignons rien du mal, répéta docilement Deirdre de sa petite voix haut perchée, montrant ainsi l'exemple à Darren.

— Car Tu es avec nous... poursuivit Bart.

— Car Tu es avec nous...

— Et Tu es le bâton qui guide et assure nos pas.

— Et Tu es le bâton qui guide et assure nos pas.

Je m'avançai vers eux.

— Bart, qu'est-ce que tu fabriques encore ? Ce n'est pas dimanche aujourd'hui et, que je sache, personne n'est mort.

Il releva la tête et, dans ses yeux sombres qui croisèrent les miens, je pus lire un intense chagrin.

— Laisse-nous, mère. Je t'en prie.

Je courus jusqu'aux enfants qui s'étaient levés d'un bond en m'apercevant et je les pris dans mes bras.

— On aime pas être là, fit Deirdre à mi-voix. On déteste.

Joël aussi s'était relevé. Il se tenait dans l'ombre avec les couleurs du vitrail qui tombaient sur son long visage émacié. Il n'ouvrit pas la bouche pour prononcer le moindre mot, se contentant de me toiser d'un œil mauvais.

— Retourne dans tes appartements, mère, s'il te plaît, s'il te plaît.

— Je t'interdis d'enseigner à ces enfants la crainte de Dieu. Si tu dois les initier à la religion, Bart, je veux que tu leur parles de l'amour de Dieu et non de Son courroux.

— Ils n'ont pas peur de Dieu, mère. Tu projettes sur eux tes propres craintes.

Je commençai à reculer vers la porte, entraînant les jumeaux avec moi.

— Un jour, Bart, tu comprendras ce qu'est l'amour. Tu découvriras qu'il ne vient pas parce que tu le convoites ou que tu en as besoin, mais seulement lorsque tu le mérites. Il survient au moment où tu t'y attends le moins, franchit ta porte, la referme doucement derrière lui, et s'il se plaît chez toi, il reste. Tu n'as pas besoin d'être habile pour le trouver, ni de déployer tes charmes, ni de tenter de lui forcer la main. Non, il faut seulement que tu en sois digne car, sinon, personne ne restera jamais longtemps auprès de toi. (Avec toujours la même tristesse dans le regard, il se leva puis descendit les trois marches du chœur.) Nous allons tous partir, Bart. Ça devrait te ravir. Plus personne ne viendra t'ennuyer, car Jory et Toni partent avec nous. Tu vas pouvoir jouir de tes biens. Chaque pièce de cette gigantesque et solitaire demeure sera désormais à ton entière disposition. Si tu le désires, Chris peut déléguer à Joël ses pouvoirs d'administrateur légal jusqu'à tes trente-cinq ans.

L'espace d'un instant, d'un bref instant de vérité, le visage de Bart trahit une peur aussi grande que la jubilation qui éclaira celui de Joël.

— Demande à Chris de déléguer ses pouvoirs à mon avocat, dit Bart, si vite qu'il en avalait presque les mots.

— Bon, si c'est ce que tu veux, fis-je en souriant à Joël qui aussitôt se détourna non sans jeter à Bart un regard haineux, confirmant ainsi mes soupçons : Joël était furieux de voir lui passer sous le nez cette fortune qui aurait pu être sienne...

— Demain, en fin de matinée, nous ne serons plus là, fis-je d'une voix rauque.

— Bien, mère. Je vous souhaite bonne chance et bonne route.

Mon fils s'était immobilisé à quelques pas de moi et ce fut un regard interloqué que je posai sur lui. Où avais-je déjà entendu cette phrase ? Ah, oui... c'était si loin dans le passé. Le contrôleur du train de nuit qui nous avait amenés ici pour la première fois. Il s'était tenu sur le marchepied du dernier wagon et il nous avait crié ces mêmes mots tandis que le sifflet de la locomotive nous jetait son lugubre adieu.

Il me vint alors à l'esprit que je ferais mieux de lui dire tout de suite au revoir dans cette chapelle plutôt que d'attendre demain où, vraisemblablement, j'étais vouée à fondre en larmes. J'ouvris la bouche, mais il parla le premier :

— Les mères ont apparemment coutume de s'enfuir et de laisser leur fils dans la détresse. Pourquoi m'abandonnes-tu ?

Sa voix brisée par le chagrin instillait en mon cœur d'infinies souffrances mais il me fallait dire ce que j'avais à lui dire.

— C'est toi qui m'as abandonnée, et cela fait des années. Je t'aime, Bart. Je t'ai toujours aimé bien que tu n'aies jamais voulu le croire. Chris aussi t'aime. Mais tu ne veux pas de son amour. Chaque jour de ta vie, tu ne cesses de te répéter que ton vrai père aurait été un meilleur père... mais tu n'en sais rien. Sans vouloir manquer de respect à un homme que j'ai beaucoup aimé, je suis bien placée pour savoir qu'il était infidèle à sa femme, ma mère... et ce n'était pas le premier coup de canif qu'il donnait dans leur contrat de mariage. Ce n'était pas le même genre d'homme que Chris et je puis t'assurer qu'il ne t'aurait pas donné autant de lui-même.

Le soleil au travers du vitrail jeta sur le visage de Bart un flamboiement écarlate. Il se mit à tourner convulsivement la tête d'un côté puis de l'autre. Et je le vis serrer les poings.

— Pas un mot de plus, tu m'entends ? C'est lui le père que je veux, que j'ai toujours voulu ! Chris ne m'a jamais rien apporté que la honte et le scandale. C'est ça, fiche le camp ! Je suis content de te voir partir. Tu peux aller te cacher loin de moi avec ta souillure et oublier que j'existe !

Des heures entières s'écoulèrent et Chris ne se montrait toujours pas. Je finis par téléphoner au labo. Sa secrétaire m'apprit qu'il était parti depuis trois heures.

— Il devrait être déjà chez vous, Mrs Sheffield.

Le souvenir de mon père revint aussitôt me tourmenter. Un accident de la route... alors même que nous nous apprêtions à refaire ce qu'avait fait notre mère, mais en sens inverse : fuir Foxworth Hall au lieu d'aller s'y réfugier. Tic-tac faisaient les pendules. Toum-pou-toum, le rythme de mon cœur. Et ces berceuses que je dus chanter aux jumeaux pour que le sommeil mît un terme à leurs incessantes questions...

— Maman, je t'en prie, arrête d'arpenter le plancher, m'ordonna Jory. Tu me flanques les nerfs à vif. Pourquoi tout ce branle-bas de combat pour partir au plus vite ? Réponds-moi, je t'en prie, dis quelque chose.

Joël et Bart pénétrèrent dans la pièce.

— Pourquoi n'es-tu pas venue dîner, mère ? Je vais aller demander que l'on te prépare un plateau. (Il se tourna vers Toni.) Toi, tu n'es pas obligée de partir.

— Je te remercie, Bart, mais Jory m'a demandée en mariage. (Elle le défia du regard.) Il m'aime d'un amour dont tu t'es toujours montré incapable.

Bart tourna vers son frère des yeux vexés, trahis.

— Tu ne peux pas l'épouser. Quel genre de mari serais-tu pour elle maintenant ?

— Précisément le genre de mari que je souhaite ! s'écria Toni en venant se placer derrière le fauteuil de Jory pour lui poser la main sur l'épaule.

— Si c'est de l'argent que tu veux, il n'a pas même un pour cent de ce que je possède.

— Même s'il n'avait rien du tout, ça me serait égal. (Et cette fière réponse, elle la fit en soutenant carrément la violence du regard de Bart.) Je l'aime comme je n'ai jamais aimé personne auparavant.

— Tu as pitié de lui, affirma Bart, catégorique.

Je vis Jory tressaillir mais il ne dit rien. Il s'agissait d'un compte que Toni avait à régler avec Bart et mon fils aîné semblait le savoir.

— En un temps, c'est vrai, j'ai eu pitié de lui, avoua-t-elle en toute sincérité. J'estimais que c'était un terrible malheur qu'un homme aussi merveilleux que lui, doué d'un tel talent, se soit retrouvé affligé d'un pareil handicap. A présent, je ne le vois même plus comme un infirme. Tu comprends, Bart, nous sommes tous handicapés d'une manière ou d'une autre. L'infirmité de Jory est visible, c'est une blessure franche tandis que la tienne est cachée, maligne... et elle te ronge de l'intérieur. Elle te rend si malsain qu'à présent, si j'éprouve de la pitié pour quelqu'un, c'est pour toi.

Le visage de Bart se tordit sous une tempête d'émotions. Je ne sais pourquoi, je me tournai vers Joël et le vis qui regardait mon cadet comme pour lui intimer l'ordre de se taire.

Bart pivota sur ses talons et me rugit :

— En quel honneur tenez-vous réunion dans ce salon ? Pourquoi n'allez-vous pas vous coucher ? Il est tard.

— Nous attendons le retour de Chris.

— J'ai entendu parler d'un accident de voiture à la radio, dit Joël. Il y a un mort.

Il avait l'air ravi de m'annoncer la nouvelle.

J'eus l'impression que mon cœur faisait une chute vertigineuse... encore un Foxworth fauché par une mort accidentelle ?

Non, pas Chris, pas mon Christopher chéri, non, pas lui, pas encore.

Etouffé par la distance, je perçus le bruit d'une porte que l'on ouvrait et refermait dans la cuisine. Notre cuisinier qui regagnait son logement au-dessus du garage, me dis-je... ou peut-être Chris. Mes yeux pleins d'espoir se tournèrent vers la porte donnant sur le couloir du fond. Mais elle ne s'ouvrit pas.

Les minutes s'écoulèrent, meublées par les regards gênés que nous échangions. Les battements de mon cœur se firent douloureux. Il aurait dû être là. A pareille heure, il aurait dû...

Joël me regardait fixement, les lèvres tordues dans un rictus particulièrement haineux, comme s'il en savait plus long qu'il ne l'avait dit. Je m'approchai de Jory, m'agenouillai devant son fauteuil et il me serra contre lui.

— J'ai peur, Jory, sanglotai-je. Même en hiver, lorsqu'il y a du verglas ou de la neige sur les routes, il ne lui faut pas trois heures pour faire le trajet.

Personne ne disait mot. Ni Jory, ni Toni, ni Bart, ni même Joël. Et la vision de nous tous rassemblés dans cette silencieuse attente fit resurgir avec une atroce précision cette soirée donnée pour les trente-six ans de mon père avec ces deux agents de police qui étaient venus nous annoncer sa mort.

Et je sentis le cri qui montait du fond de ma gorge lorsque je vis s'engager sur notre allée cette voiture blanche avec un phare rouge qui tournait sur son toit.

Le temps bascula en arrière.

Non ! Non ! Non ! ne cessa de hurler mon cerveau tandis qu'ils exposaient les faits : l'accident, le médecin qui avait bondi de sa voiture pour porter secours aux victimes gisant sur le bas-côté, le chauffard qui l'avait fauché de plein fouet alors qu'il traversait la route et qui s'était enfui sans demander son reste.

Soigneusement, avec des gestes empreints de respect, ils posèrent sur une table quelques objets trouvés sur lui tout comme ces autres policiers avaient laissé sur la table de Gladstone les affaires de mon père. Cette fois, j'acceptai de les voir. Cet étalage avait quelque chose d'irréel, comme s'il faisait partie d'un nouveau cauchemar dont j'allais avoir à me réveiller. Non, ce ne pouvait être cette photo de moi qu'il gardait dans son portefeuille ; pas sa montre, pas le saphir que je lui avais offert pour Noël. Non, tout cela ne pouvait appartenir à mon cher Christopher, non, non, non.

Un voile de brume s'abattit sur ces objets. Une pénombre crépusculaire envahit tout mon être, me laissant nulle part, nulle part. Les deux agents rétrécirent en taille. Jory et Bart me parurent soudain loin, très loin, et le visage de Toni s'enfla, se déforma tandis qu'elle se penchait vers moi pour m'aider à me relever.

— Cathy, c'est épouvantable, je suis vraiment bouleversée...

Je crois qu'elle ajouta autre chose mais je m'arrachai à ses mains pour me mettre à courir, à courir comme si tous les cauchemars que j'avais pu faire dans ma vie étaient à mes trousses. *Cherche et tu trouveras...*

Courir, courir, tenter d'échapper à la vérité, courir jusqu'à la chapelle où je me jetai à genoux devant le chœur et me mis à prier comme je n'avais jamais prié de ma vie.

— Je vous en supplie, mon Dieu, vous ne pouvez pas faire ça, pas à moi, pas à Chris. Il n'existe pas d'homme au monde qui soit meilleur que lui... vous devez le savoir...

Et je fondis en larmes. Car mon père aussi avait été un être extraordinaire et ça n'avait rien changé. Le destin ne limitait pas son choix aux mal-aimés, aux épaves et aux indésirables. Sa main cruelle s'abattait au hasard et ne connaissait pas la pitié.

La dépouille de mon Christopher chéri ne fut pas inhumée dans la concession de famille des Foxworth, mais dans ce cimetière où, non loin de la petite tombe de Carrie, reposaient déjà Paul, ma mère, le père de Bart et Julian.

J'avais également fait les démarches nécessaires pour que le corps de mon père fût exhumé de la solitaire et froide terre de Gladstone et qu'il nous rejoignît tous. J'estimais qu'il eût été sensible à cette attention s'il avait pu.

Des quatre poupées de Dresde, il ne restait que moi. J'étais la dernière... et je n'avais nulle envie de m'attarder ici.

Il faisait chaud et le soleil brillait. Un jour rêvé pour aller à la pêche, nager dans un lac, jouer au tennis, prendre du bon temps... et on mettait mon Christopher en terre.

Je fis mon possible pour ne pas voir le fond de la fosse, pour ne pas m'imaginer ces yeux bleus à jamais refermés. Toute mon attention, je la fixai sur Bart qui allait prononcer l'éloge funèbre et qui, déjà, ne pouvait retenir ses larmes. Et j'entendis, comme venue de très loin, la voix de mon cadet dire ces mots qui auraient dû franchir la barrière de ses lèvres du temps que Chris était encore en vie et qu'il pouvait apprécier de les entendre.

— Il est dit dans le Saint Livre, commença-t-il de cette belle voix persuasive qu'il savait prendre lorsqu'il le voulait, qu'il n'est jamais trop tard pour demander pardon. Je souhaite que ce soit vrai car je vais prier l'âme de cet homme dont la dépouille gît sous nos yeux de consentir à me regarder du haut du Ciel et à me pardonner de n'avoir pas été le fils aimant et sensible que j'aurais pu et dû être. Ce père que je n'ai jamais voulu accepter comme mon père m'a sauvé la vie bien des fois et j'ai le cœur transpercé par la honte d'avoir gaspillé une enfance et une jeunesse dans lesquelles il aurait pu puiser tant de joies. (Bart baissa la tête et le soleil éclaira de reflets sa sombre chevelure, fit scintiller les pleurs qui lui perlaient aux yeux.) Je t'aime, Christopher Sheffield Foxworth. J'espère que tu m'entends et, encore une fois, je te prie de me pardonner cet aveuglement dont j'ai fait preuve à l'égard de ce que tu étais. (Les larmes roulèrent sur ses joues et sa voix se brisa. Dans la foule, des gens se mirent à pleurer. Bientôt je fus la seule à avoir les yeux secs et la sécheresse au cœur.) Le Dr Christopher Sheffield avait renié son nom de Foxworth, reprit Bart lorsqu'il eut retrouvé une voix normale. Et je sais à présent qu'il se devait d'agir ainsi. Médecin jusqu'à son dernier souffle, il consacra son existence à faire ce qui était en son pouvoir pour soulager les souffrances humaines, cependant que moi, qu'il considérait comme son fils, je m'obstinais à lui dénier le droit d'être mon père. En toute humilité, dans le remords et dans la honte, je courbe la tête et formule cette prière...

Et il poursuivit sur ce ton, encore et encore, tandis que je fermais mes oreilles et détournais les yeux, paralysée par le chagrin.

— N'était-ce pas une merveilleuse oraison funèbre, maman ? me demanda Jory par une sombre journée de ce début d'automne. J'ai pleuré ; je n'ai pu m'en empêcher. Bart a reconnu ses erreurs, maman, et devant toute cette foule. Jamais je ne l'aurais cru capable de faire acte d'humilité. C'est tout à son honneur, maman, tu dois l'admettre. (Le regard de ses yeux d'un bleu presque noir se fit implorant.) Toi aussi, maman, tu dois te laisser aller aux larmes. Il n'est pas normal que tu restes continuellement comme ça, les yeux dans le vague. Voilà maintenant deux semaines que c'est passé. Et tu n'es pas seule. Tu nous as autour de toi. Joël est reparti dans son monastère mourir de ce cancer qu'il prétend avoir. Il a même rédigé son testament pour dire qu'il ne désirait pas être enterré près des Foxworth. Nous sommes tous avec toi, moi, Toni, Bart, Cindy et tes petits-enfants. Nous t'aimons, nous avons besoin de toi. Les jumeaux se demandent pourquoi tu ne joues plus avec eux. Ne te ferme pas à notre amour. Tu as toujours réussi à reprendre le dessus après n'importe quel malheur. Reprends-toi encore une fois. Fais-le pour nous... mais surtout, fais-le pour Bart, car si tu te laisses aller à périr de chagrin, il en mourra.

Pour Bart, je restai donc à Foxworth Hall et tentai de m'ajuster à un monde qui n'avait plus vraiment besoin de moi.

Neuf mois de solitude passèrent. Dans chaque coin de ciel bleu, je voyais les yeux de Chris ; dans chaque reflet doré, je voyais ses cheveux. Je m'immobilisais parfois en plein milieu d'une rue pour fixer mon regard sur des enfants qui ressemblaient au petit garçon que j'avais connu, sur des jeunes gens qui ressemblaient au jeune homme que j'avais connu. Mes yeux se posaient sur la nuque d'hommes grands et bien bâtis dont les cheveux blonds commençaient à grisonner et je les suivais, espérant les voir se retourner, espérant voir Chris me sourire. De temps à autre, ils se retournaient comme s'ils avaient senti la brûlure de mon regard et je détournais les yeux car ce n'était pas lui, ce n'était jamais lui.

J'errais dans les bois, par les collines, avec la sensation qu'il était près de moi, juste hors de portée de ma main, mais à mes côtés quand même.

Au cours de ces longues promenades dans la seule compagnie de l'âme de Christopher, il me vint à l'esprit que nos vies obéissaient à un schéma directeur et que rien ne s'y était jamais produit qui fût le fruit d'une coïncidence.

Bart s'acharnant par tous les moyens possibles et imaginables à me sortir de ma prostration, je finis par sourire et même par me forcer à rire, lui apportant ainsi la paix de sa conscience et la confiance en lui dont il avait toujours eu besoin pour fonder le sentiment de sa propre valeur.

Et la même question se reposa dans toute sa force : qui étais-je, qu'étais-je maintenant que Bart s'était trouvé ? Cette sensation de savoir quel était le plan du destin ne cessa de grandir alors que je restais de plus en plus souvent seule dans la majestueuse élégance de Foxworth Hall.

Dans le ténébreux dédale de ces malheurs apparemment dus à la malchance, dans l'angoissant labyrinthe des pathétiques événements de notre vie, je finis par découvrir le fil conducteur. A l'époque, comment les psychiatres n'avaient-ils pas compris que Bart ne faisait que se tester, se chercher, tenter de définir le rôle qui lui conviendrait le mieux ? Tout au long du calvaire de son enfance, du calvaire de sa jeunesse, il avait impitoyablement creusé les failles de son être, traqué cette laideur qui, croyait-il, entachait son âme, sans cesser de s'accrocher à la conviction que le bien finirait par triompher du mal. Et, à ses yeux, nous avions, Chris et moi, représenté le mal.

Et, au bout du compte, Bart avait trouvé sa place dans le plan de ce qui devait être. Il me suffisait d'allumer la télé le dimanche matin, et parfois certains jours de la semaine, pour voir et entendre mon fils cadet chanter et prêcher la bonne parole, car il était à présent l'un des plus fascinants évangélistes que la terre eût jamais portés. Il avait le pouvoir de pénétrer par ses mots jusqu'au fond des consciences et l'argent se déversait dans ses coffres par millions, dont il usait pour étendre son ministère.

Et j'eus la surprise un dimanche matin de voir Cindy se détacher de la foule qui assistait à son sermon pour monter rejoindre Bart sur le podium. Elle vint se placer près de lui, le prit par le bras, et Bart eut un sourire de fierté avant d'annoncer :

— Ma sœur et moi, nous voulons dédier ce cantique à notre mère. Mère, si tu nous regardes, tu comprendras tout ce que le fait de chanter ensemble représente non seulement pour nous deux mais aussi pour toi.

Et, en duo, ces frère et sœur chantèrent mon cantique préféré... qui me ramenait au temps lointain où je n'avais pas encore renoncé à la pratique religieuse, écœurée de voir le nombre de ceux qu'elle rendait étroits d'esprit et cruels.

Pourtant, c'étaient bien des larmes que je sentais maintenant rouler sur mon visage. Des mois et des mois après que Chris eut été fauché par la mort sur cette route, je pleurais enfin... et je pleurai jusqu'à tarir l'insondable puits de mes larmes.

Bart avait arraché de son être le dernier fragment pourri transmis dans les gènes de Malcolm et il n'en avait gardé que le bon. Pour faire naître ce qu'il était devenu, les fleurs de papier s'étaient épanouies dans le grenier poussiéreux.

Pour le faire naître, des incendies avaient ravagé des maisons, notre mère était morte et notre père aussi... rien que pour donner au monde un guide qui allait le détourner des voies de la destruction.

Dès la fin de l'émission, j'éteignis la télé ; je ne l'allumais que pour voir Bart. M'approchant de la fenêtre, je contemplai à quelque distance le chantier déjà fort avancé d'un gigantesque complexe scientifique honorant la mémoire de Christopher.

CENTRE DE RECHERCHES SUR LE CANCER CHRISTOPHER SHEFFIELD, devait-il s'appeler.

A Greenglenna, en Caroline du Sud, Bart avait également financé la construction d'un établissement destiné à aider les jeunes gens qui désiraient poursuivre des études de droit en dépit de la faiblesse de leurs ressources. Il se nommait : FONDATION D'ÉTUDES JURIDIQUES BARTHOLOMEW WINSLOW.

Je savais que Bart tentait ainsi de racheter la mauvaise action qu'il avait commise en refusant l'amour de cet homme qui s'était efforcé d'être un père pour lui. Cent fois au moins, j'avais dû l'assurer que Chris aurait été content, très content.

Toni avait épousé Jory. Les jumeaux l'adoraient. Cindy avait décroché un contrat avec un producteur et c'était une étoile qui grimpait très vite dans le ciel d'Hollywood. Il me paraissait étrange de ne plus être indispensable pour personne après avoir consacré le temps d'une vie tour à tour aux jumeaux de ma mère, à mes maris, à mes enfants puis à mes petits-enfants. A présent, je n'avais plus ma place nulle part. C'était moi qui étais sur la touche.

— Maman ! vint un jour m'annoncer Jory. Toni est enceinte ! Tu ne peux pas savoir ce que ça me fait. Si c'est un garçon, nous l'appellerons Christopher, et si c'est une fille, Catherine. Maintenant, ne viens pas nous interdire de le faire car nous passerons outre.

Je priai pour que ce fût un garçon comme mon Christopher, ou comme mon Jory, et je fis aussi des prières pour qu'un jour futur, Bart finît par trouver la femme qui le rendrait heureux. Je commençais seulement à prendre conscience que Toni ne s'était pas trompée, qu'il avait toujours cherché une femme comme moi, mais sans mes faiblesses... et, tant qu'il en aurait le modèle vivant sous les yeux, peut-être ne la trouverait-il jamais.

— Et ce n'est pas tout, me dit Jory au cours de la même conversation, l'une de mes aquarelles a été primée dans un concours... je suis sur la voie de connaître la consécration dans une nouvelle forme d'expression artistique.

— Comme te l'a toujours prédit ton père, lui répondis-je.

Et j'avais toutes ces pensées qui me trottaient dans la tête, me remplissant d'un vague bonheur pour Jory et pour Toni, pour Bart et pour Cindy, tandis que je tournais mes pas vers l'escalier à double révolution qui allait m'emmener là-haut.

La nuit dernière, j'avais entendu le vent m'appeler depuis les montagnes pour me dire qu'il était temps d'y aller et je m'étais éveillée en sachant ce que j'avais à faire.

Une fois que je fus dans cette pièce obscure et froide, sans meubles, ni tapis, ni moquette, avec seulement une maison de poupée qui était loin d'être aussi merveilleuse que la première, j'ouvris la porte du cagibi et commençai de gravir les marches étroites de cet escalier raide...

... qui menait au grenier.

Qui m'emmenait là où j'allais retrouver mon Christopher.

Épilogue

Ce fut Trevor qui découvrit ma mère là-haut, assise sur le rebord de ce qui devait avoir été la fenêtre de cette salle de classe dont elle avait si souvent parlé dans le récit de sa séquestration à Foxworth Hall. Elle avait dénoué sa longue et splendide chevelure qui flottait sur ses épaules et ses yeux grands ouverts fixaient le ciel de leur regard vitreux.

Il me téléphona pour me donner les détails d'une voix épaissie par le chagrin et j'attirai contre moi Toni qui prit l'écouteur. Dommage que Bart fût en tournée à l'étranger car il serait accouru sur l'heure s'il avait même eu le moindre soupçon qu'elle eût besoin de sa présence.

Et Trevor continua de nous raconter ce qui s'était passé.

— Depuis plusieurs jours, pourrais-je dire, elle ne se sentait pas bien. Je la trouvais trop pensive, comme si elle tentait de trouver un sens à sa vie. Ce fut cette terrible tristesse au fond de son regard, ce pathétique appel que je lisais dans ses yeux qui me déchira le cœur du désir d'aller la voir. Je partis à sa recherche et finis par emprunter la deuxième volée de marches raides qui mène au grenier. Lorsque je promenai mon regard autour de moi, je fus surpris de constater que, depuis sans doute un certain temps, elle avait décoré cet endroit de fleurs en papier.

Et il s'interrompit comme s'il avait la gorge nouée par les larmes et par le remords de n'avoir pu faire en sorte qu'elle se sentît nécessaire. Puis il reprit son récit avec une drôle d'intonation au fond de sa voix rauque.

— Il faut que je vous dise quelque chose d'étrange. Assise sur cet appui de fenêtre, votre mère m'a paru si jeune, si frêle... et même dans la mort, son visage gardait l'expression d'une joie intense, une indéniable expression de bonheur.

Dans son récit, Trevor me donna d'autres détails. Comme consciente de sa mort prochaine, ma mère avait collé des fleurs de papier sur les murs du grenier ainsi qu'un escargot orange plutôt bizarre et un gigantesque ver de terre violet. Et elle nous avait laissé un message que l'on trouva au creux de ses doigts crispés dans l'étreinte de la mort.

Il est un jardin dans le ciel et ce jardin m'attend. Nous l'avons rêvé jadis, Chris et moi, lorsque nous restions allongés sur ce dur et noir toit d'ardoises à fixer nos yeux sur le soleil et sur les étoiles.

Chris est déjà là-haut et il me murmure dans les vents que dans ce jardin pousse une herbe violette. Et tout cela, là-haut, m'attend.

Alors pardonnez-moi d'être lasse, trop lasse pour rester. J'ai vécu assez longtemps et je puis dire que cette vie fut pleine de joies comme elle le fut de chagrins. Et cependant certains pourraient ne pas voir les choses ainsi.

Je vous aime tous, autant les uns que les autres. J'aime Darren et Deirdre et je leur souhaite bonne chance jusqu'à la fin de leur vie, et je formule ce même vœu pour ton prochain enfant, Jory.

La saga des Doppelganger est terminée.

Vous trouverez mon dernier manuscrit dans le coffre de ma chambre. Faites-en ce que vous voulez.

Il fallait qu'il en soit ainsi. Je n'ai nul endroit où aller, sinon là-haut. Nul n'a plus besoin de moi, que Chris.

Mais, je vous en prie, ne dites jamais que je n'ai pas réussi à atteindre les buts importants que je m'étais fixés dans la vie. Il se peut que je n'aie pas été la danseuse étoile que j'étais partie pour être. Je n'ai certes pas été une épouse ou une mère parfaites... mais je suis parvenue au bout du compte à convaincre une personne qu'il avait le père qu'il lui fallait.

Et je n'y suis pas parvenue trop tard, Bart.

Il n'est jamais trop tard.

Grands romans

La littérature conjuguée au pluriel, pour votre plaisir. Des œuvres de grands romanciers français et étrangers, des histoires passionnantes, dramatiques, drôles ou émouvantes, pour tous les goûts...

ADLER PHILIPPE

Bonjour la galère !
1868/1

Les amies de ma femme
2439/3

Mais qu'est-ce qu'elles veulent ces bonnes femmes ? Quand il rentre chez lui, Albert aimerait que Victoire s'occupe de lui mais rien à faire : les copines d'abord. Jusqu'au jour où Victoire se fait la malle et où ce sont ses copines qui consolent Albert.

AMIEL JOSEPH

Question de preuves
4119/5

ANDREWS™ VIRGINIA C.

Fleurs captives

Dans un immense et ténébreux grenier, quatre enfants vivent séquestrés. Pour oublier leur détresse, ils font de leur prison le royaume de leurs jeux, le refuge de leur tendresse, à l'abri du monde. Mais le temps passe et le grenier devient un enfer. Et le seul désir de ces enfants devenus adolescents est désormais de s'évader... à n'importe quel prix.

- Fleurs captives
1165/4
- Pétales au vent
1237/4
- Bouquet d'épines
1350/4
- Les racines du passé
1818/5
- Le jardin des ombres
2526/4

La saga de Heaven

- Les enfants des collines
2727/5

C'est l'envers de l'Amérique : la misère à deux pas de l'opulence. Dans la cabane sordide où elle vit avec ses quatre frères et sœurs, Heaven se demande comment ses parents ont eu l'idée de lui donner ce prénom : «Paradis».

- L'ange de la nuit
2870/5
- Cœurs maudits
2971/5
- Un visage du paradis
3119/5
- Le labyrinthe des songes
3234/6

Ma douce Audrina
1578/4

Etrange existence que celle d'Audrina ! Sur cette petite fille de sept ans, pèse l'ombre d'une autre : sa sœur aînée, morte il y a bien longtemps dans des circonstances tragiques et qu'elle est chargée de faire revivre.

Aurore

Un terrible secret pèse sur la naissance d'Aurore. Brutalement séparée des siens, humiliée, trompée, elle devra payer pour les péchés que d'autres ont commis. Car sur elle et sur sa fille Christie, plane la malédiction des Cutler...

- Aurore
3464/5
- Les secrets de l'aube
3580/6
- L'enfant du crépuscule
3723/6
- Les démons de la nuit
3772/6
- Avant l'aurore
3899/5

Ruby
4253/6

Perle
4332/5

ARCHER JEFFREY

Le souffle du temps
4058/9

ARVIGNES GEORGES

Quelques mois pour l'aimer
4289/2

ASHWORTH SHERRY

Calories story
3964/5 Inédit

AVRIL NICOLE

Monsieur de Lyon
1049/2

La disgrâce
1344/3

Isabelle est heureuse, jusqu'a[u] jour où elle découvre qu'elle e[st] laide. A cette disgrâce qui l[a] frappe, elle survivra, lucid[e,] dure, hostile, adulte soudain.

Jeanne
1879/3

Don Juan aujourd'hui pourrait-[il] être une femme ?

L'été de la Saint-Valenti[n]
2038/1

Sur la peau du Diable
2707/4

Dans les jardins de mon père
3000/2

Il y a longtemps que je t'aime
3506/3

L'amour impossible ent[re] Antoine, 14 ans, et Pauline, [sa] belle-mère.

Grands romans

BACH Richard
Jonathan Livingston le goéland
1562/1 Illustré
Illusions/Le Messie récalcitrant
2111/1
Un pont sur l'infini
2270/4

BALDACCI David G.
Le pouvoir d'exécuter
4267/7
Ayant surpris par hasard le meurtre d'une jeune femme, un vieux cambrioleur est contraint au silence par les services secrets américains, qui veulent éviter qu'un scandale n'éclabousse le président des Etats-Unis. un suspense haletant.

BAYROU François
Henri IV
4183/6
La vie et l'œuvre du souverain préféré des Français, par un historien également ministre de l'Education nationale. Volonté de coexistence pacifique, redressement financier d'une France au bord de l'abîme, lutte contre la corruption, développement agricole et industriel, réforme de l'enseignement, le parallèle avec notre époque est troublant et passionnant à la fois.

DE BEARN
Myriam & Gaston
Gaston Phébus
- Le lion des Pyrénées
2772/6
- Les créneaux de feu
2773/7
- Landry des bandouliers
2774/5

BELLETTO René
Le revenant
2841/5
Sur la terre comme au ciel
2943/5
La machine
3080/6
L'Enfer
3150/5
Dans une ville déserte et terrassée par l'été, Michel erre. C'est alors qu'une femme s'offre à lui, belle et mystérieuse...

BERBEROVA Nina
Le laquais et la putain
2850/1
Astachev à Paris
2941/2
La résurrection de Mozart
3064/1
C'est moi qui souligne
3190/8
L'accompagnatrice
3362/4
De cape et de larmes
3426/1
Roquenval
3679/1
A la mémoire de Schliemann
3898/1
Chroniques de Billancourt
4076/3
Dans les années vingt, un petit peuple misérable d'émigrés slaves s'agglutine autour des usines Renault, entre nostalgie et désespoir...

BEYALA Calixthe
C'est le soleil qui m'a brûlée
2512/2
Tu t'appelleras Tanga
2807/3
Le petit prince de Belleville
3552/3
Maman a un amant
3981/3
Loukoum, douze ans, est un Africain de Belleville, gouailleur et tendre comme tous les gamins de Paris. Mais voilà que sa mère décide soudain de s'émanciper. Non contente de vouloir apprendre à lire et à écrire, elle prend un amant, un Blanc par-dessus le marché ! Décidément, la liberté des femmes, c'est rien de bon...
Assèze l'Africaine
4292/4
L'itinéraire tragique d'Assèze, une jeune Camerounaise de son village aux mirages de Douala, puis aux «clandés» surpeuplés de Paris. Mêlant avec une magie singulière poésie, lyrisme et humour, Calixthe Beyala fait surgir une foule de personnages d'où émerge le couple étrange que forment Assèze et Sorraya, les sœurs ennemies.

BLAKE Michael
Danse avec les loups
2958/4

BORY Jean-Louis
Mon village à l'heure allemande
81/4

BOUDARD Alphonse
Saint Frédo
3962/3

BOUILLOT Françoise
La boue
4139/3

BOURDIN Françoise
Les vendanges de Juillet
4142/6

BRAVO Christine
Avenida B.
3044/3

BRIAND Charles
Le seigneur de Farguevieille
4074/4

1818

Achevé d'imprimer en Europe (France)
par Brodard et Taupin à La Flèche (Sarthe)
le 5 novembre 1996. 6762Q-5
Dépôt légal nov. 1996. ISBN 2-290-01818-X
1er dépôt légal dans la collection : mai 1985

Éditions J'ai lu
84, rue de Grenelle, 75007 Paris
Diffusion France et étranger : Flammarion